时 代 三 部 曲

山河人间

陈家桥 著

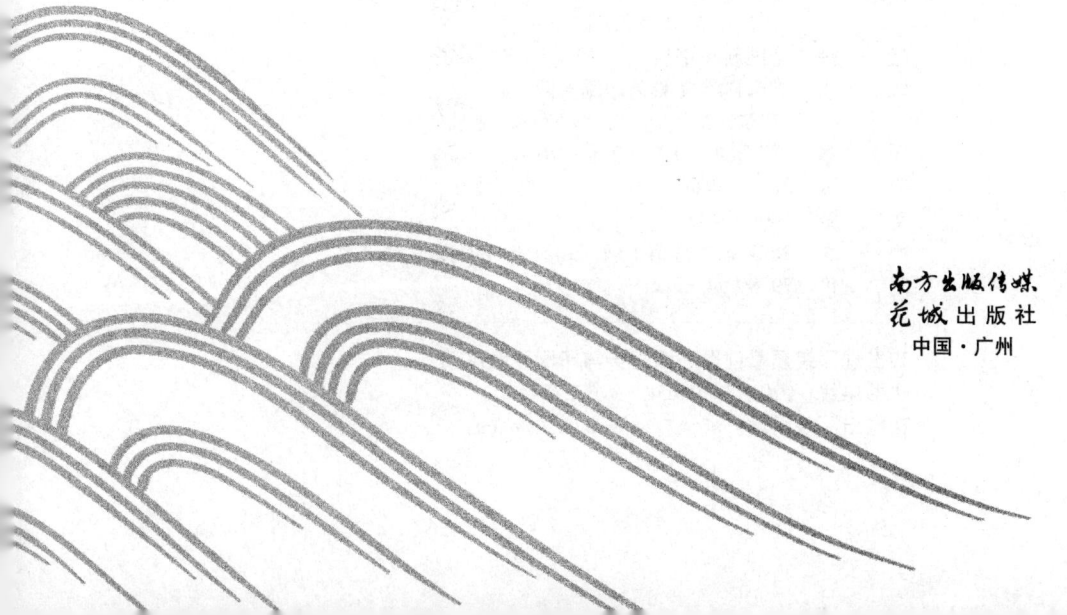

南方出版传媒
花城出版社
中国·广州

图书在版编目（CIP）数据

时代三部曲. 山河人间 / 陈家桥著. -- 广州：花城出版社，2021.3
ISBN 978-7-5360-9326-3

Ⅰ. ①时… Ⅱ. ①陈… Ⅲ. ①长篇小说－中国－当代 Ⅳ. ①I247.5

中国版本图书馆CIP数据核字(2021)第030849号

出 版 人：肖延兵
责任编辑：黎 萍 蔡 宇
技术编辑：凌春梅
美术设计：吴丹娜

书　　名	时代三部曲. 山河人间
	SHI DAI SAN BU QU SHAN HE REN JIAN
出版发行	花城出版社
	（广州市环市东路水荫路 11 号）
经　　销	全国新华书店
印　　刷	佛山市浩文彩色印刷有限公司
	（广东省佛山市南海区狮山科技工业园 A 区）
开　　本	787 毫米 ×1092 毫米　16 开
印　　张	25　1 插页
字　　数	380,000 字
版　　次	2021 年 3 月第 1 版　2021 年 3 月第 1 次印刷
定　　价	79.80 元

如发现印装质量问题，请直接与印刷厂联系调换。
购书热线：020 - 37604658　37602954
花城出版社网站：http://www.fcph.com.cn

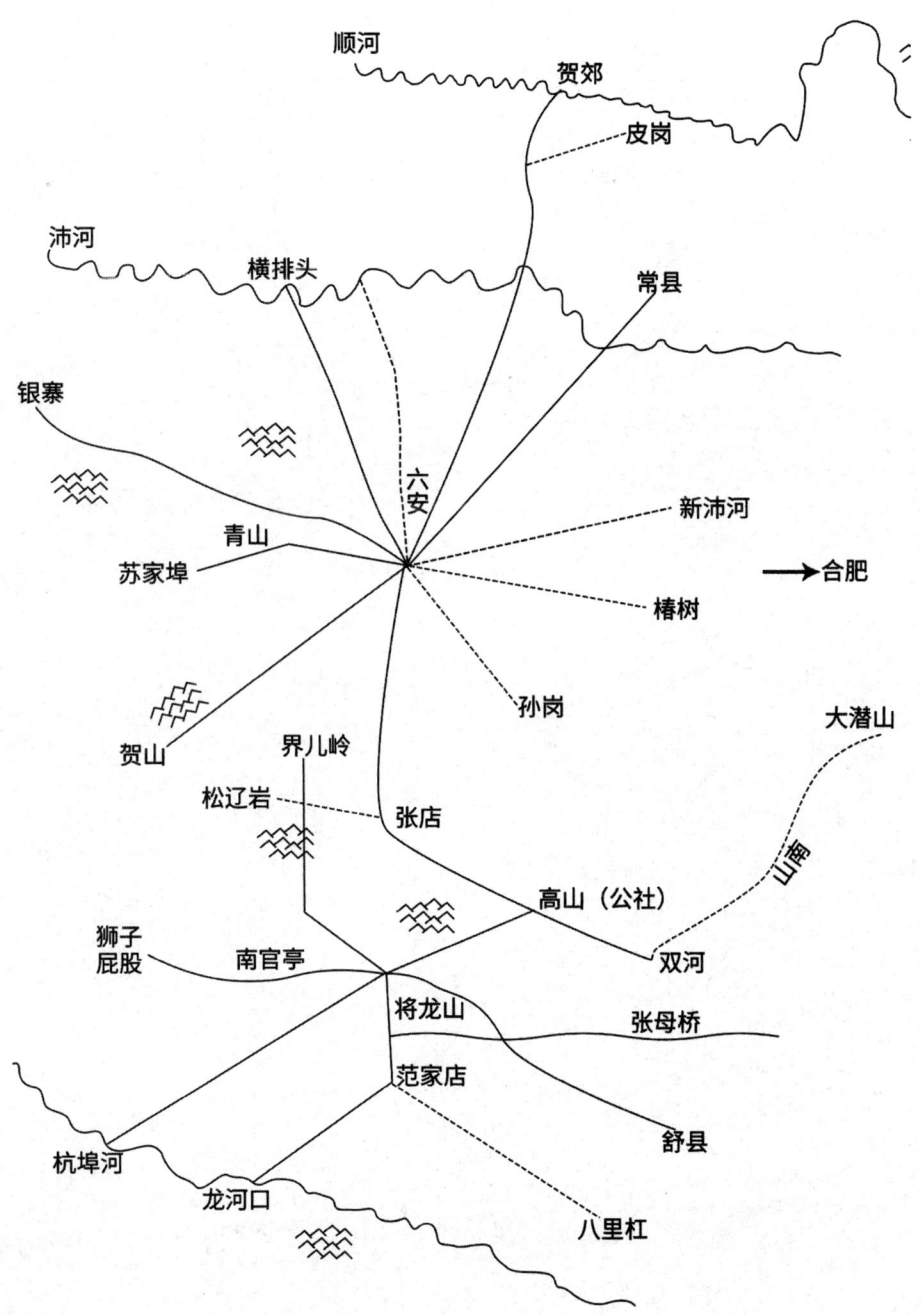

1963.4.6

义 彡：

　　本来也没准备给你写信，确实也不知说什么，加上之前几天挺累的，也就懒得动。不过劳动是光荣的，这完全没有问题，劳动一直是最好的。可是，有时劳动也会让人有点厌倦，这讲的都是心里话。我很有幸能够把心里话讲给你听，当然如果你觉得我觉悟有问题的话，那我就有点吃不消了，对不对？好在，我总以为我是什么话都可以和你讲的吧。

　　但是，劳动就是这样啊，适应了也就好了。我们家是农民家庭，我父亲在解放前虽然做过一点事，但总体上也是农民，这个你应该清楚。当然，我也不想细说这里边的情况了，我的成分是什么，这都是明确了的。我父亲生我时已经四十多岁了，我是他最小的儿子，我父亲对我是格外器重的，不然也不会让我去上学念书。也正因为念了书，我也才和你成为同学呢，我在上毛坦厂时的情况，跟你讲过一些。

　　还是讲讲劳动，不知你是不是爱听，但我想你应该听得进去的吧——不可能听不进劳动吧，你可是一个领头的学生啊，你是班长对不对？

　　就是在沛顺杭参加了劳动。只说劳动，你恐怕都认识不到这个强度，就是作战呢。挖土，沛顺杭你是知道的，对吧？

　　前两年，有一天晚上，我们班都被叫到九墩塘去挖土，你记得吧，那次是把水引到地委那边去。因为水多了，大家都高兴，所以在地委食堂后边挖了池子，水就过去了。挖九墩塘那次，你是喊号子的吧，干劲可大了，但这次我在底下挖土，太糟糕了，土太硬。我给你写信，不是诉苦哟，是想跟你讲下边的情况。我们干劲是大，但困难也不小，你在六安城里边，你父亲又是当官的，你可以跟他讲一讲下边的情况还是比较难的呢。

　　我不能死讲累，那没什么劲，再说我已经不那么累了，至少给你写信时已经好多了。可以说是适应了吧，我毕竟这几年在读书，不比那些干活的农民，他们劲头足，而且会干。即使这样，挖起来也并不容易。我干活的那个地方叫八里杠，是在舒业县，而我家在六安县，我是要过丰乐河到那边去的，也住在那里，工棚也很简单，铺的是茅草。现在这季节也比较热了，而且人实在是太多了，但人多也好，主要是热闹。记得我们劳动时也爱热闹，对吧？特别是讨论问题，人一多，真是说话都好玩儿呢。我现在适应了，不太累，因此写信时心情也平和了。你知道我一直不是一个那么爱激动的人，你还说我啰唆，我想人一平静，就容易使人认为是个慢悠悠的人，但在干活时，那可不行，我尽量吧，毕竟挖土不是我的强项。

我跟你讲，八里杠这个地方，土太硬了，一开始挖还行，大概两尺以下基本上锹就切不进去了，土里边还有白生生的东西，不是石头，也不是石灰，搞不清是什么，反正就是挖不动，锹口全部挖坏了，工具损失大，公社书记就在那儿叫。八里杠这块儿的公社书记，姓吴，是个大块头，眼睛都向外冒火，非常暴躁，但对我还不错，因为知道我是学生，正在等待分配，所以也算和气呢。对了，说到分配，我倒想问问你知道有什么情况没有，我们确实要等吗？有人讲，我们这一届全部要转成农民，就地参加劳动，不分配工作了，是不是啊？你爸爸当官，他消息应该灵通，你要是知道情况，写信给我，告诉我啊。

在工地上，我干活不太行，别人也不怪我，大家都很自觉。他们干活是算工分的，所以他们当然会出力干，武装部的人、其他公社的人，还有自己公社的人也都在那儿，眼睛都是亮的，但不是别人盯着你才干，是你本来就要干的，对不对？

你听听，我们底下农村人干活很有意思是吧。八里杠是个岭，在这儿挖，是要把龙河口水库的水引到岭上，然后可以给田里浇水，设计得倒是好，可是这八里杠的土太硬，不是石头，又不能炸，因为是挖河，又不能乱来，进度慢不要紧，但场面上你看就是无数人挤在一块儿，壮观是壮观，但也有点难为情。因为效率不高啊，好像干革命这样可不行啊，也得有章法对不对？不过，这个也不管了，先就这样干。我跟你讲，我在工棚里只要一坐下去，就会睡着，但有些农民还可以打牌，不骗你，功夫深呢。

我在工地上，有时也碰到我大哥，他叫程志茂，力气大，比较吃得开。他因为纸烟卷得好，所以受欢迎。土烟叶经他一卷，就很好抽，人家都敬佩他，说他是从广城畈去的能人，他在八里杠反倒吃得开了。说到我家里边，我还有一个妹妹叫志村，她现在麻烦比较大，我以前跟你提过一点点,却是家里边的事,我后边再讲——作为一个女孩子,她不小了,不过她跟你比,那就没有办法讲生活了。她是一个农村丫头,不过她也应该过上幸福有指望的生活,对不对?我对志村还是特别看重的,我妹妹是个特别有自尊心的人,我跟她讲话什么的都生怕惹了她。可是她现在过得也不那么顺心呢,说的还是要订婚的事情,这个我后面再讲。

　　写信给你讲在八里杠修沛顺杭,但我总以为不分配应该是不对的吧,国家培养我们,怎么可能不分配呢?说当农民也是做贡献,但毕竟农民不必学这些知识吧,既然学了,还是应该用上对不对?所以我希望还是分配一个工作。当然现在整个六安地区都在搞沛顺杭,这是最大的一个事,但是,有技术有文化,不是应该更好地为人民服务吗?所以我觉得应该让你爸爸打听打听我们这一届工作分配的事。

志刚

1963.4.11

志刚：

　　来信收到，谢谢你回到农村还能写信给我，不过要是你没有写信来，我也会写信给你呢，只是不知道把信寄到公社你是否收得到。从信中知道你有些着急，不过我想这也是很正常的事，在这样的情况下，不着急才怪呢。你问我分配的事情，其实我跟你不是一样吗？我也在等待分配——说是有可能这一届就不分配了，我们都要到农村去，或者是你们本来是从农村来的，就在农村务农了。那我们从城里面去上学的又怎么办呢，没有讲；是不是就在街道上班了呢，这个也不知道；或者是到郊区务农啊，这个也不明白。你说我爸爸可能了解这方面情况，跟你说，我把我的情况跟他讲，但他一贯的态度都是自己的事情自己解决，而关于政策方面的事，他是一个革命者，当然是要求我一切要听从组织的，对吧。组织你懂吧，不听组织的怎么行呢？我们是同学，我们是从学校出来的，我们受到的教育就是要求我们一切都听党的，听组织的，这就是我们所能做的吧。

　　你在信中提到了你在沛顺杭挖土的事情，我觉得特别好，不如我们就在沛顺杭挖土，这没有什么不好啊。沛顺杭的事情现在是六安最大的事情，记得我们在学校时也讨论过沛顺杭对不对？我是一百个支持的，这是多好的事情啊。我们学校在云露街，学校边上就是下龙爪，老沙河发水的事情，我们虽然没有特别赶上大水，但学校老师，还有一些老六安人，都讲那水发起来可怕得很，就一九五四年那大水，我都有印象，那淹的程度太吓人。好在那时候佛子岭已经建好了，不然还不知淹成什么样。在镇阳关那一块，水就更狠了。亏得我地理知识不错，对淮河还是有了解的，你晓得的，淮河要是不治，安徽、河南、江苏这几个省都得受灾，毛主席号召我们要修淮河呢，这是最高命令啊。你看我又说到淮河上去了，还是说沛顺杭吧。沛顺杭这个事情就大了，你说八里杠的土难挖，那我没有直观印象，但从你来信中所讲的，我认为难度确实不小。但是你不要害怕啊，跟你讲，我对我爸爸观察的结论是，凡是干革命都不要害怕，你现在去挖土,你讲挖不动,那不行啊,对不对?

因为你讲在沛顺杭干活,我就讲讲沛顺杭。我爸爸有一个部下,就在总指挥部那儿,我去找一个人,刚好问到一个通讯员,就是跑宣传的,照了不少照片。不过,底片很珍贵,有些都来不及冲洗呢,就放在那儿。我看整个六安,还有肥西都在弄,你们舒业动作还算小一些呢。几万人在工地上——我是看到照片的——工具都很简单,所以对你讲的你那儿的情况,我都能估计到有多艰苦。但我们应该战胜它,对不对?沛顺杭是要修,不然我们农业上不去,我们是学农业的,农业跟水利不分家,对吧?在六安,有个芍陂对吧,我上去过,是在跟淮南交界的地方吧,那塘修的,我记得我们去玩时,你也是赞不绝口的。我是说沛顺杭是得修,不是说要修理地球,不讲那大话,就讲兴修水利,不然我们工作上不去啊。我当班长这几年,反正我是听老师的,老师跟我讲的,我就跟大家讲,我认为讲得对,特别有道理,沛顺杭要修,是六安人的大事,这还有什么好讲的?再说了,现在我们在等待分配,正是可以为人民服务的大好机会,不然修理地球的任务说不定还轮不到咱们呢,你说是不是?

对不起,因为我没有太挨过饿,至少没有那种饥饿至关乎生死的地步,所以我们在讲到这个问题时,我还跟你争执过,我认为你可能虚夸了,但我跟我父亲说时,他说旧社会那是有的,但在新社会还挨饿,这是经济上的困难时期,现在不是已经挺过来了吗?但记忆总还是有的,我之所以在信中跟你讲这个,是觉得你也有特别难的地方,尤其在你上中专之前,我认为你吃了不少苦,但是现在你毕业了,尽管分配问题落实不了,你非常着急,我可以理解。但我认为这个要相信国家,国家有国家的安排,如果没有工作岗位给我们干,我们就种田,不也是一个很好的选择吗?反正,如果让我到六安郊区去种田,我大概不会哭吧,至于吗?你想想,不就是种田吗?幸亏,我们新社会还有田种呢。

说到沛顺杭,我父亲有一个熟人就在那儿,听说还是负责人,是地区里面负责这个工程的,我在那个通讯处见到了不少图表资料什么的,我都很注意呢。既然你在修沛顺杭,又是以一个农民的身份,我都以你为光荣呢。我对我父亲熟人的了解不是太多,他们很可能曾经是战友,都是南下的干部吧。如果我下次遇到,一定会详细地问问沛顺杭的事情,不光是因为你在那儿挖土，也因为这实在是六安的一件大事情啊。

对了，还有一点，就是你说到了你大哥也在那儿挖土，他是你兄长，是个熟练的农民，我认为我们都应该向他学习，不是方法，而是精神，对不对？尤其是像你大哥那样的农民，浑身有干劲，敢于拼搏，这多么让人羡慕啊。我觉得你不妨从他那里吸取一点动力，把自己给鼓舞起来。我们在学校时，不是也在讲吗，要向贫下中农学习，学习他们敢作敢为、能吃苦的精神，这是必要的吧。

你信中说到的，我们那次被抽调去挖六安九墩塘的事，我记忆很深呢，现在那塘里已经蓄了水，还有小船在上边，从北面挖了暗河。地委院子里确实有一块水池，但是并没有真的当成游泳池，只是放了水，说是引来的。我看基本上都是下雨落的，没有那么大的水量吧，没看人下去游泳。不然你会说地委的人会享福，让别人挖沛顺杭，自己却在那里游泳——确实没有，没有什么游泳，就是一个池子，水是有的，就是这样。

听说还有一个蔡姓同学也在舒业吧，不知在干什么，听说他家是在街上，大概情况比你好些，我不是说不用劳动，我是说大概不会挨饿吧。对了，这倒又要问你了，你现在还挨饿吗？在沛顺杭工地上，饭菜总是能保证的吧？我在通讯处那里看到，工棚里都有人做饭的，对不对？你要坚强一点啊，要战胜困难，要向八里杠开进。志刚，你是一个无畏的人，我相信你会像你跟我讲的广城畈的那些故事里的人一样，是强大的。好了，我就不多说了，关于沛顺杭，我才到通讯处那里去过一趟，等着隔两天再去，了解了一些情况，我再和你说。

1963.4.19

义兄：

　　你的回信我已经收到了，到公社去取的。他们说公社里有我的信，但他们也没有给我带过来，不知他们是忘了还是觉得工地上人多，害怕找不到我还是怎么的，反正信是托人带给我的。公社书记是个非常严肃的人，是高山公社里一个非常有影响力的人物。他姓高，据说在民兵连时就是个能扔手榴弹的人，年龄不算太大，但已经是公社书记了，是解放后起来的干部。现在农村的情况确实跟刚解放时不太一样，面貌改变大，我这几年在六安读书，虽然也就两三年时间，但感觉对这边的公社情况都不大熟悉了。

　　这边还有个张母桥公社，因为我在挖土的八里杠这个地方实际上是舒业县，不归张母桥公社，是归龙河口，也就是范家店公社。总之是个交界的地方，出人头最多的都是我们高山公社。高山公社跟张母桥公社是隔着丰乐河相望的，而范家店公社跟张母桥公社是以长冲那边为界的。这地形比较复杂，往里边就是五显、大华山，靠霍西就是早年红军起义的地方了。不过我说这些，就是跟你讲，底下的人都很认真，你来一封信，从六安来的，用的又是地委的信封，公社里的人当然是特别看重了，高书记都讲了，说广城畈那个在城里念书的学生怎么在家种田了。我是有苦说不出，大概他还不知道我这里没有分配什么的政策可跟人家讲，都认为我是有什么特别的原因没有分配了呢。

　　我回到家，我大哥程志茂已经知道我收到信。当然他知道我是收同学的信，但工地上的人都讲是地委的信，所以他就问我什么情况。我讲是同学的信，他不是很相信，我自然也不会把信给他看，只好讲是问分配的事情。他问，分配的指望还有没有？我说，大概会有吧。他问什么叫大概会。我说，就是等。他就摇头。他喝粥，就着咸菜，看我情绪不高，就跟我讲不要急，政策应该会好的。你看他一个农民，都知道政策吧，不过从我的反应，他看出来我是比较着急。不过这个你在信中也一再向我交代了，叫我不要着急，我听你的，可心里比较空落。

　　我大哥是个农民，但他的政治觉悟可不低，而且很会开导人，因为在工地上收到信的消息传开了，人家就议论我，一方面是不分配在家务农了，一方面又收到地委的信，说我是在活动，要活动活动才能搞到工作。我大哥就劝我，说嘴长在人家身上，别人要怎么说就由别人去说吧，我们就是把自己的事情办好。什么叫把自己的事情办好？就是挖沛顺杭。我大哥就讲八里杠这个仗要打好。他说他是带了新建队，在那儿死啃的，什么土不是土，就是石头也能炸开，更何况是土。说起土，他是头头是道。他虽然只比我大个几岁，但经验上丰富得多，他对我们这一块地方的土什么的、石头什么的都很掌握，所以他就讲迟早是要挖开的。我只好应和，但是在工地上，我跟他基本不在同一水平上。我是比较差的，力气不是问题，主要是方法不对。干活不对路子，所以顺一顺就搞到后边去了，我大哥他们就在前边。

　　你看，我写得有点远了，但他们就是这样。而且农村现在不是搞集体吗，你知道他们觉悟都高，说是要把铁斗子都交上去，支援国家跟帝国主义干，没有钢铁那怎么行？所以在挖土时谁要是用锹面挂上了石头，都会引来一阵惊叹，说又把一块好铁给挂坏了，可见铁是多么重要。你在城里边，可能不知道底下条件这么艰苦，但他们很乐观，所以我写信给你讲这个情况：我在这里，在认识上也没有什么优势，是个务农的。但是他们也不管我，他们知识上也都够用似的。再说了，他们只要有觉悟，根本不管你什么学生啊，工作啊的。收到信，热闹了几天，很快人家也就不提了，不过他们相信我迟早还是要回城里去的吧。我还是要工作的吧，不过我自己倒没有什么把握。

　　你说的叫我要为人民服务、向别人学习的话，我是听得进去的，只是我跟他们不大谈得来，他们热情太高了，不知为什么。我读了点书，总以为自己看事情比他们要冷静一点，尤其是那种挖土的方法，我是觉得也许可以改进呢，但我大哥他们根本看不上我，不会跟我谈干活的事情。

　　给你写信时这边仍在奋力大战，不知你在六安城那边怎么样，你说你现在会到沛顺杭指挥部通讯处去玩是吧，有什么情况可以写信和我说哟。

　　对了，我跟你讲一下，在前几天，我看到山后有一种特别好看的小鸟，我以前没有见过。它在松树上飞，声音也很好听，我就想如果有机会，你应该到我们这儿看一看，到我老家来看看，看看农村现在是什么样子的。

志刚

1963.5.3

志刚：

　　从你来信中听你讲你大哥他们一帮农民兄弟的觉悟，真是让我有些吃惊，确实你在学校也跟我提到过一些。但这次是在修沛顺杭的工地上，应该讲劳动是最能实践出人的品格的。不愧是农民好兄弟，作为同样从农村出来的人，你现在回老家务农，又跟着公社社员到沛顺杭工地去修水利，这是一件多么光荣的事情。尤其是你讲到的，你大哥程志茂一帮子人，讲到了我们国家在这么困难的情况下还要造导弹，对了，是导弹。这方面我恐怕比你要懂一些，因为我哥哥就在部队。我哥哥的情况我不能多说，反正你知道就行了。我只是告诉你，你们底下公社的社员都知道国家在做大事情，你以为导弹是吃软饭的吗？根本不是呢。我虽然也不是太爱听我爸爸那些人讲的大道理，但我想我们年轻人应该有热血的吧，不光是军人的事情。仗总归是会打的，帝国主义是不会罢休的。记得吧，我们的刘老师就时常说这个话对不对？敌人亡我之心不死，我们就只能穷追猛打；我们是什么都不怕的，对不对？

　　至于说到分配什么的，你好像有点误解吧。真的，在农村没有什么不好，广阔天地大有作为。特别是合作化以来，公社那么大，你看组织得多好。你到公社拿信，你说公社那场面我都能感觉到是一派热火朝天，大有干头啊。我最近到九里沟那边去，是沛顺杭往城北的一处工地，我在指挥部那里待过一阵。我父亲的熟人叫我到郊区去，也和务农相当。在九里沟的工地我跟通讯处的人在一块儿，于是我对沛顺杭有了解了。告诉你，难啃的骨头太多了，九里沟本身就难啃。我先不说九里沟，通讯处的见闻我也后边再说，我就讲你提的出身的事情。我父亲是老革命，从六安打到全国各地，解放初从北边下来，称为南下干部，但根子还是在六安的啊。可以说六安人不能倒的吧，都是为了把家乡建设好。所谓的江淮分水岭，几千年几百年都搞不好，但在社会主义新中国我们就能搞得好。为什么呢？因为我们人多力量大，所以还是要从人民群众来看问题。

　　我在通讯处那里，就是五里墩大桥边上那个指挥部里，你知道那个地方吧，我们在学校时看过五里墩的对吧。那儿的指挥部现在特别忙，我本来是到九里沟那里去务农的，只是我父亲的熟人跟我讲，还是抽到通讯处跑一跑比较好。我倒是可以挖土的，但九里沟那里主要是搞设计。听说要建沟，要在那里向木厂方向放水，还有水要向合肥放，还要建电站，工程可大呢。所以我就被分在九里沟劳动，又算帮通讯处跑一跑九里沟的材料，我在这里也学到了不少东西。不过这里没有你舒业八里杠工地那么难，因为这儿的设备要好一些，省里的人也下来看过，我父亲也陪同了。我父亲回来讲，省里人对六安的工作很满意，说国家计委也表扬了，只是条件太艰苦，钱是投不了多少。你看，国家现在难处大，我们一方面要弄好它，另外要跟英美比呢。我们钢铁要上去，如果上不去重工业就不行，我们还是要把老本弄硬一点。我父亲是这么说的。

  告诉你，我在九里沟这里有时也会碰到双河区的人，你们高山公社就是双河区的对吧，因为你的关系，我觉得双河区也很亲切呢。现在六安人像打散了一样，哪儿都有，到处在干活，恨不能拼命呢。还有人在八里杠，我看了地图，那里离龙河口水库不远，龙河口那儿是沛顺杭三大渠首之一，是个出英雄的地方。前几年修龙河口的时候，涌现了多少刘胡兰连、董存瑞连的好战士啊，他们在劳动的场合一样成为英雄。所以我感觉你在那儿一定能跟劳动人民打成一片，这在政治上是个多好的锻炼啊。如果可能，我相信我会随通讯处的人往龙河口去看看，这样说不定我能在八里杠工地看到你呢，让我们在这没有硝烟的战场上期待相逢吧。

  对了，说了不少我的爸爸，说说你的爸爸吧。他现在年纪大了，你应该要多跟他汇报你的生活，把工地上的事讲给他听，让他知道国家政策是对的。他是过来人，当过教师，虽然解放前有那么一点问题，但已经查清了也没有什么，那么火热的生活应该让他感觉到吧，不要冷落了他啊。每当我想起你讲他在梁家冲送你去毛坦厂上学的事情时，我就觉得他是在为国家培养人才，顶着一些包括出身上的压力和误解，他能够那么做真是太不容易了。最重要的是，你大哥在工地上应该发挥了很大作用，是个干活的能手，那么你父亲应该为孩子们高兴啊。你在信中说到的人民群众听大广播时的欢腾场面，很让我震动，我觉得劳动跟战斗一样，真是很精彩呢。期待你的回信！

1963.5.25

又青：

　　这次到公社去拿信，公社的人对我很客气，说是从地委又给你来信了。我当场把信拆开。我自然没有把信给他们看，只是晃了一眼，说是同学写来的，不是地委的办公室什么的来信。公社的书记姓高，上次我跟你讲了是从民兵那儿干上来的，带过民兵，待过武装部。可以说有军人作风，虽然没有打过仗，但经历过很多次的动员什么的，是个头脑特别严格的人。高书记跟公社的人讲，我们高山有个人在农校上学，现在在等分配，在家里务农，还通过公社报名，去支持沛顺杭建设，是个好苗子。不过公社的人都知道我在干活方面不是很在行，这个也是可以理解的。我跟高书记在工地上见过几面，他有点像大老粗，但人确实是比较耿直的。

　　据说他投手榴弹比从部队下来的人还要厉害，我们高山往九十铺那个方向有个民兵练枪的靶场，那儿有他扔弹的印子，都传得很神。公社有个副书记，是个主任，这人读过书，大概是高小吧，可能还要更高年级些。不过文化水平高不代表会讲话，反而讲东西生硬。这个姓王的主任在公社里管日常的事情。我到公社取信时，王主任在，他讲我老收地委的信，让我可以反映底下百姓的情况，老百姓的干劲都很大呢。我说这怎么反映啊，我一个没有工作的人跟谁反映啊？王主任说，你就跟地委反映啊。我只好说，我这是同学家住地委，不是什么办公室呢。王主任将信将疑。

　　好了，我知道你在通讯处那里下到九里沟，你在指挥部看到的东西自然跟底下是不一样的，你才是更全面地了解沛顺杭呢。不过你到底是通讯处派你去九里沟，还是从九里沟抽到通讯处呢，这个你也没有说明白吧。当然，你是到郊区务农对不对？这样你也是一个农民了吗？哈哈，那样的话，一个领导的孩子当了农民，是不是表明人人都是农民了呢？我总认为既然让我们接受教育，我们就应该用我们学到的知识来造福人民，我不是热爱办公室或是科研所什么的，我只是认为应该把知识用起来。九里沟要修电站，这个在八里杠这块地方也有人讲，并且认为佛子岭修电站好理解，但在九里沟修电站，没有落差、没有动能怎么发电啊？九里沟那块地方，我们上学时应该去过对吧，那儿没有高崖落差，哪能蓄水发电啊？看来不懂的地方还有很多呢，你回信跟我讲讲哟。

此前信里和你说了，八里杠这个地方的泥巴特别硬，几乎啃不动。不要说锹了，就连镐头都揳不进去，这是没有办法的事情。现在我们这里也分组了，我分在锄头组，你听听，锄头组。这是不怎么在行的一个组，都是一些不太会干活的人。这里最厉害的是一个尖刀连，连长是从抗美援朝那里复员回来的一个老兵，人家都称他老徐。老徐可不是一般人，因为尖刀连跟我们锄头组紧挨着，他们打硬仗，把土搞上来以后，我们锄头组再帮着运到坝上去，所以也算是协助。

我大哥程志茂就在尖刀连，我大哥对老徐那是钦佩不已，说不愧是从朝鲜战场上下来的，不仅政治水平高，而且干活非常精准。就是说凡是难干的事，他都能干下来。我上次不是跟你说八里杠的土很难挖吗，你猜他是怎么做的？人家真是有办法。他让人挑水来，在开挖之前把土泡上半天，然后用铲子往地上挖孔，之后又用竹签来插，反正准备工作很充分，这样可以节省工具，对锹面还有镐头什么的损伤较小。尖刀连干的事情我们干不来，但也并不嫌弃我们，还教我们。不瞒你说，我看他干活，还是服气的，这种不是知识的知识，确实是从生产中学出来的。当然，他上过战场，他说的更多的还是跟美国人打仗的事情。对于美帝国主义，我们了解的也不少了，但听他这一讲，我觉得我们还真是要拼命地干，不然我们虽然仗是打了，也把他们打到三八线南边去了，但是在国家上，在实力上，我们不能输给它啊。老徐讲，他认为美帝不仅是纸老虎，而且是个胆小虎。听他的口气，没上过战场是讲不出来的。

我大哥带的是新建庄上的人，所以老徐对我大哥也很敬重，他们成了好朋友。我大哥也把我介绍给老徐，老徐听我讲在农校读书没有分配工作，说不要紧的，国家现在政策上就是这样，还是要"三面红旗"，一定要干下去。我听他讲的劲头好像只要把活干好了，就一切都行了。有一次在工地，他讲战场上的事，我们锄头组的人也围在一块儿听，因为他那边正在打洞泡水，在这间歇工夫，公社的王主任就让老徐给大家讲讲政治——说是政治，其实就是鼓励大家一定要把水利修好，这是一场人民战争,是战争一样的汪洋大海,一定要把沛顺杭修好。老徐讲,跟美国人打,最重要的是什么?他说最重要的就是拼命,打仗就是拼命,你不要命地打,他就厌,你就能赢。我们没有上过战场的人不明白这个道理。什么叫不要命?老徐讲,不要命,不是说自己真的不要命,是说自己不怕死,跟敌人打,一直打到他剩最后一个人,你这边人要一直上,死一个上一个,死多少上多少,这样对方看你打不完,他就软了。不是说他人少但武器厉害吗?但打仗不是打武器,打仗是打人,人只要打不掉,你就不会输。战场就是这样,谁剩下最后一个人,谁就能赢。

我们听得眼神发愣,我大哥带头拍掌,对大家说,大家听好了,干水利跟种庄稼不一样,老徐讲得好,就是打仗,要把这渠挖出来就好比把敌人打下去,再疯狂也要打。我哥这口气好像他比别人更懂打仗似的。老徐跟我哥在尖刀连是搭班子的,老徐是连长,我哥是排长,带新建庄子的人听老徐的指挥,打最困难的仗呢。

老徐讲武器的时候,高书记来过一次,也坐下来听。虽然是公社书记,但在八里杠会战的工地上,还有从六安指挥部下来的人,舒业县委也有人在,他一个公社书记,又是六安县这边的,自然是没有什么发言权,但是他很支持老徐跟我们讲抗美援朝的事。临了,他会补充一句话,我们也要注意,什么人都靠不住,我们靠自己。他说的是苏联吧,我们听得出来,他作为武装部出来的人,应该经历了和苏联闹矛盾,在民兵连也好,地方上也好,我们对一切帝国主义,苏修也在其中,都是要反的,要坚决抵抗的,我们是新中国,我们完全有能力把自己的事情办好。

你看,我写信跟你讲这么多,我是说在这工地上,你在通讯处对吧,你了解得多,但我这里也不是特例,只因为我在等待分配,心不大定,所以我觉得眼前的一切也确实对我们是个教育。你说的龙河口,的确离这里很近,我身边有不少人在修龙河口水库时都是参加战斗的。我听他们讲龙河口的事情,那跟现在不大一样,正是粮食关的时候,即使那样,也没有挡住英雄的张母桥、长冲、范家店、双河、九十铺、干叉河、南港、毛坦厂、张店、新街、三口塘这一大块地方的人,硬是用土浆子筑坝,把老梅河给堵住了。龙河口事情多,八里杠这里离龙河口不远,顺着山脊可以过去的,相信你以后若能来看看,会很震动的。

你之前的信里说到的从九墩塘那里挖沟引水到地委的游泳池，我以为是有水的，想不到并没有装水，我不是很理解呢，人这么辛苦，还要向地委引水做游泳池吗？我不是讲游泳池没有用，我只是认为这样在城市里搞沟会不会有一点浪费啊。不过你在来信中说明，并没有做成游泳池，那又是做什么用呢？还有，现在，你在沛顺杭指挥部，知不知道这个工程到底有多大，整个地区都在动吗？可能的话，回信和我说说哟。还有就是我托你问你父亲我们分配的事情，我知道这是国家政策，但你爸爸在地委工作，又是领导，他不是也算国家的一分子吗？至少比我们懂吧，所以我让你问，没有别的意思哟。你自己也在等分配，不过你比我有定力，你是班长，虽然是个女生，但是你看起来比较有底气。我不是说辛苦上学一定要成为国家的人，我只是觉得国家政策应该有一个相当的稳定吧，许多同学跟我一样都有这个态度，认为还是应该分配工作，我们可以用知识为国家效力啊。社教的事情，你爸爸现在也在搞社教，我们工地上以及公社、大队上，社教工作抓得也紧，可以说一切都不耽误。我对于社教也是认真的，这个我们是一样的吧。期待你回信。

志刚

1963.6.10

志刚：

　　来信收到，很高兴听你讲老家的事情，尖刀连自然是好的，但我想你在锄头组也应该干好啊。农村的情况我在九里沟这边也熟悉了一些，虽然是郊区公社，但社员都是一个样的。因为修沛顺杭，九里沟的农民付出了很多，什么木板啊，木材啊，哪怕是一个铁钉，只要社员家里有，都统统拿出来。前一次开了誓师大会，社员都来了。坦率地讲，看他们的神色，根本不像是从粮食关闯过来的，一股朝气扑面而来。我父亲跟我说，从他搞社教来看，乡村的农民其实大有作为。我是没有我爸爸看得那么高，但我从他讲社教的事情也明白，农民还要教育，农村工作其实很好做，但又不好做。现在的社员在公社里都有归属感，知道新中国搞公社，是为了老百姓的。但有段时间，也就是在公社成立前吧，搞合作化的时候，农村工作有那么一点不好搞，可现在社教工作还得抓，所以我跟我爸讲你提出的分配问题时，我爸没有正面回答。他在地区不是分管这个的，但是他对政策是了解的，他认为分配什么的不重要，主要是要把工作干好。我想我们都还没有工作呢，怎么干好啊。我父亲马上批评我，说在什么地方什么时间都是工作，干革命不分场合、不分时间，全天候的。老一辈就是站得高，看得远，包括你在内也还是要好好学，对不对？当然了，我也要学。

　　来信中提到八里杠那里你哥在的那个尖刀连，可以说是带动大家猛干的，对吧。老徐讲的打美国的事情，我也受鼓舞。不过，我觉得干水利和打仗还是有不同的。相同的地方我就不讲了，不同的地方在于修水利修理地球那是要有方法的。说到军人，老徐有点大老粗，从写来的信中我非常注意你讲的他说话宣传的口气，我想不愧是从朝鲜战场上下来的，跟美国鬼子打过。但我觉得更重要的是，除了会打，还要能打，这就牵涉另一个问题了。因为讲到老徐，我就想到我大哥，在学校时我跟你提过我大哥，对吧。但那时我没有评说，一方面是因为我们在读书，对于当兵的事情知道的不多，知道了也没有什么用。不过讲到老徐，特别是老徐在工地上对你们进行了动员，我觉得你不能落后啊，你孬好也是个中专生，受国家的教育，现在的社教运动如火如荼，在沛顺杭工地上知识应该还是有作用的吧，当然我说的是社会主义教育的这个大知识啊，这就要说到我大哥。我哥哥到西北那边去参军，起初我也不知道详细情况，现在了解的也少，因为他比我大，而我父亲对他的管教就更加严格，对我还有一点迁就，对他就完全是另一回事了。虽然现在是和平岁月，但我父亲始终是以战争一样的状态来要求我哥的，我平时听他谈起我哥，总是那种严厉的神色，似乎随时都要上战场似的。

说到导弹，老徐和你哥他们讲导弹对国家很重要，这个我想自然是不用多说的，但到底有多重要呢？也许他们又没有讲透，我是遇到问题都不放过。刚好我和我父亲讲起这个问题，父亲这才讲起大哥去当兵那个地方就是围绕着这个战略的。你听，他讲战略，我就听不明白了。可以讲像个机密似的，不过我哥不是搞技术的，他是当兵的。但是如果没有军人，没有部队，这种试验也好，造弹也好，那是干不起来的。我爸爸就是这么说的，还有如果没有导弹，没有这些硬家伙，拿什么去解放台湾啊？你想，我们在学校也讨论过这个问题吧，我们毕竟是一个大国，没有大武器是要吃亏的。好了，我觉得你在工地上有一个退伍兵跟你们讲讲这方面的事情也挺好啊，对不对？

你在信中说到的通讯处的情况，我在九里沟被抽回通讯处，通讯处又把我指派到九里沟。我看工地上的社员干活那么起劲，自己也想动手，但人家不让，因为是女孩子，干活力气小，他们还嫌我挡事呢。但我是真心想劳动、想出汗、想意气风发。我都忍不住的，可是人家说了，用报道的方式，用文字不一样是为沛顺杭做贡献吗？我觉得讲的也是这个道理。

对了，说到成分，你在信中也几次提到你父亲的身份，我觉得历史问题可正确地看待，他是他，你是你。再说了，他为了供你上学吃了多少苦？他是一位有尊严的父亲，一位慈父啊，虽然不是革命者，但是他是热心于现实的对不对？我倒觉得你与其总认为老父亲对你好，为你付出，你现在没分配似乎对他有愧，那还不如和他多交流，多跟他谈谈，用你的知识告诉他生活的大道一片阳光，工作只是小事，现在修沛顺杭是大事，你正在跟社员们一起干活。如果我没有看错的话，你在信中说的是你也是社员中的一分子，对不对？我觉得很好，没有正式分配，你务了农，在八里杠修沛顺杭，这不同样让人深受鼓舞吗？我们这个国家太大了，什么人都需要，伟大的时代需要我们同仇敌忾。

我又要讲到在大西北造弹的事情了，我大哥就在那儿，像你们老徐还有你大哥程志茂说的。照你说，在公社里有的是土牌的政治家，对不对？他们都知道，我们没有大武器不行。那么，我们这些上不了战场的不就是上工地吗？工地也就是战场对不对？你看，我这话也可以用在我的通讯报道里对不对？对，工地也是战场，我们修沛顺杭不也是在打一场人民战争的汪洋大海吗？

好了，信就到这儿，盼你复信。

1963.6.23

义三：

　　这次是公社的王主任把你的信给带到工地的，在工地上他又找不到我，还是用大喇叭广播喊的。八里杠这块已经到了非常忙碌的程度。会战的标语挂满了工地的每个角落，甚至一些千年的老槐树上都挂了横幅，誓要决战到底，把八里杠打下来。尖刀连的老徐已经给别人做报告了，听说他喊破了嗓子，像拼刺刀一样，而我的大哥呢，他也被树成了典型。至于我大哥我倒有很多话要跟你讲。你是在通讯处弄材料，从你信中得知你在九里沟看到的许多场面恐怕比八里杠这里要逊色不少，不是我夸大八里杠决战的难度，但确实人在这儿都是拼红了眼的，你在指挥部那里可能看到的更多，但在八里杠这里可以说你几乎看不到人停下来的，一停下来就会睡着，站着就要劳动，也没有人催，所有人都是自觉的，这跟打仗恐怕也没有分别了。人家都说我们是老区，我们打仗时三十万人战死了，现在呢，我们仍有几十万人，恐怕有八十万吧。人家都这么传，说最多时接近一百万，这还是估计的。

　　你在信中提到了你当兵的哥哥，我在上封信中提到尖刀连老徐讲抗美援朝的精神，但现在你哥在西北当兵，干的就是造弹的事情，对吧。没有军人在大漠里保卫，什么人能在那儿干出名堂？军人是伟大的，不论是老徐，还是你哥哥，都是了不起的。你说到你父亲知道了我在这儿当农民扒沛顺杭，他是鼓励我的，我很感谢。你爸爸是个干革命的，现在是地委领导，我觉得他看事情应该是清楚的吧。不过，即使这里再热火朝天，我还是要说，还可以干得更好，这倒又要说到技术了，对吧。我们是学农业的，是农校，农林水牧渔，基本上是一家，虽然我们没有学过修水利，但技术上也有通的地方。一个抗美援朝老兵打洞化泥是个办法，但更好的办法还没有想出来，我是有点着急的。这里的人太有干劲，太大干劲反而说明他们都疯转起来了，没有人再细想了，所以我觉得还是缺一点技术人才呢。我不是说我一个学农业的中专生有什么技术，但确实可以考虑派技术员,或者培训一些农民,这样更好啊。

我听着有那么一点不对劲,我大哥这个"干不死"的外号是他拼命干活得来的。但是,在尖刀连,如果不是他带着新建生产队那一帮人在干活,他一个人也弄不出什么名堂。老徐是个带头的,但主要干活的都是我大哥程志茂,所以他得了个"干不死"的外号。什么叫干不死?我跟你说,就是讲怎么干都不累,人像机器一样。你不要笑农村人可怜,其实干活也是手艺。正所谓会干的人不累,他就是一个会干活的人,这个讲的就是体力啊,跟我讲干活技术、修水利技术那是两码事。王主任这样讲我,我觉得一方面是夸我哥哥,另外也是对我讲,叫我要向农民学习吧,好像谁都认为知识重要,但比知识更重要的是一直干下去,这是我的体会吧。

我多次讲到我大哥程志茂,你在信中也讲到在通讯处宣传,你碰到的能干的人也不少,可我还是认为,我大哥那是特别不简单的。他在修龙河口水库时已经出名了,当时那个大坝能够干起来,如果没有从高山公社这边过去的一帮人顶着,那是不可想象的。龙河口是在舒业,在范家店南边,那边老梅河的山口不是特别适合筑坝,难度不小。从地区和县里派下的人都比较吃力,设计只是一方面,主要是填土和筑坝,在材料上欠缺太多。可以讲舒业恐怕是整个六安地区最聪明的一个县呢,舒业人精啊,但在体力上不行,和六安只隔着一条丰乐河,但舒业人蛮力干不过六安。而高山公社以前叫埠塔寺,在学名上改叫高山了,本地人还称埠塔寺。以前那里是红军举义的地方,人性子烈,性子急,而且猪劲大。

我大哥那时刚干沛顺杭,也是刚干生产队队长。他跟一般人不一样,凡是指派给他的活,他都接下来,他是几乎没有反对过什么。他带的是新建队,还从上河嘴队带了一批,都是能干的人,而且不怕吃亏。这跟舒业人不一样,舒业人精巧些,头脑灵活些,但力气不大行。这也难怪,埠塔寺这边山也不大,但他们都有山里人那种精力。我哥就是在修龙河口出的名,硬是拖沙用沙,干了十几天,几乎没有停过,最险的水口都是他带的队伍堵上的。指挥部的人都看不下去,总觉得沙包要被冲掉,但硬是给堵上了。那时他还没有"干不死"这个称号。他虽然干得好,但不是头儿。不论是董存瑞连,还是邱少云连,都是退役军人当的头儿,他只是一个干活的人,是丰乐河北边的、六安县双河区高山公社墩子湾大队的新建队的生产队队长。他年龄不大，但干活有狠劲，有人在私下里传，就是把他当猪，这让他听了，他也没有不高兴。

修龙河口是一九五八年的事了，那时我还在毛坦厂，修水库的事我知道一些。他那时也不嫌我，那么穷还是读毛坦厂，总是跟我说，要念书，干活没有出息。现在我在农校读完了，没有分配，回来务农，也扒沛顺杭，他只是说，一切相信国家。你看看他这觉悟，只是我不好顶他，我相信我还是会去工作的吧，这个我透露了一点意思给他。每当人少，在我家屋场上没有人的时候，他也会叹气说，念这么多年书，没有成为国家干部是可惜的。你看看，他是知道国家干部的分量的，他那么出力气，人家拿他当"干不死"的，但是我作为他弟弟，他要我有出息。有时他也吸纸烟，但很少让我父亲看到，他怕父亲训他。虽然他已经娶媳妇成家了，但他还是怕父亲，尤其我父亲听到庄上有人也喊他"干不死"时，我父亲就训得更加厉害，说什么叫"干不死"？完全是出丑。你看我父亲就是这样，父亲是知道人是不可能干不死的，人不是机器，之所以干不死还是因为年轻，因为正当年，是个干活的命而已。

我哥哥就是这样。我在下面扒沛顺杭，遇到很多像我哥哥这样的人，所以我从他们身上学到不少。你说教育这确实也是教育，但我想你父亲在搞社教，我作为一个中专生，我认为社教还是要社会主义对吧，这是要规律，知识总还是有用的。我不敢说我大哥那样干不死的人就没有知识，但至少不要真的认为人是干不死的吧。那也就唯心了对不对？现在我在这儿扒河，我是学习他们的，但我希望他们都能明白干活和社教也还都是一样的，要一步一步地来。

我大哥的媳妇是个山后人，山后离我们这里不远，但情况要更差，嫁到我们这边，我大嫂是没有怨言的。她跟我大哥很好，她以他为光荣。大哥年轻时就当了生产队队长，在成分上我父亲虽然略微有一点点问题，但大哥人很正，乡村上的人都信他，他是个什么手艺都没有的人，但他似乎什么都会，很年轻就可以独当一面。我大嫂从山后嫁过来，那边有什么难处，我大哥都会帮衬，这样山里人也在传说广城畈墩子湾这块的程志茂是个能人。但大哥自己知道他其实什么也不是很精通，就是干活的料儿。大嫂持家也不错。大哥虽然和大嫂结了婚，但家还没有分。我之所以在前边信中讲到对分配事情的着急，跟这个也有关系。父亲年纪大了，把我供去上学不容易，好不容易毕业了，现在等分配，都指望我做个国家的人，当个干部，这样，他们都松口气了，也就是说应该分家了，大哥和大嫂不能老是带着我们。我还有一个妹妹，特别水灵聪明呢，这个后面再讲。妹妹以后要出阁，事还多，都要靠大哥吧，大哥总要先把自己的生活理顺了才好。

我家里的情况我在六安时跟你讲过一点对吧，我二哥也结了婚，现在他也在工地，只是不在八里杠。他是个很玄乎的人，有人讲他是个怪人，老二的事情以后再讲。就讲大哥大嫂，他们应该分家了，但是我这没有分配成，现在回到农村，都不知道怎么办。我不敢铁定讲我最终能分配到工作，但我现在这阵势，跟庄上人一起来扒河，我还能指望什么呢？如果现在说分家，大哥肯定不同意。我父母年纪大了，大哥不会甩开我们的，他的性格我知道，不然他也不叫"干不死"了，所以我是有点难为情的。大嫂是个厚道人，但正因为厚道，我才更感到不安啊，她娘家那边的人会认为我们是故意拖后腿不分的。不过分家的事我父亲会有主意的，他是一个不大声张的人，但一旦做了决定就拉不回来。

对了，相对于我们家，你们家就不一样了，一是你爸爸是干部，希望他对我们分配这些事情能有一些了解啊，还有你哥当兵的事，如果他讲了什么别人不大知道的事情也别忘了告诉我哟，我觉得军人很不简单呢，尤其是在大西北干那么重要的事情。愿一切顺利！

志刚

1963.7.8

志刚：

　　每次收到你从高山公社寄来的信，我都有一些陌生，好像这高山公社就不是六安下边的一个公社，而是很远的地方的一个公社，我不知道为什么会有这样的感觉。信中你几次提到我父亲，提到他对你的看法，而他现在正在做社教工作，跑的六安下边的农村也很多，你想整个地区有多大，他又是地委的负责人之一，抓的又是社教的工作，省里也经常要他汇报。

　　六安作为一个老区，社教工作自然形势上跟别的地方有所不同，但不论怎么说他是一个革命者，是从战场上打过来的。那可不是一般人能经历的，所以看问题自然跟我们这些人是不一样的。你很信任我父亲，我在学校时也多次和你提过他，现在因为你去务农了，又从公社去八里杠扒沛顺杭，我父亲总是很关心你在那边的情况，不仅仅因为你是我同学吧。我父亲也知道我们之间书信一直不断，他要我鼓励你在底下认真地务农，务农不是一件小事情呢。

　　你是六安人，你应该清楚，我问我父亲知不知道高山公社这个地方，我父亲说他现在在六安当干部，怎么会不知道高山。高山就是以前的埠塔寺，成立公社，叫作高山，其实就是埠塔寺。父亲说埠塔寺有过起义，是个出英雄的地方呢，挨着九十铺，双河还有施桥、打山，南边有丰乐河，从曹丕塘那边过马鞍河就是张母桥，父亲对你们那块熟得很。他还跟我开玩笑说，我和你之间这么密切通信应该关系非同一般，不过父亲也是点到为止。他对我们六安能修沛顺杭，是大有兴趣的。不过因为组织关系，他不分管这一块，地委里负责沛顺杭的章叔叔，他可是和我父亲特别熟，一是因为他们现在是同事，另外在北方打仗时，他们有一段时间是战友，后边又去了不同的部队，但解放前夕南下时，又先后回了六安。现在在地委里他们配合得很好，父亲之前有一段时间是他的领导，但他们之间无话不谈。对于修沛顺杭，父亲是支持的。父亲是中店人，中店、红旗，往孙岗这一带那是有名的缺水的地方，庄稼根本长不起来，种水稻只能种中稻，种两季是不可能的。所以父亲总是说修沛顺杭，中店这样的地方才有指望。他倒不是指望老家有水浇田，而是说这些冈上的岭上的地方，历史上就没有水，水都分走了，哪有水呢？父亲听说你总在问分配的事情，他是不好直接过问。但我不也一样吗？也是在等待分配。父亲没有明说，但想必他从省教委那里知道一些消息，说你们农校学生应该很受欢迎的嘛。你听听，他这不是明摆着在鼓励我们吗？

　　你在信中提到你大哥——因为我在信中讲到我在通讯处接触到整个沛顺杭的分布，有工地的概貌、各地的施工进度等，所以我觉得八里杠的艰难程度是有代表性的，涌现出像老徐带的这样的尖刀连那是可以想见的。

　　信中你几次讲到你大哥，又说到他在修龙河口水库时的英勇壮举，这倒让我在通讯处那里留心了一下，结果我从一位大姐那里了解到，在宣传资料里，至少在一九五九年前边，程志茂，就是你大哥，确实出现过呢，对他的描述还很详细，只是我不知道原来他在家庭生活中如此顾全大局，是一个好农民呢。这个形象难道不正是我们要大书特书的吗？虽然你大哥就在你身边，但你也应该好好地学一学，尤其是他这种干不死的精神。我夸赞不是因为他是你大哥，即使是一个对我来说完全陌生的农民，我也觉得亲切，这简直太让人震动了。资料里讲到，他修龙河口水库时，是带着沙袋一起滚到缺口里，身上挂着绳子，绳子上还有木桩，整个人是要定到水里的。我一点也不奇怪，埠塔寺能够出现红军举义，没有刚强的性格，没有大无畏不怕牺牲的精神，怎么可能有这样英雄的儿女，对不对？

　　志刚，你看，你大哥程志茂就在你身边，你以前在学校时虽然提到他，可没有讲修龙河口水库的事，现在你自己也在扒沛顺杭，事情就浮出来了，幸亏我在通讯处做一点事，否则我都不相信英雄就出现在身边呢。我觉得我有理由也有责任更多地了解像你大哥这样平凡的扒沛顺杭的农民，应该让更多的人知道，便把这个材料又找出来跟通讯处的丁大姐讲了。丁大姐讲，像程志茂这样的人是不可多得的，还有资料讲到，程志茂是新建生产队的队长，这么年轻就当了生产队长。老区的人民真是太可爱、太可亲了。在水库工地上干活，什么也不图，饭都吃不饱，但为了修水库，就是要拼命干，入团入党这都是有誓言的，他们才是我们最需敬重的，对不对？

我说过我想到八里杠、龙河口、范家店这一带看一看，我想不仅是因为你在那儿扒河，更因为高山公社的这些战斗英雄们让我肃然起敬。我想我不仅能见到劳动中的你，还能见到你英雄一般的大哥，我真是很激动呢。

很幸运，他是你大哥，是我敬重的人。至于你说到的家里的事，分家啊，他和你大嫂啊，以及你父亲，等等，我觉得从革命上看，这些事情都是甜蜜的事业吧。现在是大干的时候，整个六安都是一个火热的大工地。不分家也好吧，一切不都是合在一起吗？国家、人民，还有事业，谁又离得开谁呢？至于你说的你会比较难为情，我认为你多虑了，你就是干活，又不是白吃饭的，对不对？你不也说公社的高书记对你很客气吗？这是对的。你是社员中的一员，你是公社的一分子，不要老想着农校和分配，干一行爱一行，就像我现在在九里沟是通讯员，又是农民，但我还是九里沟公社的社员啊，每晚回到地委大院，我还别扭呢。我觉得九里沟公社才是我更向往的家，这个你不觉得也是我们这代人特有的体验吗？好了，先写到这，还有通讯处的事情在等我，下一次信再叙。

1963.7.16

义 弟：

　　来信中提到的你在通讯处见到我大哥在修龙河口水库时的通讯材料的事情，我跟我大哥程志茂讲了。我大哥说在一九五九年那年是有指挥部的人下来，当时他汇报了龙河口水库修建的艰难过程。有人给他照了照片，他都是有印象的。我说现在我同学在指挥部哟，在通讯处帮忙，看到了材料，现在还准备要挖掘你呢。我大哥听我讲过你的情况，他知道你是我同学，现在也在九里沟公社劳动扒河，他就说什么通讯不通讯的，不就是干活吗？我讲人家说你是个典型呢。大哥这人就是这样，我上次还说他是个土政治家，关心国家大事呢，但说到他是个典型，他反倒不好意思了。

　　其实在工棚里一般都是受了伤之类的，看看工具什么的。大队的郭书记怕是碍于面子没有让我去。这次的信你写到了社教的事情，特别是你父亲对于我们分配和劳动的看法，让我有一些震动呢。既然一个书记都认为我们这样在底下劳动是对的，我想也许就这样吧。我倒记起我们的刘老师跟我们说过的，跟阶级斗争相比，还有什么更重要呢？要站稳立场对吧。社会主义就是这样的吧，能干下事情呢。划成分是上辈的事情，我们是学生，我们只有出身。虽然我父亲是个中农，不像你父亲是个革命干部，但是，我父亲是热爱新中国的，这还用说吗？我现在倒是真的要跟你讲讲这个。为什么我要讲讲这个呢？因为在前几次信中，你和我讲到分配的问题，好像以为我是因为我父亲吃了很多苦，而他把我培养成一个中专生，那我就要等着成为一个国家干部似的——国家干部好像更像是国家的人。我心里也不是这样想的，我应该把真正的觉悟的一面说给你听，对不对？我想成为国家干部，但是，无论如何不都是国家的人吗？

　　我之所以跟你讲这个，是因为这里的农民真是太辛苦了，如果说教育，这确实是教育。土改了，后来又合作化了，他们确实几千年没有这样过，有了地，然后又有集体。随时有人在管他们，农村的大广播只要一播起来，那就不得了。人人都要听这个事情那个事情，国家是他们外面的——他们外面唯一的东西了，他们那么爱呢。

我和大哥谈了些话以后，我听他讲话的口气，我就觉得像他这样一个生产队队长，是真正听国家的话的，国家让他到哪儿就到哪儿，而且他也能到啊。说到什么划成分，我是因为考学的关系，盖章时有一点曲折；我大哥就根本不存在这个问题，他就是干活，他跟大队的郭书记好，跟公社的高书记和王主任也都好得很，他们见面抽纸烟，根本不分你我。对他"干不死"的招牌，高书记他们都是顶在头上的，光荣得不得了。

我讲大哥不同意分家，我是听他说的，他讲不出大道理。我前边跟你说的，我想分配然后分家的事，也是为他好，他和大嫂这样顾着我们，会让我愧疚。在农村就是这样，结了婚就要分出去，他没分出去纯粹是因为我，而且我父母年纪大，父亲又是一个干农活不行的人，所以他才这样。如果我定了，即使说定了不分配就真的务农，我也认，只是我觉得国家应该不会这样，教育应该是目的，不是过程吧，就是要让我们做有用的、更有价值的事，对吧？

这个季节有一点特殊，给你写信时，大哥这几天刚好回到了庄上，因为生产队在搞"双抢"，八里杠即使十万火急，但地上的庄稼不能不收。"双抢"你知道吧？就是在两季稻交接的时候，要收一茬稻上来，还要把秧栽下去，这时也是农村最忙的时候。时令不等人，大哥就带着生产队的人回来了，地上的东西等着收呢——这才让我感觉到他们的激情真是要有点本事才能逼得出来的。也就我见识到如果不弄点粮食酒，就是干不下来。生产队的人都很团结，这也是我在庄上务农看到的。他们让我在平时感受不到的地方——在水田里干活跟扒河不一样——看到他们更熟练，干活更快的一面，而且有上工号子，生产队之间也有比拼，乡村的面貌原来是这样。

你在前边的信中也讲到了真正的政治对吧，因为大哥他们谈的政治那是土政治，你在六安见得多，又住在地委，你哥又是在西北当兵，你看的自然是不一样的。但土政治也有土政治的长处呢，他们就是干活，干活是唯一的本事，但这也很出色呢。干活时就不讲跟美国打，不讲这些了，而且也不谈苏联，就讲我们自己。几千年来，不会这样齐整整地看一大片一大片的稻田吧，真正金黄色的，收到队里的谷场上去，大家干劲很足呢。

我们在农校时完全是另外一回事。队里的人知道我干活不行，我大哥又是生产队队长，所以就让我干轻松一些的活，跟妇女的劳动量差不多，我有些难为情的。

"双抢"的前边几天还行，大概干到第五天的时候，我大哥在屋场上坐下去了，我不能说他是倒下去了。我大嫂去扶他，没有扶起来，原来他是睡着了。后来又喊庄上的几个人来，庄上人有办法，掐了人中，然后拍了背，喷了凉水，把他弄醒了。大哥醒后眯着眼说搞点酒，然后就坐在油灯下喝了点酒，都是本家的兄弟，吆喝着，一起讲扒河的事情，对正在手上干的割稻栽秧的事情一点也不提，因为那是几千年来的老生常谈。

说了我大哥这么多，也许我也就知道我不仅在干活，也在观察他们。像你父亲说的那样，这也是一种学习和被教育吧。你不要认为我是有心情讲这个，也不是调侃，我知道你说他是个典型，但这个典型比九里沟和指挥部通讯处所看到的扒沛顺杭的要更加动人，因为在我们这里虽然显得有一点枯燥，但我正在融入其中。务农不是一件小事，不管后边的情况怎么样，现在我是认真地务农和扒河。我看到的听到的，我都告诉你，我相信这样你是知道我目前的全部情况的。你在九里沟劳动，相信一切都会更加美好的。

志刚

1963.7.20

志刚：

　　你的来信我收到了，信中你又提到关于分配之类的事情，其实我和你一样，我们是同学，而且我还是班长，我也处于这样的情况中，但是我并不像你那样焦虑。前边我说过，我父亲不好直接过问这样的事情，但毕竟我是他女儿，从个人来讲，他也应该关心一下这个事情，但是请你注意呀，分配与否或者说什么时候分配，这都是国家的事情。说到国家，反而真应该好好地谈一谈了。我记得有一次我俩从学校到县黄梅剧团那里去，你还记得那淋了雨的下坡路吧，我们在路上讲到了国家很不容易，我们这个国家这样大，世界上独一无二的，对吧？一个多大多好的国家，我们热爱它。但更重要的，我们要明白它的难处，国家不是很好办呢。所以我是难为情，不敢问我爸爸太多这方面的情况。他是个地区的领导，但是他也是在为人民办事啊，大家都是在为人民服务呢。所以你绕了很多圈子讲到的知识要有用处，教育要开花结果，这个我都同意，但是要相信国家，对不对？

　　说实话，我在这些层出不穷的事迹中看到光明得不得了的东西，真是让人振奋。我希望这样的精气神也同样能感染到你，不过我们也要实事求是，对吧？人的精神境界有不同的，尤其是你讲到你们家分家的事情，我在前边也提到了，什么家啊，小家啊，大家啊，其实都是国家的一部分，对不对？国家建不好，小家、大家都好不起来。这个道理谁都懂，所以先不分家，你在那里先待着。你大哥大嫂是好人，特别大哥又是一个英雄式的农民老大哥，这不是特别幸运吗？让你们不分家一百年恐怕也没有什么吧，至于你说到的你担心你大哥会因为你和你妹，因为你们拖了后腿，我觉得也许你反而多虑了呢。他是一个什么人物？这又要对应你讲的那一点，他是个乡村政治家，一个年轻的生产队队长，一个扒河的战斗英雄，他怎么可能纠结在这些小事情上呢？不会的吧。

　　所谓觉悟，我觉得是个认识问题吧，我们千万不要那样来认识农民，对不对？我特别欣赏你在前边讲到的你们那广城畈的农民都是政治家的说法，这个好得很，都懂政治，都关心政治，这个了不得啊，社会主义就是这样干起来的，对不对？

看龙河口的材料，我就觉得我们对农民的了解还不多，还有欠缺。不要以为几个工分、几两米饭，就能把他们招来干活。其实他们是主人啊，他们是山河的主人，他们才要改造山河——要从这样的大自然、大政治的角度去理解他们啊。

说到你大哥，你讲了他带生产队的人回去"双抢"。我看你的信，很感动，他在屋场上倒下了，一个干不死的人倒下了，我就知道这是吓人的。他怎么会死掉呢？他是永远不会那样脆弱的，对吧？所以他马上站起来，他是队长，他还很年轻。他是农民中的英雄，英雄就是这样。所以我看到你在信中说到他跟庄上的兄弟又吃喝起来，我就想乡村大有希望，山河的明天会更加美好的，这是一定的。材料中写到的像你大哥程志茂这样的人还有不少，我正在消化，还会写信告诉你的，但我想我应该把当年龙河口的材料和现在像八里杠、七贤闸这些材料都统一起来，要让人看到扒沛顺杭这几年来，在这上千个日日夜夜，人们到底是怎么做的，到底是什么在组织他们，让他们内心这样强大，不知疲倦地战斗着。

对了，来信还想跟你讲个事情，那就是我在九里沟近来的情况，因为你在信中也问到九里沟公社这边的劳动情况。虽然我有时被抽到指挥部去搞通讯，但我人算是九里沟这边的，我对这边更加关心些。郊区公社的农民可能不比你们底下的农民更能干活，但是他们离城近，可能在所谓的知识上要灵光一些，毕竟离城近啊。九里沟的许多农民步行一两个小时就能到三里桥，到农机厂那边，对六安城一点也不陌生呢。但是扒沛顺杭，尤其是九里沟要建电站，其工程复杂，一边水要向合肥运，一边有岔渠要向木厂方向走，还有向西的渠，九里沟是个不小的工程呢。这里的问题跟八里杠可能不同，他们要的是材料，这个就有点困难了。不论是水泥，还是钢筋，都缺得不像样子，所以施工难度就大了，再有人力，没有材料也还是不行的，对不对？我们干社会主义要讲实事求是对吧，所以这些天我在这里也是看到了不少他们克服困难、勇于前进的动人事迹呢。

前几天，九里沟工程队的人找到我二哥。我二哥李义江你知道的，在齿轮厂上班,那是个话不多但头脑很快的人吧。我跟他不大谈得来,但这一次,我是亲眼看见他在九里沟,可见他也是为大家出力的。按理说他在厂子里,是个技术能手,工人多光荣啊,但在沛顺杭这个事上,人家找到他,他没有二话的。他去教工程队的人扳钢筋,我才知道工人确实不一样,不然怎么叫老大哥呢?那些农民兄弟非常佩服。我二哥平时不大跟人啰唆,实在是因为他是个能手,他有这个谱儿吧。但在沛顺杭这个事情上,他是非常用心的。

  你在信中说到了农村"双抢"的火热场面,我似乎看到了饱满的稻谷和宽阔的田野,我相信丰收能给所有人带来喜悦吧。好了,今天写到这儿了。等你的回信。

1963.7.23

义三：

  这次我是到公社去拿信，本来可以等到去八里杠工地，也许正好你信到，但我想最近在"双抢"，我大哥还没有带我们队上的人回八里杠，公社的人也没有催。虽然八里杠的活已经到了末尾阶段，但应该讲，还是缺人的，你要"双抢"，别的生产队也要"双抢"，舒业那边因为山要大些，所以稻比我们这边晚点收，刚好他们本地的公社要顶一阵子。但硬仗还是要靠高山公社、南官亭公社、九十铺公社这三个公社的人，人家也都知道这三个公社的人活干得厉害，当然主要也还是我们高山公社的人干得最凶。现在我大哥程志茂在队里跟大家讲，稍稍再休息个几天才去。说是休息，就是在栽秧。"双抢"嘛，上边的稻要收上来，下边的秧要栽下去，时间在于抢占啊，中间要翻田放水、踩泥，反正一套程序呢。大哥就讲要等几天，庄上的人自然都听他的。他讲迟几天，整个公社的人也都这样，就是高书记来讲，我大哥也讲"双抢"不能耽搁。农民的命脉在水田上，这是不用说的。不过高书记在公社里见到我，还是问我庄上的水田弄得怎么样了。我说我不是太懂。高书记就讲，也对，你对农活不熟，但是千万要把"双抢"工作抓好。他让我转告我大哥程志茂。

  我拿到信，高书记还是关心，问我要不要回六安看一看，说不定回去看看，对情况会多了解些。我说写信的同学可以帮着问呢，再说我是相信国家的。当时我就回想起来，高书记是民兵出身，我前些年盖章时虽然经办的文书挡了一下，但高书记当时也是知道的。他什么态度就不知道了，他是从武装部上来的，在政审上一向卡得严，但现在我已经毕业了，没有分配工作，他是看在眼里的。

  他雷厉风行，跟我大哥很谈得来。一个是公社书记，一个是生产队队长，本来中间隔着大队的郭书记，但因我大哥程志茂是个积极分子，扒沛顺杭出了名，所以他们就直接打上了交道。但我看高书记有点怪，还是那次盖章的事情，我觉得划成分没有错啊，土改什么的都是服从政策。当年在解放区就这么干，解放后这个政策很好，这个也是实实在在的。至于父亲解放前干个教书匠，有那么一点点保甲的记录，也没有什么呢，这个我在农校时也跟老师都讲过。受过教育的就是不一样，刘老师他们就很理解，对吧？

高书记问了我一下，这才知道原来我大哥昏倒了。他忙问我那现在起来没有，有没有问题。我忙说，起来了，都干了好多天活了。他一个队长，现在不干活，行吗？队里那么多事，全部要他搞呢。高书记沉默了一会儿，拿出一根烟，在手指甲上敲了几下，表情有些难看，看得出来他很不放心。他说，这样吧，志刚，你先回去，让你哥在家休息；我明天有个会，是在九十铺开，会从九十铺直接到广城畈来，去看看。我说，高书记，你就不要来了，他没有事。高书记还是坚持要来。我之所以写信跟你讲这个，也是说为什么我大哥他们心里边认为自己不是国家的，而干部才是国家的。公社书记也许在他们眼里也不是国家的，国家的就是城里的，这个我这么多年是看出来了。

高书记是高山的书记，但在农民眼里还是像家人一样的，都是农民啊，当然公社书记肯定是国家的，吃商品粮嘛，国家户口，但在农村就是这样，国家干部就应该蹲在城里才对。我跟你讲，义兰，我大哥程志茂这次有点悬。他倒下去后虽然起来了，吃喝不误，活也照干，但人不是铁，人是有限度的啊。我很担心呢，之所以推迟几天去八里杠，是觉得他有点体力不支吧，他要调整好啊。我记得第二天下午，高书记到新建队来了，他先是到我家，自然家里只有我父母在，其余人都去干活或是出去了。我妹妹到下河嘴庄去了，老父亲跟高书记讲不上话，也不大理高书记，高书记讲是来看我大哥程志茂的。

父亲讲，看他干什么，都到山边上干活去了，那边有新建队的几块田，因为挨着王家榜水库近，所以也种了双季稻。但本来那块地从来都种中稻的，是我大哥程志茂和社员们挖了渠，成了种双季稻的水田。在那儿干活，也是"双抢"的收尾了。主劳力可以撤了，可以去扒沛顺杭了。我也在那儿干活。看高书记来了，我大哥程志茂和社员们就拿起工具到田头来迎高书记。高书记把大家叫到队里的稻场上，大队的郭书记和夏书记都来了，在扬水圩那里喊高书记。到了稻场，高书记手支在桌子上。太阳快要落山了，天仍然很热，高书记拍着桌子说，你程志茂生了病就要跟公社反映啊，要不是你弟弟程志刚到公社拿信遇见我，向我报告你昏倒了，现在我还不知道呢。我今天就是特地代表公社来慰问你的。你虽然是生产队队长，带社员干活是你的责任，但身体是革命的本钱，你不能连本钱也不要了吧。所以我慰问你是小事，大事是你必须休息。要给程志茂加点餐啊，打个蛋什么的总是可以的吧。我们粮食关都闯过来了，我们高山公社的程志茂是一面旗帜，怎么能倒呢？传出去是个笑话啊。农民同志们，我们要爱护我们的生产队队长，在八里杠他是个明星了。龙河口前几年要不是有程志茂，他们舒业人要修出龙河口，门儿都没有。不是我在这里吹牛，高山公社是最能打的，你们想想埠塔寺是干什么的，当年红军举义，没有埠塔寺，张店能打那么好？还有苏家埠是出了名了，但要是没有埠塔寺，你以为苏家埠战役能打那么好？同志们，程志茂不能倒下。

高书记拍了桌子，郭书记、夏书记还有公社跟来的几个人也都拍了巴掌。我是站在榆树下边，我大哥程志茂用帽子在扇风，临到他自己表态了。他就讲，社员同志们，各位乡亲，我那天是滑了一跤，根本没有昏倒这么一回事，我才多大岁数，干这么点活，你讲我就昏倒了，这传出去是个笑话。什么？摔倒的？高书记问。这时大队的郭书记说，是啊，高书记，程志茂是摔了一跤，队里有人讲他是昏倒的，但他怎么会昏倒呢？年纪轻轻的。高书记看看社员，似乎是在问大家。程志槐是当时把我大哥扶起来然后一起吃饭的人，他说，高书记，程志茂是倒下去的，但确实是昏倒了，我去扶的，有一两分钟讲不出话呢。

到底怎么回事？高书记拍了桌子。夏书记这时把程志槐拉到稻场边上对他说，你怎么回事，不是说不要跟公社的人讲吗？程志槐讲，我不讲不行啊，不讲明天就要走，我敢肯定。高书记于是又讲了起来。他说，不论是摔倒的还是昏倒的，反正程志茂不能倒下去，他要休息。我宣布程志茂同志休息三天，记工分。高书记的话让大家很振奋，郭书记拍巴掌，大队的人都把程志茂围起来，对他说，还不感谢高书记的关心？我大哥还是拿帽子扇风。

晚上，我大嫂问我大哥，叫你休息呢，你刚好歇几天。什么叫歇？在农村这是不大可能的吧。我大嫂那是在为我大哥着想，但我大哥自己不能这样啊。组织上越叫他歇，他越是不能歇。他对大嫂说，要是歇那就不行了，人就是这样，一歇人就散了，人散了架，就拢不起来了。高书记我是懂的，他来看我，就是叫我表态，歇三天的意思就是叫我三天后去八里杠。我大嫂讲，你这头脑也太不好用了。大嫂不干，认为把命干进去了就什么都没有了，应该歇三天。我大哥就发火了，说，你懂个屁啊，干活不能歇，歇才是疲呢。什么叫命？革命才是命，不是革什么命，就是要革命，越革越命。我读了书，毛坦厂也好，六安农校也好，把革命说这么彻底的人还没有。我大哥也是有水平了。

你在通讯处找到不少我大哥的资料，跟你说吧，他是一个干不死的人，这个倒是真的。只要他还没有干死，谁能说不是呢？再说，他干龙河口那两年，是出了名的，跟高书记他们打交道时间长。我刚才说他们认为公社的书记跟社员们是一样的，都是农村人，都是为国家干事情的，所以他能不懂吗？三天后就必须去八里杠，至于说歇三天，那是高书记讲的，是关心，在他看来，就是政治。我写信跟你讲这个，你看，我大哥程志茂的情况你就更清楚一点了是不是？

志刚

1963.7.27

志刚：

　　收到你的信了，知道你大哥在生产队昏倒的事情，我是很有想法的。一个这么好的农民英雄，到底还是会倒下的。所谓的干不死也不能讲就是神话，神话总是要破灭的，而社会主义不是神话，社会主义是实干，是加大力度干活，更要多快好省，这是毛主席说的吧。赶上英美也好，把帝国主义打倒也好，没有实力是做不到的。而一个号称干不死的农民英雄倒下了。我在前边信中跟你提到了我二哥李义江，一个又红又专的工人，一个穿着翻毛皮鞋在工厂里几乎通行无阻的人物，但在九里沟电站，对九里沟公社的那些扒河的人来讲，他也就是一个工人。但是，你要注意哟，国家是大家的，所以我觉得像你大哥这样的人，包括尖刀连的老徐，我觉得不要以为社会主义就是要死干，其实不尽然，社会主义是要干，但蛮干也不行吧。

　　来信中提到公社高书记已经到队上来了，对吧？让你大哥歇三天，你说你大哥认为歇三天就是让他三天后返回八里杠。我对高书记具体的处理意见不清楚，因为作为高山公社的一个典型，高书记肯定是爱惜你大哥程志茂的。程志茂倒下了，对他是个不好的消息吧，现在扒河的任务这么紧，照你说还有"双抢"的事情卡在中间，公社不可能不知道农民的难处吧，但在困难面前高书记不会退缩吧。我觉得高书记就是让他休息，不要多虑。作为他弟弟，你应该也劝你哥哥多休息，因为我在通讯处找了不少材料，比较下来，不是说他是你哥哥，我就在信中夸赞他，确实他跟别人还是有不一样的地方，那就是他特别真实，尤其是这一次昏倒，主动把干不死的神话给打破了一点点，所以我觉得他就更立体了。

　　不过话说回来啊，我说这神话是打破了一点点，但神话也还是要的，不能讲农村里的公社，包括区里、县上的人都是吹神话吧，三年困难时期已经过去了，现在不是讲高产的时候了吧，对不对？社会主义是要实干的，修水利就是这样啊，在世界上哪个国家能干成这样的事情？只有在我们中国吧。尤其在六安，我父亲说了，三十万人就在战场上，一个多么好的老区。但到了新社会，再挨饿，再吃不饱，再出去要饭就不像话了。所以只有奋斗啊，自力更生啊，扒沛顺杭就是个例子。我刚才讲社会主义不搞神话，但底下总会有这种情况，你现在在那里扒河务农等待分配，我和你一样对不对？我们受的教育跟我们承诺过分配了就是国家干部，但问题是，不是每个人都要成为国家干部才是国家的对吧，像你大哥程志茂，他比谁都更是国家的啊，这是一个认识问题。

所以我觉得昏倒也好，休息也好，都不是问题。重要的是，我们的组织无处不在。高书记不是来了吗？大队的郭书记也到了对不对？你看，底下的组织运转得很好呢。我跟我爸讲了你大哥程志茂昏倒的事情，我爸说，下边干活实在是太凶了，要注意方法。我说是在"双抢"时昏倒的。我爸说不管什么情况，应该爱护农民啊，做社会主义教育，既有路线上的，也有情感上的。你看，革命干部和我们站的高度就是不一样，所以你讲你大哥大概只能休息三天就要上八里杠，我觉得不妨让他从实际情况出发，如果身体吃不消，不如多休息几天。当然了，如果他铁定认为自己身体很好，也不排除这种可能，那就让他回去也没什么。我的意思是不要让一个英雄下不来台，应该实事求是对不对？

你前边在信中也问过我沛顺杭的一些情况，至于前边的你也知道，很艰难，对吧。在学校时，我们也去九墩塘扒过，那时是晚上吧。我印象里，主要是趁主力军休战的时候，我们学生上。你还记得修河到地委大院，我跟你也讲了游泳池放了水，但并没有人游水什么的，毕竟是个沟渠，只是要让水引进城里，九墩塘本身是个烈士陵园，那里躺着那些六安的战争英雄。我想说的是，六安人为修沛顺杭那是下了大力气的，你老问我这路还有多长，我觉得还早呢。这是个大工程，我爸在地委里没有直接管这个事，现在他在搞社教，下到底下多，但底下在干什么？就在修沛顺杭啊。

特别是六安县跟肥西县、舒业，还有往河南那边的霍邱，都在施工，其实父亲对扒河一点不陌生，可以讲整个六安都在干这个事。但对全局更清楚的是父亲的那个同事章同志，章同志是地委里果断的人吧，没有他沛顺杭也干不起来啊。我在九里沟扒河，我二哥在齿轮厂都被借到九里沟去帮忙讲解扳钢筋。父亲知道现在大家都在忙这个，跟老章谈过几次，说现在底下人实在是很辛苦。老章自己往龙河口跑，往肥西跑，有时从山东、河南那边也有农工支援过来，老章都是亲自给大家讲解沛顺杭，在横排上头第一锹土就是老章挖的。

我问父亲，为什么章叔叔对沛顺杭这么大干劲。我父亲说，你可以自己去问章叔叔啊。我很少见到他，有时在院子里碰到，他身边总有人，都是拿图纸什么的。他现在是个大忙人，我没有问出来，因为根本说不上话。但我知道他以前在常县干过县长，我父亲说他临到地区之前当了常县的书记。大概是一九五几年的大水，也就是刚解放吧，老章在常县当县长，常县发大水。淮河发了水可不是闹着玩的，会淹死很多人的，社会主义是不允许发生这种事的。解放前没人管，但社会主义时期不行，人命关天啊，淮河就要治，是老章把这个口号喊出来的。毛主席有批示啊，一定要把淮河治好。

　　志刚，你看，你现在在八里杠扒河，但一锹一锄都是从最高指示那里传下来的，对不对？我们这个国家就是这样，行动要快啊，所以我父亲虽然在搞社教工作，但对沛顺杭了解，对负责指挥的老章那是特别敬重的。他跟我说到章叔叔时，一直都称赞他是个有魄力的干部。以前他们在一起工作时，父亲还直接领导过他。他是从山西下来的，真正的南下干部，不像我父亲就是本地人，只是在外边打仗，后边淮海战役打回来了，在六安当领导，所以也称南下干部。父亲跟老章不一样，他对这个地方的感情是复杂的，因为他了解旧社会六安的缺水和旱灾并存，出去讨饭的人实在太多了。但现在一个南下的干部真正把沛顺杭给干起来了，父亲是看在眼里的，所以他对我说，乂兰，你要向你章叔叔多学习，学习他对山河的热爱，没有这份热爱，哪有壮志干这么大的事情？他又说，还有你那个在高山公社的同学，也要珍惜这个机会，难得的扒河机会。至于分配，迟早会分配的，到时当干部了，回想扒河的经历，不是更加美好吗？

　　志刚，你听到没有？我父亲讲了，现在是干活扒河，分配虽没有着落，但迟早还是会当干部的呢。你看到了吧，应该表现一下吧，这是多么难得啊。本来我不应该反复跟我父亲讲我们分配之类的问题，但他还是注意到了，一个地区那么大，我父亲又那么忙，但是他毕竟还是关心我们年轻人的。我跟他讲底下涌现出来的英雄很多。父亲说，农民才是最伟大的。我觉得我父亲这样的革命干部心里边是有农民兄弟的。

　　对了，现在你不也是农民兄弟的一分子吗？所以你才要拥抱这火热的生活，对不对？希望很快我可以到龙河口，然后到八里杠工地去。

1963.7.30

又弟：

  收到信正是最热的时候，农村的蝉鸣听起来让人心烦不已。但你的信到了八里杠，让我看到了希望。不是说别的，就是说我似乎又感到坐在南门的农校了。相较于八里杠，我对六安农校还是极为思念的。但读书时光已经回不去了，倘若你要问我毛坦厂，同样是读书的地方，但对毛坦厂的印象就复杂了一些，毕竟在那里是挨饿的。为什么到农校就不饿了？因为是吃国家粮了，就是在城里边，就是国家啊。你可能要说我啰唆，但我仍然要感谢这个呀，感谢国家。至于说到谁是国家的人，是不是干部才是国家的或是城里人才是国家的，你讲了以后我也明白多了，其实都是国家的，我们是个大家庭对不对？

  你是班长，你政治水平高，父亲又是地委的领导，你消息也灵通，但最重要的，我想是你的立场，你总是站在国家的角度看问题，这个让我非常感动。确实应该有人站在国家的角度看问题，不能只站在自己的角度，对吧？同样是大哥生病的问题，他是我亲哥哥，但我有些犯糊涂，不知他那样处理对不对，是你一下子找到了问题的实质。是的，公社的高书记来了，组织来了，即使在公社，一个社员，书记也不会放过。所以我们国家才能干大事，六安才能扒沛顺杭，前边有五大水库，这很了不起，但是修沛顺杭这个中国最大的灌区多么了不起啊。确实我也理解了公社高书记为什么要逼我大哥程志茂休息，大哥肩上担子重啊，不是说他一个人干活顶多少工分，而是他是一个典型。

  是你说的，从龙河口开始他就是典型，典型不能倒啊。另外，你在信中提到了你父亲讲到我们分配的事情，听你信中的口气，他认为我们应该还是可以分配的，对不对？这个我觉得特别好，至于到底什么时候分配，或者说去干什么工作、去什么地方，这个会由国家定、政府定。但你父亲这样一个地委领导，他是看得明白的，对吧？他认为迟早还是要分配的，对吧？至少我从你信里看出来，你父亲是这么讲的，对吧？

你来，是代表通讯处的，对吧？你可以看到最鲜活的材料，所以我一直在等你来。自从农校出来以后，我们还没有见过面，确实应该见上一见啊。我觉得火热的生活对我们是一种锻造，对你我都这样，但对你可能要更明显，因为你在一个更高的地方啊，沛顺杭指挥部就在五里墩，你在那里能看到这个工程的全貌，对不对？相信这个纸上的图会越画越美的，对吧？

你很关心我大哥程志茂，这能看得出来。等你来到这儿，你会看到一个真实的劳动英雄。跟你说吧，你在信中讲到的认为他如果可以坚持就应该回到八里杠，我是同意的。但事实是，我给你写信的第二天他就回八里杠了，我也是一起回的。因为我大哥程志茂要回，大家也都跟着走了。"双抢"还没有彻底弄完，那也不管了，反正村子里还留有人，这个一直都是很有机的。对，这个词是公社讲的，讲社会主义也要有机，这词好啊，现在不能讲蛮干了，要讲效率啊，干不死的程志茂也昏倒了。但是高书记欣慰的是，我大哥程志茂在他来看望的次日就回到了八里杠，与其说他是来看望，不如说他是来打强心针的，说明了"干不死"再次被架起来了。人是有无穷力量的，这个我相信。我虽然为大哥捏了把汗，但大哥还是去了工地，他到了工地，工地一片欢呼，尖刀连又火速地战斗起来了。

那个抗美援朝的老兵是新街人，老徐没有回去"双抢"，只说他跟战友去了另一个工地，在那里做了动员。他到那个工地也讲这边程志茂的故事，他讲干活是会干的人不累，不会干的人才累。这样，老徐回来就跟高书记讲要推行程志茂的干活方法。高书记听老徐讲他在干镇那边的情况，说干镇那边对八里杠非常钦佩，硬说要作战方法。高书记讲，就跟他们讲，要想学高山，就要有个干不死的头儿。老徐没有总结出我大哥程志茂有什么工作方法，就把"干不死"三个字又让人带到了南港干镇那一带。人家就问，什么叫干不死啊？高书记就让老徐说，打铁是要真材料，只有高山才有这样的英雄呢。

高书记是十分激昂的，我大哥程志茂回到工地，活仍然干得好，但来学习的人多了些。高书记和王主任就不怎么高兴了，好像一个农民被夸大得有些过分了。但私下里也有人讲干不死不是神话，"双抢"回去到底还是累倒了，只是没有死而已，累还是累的，在农村谁会相信干活能干死的呢？

义兰，先不讲这个，现在我心情很好。我想你信中讲到的通讯处也好，办钢筋厂也好，这都需要知识对不对？而我们就是学知识的，知识可以用。至少你在上边就是这样的，对吧？也许过不了多久，我们到底还是要工作的，至于什么干部，我倒不在意，在意的是为国家出力，现在政策这么好，又处在这么能干活的时代，知识有用处的。说到知识，我倒想跟你讲，知识有用自然不必说，但倘若没有知识呢，也是很可怕的。

我还是讲我大哥程志茂，不是说高书记来了第二天他就回到八里杠去了吗？你会说他是政治觉悟高，说他是个农村政治家，知道国家大事，虽然不是国家的人，但为国家操心。他回八里杠之前的那个晚上还是出了一点点意外，有个叫吕二的人到庄头上来，跟人讲现在人倒了，都是有报应。不用讲，他讲的是我大哥昏倒的事，为什么挑晚上来呢？因为白天他讲那些话效果会不好，晚上在池塘的幽光反射下讲这些话会更耸人听闻。村里的志仓听到这个话，就把吕二堵上，问他讲这话是什么意思。吕二就讲，你们听着。庄上人也不会为难吕二，现在吕二也不敢造谣吧，民兵就在上河嘴那边呢，可以把他抓起来吧，以前他就造过谣，民兵是铐过他的。但这一次他讲得信誓旦旦，就让他说，庄头的人越来越多，大哥程志茂看见大嫂出门就喊大嫂回来。我还是去稻场了。

吕二讲，为什么昏倒？因为你们搞七贤闸把那里的七贤祠推倒了。这都是两年前的事了吧，再说推倒七贤祠那是民兵也参加的。志仓说。吕二接过志仓的烟，他看出志仓有跟他谈下去的意思。吕二讲，我平时给人看皮肤病，你知道我到七贤闸那里去过，早年我在那儿还有熟人，对那里比你们懂。志仓讲，推七贤祠是施工需要，扒河是扒出来的，不是河水自己淌的，扒河不就是一个扒吗？遇到什么就扒什么。旁边的志满也说，吕二你这样讲要有证据啊，什么昏倒是报应，都社会主义了，还搞这个？

吕二讲，我治皮肤病，我不讲科学吗？我才讲科学呢，防血吸虫病，有些人抵触，我第一个把自己的偏方烧掉，支持政府的，对不对？不要讲我不科学，这不是科学的问题，这是一个做人的事情。做人？他这话有些刺耳，我是听出来了的，但我没有站出去。

义兰，你听听，在农村，还有人讲做人，而且面对的是这样干活的劳动人民。什么叫做人？我听吕二接着讲，七贤祠是想推就推倒的吗？应该要留一手啊。这什么意思？志仓问。志仓先前有些怕，因为当年把七贤祠推掉，他和民兵就站在一块儿，当然队伍是程志茂带的，现在程志茂倒了，人家来讲七贤祠来报应了，这逻辑，他是要注意的，对吧？

好了，义兰，七贤祠你可能不知道，但你在指挥部那里应该看得到七贤闸。那是往庐江分水的一道闸，如果不在那儿修，工程要绕一个山弯不说，还要做倒虹吸，那就麻烦了。至于说到七贤祠，我也听人讲过，自然是重要的，但政府修水利，推倒它又有什么呢？关于七贤祠是什么，我听庄上人讲过，它本来叫七咸祠呢，就是咸菜那个咸，后边人家讲叫七贤祠，搞得神神鬼鬼的。吕二来找话讲不是没有道理啊，他本来就又看病又看风水，在五十年代招赤脚医生，他本来是选上的，但后来因为他做事不合乎规矩，又被取消了。不过他治皮肤病的手艺无人能敌，乡村还是少不了他。

志仓就问吕二，那你讲讲，这七贤祠到底是个什么东西？吕二讲，你们干革命也好，大战沛顺杭也好，都是好事，但乡里乡亲的，还是要懂点规矩对不对？七贤祠是什么？是七贤啊。贤是什么？贤就是乡村里的好人啊，给好人修个祠，恐怕有上千年了吧，你们想扒就扒，这个自然是不行的。你放屁，是吃咸菜的什么人吧？志槐在远处喊道。志槐是把我大哥扶起来的人，不信邪，听不得别人讲大哥程志茂的坏话。什么七贤？是吃咸菜的！志槐又说。吕二摆手对志槐说，程志槐你不要插嘴，你大字不识一个，跟你讲不明白。程志槐拿起扁担就要过来打他，志满在边上拦住了，使了个眼色，意思是让吕二讲下去。吕二讲，贤就是好，你们不懂的。

志仓回过头，看见志满靠在外墙上。吕二讲，还是跟志茂讲讲，差不多行了，干活也要歇。书记让歇三天了。志仓说。歇三天？吕二问。志仓说，是啊。吕二说，那怎么行？我看志茂那样子，是该歇下来了哟。我是在墙根那里听到他们的讲话，应该讲吕二不像坏人，也不像安什么坏心，但多少对大家是个动摇。志仓把吕二送到塘埂往南的岔口，对他小声地讲了什么。

我之所以写信跟你讲这个，是想说虽是务农，但什么人都有。还是知识管用，在七贤祠的问题上，如果讲到知识，就应该把七贤祠的传说找出来，那不就行了吗？不过吕二倒是提了个醒，应该对农村的一些东西有所了解。但像吕二这样以为风水什么的会对人有报应，这就没有知识了吧。我大哥自然不信这个，他是跟程志槐一样，知道七贤祠是个吃咸菜的地方，什么也不代表，所以推倒它，只是半天的工夫。他只知道建了七贤闸，庐江的白山还有几个乡，水就过去了，农民就有指望了，这才是社会主义啊。

  但是，第二天一早，我大哥程志茂就决定回八里杠，村里人马上收拾，早上七点钟就一起赶回了八里杠。这就是大哥昏倒以后又立马返回八里杠的情况。我感受到的是，他这人不信邪，有一股子狠劲。盼你尽早到龙河口、八里杠来一趟。

志刚

1963.8.3

志刚：

　　信中提到你大哥程志茂在高书记来看望他的第二天就回到八里杠，看到这一点，我感到非常欣慰。虽然通信是我们之间的事情，但你谈到的你大哥的事，我在通讯处都会讲给丁大姐听。丁大姐在我的影响下，也对你大哥程志茂特别感兴趣，加之在修龙河口水库时他就是一个典型，现在在舒庐干渠的战线上，你大哥再次引起轰动，这不是没有道理的，他确实是个人物。至于高书记让他歇三天，我上次也说了，那是组织上的照顾，组织无处不在，即使是在公社这一级，社员们对公社也是有归属感的。人民公社制度是有巨大优越性的，这个我父亲多次跟我说过，说这是一个非常好的办法，公社大，这是多好的事情，只有在我们社会主义国家才能搞得起来。

　　对你在信中提到的关于你大哥程志茂倒下去，然后他未歇三天又回到八里杠，自然引起轰动的事，我还想讲一点，你要注意上次我讲过的关于乡村政治家觉悟的事。那还是一个主人公的责任意识问题，农民之所以不认为自己是国家的人，我想有一点是肯定的，他们从来没有过像今天这样被政府组织起来。你想一想，我们在农校读书的时候，我们过的是集体生活，我们受的教育是社会主义的，但我们是作为国家干部培养的，我们心里清楚啊。但农民就不是这样了，他们历来都是面朝黄土背朝天地干农活，在旧社会他们是没有出路的，所以到了社会主义新中国，他们在观念上有了一个转化的过程，不能真的认为他们是乡村政治家了。他们首先是需要改造的农民，我说的是他们的观念。他们已经快要转过来了，知道他们干的是社会主义，虽然已经当家做主了，但意识还不是很强，怎么办？我觉得像沛顺杭这样的集体工程，一起扒河，是一个最有效的办法了。

　　话又要讲回到划成分、土改这些事情上，其实老百姓心里是知道的，这都是社会改造啊，新国家有新国家的一套办法，不划成分，不定成分行吗？地主还能混在人民中间，地主老财打倒了还不够，还要定性啊，社会主义才能巩固啊。所以解放区的做法，解放后都在做，这是对的，你难以想象吧，不划成分那不乱了分寸吗？至于你提到的你父亲解放前的一点点问题，划了中农，还有一点点成分问题，这是可以理解的，虽然你上毛坦厂盖章出了点问题，但最终还是解决了。我之所以老调重讲这个，是因为我想到了你大哥程志茂为什么在成分上、在事业上都能顺利往前呢，就因为这不是一个什么知识的问题，而是一个纯粹政治的问题，那就是他热爱社会主义，热爱大建设，热爱公社，不然你以为高书记会那样恳切地关心他？组织上是看在眼里的。

还有一点我想跟你说的是，你应该记得我们在农校时，除了扒九墩塘、集体参战，炸五里墩那块，我们也到工地了，只是因为备战的需要，我们还没有真的下到五里墩，我们是作为后备军在五里墩南边待命的，对吧？当时工期紧，我们全部驻扎在南边，因为五里墩太难挖，炸药也炸不开，后来是请了解放军来干，才打开了缺口。五里墩打通了，水才能向合肥那边走，沛河总干渠在五里墩是个点。我在通讯处看材料时吃了一惊，说当时至少有十万人准备参战，这是一个多大的规模啊。这让我想起我们国家就是有这个本事，这在别的地方是不可想象的。我们学生被调来但并没有真的参战，除了解放军。炸五里墩的主要民工是从常县来的，在六安的这几个县中，常县人力量大呢，因为靠淮南，所以体力上强——道理很简单，那里民风比较剽悍。

在信中你讲到乡村里来了个吕二先生，这个让我印象深刻，你讲到了程志仓他们跟他有交流，发觉农村有这种人也不可怕，看风水也好，看病也好，反正社会主义没有死角，我们应该允许一切人存在。但是，我觉得英雄是不能抹黑的，说七贤祠推倒了会有报应，这是值得认真对待的。我不是说对这个荒谬的说法要认真看待，而是说对这个人提这种可笑的看法是要警惕的。无论他是个什么人，我觉得都要坚决地反对吧，不是说这样的人要被打倒，这个倒说不上，但说什么报应，这是很严重的诋毁吧。推倒七贤祠有什么报应？一切都是眼皮子底下的，是政府让推倒的，政府在后边呢，这有什么可怕的？你大哥程志茂他昏倒了，是个身体问题。

且不说他已经回到工地了，即使他真的生病了，也不要紧。倒下一个程志茂，还有成千个程志茂。不能这样来看待一个很简单的问题，所以我觉得你作为一个受过教育的人，这时候应该发挥作用，应该要驳斥他这种荒谬的观点。所以我建议你，如再遇到吕二先生，你应该发动群众把他从你们村庄给赶出去，这是必要的吧。我有时觉得社会主义能组织这么多人来干大事，但往往在一些很小的细节上比较容易被人钻空子，这吕二无非是个看皮肤病的游医，你讲赤脚医生都没有评上，却对一个修沛顺杭的扒河英雄如此恶毒，我觉得你表现得似乎过于客气了。历史上也从来没有哪一个时期像今天这样能够把这么多人组织起来干事情，但是总还有一些人，不但不干事情，反而在那里说风凉话，这是不行的，是应该反对的。像吕二先生这样的人，是不是能干活，我并不清楚，大概这样的人即使拉到工地现场上去，干起活来，也未必让人放心呢。这你就明白了，社会主义是需要保卫的，确实划了成分，把地富反动派打出去了，这是对的，历史就是这样，英雄必然出自自己人，只有这样的人才能成为英雄。七贤祠，我在前边资料上也看到过一些，完全是一个攻克难关的好事情，怎么到了坏人那里就成了一个这么玄乎的东西呢？

可见，在农村，教育问题仍然非常重要。我不是说对吕二这种人要教育，我是说像你们庄上的，比如说志仓这样的人，也应该要教育啊，迷信很容易卷土重来，对吧？这不是迷信是什么？什么七贤，什么动不得，我看也不要讲什么吃咸菜之类的，就是七贤，也可以推倒，在封建的那些旧账本中，什么叫七贤啊，谁站出来说说？挡了修水利的道，农民扒河的双手就可以把它推倒，历史是挡不住的。我会尽快到龙河口一趟。

1963.8.9

又莘：

　　公社的气氛跟前段时间又有所不同了，不知是不是高山公社出名了，反正在大门口就拉了红色的条幅，说的仍然是艰苦奋斗的话，但我感觉从气势上比张母桥区的几个公社都要强。我们从高山到八里杠，每次都要经过张母桥的长冲公社。按理说，长冲公社也是有名的能战斗的公社，但这次修沛顺杭，确实是六安这边的高山公社把张母桥的几个公社都打下去了。你想，我们这边的九十铺、施桥这两个双河区的铁硬公社，加上高山公社这样在修沛顺杭中起来的厉害角色，张母桥区就被比下去了。而双河区又是六安县最大的一个区，高山公社能给区里带来荣誉，是一件让人振奋的事情。

　　收到信我就急着拆开看，当然你信中谈到的对我们底下火热生活的意见，我是非常珍视的。一是因为你确实在政治觉悟上比我们高，另外，也因为你带着城里的意见，就是说还是国家啊，地委就在那里，对吧。底下的事不都是由指挥部定的吗？而指挥部自然是由地委指挥。章指挥长是你爸的同事，还曾是你爸的部下，而章指挥长在底下那简直是一个高大得不得了的人物。整个地区都敬重他吧，没有人在上边雷厉风行地指挥，下边会乱成什么样啊。在八里杠就是一个例子，每天的请示汇报，虽然讲的是思想和政治，但落到实处，仍是要讲决战怎么干。

　　高书记对我大哥程志茂的关心在八里杠工地尽人皆知，但想不到出了个吕二先生，讲了七贤祠的风水的话，我听说高书记马上叫民兵去找吕二呢。这还了得，这是对英雄的诬蔑啊，虽然共产党人不信邪，但总不能拿七贤祠这个东西来咒我们的农民兄弟吧。民兵去找了吕二，但吕二讲他又没有说推倒七贤祠是错的，只是讲我大哥程志茂昏倒了——农村有传言讲是犯了七贤祠的冲，如果不信，可以到七贤祠那个庄上去问。民兵没有捆吕二，但是把吕二带到七贤祠庄上，到了庄上一问，庄上几个妇女讲七贤祠是个好东西，但政府要扒河，扒了也就扒了，没有什么意见啊。民兵连长就问，那你们认不认为七贤祠会害我们高山公社的扒河社员？这些妇女本来就因为高山公社扒河凶,对这边有意见呢,就说反正她们不管事。

吕二先生大概是得到了七贤祠庄上妇女的支持,于是跟民兵就硬了起来。民兵没有捆他,就地把他放了,临了对他说,如果还在九十铺那边搞风水,迟早要把你铐起来。关于七贤祠的事,因为是舒业地界,高书记又是高山这边的书记,所以还是不能硬来。八里杠会战就要结束了,却出了这么个谣言,高书记非常生气,还是公社的王主任要灵动一些,跟高书记讲,反正这些妇女也好,社员也好,之所以不讲七贤祠的坏处,还是因为高山公社不是舒业的,干活比他们这边强,人家自然不高兴。高书记听他这么讲,也就不再计较了,但对吕二先生那是印象深刻了,他讲他要到区里去汇报,不给吕二先生一点处理那是不行的。

干完了八里杠,这支英勇的模范公社扒河队可以继续在舒庐干渠上干,也可以回到六安这边。指挥部的意见下到了六安县,六安县又压到双河区,区委书记姓梅,梅书记讲你们最好去界儿岭。高书记有些吃惊,因为听说界儿岭已经上过三次扒河队,但都没有啃下来。那里问题很多,一是地势太险要,二是有池塘在。关于那口大塘的传说也很多,有说朱元璋在那里洗过澡,还有就是大型的工具上不去。去过三次扒河队,有一支还是指挥部直接组建的,但都败下来了。现在让高山扒河队上去,高山扒河队又要联合双河的另两支扒河队,就是施桥队和九十铺队,三个公社的社员要一起干,才能有希望吧。

老徐作为尖刀连的连长,他是可以放狠话的。但活儿是要我大哥程志茂带人干。梅书记也是个烟蒲包,他发烟给我大哥程志茂抽,问我大哥,有没有把握?我大哥讲,按理说,现在干界儿岭应该可以,但如果放到开春之后会更好。梅书记不作声,高书记当然明白,到了开春,也许县里会顶不住地区的压力——早就听说有可能调机械化东西来干,之所以没有下来,还是因为机械化的队伍很小,就在霍邱那边。六安这边毕竟石头山少,可以想办法用人工来攻。高书记摇头说,明年开春肯定不行,要干就马上干,现在转秋季了,天也凉了,"双抢"也干完了,再说秋季有可能发一点水,土湿对干界儿岭更是好机会,而且那儿有大塘,如果现在不干,等入冬上了冻,岸边的土结了冰,后边就更难干了,区里会已经开了,已经对上边领任务了。

高书记望着梅书记，等于把梅书记之前对他说的话重复了一遍给我大哥程志茂听。我大哥程志茂说如果命令我们干，我就干。当时梅书记和高书记找我大哥和老徐说话时，叫我就站在边上——是高书记跟梅书记讲的，我是个等分配的中专生。梅书记似乎很尊重我，大概他知道我迟早也会到他们的队伍中去吧，我说的是他自己也是个中专毕业生——他是清楚的，不可能不是国家干部啊，这个是在事后他跟我小声谈话时讲的。他说干活要有点力，分配了还要干更重的事情呢，拿笔杆子嘛。我觉得梅书记没有拿我当外人，梅书记对我大哥程志茂是没有下死命令的。他是个读书人，也知道对农民应该下命令，但他又认为工作要有方法啊，蛮干是不行的。

　　我大哥后来就跟老徐商量，问老徐到底怎么看。老徐讲，上甘岭打下来，凭的是什么？凭的是命啊，修沛顺杭也是这样，有活就干，实在扒不开就炸，炸药总是有的，不炸那不行，界儿岭又要上炸药的。我大哥讲，有你老徐这个话，我就敢干，你保证炸药能炸开。老徐讲，志茂啊，我是上过战场的，刺刀都拼过，什么叫炸弹？炸弹就是没有什么东西能躲得过去的。人家讲修沛顺杭是天河，就是真的在天上扒河，炸弹也能炸下来。我听他们讲话狠劲十足，望着有些害怕，但他们还是把任务给接下来了。

　　八里杠扒河还没有结束，但我大哥程志茂提前从工地回到广城畈，因为在墩子湾大队部马上要召开关于转战界儿岭的动员会，动员会其实正是我大哥提议召开的。自从上次梅书记亲自来动员，征求意见，让高山公社扒河队接下界儿岭的任务，公社的高书记几乎不能休息，整个人被激将起来。王主任私下里跟我大哥讲，高书记听梅书记讲，县里的廖书记和吴县长，有可能要到界儿岭的开工现场来，当时我大哥就问，不是已经挖过三轮了？高书记和王主任对现场不会不清楚，但王主任说，高书记听上边的口气，是一定要把界儿岭当成一个战役来打，以前的话就不允许提了，社会主义不是不允许失败，但社会主义不允许不胜利，应该战无不胜。在战争时代，一个山头打不下来，就再派一个队伍上，死多少人都要打下来，新中国就是打下来的。

　　王主任对我大哥透露了县里的廖书记和吴县长要亲临界儿岭的消息，我大哥自然是明白这仗不打不行了，幸亏他当生产队队长，知道动员虽然重要，但人心更要细密，没有办法是打不好的。所以他跟大队书记郭立强就讲，应该让几个大队的人开个会。公社的高书记对郭书记是放心的，他们是老熟人了，知根知底，高书记知道对待农民，郭书记有办法。但问题是，即使是我大哥程志茂带的最核心的扒河骨干中，有些人是秧塘庄和上河嘴庄的，是广城畈大队的。这个地方就是这样，虽然都叫广城畈，但我大哥程志茂所在的新建队，在解放后的四五年，应该在土改后，合作化那一段就划出去了不在这边，特别是高山公社一成立，就往高山那边划。墩子湾本来是个小村子，后来做了广城畈东边那一半的大队名字，西边这块包括毛水圩、青龙嘴以及广城畈生产队、走马埂、王家榜、上河嘴、秧塘、卷棚桥生产队都归广城畈大队，那边的下河嘴、新建队、胡家大庄、程家二方以及杨家水圩都划为墩子湾大队。之所以把大队会议设在广城畈大队部，还是因为这边大队人多，而且从心理上讲，虽然墩子湾大队成立了，但老名字叫广城畈。

那晚开会，高书记拍了桌子，不是发火，而是自己给自己鼓劲。他说，现在是干出名声来了，扒河也能扒出社会主义的大好局面，共产主义就在前方，我们现在上界儿岭，就是上战场。别人攻不下来，我们攻，以前那些不提了。王主任在边上提醒，高书记愣了一下，知道自己说漏了嘴，不应该在会上跟县里、区里的口径产生偏差，现在就是一块战场，仗是从新的地方打起来，一切从零开始。

后边还是我大哥讲话。他讲，我只是一个小队的队长，我们生产队本来没有什么大不了的，但扒河我们舍得出力，人家要问有什么诀窍，其实就是舍得出力。老徐今天没来，因为他不是我们这两个大队的人，他讲南港那边要问我什么经验，我也讲了，就是舍得出力，舍不得出力是干不好的。高书记马上拍桌子讲，你们都讲他程志茂是干不死的，但你们听到没有，他哪是什么干不死？他是愿意出力啊，同志们，社员同志们，谁舍得出力谁就是英雄。

会开到一半，我大嫂在外边叫人喊我大哥，高书记到外边去了一下，问我大嫂干什么。我大嫂也见过高书记，因为高书记到庄上去过。大嫂讲家里有急事。高书记于是让我大哥出去。天已经黑了，我和庄上人，以及大哥还有志望、志远他们往回走，路上就听到大嫂在嘀咕，说还要扒河，家里的事情就不管了吗？志槐他们就笑，意思是我大嫂平时很少管我大哥的，大哥怎么可能不管家呢？路上人多，大嫂也没有发作，我跟在后边感觉不是很对。

到了庄口，我们从西头小塘那里进我家大门口的屋场，那时只有志望还一起走。志望又不是外人，当然村里都不是外人，只是之前走夜路吵嘴总是不好的，但到了家门口，大嫂就开始吵了。她讲，这个家你还管不管了！

我前几次信中也谈了一点我大嫂的事情，就是大哥昏倒，我大嫂是不允许他马上回八里杠的，对吧？大嫂是个明白人，晓得人不是什么怪物，都有干不动的时候。我本来以为她是阻止大哥去界儿岭扒河的，但想不到是另一件事。我在六安时跟你讲过一次，我有个妹妹是家里的老小。我妹妹是个很老实的姑娘，但性格有点倔，我父母都很疼她。但实在是家里条件太不好，她上了两年多学就没有上了——这还是因为我爸当过教书匠，加上前些年她上了扫盲班，后来她自己争取，父亲才让她上了两年多的学，她也因而识字多了些。

这次大嫂跟大哥吵架，为的就是我妹妹的事，原来她是要把我妹妹嫁到山后她娘家去。以前听过一两句，说大嫂有个弟弟，大概有残疾，大嫂娘家我去过，但始终没有见过她那个小弟弟。现在想来，她也许就是成心不想让我们见到。讲过以后，要把我妹妹志村嫁给她弟弟德财。德财是个什么人我不知道，但他们那里有点闭塞，说是从半个店就能翻山到达，实际上比三口塘还远，是个鸟不生蛋的地方，而德财又是个残疾，这个我是知道的，现在突然讲提亲的事，我大哥没有准备。

到了家里，父母都睡了。大嫂讲，爸妈都没有意见，你说你有什么意见。大哥坐在大桌边抽烟，头上筋都暴着。他问，小妹呢？我就到后边的房子去找，她住的是爸妈外边的一小间，只够放下一张床，是用土块筑的一道小墙，和山墙夹了个角，就住在那儿，外面以前放杂物，还有竹筐什么的，但没有找到小妹。大嫂就在那儿用碗敲着桌子对大哥说，你记性长哪儿去了？当年我嫁过来，你们家穷成那样，孩子又多，你妈有病，你爸又是个识字人，干活不行，屋子都关不住风，你父母都讲好的，等志村大了就给德财做媳妇。

大哥卷烟抽，看我站在门边，就问我抽不抽。我说不抽。他对我说，你看什么？又不是国家干部管得了的。我听他是找我出气，就说，你们这样讨论问题不对啊，应该问问妹妹怎么看。大嫂看我明显是帮妹妹讲话，就说，不要以为家没分，大家就在一个屋檐下讲话。我听她这么说就是在堵我的嘴，我想发火的。大哥呵斥了我，说，跟大嫂讲什么话。我不太明白,明明是大嫂在讲我呢。

我坐在下沿,大哥一边抽烟,一边喝茶。他讲,我在大队部开会,马上要上界儿岭,你们知不知道?大嫂说,你在外边扒河我知道不容易,但家里事不能不管吧,眼看德财也大了,小妹也大了,现在这事不能再拖了,我娘家已经催了好几回了,要访门楼呢。义兰,访门楼,你知道吧?就是要女方到男方家去看一看,把亲事给定下来呢。我几次想发火,但大哥不让。大哥讲,德芹,你看,这事我是想从长计议。怎么个"长"法?大嫂问。大哥说,小妹的事情总要问问小妹自己的意见。问什么?还不是大人做主。大嫂说。大概我父母听到这边的吵声,在那儿咳嗽,大哥示意我把朝向后院的木门关上。大哥把烟扔到地上,用脚踩了下说,什么意见也没有,就是有点残,这个我不好办。

什么不好办?大嫂问。大哥说,你要讲懒,讲干不来活都好讲,但是个残疾,我小妹不能过去。什么叫残疾?大嫂反问。我不知道具体残在哪儿。大哥只好冷笑。大哥说,德财为人我就不说了,但是……那个样子。我听出来大概也不是什么大问题,不是残到不能干活。大嫂说,不就是头秃了,眼睛是三角的,是丑,我承认,但人老实啊。大哥讲,就因为这个呢,小妹不能过去。我马上明白了,是小妹看不上啊。我小妹人都夸长得好看,又识一些字,还能干活,尽管父母不是很爱管她,但她是个懂事的孩子。大嫂说,这个我不管,当年我嫁过来就讲好了的,我过来,你小妹长大嫁过去,现在好了,我们小孩都生了,你们家不给志村过去,这成什么话了?我大哥毕竟是生产队队长,也不认为大嫂是为难,大概她娘家逼得紧吧,再说德财是她亲弟弟,她岂能不着急?我是绝不同意的,跟大哥一样,一切听志村自己的。大嫂于是哭了,讲了她娘家的不容易,山后那里确实很穷,跟畈上没有办法比,讨上媳妇完全靠这边了。但大哥怎么能把妹妹嫁给那么一个人呢?

义兰,你看,我讲到家里的事就有点收不住了。家家有本难念的经,不像你那样的革命干部家庭,关心的都是国家大事,我们这日子就是这么过的呢,总是有一些麻烦呢。好了,下一封信再叙。

志刚

1963.8.13

志刚：

  收到你的信，得知你们要转战界儿岭，我非常振奋。你在信中也谈到了界儿岭的难度以及重要性，不然双河区的梅书记不会亲自来做你大哥和尖刀连的工作。看来去界儿岭应该是马上的事情了，现在已经离开八里杠了吧？我认为八里杠的收尾工作应该由舒庐这边的人自己干，舒庐干渠的主要工作量不能全部由六安县这边来做吧。舒业人也应该有一些血性吧，说到庐江，其实已经出了六安了吧，至少我们都认为庐江三河这些都已经跟江淮分水岭有一些区隔了，对不对？

  庐江河网密布，但有些地方还缺点水，不像六安吧。六安人实在是太需要沛顺杭了，对不对？所以决战界儿岭也是迟早的事。信中你提到了梅书记亲自到八里杠去，那里有他区里三个公社的扒河队，不过主要还是要看你大哥程志茂对吧。他是领头人，真正的农民英雄。我跟通讯处的人讲基层干部非常会做工作，一个区委书记，是个读书人，也是中专毕业的，年龄也不大，就勇挑重担，虽然区里事情多，但还是要到一线去，亲自动员，足见区委的意见是一致的，而县委书记和县长也要到开工现场去，可见界儿岭是多么重要。

  你信中讲到叫我早去八里杠，我是希望这几天就能去，不然你们就不在八里杠了。只是九里沟这边事情也不少，我跟父亲说我要到龙河口八里杠这一块去，父亲反对，说到底下去不是给下边添麻烦吗？我说我是去看一看施工现场呢。父亲讲通讯处如果同意你去，你就去。可是我又不是通讯处的人，我现在和你一样，只是一个等待分配的九里沟公社的社员啊，不好意思跟通讯处的人讲。丁大姐知道我想下龙河口去，所以她就跟通讯处的老柯讲，老柯知道我父亲，对我很客气，不过这正是我反感的地方，我不想因为我父亲在地委工作受到什么照顾，再说了，下龙河口看看，本身也是正当的呀，只不过我要通讯处给我点材料罢了。所以我就不能硬来，还是要看通讯处能不能看看你大哥志茂的材料，还要不要及时整理,反正我和丁大姐是一直在跟踪着你大哥的表现。舒业县这边报的材料不少,结合我们看龙河口、舒庐干渠以及七贤祠等资料,实际上你大哥和他们扒河队的材料已经不少了,现在又要去啃界儿岭,指挥部这边他也是挂上了号的,所以应该有机会就会下去的。

  梅书记代表区里,高书记代表公社,都对你大哥程志茂相当看重,尤其是吕二先生的无中生有一事,我觉得区里和公社能及时把你大哥从舒业撤走也是对的,至少从民兵把吕二押到七贤祠去调查以及当地村民的反应,会让人觉得有那么一点怪异。破除迷信,打倒封建,这已经是铁板钉钉的事情,但想不到当地人还这样优柔寡断,就好像你大哥推倒七贤祠还是有一些问题,这也难怪你在信中讲底下农民有政治家,但政治觉悟不整齐啊,尤其是涉及这种不是本公社本大队的外来扒河队时,怎么反而有些排斥呢?这个舒业县方面应该要加强认识吧。

  我看了龙河口的资料,很是感动。我要是到了龙河口八里杠,是要认真宣传一下的,不知你是否知道你大哥在修龙河口水库时肋骨骨折的事情,反正你在信中没有提到这一点。一开始我在找龙河口的资料时也没有找到这个,还是看往舒庐干渠挖河时,有一个通讯讲到了你大哥程志茂被检查出肋骨骨折的事,也是两三年前了吧。那时龙河口是已经修好了,你哥去医院检查,医生说他肋骨骨折已经长好了,就问他知不知道骨折,你大哥说,他知道肋巴骨那儿疼,但不知道已经断了。医生说,已经愈合了。怎么愈合的?通讯上是这样讲的,从口述和群众的反映来看,是在干活中长好的,也就是说在那次检查之前的一百多天里,他一直在干活。肋骨断的那一次是松树倒下来砸的,工友都有看到的,也认为他肋骨断了,但你大哥他没有退下火线,一直在干。看了那个通讯,我感觉你大哥太不简单了,社会主义就是这样干出来的,真是难以想象一个农民在肋骨骨折的情况下仍然能干那么重体力的活,扒河啊,一天十几个小时,多么伟大啊。

  看了这个通讯,整个通讯处又学习了一遍这个材料,觉得应该更系统地整理一下,要把像你大哥程志茂这样的人物更立体地介绍给整个沛顺杭队伍。幸亏他恰好是你哥哥,而我们又在通信,我想你作为他的弟弟,你自己也未必知道吧。当年的通讯里,人家问你哥疼不疼,你大哥说,疼是有一点的，但感觉这东西说不准，应该讲没有什么大问题。我不是学医的，自然不懂得骨折愈合的过程，不过放在任何人身上，这都不是一件小事。我问了九里沟的一些人，农民们倒不是那么在意，一位农民兄弟跟我讲，干活的人会干，不仅不累，而且并不是要用到这种地方。

好了，志刚，我讲了修龙河口前后时期你大哥受伤的事之外，想结合你讲的你大嫂给你大哥压力，要求你妹妹嫁到山后的事谈点看法。这是你们家的私事，但你既然跟我说了，我想不为别的，只因为我也是一名女性，我认为这件事情要具体对待了。但我相信一个英雄式的扒河农民，是不会被这样的事情给难住的。从你信中所讲来看，你大哥认为是不是结这门亲事应该由小妹自己来决定，我认为大哥的基本态度是对的，但我还想作为一个外人讲一个看法，那就是我期望大哥也好，你也好，你们应该更多地直接站在你妹妹，一个年轻女孩子的角度来看待。

从你小妹的表现来看，她是不同意的，这已经很明确了。这么重要的事情，你大嫂去会场把你大哥找回来，但你小妹不见了，这本身就是个态度了。另外，你小妹应该以前就表现出她的立场了吧，这是社会主义新时代，恋爱和婚姻是自由的，是受法律保护的，怎么可以以这样一个大嫂所讲的换亲的方式来决定一个年轻女孩的命运？这是决不允许的。在社会主义国家，在新时代里，女性正在解放，已经解放。她已经上过学，上学之前还上过扫盲班，社会主义在她那里是很充分的，她明白得很，可你们作为家人，你们的态度反而是不那么坚定的，让她自己决定是没有错，但为什么你们就不能站出来反对呢？我认为应该直接站出来，你，我就不说了，至少你大哥，一个这么有影响力的扒河英雄，在自己亲妹妹的婚事上怎么表现得有些消极呢？

这个反倒让我有些看不上了。前边我讲了扒河也好，干活也好，声誉也好，你大哥程志茂都是没得说的，但在你妹程志村要被换亲这个事上，他的表现谈不上英勇，可以讲是有些问题的。当然，我没有指责谁的意思，我只是觉得社会主义新中国已经成立十几年了，女性解放的呼声都已经高了去了，一大贡献就是女性受教育了，知道婚姻自由、恋爱自由，法律是保护的，岂可以换亲？这种完全落后的东西怎么可以死灰复燃呢？

我认为扒河尽管也伟大，但处理小事情也是社会主义，再说婚姻也不是小事啊，所以我觉得你大哥程志茂确实应该和你大嫂谈一谈，这不是觉悟问题啊，这有可能是对新时代的一种伤害啊。国家是保护恋爱和婚姻的，这种事情她程志村自己也应该反抗啊，她上过一点学，也认字，我觉得她要勇敢地反对这个事，让事实说话，让这个事没有一点点实现的可能。在这一点上，我是支持你妹妹的，我希望你大哥接下来也要处理好这个事情。至于你在信中说到的当年你大嫂嫁给他，他穷，他娶她的条件有可能包含了今后要把妹妹嫁过去她娘家，这是站不住脚的。

感情和恋爱是自由的，不是交换的。再说不能拿别人的权利来做自己的挡箭牌吧。过去的事情那是另一回事，在今天，就程志村这个事来讲，要逼她换亲这是绝对不可能的。这个事情倒让我想起前边一直在讲的你自己如果分配了就是国家干部，这倒让我要提醒你，即使你现在是社员，你也要站出来反对，当然如果你是国家干部，你就更要站稳立场了，婚姻不是一件小事，更何况是你的亲妹妹。

万望你本人也要为你妹妹着想，要给以支持。当然最重要的还是你大哥大嫂都要站在社会主义的角度来看待婚姻和幸福，希望这件事情能有一个好的结果。等你的回信。

1963.8.17

义兰：

　　你在信中说到的我大哥在修龙河口水库期间肋骨折断的事情，我是完全不知道的。看到你的信，我问大哥到底有没有这回事，我大哥就反问我是怎么打听到这个的，我只好说是你讲的。你在九里沟又抽调在通讯处看材料，知道龙河口的事情并不难。大哥就跟我讲，不要老提过去，过去的事情有什么好提的？我说这是一件好事啊，毕竟通讯上讲到了你的这个故事。大哥就是这样，最近他特别心烦啊，因为大嫂总是跟他吵，还扬言如果他不把妹妹许给她娘家弟弟，她就要返回娘家去。他们的孩子都已经能走路能遍地玩耍了，现在夫妻俩为这个事闹得满庄子的人都知道，再闹到工地上去，估计高书记他们也就知道了。我觉得这影响太不好了。大哥说没有事，事情总会过去的。

　　说到肋骨的事，他跟我讲当时确实不知道骨折了，我就反问他，如果知道骨折了怎么办？会不会停下来？大哥讲做这种无谓的假设没有意义，在农村永远都是这样，有病就扛着，扛不过去就死，扛过去就活。他虽然说的是旧社会延续下来的做法，但即使今天，乡村的医疗情况也就这样，你总不能指望赤脚医生能把你肋骨骨折给诊出来吧。我认为他是知道疼的，这个也确实是知道的吧。你在通讯上也看到了，我觉得农村人都老实，不会隐瞒什么的，但既然干活干好了，愈合了，这说明身体就是这样，能自己修复就很好，我说的这一点是大哥的意思，只是他不这样表达而已。但我想告诉你的是，你现在在通讯处帮忙，虽然不是正式的，但你看的材料多——你会综合来看吧——不知道其他农民典型是不是也存在这种情况，这就是拿命在拼啊，我还是有点意见的，因为在大哥的那个事情上，你是讲要讲科学，要反对迷信吧，你是从反封建迷信来讲科学的。会有报应是吕二他们栽赃，事实上，反封建已经很久了，这个话题还存在。

　　义兰，告诉你啊，我大哥前一次昏倒，他自己不当回事，但庄上的人还是说，明显感到他跟前几年不大相同了，好像脸色不对了，有了一些老成持重，话没有说透，但有那种有点拿捏的意思。指什么呢？也许是指即使他昏倒下去，他也要挺住吧，他要维护他自己干不死的形象吧。在一个看起来坚不可摧的人的背后，其实事情还很多。我是他弟弟，他是队长，我是他的社员，但我觉得他这样不是自己把自己给架起来了吗？你说要到八里杠来，但我们已经在界儿岭开工了，显然在龙河口八里杠，我们是见不上了，期待你有机会也可以下到界儿岭双河这边来看看，这边的工地同样盛大，等会儿我会把这边的工地情况讲给你听。现在我还是讲我小妹。我和大哥没有办法来说这个事情，因为比较难为情。如果没有大嫂在中间，大哥会比较好办，但大嫂讲的那些话也确实是发生过的。你可能要问我，这么大的事情为什么我父亲就不能决断呢？这个也确实是的，我妈妈身体不好，这些年基本上除了去下菜园就是在床上靠着，已经基本上不发表什么意见了，对外边的事情也不了解。

　　按道理，小妹是她最小的女儿，她应该上心才对，但是她也讲不出什么，再说我大嫂平时是伺候我妈的，我妈被大嫂的话是劝住的，确实换亲是以前就定好了。在乡村，有些东西是一种几乎自觉的反应，不会像城里那样，有个文字或是约定证明什么的，事情大多是一看就明白了。当年大嫂过来就是讲好了小妹以后嫁过去，现在这边日子过好了，大哥还成了扒河能手，怎么能干这种把小妹扣住不让过去的事情呢？这在我父母那里应该是有压力的，而我父亲之所以不作声，大概也因为他至少不认为事情就到了很严重的程度。我们家里人也都知道，对方说是残疾，其实就是指长相丑，这在农村也是很要不得的，特别丑，头发问题、眼睛问题、脸的问题，丑到了一定程度，人家就讲残疾了，其实通俗讲就是个怪物吧。这个人我虽没有见到，但是现在传言都来了，说得很难听，就是个怪物啊。我也明白啊，这边人去过，从来都没有见过那个弟弟。为什么呢？就是怕太丑了，让这边人看到真人留下证据，后边提亲就困难了。但这事放小妹身上不就是明摆着要欺侮小妹吗？对一个正在最好年纪的乡村女孩来讲，美丑自然重要，也可能绝对重要；说到生活，贫困也就罢了，有些人还巴不得贫困，有个贫农雇农的身份很光荣呢，可是长这么丑，妹妹又怎么能接受呢？

　　义兰，感谢你在信中对我小妹的支持，你是从知识、法律、婚姻的角度来看的，但我们作为家人，自然是觉得道义虽然要讲，但本人的意见才是最重要的。我认为你讲我大哥应该即刻阻止这个事是有道理的，我想也许他会站出来的。现在的问题是，他根本顾不上，就在这闹事的两天后，我们就上了界儿岭。

那里的场景，虽然看起来很一般，但只有身处其中，在那大塘边一站才感到事情的严重程度。因为大塘年代久远，现在要在两头开挖，把大塘作为河段的一部分，既能过水，又能存水，工程量大还是其次，主要是大塘本身要修整。地质队的人是一起来的，之前也勘测过，因为涉及西边山崖下几个村庄的安全。大塘不是轻易能动的。至于这口大塘，听人讲是在朱元璋那个时候重挖过一次，更早些的时候就修起来了，有自然的成分，是古代的一个水库吧。界儿岭这个地方跟一般地方不同，它是一个八方不靠的地方，真正的孤绝之地，社会主义已经干起来了，但想不到还有这样一块地方，像是世外一样。土是红的，红中还透着锈色，在地上长一种可怕的草根。真正让人捉摸不透的是那种地形的复杂，还有石块与土交错的隆起，显出险恶的自然之力，让人畏惧。在它北边是张店，西边是张店到东河口一带的老路和深山，顺河店其实隔几个山头，南边就是将龙山，这中间隔着险恶的难以看透的蘑菇一般的丛丛山丘。

当然在农村人看来，有没有地下水这个不重要，问题的关键在于地势的险恶，加之传言中这一块土地巫术盛行，让大家更增加了复杂的愁绪。大哥在工地上吸纸烟，他这个性子又是被这事情给激将起来了。虽然工地上有人讲他被人传不如以前了，但他不信这个邪，正好要在这个地方好好干一番。高书记问他有没有把握，他讲没有问题。高书记又问什么时候能开工，高书记的意思是开工了，县委领导就可以来搞仪式。大哥讲开工仪式可以放一放，现在应该先干一段试试，就是把大塘两边的口子先挖开，随之会带来一个流水的问题。万一流水堵不住怎么办？大塘像一个悬在山冈上的锅，大塘的深度实际上地质队的人也并没有完全测出来，受制于仪器，新仪器要从合肥调运，还没有过来。大哥讲他有办法把水深测出来，问题的关键在于两边的口子一开，如果水堵不住，人心就会慌。沛顺杭讲是在扒河，人都知道是在扒天河，为什么呢？因为是要在山冈上扒河，另外，还因为这山冈上有一口悬着的大塘，白天反射着幽蓝的光芒。

义兰，这个场景有些动人呢：高大的天空下，一方巨大的水塘，几万人的队伍围在四周，界儿岭已经响起了战鼓，相信决战就要打响了。期待你的来信，关于小妹的事，谢谢你的那些话。等你的信！

志刚

1963.8.22

志刚:

  迟了一点收到你的信,因为我到龙河口去了,不过到龙河口时也知道你们已经转战到界儿岭了。我是从龙河口回来才收到你的信的,知道你在界儿岭的扒河情况,到龙河口一打听,都说高山扒河队伍从八里杠撤出去了,所以我也就没有去八里杠了,这想来有一点点遗憾。因为本来去龙河口,想着离八里杠不远,都是舒庐干渠的地界,但很遗憾你们已经走了,不仅没有见到你,也没有见到你大哥,这些都是有些让人不愉快的。在现在这样的岁月,能够见上一面,互相看一看,知道都在为社会主义大建设而奋发图强,不是很好的事情吗?尤其是我俩,从学校分别之后一直在通信,况且我们都在做跟沛顺杭有关的事,不像有些人有那种失落感。虽然我们做了社员,姑且不说是暂时的,就是一直做个社员也没有什么,把青春投入到伟大的事业中,有什么不好呢?这可不是废话啊。之所以突然就去了,是因为坐的是章叔叔的吉普车,他到龙河口去检查工作,我听说他要去,就让我爸给打打电话,让他把我捎上。章叔就问我,义兰啊,你到龙河口干什么啊?我说,我到那里看一支英勇的扒河队。章叔就问我,什么扒河队?我这个指挥长怎么不知道啊?我就讲你讲的尖刀连的事情,章叔听了只是笑。

  他说,像他们这样的扒河英雄很多呢,说在霍邱那边还有比八里杠更难挖的地方。他说得轻松,因为他是指挥长,全局观比较大,我只是在通讯处看一点材料而已。这次去龙河口,路上下大雨,车子卡在舒六交界的漫水桥那儿,要是没有当地老百姓推车,车子差点就被冲到河滩上了。过了河,有些后怕,我就问推车的农民这是什么地方,人家就说这个地方叫漫水桥,南边叫将龙山,北边叫走马埠。我记性好,记得你跟我讲过你老家广城畈的事,所以我马上反应过来,这个地方离你老家很近了,对吧?广城畈,可不是吗?就是你老家。只是广城畈很大呀,这个漫水桥只是丰乐河的一个渡口,水势低,公路虽修通了,但只要涨水就会淹掉,也因而叫作漫水桥吧。

  雨虽然停了,但从你老家广城畈开到长冲也还是很费劲,龙河口已经修好了，可在秋水季，雨水还是容易对交通产生威胁。秋水季跟夏季不大相同的是，水会来得猛，但退得比较慢，这样会让龙河口大坝承受持续的高水位压力，这就是问题的关键所在。那天夜里到的龙河口，舒业县的人都点着麻灯在大坝上值守，章叔就在那里紧急开会，会上有个瘦高个子引起了我的注意，后来才知道他是从舒业县城赶来的。他姓张，是这个大坝最早提出用沙土筑坝的工程师之一。章叔对他很客气，问他很多问题，别人都很紧张，唯有这个瘦高个子张工不紧张，看他那神气，好像跟别人是挺不一样的。夜里水位还不退，白天要好些，晚上一旦决口，抢险会比较困难。电压不稳，就发电机补电，大坝上人很多，临时指挥部就设在那儿。章叔一夜没合眼，不停地从指挥部往大坝顶上走，察看险情，虽然有几个地方有那种冒泡的情况，但都不是对大坝主体的威胁。只有那个瘦高的张工一直跟在章叔身边。章叔是信任他的，反正技术员也不少，很多农民就把麻袋抱在身上，随时准备往大坝下边跳，那阵势有些吓人。后来天亮了，白浪滔滔，水位终于退下去一些，章叔问我为什么不到工棚去睡一会儿。我认为我到龙河口才看到了水库的凶险，章叔说五大水库就数龙河口的大坝最让他不放心，毕竟不是用水泥弄成的。这个还要感谢张工呢，章叔指着那个瘦高个子说。张工夹了支烟，嘴上在咬油条，好像也不大当回事。章叔说，这人也了不起呢。

　　章叔又跟县长去协商什么事了，我和丁大姐在坝上看水。我问丁大姐知不知道这个老张的情况。丁大姐说，他以前是给国民党做事呢。我一听有些意外，这什么意思啊？大姐就说，解放前啊，是老水利啊，在国民党时代干水利呢。那没有走？我问。丁大姐说，留在这儿了。丁大姐指着舒业县城的方向。人还不错吧。丁大姐说。我没有讲什么，因为我想起了你，也想到了你大哥。因为你们，我还是想去八里杠。八里杠远吗？我问丁大姐。丁大姐说，不远啊，但是程志茂不是走了吗？丁大姐知道我想去看你大哥程志茂。我对你大哥兴趣大了，如果说我在通讯处有什么发现的话，那就是你大哥了。

　　你在信中也提到了界儿岭的那口大塘，但想必不大一样。在整个六安地区，大塘是很多的，大致都要用起来的，我也不是要说大塘什么的，我是想说在这个抢险的晚上，帮章叔吃定心丸的瘦高个工程师张工让我印象深刻。虽然他出身不对，这都不是出身了，就是他自己的身份吧，以前是在国民政府做事的，但是他留下来了，政策上是没问题的；他应该是入政协了吧，修建沛顺杭又用他了。不过在修沛顺杭之前，1957年至1958年，在整风划右派时，他是出了许多问题的。这让我想起你跟我讲的你爸爸解放前短暂地做过副保长的事情，差点让你没能盖上章，没能去毛坦厂读书，你对父亲的身份应该是敏感的，对吧？在龙河口，我见到这个张工，也有点交流，特别是他跟章叔汇报工作时的那种不卑不亢的态度，还是让我有些意外。似乎他跟别人不一样，有另外一点意思。

坦率说，我对他这种人是有些警惕的。但章叔说，他能建议用泥沙和糯米浆搭配，做成一个沙的大坝，光就这一点，他就了不起。我觉得章叔这样从北边一直打下来，跟我父亲一样，是从枪杆子里打出来的革命干部，他们看事情的角度是跟我们不同的，心胸也不同吧。不过，我是觉得发挥作用归发挥作用，但新中国毕竟是属于我们，属于人民大众的，有警惕心也正常吧。

志刚，我之所以跟你讲这个，还因为你在信中提到了你父母对你妹妹有可能换亲一事的态度，这让我有些不解。你母亲病重，她不能为小妹做主可以理解，但像你父亲这样一个多少有些知识，虽然是旧知识吧，但他终究是明事理的，他怎么可以不管这件事呢？为什么这样的事要让你大哥一个扒河英雄来操心呢？我的意思是，毕竟你父亲并没有老得看不见路或是听不懂话，他还是可以有担待的。那么他应该站出来，这也不是一件小事啊，况且是他的小女儿。我在这里没有指责你父亲的意思，毕竟是长辈。但正因为我在龙河口见到了这个比你父亲更有历史问题的张工，他尚且能为新社会服务，能走出这样的一步，为什么你父亲却在子女问题上有些麻木呢？对不起，我讲得有点直白了。我认为你可以跟父亲谈一谈吧，你说过父亲为你付出很多，包括你说他割韭菜卖点钱供你上学，过年到张母桥街上写对联卖点钱让你上学，这些都很感人。但我想说的是，一个父亲在女儿的亲事这件事上是不可以沉默的，甚至默许这种严重的伤害。这是不可以的。你说你父亲在解放前还当过教书匠，一个搞教育的人，更不可以这样了。这十几年来，新中国一直在办扫盲班，多少女性因此摆脱了不识字的命运，包括你小妹也是这样，但封建的观念还存在，并且仍在压迫着人，我认为这是不行的。

1963.8.29

乂弟：

你的信像一只鸽子飞到高山，现在飞到界儿岭。因为施工难度及劳动上的辛苦，我已经没有时间到公社去拿信。信在高书记手上也待了两天才到我这里，原因是在工地上高书记连一点空闲的时间也没有，他有处理不完的事情。高山扒河队是主力，九十铺扒河队和施桥扒河队虽然同属双河区，但在工地上统一归高山公社的高书记调度，高山公社也成了明星公社。前边我跟你讲过，高山公社原本叫埠塔寺，对了，解放初也叫埠塔寺，合作化运动之后，成立合作组，又成立人民公社，叫高山公社。这名字也是这样响亮。高书记问我信上有没有透露什么，我跟他说没有。在六安城里边，不也是一派围绕沛顺杭的火热场面吗？不光你在九里沟公社干活的地方是这样，九墩塘、五里墩、连城的干渠不也是吗？你在信中提到你已经到了龙河口，很不巧，我已经从龙河口八里杠那一带转战到界儿岭了。

你在信中提到你跟章指挥长在龙河口时，章指挥长也讲了你当社员也是临时的对不对？我觉得所有人都能看出来，政策是好的，是稳定的，在分配上也应该这样吧。你在信中提到我小妹的事情不应该给我大哥压力，我觉得是这样的。但是这个结还得大哥自己解，因为起意的是大嫂，事情有个过程。作为我来讲，我是反对这个亲事，而且我会尽一切力量来阻止的。

现在我再次说界儿岭的事情。你在上边有机会去了龙河口，我相信也应该有机会来界儿岭。这里的会战肯定超过八里杠，不是同一个层面了，这里的场面更大，而且已经啃过三次都失败了。站在这个山冈起伏的地方，看到的天似乎都是不一样的，你以后要是来就会看到了。我在这儿这么多年，居然没有到界儿岭来过，而且第一次听说界儿岭正北偏东一点的地方是打山，它的西边翻过三四个山头是顺河店，这一块地方这么多年对我来说一直像沉睡了一样。不过，现在我们是来了，我大哥和老徐他们已经干了一些，主要是把切口打开，要把大塘的水引向东边放一些，还要挖一条细渠，把水引向北边陈家河的一条支流。为什么要放水？这可能是我大哥程志茂的直觉，只有把水放掉，对界儿岭的认识才会准确一些。以前的人之所以干不下来，可能跟对界儿岭这块土地的认识不够有关系，应该是存在一些障碍吧，不了解这块土地，吃不透这块土地。

老徐是尖刀连连长，他连里还有几个退伍兵，他们的体力未必有多好，但在意志上确实比农民社员要强。水放掉一些之后，就发现塘埂边有石头。这口大塘在历代可能都修过，但这个地方的传说并不连贯，也不准确，没有人说得清到底是怎么回事。大塘只放了一点水，后边再放，切口会更大，大哥认为应该少放。如果决口，就成了大麻烦，但放了水，就会对大塘有一些不一样的认识。派水性好的人潜下去摸塘底的情况，但潜下去的深度很有限，即使用了从合肥调来的地质仪器，地质队也并没有完全摸清大塘的准确深度，这些都是问题。

从大塘的南北两个方向开挖，中间隔着一小段，没有打开，这样从远处的冈头看，就好像在玩游戏一样，一点点地接近大塘。干了几天才搞开工仪式，仪式很大。为了开工仪式，也为了修工棚、放材料，在两边和东边各平整了两个冈头作为战场的备用区。开工仪式是在西边的地坪上搞的，县里的廖书记和吴县长都来了，事前跟尖刀连的农民社员都见了面，私下了解到信心很足。廖书记就在讲话中下了死命令，无论如何要在明年开春之前把界儿岭打开，下边的声势地动山摇，社员们被鼓动起来了。廖书记说，英雄的双河人民是打不倒的，双河的三支扒河队现在在界儿岭，界儿岭本身不是双河地界，是张店地界，但跟张店之间隔着陈家河。

张店是个打过仗的地方，四通八达之地，但往南大山被陈家河阻断，往西南是毛坦厂方向，往东南是新街，往北左上是六安，往正东是双河，但往正西是一直延伸的平地。张店因为靠南有打山和界儿岭的屏障，一直是历代战争中的要塞。解放前的张店战役空前惨烈，而当年红军在埠塔寺起义也是由于张店这个战略要塞才使埠塔寺的革命之火燃烧起来。现在一帮农民在界儿岭会战，县里自然是高度重视。廖书记对高书记和区里的梅书记都强调了要充分调动农民的积极性。廖书记政治水平高，我在我大哥身后，我大哥站在高书记边上。廖书记说，只有我们社会主义才能干这么大的事情，而且社会主义就要这么干，在哪朝哪代都没有人敢，没有人能这么干。这么大的工程，凭什么社员都来干？还是因为社会主义，因为国家这个大家庭。

　　我大哥手拿着锹，在那儿憨笑。廖书记专门过来叮嘱我大哥，说，你这面旗子不能倒。大哥说，我哪是旗子，我是干活的。高书记说，程志茂你不要谦虚，廖书记也知道你的外号了，叫"干不死"。这个好啊。吴县长也上来说。我听领导们这样讲是有些难受的，从廖书记的表情看，他也并不那么认同这样的外号吧。他小声重复，干不死，干不死。高书记上来解围，他说，这只是社员们传的，社会主义相信科学，不是讲死不死，只是讲他确实太能干活了。廖书记望着池塘的水面说，干不死，是社员们对你的欣赏啊。这让我听不明白，但我想大概说的是社员们对我大哥程志茂特别佩服吧。

　　开工仪式上，廖书记的话对社员们很有促进作用。在粮油保障上，廖书记承诺会给区里下拨更多的份额，对界儿岭会战全力支持。

　　义兰，实在是没有办法在昨晚把这封信写完，因为干活太累了。我不是抱怨说太累就连写信的力气都没有，这也不是的，是说体力都透支了。而事实上，力量虽然用得完，但人就是这样，力量是一边用一边又长出来的，这是我大哥程志茂说的。他问我怎么给同学写封信都显得这样没劲，于是我们讨论起有关力量的问题，当然准确讲应该是体力的问题。在我们自己的场合，他是用不着兜着干不死的名声而下不来的。实事求是嘛，每个人都有力量用完的时候，但大哥的观点是力是生出来的，可一边干，一边就生，有时要掌握好那个度，所谓干活不累就是说在干活的同时，你生出来的力要大于你使出去的力，你就会不累，而且你会越干越有劲。我觉得他这意思基本上能解释他之所以叫干不死的原因。开工仪式上，廖书记和吴县长鼓励我们双河区的三支扒河队都要向程志茂学习，话中提到要有干不完的劲。这说的就是社会主义的劲。什么意思呢？就是在干活时要有热情，要喜欢干。

　　我说，你讲的话怎么都是站在一个县委书记的高度啊？大哥就笑了。他说，不是说自己也能像县委书记讲的那样，但自己的理解就是要在干活时生出新的劲来。我就问他，我刚干活，扒河也不行，你讲怎么才能生出新的劲？大哥说，你就是要让劲从自己身体里长出来。我说我干农活也不行，我不懂。大哥说，一般人干活可能只是把自己的力使出来，我干活不一样，我干活实际上是让自己身体里的劲长出来。我说这个我不懂。我大哥就讲，比如说吧，你挖土，你一锹踩下去的时候，你这一用力，实际上是把身体里的力给带出来,但只用了带出来的一点点,可以讲基本上不是在用力,而是把体内的力给长出来。每一次劳动、每一秒钟的动作都是在生力呢。

义兰,你听听,我只是把我大哥的话复述给你听,你觉得怎么样?不仅是劳动英雄、扒河典型,其实他这个农民中的生产队队长,是个力气专家呢。社会主义建设中如果用上他这个理论,所有人是不是都不会累?沛顺杭基本上也就是靠他这样就能挖出来呢。我用大哥的理论去使力,但我并没有明显感觉到有用,我就问他为什么我就做不到这一点呢,我为什么感到用的力气是用一点少一点呢。大哥说你这想法是吃饭有力的想法,你认为你吃饭了,饭会变成力量,所谓人是铁饭是钢,这是一种很机械的理论啊。其实人的力是从身体里长出来的,还可以讲是从头脑里长出来的。这就是说要会用力。我很诧异我大哥为什么有了这样的认识。大哥说其实这不是理论,这是干活的人总结出来的经验。我问他,你这样讲,别人承认吗?大哥说,那也不要别人承认啊,这是从干活中总结啊,关键是如果你不这样想,饭又不够吃,自己也就不能解释为什么吃不饱也能干活了。

高书记和梅书记都到现场找看管放水的农民问,衣服捞上来没有?看管的人讲,捞上来的衣服马上就放火烧了。梅书记批评他们不应该迷信。还是高书记比较了解高山公社的人,知道这个地方的人不是迷信问题,而是忌讳问题。都是最淳朴的乡亲,迷信倒不至于,不然他们也不可能跟随程志茂把七贤祠都推掉了。但在这口大塘的问题上,他们之所以认为有水鬼,还是因为他们也知道来这儿投水自尽的人应该是在生活中绝望至极的。不论在什么时候,乡村都是这样,不愿意面对这种绝望的人。因为在广城畈这一带,我们从小到大对农村的印象都是但凡有人遇到困难,绝望是不大有的,因为总会有人跟你讲应该怎么办。这就回到了大哥讲的那些话,就是说如果你聪明一点,你就能找到解决问题的办法。什么办法呢?就是你遇到了事,你就解决这个事,解决的同时你生活就好起来了,就像扒沛顺杭一样,这里不是穷吗?那我们就修理地球,修着修着,我们的生活就好起来了。

高书记问大哥对农民们讲水鬼的话怎么看,大哥讲有人胆子小。老徐就不一样了,他讲,让民兵来把水鬼给毙掉。大家就笑。高书记和王主任都说老徐这个办法也对,对付水鬼跟对付鬼子也可以用同样的办法,水鬼虽然是死掉的,但多少还是鬼,什么是鬼子?就是坏东西,现在这水鬼破坏我们扒河，我们就可以毙他。我大哥虽然也笑，但他认为水鬼不能毙，水鬼之所以让人害怕，并不是因为他是鬼子，而是因为他性情像人一样。于是高书记就有点对大哥另眼相看了，也认为大哥不仅成了典型，认识也长了一大截。他问我大哥是不是因为最近你弟弟回来了，知识上长进了。我大哥就拉我到高书记面前说，我哪能跟志刚比，人家以后是要成为国家干部的呢。高书记一般不大跟我开玩笑，他说，自然，自然，分配了，就不在我们这儿当社员了，当社员是委屈你了。我赶忙说，我们分配的事情还没有着落呢。高书记说，差不到哪里去，差不到哪里去。后边又听说夜里有水鬼出没，因为放水是昼夜不分的，所以看管放水的人就说夜里会有水鬼从大塘里浮起来。老徐听了就发火说，迷信真是要不得，真的应该动用民兵了，抓起来看一看。他说的要抓水鬼也并非捉鬼，而是要捉那些传话的人。大哥就讲这样可不好，传就传吧，反正有没有水鬼，又不是造谣能造出来的。义兰，你看，我觉得我大哥还是比较讲道理的，对不对？

下边我再跟你讲的事就有点怪了。水塘放水到快至水底时，居然有人扒出了一台像发动机那样的东西，从表面看已经认不出是什么了。它好像摔坏过，另外锈迹太深，而且水草也缠上了，这就马上报告给公社武装部了。高书记和武装部部长看了半天没有认出来是什么。因为它重，费了很大力气才搞上来，但没有对所有人展示，而是用帆布盖了起来。在区派出所的人来之前，我大哥和老徐让人认真擦了这个东西，还把泥浆往上抹，用剪子往空处钻，但都看不出来它是什么。老徐讲，像是从天上掉下来的，大家就抬头看天，觉得有点不可思议。要是从天上掉下来的，也太巧了。这么大一个东西，而且这么重，刚好砸在界儿岭大塘，是很怪呢。我大哥讲，要是从天上掉下来的，那不就是飞机吗——是不是飞机发动机？找专家是能鉴定的。高书记讲，我们已经向上边汇报了，这不是小事情，但主要是不要因为这个东西而影响施工进度。

后来派出所来拍照，也不明白这是什么东西，但只要一说到是从天上掉下来的，大家就会想到飞机，想到飞机，大家就觉得不可思议。在界儿岭这一带，怎么会有飞机？至少解放后这些年没有吧。解放后如果有一个飞机掉下来，这不早就是新闻了吗？后来很多村民还是知道了这件事情，于是水鬼和类似发动机的东西，还有人来投水等事情，在界儿岭就成了话题。人们一边干活，一边时常抬头看天，好像还会有飞机从上边飞呢，但是天上那么蓝——已入秋——天空那么高远，人们就不明白，在这块土地上难道还有什么秘密是人们不知道的？不过很快工棚里就有人讲，什么事情都可能发生，不要说发动机了，就是出现一个更大的怪物也是可能的。高书记向梅书记反映，梅书记讲这个东西暂时也不要搬走，会向六安反映，部队的人会来看。六安解决不了，就找合肥，反正这是个知识问题。

我倒是觉得梅书记讲得特别好。前边我跟你讲过在广城畈也好，在舒业也好，在丰乐河两岸也好，这里的农民都是政治家，现在挖出一个类似发动机的东西，这些政治家可就派上用场了。不知为什么后来场面反而变得活泼了，大家议论的不是水鬼，因为水鬼马上被发动机给盖了。人家讲这是大事情，是国际大事，不过议论的都是一些资深的政治家，他们在村头稻场上应该没少讲过这种话。挖出一台类似发动机的东西，这就让全世界和自己关系近得不得了了，这句话不知道是谁第一个讲的，这说得好比是在说现在要打世界大战了，世界大战果然就打了，但我们才不怕呢——说得有鼻子有眼，就好像世界大战跟在河里摸鱼捉虾一样。

一个农民讲，世界大战，美国是赢不了的。为什么啊？那还用说，我们在朝鲜不是把它打掉了吗？有人讲，那是在朝鲜，离他们远，世界大战以后是要重新打的，我看，要打的……关于世界大战的讨论马上就跟发动机没有关系了，就成了一场没有根据的瞎胡闹。梅书记和区长以及派出所的人都来到现场，把那东西掀给大家看，说虽然不知道是个什么东西，但城里会有人知道，目前不要因为这个东西影响了大家的扒河干劲。农民们都说那不会，反正打世界大战是肯定的。梅书记想发火，但还是要笑，因为人家都轻松地讨论国家大事，他一个区委书记用不着板着脸。

高书记把梅书记送到界儿岭下边，跟梅书记保证，会让村民们尽快结束什么世界大战的讨论，社会主义是在干革命，是在搞建设，地球是用来修理的，不是为了世界大战。梅书记临了反问一句，要是真有世界大战呢？高书记一时语塞。梅书记也只苦笑。高书记说，如果真打，我们中国怕个卵子，怕个球。梅书记拍拍高书记肩膀说，你想的和我一样。等你的信。

志刚

1963.9.2

志刚：

你这封信写得这么长，虽然中间你提到由于太忙太累，分两次写的，但这样长的信我看下来很有感触呢。你提到你小妹的事情，也讲到你父亲的为难。我想责怪父母是没有道理的，更何况在这新社会，父母都是……怎么说呢，反而需要进步的人吧。当然，我说的是像你父母这样，对旧社会来说，他们相对来讲也还是比较平常的人吧。进一步讲，并不是每一个人都那么积极地革命过。但是在新社会，只要是个群众，就应该保护吧，像我们在农校时，我记得我们排练过土改戏，也排练过合作化的戏，为这些戏，我们没少去找县黄梅戏剧团的人帮忙，对不对？

现在想起来仍然很亲切，但更多的应该是教育吧，这是对我们莫大的教育，反正就是这样想的。那个团长你应该记得的，他一开始并不明白我们排的土改戏，我们并非要宣扬农民们的愤慨，我们只是要找出他们那种翻身的渴望。也许有人要讲，翻身有必要那么急迫吗？我要说的是问题正在这里，革命总是会在最黑暗处爆发，旧社会的六安，为什么星星之火成燎原之势？就是因为农民们太苦了，革命让他们翻身。所以在解放区也好，在新中国成立后也好，土改的工作更是如此急迫，没有土改、没有划成分，怎么能把革命的果实巩固下来？

你哥哥真是很不简单，所以我倒是认为你既然做社员，你哥是生产队队长，现在又是扒河队队长，你凡事都应该多跟他学习、请教，劳动人民是伟大而光荣的。至于你父亲，我知道你在感情上对他有很深的依赖，毕竟他为你上学付出了很多，但我还是认为政治觉悟是重要的，政治水平来自自己对于社会的正确认识，出身固然重要，但更重要的是对自己在新社会的定位。我一再跟你讲，虽然你出身上因为父亲有那么一点点问题，但是你不是挺过来了吗？公社也让你盖章上了学，你要学你大哥，你大哥就没有负担，于是受到公社书记的重用了，对不对？我说这个，还因为你提到在小妹的事情上你哥哥是为难的，也是个挑战，不应该让家庭的琐事烦扰到他，英雄总是需要被保护。像前边吕二先生的造谣以及你大哥昏倒下去之后工地对他身体健康的传言，这都是不利的因素。但一个合格的建设者就应该从这样的不利的环境中摆脱出来，应该有一个属于他的好的环境。这要靠什么？还是要靠人民群众，要靠组织，对不对？当然我相信像高书记他们都会保护他的。

你在信中讲到的水鬼、发动机什么的事情，让我非常意外。我想当初我们在农校到农科所以及北城农场那边实习干活时，可没有想过会碰到这种情况吧。在指挥部通讯处那里，说是界儿岭打捞出一台类似发动机的东西，这件事已经上了简报，我估计很快会有人下去，至少要弄清楚到底是个什么吧。所以在没有收到你的信之前，其实我已经知道了这个事情，不过我没有你在信中讲的那么有反应，我觉得你们在工地上可能把情况放大了，讲到了什么天下掉下来的，又讲到什么解放前解放后，还扯到世界大战，我觉得这有点奇谈怪论了，对不对？

前两天我到苏家埠走了一趟，那儿有个叫青山的地方，说是青山，其实是个冈头下边的山嘴，那里距横排头不远，也就是沛河的渠首以北。青山那里也要开挖，但工程比较复杂。我和丁大姐从九里沟直接过去的，一起去的还有一个叫万四的技术员。我一开始不知道万四是谁，但丁大姐告诉我，万四是个能人，在沛顺杭工地很有名气呢。说是技术员，其实是个搞技术样样在行的杂家，岁数也不大，正是干活的好年纪。我们一起去了青山，路上我就讲了你们界儿岭的事，他说什么发动机，我说简报上讲是个机器。万四讲他没听说，于是我把你信上讲的农民们怀疑这是从天下掉下来的机子一事讲给他听，万四只是笑。万四讲那怎么可能，天上哪能掉东西？不想想界儿岭在什么地方，张店南边，大华山北边，中间有丰乐河，还有陈家河，那里怎么可能掉东西下来？有没有空间概念啊？我听万四这么讲，觉得他应该是个技术能手吧。我们到青山是看一下线路，那里要向北挖一条渠，意思是要走山冈侧面，从冈顶会比较难切，但从平地要加厚河坡，于是要从山冈侧面切开，然后再从边上起一道河坡，这样结合起来走。因为涉及高度的变化，开工准备工作一直在勘测，都干不下来。

我和丁大姐来，是要看万四到底怎么定这条线。接触万四的工作才知道，原来他只是用一些土办法测量，我们平常人不大看得懂。他跟我们说，现在工地上不少测量员都是他培训的，培训地点就在横排头。各个公社都派几个社员来学习测量，不然沛顺杭根本干不起来。听着很玄乎，测量员让公社社员来培训一下就可以干得了吗？但万四就是这么一个神人。回到六安，我们在外边喝茶。万四汇报工作以后，我就问万四到底那机器是什么。万四讲，如果没有什么意外，应该是个拖拉机机头。我听了，不信，如果是拖拉机机头，公社、区里、派出所的人会认不出来？万四说，那你相信是什么飞机掉下来了？我说，也许呢。万四讲，你动动脑子呀，那是什么地方？什么飞机在什么时候能飞到那儿去？况且在那个地方还要掉下来，掉下来那么大动静，当地人会不知道吗？你以为人会那么傻吗？会不知道掉下一架飞机？

万四的话虽然有点冲，但他是搞技术的。回到家以后，我问我二哥李义江。我说，我和万四他们去了一趟苏家埠。去那儿干什么？二哥问。我说，那里要走一条中坡的水渠线，让万四画图呢。万四？二哥问。我说，是啊，认不认识？他说，听讲啊，都说能得不得了呢。我说，啊，不像你是个又红又专的工人，他可是个搞技术的呢。二哥说，不知道是不是那个万四。我就问他，怎么，还有什么万四？二哥说，以前听讲有个万四，修机子很厉害呢，在齿轮厂也修过。我说，我没有问过他，但他讲，他在光华厂和永达厂都干过。在那几个厂干过，那了不起啊。二哥说。想不到二哥对万四这样重视。

我觉得我跟万四去了一趟苏家埠没有什么特别印象啊。二哥说，你跟万四打交道，你可要留神啊。我问他留神什么。二哥说，听说那家伙神叨叨的。我不明白二哥讲的是什么意思。二哥又问我，苏家埠好不好玩？我去测量水渠线，有什么好玩的？二哥说，苏家埠是个好地方呢，只是仗打得那个惨，当年。我说，苏家埠战役我知道一点点，我同学在界儿岭啊，那里有个张店，听说张店战役也打得惨。二哥说，张店的事情也惨，但跟苏家埠比还是不太一样，苏家埠战役重要啊。我对打仗的事情知道得不是太多，不过我讲到界儿岭，二哥自然知道我是说你在界儿岭扒河。

二哥说，不会扒河也没有什么，比起当一个农民啊，还是想当干部吧。我觉得二哥讲话有那么一点不屑的口吻，也难怪，他是一个又红又专的工人，而且是技术能手，也听见过我跟父亲说你的事，中间也提到分配什么的。二哥就取笑，说我为你操心呢。我跟他说，同学嘛，就是要志同道合，再说，我们在农校学习了几年，不就是因为我们要在受教育之后为社会做事吗？二哥讲，干一行爱一行。我告诉他，界儿岭那儿掉下来一个机子呢。二哥也有兴趣，问我什么情况。我说反正就是从界儿岭大塘里边捞出一台机子。二哥讲，那也是奇怪了，荒山野岭的，怎么会有这个东西？我没有说我们怀疑是从天上掉飞机的传言，但二哥很有兴趣呢，也难怪，他是一个搞机器的工人啊。

  那天，刚好朝坤到家中来。朝坤和我大哥也熟，朝坤有个哥哥也在部队，他对部队的事情很热衷。当年他也想参军，只是因为父亲只同意一个孩子参军，后来他大哥入了伍，于是和我二哥一样，他成了工人。朝坤听我讲世界大战，马上来了兴致，他问我知不知道什么是世界大战。我看他那神气，要对我做科普似的，有些反感。他虽是工人，但我并不认为他政治觉悟比我高，他总是显得有点不那么严肃，就是……太活泼了吧。我说，我不知道什么是世界大战，但我知道我们不害怕世界大战。迟早的事。朝坤说。二哥只是在边上笑。二哥是个又红又专的工人，对这些东西姑且听之。二哥就是这样，比较有深度吧。朝坤反正有什么就讲什么，我说底下工地都讲世界大战呢。迟早的事。朝坤又讲。

  我听得有点烦了，我们的大哥可都在部队呢。二哥提醒唾沫星直飞的朝坤，朝坤你千万不要跟义兰吹这个牛，义兰是中专生，是要当干部的，你一个开机床的，知识量够不够啊？哎，大干部。朝坤朝我喊。我说，请你注意了，朝坤同志，我不是什么干部，更不是大干部，我现在是九里沟公社的一名社员。那只是暂时的。朝坤又说。我对朝坤说，不要讲什么世界大战了，我就问你，打起来怎么办？朝坤马上准备大讲，被我二哥制止了，说要是老头子回来了，听了会批评我们胡言乱语的。书记不会批评我们的。朝坤说。

  志刚，那天我跟二哥还有朝坤讲了不短的时间，这才发现他们也都还是认为我和你在公社干活只是暂时的，就好像他们认为我们干活不合适，或者说我们并不想干活似的。我是生气的，我觉得他们没有懂我。我是真心认为当一个社员没有什么不好，更何况当社员是国家分配政策没有下来之前给我们的一个很好的安排，让我们和工农在一起，让我们劳动，在劳动中实践，干好社会主义，这不是一项很伟大的事业吗？对了，界儿岭的会战很辛苦，但我相信它难不倒英勇的高山扒河队吧。

1963.9.5

义丰：

　　收到你的信，知道你去了苏家埠，你说的技术员万四对我们这界儿岭大塘打捞出来的那台机器的看法，我已经转告了高书记。高书记说既然那么有名的技术员都对这事有了看法，可见指挥部对于沛顺杭施工过程中的每个细节都是极其重视的。高书记还说了很希望像万四这样的技术员能够到界儿岭来看一看，我们这里虽然也有施工的技术员，但毕竟他们对机器还不是很清楚。说是要把机器调到六安去看，但要想把那个笨家伙从界儿岭拖出去，也是不容易呢。

　　至于分配的事，你说到像我父亲这样的人可能会认为国家没有包我们分配，是对我父亲有看法，那我要说的是，我父亲这样的人，我谈起来的都是家里的事，他是一个旧时的人，对于新社会的认识自然是比较浅的。但这并不妨碍他是一个让我敬重的父亲。这一点你可以理解吧，某种程度上讲，像你敬重你爸爸这样一个革命干部，和我与父亲的关系应该有相同的部分。不知道我这样说你能否接受，或者说我只是站在一个儿子的角度来看待我这个成分不好的父亲。

　　说了父亲，我还是想讲工地。因为你在指挥部通讯处帮忙，界儿岭也上了你们那儿的简报，现在的问题是，大塘的水虽然抽得差不多了，但因为秋雨一直在下，暂时抽水慢了一些。人已经说了要把水抽干，可能基于要灭一下农民们关于水鬼的讹传的考虑，哪有什么水鬼？水抽干了，就揭开了这大塘的秘密。我前边讲了秋雨对扒河的影响，但主要还是心态上的，不过民工们并没有倒下，可以讲，几万人决战在界儿岭的细雨中。有时你会看到那么多人像蚂蚁一样，挑土、倒土、挖土、抬土，浩荡的队伍，络绎不绝的人群，斗志还是在的。

　　高书记很害怕下雨，他认为雨一直下，施工会很可怕。但王主任说，界儿岭下雨是暂时的。当地村子里的人讲，界儿岭雨少呢。这个地方甚至有它自己的小气候，一般很少下雨呢，不然这里也不可能地质条件这么差，几乎长不出什么庄稼。在土改时，这个地方没有像样的地主，人都穷得特别自豪。为什么呢？因为庄稼往往会歉收，这是一件平常的事儿。高书记问我大哥程志茂，在明年开春前拿下界儿岭到底有没有把握？我大哥说，有没有把握都要拿下来，因为开了春，冻了一冬的土再开春，到春雨季节再想把沟渠弄成型就不可能了。可以讲现在挖界儿岭虽然是秋季，但挺过冬天，反而是最佳时间。

高书记讲县里的廖书记跟地委也是这样保证的，要在冬季把界儿岭给拿下，但是冬季漫长，物资又匮乏，条件会更加艰苦，摆在双河区扒河队面前的任务很重啊。

我来信还想讲一件事。我提到的小妹因为大嫂娘家要换亲的事，现在更加麻烦了。小妹平时老到秧塘庄那边去，那边一个叫梅子的姑娘最近老是和她一起去打猪草，两人有时上到丰乐河右边的将龙山去。那里有一道很长的草坡，夏天的时候美得不得了，因为发的水会把那里的草坡冲得特别明亮，所以女孩们都喜欢去那里打猪草。我听小妹讲，梅子要让她一起去"晒死鹅"。我一听感到不妙，"晒死鹅"你也知道吧，是在椿树以北、东四十铺那个地方，从六安往东，再向北。那个地方是丘陵地带，有名的穷恶之地，听说椿树出去讨饭的人最多，基本跟凤阳差不多了。

为什么呢？因为那个地方没有水，没有河，没有塘，连小沟坎都没有，只有山冈。山冈不高，起伏不定，之所以叫"晒死鹅"，是因为那个地方连牲口也养不活，鹅都能晒死。在鸡鸭鹅中，鹅是最能耐旱的了，但连鹅都晒得死，可见那个地方是不能存活任何动物的，人住在那里几乎是难以想象，所以人就要出去讨饭。但那里现在扒河要人，人少啊，都出去要饭了，虽然现在说要扒河回来了一些，但还有人在外边——在新时代了，居然还有人在外面要饭。有人讲不是真的穷得吃不上饭，也就两三个大队这个情况，况且是因为有出去要饭的习惯，所以解放后也刹不住，但影响不好啊。

后来梅子跟小妹讲，那里要整支扒河队，现在可以去那儿。我小妹跟我嘀咕过两句，我说你不能去。她说，为什么不能去？只允许你们男的扒河，不允许我们女的扒河啊？我知道她是因为担心在家里最终还是抵不住要嫁到山后大嫂的娘家去。我对小妹说，即使提亲的事不同意，也用不着躲那么远。我小妹就讲，那倒不是出远门躲什么，我就是想扒河，学一学也没有什么。我父亲听说小妹要去扒河，就发火，说要是去扒河，以后就不要回来了。

小妹就赌气，说是非去不可。我不太理解我父亲为什么这样讲，大概他也是认为女孩子出去扒河不好吧。我问大哥，小妹万一要到椿树那边去扒河，怎么办？大哥最近很累，回到家里基本上就靠着凉床倒下了。他讲椿树那边不好搞，往合肥方向呢，没有过硬的队伍根本扒不了，去也就是玩玩。我看大哥躺在凉床上，大嫂带着侄子们去了山后她娘家，大哥也没有办法。我跟大哥讲，你还是到山后去一趟，把大嫂给请回来。大哥说，我哪请得动？

大哥大嫂因为小妹的婚事闹别扭了，这个消息传到高书记那里，高书记大发雷霆。他先是对我大哥程志茂讲，你怎么这样不会处理家属的关系，一个农村妇女还能翻天？她讲要把小姑子嫁人就嫁人啊，她不知道犯法啊？大哥讲，她有她的理由。什么理由？高书记把1954年宪法的事情搬出来讲，知不知道啊？我是站在边上的，工棚里人不多。高书记讲，一定要把你媳妇从山后给捉出来，不回来，我让民兵去捆。虽然话很糙，但道理很简单，一个农村妇女不能因为个人小事而影响到一个扒河英雄的奋战，这是不可以的。

高书记说是公社书记，但媳妇是种地的农民，他孩子也多，人正派，而且一心扑在公社的工作上，他老婆又种地又带孩子，他自然看问题比较参照那种妇女应该成全男人的看法，认为我大嫂这样做是不对的。高书记到底会不会派民兵去捆大嫂回来还真是不知道，但我大哥程志茂是死活不敢到山后去，倒不是怕大嫂，而是因为他心里也知道农村习惯上就这样，一些口头答应的、大家都知道的约定反而比白纸黑字更有约束力，尤其是想到大嫂嫁过来时家里的贫穷，以及大嫂的贤惠，他明白做事不可以只顾自己，然而小妹是小妹，他也认为小妹有权决定自己的婚事。但经不住大嫂持续施加压力，加之现在他是扒河英雄，一个神人，出了这么件事，山后也是一大片人，庄子也多，那里穷，条件更差，但是那里人讲信用，就是这个信用，能把人压死。你面对讲信用的人，你自己也得豁出去；在这些朴素的乡亲面前，你讲婚姻法，你讲婚姻自由，这些都不顶用。

不过，我是跟大哥讲的，你那个小舅子是个怪物，你不知道？大哥讲，你可不要讲人家是怪物啊。我讲，怪物有什么？对小妹来讲，不就是这样吗？大哥想了半天说，真不行就让她去椿树。我觉得大哥说的也是个办法，与其僵在这里不知会出什么乱子，还不如一走了之，况且扒河总是个好事，就是对一个女孩来说，辛苦了一些。好了，下次信再叙。

志刚

1963.9.10

志刚：

你来信中提到的几件事我印象深刻，但是你对你小妹要到椿树那边的"晒死鹅"去扒河的态度让我有些意外。你这是想表明什么啊？对你妹妹的爱护吗？你想过没有，在反对她的婚事这件事上，你的立场是对的，是对人民群众的婚姻自由的捍卫，这是社会主义立场吧。我们社会主义就是要让人民过上好生活、幸福生活，婚姻也是一部分。前边我也说了，新中国成立后，几件大事做得是特别对的，一是土改，一是抗美援朝，还有就是扫盲，再有就是妇女解放，站在全人类的角度看这些都是惊天动地的事情。但是在反对她婚事的同时呢，她要去扒河，你却不干了，我觉得你在信中的那种言辞表明了你在这个问题上没有主见了，这跟你现在的身份也不符啊。

她是一个女性，当然也是一个社员，她不是一个大家闺秀，我们这个时代不讲这个。地主老财时才有大家闺秀，新时代人人平等，不让她干活反而是不解放、不自由呢。我倒觉得她要和邻村的梅子姑娘一起去干活是再对不过的事情了。你说那个叫"晒死鹅"的地方艰苦，你不放心她去，其实在社会主义国家，在山山岭岭上，哪个地方不艰苦啊？艰苦一点又有什么？比起你自己正在开挖的界儿岭，还有更苦的吗？你大哥不正是在那个地方率领你们扒河吗？

说到你大哥，这倒让我想起他恰好是一个典型，妹妹的事情对他是一个影响，他恐怕不会像你那样担心妹妹去扒河吧。他的观点很好啊，干活的体力是长出来的，是越干越有的，按这个道理来看，女孩子没有什么不能扒河的。所以我倒认为你在这个问题上反而是考虑不周的。

志刚，朝坤最近总是到我们家来，他和我二哥比较谈得来。他们都是工人中的又红又专的好榜样。我二哥李义江的能力在齿轮厂数一数二呢，特别气派吧，我很羡慕呢。但朝坤跟二哥不一样的地方是他看问题是比较系统的，就拿这个世界大战来讲，上次我讲了你们农村政治家也议论有世界大战以后，他是回去思考了这个问题，还给他大哥写信问起了这件事情。你猜怎么着？他大哥回信过来讲，世界大战是世界大战，就是打起来，我们也不怕，社会主义一定能胜利呢。

我听他过来跟我二哥讲世界大战我们能胜利，听了非常震动。他是一个负责的工人大哥，对不对？他有疑问，会去问当兵的哥哥；我大哥也当兵，但我没有问，所以政治确实需要认真思考呢。在世界大战这个问题上就是这样，对战争你是不能怕的，帝国主义才害怕吧，像苏联这样的国家，他们害怕战争，他们讲没有世界大战，但他们说没有就没有吗？他们现在是个什么情况啊。

我们不一样，我们不怕世界大战，不怕还是其次，要做好准备啊，我想你那里的农民兄弟都有这个觉悟，我们就更应该如此了。这里的九里沟公社在搞社教，我问朝坤他们厂里搞不搞，他说也搞。但厂里风气很正，现在社会主义建设正在调整提高，大家积极性高昂，最困难的时候不是已经过去了吗？即使最困难的时候，农村大炼钢铁，干什么用了，还是在支援国家，自己的东西是流不出去的。再说了，不管灾害有多严重，也不管困难有多大，也难不倒英勇的中国人民。

你讲到的水鬼一事，正好说明了在迷信方面农村的问题也很多，现在你在新建队当社员，应该看得清楚吧。高书记他们也都帮助你的，对不对？说到水鬼，你要搞清楚，我相信你们很快会搞清楚的。水鬼到底是什么时候的事，直接点说吧，就是这些投水自尽的人到底是以前的还是这几年的。听你讲民工的反映，觉得也就是这几年吧，这倒反而更能说明问题了。这几年还有人投水，为什么？因为农村矛盾还很多，而且会激化，对不对？你说到高书记，高书记的老婆也是农民，要干活，农村每个家庭都不容易。现在为什么搞社教？就是因为农村并不那么四平八稳啊。

可贵的是，在这样的局面下，高山公社出了英雄的扒河队，你大哥他真是一个好典型。我们九里沟搞社教，我参加的那几次，都提到了高山扒河队的程志茂，他在九里沟也有名了呢。但就是这样一个人，他还在因为家庭问题、妹妹的婚事问题分心，并且像吕二那样的人造他的谣，还有舒业七贤祠那边的人中伤他。但人民英雄是击不垮的。我写信讲这个正是因为很多问题看起来比较模糊，但放在社教的路线上看，其实没有什么复杂吧，也就是教育问题啊。

应该去劳动，对于你妹妹，你反而要鼓励。我现在认为你在农校受到的教育让你到社会上以后反而有些不适应了，这是不对的。我们学到的知识是书本上的，而社会主义建设是要实践，在人民公社里，社员们在一起劳动，现在又一起扒河，国家在组织社员们干大事情，这就是社会主义啊，对吧？反正我在九里沟感受到的是集体生活的光荣，不知为什么你反而会认为小妹去"晒死鹅"是个坏出路呢。

　　没有哪个国家能像我们这样，前几年困难时期，现在老百姓还照样能干活，为什么呢？就像你大哥程志茂说的那个理论，因为力气是长出来的，而不是闲出来的。关于农校、关于知识，我最近听朝坤跟我讲他们厂里的事，我才发现知识有时反而不像实践那样管用呢。在修沛顺杭上也是这样，万四上次提到的发动机的看法，我跟朝坤也讲了，朝坤讲任何机器都可以拆开分析的。你看社会主义没有死角，实践出真知啊。我们要赶上，社会主义只会更先进，不会落后。我们钢铁要上去，农村水利要上去，我们赶超的步子越来越大呢，所以你现在当社员，心要静，对不对？不要老管什么分配不分配的事，那是国家政策。作为个人，我们应该在集体中劳动，在集体中成长，你说呢？等你的回信。

1963.9.17

又荛：

　　收到你的信，这一次感觉你在九里沟生活，因为参与了公社的社教而有了一些新的体会，我相信这是好的，就像我们在农校读书时你总是最进步的那个一样，一是因为你是班长，另外也因为你积极，看事情自然透彻一些。我这么说一点也没有强调你是一个地委领导子女的意思，我相信你在这方面保持得也很好，并没有让我看出你是一个干部家庭的子女，况且在六安地区，你父亲是主要领导之一，如果你很想从你父亲那边争取一些好处的话，你会很容易办到的。而且，你现在跟我一样，也在做社员，这就很能说明问题。

　　当然你讲到了让我妹妹在劳动中锻炼和成长，我想你是从大时代政治的角度看待她这样一个年轻的女社员的成长吧。但我还是很心疼我小妹，在农村，你知道劳动和有没有发言权基本上也是同一回事。确实她们完全不能自主地选择自己婚姻的情况已经一去不复返了，毕竟是新社会，但我们家问题的复杂还在于我大哥大嫂之前跟山后大嫂娘家有那么一个约定，况且我父亲的情况，你知道，出身有些问题，别人基本也就看在我大哥的分上，才结的这个亲。现在我大哥程志茂当然是比较麻烦了，我是为我大哥考虑了。当然你几次信中都详细谈到了我大哥，确实也很看重他，我几次都转告他你在指挥部整理他的材料，还找出了以前的材料，他也为我有你这么一个城里的同学而感到光彩呢。

　　所以我先不说我小妹的事情吧，信的后边我再讲一点，我就先说我大哥。由于小妹去"晒死鹅"扒河了，大哥是发火的，他跟高书记讲，妹妹逃出去扒河了，我媳妇你们要捆就去捆吧。高书记听大哥这么讲，倒没有叫民兵去山后捆我大嫂，而且对大哥说，去椿树扒河就去吧，高山是组织了一些女社员去呢。大哥听高书记讲，觉得高书记对小妹出去扒河不可能持反对意见。现在整个地区都在扒河，她一个大姑娘出去扒河有什么好讲的？大哥也不好讲。高书记讲他自己老婆要不是在队里挣工分，也想出去扒河呢。大哥无言以对。当然了，高书记还是征求我大哥的意见，到底要不要到山后把大嫂捆回来。我大哥讲，我小妹人都到椿树去了，她要不了几天就会从山后滚回来的,不过公社要去捆,千万不要讲我知道这个事。高书记当然是笑,没有去捆她。

有另一件事倒是又引起轩然大波,那就是快到塘底那儿,发现了泉眼,一开始以为是山泉,后来挖下去,从侧面进挖,竟发现可能通地下河,应该能通到张店那边的陈家河,不过还不能确定,因为这条南北沟通的干渠设计的调水量会比较大。这个大塘既是水道,也是一个中转的库区,安全自然很重要,影响着周边公社几个大队的安全,所以这个有可能的地下河的漏口一出现,高书记他们就向梅书记汇报,梅书记来看了以后,又向县里汇报,县里应该已经汇报给沛顺杭总指挥部了,也许你到指挥部去会看到这个汇报材料吧。

秋雨在下,地下泉眼在冒水,挖开的两端河道跟大塘之间还有很长一段封住的土包令人生畏。社员们似乎有一种莫名的恐惧,有人讲这泉眼通地下河,地下河说不定不只通陈家河连淮河,谁能保证这地下河不会连到南边的丰乐河,连到长江呢?要是连到长江了,你调多少水过来,说不定都要漏到长江呢。高书记认为水要漏到那儿去,看起来是玩笑话,但质疑的是这样扒河到底有没有用,这就有点危险了。前几年扒河没有出现这种情况啊,老徐听高书记讲,民工们的士气要涨一涨,不能在恶劣的地理条件下屈服。老徐讲,可能就是这样,打仗也如此,打到了拉锯的时候,跟敌人都在拼意志,就看谁能熬得过谁了。扒河就是跟自然作战,就是用体力和意志跟大自然作战,一定要战胜它。于是老徐跟我大哥讲,社员们一懈怠,冬天肯定拼不过去,这种漏水的泉眼,找地质专家一看就会得出结论,显然不会影响到调水的安全,因为大塘的存在恐怕有上千年,从没有听说出过漏水的问题,走地下水是常见,地质构造又没有破坏,何来漏水之说?

我大哥讲,社员们的意思是要重视这个事,社员们就是这样,有时一个人的看法会传染,会成为很多人一致的看法,传得久了就会变样,成为一种耸人听闻的东西。老徐和高书记问我大哥什么意见,我大哥说,把水抽干,无非就是看一下大塘的底部,现在看到了,也发现了水眼,那就按农村一直以来修塘的办法,把它补上。高书记问,你认为有这个必要吗?我大哥说,不管怎么讲,反正要补上。真补还是假补?老徐问。显然老徐是个上过战场的人,知道有佯攻和真取的区别。我大哥说,要补就是真补,何必假补?水眼即使不漏水,也不是一件好事。刚好乘机会补上,人家会说，只有到了新社会才会干出这样的事情，连水眼都能补上，对不对？

老徐讲，还是你程志茂行，想得充分。我大哥跟高书记讲，补上不是什么难事。高书记就问，可是要是真补，补不住反而会让社员们不放心，说我们技术上不过硬。我大哥说，我想一想，会找到补这个水眼的人。高书记的意思是要不让县里派技术员下来。我大哥讲，技术员界儿岭工地也有啊。高书记讲他们是测工程的，画线的，又不是搞土木的。我大哥说，你讲这些我看没用，要补就补上，就按农村修大塘的做法，那也是真补啊，那么多大塘都是各个大队有的甚至是生产队自己修的，修漏水补塘底是个活儿呢，农民会搞。高书记讲，大队修塘他知道，但真没在意怎么补塘底呢。大哥说他会找到人的。

这两天雨稍稍小了些，中间还放晴几个小时。雨后的秋天，在界儿岭上向南能看到天龙庵，向西南看到金鸡寨。在我们广城畈人眼里，只要能看到这两样东西，就表示我们还在家，还在生活。我们还是这样在干活，但心情陡然又好了。农民社员就是这样，阳光好，心情就好了。告诉你义兰，吃的还是有点差，但毕竟夏季的泡菜都上来了，尤其是豇豆上来以后，社员们就在家里腌豇豆。所以泡菜一上来，这时工地就有干劲了，想必是吃了咸，人就有劲了也没准儿。

就在大家看到天龙庵干劲又增加时，发生了一件事。起初我还没有明白为什么一件事情闹出这么大动静，后来我听讲是我大哥在工棚里睡着时，一个疯女人闯了进来，用她的光脚在我大哥脸上扫了几下，我大哥因为睡得太沉，居然没有被她踹醒，可见大哥是有多累。但身边的工友是看到了，起初还以为是什么家里人闯来了，但发现不是，是一个疯女子用光脚在大哥脸上死踹，赶紧把她抓住，绑了起来，就绑在工棚外边的柱子上。民兵连长也被从界儿岭下边叫上来了，当时工棚外边已经围了不少人，只有很少人知道这个疯子是广城畈底下翻过青龙嘴然后向吴家老院，再从吴家老院向大枫浆树山那边去，过个山弯来的。那里离顺河店不远，但事实上直线距离离界儿岭也不远，只是一般人不知道那个山弯有路可以插向界儿岭以西。

疯女人还在骂，后来民兵连长上来又把她捆到工棚拐角，喊了几个女社员，把她给按住，审她为什么要来袭击干活的扒河队队长。这疯女人起初不说话，人围得很多。高书记坐在桌子后面，老徐是最愤怒，就站在那个疯女人边上。他手上就拿着家伙，不过轮不到他来审。民兵连长更是连枪都带上来了，这样无故破坏扒河工作在底下是很少见的。高书记毕竟是公社书记，他觉得没有必要动武，再说人家是个疯子，只要把问题弄清楚，把她赶下去，让她家人领走就行了。有人讲她那个庄子已经是顺河店公社了，如果是顺河店公社，那就更没有必要在这里把她押住了，把她放回顺河店就行了。

老徐讲，不能轻易放走，问题不搞清楚就放走，以后谁还敢相信政府？为政府扒河，中间出了坏人那还了得？于是，高书记和民兵连长就要审，我们庄上的程志望也到了工棚拐角，就站在我大哥程志茂边上。不用说，他是听讲人家专门来袭击我大哥，担心是有人跟新建生产队的一门老程家有仇，那会是什么人呢？听说是吴家老院那里边老山冲的疯子，程志望也就松了口气。

在农村就是这样，很害怕有人是针对你一门姓的，有仇那就不好办了。不过在新社会，这种事情应该不多了吧。一开始审，这个疯女人自然是讲不清楚，还骂骂咧咧的。不过既然有人了解她是疯子，那多少还是能知道一点底细。女社员押她都有点困难，因为她会咬人。不过，高书记还是没有让民兵连长动武，自己是民兵出身的公社书记知道不能轻易动武，尤其在扒河现场，况且又是对一个妇女。老徐讲，这种疯子如果在战场上，我一枪毙了她。

可能是干活太累了，只要有一点风吹草动，社员们情绪就容易点起来，有人就讲毙了这疯子。高书记一看不对，把老徐拉到外边。老徐讲，打程志茂实在没有道理啊，程志茂什么人？英雄啊，黄继光能打吗？邱少云能打吗？扒河跟打上甘岭战役也差不多，对敌人不能手软啊。高书记看出老徐脾气收不住，那会儿我就站在工棚门帘外边，高书记跟我讲，你念过书，你看这疯子是不是装的？我说，我看不像装的。高书记对老徐说，你看，人家学生念过书的都讲了，是疯子呢。疯子又怎么样？老徐看来是急红眼了。审了半天，这疯子还没有讲出名堂，不过从界儿岭下边上来人了，原来是疯子所在的那个生产队的人，讲知道她会找到这儿来闹的。

高书记就问什么情况，疯子在的生产队的人才讲，原来这疯子是大地主袁青彪的小老婆，是因为祖坟在这一带，听说被动了一下，于是来闹了。什么大地主？高书记赶紧问。界儿岭这边大队的杨书记，因为广城畈大队跟青龙嘴、吴家老院，再到顺河店以东那个大枫浆树山一带挨得近，知道得多些，于是说，没有动到坟地啊，只是从边沿切过去，跟那片坟场没有关系啊。疯子在的生产队的人讲，袁青彪已经正法好多年了，这个小老婆平时还好，在队里有个草屋住着，但有时发神经。这次不知是谁讲界儿岭扒河，动了不少坟头，有人一撺掇，她才跑到山上来的。农村人虽然讲社会主义，但是对于坟地什么的，也还是忌讳，一般也不会动。

疯子在那儿喘气，有妇女给她水喝，那个生产队的人讲他保证回去把她捆起来，不让她来闹事了。我大哥这才明白原来这疯子来踢他，是因为以为他扒河时动了她家的坟头。老徐讲，那你问问她，这坟地是地主家的还是她自己娘家的？生产队的人低头跟疯子讲话，别人听不大清。过了一会儿，那个生产队的人讲，疯子讲是她娘家的呢。社员们听到讲是她娘家，不是为地主家来闹，都松了口气。有人讲，娘家的事，应该让她兄弟出头，她来闹什么？生产队的人于是又跟疯子嘀咕了几句。生产队的人讲，她娘家有兄弟，但是不敢来闹。高书记这时讲，什么叫不敢来闹？而是根本不能闹，不要讲这一次界儿岭扒河没有动坟地，就是以前施工，对坟地在线路上的，也会下通知迁移，施工告示上都有。各个区各个公社都传达了，整个六安地区谁不知道？谁会不支持修沛顺杭呢？还是个觉悟问题。

大哥程志茂走到那个疯子面前，好像有话跟疯子讲，不过老徐把他挡开了，老徐是结结实实地扇了疯子一个大嘴巴。他讲，叫你再敢来闹。疯子是被她生产队的人捆起来的，生产队上来八个人。高书记讲，你们回去跟你们公社的人讲，以后要管好自己的社员，疯子也要管好，扒界儿岭，你顺河店不出人不讲，还来捣乱这也太不像话了。我大哥程志茂在疯子下山以后，问程志望到底这块地方动没动坟地。程志望说，没有动啊。我大哥程志茂说，那来起什么疯啊？程志望说，可能是有人谣传啊。现在界儿岭扒沛顺杭，有人就讲动了这一块的脉呢。这一块还有脉？穷得庄稼都长不出。我大哥程志茂说。

好了，义兰，你看，关于我大哥在这儿扒河，我看到的还真不少。虽然秋雨已歇，天色转好，但事情并不少，很希望你能来信讲讲九里沟那边的情况。另外，关于这边塘底水眼的事，应该有报告到了指挥部，你会看到的吧。等你的回信。

志刚

1963.9.21

志刚：

你的来信中讲到你们扒河队已经走出秋季绵绵细雨的困境，所以我在这里也能感觉到你们那里阳光高照，艳阳呢。不过更让人开怀的是，在界儿岭你们扒河的阵势可谓热火朝天，这不正是社会主义的强大吗？告诉你，这些天，朝坤总是到家里来，谈的话也都是工人有力量。他可不是一般人，光华厂、永达厂，几个厂子的事，他都清楚，可谓是技术能手，我觉得有这样的人在，社会主义很快就会超上去，并且我们会比苏联更强吧。这个可不是我说的，朝坤的大哥在南京军区做政治工作吧，听说他跟他哥讨论得多，毕竟是一个有想法的工人。比起我的二哥李义江，朝坤才更加又红又专呢。

我在这里讲朝坤的好，是想告诉你，不光在你们农村，其实在城里面，场面也很火热，而且我要讲的事跟沛顺杭有关。朝坤到我们九里沟公社那边也去了几趟，是去解决问题呢。现在我们这边建了石灰厂、水泥厂，还有钢筋预制厂。可以讲，九里沟因为建闸而要的建材多，而从省里批下来的建材根本不够，于是章指挥长请示了省里，据说省里的曾书记同意下边尝试自己建厂，这是一个多好的信号啊。九里沟公社立刻行动起来，省里的书记都发话了，地委照办啊。虽然难度大，但迎着困难也要上，通讯处在加快宣传这个事，我又在通讯处帮忙——这个大家都知道，同时我又是九里沟的社员，我责无旁贷啊，所以我觉得干劲也很足呢。

对了，刚是在说朝坤，朝坤可不是一般人，多复杂的工艺到他那里马上就化解了，特别是水泥的标号，如果没有朝坤帮忙一起攻克技术难关，可以讲我们产不出那种看起来标号水平低但用到河坡和闸门处十分管用的水泥。这就是社会主义的优越性吧。朝坤是怎么做到的，他到家里来时，跟我二哥就讲那些比较专业的东西。我是不大听得懂的，比如讲要用特别的筛子来造水泥，并且在温度上要控制，他们有一帮人在帮助九里沟。朝坤之所以感兴趣，也不完全是他单位受指挥部的委派要帮忙建预制厂，主要还因为——据他自己说，他以为九里沟建这些建材厂是六安地区的事，六安地区的工业水平要在建沛顺杭的同时搞上去。

我上封信中讲到你应该关心你大哥，一个农民典型，千万不要因为你小妹的事情影响到他。另外，你自己也是，不要因为分配啊，当社员啊这些事，有思想上的负担。这样会影响到他的，对不对？他是一个扒河英雄，英雄是需要爱护的。你在信中讲小妹到椿树扒河，你讲了以后我又找人问了问，都说情况没有别人讲的那么糟，无非是那里夏季旱得比较严重，现在这个季节问题应该不大，而且各个工地都在建刘胡兰连，我在通讯处看到很多材料讲的都是刘胡兰连要跟董存瑞连比试。妇女们不仅解放了，而且干活也不能输给男社员。我觉得我们整个六安的人民都动员起来了，这还怕什么？别说一个沛顺杭，就是十个沛顺杭也是拿得下来的，对不对？

你在信中提到的关于漏水的一些材料会汇报到指挥部，不过我没有看到，又或者这些材料没有汇总到通讯处，但不管怎么说，有问题就解决掉。关于高书记也支持你小妹去扒河，我觉得底下公社的同志还是非常敏锐的，一点没错，在劳动中成长，在劳动中锻炼自己，这比任何教育都更有作用。我反而觉得对你小妹来说这是一个机会呢，让那所谓的换亲啊结婚啊什么的都靠边去吧，目前的任务就是修沛顺杭，所有有力气的社员都应该投入其中，这是我们地区的大事，哪一个人不在其中呢，对不对？

你在信中提到的水鬼的事情，我在前一封信中说到了，这不光是一个迷信的问题，我觉得这是对建设的破坏，不要以为水鬼是闹着玩的，应该重视啊。现在的社教讲的是政治，谁是水鬼？我们要问谁是水鬼，这是存心在扰乱建设。哪有水鬼啊？我之前到龙河口去过。我现在想到的是如果有机会到界儿岭来一趟，倒想看看，是什么样的一方池塘居然会有水鬼，社会主义国家会有这个吗？这不是迷信问题了，这是一个扰乱民工军心的问题。我觉得你不光要用知识、教育去看待这个问题，你还要用政治眼光去看，这是有心的破坏，我非常生气，真难以想象呢。在我们九里沟公社，因为离城近，讲到水鬼，人家恐怕以为是笑话呢。不仅讲水鬼，我觉得还编造那些对你大哥程志茂不利的消息，并在民工中传播，这是对英雄的诋毁，社会主义是不允许这个的。所以我觉得你讲的包括疯子来捣乱，这跟水鬼也差不多，这说明农村的社教很有必要。路线永远是重要的，不能让这些破坏者干扰了扒河。

　　志刚,你看,我讲了你在信中说到的事,我确实以为我自己在九里沟当社员这段时间,对我自己的成长帮助很大。有时回想我们在学校时的事,觉得社会锻炼意义更大。书本知识固然重要,但如果没有像修沛顺杭这样的社会实践,怎么可能提高自己的认识和觉悟呢?所以我希望你在底下,更珍惜这样的机会,好好地劳动,不要辜负公社对你的信任。你想,高书记他们能把你和你大哥放在一起扒河,让英雄带着你,这不是最好的教育吗?

　　还有,你也应该正确处理家庭的问题,对,我讲的是你应该对你小妹的事情,有清醒的认识。为你大哥分担一些啊,应该讲清楚到外边扒河是好事,是正确的,大家应该为她高兴才对啊。好了,就写到这儿了,下一封信再叙。

1963.9.27

又鬉：

  我们这样通信，谈的是沛顺杭的事，我才发现快半年了，我在高山公社当社员做的扒河的事，已经成了生活中最重要的东西了。这让我不得不认识到生活就是扒河，扒河就是生活。在你所说的社会主义的干劲中，我也能体会到劳动的快乐，但终归劳动是艰辛的，所以我听你讲讲实际的事情，包括讲讲一些形势上的事，我都觉得是一个很好的放松。当然，我之前也说过这儿的农民都是政治家，你也说了从农民身上可以学到很多东西，尤其你多次讲到对我大哥程志茂的欣赏，这都让我很受启发。

  不过近几次的信中你提到了你在九里沟公社的时间似乎多了些，讲到了办建材厂、预制厂，这让我想到在我们底下，就说在界儿岭吧，农民们只是用体力，至于施工的材料，坦率地讲，那是下一步的事情。我们只不过是要把河给扒通，几年来干活也就是这样的，所以不论从你上次讲到的技术员万四还是这几次提到的你二哥的朋友朝坤，其实我倒觉得他们过的是跟我们不大一样的生活。尤其是你说到的朝坤，一个技术能手，一个工人标兵，他正在被需要，正在大显身手。除了羡慕，我还想说的是，毕竟我们是不一样的人，条件是不同的。有时我怀念农校。

  今天来信还想讲讲那个界儿岭大塘底水眼的事情。高书记向梅书记汇报，梅书记跟县指挥部汇报，后来下来了几个技术员，不是一个两个，而是三四个，是从六安下来的，但不会是指挥部的，因为如是指挥部的，应该不会拿不定主意。不过民工们谣传的这个水眼通到十万八千里去了的说法，显然也是无稽之谈。但后来梅书记跟高书记讲，不管从水利的角度讲，还是从民工的角度讲，这水眼都要堵上。如果水没有抽干，没有发现这个水眼的话，这个问题可以不考虑，因为大塘有上千年历史了，但已经发现了水眼，它又是一条河道，将来要有水调度的，不可以对这个不管不问。

  高书记觉得这个问题不再是一个简单的水利问题，而成了一个人心问题，这就有点微妙了。高书记跟我大哥程志茂和老徐商量，问他们怎么看。高书记认为如果不堵上，民工们就会觉得这河扒得不太值，似乎有问题，水会漏掉的。这是什么心理啊？反正我是不太明白的。

后来老徐讲，如果区里决定堵上就堵上。高书记讲梅书记是个中专生，他有知识，但堵上不是有知识与否的问题，是一个信心问题。高书记讲县里的廖书记也知道了这个事，觉得很奇怪，为什么大塘底下会有个洞？廖书记讲要科学地看。高书记就讲指挥部那天的看法是，如果漏水就要堵。义兰，你看，指挥部又把球踢回来了，到底水会不会漏呢？社会主义的河道是不允许漏水的吧。

我大哥程志茂跟程志望、程志槐他们商量，其实新建队的几个人都坚持认为应该堵上。可问题是讲了要堵上就必须堵上，如果堵不了，后来就不好办。况且河底的如果堵了，两边的护坡也有水眼，就是说一堵都要堵，一时间这就成了一个问题。

其实我大哥讲到要堵上以后，他马上就跟老徐讲，要想堵水还得请我们家老二。对，他讲的就是我二哥程志盛。老徐也知道我二哥程志盛。老徐跟我大哥喝酒时，我大哥提起过程志盛。老徐讲你们家老二是个怪人，在沛顺杭扒河队中，知道程志盛的人不少，但对不上号，不知道他是程志茂家的老二，因为人家都叫他"石磙"，为什么呢？就因为他是一个带石磙上山扒河压底的人。我二哥住在程家二方，也就是说他不在新建队，所以我一直没有跟你提过我二哥，现在我大哥程志茂决定要堵水眼，跟高书记商量要请老二出来弄，我才和你讲起我们家老二。

我二哥程志盛是小时候就过继到程家二方，那里有我父亲的一个兄弟，因为膝下没有儿子，有三个女儿，所以我父亲将他过继了过去，就这么简单。但之所以后面两边关系不好，这跟划成分还有关系，因为那边的叔叔划成分是个贫农，所以我二哥就有些瞧不上这边。小时候我也不太明白，后来想通了他是不满意我父亲在他小时候把他过继给了叔叔家。即使叔叔待他很好，也没有改变他对我父亲的态度。可以讲划成分这边成了中农，而且当副保长的事，在一九五几年还是挺麻烦的，我二哥就越发地恨这边了。

我之所以讲到我二哥程志盛的这一点，是想让你明白，我大哥程志茂确实不错，他一直想跟老二搞好关系。逢年过节，我大哥都会去程家二方看他。但我二哥很少到这边来。修沛顺杭我大哥成了英雄，我二哥成了一个怪人，人家都是在用石磙时找他。后来，大家发现他的重要性了，因为别人还弄不了这个事，石磙太重了，别人都是很多人用竹杠来推，但我二哥一个人就能把石磙用圆木筏子弄上来。后来因为扒河河道宽了，石磙用处加大了，没有牲口帮忙根本弄不上来，我二哥还是一个人滚着大石磙上来。时间久了，人家就叫他石磙了。

事情就是这样，我大哥程志茂跟高书记讲还是请老二来用石磙堵。高书记不说话，显然他有些犹豫，因为我二哥程志盛常到远一点的地方干活，公社的事他不掺和，平时也因为他跟这边新建队的关系不好，这边的一门程，起初对他不错，但后来都有些烦他。他又是一个不说话的闷屁，我们一直觉得二哥是个好玩的人，但小时候他就过继过去了，奇怪的是，我父亲从来没有什么愧意，反而一直讲，老二到叔父那边比这边好。我是不明白父亲这样讲到底什么意思。老二是一天学都没有上过，不识字。我这次回高山当了社员，也见过老二几次，不知他什么时候镶了牙，亮亮的，这么看着，给人一种很奇怪的样子。

老二知道我分配还没下来，回来当社员，也没有什么看法，只讲几句让我干活不要太吃劲的话，算是对我的关心。我见他那几次，他都是用粗绳子在拉着石磙，汗把他的衣服都弄湿了。他喘着气，但并没有什么表情。现在老大要请老二来界儿岭用大石磙堵水眼，高书记考虑了不短的时间。

大哥问高书记为什么要这样看待程志盛，高书记讲还是办社时的事。这就又回到了一九五几年，那时办社，我二哥程志盛是不积极的，为什么呢？因为他在叔叔那边成分好，几个姐妹都会嫁出去，他觉得单干可以啊，再说他现在会滚石磙。他那时年纪不大，但各种怪手艺都有，比如磨磨啊，打石匠啊什么的，反正合作化时他不积极，那时像他这样的贫农不积极的很少。有人就归结为他是一个懒人，事实上老二根本不懒。正因为合作化时我二哥是这么个表现，所以现在界儿岭会战要把他请来堵水眼，高书记肯定想到的是政治影响。

不过我大哥程志茂却认为合作化时虽然有一些不积极，但孬好最终还是入了社，从初级社到高级社，不都走过来了吗？一个农民，政治觉悟低一点也没什么，还贫农呢。高书记没好气地说。高书记的意思也是讲给我大哥程志茂听，这边老头子成分有问题还能出英雄、当队长，那边贫农的帽子，却出一个消极的家伙。但这都是旧事了，现在一切为了扒河，还是可以把程志盛用起来的吧，更何况他是程志茂的亲兄弟呢。

说界儿岭要把老二请来堵水眼，我心里是很高兴的，我总认为人有点本事就是好。农民固然好，贫农光荣，可是有本事才是真的吧，不是每个人都能把石磙推上山的吧。现在的情况就是这样，已经让人送信去老二那边了，他在霍西那边的工地呢。

这边的会战因为天气的原因又上了正轨，秋天也深了，界儿岭景色不错，非常希望你有机会能下来这里看一看。

志刚

1963.10.1

志刚：

你的来信让我仿佛置身在界儿岭以及高山张母桥九十铺那一带。在指挥部有界儿岭这一块的地图，确实现在在指挥部看界儿岭，也都多了，其实我倒觉得界儿岭有名，既因为它是一块难啃的骨头，也因为有高山扒河队这支英勇的民工队伍。而实话说，还因为有像你大哥程志茂这样的典型，他的事迹现在是沛顺杭民工的一个代表呢，建设社会主义事业正需要有像你大哥这样的中坚啊。

你看，我和你一样，是个待分配的学生，离开校门不久，当社员也就这么个半年多的时间吧，但火热的生活很能塑造人啊。关于请你二哥程志盛来用石磙堵水眼的事，确实让我觉得在底下干事情还是蛮复杂的，对不对？所以现在弄社教、弄"四清"，包括清理政治，清理组织，还有路线啊，等等，社会主义不仅要行动，其实这些教育啊，树典型啊，还有抓住阵地打击坏人。

你二哥是从你们家过继出去的，到了叔父家，这在农村应该很普遍吧。我以前跟你说过我父亲老家是中店那边的孙岗一带，应该讲，都是一个地方的人。父亲虽然出去干革命，在北边打仗，南下当了干部，但骨子里不就是六安人吗？所以每讲到我们地方的这些事情，父亲总是说农民本身没有问题，之所以要社教，还是因为我们的干部工作做得不够细。你听，我父亲讲到的，不要太苛责农民，但这是他站在地委一个领导的角度来讲的，从我们自身来讲，可不能讲我们作为社员，我们就不要求自己，那可不行。

特别是你讲到你大哥主动跟高书记讲要把你家老二从霍西那边的工地调到界儿岭来干活，好像你说的还是请来，我觉得你大哥心胸是可以的。现在我越发觉得他是一个了不起的人物。当然我想这么长时间当社员的历练让我明白，我们不可以轻易地树一个人，树一个典型，但一旦树起来，他就是全面的，他的事迹、他的所作所为是可以支持这一点的。

坦率说，姑且不论你二哥程志盛能不能来把界儿岭大塘的水眼堵上，单就你大哥程志茂的想法和魄力来说，就非常让人感动。你想你大哥是一个典型，但是他的周围呢，我们就不说别的了，单就你的家庭来说，前边也多次讲到你们的父亲出身有问题，成分是那样，还有历史问题放在那儿。但你大哥照样干活，照样当生产队队长，照样带领一支英勇的扒河队，这说明他是靠自己干起来的。现在你二哥程志盛出来了，你提到的这个情况让我认真思考了许久，一个过继到叔父家的孩子，长大以后对家庭的态度，我们可以理解，毕竟是这样在穷苦的家庭中成长，但是，在合作化运动中那样的表现就有点过分了。

当然底下的公社在合作化之初，在一九五几年确实问题不少。但一个贫农都对合作化这样消极，这就是思想问题了。思想跟不上啊，不理解国家政策啊，你家老二这是个问题吧。可是你大哥程志茂确实是不一般的，在这样一个家庭环境下，亲人关系中，能成长为一个扒河英雄，何其珍贵啊。

我没到过界儿岭，不知道你们那儿的社教什么情况，但我想高书记作为一个有政治敏锐度的公社书记，应该会配合搞好社教吧。那么你二哥程志盛会不会堵好水眼呢？你们要判断好啊，对于一个在合作化中有这样表现的人，你们扒河能用他，已经是对他的一种态度了，那就是照顾这些态度消极的社员，对不对？现在是人民公社，跟刚搞合作化时已经不一样了。人民公社这个制度已经推了好几年了，事实证明，这样一来，社员们的集体生活和劳动都出现了可喜的局面，农村工作欣欣向荣啊。

我写信还想讲如果可能，就考虑把你大哥程志茂请到外地的工地去做几场报告，因为整理他的材料久了，觉得他这样的表现、精神和方法，如果仅仅局限在一支扒河队里，确实有点可惜了，应该让更多的人了解你大哥，受他的鼓舞，这样整个地区的扒河工作会出现更好的势头。我跟丁大姐讲过，丁大姐也向指挥部汇报了。本来我想当面向章叔讲这个事，但又担心他忙，所以就先搁下了。现在我又想起这个事，觉得你可以跟你大哥也说一下，说上边有让他出来做报告的意思。让更多的人了解沛顺杭民工的典型，这也是他应该做的，对吧？

尤其是讲到你们家老二，这让我越发觉得你大哥程志茂几乎是被包围在一堆有一些问题的家人中间，但他成长为这么一个杰出的英雄，这多么不简单啊。我之前在信中说过，老徐到南港那边去，南港那边也起过让你大哥做报告的意，我想群众是有这个需求的。作为一个在通讯处帮忙的社员，我也认为现在时机很好，秋季深了，冬天快要来了，严寒时扒河更是困难，应该让扒河英雄程志茂跟大家讲一讲他扒河的故事。他的事迹很感人，而且他的事情也很多，包括家庭啊，出身啊，经历啊，还有一些人对他的诬蔑啊，等等。

　　但是他是进步的，他是不倒的，他感人的点很多，应该让更多的人认识他。当然，如果确定要请他出来做报告，指挥部会和六安县、双河区，以及高山公社各级政府打招呼，这是一个程序问题吧，毕竟他是一个社员，但是，不论怎样，应该有这样一个机会，把他介绍给大家。你看呢？

1963.10.4

义兰：

　　在深秋季节收到你的信，能感觉到你对底下农村扒河这些人充满了感情，这是一种伟大的感情吧，尤其是你提到的要请我大哥程志茂到外地做报告，我想这不仅是对他的一种赞扬，更是对一个农民充满热忱的友情啊。不知我这么说对不对，因为在之前你也多次提到过大哥，我也多次把在这底下扒河的情况告诉你，因为你在指挥部那里帮忙，你看到的东西多，而且你站的高度又是那样的，所以你自然会对我大哥有这样的厚爱吧。

　　至于你说到的要请他把经验告诉大家，我之前也写信讲南港那边也请过他，但大哥当时的意思是，一个农民主要还是把自己脚下的东西弄好。脚下是什么呢？平时是干活种田挣工分，在做民工扒河时就是把扒河的事情干好。所以这次你提到要请他出去做报告，我把这个想法告诉他，他是有点犹豫的。确实，他认为关于扒河他有不少可讲的，但是，他还是认为干活是他的本分。他问我为什么李义兰这样看重他的劳动，是不是因为你和我的同学关系？我说，不是的吧，李义兰现在在九里沟当社员务农，为沛顺杭扒河服务。其实大家都是社员呢，不过他也知道你在指挥部通讯处那里帮忙，那是另一回事了。

　　因为你没有说得十分详尽，所以我也只能跟他商量着可否抽时间出去做报告。他说如果只是面对这里的乡亲那还好些，要是面对外地的扒河社员，特别是县里其他区的扒河队，甚至出了县，那他就有点害怕了，一是怕讲不好，二是担心自己的事情没有那么多值得宣扬的。事情就这么点事情，硬是要说，那可是让他觉得有点为难呢。

　　上次信中讲到的我大哥程志茂跟高书记他们提议要把我二哥程志盛请到界儿岭来补大塘水眼的事情，现在已经办成了。你讲到的我大哥对二哥的不计前嫌的看法，我觉得事情也没有那么严重。我们是亲兄弟，只是因为解放前家庭的贫困，父母将老二过继给叔父家，这也是没有办法的事情。你讲老二思想有点儿落后，还说大哥不容易，尽被包围在一堆有问题的家人中间,情况也不完全如此吧。老二已经过继给叔父家,在亲情上也还是剪不断的,因为当时十岁多吧,有一些印象,但老二之所以有消极思想,跟他在程家二方那边叔父家的处境有关。

  我想说的是,一个人的落后尽管是不好的,但也还有一些原因。这一次他来,让我又想起了大人讲过的他刚过继到叔父家时的事。讲得也很动情吧,至少我回忆起来是这样的。他是十岁多过继过去的,我二哥比我大十多岁,所以二哥小时候过继过去的事,我是没有直接印象的。听大人说,小时候老二已经到叔父家那边生活了,但有时候还是会跑回这边,大概我父亲没有明讲已经把他过继过去了。二哥后来还是有一些苦楚,大概是由于他老是跑出来,后边我父亲又把他撵了回去。这中间大哥也起了作用,毕竟是过继到叔父家。程家二方跟这边只隔着一个山冲,外加一块畈上的地,站在他们庄外到大路的那一块,能看到新建队这边。

  也许是人在小时候对于自己的家庭会有一种依恋吧,老二往回跑了很多次,父亲又把他赶回去。跑了几趟以后,就不大跑了。叔父那边对他很好,毕竟是侄子吧,但过继过去就是儿子,老是跑,也会伤叔叔婶婶的心,所以后边不跑了。听说父亲还打过他几次,这就让二哥程志盛有了阴影吧。反正我大哥程志茂那时讲话也没有作用,只能听我父亲的。老二一往回跑,父亲就从这边把他往程家二方叔叔家轰,来来回回搞了一两年,后来不知为何,叔父那边反而不高兴了,跟我家这边走动也少了,大概也是害怕多走动的话,又让我二哥程志盛有了要往这边跑的念头。

  好了,义兰,你看我讲了我二哥小时候过继以及往回跑的事情,是想让你知道今天他这个样子,对我们这边这样的态度,多少是有一些历史原因的。当然,这个原因也纯粹是家庭的。至于说到合作化时候的表现,确实不大好,但最终也还是入了初级社、高级社,这都没有问题。在农村,人家也都知道,他是个特别有想法的人吧。我跟你讲这一次他来补这大塘,因为高书记同意了,区里梅书记也知道这个事,所以这边派社员往霍西跑,就把我二哥请到这边来了。

  二哥脸上全是汗,喘着气,那颗奇怪的镶牙在秋天的阳光下闪着光。他问我,当社员快活吧?我说我干活不大行。他说,干活是个技术。我大哥程志茂给二哥倒水,还把他的草帽给摘下来。我倒没有什么,还是大哥跟他讲那个水眼的事情，二哥往大哥指着的方向望，大哥是把水眼讲得有点神秘。二哥说，这边出水眼你们就紧张，在佛子岭水库那边，那水眼出得多了。二哥把佛子岭搬出来讲，大哥就说这边跟那边不一样。二哥眼睛斜着，显示出对于水眼有绝对的把握，他在堵水眼方面算是专家了吧。

高书记也过来跟老二讲，不可掉以轻心，群众都讲这水眼深呢，现在这个季节堵有好处也有坏处，好处是没有水，水抽空了，施工条件好，不好的地方是因为没有水，就试不出来堵没堵好，要是突然水过来了，或者是春后涨水了，如果堵得不对再返工就要从埂外边出管涌的地方堵了，那就困难了。高书记跟我二哥程志盛也应该熟，毕竟是公社的社员，但看得出来他们不大合拍。高书记讲，程志盛，把你从霍西那边喊回来，是你大哥程志茂出的主意呢，你可不能让你大哥失望啊。

我二哥程志盛没有言语，他是个老实人吧，但是他的老实跟大哥又不太一样，即使老实，也是那种不跟别人苟同的样子，是太有性格了。他把石磙卸下来，从埂上还要把石磙放下去，这是后边的事情。他做事不紧不慢，脸上没有什么表情，但我总感觉二哥有二哥的一套。别的社员对他都有一些看法，觉着他干事情没有问题，但他人有点不大能合拍的样子。二哥后来下去扒水眼看，他还没有动手呢，大石磙矗在塘埂上，挺壮观的呢。

对了，义兰，你上次讲到的说让大哥做报告的事，如果你真有这个想法，还是可以跟高书记也讲一下吧，这样这里也好商量啊。

志刚

1963.10.9

志刚：

　　你来信中讲到的事情让我太有印象了，尤其是讲到你二哥程志盛到你们界儿岭来的场景让我很有触动。我觉得你大哥程志茂应该是顶着很大的压力向公社的高书记推荐你二哥来干活吧。好在高书记是一个很有见识的书记，他应该知道你大哥是什么样的人，既然你大哥推荐，他就同意使用你二哥，社会主义建设就是这样，要大胆地用人啊。我之所以讲到这个，正是因为你讲你二哥的出身、早年的经历，还有最主要的是在合作化运动中的表现，虽然最终入了初级社、高级社，也跟着大时代一起进入了人民公社，但他在这个过程中的表现又是发人深思的。

　　在合作化运动中，在合作社成立过程中，他的表现是有问题的，结合你讲到的他在幼时被你父母过继给叔父家的经历来看，他是有一些不幸的，但不要因为不幸，而影响到一个人的政治表现。贫下中农谁不是有一个惨痛的过往，但进入新社会，他们反而是最为理直气壮的，他们成了社会主义的主人，有理由自豪，有理由当家做主，为这个新社会而奋斗。

　　也许你要讲，你二哥这样一个人用石碌用出了经验，又是一个石匠，应该讲是个能人了，但是社会主义是一项革命事业，在大建设中更是如此，没有革命精神，沛顺杭怎么可能干得起来？所以，我倒认为即使你二哥他人来了，你们请他来堵水眼，也不妨在这次劳动中对他多多教育，社会主义不是单干。这就直说吧，一个人总是要吃亏的。即使不说吃亏，也影响形象，跟大时代不符啊。还是要一起喊劳动号子的，集体是有荣誉感的对吧？

　　先不说你二哥程志盛了，我还是跟你讲最近我跟随指挥部通讯处去了大潜山会战——我倒不是会战，而是送慰问呢。上次跟你讲过想让你大哥去做报告也是到这个地方。但你没有给我答复，主要是你应该没有做通你大哥的工作，没有让他认识到他的重要意义。当然时间也紧，也来不及等他答复了，我们已经去了大潜山。大潜山你知道吧？已经出了六安地界，是肥西县了。那里的河道特别难扒，而且难扒的状况跟六安这边还特别不一样，那儿是巨石山，山不大，但石块是整块的，所以要从大潜山扒通这条人工河，何其艰难。

好在，六安把情况汇报给省里，省里的曾书记很重视，然后分管领导马上给合肥市做动员，合肥是省会城市啊，组织了两万名大学生。这可一下子让沛顺杭的人有些坐不住了，大学生啊，天之骄子来大潜山扒河，这是一个大消息。你知道，当年我们农校学生去九墩塘干活，地区也重视，但那毕竟是个小工程，而且就在城里，这次是大潜山，一个特别有难度的河道，所以指挥部就要去慰问。况且合肥的大学生来支持六安的工程，六安地区也要表态啊。

不过合肥市也说了，水是从六安引到合肥的，合肥人民有责任扒河的。你看，省会的人民也是这样积极。这次我们慰问有带庐剧去，志刚你记得吧？在农校时我们排过戏，还到县黄梅戏剧团请教过，应该讲排戏是有底子的。但这一次临时受命协助指挥部排这个修水利的庐戏，还是费了不少劲。六安的庐戏唱腔跟合肥的不同，我们在大潜山会战的地坪上搭了台子连唱了三天呢。

大学生们白天干活，晚上看戏，说效果很好。告诉你，志刚，他们是大学生，来自全国各地，但为了六安人民的沛顺杭，这样敢于奉献，真是值得歌颂呢。在大潜山你才发现，扒河的艰巨程度超出想象。当然，大学生们的劳动强度自然比不上民工，民工有平时干农活的底子和经验，但大学生们完全凭的是一腔热血，尽管这样，大潜山会战的进展还是有目共睹，省里面的人都在看着呢。

志刚，我们排的这出庐剧中的形象，用的有一部分就是你大哥程志茂的。之所以感人，有效果，正因为我们讲出了扒河英雄把血泪咽到肚子里的故事，他们舍小家为大家，为了社会主义可以不顾一切，这种精神是惊天动地的。虽然，我们讲的故事没有硝烟，但这仍是一场人民的战争，向大自然开战呢。很多大学生落泪了，他们不知道原来扒河是这样艰辛，但他们通过自己亲身来扒河的经历，也证明了劳动的价值，在他们学知识的同时，应该如何改造世界，升华自己，他们对此有了新的认识吧。虽然我是一个刚毕业不久的中专生，虽然我当社员才大半年，但我的亲身经历告诉我，对知识反而是要认真反思了，还有什么比劳动比大建设更能让人成长呢？所以当戏台上的英雄讲出那些豪言壮语时，我感同身受，觉得光芒四射呢。我把大潜山慰问的事情讲给你听，也想让你知道，我们年轻人的舞台很广阔，我们大有作为呢。慰问也就几天，但这几天更坚定了我的信念，那就是在大建设中不管风雨，要勇于成长呢。等你的信。

1963.10.14

义兄：

你这一次的信，高书记把它带回家放在堂屋的桌子上，沾了些水，差点就被他的老婆当成纸头子烧火用了。他老婆不识字呢，还是他家的小孩把信拿了起来，说这不是烧火用的，这是信。他老婆只知道公社有红头文件，都是印发的学习材料，还有指示精神什么的，你的这封信被放着卡在桌子上，差点就遭了殃。不过高书记说也是他最近太忙太累，把信的事就给忘了。所以我拿到信的时间自然是迟了些。不过还好，我还是收到了信。要是被水渍坏了，我可就看不到你们到大潜山去搭台唱戏慰问合肥大学生扒河支援队的盛况了。

　　你在信中讲到的关于我二哥的事，我想你也可能是多虑了。其实他来堵水眼，既是我大哥程志茂想的主意，公社和区里的人也是巴不得的，因为远近都知道我二哥程志盛干这个是出了名的，是个石匠啊，现在正是用他的时候。你说初级社、高级社，包括当年搞互助组，他是消极的，我在信中跟你讲这个的意思是，他这人有点不一样，也可以讲比较不合拍，不想随大流。你也可以讲他是个想单干的人，当然这个有点政治了，对吧？不过他确实是个有主意的人，而在扒河中，正需要这种人啊。

　　我跟你讲过，在农村各种人都有，也未必都是坏人吧。作为我二哥，我是理解他的，尤其讲到他小时候过继到叔父那边时常往回跑的事，我想起来是有点辛酸的。但我大哥那时候不像我父亲那样把他往回撵，我大哥是用吃的东西把他送到胡家大庄，也就是往程家二方翻的那个山冈的前面，我大哥回来会跟家里人说，这样一撵，他以后就不敢回来了。这是解放前的事了。现在讲起来就是旧社会的事了。

　　但在新社会，他那副懒相，确实不大招人喜欢，又镶着牙，更是让人觉得怪异。你说的要在扒河中教育他，可能这也有点难办呢。虽然大哥是扒河英雄，是扒河队队长，但我二哥程志盛是被邀请来堵水眼的，又是一个石匠，是个能人。况且，他本身在外地扒河，只要往工地一站，别人还是指挥不了他。大哥程志茂也只能递烟，跟他讲，老二，你看，这个水眼，你说是什么堵法？二哥不接话，他是到塘底去，石磙还摆在塘埂上。他下到塘底，身后跟着几十个身强力壮的民工，好像很害怕他一个人把水眼的秘密给侦探走了。

　　不过我二哥程志盛用了许多东西进去试，有绳子、石子、还有铁丝，中间还放过葫芦，还用东西往里引水，听声响。总之，光是这样七掏八弄的也搞了好几个半天，觉得这洞有些神奇。后来他是在那儿嘀咕，搞不好连到外地去了。社员们就感叹，说程志盛讲，这水眼连到印度。他就发火，说哪个狗日的讲连到印度去了？我讲连到外地去了，是讲河。别人被他一骂就不敢瞎讲了。

　　我二哥程志盛试了几天后，还是没有把大石磙放到塘底，大石磙在塘埂上支着，几万民工都看得见，但这个佝腰的二哥在洞口一坐就是个把钟头。高书记有时也要发烟给他抽。几天下来，高书记对他印象变了，跟我大哥说，程志茂，我觉得你家老二不像个消极分子啊。我大哥说，是啊，他这个人就是不合群。不合群不行，在农村，也是干革命啊。不过，高书记在我二哥程志盛面前就不敢这样讲，他还是劝我二哥早点动手，现在石磙也上来了，水眼堵不上，民工们就起哄了，会说政府没有本事，一边扒河，一边河底漏水，社会主义不就干不成了吗？

　　其实社会主义干成干不成跟水眼一点关系都没有，反正老徐对我二哥程志盛是一百个瞧不上。他总说，要是在战场上，这样的人一枪就崩了。不过我大哥程志茂对老徐说，你不要惹他，我老二不好惹。老徐眼睛都是红的，他讲，还讲他有本事，有个屁的本事。不过我二哥程志盛在第五天终于下手了，他不是把石磙放到塘底而是自己在水眼那儿扒洞，就是把洞口扒大，又是用钢钎，又是用锹，反正弄了四五个人那么大的一个眼，往里看，发现里边其实更空。人们也才明白里边大着呢，一是之前灌过水，还有就是抽水也没有抽净，扔石子进去会有回声。

　　我二哥程志盛打了火把，然后侧身往里。他往里时，我就在边上，我跟他讲，二哥你行不行？他讲你一边去。我大哥程志茂拉了二哥一下，他把大哥的手打开。大哥讲让他进去，反正大哥应该是了解二哥的。二哥进去就转弯，他是猫着的。很快他又倒出来了。他把火把甩了，说里边太呛。高书记他们找了那种军用手电筒。二哥笑了一下,看得出来他很喜欢。高书记讲,怎么样,程志盛,你把水眼堵上,我就把这个军用手电筒送给你?

我二哥镶着的牙总发着亮光,他讲,好。我看到他脸上有了从未有过的笑容,他人进去了,身上绑着麻绳,外边我大哥一点点地放。外面一开始还能听到二哥的喊声,但等二哥在里面转了几个弯后,大家已无法通过他的喊声感知他所在的大概方向了。不过有时二哥会在里边揪绳子,一放一收,我大哥知道这说明他在里边没有问题。

高书记问,他在里边不会出问题吧?我大哥程志茂说,怕什么,他跑不到印度去。于是外面的乡村政治家们就统一都笑了。过了很长时间,他出来了,手上有两条蛇,都不粗,他也不怕,蛇被他捏住了,很孬地搭在胳膊上。

里边怎么样?高书记说,要不要再派人跟你一起进去?水洞没那么大。我二哥程志盛说。原来这样,高书记松了口气。我大哥是听得懂老二的意思,他不是讲水洞容不下人,他讲的是水洞通不到印度呢。虽然高书记建议派人跟我二哥一起进去,但屡次试人,只进了洞口第一个拐弯就退出来,说爬不过去,卡在那个拐弯,但我二哥可以,这就是绝活,这就是本事了。

可以让他一个人干,有社员在边上讽刺。修水利、扒河,是人民的事业,高书记在洞口外也强调。后来,我二哥程志盛又烧许多干柴,把烟往里逼,人家都不知道他这是干什么,他也不说。烟进去以后,他就坐在洞口吃烟。晚上,我大哥程志茂跟高书记讲,我二哥程志盛是看烟能进多深。为什么不用水试?高书记问。水试不准,里边弯多,烟才准。大哥说。烟怎么进怎么出,他又怎么知道?高书记问。其实二哥除了在洞口吃烟,他天黑之前到界儿岭塘埂上四处望,后来我听他小声跟我讲,我看有没有黄鼠狼被熏出来。于是,我才明白他是在塘埂外边找那种管漏的点。反正就连这个试探的事情我二哥也干了好几天。高书记后边也相信,我二哥这个人你要用他,你就必须信他。过几天,我想我们就会知道他到底堵水眼怎么样了。等你的信。

志刚

1963.10.17

志刚：

听你说我写给你的信，居然高书记带回家还差点给弄湿了，又讲他老婆要把信当引火的纸片烧了，我听了觉得真是好玩儿呢。其实一边在劳动，在干革命一样，一边是火热的乡村生活，高书记也是好样的，自己当个公社干部，管着那么多社员，老婆大字不识一个，却还能这样支持他的工作，你想我们的事业怎么会没有希望呢？但话说回来，要是我写给你的信，万一被弄坏了，也没有什么。生活就是这样。但是，我要说的是，对于社会主义事业，尤其是目前正在开展的社会主义大建设，那可是不能有任何破坏的。

这倒让我想起一九五几年搞的扫盲运动，为什么高书记，一个从民兵连成长起来的公社书记，找的老婆连字都不识？扫盲班难道没有扫到他老婆啊？看来扫盲工作还要做细。不过，不识字也不要紧，社会主义不是取决于知识，这个我早讲了，其实有时知识反而是反动呢。社会主义主要是讲觉悟，是要靠工农无产阶级，这是毫无疑问的。我们在农校这几年，至少刘老师给我们讲的也一直是这个道理。我们学的是农业，而我们国家的农民确实是很可靠，对不对？

这一次六安修沛顺杭，如果没有农民，哪来几十万民工奔忙在江淮大地上？但话说回来，农民还是要教育，这又是我父亲那样的领导正在干的事情，社教工作很必要呢。当然了，我写信给你讲的不是政策，我说的都是具体事情。就拿你二哥程志盛来讲，我一开始就提醒过你，你大哥是冒着很大的政治风险把他从霍西弄回来参加界儿岭会战的，这里面存在什么问题还不好说，主要是因为从你来信中能看出来他是一个积极性不高的人，不要说在合作化运动中消极，即使从你讲他来到界儿岭后的表现来看，也还是没有融入火热的集体生活啊。我讲的是集体生活，修沛顺杭扒河，这是一个集体、一个伟大的工程，需要群众的力量合在一起。

但是，他是一个很沉默的人，对吧？总看到他一个人抽烟，还讲他一个人坐在洞口用烟熏黄鼠狼。不知为什么，我有一种恐惧的感觉，以为他在想着一些令我们有些胆战心惊的事情。社会主义需要人民信任的人。我在此没有说你二哥不值得信任，但他那种做法实在是有违常理。你大哥就不是这样，可以说高风亮节，主动请他来堵塘，可谓是担着政治风险的。一个扒河英雄有这么一个弟弟，确实反差是大了点。

我觉得你作为程志茂扒河队的一员，你有责任思考这个问题。我把这个问题提出来是认为你可以跟你大哥还有高书记他们反映一下。当然了，作为一个社员，你也有义务在这扒河的实践中不断锻炼自己，应该让自己尽快成长起来，不能做一个旁观者。你是一个社员，不要想着是临时的。可以讲，社员是伟大的一员，是人民公社，是"三面红旗"啊。这些东西都是基本路线，我希望你在大半年的劳动之后，有这样一个能力去分辨在眼前出现的各色人等。虽然他是你二哥，但是对于在建设中有毛病的人应该毫不留情地指出来，对不对？我也不是讲你要不留情面，但确实是你二哥那种表现让人生疑。通过你的信我都能浮现他那种形象，尤其是在你大哥那么信任他的情况下，他还不能融入集体，这就特别值得警惕了。

我再说我这儿的情况。因为去大潜山慰问，排戏演出都是从文化宫那里调的人。工人文化宫跟沛顺杭指挥部有合作，人家也很配合。但也亏得朝坤呢，朝坤自从在预制厂那里帮忙之后，对沛顺杭就有感情了，经常到我们家来。我父亲跟他聊过几次，认为他是一个不错的青年，而我二哥李义江跟朝坤就更是投机了，他们谈的都是大问题，工人真是有力量。他们认为机器一响，黄金万两。一切坏蛋都动摇不了社会主义，为什么？因为我们有力量。当然，他们说的是他们工人，我现在是社员，你也是。平心想一想，我们社员跟他们比，确实要差那么一点。别的不说，就说在政治上，我们不那么自信吧，许多社员比较内向，这个可不好，干活也要有朝气好不好？

朝坤就不是这样，这次去大潜山，一口气就从工人文化宫那边给我介绍了七八个跳舞的队员。她们跳得那个整齐，我说我们庐戏可不像这样，那些队员就说现在跳新编的舞。我一看，太火热了，马上跟丁大姐讲，这比庐戏腔要正多了。丁大姐一开始还讲这样在舞台上会有一点乱，但排着排着，我们就发现这整齐划一的舞蹈，透着一股革命的作风，非常优美，主要是整齐震撼，显示了社会主义的威风。朝坤还讲了不少动作，看来他是个能文能武的人，在九里沟那几个厂，他是个能人，在排练时也是个能人。我二哥问我对朝坤怎么看，我讲，你们工人真厉害，我真是很羡慕呢。我二哥只是笑，当然二哥是个在厂子里说话有分量的人，他对九里沟搞预制厂虽然支持，但没有时间去看。朝坤就来跟二哥讲，上个厂子不是那么复杂，扒沛顺杭不搞几个厂，根本不可能成功，水泥、钢筋都跟不上，怎么可能修得下去？

  我那段时间就在排戏，跟朝坤接触多，那些跳舞的队员平时也是练得非常刻苦。上封信我讲了我们在大潜山慰问的情况，其实大学生们看到这红色的舞蹈，非常激动。我在现场不是很明白，这些学知识的学生怎么会让我觉得很幼稚呢？其实我们从学校出来也才大半年，但是，是社会主义大建设让我们成熟了吧。但这些大学生呢，他们还在学校，知识是武装不了他们的，他们需要的是火热的社会实践，所以像大潜山会战这样，由省领导动员来的集体作战，真的反映了我们社会的巨大力量。

  在大潜山就是这样，朝坤跟那些舞蹈队员都熟，有些人是从他们厂里挑出来的，平时在厂里劳动，一旦有任务，她们就去排练，穿上像军装那样的绦卡裤，精气神特别足，看着让人觉得特别美。

  从大潜山回来后九里沟这边的事情更多了，而通讯处里的材料堆得像山，不断涌现出的扒河英雄和故事让我目不暇接。但坦率说，在我心目中，仍然以为像你大哥程志茂那样的人，才是真正的英雄。为什么呢？因为在他身上，你看到的都是最日常的东西，社会主义在他身上就是时时刻刻。一直记住他的话，干活的劲是长出来的，是通过干活长出来的，这是多么精辟的理解啊。所以我还是希望如果有机会，一定要让他把他的事迹亲口讲给沛顺杭扒河的民工们听，这是我期待的。你说呢？

1963.10.29

又三：

  你信中讲到的朝坤向你介绍的工人文化宫的宣传队员在沛顺杭指挥部通讯处排练慰问舞蹈的事，我觉得工人确实有力量。回到农村大半年，我有些模糊了，觉得城里的时光好像都有些远去了，而事实上，即使真的分配工作遥遥无期，我还是认为城市对于我，依然是美好的。虽然在农村，在社会主义大建设的火热现场，乡村正在发生巨大变化，但是，城里仍然是那样先进。工人有力量，确实是的，因为你之前提到过技术员万四，那是一个能人，对吧？我在界儿岭碰到下来的技术员，我问知不知道万四，人家讲怎么可能不知道万四呢？一个有名的技术员呢。

  有时我觉得大哥程志茂也会倒下去，但自从上次他在八里杠倒下去之后，他就不再倒下去了。他不能倒下去啊，他很注意。他跟我讲，老三，要是我倒下去，我就再也起不来了。他是说实话，他对自己有把握。那他是怎么做到不倒的呢？他没有说，我观察的结果是，他快要不行时，他就向远方看，好像看到什么光一样，他人一抖擞，照他自己的话说，他的劲又生出来了，就像劲是生不完的，他是一个多么可贵的队长啊。没有他，高山扒河队肯定就倒了。

  我还要讲讲我二哥程志盛。你在信中也讲了不能让他一个人堵水眼。可是这就是他的事啊，别人不会啊，不然也不会把他从霍西请来。他一个人把石磙从山下边拉上来，矗在界儿岭的塘埂上，别人都倒吸一口凉气：是什么人有这个本事，把那石磙一个人从岭下给推上来？除了神话，别人也解释不了了。但是，只要一见到这个人，立即又不认为是什么神话，是像一个怪物一样吧，至少社员们是这样看的。从洞里出来以后用烟熏过，后来他到塘埂上边向另一道山坡看，跑了几个来回，跟高书记讲，洞他还要进。高书记问他进去干什么。他讲要把洞摸清楚，不然以后放了水就没有办法了。高书记对工程负责啊，跟梅书记汇报。梅书记是个中专生，他当然知道工作要做在前面，坚决支持我二哥的做法，讲一定要确保万无一失，把水眼里面的情况摸清楚，只有摸准了，才堵得彻底，没有后患啊。

我二哥程志盛的一个大石磙在埂上立着，人在洞口抽纸烟，发呆，几万人在界儿岭两头挖土。这个被抽干的大塘像一口敞开的锅，锅底的他沉默不语。我们都认为他要进去了。两天后的早晨，刚上工，他就找我大哥。我正和大哥从工棚里出来，可能他从程家二方那边过来时就憋着气，让我到一边去。我讲二哥你要干什么，他讲你一个念书人滚到树那边去。我听他的口气很不和气，知道他要跟大哥讲什么。我想反正都是兄弟，而且他俩年龄相仿，当然不把我放在眼里，再说了我干活又没有水平，他更不会把我放在眼里的。

我没有到树那边去，但向边上让了让。我是感觉他要打架的。我大哥程志茂把锹放下，对二哥说，程志盛，你要干什么？这是人民公社挖河的工地。我二哥程志盛讲，你认为你是什么人？你一个烂农民，你以为你神了。他话没说完，就一拳打在我大哥脸上，鼻子出血了。大哥把鼻子捂住，我想叫，大哥向我做手势，叫我不要动。我去问二哥，你要干什么？有什么话好好讲。二哥推了我一把，讲，你滚开，什么东西！为小妹程志村的事吧？大哥把鼻血擦了一下，用毛巾捂着鼻子，然后问老二。老二讲，你什么东西？那么丑一个王八蛋，也敢娶小妹，你们都什么人啊，把小妹许到山后去？大哥讲，你不是这边的人了，你没有权力管这个。这话很伤人，因为小时候就是父亲把老二送走，老二才是今天这个样子的。

老二还想动手，这时有人上来把他给撂倒了。老大让人起开，对老二说，换亲的事早就有的。老二讲，那也不行，现在把小妹逼走了，跟你们讲，就是小妹不走，如果谁敢提换亲，我第一个要捅死他。我听二哥这么讲，我想他一定是气疯了。我在边上对二哥说，小妹已经到椿树那边去了，出去了，避一避，事情冷下来就好了。二哥拍了拍身上的土，对我说，你也不是个好东西，念一肚子书，一肚子坏水，这种事，你也替老大说话。我说，我没有替老大讲话啊，事情过去就行啊。不过我心里清楚，二哥是怪我没有站出来像他这样来阻止。

程志望也来了，他看大哥被打出鼻血了，马上打我二哥程志盛。我大哥程志茂把他拉住了，说，都是自家兄弟，他是老二，也是你堂兄弟，你干什么，要打残他吗？程志望讲，再动手我就把你扔到岭下去。我二哥也要扑过来,边上有人抱住了。程志仓也过来了,他年纪大些,他讲,也不怕丑,都一家人,还打死人不成?程志望说,这个狗东西,已经到程家二方了。程志仓过去就要扇程志望嘴巴,程志望躲开了。程志仓讲,这话也是你讲的?程志盛过继给叔家,程家二方不是一门姓吗?你这个狗日的东西。

程志望不作声了。我二哥程志盛头上被打了一个包,也不知什么人打的,大概是别人把他撂倒时在他头上打出来的。怕引起高书记的注意,我大哥程志茂先到工地大沟那边去了。程志仓过来拿烟给我二哥抽。程志仓在几个房头里是老大,他对二哥说,心里不要有气,你家小妹的事我们都知道,只要程志村自己不愿意,山后的人家就搞不成。大概是程志仓的这句话让我二哥放心了。

我二哥程志盛摁熄了烟屁股,到水眼那边去了。肯定有人在我二哥被撂倒时重重地踢了他几脚,他走路有点晃。我看见二哥在水眼外边向里张望。埂上边程志仓说,刚才哪个把他撂倒的?踢得重了吧。我大哥程志茂也问,刚才谁撂的,怎么打我家老二?没有人讲,我一时也想不起是谁干的。我在大哥的示意下跑到塘底,看到二哥在向水洞里看。他没有意识到我就在他后面,我听到他有沉闷的哭声,又像是哼,大约是身上被踢痛了。但是,他还是在仔细地向水眼里瞧。

我二嫂叫金明聪,她很少到新建队来,她在程家二方跟那里的程家人关系处得还不错。有人讲她是一个不怎么顶龙的人。这是广城畈的土话,我在农校读书时,我跟你也讲过我们这个地方的土话,不知你是否还记得?顶龙就是人比较能干,不顶龙就是反过来,就是这人不行,讲话干事都不行。但二嫂的不顶龙还不是在做事上,是说她的脾气和待人,总是有那么一点怪。我二嫂是九十铺那边的人。在我们广城畈人看来,九十铺那边的人多少都有点不顶龙。这就没办法,我们这地方号称是畈上,但其实平地很少,只因为在丰乐河边上,往北有井沿和走马埂、青龙嘴、王家榜这几个庄子隔着。

再往北就是半个店,吴家老院一线,当然再往北就是可怕的我们正在扒河的界儿岭。我讲到二嫂不顶龙,是讲她不那么受人待见,所以她很少到庄上来,加之二哥是小时候就过继过去的,所以在程家二方那几房的程家人看来，程志盛似乎在这边不大受人欢迎。当然我是不这么认为的。现在讲到这个不顶龙的二嫂，是因为她倒是找到新建队我大哥家来，大哥和我都在工地上，她向我大嫂哭诉，大嫂自己也是才从山后她娘家回来，想不到二嫂会找到庄上来。她一上来就讲，是老二不对，但老二也是为小妹好。她把工地上我大哥跟二哥打架的事情讲给大嫂听。大嫂讲为小妹的事情闹来闹去不值得。但因为我二哥是明确反对小妹换亲到山后的，所以大嫂对二嫂来讲二哥和大哥打架的事情也是有气的：老二管这个事干什么？都是一家人，有事商量，在工地打架也不怕人笑话。

二嫂讲她来还不是为这个，因为昨天夜里我二哥程志盛回去一趟，她看他神色不对，他讲要到洞里去捉什么东西。捉什么东西啊？大嫂问。二嫂说，他进去几趟，发现里边有野物。什么野物？塘里边，水才抽干的，有什么野物？大嫂问。二嫂说我二哥精气神不对，反正讲话前言不搭后语。她之所以找来还是因为程家二方那边有人上午带话回来，讲我二哥夜里跑到洞里去，到早上都没有出来。二嫂来找大嫂，是让大嫂和她一起到工地去看看，问问大哥，他是扒河队队长，老二现在掉洞里去了，总要有个办法吧。看那架势扒河队未必知道他掉洞里了呢。

他是夜里进洞的，说是要拿那个野物。大嫂听二嫂这么一说，也着急了，为小妹换亲的事打架什么的都是家里的事，但要是一个人掉洞里了，那可怎么办？大嫂是个明事理的人，只不过在小妹的事情上她是站在她自己弟弟的角度看，有私心罢了。她平时对我二哥两口子还是很关照的，现在二嫂来这么一讲，大嫂觉得应该和她一起到工地去。

她俩一到工地，我看高书记就把她们拦住了。高书记跟大嫂比较熟，跟二嫂不熟。大嫂讲，我是来扒人的。扒人？高书记问。大嫂讲，是啊，你们扒河的自己不知道我们家老二掉进去了吗？掉哪儿了？高书记问。大嫂说，还能是哪儿？掉洞里了！你们喊他来堵洞，现在他人掉洞里了，你们不知道？高书记很吃惊，这时二嫂已经哭了起来。这人是谁？高书记问。大嫂说，我家二嫂啊，程志盛的媳妇，还是她来送信讲，昨天夜里程志盛情绪不对，夜里进的洞，今早程家二方的人讲他还没有出来。高书记一听是我二哥家媳妇找来了，有些着急了，怎么把媳妇也带来了？他是真怪我大嫂没有单独先把问题汇报，把家人带来不好处理啊。听高书记的口气,好像我二哥程志盛真有可能出事似的。

大嫂也着急了,这时我跟大哥程志茂才过来。高书记问我大哥知不知道我二哥夜里进洞的事情。大哥讲不会吧,他夜里进去干什么,又没有拴绳子。大哥对二嫂讲,弟妹你不要急。二嫂对大哥说,就是你逼的,你不逼,他不会进洞。怎么叫我逼的?大哥问。二嫂说,你打他,他不急着把洞堵好吗?大哥把扁担放下,对二嫂说,你金明聪怎么讲的?怎么叫我打他?明明是老二打的我。高书记说,我做证,是老二打的老大。二嫂说,可是志盛身上被人踢得发乌,我都看见了。高书记说,那也不是程志茂打的,是程志望踢的吧。

我大哥程志茂说,弟妹,你不要担心,就是人进洞里也不要紧,再说谁说进洞了?这时高书记也才发现我二哥程志盛这几天很早都到工地的,在水塘埂或是水眼那里忙来忙去,但今天我二哥不在,塘埂上的大石磙也动了位置,往侧面的坡地上滚了一段。高书记有些耐不住了,把我大哥程志茂喊到一边说,你家老二是不是怪得很?我大哥说,堵塘眼都好多年了,老手了,应该不会有问题啊。夜里进洞有可能吗?高书记问。这时老徐过来了,老徐讲,程志盛能进就能出,万一夜里进去了,白天也能出来。但是,现在老二的媳妇找来了,高书记要有个交代啊,一个堵洞的农民夜里掉洞里了,社会主义会有这种事吗?怎么可能捞不出来呢?

高书记让我大哥带大嫂和二嫂到工棚那里去,这边赶快想办法。二嫂听高书记讲要她到工棚去,怕高书记他们应付她,便讲今天我就是要在这个地方,你们要是不把我家老二给救出来,我就不走了。

明明是一个堵洞人,现在自己掉洞里了,大家就在拿主意,问二嫂知不知道为什么老二夜里要回程家二方。二嫂说,因为你们打了他。高书记说,你不要老讲打架的事情,好不好?再说了是他打了老大,而不是老大打他,你看你家老二昨天把老大鼻子打出血,现在鼻子还肿着呢。高书记把我大哥程志茂往前推了推,大哥只是笑,说老二脾气平时也还好,但为家里的一点事,是我这个做大哥的没有做好。大嫂讲,你程志茂就不要讲这个了,弟妹找来了,你们赶快想办法吧。哪个讲他下洞了?高书记问。二嫂讲是程家二方的胡大帽子讲的。胡大帽子?高书记问。把胡大帽子喊来。等胡大帽子来了,他在工地上见到我二嫂,知道一定是二嫂来找我大哥程志茂了。他讲，我夜里给他拿手电的，他进去以后，我在外边等了好几个钟头，他没有出来，喊也喊不应，我到工棚汇报了，但人家不听，说程志盛一个专门堵洞的，说不定他从什么地方跑出来了也不一定。

这怎么可能？水洞只有一个明眼，高书记说。高书记是害怕谣言造起来。程志盛进洞的事情要是与水眼连到印度的谣言搅在一起，高山扒河队可就不好办了。你确定他没有出来？高书记问。胡大帽子说，我跟程志盛什么交情啊，你高书记应该知道吧，我们程家二方人不讲假话的。谅你也不敢。高书记说。胡大帽子指着水眼讲，人就是从那儿下去的，你们去看。一伙人围到水眼那儿。我大哥程志茂不作声。高书记往里喊了几声。你是给他拿手电的，怎么又是你打手电筒让他进去？高书记问胡大帽子。胡大帽子说，是程志盛让我用手电照的。然后呢？高书记问。胡大帽子说，程志盛自己把手电提了一下进去了。然后呢？高书记问。胡大帽子说，然后就没有声响了，都说里边还拐弯呢，幸亏天气还好，要是下雨什么的就麻烦了。

一听说下雨，二嫂就哭了。她知道这个大塘淹死过许多人，现在塘抽干了，里边有个洞，不知多少水鬼什么的躲在里边，要是一下雨，水再灌进去，我二哥程志盛的命就没有了。我二哥虽然会补塘，但是他水性又不是一流，要是下雨，就麻烦了。二嫂一屁股坐在地上，发疯般地哭起来。大嫂就去抱。高书记说，金明聪你不要在这里闹，你们家程志盛是来扒河的社员，是否掉进洞里还没有明确，现在即使在洞里，也应该没有问题，你哭什么？眼看要下雨了。二嫂在那儿叫。大嫂对大哥说，你跟高书记讲，派人到洞里去拽人。大哥听大嫂这么讲，知道大嫂人贤惠，她自然是站在二嫂这一边的，而且确实天色阴暗，虽然深秋的雨不会大，但雨一下，万一进了水，里边冷，而且要是水进了洞还是洞吗？人就淹死在里面了。

都上去。我大哥程志茂大声地说。高书记也吓了一跳。程志茂你要干什么？老徐在边上喊。老徐你也上去。我大哥说。老徐讲，我在洞口站着，我就是要看看里边有没有水鬼。一讲到水鬼，二嫂就更加害怕了，哭得更厉害，在地上滚来滚去的。高书记讲把她抬上去，于是几个民工把我二嫂给抬到塘埂上去了。我站在大哥边上，问大哥，你看怎么办？大哥讲，还有什么办法？我进去。我觉得大哥进去未必有作用，但是他不进去谁进去啊？高书记说，程志茂你想好了啊，你进去也出不来怎么办？老徐讲，程志茂你不能进去。我大哥说，我要进去。高书记说，你要是不能确保能出来，你就不能进去。我大哥说，我进去。众人围在一起。

高书记说，你有多大把握？大哥说，没有什么把握，但是他是我家老二，我不进去，他以后会讲我。还有以后？老徐问。这句话把大家给问住了，听老徐的意思，一个人进了洞，半夜进去的，到现在还没有出来，还有什么以后啊！出不来，再填一个人进去，那不是送死吗？我觉得有人会这样看，但老徐是抗美援朝下来的，他是见过场面的，知道不能意气用事。老徐讲，如果程志茂要进去，那就让我先进。高书记讲，老徐你有多少把握？老徐讲，我没有把握，但是如果程志茂进去了出不来，界儿岭就会人心慌乱，界儿岭还能拿下来吗？

高书记问我大哥程志茂，如果他不批准他进去，他怎么办？我大哥说你们不批准我进去，我就夜里进去，反正我要把老二拽出来。高书记讲，刚才老徐讲了，你进去要是出了事，人心就散了，所以你不能进，你硬要进，我们就先把洞口堵上。我大哥把扁担又拿回来，他讲，你们堵洞口就是堵我家老二的命，谁堵，我第一个捅死他。高书记拿开大哥的扁担，他讲，程志茂，你为老二这样做是要看有没有希望的，他一个专门堵洞的人进去了都出不来，你一个干活的能出得来吗？我大哥说，老二之前进去过的，还抓了蛇出来，他有本事进他就有本事出。那他为什么没出来？高书记问。大哥说，因为什么原因我不知道，但他是伤了心了，对不对？他跟我打架，为的又不是自己，为的是我们家小妹，但你们踢他打他，他是伤心了。

大哥又说，他从霍西回来，拉那么重的石磙，你们还打他。高书记说，是他先对你动的手。大哥继续说，你们只知道他一个人拉石磙上山，你们不知道他肩膀上的皮已经烂了，烂得没有皮了，就是一层白肉，肉上连着骨头。他拉石磙你们笑他，笑他单干，不合群，但是，他拉石磙用的还是劲，他肩膀上皮都没有了，白肉，都黑掉了，连着大肩头，他走路都哼，他才多大岁数，比我还小两岁，可是他看起来像个小老头。众人都不讲话了。大哥又说，我进去，我能把他拽出来，他现在掉在洞里了，兴许只是卡在哪个细紧处，我去松土，把他刨出来。

老徐讲，程志茂你不能进。我大哥程志茂对老徐说，我们这儿的情况我熟悉，大塘都一样，我进去能把他刨出来，刨不出来，你们就把洞堵上，把我们两兄弟关在里边，以后放了水，我们死在里边，老二不是一个人的。

义兰，我倒是要和你详细说说我大哥程志茂这一次进水洞救二哥的过程。我前边不是跟你说了吗？他要进去，老徐就第一个不同意，他是打过仗的人。不要以为打仗的人眼红了，见人就杀，见敌人就要拼。其实打仗都是要命的，是意志坚定不假，但如果没有对形势和敌方的判断，你打仗就是送死吧。这一次老二掉到洞里了，姑且不说他自己是怎么想的，但至少在外人看来，他一个专门堵洞的人进去了都出不来，你一个扒河的人进去还有救吗？所以老徐的意见对高书记是有提醒的。

高书记当然也是不允许大哥进去，就从家庭来讲，已经进去了一个，再进去一个，救不出来还送死一个，这件事情不能做吧？但高书记考虑更多的还是我大哥程志茂的影响，一个英雄式的典型如果在水洞里丧了命，界儿岭会战还怎么打呢？但是那边塘埂上的二嫂还在拼命呼号，高书记已经让民工中的妇女把她的嘴给捂住了，在社会主义大建设的火热生活中，怎么可能允许这种撕心裂肺的惨叫呢？这多么不合适啊。

给我搞一把麻绳。大哥对高书记讲。高书记讲你不能进去，我大哥程志茂说，高书记，如果我不进去，等于宣布老二死在里面了。况且，一个人进去了，没有人有胆量去救，人家还信社会主义吗？社会主义到底有没有人？老徐讲，要进也是我来进，我上过战场，可以讲死了也不亏了。大哥讲，老徐你老了，块头大，在里边转不了身，你进去要是塞了孔道，反而后边更难办。老徐看看自己，没有讲什么。高书记好像激灵了一下，他到坡上找麻绳去了。就在这一小会儿，其实我大哥程志茂手上有麻绳，他对程志望说，把麻绳给我系上。志茂你不能进去。程志望说。程志槐、程志仓也过来了，都说，你进去是送死，为老二差不多就行了。这时提老二，程志仓的意思是老二已经到程家二方去了，不是新建队的了，亲兄弟是不假，但正因为是亲兄弟，才要想到不能送走一双啊，死一个也就算了。高书记在那边找绳子，还有社员要下塘底来，高书记把他们骂回去了。

王主任在塘埂上做二嫂金明聪的工作，他讲，金明聪你要相信党和政府，现在程志盛在洞里是在开展侦察工作，不会有事情的。书记他们已经在想办法救人了，你不要哭，这是政治命令啊。我跟你讲，社员也要有觉悟。大嫂在那边听王主任这么讲，也来吓二嫂。她讲，主任都讲了，妇女也要有政治觉悟呢。就在高书记在上边找绳子的时候，程志满过来把我大哥程志茂的麻绳解了，他讲，这么大的事情怎么能进去？志盛出不来，你进去怎么出得来？程志满讲，你看你也讲拉尸首出来也要进去，那还不如拿机子来挖，搞出来不就是了？

我大哥程志茂对程志满说，你是孬子啊，万一没有死呢？他是堵在里边了，机子一挖，人不就压死在里面了吗？程志满讲，你心里清楚老二可能已经死在里面了啊。我大哥又把麻绳系上，这时高书记从上边拿麻绳下来，又跟过来几个社员。几个社员跟高书记讲，不如用机子挖，比让我大哥进去强。高书记犹豫了一会儿说，那还是用机子挖吧。我大哥走到高书记面前，脸色铁青地说，高书记你要是同意用机子挖，我就不扒河了。高书记说，程志茂你这什么意思？我是为你好啊，全公社的社员也都是为你好啊，怕你进去出不来啊。

我大哥程志茂说，你们用机子挖，那老二不就被你们当成死人了吗？我能同意吗？大哥手搭在程志望的肩上，程志望是新建队的老大，在志字辈最大，是个老家伙了。程志望讲，人都有命，志茂一定要进去，就让他进去，用绳子拴，一直要听到讲话，一听不到声音，就收绳子，也没有什么好讲的。反正磨了很长时间，我大哥就进洞了。在洞口，大哥对我讲，要是出不来，就把他跟老二都堵在里边，不要挖，用大石磙堵上，死在塘底，闷在水里也无所谓。我对大哥讲，你肯定出得来。

大哥朝塘埂上看，大嫂和二嫂还在塘埂上跟王主任争论着，大哥就进去了。外边人也不作声，也没有人抽烟。进去就要拐个弯，听得到声音，外边程志仓问怎么样了。他讲，没有什么，洞里边大呢。确实水洞都是这样，口子不大里边大，像螃蟹洞什么的、蛇洞什么的都是这样，是倒卡着的，扁扁的。是不是扁的？程志仓在外面问。大哥在里边喊，是的，但都是石头。确实，要不是石头，水里怎么可能有这么大一个洞？再往里边还要拐弯，然后就没有声音了。

高书记讲了，没有声音就要把他往上拽。但拽不动，要么是在石头上打了死结，要么就是也堵了。外边人坚持了一会儿，有人就讲，不好了，讲不能进啊，进去怎么办？外边有人抽纸烟。程志仓伸头向里看，老在喊，空荡荡的没有回音。后来还拽绳子，绳子就拽出来了，看那样子绳子是被我大哥程志茂自己剪断了，一是老拽他可能疼，另外也可能是表示他就在里面了，拽也没有用。天已经快要黑了，高书记下令把麻灯都拢过来，还用木桩架起了木架。高书记坐在洞口，有人抽纸烟。高书记讲，都给我滚到埂上抽，下边人聚着。

大嫂也哭了，因为她知道大哥也进去了。有人讲大哥把绳子割断了，大概是出不来了，大嫂就哭，在那儿骂你们这些王八蛋，明明不能进，你们还要让老大进去，不是送死又是什么？高书记同样让人把大嫂的嘴给堵住了，我们在底下还有什么办法？社会主义是不允许这样的。高书记在咆哮，然后他讲，老子也进去。高书记胖，虚胖，人又扁。你进去，真是要把洞堵上的。这时高书记讲，我就坐在这洞口，人出不来，我就把洞扒开。怎么扒？有人问。高书记讲，用机子挖，很可能把兄弟两个压在里面了。一点一点挖啊，从远处挖，程志仓说。高书记讲，不能挖，一挖就压死人，人在里边，真不行，往里边甩东西，做成团的，往里边滚。说不定能够得到，有吃的，饿不死，洞里反正有水。程志满讲，洞里边可能有什么东西，说不定咬了，不然不可能没有声音。高书记一听，觉得有道理。高书记喊王主任还有大队的郭书记他们过来。高书记讲，你们跟民兵那边讲，如果不行，民兵要上。民兵怎么上？王主任问。高书记沉默了一会儿，虽然他自己是民兵出身，但假如让民兵上，怎么个上法？民兵们进去也是枉然。人越多，越是出不来，他很后悔自己没有阻住程志茂进洞。

天已黑好久了，麻灯嗞嗞响，一些社员还在埂上向下望。夜到一半时，有人似乎听到有响动，但不真切。程志望跑到塘埂外边，他年纪大些，有经验，他在草坡那里听这洞的方向有没有动静。程志望抖着露水，他过来跟高书记说，实在不行就挖，但至少要十天以后。高书记说，亏你讲得出来，人在里边闷十天还有命啊？其实程志望就是要跟高书记较劲，因为十天，在里边要死已经死了，要么就在里边吃土喝生水，也死不掉，十天出不来就可以挖了。

高书记讲宁可不要这大塘了，也要把程志茂救出来。反正他现在不提我二哥程志盛，在他看来，我二哥贸然进洞出不来才是让我大哥程志茂身陷困境的原因。到底这个程志盛，合作化运动中的一个落后的消极分子，给高山公社惹了麻烦，早知这样，根本不必请他来堵洞的。

高书记不同意挖，他是要我大哥程志茂从里边出来。消息连夜已经汇报到了县里。廖书记打电话到公社，讲无论如何不能让老百姓受伤，尤其是程志茂、程志盛两兄弟，为了界儿岭会战奋不顾身闯洞穴，这是何等的精神，一定要不惜一切代价救人。廖书记是革命干部，打过仗的，他知道意志品质最重要。用大喇叭喊话。廖书记在电话中说。于是工地第二天早上把大喇叭接到了洞口。高书记讲，里边的两兄弟听着，廖书记讲了，你们一定会出得来的，我们相信你们一定出得来。几台挖机已经在埂上待命了，程志仓、程志望就在挖机那边，确实矛盾，一挖机下去，基本上宣布死人活人一样了，就是要把人捞出来。但问题是，石头洞，挖机一下去，还能怎么样？照样是该塌的塌，该堵的堵。程志仓对程志望说，今晚之前要出来就能出来，出不来就往里边灌米汤吧。接不住啊。程志望说。用葫芦装，滚进去。程志仓说。

义兰，我和你讲，后来也就是在第三天，我大哥程志茂终于算是把我二哥程志盛从洞里给救出来了。高书记和程志仓他们在洞口熬到第三天，吃都在洞口。虽然高书记坐在洞口，没有人敢乱来，但后面还是有人把吕二先生给找来了。吕二先生讲我不到洞那里去，有老虎坐在那里。人家就问他谁是老虎啊，吕二先生讲高书记就是老虎啊。老虎坐在那儿，吕二先生不敢下去是可以理解的，但吕二先生讲，你们不能夜里边喂东西，因为一喂东西，气就破了，气一破，这两兄弟就出不来了。

人家问，什么是气？吕二先生讲，就是气，讲了你们也不懂。人家就不问了。我是里面两个人的弟弟，人家马上就把我推给吕二先生。吕二先生讲你们读书人，我跟你讲这些东西你听不懂，万一你到高书记那儿去告我，我还麻烦。我讲，只要你能讲出救我家老大老二的办法，我是不会跟高书记讲什么的。吕二先生讲，到底是读书人，明事理，这就对了。高书记有高书记的办法，但我吕二有我吕二的办法，不要灌米汤，人在里边出不来，是邪气在作怪。大家就讲肯定要讲七贤祠那边的事情了。

吕二先生讲，七贤祠的事情不仅仅是出在程志茂身上，是出在沛顺杭身上，跟你们讲，不能破，动七贤祠是不对的。众人现在想把程志茂、程志盛救出来，对于七贤祠的事也就不想讲了。吕二先生讲不能往里边运东西的说法，后来还是传到了坐在洞口的高书记耳朵里。高书记讲，把吕二给捆起来。民兵就要上去抓。程志仓讲，高书记，现在救人要紧，再讲了，把吕二先生请来也是社员们的意思，现在让民兵把吕二抓起来也没有用啊，民兵又不能钻洞救人。

高书记只好睁一只眼闭一只眼，但不知为什么，高书记还是采用了吕二先生讲的不往洞里送吃的的做法。不送吃的，不让邪气升上来。吕二先生在塘埂上讲。大嫂和二嫂已经被人拉到工棚里去了，我进去过一次。二嫂已经糊涂了，不知怎么办。大嫂讲她是相信政府的，她说的相信政府就是相信高书记和王主任。人民公社组织农民来扒河，命送掉就要找政府，公社要负责。大嫂在这种场合比二嫂要有定力，不管怎么说她是山后出来的人，到底是个贤惠又有头脑的女人。吕二先生在上边咋咋呼呼的，后来高书记就讲，把吕二放到树那边去，于是吕二先生就只能靠在树上。

不过在他自己看来，他和高书记一样也是在指挥着下边的人在救人。第二个晚上，一晚上都没有动静，之前还能听出洞里有点声响，后来就没有了。有人去跟吕二先生讲，吕二先生说人肯定没有死。他这个说法让社员们都很佩服，特别是新建队我们程家的本姓人，特别高兴。后来高书记也高兴，因为只要人没死，时间不成问题。关键是洞里有水，吕二先生的这个认识其实也没有什么高明之处，但是高书记讲吕二先生虽然是个坏人，但是他这句话还是很有道理。王主任头脑比较冷静，毕竟读过高小，认识字，有文化，而且是个主任，跟高书记搭档也有几年了，一贯跟高书记是一个白脸一个红脸，所以王主任对吕二先生就没有那么凶。都是为了救人。他跟吕二先生说。

吕二先生讲，王主任，我就是讲，人死不掉的，邪气能压住。这次你又讲程志茂压得住邪气了，在七贤祠那个事情上你怎么就讲程志茂没有办法压邪气呢？王主任问。吕二先生讲，那是因为这次的邪气不一样，是洞里的。我跟你们讲，他肯定能出来。所以这次，第三天当我大哥程志茂把二哥程志盛救出来时，外边没有欢呼，有人在哭，有人在抖，有人在看天。高书记看大哥挽着老二从洞里爬出来，一把拉住还瘫在地上的大哥说，程志茂你没有事吧？我大哥讲不出话，嘴张着，原来他是要喝水。大哥喝了点水，指着睡在地上的兄弟说，给他喝水。众人这才发现我二哥虽然眼睁着，但一点表情都没有，整个人像是糊涂了一样。

到底怎么回事？高书记问。大哥喝了点水以后，马上体力精力都恢复了一些，虽然在里边闷了三天，但看得出来没有受什么伤。高书记抓起他的手，他手上全是泥。一开始，大家还没有发现，后来有人看到洞口泥上全是血，于是有人就用大汗巾擦我大哥程志茂的手，土一松，皮就掉了，两只手全是血。很多人就哭了，说大哥他扒出来的，手皮都掉了，几个手指头已经模糊了，都是血。

我就站在大哥边上。我二哥没有反应，喝水还能喝，有人想扶他坐起来，但他马上就倒下去了。吕二先生没有下来，他在上边也能看到下边。他跟程志满讲，高书记不同意我下去，你就讲他们染了蛤蟆气了。吕二先生靠在树上，人民群众都下来了。程志满跟高书记讲，吕二讲是染了蛤蟆气了。什么叫蛤蟆气？高书记问。程志满又跑上去问。后来程志满下来，拢在高书记耳边小声地讲，是一种邪气。高书记呸了一口说，什么乱七八糟的，抬上去。于是众人就把两兄弟都抬到工棚里。

反正人是上来了，二嫂还是有点愣，大嫂见大哥上来了，听讲手皮都掉了，肯定用了不小的劲，况且她也坚持认为，大哥程志茂肯定有本事从里边扒出来。她跟他这些年，知道他有这个本事。她跟大哥说，小孩在家哭了。我的两个侄子一听说爸爸掉洞里救二叔了，而且小孩又听庄上人讲可能死在里边了，怎么可能不哭呢？我大哥讲，我怎么可能死在里面？我不是讲命大，我是讲道理的。什么道理啊？高书记在边上问。大哥说，就是在里边被什么东西咬了。高书记把工棚的草帘子掀下来，民兵连长就站在边上，双目圆睁。

高书记问，你讲清楚点，什么东西咬的？大哥说，里边黑，看不清楚。我摸到老二时，老二睡在两块尖石头中间，身上有血，因为摸了下，潮的，用舌头舔了一下，血的味道。高书记示意民兵连长去翻了一下我二哥程志盛，不过只找到胳膊上一个小伤口，应该是石头划的，看不出什么东西咬的。高书记问，洞里有野物？是的，有野物。我大哥程志茂重复。还说蛤蟆气呢。高书记这时又想起吕二先生讲的蛤蟆气的说法。

也不一定是什么，我大哥对高书记讲，反正是蛤蟆气也没有什么大不了的吧，我没事。高书记讲，你手怎么回事？大哥说，是扒土出来的，我进去时不卡，把老二往回拽时，土就松了，我就扒另一块石头，把碎土消了，石头动了动，从边上绕了个弯子，然后又从直洞爬出来的，手上全是血，那时。

  英雄就是英雄。别人就出不来了，在里边拖一个人，还要扒洞，一般人怎么出得来？高书记说。民兵连长的枪在肩上晃着，众人都很激动。大嫂用汗巾把大哥的手捂着，现在已经出血少了。手要包扎好，喊卫生队的人来。高书记对门外的人讲。卫生队的人没来之前，高书记对大哥说，老二被咬的事情你就不要讲了，不然吕二先生又要乱讲了，好像他早就算出来了一样。大哥说，讲什么蛤蟆气我不懂，但肯定是什么东西咬了一下，中毒了一样，人一开始还讲几句，后来就糊涂了。

  高书记讲，蛤蟆气什么的先不讲，人民群众正在扒沛顺杭，要战胜大自然。你看，你不是徒手扒出来了吗？这就是最好的证明，人是死不掉的。两兄弟都能出来，这是高山公社的骄傲。义兰，你不知道，在工棚的外边很多人都在哭，尤其是新建队的那些人，手指头掉了皮真可怕，白乎乎的，像狗骨头一样。好了，人出来了，这就是最好的。等你的信。

志刚

1963.11.7

志刚：

  你的来信让我深受感染，我之所以没有及时回信，正是因为你大哥程志茂去水洞里解救你二哥程志盛这件事，在指挥部里已经尽人皆知。作为通讯处里的一员，虽然我是九里沟公社的社员，但是丁大姐讲，在程志茂的宣传事情上，我是有功劳的。你看，大家还是记得我在你大哥这个人身上下的功夫，一是因为他是你哥哥，你是我同学，我们之间的通信，谈到很多你大哥的事情。当然那也不尽然，可以说我从你那里知道了在底下的沛顺杭工地上进行的伟大的大建设的火热实践。

  这一次，你大哥程志茂不仅仅是个英雄，他成了一个象征，是沛顺杭工程的象征，也是整个六安地区的象征。作为老区，以前我们出了那么多的将军和战士，为革命九死一生，像我父亲也是。但是，在社会主义时期，他们仍然延续着革命。当然，我说的是在底下，在六安的儿女中，涌现出像你大哥这样杰出的实干家，这是多么了不起啊。我在信中也多次跟你讲过如有机会我会去界儿岭，我要亲自去见识一下这个英雄，另外，也可以和你会面。但是九里沟公社这边的事情多，在通讯处我还要弄文字材料，加之近来通讯处还承担着到外地去慰问的任务。因为上次大潜山慰问十分成功，沛顺杭指挥部和工人文化宫达成了合作的方案，要用他们那边的队伍和人员，讲好沛顺杭工地的宣传故事，最近我也在忙这个。

  我为什么要说落后分子呢？这个在报道中没有明确提，但我跟你是可以讲的吧，两个人都是你哥哥，但他们区别很大，一个是扒河英雄、农民典型，全地区都知道的人物，一个是怪异的落后分子，是在合作化运动中格格不入的单干主义者，这对于社会主义大建设来讲，是多么不利。但是，就是这样一个人，我们社会主义没有放弃，我想你大哥去救他，不仅仅是兄弟之情吧，更是革命之情，更是社会主义大家庭之情。

  何健说，他让你大哥把手伸出来，在锹把的衬托下，惨白的十指像蜕皮的钢钉一样。我问他什么叫蜕皮的钢钉。在现场受到震撼的何健强忍泪水,对我和丁大姐说,真是难以想象程志茂有怎样的毅力,才能战胜这样的困难——孤身徒手把一个昏迷的探洞者从水洞里救出来,并且自己也差点被毒物咬伤。

志刚,你在信中也讲到了高书记他们在救人时的整个行为,我想在人民公社里,书记的做法是对的,他不同意你大哥程志茂进去救人也是对的,尽管他没能阻止住,但我认为他的判断是对的。不能因为兄弟之情,也不能因为一时之气,而把一个英雄逼到一条绝路上。英雄需要保护,不是说随便一个什么人掉到洞里了,都要英雄出来相救,那么英雄不就成为一个——怎么讲呢,谁都可以用一下的人了吗?

英雄就是英雄,在我们这个时代英雄需要保护,对不对?当然了,在底下,尤其是农村,所有人首先想到的是现实生活。你二嫂又是找到工地,作为公社书记,高书记的做法都对。我早说过,对一个单干主义者,即使堵洞、探洞,也都不能单独交给他。你看,我才说过,你二哥程志盛就一个人钻进去了,结果呢,不仅自己陷进去了,还把你大哥也给弄进去了,幸亏人都出来了,不然搭上一个英雄那还了得啊。

你在信中提到的你在现场的紧张,我可以想象,但我更认为你应该在劳动实践中相信伟大的人民群众。程志茂作为你大哥,不是我说你,我倒觉得你对他的认识还没有我全面和深刻。当然了,也许我在指挥部看到了更多的资料,所以我了解得更多,而你是从家庭的角度来看,但我想社会主义正是一个舍小家为大家的事业,没有大家,没有国家,哪来小家?对不对?你之前还讲过分配呀分家呀什么的事情,但我想,放在国家的大家的角度来看,这些都还是问题吗?又都不是问题了不是?

最近我和朝坤因为工人文化宫排练的事情接触很多,我感受到了工人老大哥的威风,还有他们在这方面的特殊本事,这真是我们这些受教育的学生没有的。我们学到的东西如果不放在生产和实践中就等于零,什么用也没有。而且我们还必须认识到,只有劳动、只有实践才能出真知。书本上那些东西反而有些害人呢。比如朝坤就老是讲到,没有钢铁,国家靠什么?还有,没有工业化,没有军事,我们这么大一个国家怎么办?这都是很现实的。

朝坤还说有人讲我们之前跟苏联友好,我们是朋友,但是真的朋友不是别人，正是我们自己，以及和我们自己一样的处于困境中的那些国家和朋友，我们需要奋斗啊。这就是现实，朝坤的大哥在南京军区，他大哥不仅谈战争，而且还说人民就是战争最主要的力量，可以讲我也深受教育呢。再看宣传队的那些女孩子，跳舞刚劲有力，根本不像女学生，我想到在农校里的同学，我觉得我们的历练太少了。社会主义需要这种有冲劲的表演，多么雄浑有力，如果你来六安，你可到文化宫来看我们的排练。

　　志刚，另外我想讲一点的是，关于你二哥程志盛，你在前边信中也讲到小时候他被你父亲送到你叔父那边去，你说农村这叫过继，因为是叔父，总之是个大家庭内部一员。但在我看来，这首先是解放前的事，这是旧社会的事，如果一定要追究起来，你父亲的做法，应该讲是有问题的。说到具体的解放前你父亲把老二送给叔父家的事情，我觉得还是不对，不仅不对，而且是不人道的。

　　你考虑过没有，他程志盛有今天这样落后的表现难道跟童年就没有关系吗？我认为关系不仅有，而且很大。你说他小时候往回跑，你父亲往回赶，这对他是一种创伤。这样的人走向新社会，他会以一己的私心，对社会抱有成见，尤其是对社会主义事业，他是没有热情的。这个跟你父亲有关系，你父亲的成分划成了中农，这说明政府对他是网开一面的。毕竟他当过私塾先生，解放后也当过一小段民办教师，后来因为身份问题代课教师没有干了，但这一切还是因为他短暂地干过一段保长、副保长，对吧？这个在你个人的材料里面没有提及，但在你父亲本人的材料里是有的，我之所以提这个，还是想说，你们不要因为父亲的身份而影响到你们和社会主义的感情。

　　你二哥怎么能一个人深更半夜跑到洞里去呢？现在人是救出来了，要是没有救出来呢？谁知道还会怎么样？至少要影响到扒河的民工对政府做法的态度吧。我们怎么办？我不在现场，总指挥那样的革命家也不在现场，但我想有头脑的人对这种事情的态度是，早就不应该让他有单独探洞的机会，谁给他这个权力了？说到底还是对他太信任了。但是，社会主义还是要看人，合作化运动这么大的事情，你二哥程志盛都那样，你能指望他在界儿岭全力以赴？我觉得还是太大意了。

　　柯干事在下去前，我跟丁大姐都提醒他，除了拍好你大哥程志茂，还是要访一访那个叫程志盛的，看看是什么样的人，当然镜头就不要对准他了，但至少可以比较一下吧，这是一个什么样的低觉悟的农民？柯干事回来说是看见了这个人，目光呆滞，周围的民工也都说是在里边中了毒气，好像被什么野物咬了，出来就孬了一样，反正也不讲话。好在你大哥程志茂进去救出了他，也把洞内的情况摸清楚了。水洞是堵上了，可是这不是付出代价了吗？一个英雄扒河民工把双手都变成了白化手，这还不够残忍吗？所以，你现在在底下当社员，也许明年开春，也许不久，还是会分配，那时我们都还是会做个干部，成了国家的人，但是，真的，现在不更是国家的人吗？我们随时要做的，不就是为国家分担吗？所以我讲你二哥，他给界儿岭战斗带来的负面影响是存在的。你父亲早年的事，对大家也都是个阴影，但我还是那句话，你必须战胜过去，你应该有一个更好的明天，你说对吗？等你的信。

1963.11.16

又今：

　　收到你的来信，你在信中提到的你在工人文化宫在朝坤的帮助下组织宣传队的事，让我很受启发。当初我们在农校时，你也带我到县黄梅戏剧团去找过演员，我想那时我们还比较幼稚吧，对于表演以及宣传的理解可能还比较初级。现在你在通讯处帮忙，并且正处在社教运动中，路线也好，政策也好，你显然懂得比其他人要多，你父亲又是地委领导，抓的就是"四清"、社教。当然了，你肯定在政治上在理解上比我强许多倍。

　　但我在前几次信中都讲到了这件事情，就是大哥程志茂怎么请的老二程志盛来堵洞，老二是怎么单独去侦洞，然后就是这个特别的搭救。你说了摄影记者何健到界儿岭来，我听我大哥讲了，说有个指挥部的摄影家要来拍他的手，我一听有点抵触，怎么单独来拍手啊？扒河也好，救人也好，靠的是全身心吧，手只是一个部分啊。但我想通过你的信的说明，我也就知道了这是为了宣传效果。一双剥了皮的手，白惨惨的，在界儿岭奋战，会鼓舞所有扒河的民工，一定要用意志品质去战胜困难对吧。

　　柯干事来时，我虽然知道，但我也不好意思去打招呼，大哥说他是摄影家，来是搞创作的，跟我这样一个社员有什么关系呢？信中你讲到你跟他打过招呼，但他没有主动找我，我又怎么好跟他接触呢？毕竟还是有很大的身份区别的。好在，他是来拍大哥的，把那手拍去了也就好了。至于你在信中说到的关于我大哥程志茂的宣传的事，我想你跟这个报道时间也不短了，你甚至把他一九五八、一九五九年修龙河口水库时候的事情都追出来了。我讲的不过是我在新建队当社员在他身边所看到的一切，也许对你有用，也许你只是用到一小点。但我认为我是他弟弟，我跟他生活在一起，作为家人，我自然是看到了跟别人不一样的东西，至少我比别人看到的要更为全面吧。

　　那么老二到底怎么回事呢？因为地质队中间也来过一趟，说这样的洞没有办法探的，老二能进去十分了得。人家又讲是老大把老二救出来的呢。地质队的人讲，先进去的人更厉害呢。你听，我认为地质队的人讲实话吧,前边的人进去把危险都排除了,后边的人也就好了。不过,你讲我大哥程志茂鲜血淋漓地扒土扒石头救人,那又是另一回事了。

英雄总是这样,但就事情来看,老二是有功的,对吧?不过后来高书记又向懂这方面的人打听,才认定应该是里边的沼气什么的让老二中毒了。这个说法虽然社员们不理解,因为没有这方面的知识,但大家还是认为人出来了也就行了。老二出来了,二嫂把他弄回家,在家睡了不少天,不能讲昏迷,但就是不讲话。问他什么话,他也没有反应。吃了几天的稀饭,后来就能下床了。接着就又到工地来了,他还惦记着他那大石磙,不过堵洞的事情已经完成了,他就牵着那个大石磙在塘埂上张望。有时他又坐在那里,石磙就在边上,没有人跟他讲话,都知道他中了沼气毒,头脑可能坏了,都怀疑他以后是不是不能堵水洞了,他手艺还有没有用了。我有时也坐到他身边,我搞了纸烟给他抽,他也抽,有时还傻笑一下,但样子比较难看。我问他,到底哪儿不舒服?他就摇头,我觉得他是吃了很大的亏,但他会恢复过来的。

你说到的一个单干主义者、一个落后分子,是不是对扒河什么的有不忠,我觉得不成立吧。他也是热爱这山河的,这同样是他的故乡,而且他跟二嫂还有孩子,他在家里边,总是要让孩子们知道他是一个有本事的人啊。所以这一次你说搞报道,既然已经搞界儿岭这个事的报道,那应该提一下老二吧。

好了,义兰,我还是讲小妹的事。就在前几天,秧塘庄和她一起扒河的那个梅子的亲戚,是住在毛家水圩的一个姑娘,叫小琴,她从椿树那边回来了。这在广城畈立刻成了新闻,因为这边妇女去椿树扒河的不多,尤其是大姑娘也就程志村、梅子她们几个人。人家就问情况怎么样,小琴讲她是不大受得了,主要是那里很怪,人家问什么个怪法,她讲那里人都讲要饭的事情,好像要饭很光荣,一歇来就讲怎么能讨到饭吃,给米也行。真有这种事吗?要饭还有学问啊?小琴在那里跟人讲话,常被人围住,还有一层意思是,如果小琴还要带人去椿树晒死鹅那个地方,这还有人想去呢。

小琴讲反正她自己是不想去了。也难怪,我们广城畈这个地方的人是从来不会出去要饭的,解放前就这样,宁可饿死,也不会出去要饭。唯独有一点不同的,就是我们区政府所在地双河那边,倒是有要饭的,据说他们是沿双河两条河，到底下去要饭，所以双河人在广城畈看来就有那么一点不对劲了。小琴回来还讲，在干活中间，成立了刘胡兰连，说干得很拼命。那个地方有名地穷，主要是地理条件差，就是存不住水，整个一大块地方就是岗头。

岗头跟山头不一样，它不是山，因为它没有树，也没有草，基本上就是个荒芜之地，地里还有碎石，一滴水也存不住，可以讲庄稼几乎长不出来，树也没有，难怪大家要出去要饭。但就是这几个地方，反而更需要扒河吧。有了河，沛顺杭到了这个地方，水只要一来，生活就有了希望。所以有本事的人就被组织到椿树去，晒死鹅也成了一个有名之地。既然成立刘胡兰连，这说明妇女比较多，妇女干活不能输给男人。小琴回来讲的，那里干活的妇女都很拼命，因为条件太恶劣了，所以有些妇女能忍能扛，反而战斗力量显示出来，就像刘胡兰当年迎着屠刀上去一样，妇女们也能迎着大自然的恶劣战斗下去。

我问小琴，我妹妹程志村怎么样？小琴说还能怎么样，反正是干活啊。我从小琴话中听不出小妹的精神面貌怎么样。但毕竟小妹比小琴强，她没有提前溜回来，也还在那儿战斗呢。当然了，她还有一个事，那就是她是逃婚逃出去的。知道她换亲的事情，小琴说。我问，在工地上人都知道吗？小琴说，从广城畈、高山这边去的人应该知道，别人慢慢也会知道一些吧，都说社会主义了，还搞换亲，人家都骂你们家人呢。小琴这么一说，我知道别人对这个确实是会有看法的，当然我也没有办法争辩，毕竟换亲的事人人都知道，而且她逃出去干活起因也还是由于要换亲，她是没有办法面对的。

后来，我去了椿树。我跟你讲我这次到椿树找我小妹，我是听我大哥的，大哥讲你可以出去转转。我说他的手指在指挥部通讯处的报道中被称为白化手时，他有些生气了，但他没表现出来。他知道大家拿他一个农民当回事是很不容易的。他讲，你不要管东管西的，你可以管一下妹妹。我听出他是不放心妹妹的，尤其是老二为了小妹的事跟他打了一架以后，他也是有委屈的。虽然换亲的事情与他当年和大嫂的婚事有关，但是他自己是不愿意小妹换亲的。大嫂又逼得那样紧。我说，即使你不叫我去，我也要去。大哥说，你去吧，反正扒河的事情我是队长，我给你假去。界儿岭会战已经接近尾声，当然谁也看不到头，只是靠感觉觉得界儿岭的事情差不多了。

往椿树去的路上，我知道寒潮要来了，因为已经入冬了，感觉时间真快，前边还在讲露水、结冰什么的，现在已经是冬天了。在这些岗头上，冬天的奇怪就在于所有树头都是枯的，站着乌鸦。有些村庄的坟场就建在庄头，老槐树上站着黑鸟，这情景让人感到很陌生呢。这时我才想起当我们在农校学习时，确实没对外边的世界有足够的观察。外边的世界让我有些害怕，我心想我小妹就到这外面扒河，这比在界儿岭差，人会更加孤单吧。又联想到逃回去的小琴讲的，在外边，那儿讨饭的人多，他们自己扒不了河，又是广城畈出了人去扒，而且还是妇女和大姑娘，我心里是有些难受的。

出去扒河并没有什么，但往椿树去的路上，初冬的光景让我觉得分外荒凉，而且乌鸦和黑鸟在槐树上翻跳，地里什么东西都没有长出来。天又是暗，说不出什么阵势，又像是寒潮来，又像是初冬要下雪，反正是比较昏暗的。是下午的时候了，我过孙岗，我知道前边就快到椿树的地界了，但路上没有遇到什么人。庄子里的人都不出来，大概是外边冷了，扒河的人在扒河的地方，而我这么贸然地找去，确实是对小妹不放心，我还责怪自己没有早点出来，小妹一个人在这么远的地方扒河，我们居然不知道出来找她。

我自责的地方还在于如果不是已经过继到程家二方的老二跟老大打了一架，后面又发生二哥掉洞里、大哥进洞的事情，家里也不会这样把小妹的事情当个事情的，总以为出去干活了也没有什么，毕竟她也是大人了，不是一个小孩子。

义兰，跟你说，我赶到晒死鹅这个工地的时候，我震撼了，因为是个平地，可以讲近处是个平地，从远处看应该是个鼓起来的包一样的形状，也像鼓。几万人在那儿挖啊，抬土啊，场面壮观，虽是黄昏，但没有人撤下，工地上人声鼎沸，一片火热，尽管寒潮应该已经来了，天空中有冰冻的小刀子一样的风，但干活的人几乎看不出任何疲倦。那里也有一些树，这树在六安和广城畈都很少见到，不是榆树，又不是槐树，更不是杨树，反正有些粗糙，带拐弯的那种长势。这里沟沟坎坎也多，要想找到小妹可能不容易。

我就在工地转，干活的人也不理我，大家都很认真，旗子插得到处都是。后来，我还是问人家刘胡兰连在哪里。人家就问，你问哪个刘胡兰连？我一时反应不过来，怎么刘胡兰连还有好多吗？人家才说，刘胡兰连有十五个呢,你要问的是哪一个?我说我不知道。然后我又说,是从六安双河的高山公社那边来的。一开始人家不知道,后来别人就讲往西北拐那边去,这儿工地很大,大概是因为这里要建一个分水的岔河,因为有一条自然河的河道,虽已干涸,但两边都画了线。我往西北方向去,那儿有一片小树林,还有大喇叭。

不用说那里工棚也多,我问了至少有个把钟头,后来我在小树林后边的一处茅草搭成的工棚的拐角见到了几个广城畈人,我说我是从广城畈来的,我找程志村。不在工地?人家问。我说,不在。我又问,跟一个叫梅子的一起从广城畈来的。对方好像知道一点梅子,又说,到后边去看看。我就转到工棚后边去,这时发现风中有一点雨滴样的东西,真是有点彻骨了。因为我走了一天,又累又饿,但是想到要见到妹妹,就忍着。后来一个老妇女领我到一个毛棚边,那儿是个厕所,再转个弯,在一块废旧的菜地边有一个用棍子支起来的几捆茅草搭成的劈叉里,我见到了一双凉鞋。床上睡着两个人,我没有认出来。脚上没有鞋子,只是草,不是草鞋,两个人的脸是反着的,看不清。腿上都是泥,身上衣服应该还是从广城畈出来时穿的。一个人坐了起来,她一下子把我认出来了,但她没有叫我,而是使劲地捅仍在睡觉的那个人,对她说,你看你小哥来了。这时那个人才转过脸,脸也是黑的,但她马上笑了,她跑过来,一把抓住我的手说,小哥你怎么来了?我没有喊我的小妹,我简直认不出来,她一站起来,她的草鞋就滑了出去,她在这么冷的天就是赤脚站在地上。她把头发弄了一下,还是问,哥你怎么来了?我也说不出什么。

梅子也站了起来,她像捉虱子一样,在程志村的肩头那儿拍了拍说,你小哥来你不高兴啊?我还是说不出话,真是太辛苦了,难以想象。她把脚缩了缩,马上又找回了那草鞋,把脚塞了进去。我问她,饿吗?她点了点头。我说,可我也没带吃的。她又摇了摇头,她说,没事的,等会儿工地上会有吃的。义兰,我真是有点写不下去了,小妹真是太可怜了。可是,她没有一句抱怨的话,她只说,小哥,一会儿工地就有吃的了。下一封信再叙吧。

志刚

1963.11.21

志刚：

  这次你信写得那么长，我们都知道现在扒河的任务重，况且在界儿岭也发生了那么重大的事情。好在，你的信对我很重要，从我们自己来说，我们通信，也讲了我们各自的生活，当然更重要的是，我们记录了我们的时代，特别是在这个伟大的时代里，人们是怎样搞建设的。所以我读你的信，既看到你在劳动中的音容笑貌，也因此掌握了底下人所过的生活，这是让我特别感动的地方。

  对了，你讲到你没有跟柯干事接触，可柯干事他来跟我说，他对你是有印象的，他说你在那里比较沉默，在民工中显得有心事。这个我倒没有想到，我觉得你应该阳光一点啊，反正我跟柯干事说你在农校时也是这样的，总是显得有心事。希望在以后的工作和生活中，你能够有所调整，不要让人认为你对你的事业、工作，好像总有不满意的地方，这个是不好的。扒河是项集体工作，如果没有成千上万人的配合，沛顺杭又怎么可能扒得出来呢？

  至于你说到柯干事没有主动找你，柯干事回来讲的是他是用镜头说话的人，是摄影记者，他是要用镜头去记录那个火热的场面，他说让他感动的界儿岭的人和事很多。坦率来讲，他之所以没有用镜头记录你，可能还是因为他觉得你没有打动他的地方，尽管你是我同学，尽管他下去之前，我跟他叮嘱过要和你有接触。但他可能是侧面接触了你，认为你有让他不太明白的地方，所以他没有和你有更多的交流，你不觉得这件事反而应该对你有所触动吗？

  同样是兄弟，但是你大哥却用一双白化手，深深地感动了他，而你有那么多的知识都运用不到扒河上去，对吧？你是一个沉默的民工，我倒觉得可以在自己身上找一点问题，不能怪柯干事没有给你机会啊。当然了，也许你要说英雄只是少数，你这样说也对。不过我还是认为人应该都去争当英雄，这样英雄才显示出他的号召力。之所以你大哥程志茂的报道出来很感人，也正因为他在广大群众中拥有那种号召力。成为一个典型是非常不容易的，你拥有得天独厚的条件，那就是你就生活在英雄身边，甚至是英雄的亲弟弟，所以你要只争朝夕地干起来，我相信你也会有机会成为一名扒河英雄的，而且时间应该不会太长。但人和人是不一样的，也不要以为自己哥哥是英雄，自己就会起得来，实际上都不是那么回事。

比如你二哥程志盛，对不起，我又要讲到他了。你认为应该在报道中提到他，你的意思是他在堵洞这件事上也是立了大功的。但我讲你二哥程志盛还是问题大于成绩，就在于社会主义有一个态度问题。他还是消极的。同样是闯进了水洞，英雄不仅救人成功，还挽回了一种有可能的损失。那我请问你二哥是不是反而给大建设增加了负担，平白无故地增加了风险呢？

所以对于你二哥程志盛，我还是认为应该要耐心教育，至于你说到的，他有可能在里边中了毒，被沼气什么的熏坏了，我想这只是问题的一方面。应该让工地卫生所的人给看一看，如果真是沼气什么的问题，相信情况也会好起来。但是，社会主义事业应该交给那些可以信任的人。报道你在工地上应该看得到，听说很多工地看了你大哥程志茂的事迹报道以后都表示要向他学习，请他出去做报告的呼声也很高。

志刚，我最近在工人文化宫那边帮指挥部协调排练演出的事情，朝坤是介绍了文化宫的表演队的人，其中有两个女孩子，是工人出身呢，但因为舞跳得特别好，专门在文化宫跳舞了。她们的状态也很让人振奋，一个叫郝秀丽，一个叫杜广芬。她们都是普通的工人，但她们因为刻苦练习，成为文化宫跳舞的标兵。上次去大潜山她们也在，但当时她们时间紧，排得不是特别好。这次我们接到地委的通知，说要大力宣传沛顺杭。什么意思呢？就是要把沛顺杭精神作为老区精神在社会主义新时期的一个代表、一个传承，要让当年流血不怕死的精神贯穿到今天的大建设的宣传中，所以文化宫也就用力了。

我是在边上协调，但我也见识了姑娘们对排练的投入，对于民工生活的深入观察。她们去过九里沟几次，是我介绍她们去的。在九里沟那边向木厂方向，干活的人也很多，许多是常县那边的。工地上的人都说常县人干活不要命，他们是吃面食的。因为地理上已经接近淮南了，所以他们生活习惯和讲话什么的，都跟六安人不大一样。

郝秀丽跟杜广芬都是外地人呢，她们对这些分不大清，但是不管是常县人，还是六安人，甚至是淮南人，现在大家都在干同一件事，就是扒沛顺杭。她们说真想不到，农民生活是这样的火热，完全不亚于她们在工厂中的样子。地委对沛顺杭工作也重视，我在家中问过我父亲，我父亲说，现在包括社教工作在内，对政治、对组织都要负责。沛顺杭是这么一件重大的工程，动用了几十万民工，这可以说是新时代的一项革命事业了，而且是伟大而正确的。动用这么多人，国家和政府这么重视，当然是要宣传好。但最重要的还是思想和方向，应该在这个过程中宣扬社会主义的干劲，宣扬大建设的思路，对于人民公社也好，对于大建设也好，都要永远保持热情。

在说这话时，朝坤也在我边上。由于和文化宫排练合演的事是由朝坤帮忙的，所以现在他时常到我家来，我们接触也多，从他那里我知道了很多工厂的事情。

爸爸没有透露地委对沛顺杭的整体安排，那是他们领导的事情。但从我父亲分管社教来看，六安的农村社教工作、城里的工作，都跟沛顺杭关系极大，父亲说一项重大的民生工程就会让整个地区都干起来，一切运动都是为这个服务的。修沛顺杭本身也是对包括社教在内的所有社会主义事业的一项支持、一个体现。父亲总是站在领导的角度看问题。

志刚，跟你讲，这次我们排练好了，到霍邱皮岗去演出。在皮岗，章叔叔也在，他是指挥长啊。他对我们的演出非常欣赏。你讲界儿岭难啃，但是在皮岗，这个岭就更难办了，所以才动员我们带慰问队下来。可以讲民工是分批分批地上，人可以歇，但工程不能歇。后边之所以能啃下来，人家讲是因为不要命地干。什么意思呢？就是在炸皮岗时，奇怪的是有些石头是炸不开的。石头硬到那个程度也是罕见的，所以爆破就必须是连续的，第一下不行，就要第二下，直到彻底把它给炸开。

章叔叔之所以坐镇指挥，就是因为省里也知道皮岗是一个重要的水渠经过地，皮岗拿不下来，顺河干渠就拿不下来，整个沛顺杭都受影响。我们这次去演出，爆破还在进行，像郝秀丽她们都到工地去看，跟工人们握手，鼓励他们干下去。农民兄弟真是太伟大了，他们说，你们跳，你们跳，我们还是干活。杜广芬讲，我们就是来跳给你们看的。杜广芬讲话时含着泪花呢。老百姓真是淳朴啊，憨厚地笑，说，还要挖洞放炸药呢。章叔叔和我父亲一样，是南下的干部，他在解放前是打到这片土地来的，后来就在淮海这一带留下了。

父亲说章叔叔做过常县县长，而常县跟霍邱挨得又近，这次皮岗切岭那么多常县人来干活也是因为章叔叔在常县当过县长、书记，对常县老百姓是放心的、信任的。这么大的工程，人家啃不下来，让常县人来干。章叔叔讲，六安人中，常县人最烈了。五十年代初，常县人被淮河水淹怕了，一次洪水下来，常县人就要遭罪。现在好了，沛顺杭修起来了，常县人再也不怕大水了，但常县人自己修还不行，还要到霍邱来帮忙把皮岗切岭的任务给攻下来。

我在皮岗见到一位老兵，是他发明了爆破法，是在石眼里打洞，然后用钢钎把炸药弄进去。我问他这么危险怕不怕，他说当年炸碉堡也就是这样，听起来他把大石头当成小鬼子了呢。我觉得正是有这样的人在拼命干，沛顺杭才能攻得下来，不光是我，我带去的舞蹈队员哪是在慰问，分明也是在接受教育，而且她们平时在城里面，不知道农村的天地是这样广阔呢。

志刚，你在信中提到你去椿树找你小妹，不知为何你没有写下去，是时间紧吗，还是你有了情绪？我觉得不论怎样，你跑到椿树去，这是亲情。但见到了，你那种口气我不是很能接受呢，当然你有你的感受，可我还是认为去扒河是一件好事，我们总要立场分明。当初你刚讲她要被换亲时，我是非常愤怒的，这都什么时代了，还能允许这样的事情发生吗？在社会主义新中国，婚姻自由是宪法保护的，还有专门的《婚姻法》呢。可见在底下农村也许你们还没有意识到吧，我没有讲那么多，是因为这件事又恰好是缘起于你的哥哥，沛顺杭工程中的一个标兵，所以我还能说什么呢？我总觉得一家人应该把事情妥善地处理好，尽量不要给这样一位典型带来困扰。

你去椿树路上，我觉得你应该见到大建设的场景吧，何以谈到荒凉呢？真正荒凉的应该是旧社会，是解放前，现在新中国又有哪个地方是荒凉的？社会主义不允许任何一个地方沉睡。所以你在你大哥程志茂身边干活，你应该从他那里汲取力量，汲取取之不尽用之不竭的力量，好为社会主义服务。至于你提到的你看到你小妹程志村和同乡的梅子就睡在工棚外的劈叉里，条件是很艰苦，但这不正是对青春最好的锻炼吗？你居然没有再展开讲下去，相信你下封信会说的吧。但不要有情绪啊，不要以一己之私心来看待艰苦奋斗，你小妹逃避换亲到广阔的天地中去，我相信她是开心的，你怎么能说要把她叫回去呢？

你讲到你大哥叫你到椿树去，还准你假，但我想，你大哥并不会真的要你把她弄回来的吧。那样的话，不是对她太不负责了吗？她好不容易跑出去了，有了建设的能力，有了干活为社会为国家奉献的机会，你再把她弄回去，这不是对她的又一次伤害吗？

我不是跟你说了吗？我带郝秀丽她们到木厂那边去看民工扒河，她们也卷起裤脚要干。她们是宣传队员，以前是工人，她们也懂社会主义。所以干活累一点没有什么，特别是像程志村这样，还没有结婚，亲都没有定，又通过扫盲认了点字，正是在外边接触社会的好机会，为什么你反而觉得可怕呢？你没有讲出你见到她之后的场景，我想你是自己有一些心理负担吧，不要错位啊。

一个社员，到了晒死鹅，刚好见识一下那里的人是怎么扒河的，就像前面我写的，在皮岗，章叔叔亲自见识了退伍军人是怎么在社会主义大建设中又发挥了董存瑞炸碉堡的精神呢。客观讲，在和平时期，在扒河炸皮岗的爆破中危险仍然有，因为二次点火，经常会发生突发性的爆炸。但不论是民工还是退伍军人，包括民兵连的人、武装部的人，都没有人退缩。大家都是舍小家为大家，这已经是每个人都会去面对的了。而在你那儿我倒是觉得你想得多了，当然起因还在于她是出于逃婚而出去的。但是，一旦她走出去了，就应该把那包袱给甩了，你不要代替她去思考人生，她会有好的头脑。

至于你前边提到的秧塘庄的另外一个回去的小姐妹，我想觉悟有高有低，也不必强求，最多加强教育也就可以了。对于像程志村这样扫过盲，懂得抗婚，而且知道维护自己权利的女孩子来讲，在外边刚好可以有大作为。至于椿树那边的会战情况，通讯处也有材料，并不像你想的那么惨，你之所以有点震动，还提到那个地方讨饭的人多，这些都是一些当地的坏习惯，地理、山河是改变的，精神才是最重要的，一定要让老百姓过上好日子，这是我父亲在社教工作中经常提到的。他讲搞"四清"是干什么，就是更好地为人民服务，把组织弄干净，把教育搞好，思想路线对了，一切才上正道。

你看，社会主义就是要把国家建设好，而现在程志村就在建设，你可千万要支持她。我之所以拿郝秀丽、杜广芬她们来跟程志村比较，就是想说社员，农村社员确实还要教育，还要多多体会当家做主的感受，身上要肩负起责任来，对吧？所以我才说你到椿树晒死鹅，去见小妹是一件好事，但不能把好事办坏了，而应该鼓励她继续在那儿战斗。至于说到的凉鞋、草鞋、树杖、草棚，这些都不要紧，都是外在的东西。干革命也好，搞建设也好，靠的是一颗红心。不要讲条件，讲条件就不是社会主义了。讲条件，那国家跟谁讲？我们这么大一个国家，没有奉献精神怎么搞得起来？所以我跟你说做一名社员，真是要在劳动的同时，不要忘了考虑一下自己到底能为国家干点什么。

好了，我想你跑到椿树也是很累的。也好，可以为你大哥分担一点，对吧？免得他着急，正因为如此，你才要妥善地处理好。

另外，我还想跟你透露一下，也许不久，我会到广城畈来一趟呢。不错，就是你老家广城畈，不是说界儿岭。再说界儿岭的会战应该也快结束了吧。我之所以想去广城畈，是因为想去看看，和你见面，另外也是因为最近在指挥部听说有一个大动作可能要在广城畈做。不知你听说过没有，反正前几年是议论过，要在广城畈那里，在丰乐河上架一座渡槽，南边起将龙山头，北边接走马埂后的山头，叫北小台。跨度并非特别大，但也不小，经过丰乐河、舒庐干渠和沛河干渠，在这里要连起来，但丰乐河挡在那儿，漫水桥我上次陪章叔叔去龙河口，还在那里遇到发水，幸亏百姓推车子，不然车子还陷在漫水桥上呢。

应该讲丰乐河水流不小，是一道有名的河流。但是丰乐河河滩在一些地方大一些地方小，恰好在现在将龙山到北小台准备架渡槽这一块，沙滩尤其大，工程论证过几次了，怕难度太大，一直没有上。现在听说要考虑上，指挥部的人要去插红旗呢。当然这是一个大工程，不过一旦上马，务必尽快架设成功，所以指挥部最近一直在忙这个事。我听说这个事，知道你老家那里要建这么一个桥，我真为你激动呢。这是一个了不起的事情，所以我想你也应该知道一点。现在你也想明白了吧，之所以界儿岭要切开，要通水，这跟将龙山广城畈是有关的呢。你看，只要敢于想象，有愚公移山的精神，任何一个工程都是可以干好的，在广城畈也是如此。所以我希望你心里应该有个底子。好了，不多说了，下封信再叙。

1963.11.26

又今：

　　你在来信中讲到我没有把到椿树扒河工地见到我小妹的情况全部讲给你听，之所以没有讲完，是因为多少我也有些犹豫。一是觉得你在小妹这件事上一开始是很关心的，后来你好像更倾向于认为女孩子应该也到工地去干活。我现在也是社员，我确实没有站得那么高，因为在社员中，你说主动想干活，那要看什么人，就像我大哥那种的他天生也应该不会干活，但干着干着他就会了，我想每个人都有适合的事情。大哥应该就适合干活吧，他所有活都能干。我之所以这么讲，也还是跟你在通讯处出那个报道有关，我觉得写得很真实，他讲的话很土，但很实在，你也一再重复算是他名言的那一句，"身上的劲是干着长出来的"，我不能说这是社员的辛酸，可是不这样讲又怎么能解释？

　　小妹始终认为我会是干部，她也就把我当干部看。我说你穿着草鞋，衣服又单又脏，你会生病的。小妹说，不会。我们已经走到树林边上，初冬的空气很寒，凛冽，并且有雨点样的东西随风吹过。应该回去的，迟早的事。我说。她明白我讲的是换亲的事，即使不换亲，也要回去，并且不回去更让人以为你是害怕，而实际上有法律保护呢。程志村当然也明白我的意思，所以她悄悄问我，你这次来，大哥知道吧？我说，怎么可能不知道啊？他现在是扒河队队长，在新建队是生产队长，而且现在他是标兵。梅子在边上也说，是啊，这边工地也讲到他呢，反正提到一堆尖子标兵，其中就有你们家的程志茂，想不到志茂这样了不起。

　　那没有什么。我说。小妹这就不乐意了，她说，你不要以为你是干部你就看不起社员啊，大哥是干活干出来的。我说，你怎么称我为干部？跟你说我还没有分配。哎，这个有什么？反正迟早你要分配的。她说。梅子讲，志刚哥，我去给你倒水，热水还是有的。我对梅子说，你也应该劝志村回去，你自己也要回去。梅子扭头说，我回去？我们是刘胡兰连呢，刘胡兰铡刀都不怕，我们还怕晒死鹅？

梅子去倒水的时候，小妹对我说，她的声音有点怪，我回去，大哥不就难办了吗？像什么样子啊，人家会讲的。我说，你怎么还替大哥考虑啊，你有法律保护呢。小妹说，法律有什么用啊，这事都是老早讲好的。她踢着石子，树上一片叶子都没有。她说，这些树过几天就要砍掉，因为工地需要。我说，你这样干活不累吗？小妹说，累是累，可是没有办法啊，都不干活谁干啊？我不知道她哪来这样的理论，我说问题是，你一个人能干多少啊，而且家里边也不同意你出来啊。她说，所以我问大哥的意思啊。我说，我讲了，大哥也是叫你回去，可以讲大哥让我这次拖也把你拖回去。小妹说，那怎么可能？不管怎么讲，我也要到过年才能回去。我问她，那你不怕过年时人家来提亲啊？小妹说，过年不会吧，过年那边不敢吧。我知道她讲的是大嫂娘家那边。

　　我把身上的衣服脱下来罩在小妹身上，小妹把衣服紧了紧。她哈着气说，我可不敢把你一个干部给弄冻了，我冻死是小事，你冻坏了，一个国家干部就没有了。我对她说，你别再讲什么干部了，我也是社员，而且我干活还不怎么行。国家需要干部。小妹大声地说。我认为她讲得对。但她是怎么得出这个认识的呢？我问她平时扒河，那晚上歇下时干什么。小妹说，晚上倒是都挤在工棚的大通铺上，几十个妇女睡一排，像她们大姑娘的还比较少，也害羞一些。但妇女们讲起话来没个完，她也听了不少好玩儿的事情。都是些什么人啊？哪里的？我问。小妹说，都有呢，不过从高山那边来的不多，从南官亭那边来的也有。从这里到北官亭不远，所以南官亭来的人跟这里就有亲一样的，好像南官亭、北官亭成了一家呢。当然了，广城畈人也有些，像小琴回去了，但是梅子和她是不会回去的。我听出了她的意思，小妹问我，怎么样？还在和那个同学通信吗？我说，是的。你看，我妹妹也知道我有你这样一个同学，你在我们家也是个名人呢。我妹还开玩笑说什么时候说不定能见到你呢，一个地委大官的女儿，一个国家干部呢。你听，一个女孩子一直讲国家干部什么的，可见，国家在她心目中自然是无比高大的，干部离国家更近吧，至少我认为她是这样理解的。在吃晚饭的时候，吃的东西我看了，很差，就是稀饭，上边有几片菜叶子。

　　天空中有雨点，后来应该是雪粒那样的。这一片山冈称作晒死鹅，那是指夏季吧，现在入了冬，那种寒意带着不由分说的冰冷，扫得人脸疼。因为我衣服罩在小妹身上，她脸色好了些。但是吃过晚饭，她把衣服又还给我了，我问她明早回去行不行？她说，那怎么可能？她不会回去的。天黑透了，工棚里有麻灯，妇女们在那儿笑，但很快就响起了鼾声，小妹让我到男社员工棚那里挤一晚，我说我就在工地上看天空。雪粒没有了，虽然依然冷，但空气很好。天上分明也有星，亮亮的，天气是好了，明天会是晴天。就没有衣服吗？我问。

其实我问又有什么用？我临出门时也想过在家里讨衣服。但是，哪有衣服呢？她根本就没有多余的衣服，她往年冬天怎么过的，我不知道，但家里没有她的棉衣。一个这么大的女孩子冬天没有棉袄呢。不过要是她在家，反正她不会冻着，因为有家啊。可是在工地上，没有棉袄的妹妹真是可怕啊。我站在树林边。实在不回去我也没有办法，但也不要等到过年，还是可以在腊月就回去，怎么样？我说话时，她跟梅子在笑。梅子说，你就不要催志村回去了，我们在这里好着呢。

第二天一早，我从男社员工棚里先出来，我居然没有在工地上找到小妹，听说她到三里外去出工了。我只得赶过去，那里的人像蚂蚁一样，在地里挖着。我远远地看到她，头发也长了，她干得很吃力，但是她没有歇。我不忍心走近，只得招手给梅子，我对梅子说，你把这件衣服交给她。梅子说，你这不行啊，你还有一百多里路，你会冻死在路上的。我说，你交给她，我冻不死，你跟她说我是国家干部，国家干部是冻不死的。梅子听得入神，她是个老实的农村姑娘，怎么会信你这样胡说呢。她讲，这个肯定是的。她走到小妹那边，小妹在凹处，我不忍心再过去，坚决地扭过头，迈向了山冈。

义兰，你看，我见到小妹的场景就是这样，我当然没有掉眼泪，这不合适啊。我也知道她在干活，她本来就是社员，在哪儿都是干活。但我只是以为她本来可以离家近一点，而现在她这么远，并且她心里是畏惧的，这个我能感觉出来。她不是怕山后大嫂的娘家，她真正怕的是自己的这个家，怕的是大哥，怕大哥为难，怕给大哥带来难处，影响了大哥的声誉。另外她也怕父亲，还有病中的母亲，她害怕的是家里人，她总认为自己的事情是自己的事情，又不完全是自己的事情，这是家里的事情，而自己又没有本事，所以她畏惧，这就是我这次见她我得到的印象。

一个可怜的女孩子，在那儿干重体力活，同时心里又有那么沉重的负担，她的脸都黑了，既是劳累又是寒冷和饥饿。然而她还是有一点热情，这热情就是她发现我来看她，我代表了家里，尽管我没有什么作用，但家里人没有忘掉她啊。所以我走上山冈，看那凹处的工地，她使劲地向我挥手。

好吧，义兰，先到这儿吧。下一封信再叙。

志刚

1963.12.2

志刚：

你讲得有些灰暗了，我上一封信曾鼓励你告诉我见到你小妹到底是个什么情况，我本以为你会很积极地看待在扒河过程中所出现的一些困难，但我想不到你是这样脆弱。在这里我不想评价你作为一个哥哥对妹妹的感情，甚至是同情。但我想对正在接受贫下中农教育的我们来说，我们是新社员，我们在劳动中的实践和锻炼还非常有限，我们不能这样来看待一个年轻人的成长，不然的话，她的扫盲、认字，她的出走、抗争，她的劳动和奉献，又有什么意义呢？

尤其你讲到恶劣的天气，初冬的风雨还有雪粒，但那些不正是大自然的馈赠吗？正因为条件不好，我们才要创造条件上，我和你说了，社会主义是不谈条件的。你还讲到你小妹认为你是国家干部，至少未来是的，那你更要严格要求自己了，应该从她身上学到些什么，而不是这么脆弱，以一个家人的身份去揣测她的痛苦和难处，我反倒认为正是抗婚的她给了我们很多希望呢。她受了那么多委屈，但没有向社会寻求什么补偿或是发泄不满，而是去劳动了。在劳动中赢得了新生活，这正是她得到的最好的结果吧。

还有她身边同样来自广城畈的同伴，两个乡村的大姑娘，两个女社员不是给晒死鹅一个最好的反证吗？鹅可以晒死，人是不会的；鹅可以冻死，人也是不会的。为什么呢？因为人定胜天，人是能战胜自然、改造自然的，不然沛顺杭怎么搞得下去？我在指挥部看到的材料多，像你小妹这样的情况还很多，但并不是因此就要劝她回家，如果每个人都劝回去了，沛顺杭不就搞不起来了吗？说是天河，其实是人扒出来的，是六安这多少万人一块一块扒出来的。你要回去，那能行吗？

当然了，她也没有回去，我认为她是对的。你讲到的吃的问题，其实我跟章叔叔也讲过，他是领导，并且是直接管沛顺杭全部工作的。他跟地区和省里都反映过，但现在的情况就是这样，我们才从三年困难时期中走出来，幸亏现在的巩固调整效果显著，不然别说稀饭了，野菜也吃不上啊。但不论怎样，六安是革命老区，当年的红军爬雪山过草地有什么吃的？没有，但是长征仍然扛下来了，所以今天也一样，不能丧失人的主观能动性吧。还是要顶上，董存瑞连、黄继光连、刘胡兰连不是口号，不是随便一呼就起的名字，而是实实在在地干革命，搞建设，这个你要有数。

  我这次在皮岗，见了一个叫佟玉良的退伍军人，他是搞爆破的，他是二次点火的高手。因为炸药紧张，一些哑炮，就需要有人去处理，如果没有人上去，工地就没法继续干活。什么人敢去碰哑炮？万一一过去，它又炸了怎么办？这是问题。我问佟玉良是怎么做到的，他说，没有事情的。他说得很轻松，他是从抗美援朝战场下来的，这倒又要让我讲起军人了，从那里下来的老兵，都有一个特点，那就是胆量特别大，不是一般的大。我们在整理你大哥的材料时，也发现你大哥身边的那个老徐对你大哥的成长还是有帮助的。

  他们在朝鲜打了一仗以后，更是对新中国有了不一样的理解。新中国才建立起来，美国人就在朝鲜闹事，战火烧到了鸭绿江边，新中国怎么办？我们抗美援朝，就是要有一个美好的新中国。新中国在抗美援朝中，是做了一件正义的事情。而在大建设时期，像这个佟玉良这样的人，敢于去二次点火，这是一种什么精神？是一种视死如归的精神。如果你想到这个，你还会为小妹的单衣，为小妹的寒冷而担忧吗？为什么不想到火热的现实和美好的明天呢？大建设虽不是打仗，但仍然存在一个生死和是非的问题。佟玉良在我在皮岗的时候，就多次跑到皮岗侧面的山岭的石洞里去接近哑炮，这是什么精神？这就是舍生取义了，如果没有这样的老兵去处理炸药，你觉得皮岗能切得开吗？

  在皮岗时，我和这位佟玉良老英雄讲到了你大哥程志茂，他知道你大哥，因为你大哥已经是六安县的一个标兵了，也知道那双白化手的故事。你看时间还很短，但连霍邱的皮岗也都知道你大哥白化手的事情了。他说，程志茂同志不简单啊，硬是用一双手把一个已经快要咽气的人从石洞里挖出来。听说石洞还在地下很深的地方，黑漆漆的，怎么做得到啊？我告诉他我在整理材料时，也在思考这个问题。他为什么没有放弃呢？是什么力量让他在双手都快要烂掉了的情况下，还要抱一个人出来呢？得出的结论是他是为了国家，对吧？他是一个典型，他树立在那里，他就要对得起这个称号。

所以我想，我要尽快见到你大哥，连佟玉良也说了，现在皮岗切岭正在想着应该把白化手请到工地来，让他把自己如何从一个社员成长为一个英雄的故事讲给霍邱的社员们听。我对他说，人家很低调，他不大宣传，他是一个努力干活的人。我甚至告诉他，你大哥程志茂的成长环境不好，身边有很多不利的因素，但他都能迎刃而解，他是一个不一般的社员。佟玉良说，如果像他这样的人上了战场，一定会是一个伟大的战士。是的，我想和平年代同样能锻炼一个人，一个人的成长是靠意志和精神的，而不是讲条件讲处境对不对？所以你作为他弟弟，更应该观察他的细节，这使我想到当我们通讯处在写他的报道时，都不敢想象他是怎么做到这一切的。简直神奇极了。

等你的信。

1963.12.10

乂兰：

　　你信中说到的很多道理，我是懂的，只是我觉得生活本身也很重要对吧？人是要生活的，务农也好，干活也好，扒河也好，哪怕是爆破呢，回到家，仍然要吃饭，即使在工地上，饿了也要吃，渴了也要喝，这都是对的吧？只是讲到道理，我总是认为你比我懂得多。你读过的书也多，你知道我读中专，是从农村毛坦厂考上来的，跟你这样在地委大院长大在城里上学读书的孩子是不一样的。当然了，现在虽然说我们都是社员，但是所在的位置不一样，所以你讲的我都能接受，尤其那篇写我大哥程志茂的报道。虽然你说是通讯处的集体作品，但我想如果没有你细心地组织材料、寻找材料，没有你对于他生活和干活细节的细致把握，也不可能写出那样一个堪称完美的形象。

　　我跟你说，乂兰，这次二哥进洞里然后我大哥程志茂把他救出来，这在我大哥来说又是一个壮举，让他英雄的形象更加丰满了。但是中了毒气的二哥在最近一段时间，有点发愣，听说他在家里讲话，但在工地上就讲不了话。我问过我二嫂，他在家里到底什么表现？二嫂说，也没有什么，就是脾气大，但能讲话啊，没有什么。其实外边在传，程志盛进了洞里，是中了吕二先生讲的那种邪气。什么邪气呢？因为那里有黄鼠狼精，所以程志盛在里边被缠上了，之所以昏掉，是这个原因。黄鼠狼没有放过他，因为要修河道，这个大塘几千年来的风水就要变了，以后就不是塘了，而是河道的一部分，大塘的宁静破坏掉了，黄鼠狼精就不干。

　　我二哥程志盛进去，外边有的农民讲，他是去谈判了，要跟黄鼠狼精谈判。但是，他去谈判有什么用啊？又没有权，一个堵洞的石匠。所以黄鼠狼精就把他咬了。咬在什么地方不知道，有人讲是咬在胳膊上，有人讲是在后背。但不论怎样，他差一点就死了。后来我大哥程志茂进去，他进去就不是谈判了，他进去就是要把黄鼠狼精除掉的，所以吕二先生讲千万不能扔米汤葫芦进去，一扔吃的进去，黄鼠狼精就会把老大也干掉。你看，这说得多神啊，但是为什么老大就能除掉黄鼠狼精，老二就不行呢？说法各不相同。

有人说因为老大是在老二跟黄鼠狼精打斗得快要结束时，才进去的，是因为老二先打的架，先让黄鼠狼精泄了气，所以老大才赢。当然更多的人还是相信，因为老大带了符进去，就是说老大除妖是有符的。不管怎么讲，外面人传得多，但是老二是吃了亏的。所以这段时间他那颗镶的金属牙在河坡上闪光，他在草上边坐着，别人打招呼他也不作声，奇怪的是他那个大石磙，他每天都要把它滚下去，然后第二天，他又把它拉上来。以前我跟你说过他肩膀上的肉已经长出了茧子，也可以讲他都没有那种正常人的肩膀了。肩膀成了跟轮胎皮一样的东西，有人讲那是很多血痂结成的，也有人讲，那是一喷气就可以起飞的翅膀一样的东西。

高书记听人讲我二哥程志盛还在工地，也不讲什么。他倒不认为二哥在这里碍事，就是希望他每天不要把石磙来回地上下滚动，但民兵连长讲，程志盛这是习惯了，他要是不滚石磙，他肩膀就痒，不滚石磙，不压一下自己，说不定他会飞起来。高书记跑到我二哥边上问，程志盛啊，你还能干活吗？二哥不讲话。高书记就让我问，高书记自己到工地尽头去了。我就问二哥，你还能不能干活？二哥说能干。我跟高书记汇报，我说我二哥能讲话，而且他讲的是能干。高书记说，我不是叫他干活，我是看他到底还能不能讲话。

义兰，我跟你说，界儿岭这边的事情快要完了，太阳晒在草坡上，因为是初冬，并不是太冷，界儿岭工地上出现了很昂扬的斗志，大概是因为把这块工地拿下来了让整个双河扒河队长长地出口气。梅书记又来了，带来了区里的指示，说县里表扬了双河区，说双河区是一个了不起的区。义兰，你看人家梅书记也是中专毕业的，他讲话到底跟农民不一样，有知识还是有作用，老百姓也还是服。但高书记就不一样了，高书记有时自己也干活呢。有一次他老婆为什么事情闯到工地上来了，大概是小孩子在家不听话，他老婆就骂高书记只顾工地不顾家。下边的民工看高书记老婆拿树条在高书记面前晃，就笑高书记在家里没有权威。我看着也好笑。但梅书记就不一样了，他讲话一是一，二是二，非常有条理。

人家知道他是中专生，也知道我读农校在等毕业，人家就说你程志刚以后也像梅书记一样，会当大干部呢。我跟你讲这个，是因为我相信知识还是有用的。特别是干部，如果有知识，你在认识上还是会有作用。梅书记虽然表扬了高书记在我大哥程志茂救二哥程志盛这件事情上的作为，但梅书记也补充说，以后遇到这种情况，还是应该让地质队的人用仪器进去干。

你看，人家梅书记还是要讲科学一点的，我们是佩服梅书记的。

讲到我大哥，我还想跟你说，他前段时间也出去了，地点就是皮岗，不过他和你不是一个时间的吧，不然你们会遇到呢。他说他去皮岗是学爆破。我们下边界儿岭干完了，听高书记讲，要把双河扒河队，尤其是高山扒河队这支骨干扒河队，派到一处扒岩石的地方，在那个地方扒河几乎难以想象。跟皮岗切岭不同，不是要把山岭炸开，而且要在大山腰上，在半山在复杂的石头上开一条河，难度跟皮岗不同，几乎难以想象。因为要爆破，大哥就出去学，不过高书记要求他保密。

大哥去皮岗之前跟我也没有说，是自己去的。他回来告诉我，他见到了那个叫佟玉良的抗美援朝退伍军人，说不是不怕死那么简单。因为他是去学技术的，所以这个老佟就讲，主要要听、闻、甩，什么意思呢？就是听那细小的声响，一点都不行，有声音就可能再炸。什么叫闻呢？就是味道，看生药味还是熟药味，如果有生药味就不能上，一上还会炸。关于甩，就是要记住那个点，甩细石子进去引，看会不会有动静。人家知道他是来学技术的，不是吹牛，也不是搞宣传，就讲真知识给他听，所以他回来讲，不要相信胆量，胆量没有用啊，一炸还是死，不死也残，关键是技术。大哥说，扒河跟打美国佬不一样，光有仇不行，要讲本事。我觉得他这趟到皮岗去学到了不少知识，但是我不清楚下一步会去哪儿扒河，也许他知道一点，但他也没有说，或者是高书记他们也没有透露。

我跟大哥说你前段就在皮岗，是跟章指挥长一起去的，大哥讲他在皮岗听到人家讲章书记也在，可是他没有见到章指挥长，只是在皮岗学爆破，进了很多洞，都是一些专门为了炸石用的，排成一排，那架势很吓人。整个皮岗石头坚硬无比，要一个洞一个洞地炸。大哥讲，搞建设还是要靠本事，因为他是标兵才到那个地方去学习，他都没有讲自己是谁。对那篇报道，他是很谦虚。他说，你把他写得太好了。我说，不是一个人写的呢。

大哥说，你同学真不错。听我讲你当时也应在皮岗，他说他没有见到，太遗憾了。显然他也是很希望有机会能跟你见上面，他是英雄，但如果没有你这样一个有见识的人在树立他，他又如何能这么突出呢？他大概明白这个道理。

好了，等你的信。

志刚

1963.12.18

志刚：

　　来信收到，看到你讲的你二哥被谣传在水洞里被黄鼠狼精缠上的事情着实让我觉得好笑，在乡村，这样的传说也就是传说而已。当然了，作为封建迷信我们是可以批判它的。但你二哥的问题还不在这个地方，至于你讲到的他在河坡上晒太阳不说话，在家里边照说不误，我想这就是态度问题了。既然民工们谣传他是在水洞里跟黄鼠狼精干上了，那他应该向老百姓说出他在里边真正的遭遇啊，即使他自己无所谓，还有救他的大哥啊，那可是人民英雄啊。所以我说英雄不好做，救了他的命，自己差点丢了命，但是他没有把真相给说出来，你说这不是缺少觉悟是什么？所以我想在报道中不提及他也是有道理的吧。这样的人，在社会主义的社会里，你说我们该拿他怎么办呢？

　　而对于你大哥，他到皮岗来学习，我一点也不知道。皮岗现在是个大地方，大家都来学习，尤其是洞室爆破法，这是沛顺杭的一大创举，大家都来学。看来你大哥是来对了，当然了，我想你大哥程志茂之所以有今天，跟公社书记高永来应该很有关吧，一个多好的书记啊，负责、有魄力，虽然工作作风上有些武断，但是做事实在，是个好书记。我想你大哥是遇上了一个好书记，特别你提到他老婆还种田。是啊，这样的书记才是跟百姓深深地交织在一起呢，底层工作做不好才怪呢。他到皮岗去学习，如果没有高书记支持他也是去不了的吧。

　　至于他到皮岗来，我不知道，如果我知道，我就算没法在那里多待几天，也要跟你英雄的大哥见上一面，现在沛顺杭这么忙，要想见上一面很不容易呢。不过说到皮岗，上次跟你讲了，那个佟玉良，爆破能手，退伍军人，对你大哥程志茂也是赞赏有加了。自然你讲他到皮岗来跟佟玉良已经学习了，我想这些扒河英雄们已经连接到一起了，是一个好队伍啊。对了，志刚，听指挥部说，在年底，沛顺杭要搞一个表彰，你大哥也在表彰之列，我想到时他会被请到六安来，这样我在六安就能见到他了。

你在信中说到的关于分配的事,我以为你讲得虽有道理,但没有必要把以后当干部什么的挂在嘴边吧。毕竟现在就是社员,也应该珍惜做社员的机会,人民公社这么好,干什么都能干成,那么做一个社员不是很美好的事情吗?说到分配,我本来不该说的,但既然你说到,我可以跟你透露一点点,那就是我父亲也很明确地告诉我,地区这一级没有什么权,但态度也是明确的,那就是支持农校的分配工作。

　　志刚,今天来信还讲一件事,这事对我也有触动啊。我大哥不是在西北当兵吗,朝坤他哥是在南京当兵,据说在政治学院呢。因为军人的事情,我们不能打听太多,像我大哥在西北好多年了,我父亲就讲过,让他在西北一直干下去,国家需要他。我知道他在那里做的是保障工作,是为了造弹。这个我之前和你说过,因为你讲你们农村的土政治家关心国家大事,怕世界大战,尤其是你说界儿岭挖出了发动机。对了,发动机的事万四说过,应该不会是飞机的,不知后来怎么样了。我在通讯处想报道一下这个事,但丁大姐后来拦下了,说还是不要讲的好,也许后边会有人再过去拆机器看,这是另一回事了。

　　我是说我大哥在前一段要到兰州出差,我大嫂就赶过去了。大嫂在去之前到我家来问父亲,说有什么话要带给他。父亲是革命军人出身,他认为大嫂这样是不对的,应该讲纪律,到兰州出差,是不是允许探亲一定要根据纪律来。大嫂说,部队首长是同意家属去兰州见面的,再说出差的人还有几位,也都安排家属去见面的。父亲这才同意大嫂去。大嫂问父亲有什么话带到,父亲怔了一会儿,我观察我父亲有些难过,毕竟孩子在外边当兵,他作为父亲,他是有一些牵挂的。但父亲对大嫂说,一定要站得高一点,要为国家考虑,现在在农村搞社教,说明农村工作还不少,还有提升的空间,但部队就不一样了,部队是国家的命脉啊。

　　有没有仗打那是另一回事,首先要保证的是,我们这个国家在安全上没有问题。我听出父亲没有讲下去,大概是造弹的事情,他是地委领导,但是军人出身,而现在他有不少战友,有的以前甚至是他的下级,现在升上去的也多,有的是军区的要职了,所以他消息是灵的,但他军人出身,他知道有些话是不能在老百姓面前说的,包括我和大嫂。那天讲话时,朝坤也在,他跟我二哥李义江比较谈得来。朝坤听我大嫂说要去兰州见我大哥，赶忙对大嫂说，一定要支持老大的工作，因为现在正是出成果的时候。听他那口气，他好像很懂似的。他就是有一个哥哥在南京军区，是在政治学院，反正我没有打听过。后来大嫂还是问父亲，要不要带什么话给他？父亲说，还能讲什么？一切听组织安排。我觉得父亲是知道大哥部队的具体任务的，他只不过是不说而已。

那晚，大嫂后来跟父亲母亲又讲了不少，那时已经到父母卧室去讲话，因为要收拾一点东西带到兰州去给大哥，我们就在外边。大嫂走后，朝坤又讲了几句什么。父亲让二哥把朝坤送走了，父亲不是很客气，看得出他很烦躁。然后父亲就问我，你对朝坤怎么看？我说这人还行啊，工人有力量。父亲说，他怎么能那样讲话？亏得他大哥在南京军区，这样讲部队，好像部队是可以随便乱讲的。

父亲又对我说，你现在是社员，你要记住，军人的事情、部队的事情是国家最重要的事情，要永远保持敬畏之心。我听出来父亲对朝坤是有看法的。父亲说，年纪轻轻，太不懂事了。其实朝坤这一段时间和我接触多，对我帮助也大。但是父亲毕竟是领导，他对年轻人的看法会比较准吧。我二哥李义江把朝坤送走后，父亲把他叫到客厅，使劲地讲了他，说你这什么朋友。二哥被问得莫名其妙。父亲说，不论怎么讲，不能轻浮，这朝坤什么人，什么朋友，居然讲话如此轻浮。我觉得父亲刚才在我面前说朝坤时还留了一点情面，在二哥面前就不留面子，大概是朝坤的什么话让他不愉快了。我知道父亲其实是十分思念大哥李义庭的，但他没有讲出来，他是什么事都要压在心里面的，关于世界大战，关于中苏关系，关于抗美援朝，关于美国和古巴，等等。

父亲有一次在房间里跟秘书讲话，我是听见了的，大概是发表一点看法，让秘书记，我恰好听见了。其实他骨子里还是打仗那一套，只是现在在地方上当领导了，他就不能按军人那一套来讲了，但是对于我们在戈壁上开发重武器的事情，父亲怎么会没有态度呢？这些东西他是十分珍惜的，大哥在西北军区，在部队里就是搞保障的，是在从事伟大事业的一部分啊。但是像朝坤他们那样讲话，父亲是不能忍受的。

二哥在回他自己家之前，我在院子里跟他走路。他手搭在瓜架上，对我说，父亲今天怎么了？我说，我也不知道，也许是想大哥了吧。大哥不是好好的吗？二哥说。我看李义江也是有点油的，这确实让人不太舒服。我说，父亲对朝坤的态度有点不对。你才看出来？李义江问我。李义江的讲话也有点怪怪的。怎么了？我问他。二哥说，没什么，反正，在父亲眼里，大哥应该还是最重吧。那是，我说。这可不一定。我二哥李义江又说。我反对二哥这样讲，大哥不在身边，父亲看得重一点又有什么不对啊？二哥说，造武器确实重要，但是一个国家，如果没有我们这些工厂车间，在辛苦地车啊锻啊什么的，你以为重武器自己会造出来？我说，二哥，又不是抢功什么的，特别是军工，你又知道多少？二哥见我说得振振有词，说，哎，义兰，你现在成熟了不少啊。我没有再讲他，我觉得父亲对朝坤有气，老二也就有些连带不高兴了，毕竟朝坤是他的朋友。

　　兰州好玩儿吗？我问二哥。他没有说，他接着往前走，然后像记起了什么似的，对我喊了句，你又没有什么事，不如跟大嫂一起到兰州玩玩。我没有事？我觉得他真是开玩笑。我说，我在指挥部忙死了，沛顺杭你不知道，是解放后全国最大的水利工程呢。好吧，你们了不起。他说。

　　志刚，你看，二哥就是这么个人，一个又红又专的工人。但是，好像也有那么一股子不服的劲。我倒觉得每个人做的事不同，但都是为了这个国家吧，你说呢，志刚？等你的信。

义兰

1964.1.3

又苓：

你信中讲到的想和大哥见一面的事，我跟大哥说了，大哥说公社是否派他去参加年底的沛顺杭表彰会，这要高书记和区里的梅书记来定。而高书记肯定是要大哥去的，因为高书记对大哥了解，虽然他是公社书记，大哥只是个生产队队长，但是他们在社会主义大建设期间结下了深厚的友谊，这话是高书记说的。我大哥始终认为是高书记坚定地支持他，如果没有公社领导的支持和督促，他又怎么可能走上这样一条道路？有时大哥跟我讲，高书记之所以不那么热衷于去宣传他，也是出于对他的保护。

高书记跟梅书记商量的情况，高书记没有跟大哥讲，大哥是对我说他可以到六安去一趟，还问我你的情况，我说你在九里沟当社员，到通讯处只是帮忙，大哥又问你父亲在地委当领导，又是分管社教的书记，怎么会不能直接把你弄到指挥部去？我说你是主动要在九里沟当社员的。大哥说，当社员也对，但是太辛苦了，对一个女中专生来说，是不是太大材小用了？你看，大哥对你就觉得是大材小用，对我就不这样认为。他认为我干社员可以，甚至认为我永远不分配也没有问题，因为我本来就是从农村考上去的。但是你不同啊，你是地委领导的女儿，大哥这样看问题，确实表明他对你是特别看重的，认为你不简单。

你的那些报道，至少是报道他的那一篇，他没有发表看法，因为在底下这个报道没有什么人讲，高书记知道，但也不提，因为就是干活啊。带一个小队也好，带大队也好，带整个高山公社扒河队也好，干活是一个集体的事情，所以高书记讲，一个英雄也需要保护，一下子抬起来了，以后怎么办？老徐跟大哥是搭档，形影不离，一个老兵都不讲究什么，你一个生产队队长怎么能站那么高呢？所以高书记对大哥这样的社员虽然是用，但是，他在私下场合总是对大哥说，还是要严格要求自己，不要以为社会主义一下子就能搞好，目标还很大，路还很长。

大哥觉得高书记讲得有道理。不过，后来，之所以高书记不太倾向于让大哥到六安参加表彰会，还因为大哥去皮岗学习爆破的事情在扒河队里传开以后，他不是很高兴。他认为我大哥程志茂不应该在纪律上有所松弛，因为讲好了对其他社员要严格保密，如果讲到去皮岗学习爆破，大家就会知道后边有可能要去会战的地方，而这个一向是敏感的。

义兰，你前次信中讲到的要在广城畈修渡槽的事，这边的人起初不大清楚，但不知怎么，在你信来后不久，整个高山扒河队包括双河、九十铺那边的人也都在传这个事情。之所以讲是传，那是因为讲得很凶，你是说指挥部可能会派人下来测量，我想这个应是规划好的事情了。但是从高书记那里我没有听到肯定的说法，他好像不大讲这个事。我问大哥，大哥讲不论怎么说，如果是在广城畈修渡槽，那不是一件小事。高书记甚至讲，修广城畈渡槽，那是件大事，到底有多大，应该讲这是全地区的一个大事吧。怎么这样讲呢？因为实在太难了，也太大了。以前人家也没有想过，特别是对广城畈这个地方的人来讲，以前没有想过会有这么个事，会有一个渡槽从丰乐河上飞过去，这是什么概念啊？所以我想可能消息早就有了，但是人都被镇住了，理解不了这个事，扒河可以理解，但是渡槽是个什么情况啊？

不过老百姓也还是说要在广城畈扒渡槽，可是这个扒跟以前的扒河又是不一样吧。因为河挡在这儿，一条丰乐河从西向东，向张母桥方向淌过去，你现在要在南北方向扒一条河，怎么扒啊？对接不了啊。再说了，丰乐河是自然河，你扒的沛顺杭是天河，是人工河，怎么交汇啊？老百姓都是讲道理的，认为行不通啊。后来人家就讲了，那里要架渡槽，也就是在空中架河，这下真是天河了，都说沛顺杭是天河，现在好了，终于有天河了。大哥不大讲，还因为他是英雄、典型，只要一声令下他就得干，干好干不好，他都得干，但最重要的是，现在还处于保密阶段吧。只是大家都知道年后去松辽岩是肯定的了，问题是，广城畈扒渡槽什么时候干呢？在广城畈自己的土地上扒渡槽，广城畈扒河队、高山扒河队，自己不可能不扒吧。一支英雄的扒河队，不可能不扒自己家门口的渡槽吧？

对了，广城畈人把修这个渡槽也叫扒了。扒渡槽听起来有点怕人，好像仍是从土里边把一条渡槽扒起来，但事实上应该是在天上架一条渡槽。但淳朴的广城畈人坚持认为渡槽也是要扒出来的，因为他们太穷太累。对于一个穷地方的人来说，只要是以前干过的活就还是会干，还是能干，并且是没有办法的，这是必须干的。我理解他们。

大哥不讲，高书记也不表态，中间还有年底的一些事，所以全公社的人，尤其是广城畈大队、墩子湾大队的人认为广城畈修渡槽已经是铁板钉钉的大事。一件事如果没有风声，那是不可能传出消息的。

义兰，你讲如果下来勘测或是搞开工前准备，你就会来一趟，对吧？非常期待你到广城畈来，你讲前次你和章指挥长去龙河口，在漫水桥车子差点被冲走了，对吧？这说明你对这个地方有一些认识了，那很好，欢迎你来。你到这个地方来，就会更加理解为什么高山会出像我大哥程志茂这样的农民。

关于扒渡槽这件事，我跟你说说下面人的态度吧。吕二先生你知道吧？因为我二哥程志盛进水洞里闹出的这些事，他又是替二哥讲话，又是谣传什么黄鼠狼精的事，高书记和民兵连长对他恨之入骨，之所以没有动他，一是因为没有明确证据，另外也是因为在农村，吕二先生还是有不小的影响力。就像你父亲做社教工作，社教是要团结百分之九十五的农民，不是说吕二先生属于百分之九十五，而是说支持他受他影响的那些人是百分之九十五的小部分啊，总不能讲什么都不管不顾吧。

再说吕二先生虽然帮我二哥程志盛讲话，但他也不全是封建迷信，他说老大程志茂进去不能甩装米汤的葫芦，后来证明这个提议是有用的，并且几乎是救了老大老二的。那么谁又能讲吕二先生就是搞破坏的呢？吕二先生跟我二哥走得近，完全是因为他这人天生就喜欢跟歪门邪道的人搞得比较近乎，他自己就是吃这碗饭的。那些有问题的人，那些皮肤有病的人，还是会在黑灯瞎火的时候去找他，他还是有办法的。所以广城畈要扒渡槽这么重大的事，他吕二先生怎么可能不发表意见呢？

但这一次吕二先生没有公开讲什么，或许是因为这个消息太过重大，或者是他对这个事情还没有反应过来，反正他先是讲广城畈这个地方轻易动不得。人家就讲，广城畈怎么动不得？他讲，广城畈不是讲"畈"上种粮食重要，是讲"广城"两个字。人家知道他是要讲广城的历史，广城是怎么回事？他说，广城是大别山末尾，向东，一个几百年前建起的土城，但很大啊。人家讲，没有什么城。他讲，哪年哪年发大水，散掉了。但是广城向东，扼住咽喉要塞啊，往东从此一马平川，向张母桥、白双河，向舒业，向庐讲，向巢湖的走向，金陵、含山诸地，老百姓听不大懂，但他是懂一点历史地理的。

可人家讲，这又怎么样？他讲，这么个地方想动就动啊。不过，他这么一讲，一般人就不能讲了，因为历史人家不懂，还有就是大事情是政府的事情，农民也都是土政治家。跟吕二先生不同的是，农民是不懂历史而已，吕二先生后来就搬出了贺得礼。贺得礼在岔路上算命，是个半神仙的人物，但这一次对于扒渡槽他是不大讲大话的。吕二先生问过他几次，后来出来讲，都说是贺得礼的意思。不过，贺得礼讲什么话，土政治家们也不听，农民有农民的看法，但贺得礼的意思是要在广城畈修渡槽，架在丰乐河上，丰乐河怎么办？他这个问题对于一般人来讲，也不会考虑。水跟水遇上不行的。贺得礼对吕二先生讲。吕二先生对贺得礼的话十分推崇，所以出来就说贺得礼说了，广城畈上水跟水遇上是不行的。吕二先生和贺得礼说的话传到了公社，高书记大为恼火，跟王主任讲，这个贺得礼，还没有处分啊，扫迷信扫旧社会的毒，怎么还处理不掉？王主任讲，你们听，他怎么讲的？他讲水跟水不能遇上，他认为是扒在河边上呢。高书记讲，他个混账头脑壳。王主任讲，是渡槽啊。高书记讲，也罢，现在还没有下文件，要是下了文件再传这种话，就把他铐起来。王主任讲，高书记，也不要紧，只要上边一拍板，旗子一插，动员大会一开，形势就自然好了。

广城畈修桥的事到底什么情况呢？你若在指挥部有消息，并且不违反规定的话，下封信讲讲吧。

志刚

1964.2.7

志刚：

收到你的信时，我才从外地回来。上一次本来也没有准备要出去，但后来父亲让我去，我就去了。你应该也猜到了吧，就是和大嫂一起去了一趟兰州，是去看大哥。本来我是不必去的，而且那天大嫂来家里向父亲询问有什么话要带给大哥时，父亲当场也没有讲要我也去，大嫂也知道我在九里沟当社员，做农民，到兰州去也不是一件小事情，再说了，父亲不发话，谁也讲不了啊。

我自己没有考虑过要去一趟兰州的，但我二哥李义江跟我半开玩笑地讲，你不如也到兰州去玩一下。父亲同意了。我一开始没有明白父亲的意思，这么忙的时候，沛顺杭正在攻坚，我既在九里沟公社忙，又要到通讯处帮忙，而且通讯处是弄稿子搞材料什么的。章指挥长是看在眼里的，他每次都讲，你工作得这么好，我得向你爸爸汇报一下。我跟父亲讲，章叔叔表扬我，说要向你汇报我在沛顺杭的表现呢。父亲说，你听你章叔叔夸你，鼓励吧，他向我汇报，他是总指挥，怎么要向我汇报？这个你还听不出来？说你到底还是年轻，有点幼稚吧，他是专员，我是副书记，我分管的又是社教的工作，讲到沛顺杭也就是有一点协调的作用，最多在常委会上提一点意见，仅此而已。他说向我汇报，指的是他认为你在沛顺杭干得还不错，当然了，你在九里沟当社员，也不算沛顺杭的人，说到底，就是抬举你吧。

我觉得父亲在我这么忙的时候叫我出去，大约也是认为我状态不对吧。所以出发前我就问父亲，为什么要叫我去兰州？父亲说，你不认为你长大了，也应该出去看看了吗？你看看，你都在干些什么事？和什么人交往？我听出父亲的重点不在干什么事上面，因为我干的事，沛顺杭的事，章叔叔都在场呢。他讲的应该是交往些什么人，这让我马上想起来我二哥李义江的阴阳怪气，还是因为那一次谈话，也就是大嫂来问话那一次，恰好朝坤也在。他最近总是到我们家来，以前来也都是因为二哥李义江的关系，但最近他来，明显是冲着我的，有时就是来找我的，包括九里沟预制厂、水泥厂以及电闸的那些事情。父亲当时就说这都什么一些人，他对朝坤是特别不满意的。

之前我没有看出来，但朝坤走后，父亲就发火了。父亲说，不是每个年轻人都让他满意。他是地委领导，抓的又是社教工作，对年轻人的成长他也是看在眼里的，好像说了像朝坤这样的人不仅讲话轻浮，而且在政治上、事业上没有什么认识，没有什么见地。当然这些话都是二哥李义江讲给我听的，二哥和朝坤是要好的，他也乐于见到朝坤常跟我在一起。二哥说，老爷子对朝坤的这些话，你听出来没有？我说，他讲朝坤，跟我有什么关系啊？二哥说，你榆木脑袋啊？父亲是认为你交友不慎呢。

我说，李义江，你什么意思，怎么朝坤成了我的朋友了？他不是你的朋友吗？二哥说，你真的认为朝坤是来找我玩的吗？我说，那你是说他来找我？二哥说，你认为呢？我说，他不过是在沛顺杭九里沟的事情上对我有帮忙，另外就是最近搞排练慰问演出什么的，他帮我协调文化宫的一些人。二哥说，你别讲这些没用的了，反正他老到我们家来，人家也都看得出来。我说，这样讲很没有意思。二哥说，你这叫此地无银三百两。我说，即使他真的是来找我，来我们家，又有什么不对？都这么大的人了，而且我也毕业了。二哥只是笑，后来二哥没好气地说，父亲说你幼稚，也对。我问二哥，什么意思？二哥说，你承认他是来找你的，你也不对。我这就犯糊涂了，怎么个不对法？承认他是来找我才老来我们家的也不对？二哥说，跟你讲，你想想，他找你干什么？他不过是要来跟老爷子套近乎。

二哥这么一说，我才明白父亲为什么反感了，父亲不喜欢那些到家里来找他的人。虽然朝坤是跟我说事情，但二哥认为他不过是要跟父亲多接触。父亲一个书记，那么忙，社教工作重，平时下乡特别耗时间，而且有几个点，他要常去。他回来开会，特别是重大事项，又是连轴转。那这个二哥的朋友老是来，人家肯定有意见了，我听二哥这么说，我想父亲不喜欢也好，对朝坤有意见也罢，那是他的事情，在我来讲，我也确实觉得在朝坤身上，有咱们工人老大哥的一种力量在，对吧？

按理说大嫂去探亲，她什么话都能讲到啊，我去讲这话又有什么意思啊？但父亲还是让我把这话讲到，他说，兰州，你们见面机会难得，他部队的事又是保密的，你什么也不要问，你就去看看他。我说还有大嫂呢。

父亲说，那是他们两口子的事，代表我的，还是你。他搂了我一下，我怔了怔。父亲说，你在沛顺杭也干了大半年了，你虽然也能干事，但还是年轻，多出去看看也好，免得正经做事了，你又不上手了。我觉得我上中专以来，父亲没有对我工作啊人生规划啊什么的有具体的批评，但父亲这一次是相当在意了，我二哥说得对，我交往什么人，父亲是有看法的。我不好讲什么了。

志刚，生活中有些事情是琐事，但是对于我们这样一个国家，一个在搞社会主义大建设的国家，一些琐事其实也和大家庭有关。没错，我说的大家庭就是国家。前边我讲了爸爸说我幼稚，我不能真的让他只看到我幼稚的一面吧。再说二哥李义江在我走之前跟我说不要把父亲的话片面地理解为他在政治上对我的要求，作为父亲，他还要看到孩子们的生活。可以讲，工人二哥的话对我也很有启发，他说他也想到兰州去见大哥呢。但父亲不允许他去啊，他是一个工人，有忙碌的工作。另外，父亲对二哥的要求和对我的要求自然是不一样的。因为讲到生活，说的便是交往的人的事。父亲对朝坤的意见，虽然我不太懂，但二哥提示我说朝坤不过是要通过我来接触父亲而已。我问二哥，那他通过你不也可以接触父亲吗？二哥讲，这才是你真正幼稚的地方啊。这样我才明白一些，幼稚有时也是一个托词，讲的是没明说的那个意思，这样我反倒好受些了呢。

志刚，你知道，我不怕别人说我生活上幼稚，我怕的是说我在政治上、认识上幼稚。我们现在这么个情况，如果被认为是政治上幼稚，那还得了吗？所以父亲对我的批评我只能理解为，他是对一个成长的年轻人在生活上全面地批评。而这一次我到兰州去见到我大哥，我才发现自己身上的问题，不是幼稚，而是对许多问题还看不见呢。一路上经过的地方不少，我先和你谈的是人要有格局。格局也就是视野问题，一路的经历，我才感受到我父亲的安排的用意，让我去兰州见一下大哥，看看外面的世界，看看生活被扯长了扯远了扯大了会是个什么样子。

见到大哥之前的一路，从江淮到中原到黄土高原再到西北塞外，可以讲这一路包括过淮河，再过黄河，尤其是经过黄河，这样一条大河，给我留下深刻的印象。你跟我讲到你徒步从广城畈到椿树去见你妹妹程志村，你讲的一路之行对我都有些刺激呢，还有什么比在火热的中国大地上行走更震撼的呢？而这一次我穿过大半个中国吧，到兰州去见大哥，我是领略了山川的壮美，但更重要的是看到了全国人民都很努力，大家都在努力地搞建设，所以我要说，如果可能，大家都要出去走一走，不要局限在自己狭小的位置上。

后来，我见到了大哥。大嫂给大哥带了一些生活日用品，虽然大哥讲基地里缺东西，但多了也用不着，听得出来基地是很封闭的。大嫂和大哥谈的都是家庭的事情，比如什么生活啊，日常的用品啊，又比如对他饮食的问候啊，等等。我跟大哥当然要交代父亲的话，虽然大嫂也讲了，但我讲还是不一样。我讲父亲叫你和家里要常联系。我对大哥讲父亲的话，大哥是很认真聆听的。在大哥看来，父亲仍是个军人，他不大把父亲看成一个地方上的领导。他之所以走上从军之路，而且表现优异，年轻时就当了军官，而且是在军事基地，重工业的基地，造弹的基地，我想这跟父亲当年对他的教育有关。所以在大哥看来，父亲就是一个老军人。

不知为什么，他在我讲到父亲的话时，身子坐正了。大嫂在外边理东西，大哥小声地跟我讲，回去转告爸爸，说我在基地表现非常优异，领导准备继续提拔我呢。我说，你这么小声干吗，大嫂还不能知道吗？大哥说，你大嫂怕我骄傲。我说，该骄傲还是要骄傲啊。大哥这次跟我讲了一些关于军事上的知识，算是普及吧。我想这对我认识我们中国这个伟大的国家是有好处的。大哥说，我们必须有自己强大的目标，我们军人就是干这个的，但是像以前那样小米加步枪的时代已经过去了，现在我们要强大，要有目标，就必须有一支强大的人民军队，而强大在什么地方？武器也很重要。

大哥说的就是基地在干的事情，但他没有细说，我想这是组织上的要求，至于他这次到兰州出差是有什么任务，我和大嫂也没有问。因为大哥在兰州的时间只有两天，所以几乎没有怎么用心去转转，中间还有出差任务。他的一个兵，随时向他汇报工作进展，我们只能抽时间谈一些家常小事。大哥也关心我分配的事情，我说应该会在开春以后有消息。大哥说，当社员也好，当干部也好，都是搞建设。我说，你在大西北才要当心呢，离家那么远。大哥说，在大西北和在六安也都一样，都是在为国家做贡献。

他又问我父亲、母亲的身体情况，我都跟他说了。他说，现在六安搞沛顺杭，这个特别好，你看在大西北，这么缺水，自然环境太差了，不像在安徽、江苏、江西这些地方，总还是有水。但是，即便这样，大西北也有大西北的优势，因为我们有纵深啊，在这无人区，我们军队就在干非常重要的事情。大哥也是点到为止，没有讲造弹的一点点情况，他是一个严守政治纪律的人。大哥已经有好几年没有回去了，一般是大嫂来探亲，像这次能到兰州来见面，也是组织上特批的。

后来大哥还跟我讲，你能来，作为妹妹，本来是没有条件的，还是父亲跟战友打了招呼，战友跟基地领导打了招呼，才特批来见的面，虽然是打招呼，但目的，显然是为了让我受一点锻炼吧。我没有忘记问他，以前你在信中跟我提到过的你们农村土政治家讲到的什么世界大战的问题。大哥只是笑，说，你们底下社员也关心这样的事啊。我说，是啊。大哥说还是那句话，即使打仗我们也不怕，但大哥的话明显跟朝坤二哥他们讲的不大一样。我想大哥还是认为无论在什么时候，战争总是坏事，并且造弹的目的就是为了自己有了厉害的东西，别人就不敢打你了。

当然打你你也不怕，我想我大哥当兵这些年，他经历的事情，他成长、提干，以及在基地做着极其重要的工作，这些都是他的历练，他是有一套认识的。

我回来之后，见到丁大姐，丁大姐跟我讲，表彰会上她见到你大哥程志茂了，这可是个不小的事情。她跟我讲你大哥的发言并不太让指挥部满意，他应该是个不太能说话的人。至少丁大姐是这样讲的，她讲你大哥程志茂说到八里杠也好，界儿岭也好，七贤祠也好，包括讲到最早的龙河口，他讲的永远是那几个意思，就是干活会有使不完的劲，但是劲从哪来的，他也讲了是从身体里长出来的。丁大姐讲来做报告也好，实讲也好，讲自己的扒河故事也好，模范们都有自己的独特之处。说到独特，你大哥可能是最独特的，包括他那双白化手，支在台子上，不讲人家也知道他干了什么。这些年他带领的高山扒河队，哪里有险就上哪里，这是最让地区满意的地方。可是事前也讲了，为什么那么大力气呢？站在台子上讲，至少要讲到力气从哪来的，但是他是个农民，丁大姐和柯干事对你大哥是有期待的。这中间也包括我们几个月以来一直在做他的材料，可见他太朴实了，他始终没有讲出大话，比如国家啊，社会啊。丁大姐讲，即使你大哥不会讲，在上台前也会叮嘱他，可以讲这些词啊，在台子上表彰你，让你讲话，你可以学啊，但你大哥就是没有。

柯干事下去见过你大哥程志茂，他抓拍了不少这次表彰会的照片。我看到他那双白化手，十分揪心，另外我也相信这双手几乎都能跟机械相比了吧。我问丁大姐是不是你大哥到了地区，见了领导之后没有准备，心里太激动？丁大姐说看那样子也不是，他在所有英雄中算最朴实的一个，什么花哨都没有。

后来，想不到的是，章指挥长亲自给他颁奖，戴上红花，还鼓励大家都要像你大哥程志茂一样做一个力气用不完的快乐民工。你看，事情又反过来了。丁大姐还以为章专员是因为怕你大哥有心理落差才鼓励的呢。我回来见了章叔叔，特地问他对广城畈那个程志茂有没有印象。章叔叔说，这个人很好啊，讲的都是实话。然后他还指出那双手，应该讲就是一个证明，什么不讲都行，就那双手往台子上一放，就说明问题。但是，后来，章叔叔还是给了你大哥一双手套，那是地委大院的福利，他把自己的给了你大哥，他是鼓励他。

感谢你大哥这样的人，大建设才有希望。丁大姐跟你大哥讲到了我，你大哥听丁大姐讲我去兰州了，有些失望，他本来以为在六安是能见到我的。我也很希望见到他，但这次又错过了。确实，对在通讯处里锻炼了大半年的我来说，能够见到典型自然好，但是见不到也无妨，英雄还是英雄，典型还是典型，我们都在为同一项事业而努力。丁大姐跟我讲，你大哥领了肉票，一开始他还顾虑，他说他是来受表彰的，不是来领票的。丁大姐解释，这是表彰内容之一，是国家对他的奖励。你大哥领了肉票走了。丁大姐送他到指挥部大门的，看他走路有点晃，丁大姐讲再能干的人，还是会累，这是没有办法的事情。

我回来后听丁大姐讲这些，说丁大姐也会犯一种同情的毛病，这样特殊的英雄是铁打的材料做成的呢，不应该有这样的认识吧。说到他不善言辞，那也是自然的，他主要是干活的，太会讲话，那就是另一个人了。广播员会讲话，但干活就不行啊。一行出一行的状元啊。

你在信中讲到的广城畈人对于扒渡槽的那些看法，我觉得你可以跟你大哥多聊聊。虽然现在消息还没有公开，但我前次不是和你说了吗？快要下去插旗子了，动员会就要下了，之所以还没有下，还是考虑到怎样调集民工，以及技术队伍怎么组建。这是一个大工程了，但是要上这个项目是铁定的。我在指挥部都见到南边的董岗石头、北边的北小台的山头造型图，图纸都画过了，应该是前几年就已经去画了图，线路也勘测好了，包括界儿岭的工程也是和这个渡槽衔接的。你讲到的吕二先生和贺得礼，我认真看了他们在这件事情上对当地社员的影响，你讲得未必多详细，但看得出来，贺得礼这样的人在认识上肯定是有问题的。

　　当然了，可以有认识上的错误，因为开工令还没有下，一旦下了，如果还有这样的认识，那就不是认识的问题，而是一个政治问题了。你作为一个社员，现在你也应该有义务来抵制这种错误认识的。你住在广城畈，是从广城畈走出来的中专生，你现在是社员，当然也许不久你就分配当了干部，我自己也是这样，可是只要我们是在大建设中，我们就要支持这个事业，这是毫无疑问的。吕二先生的觉悟问题，这是不言而喻的。在农村，社教也好，路线也好，教育的任务还很重。但是，不应该允许这样对建设提疑义的人吧。所以这种情况还是要斗争。

　　我跟你讲过吧，我们在政治上必须坚定，这是最起码的。你讲吕二先生已经有很多次了，我都知道他的表现，但是这个贺得礼，你之前还没有说过，我觉得你可以弄清楚他的身份啊。出身是一个基本问题，对社会主义必须投入，对吧？贺得礼这样的态度对扒渡槽的将来是非常不利的，我希望你能对这样的问题人物保持一个清醒的态度。我之所以没有把话说绝对，还是因为这里面有一个纪律问题，毕竟号令还没有下，这么大一个工程，务必统一认识统一口径。但是，我可以肯定地说，广城畈渡槽又是铁定要架的，所以你也要做好准备啊。你说到的当地人讲的在丰乐河上架天河，两条水相遇，这简直是无稽之谈吧。什么是渡槽？就是让水从一条条人工的河道穿过，是一项巨大的水利工程，只有社会主义才能干得好呢。那每天几十万民工，你以为谁都能调动起来吗？只有社会主义才可以的吧。所以水不是问题，有问题的是人的认识。为什么叫扒渡槽？就是讲沛顺杭的每一寸土都是用手扒出来的，这是用血汗干出来的，这是革命事业呢。

1964.2.20

义弟：

  天真是太冷了，拿到你的信时，虽然有阳光，但是河水成冰，大自然的一切都冻住了，就像我们在学校时也经历过的那个严冬，你还记得吗？在农校边上的黄大街上，砖面上居然结了一层雾冰，那时我们走在上面，我们还说世界太奇妙了，居然这种水雾都能结成冰，而且这样坚硬，双脚走在上面，可以像滑行一样。那时我们去下龙爪，河流还冒着气，尽管上面也结了冰，所以当这个冬天我拿到你的信，上面有地委的信封字样，我的手是发抖的。

  感谢你跟我讲了许多事，包括你说到兰州那么远的地方，我真替你高兴。在我们班估计也只有你到过这么远的地方。大西北，那是一块神圣的土地呀。就像你说的，你大哥正在秘密地做着为国家制造重武器的任务，那是光荣的。我们国家就是这样，再穷，我们也要把弹给造出来。前两年造的能飞的大弹，农村的土政治家们都知道，我们有这个东西，我们不怕美国，苏联想讹我们也不行。至于英国什么的，也不在话下，我们是大国，对吧？我们没有这些东西不行，所以我是支持在大西北搞这个的。

  听了你讲你到兰州去，你大哥都被风沙吹得不像样子了，我想不愧是一个军人，这是国家的保障。想到他们在西北的艰苦，我们这些又算什么呢？当然了，你也讲到你大哥对我们工作的关心，我想，是的，毕竟是军人，是国家的栋梁，他们看事情总是清楚的。况且他在大西北干的是造弹的任务。坦率地讲，他们军人是搞保卫的，能把弹给造出来，还要科学家，还要知识，还要物理、数学，还要专家，只有这些又红又专的专家在大西北干下去，弹才能造出来，所以我觉得你大哥的讲话中应该表明他是支持我们分配的，对不对？

  天已经不是冷了，而是天寒地冻。但是在广城畈，在界儿岭会战结束之后，我们已经得到消息，高书记将率领双河扒河队出发到松辽岩，这个已经公布了，不然之前高书记也不可能让我大哥程志茂到皮岗去学习爆破。那儿是一块岩石山,这个难度就不得了。我们双河扒河队,尤其是高山扒河队,与泥土、沙石、山石打交道,那没有问题,但是,松辽岩是岩石,是大别山的一处重要的山谷,在那里修沛顺杭,不是一个难度问题,而是一个高山人从来没有遇到过的问题。年底时,天色阴沉,滴水成冰的季节里,农民们虽然累,但大家都在准备过年呢。

你信中提到的你从兰州回来后听丁大姐讲到我大哥程志茂,他是去六安开表彰会了,中间有一点插曲。我曾经跟你讲过,一开始高书记还不大情愿让大哥到六安去,后来汇报到区里,梅书记把高书记批评了一顿。梅书记讲,高山有这么一个典型,这是全公社的光荣,怎么你高书记要把他藏起来不成?高书记是有些委屈,因为高书记知道我大哥不会讲话,讲是去开表彰会,其实主要是做报告,他程志茂什么都行,就是不能张嘴讲报告。梅书记讲,我到工地见过他那么多次,一个多好的社员,朴实得很,讲话也实在,怎么就不能讲话了?

高书记讲,也不是别的,就是他那套理论,放在私下里讲讲还行,但是你要让他在讲台上,在几千人大会上讲,就容易走形,毕竟他是个农民,而且你也知道他这样的人能干起来,完全是因为小队到大队再到公社对他的信任和鞭策。不然他这人不行,他这人,老父亲什么身份?再看看,他家老二,你也知道在界儿岭差点出了事,一个英雄出来得太不容易了。

梅书记听高书记跟他诉苦,一开始没有反驳,但梅书记到底是个中专生,是有政治历练的。他问,高书记,那你讲即使他讲错了什么,又有什么危险?高书记讲,现在要去松辽岩会战,如果他这面旗子倒了,双河扒河队受损失啊。梅书记坚决支持我大哥去,我大哥才去的六安。我知道的这些情况,都是高书记跟我大哥说的,高书记希望我大哥自己决定是不是到六安去开会。我大哥有些犹豫,但他也讲了,如果必须去,那他就去。高书记和梅书记争了几次,但后来梅书记还是亲自对我大哥下达了去六安开会的决定,一个英雄不能怕拉出去晒,光天化日之下怕什么?你有什么你就讲什么。

所以大哥回来,我就问他,你在表彰会上讲了什么?大哥说,他在会上什么也讲不出来,就是双手支在那儿,然后下边人就拍手,为什么呢?大哥说,还不是因为有人先在广播上讲了,这是一双白化手,于是这双手就支在桌子上，像展品一样。大哥在台子上才明白高书记的良苦用心，高书记是希望他那双手最好还是不要暴露在众目睽睽之下。

梅书记之前是把一双手套送给了大哥的，大哥不可能戴手套讲话啊，那不光明啊，于是大哥回来跟我讲，他在台子上几乎一句话也没有说出来，就站在那儿，然后他看到下边都在拍巴掌。然后他看到有人甚至在抹眼泪，都是扒河的，都知道扒河不容易，但为了扒河把一双手的皮都扒掉的，还没有见过，而我大哥就是这样。所以你讲丁大姐在你去兰州回来后向你反映说我大哥是个老实人，不会讲话，我觉得她还算客气了，她应该没有跟你讲他站在台子上一句话都没有讲出来的尴尬。但大哥说人山人海，那个人数多的状况他虽然在工地上见过，但在会场，从台子上看下面，他没有这个经验，他是用那双白化手支在台子上，不然他觉得他会倒下去呢。

义兰，信总是一下子写不完，本想在年前把信发出去的，但是年底事情多，作为社员，你就是个农村人，队里的事情、大队的事情、公社的事情，我只是一个普通社员，但是所有事情跟你也有关系，你就得参加，详细的我不说你也知道，估计在九里沟公社也是这样吧，作为郊区公社应该在政治上更加严格，对不对？我觉得没有比政治要求更为重要的了，我想半年的劳动，特别是和这些民工们在一起的生活，也可以称得上是一种组织上的生活。亏得我有学校的教育垫在那里，并且你随时都在写信给我，对我有要求和促进，我才这样适应呢。

我写信给你，尽管不想把自己的情绪传给你，但是没有办法，这是一个怎样的年呢？在我们广城畈，一般人家到年关，全家人总是要恐惧，当然主要指的是大人，小孩子除外。大人为什么恐惧呢？因为怕过不好年。这是我当社员的第一个年头，是成年人，当然没问题，可是又没有分配工作，我有一点点寄生在这个庄子上的感觉，请原谅我这么讲。我现在还算平静，完全是因为从劳动锻炼中下来，我才知道苦难就是苦难，但苦难中最主要的是艰难吧，苦就是你自己的感受了，不要仅仅说苦吧，特别是这个年关。

义兰，家里发生了一件不幸的事，我不确定要不要告诉你。但后来我想，我们一直在通信，你是我的班长，我们三年的同学生活，以及我们之间的关系，我想我应该把我身上发生的一切都告诉你。这是我应该做的。虽然你向我坦陈，即使你做得这样好，可是在你爸爸，一个书记的眼里面，你也还是被认为幼稚，更何况像我这样一个泥腿子，一个好不容易从农村考学出来，但又回到庄上务农的人呢？

年二十八，我刚到家，听到我回来大哥赶忙从村头跑来。我问他怎么了，他讲赶快到杨家水圩去。我说去杨家水圩干什么。大哥讲赶紧去，大妹出事了。他讲的大妹是他称大妹，我则称小姊。在我们广城畈，小姊就是小姐姐的意思，我有个小姊，嫁到了杨家水圩。在农村就是这样，嫁出去以后如果没有特别的事情，一般就很少走动了。一是因为贫困，另外也是乡村多年的风俗，如果走动多了，好像嫁出去的人仍然留恋曾经的娘家一样，这个和我大嫂跟山后她娘家的关系非常不同。

不过大嫂那边的原因是在于有个换亲的早年的承诺在那里，所以像是个未完成的任务一样，但我小姊嫁到杨家水圩以后，情况就是这样，平时一般很少走动。我小姊是个寡妇，我姐夫在一九五八年去世了，主要是因为饥饿，反正我想应该是这样的。但是他庄上的人讲不是这样，杨家水圩基本上一门杨，他们不承认是饿死的，一门杨的村庄，怎么可能单单饿死一个杨玉贵？这不大可能，就是一人给块芋头，也能保他一条命。但我这些年一直认为是饿死的，关于我姐夫的死，我后面再讲。

这次是我小姊出了事，我大哥从村头往回跑，大概是回家拿东西。我跟着他也往屋子里跑，他说，你跑什么，你还不赶快往她庄上跑？我跟大哥不一样，我反应没有那么快，至于他回屋子里干什么我也不知道，我就愣在那里。等我反应过来，我看到我大哥已经扛着一张凉床出来了。凉床不轻，是新制的，竹篾还散发着清香，白白的。一般凉床如果用上几年，因为渗了汗，就会呈现那种褐色，但这张凉床是新的。我问大哥，你扛凉床去干什么？这么冷的天，这是腊月黄天，我是知道农村人都害怕在腊月黄天出事情，因为年关已至，过个年是最基本的，虽然贫穷，但是社会主义大建设把整个六安地区都调动起来了，日子已经要好起来了，这是千真万确的。

三年困难时期已经过去了，饿死人的日子再也不会有了。扒河就是为了过上好日子。但现在已经腊月二十八了，听大哥讲小姊在杨家水圩出事了，可是一个寡妇，她能出什么事呢？早几年一直说要她改嫁，我母亲劝过她好几次，但我父亲没有表态。在这个问题上，父亲永远是沉默的，对于子女的这些问题也是不管不问的。母亲甚至都到别人介绍的几户人家看过，但小姊就是不同意。为什么呢？因为她讲了，姐夫活着时不容易，不能人死了就忘了。

义兰，你听，我们广城畈人就是这样理解生死的。在小姊看来，生死不是问题啊，死了以后仍能见证活人的所作所为，所以小姊她不嫁。但是我小妹认为小姊之所以不改嫁，还是因为家里有三个孩子。三个孩子就是小姊和姐夫永远的希望。大哥在我问话的时候，已经跑到生产队的西北角，从那里跨过几块田。因为是深冬，地里没有东西，结着冰，天寒地冻的，零星能听到胡家大庄、程家二方那边有人在放爆竹，过年的气氛已经有了。我赶紧从后面追，即使大哥扛着一张凉床，他的速度也比我快。中间要绕过一个坎，再上个坡，才能到杨家水圩。

之所以叫杨家水圩，是因为从它北边有一道水沟淌过来，然后过山坳，进荷叶地，从荷叶地再淌向丰乐河，杨家水圩也就是这个意思。跑到大坎那边时，听到一个杨家水圩的人在喊，志茂大哥，你快。听得出来为的是叫大哥加紧往杨家水圩跑，真不知是什么事情。大哥扛着凉床，中间摔倒了一下，我赶紧上去，他手上有一点血，白生生的白化手，淌着血，有些怕人。那个来接他的人，大概是死去的姐夫的本家什么的，他见我也跟着在，就说，你不在城里念书啊？我讲我早回来当社员了。大哥讲，都什么时候了，还提这个干什么？于是我们三个人一起抬着凉床往杨家水圩跑。

义兰，跑到杨家水圩，听到孩子们在哭，那是我的三个外甥，他们十多岁。姐夫死时，最小的外甥女才四岁吧。现在他们都是正在长身体的时候，我回来当社员，不知他们是否记得。我在去九十铺时来过一次，但没有见到孩子们。当时是说他们到山后去了，小姊那天跟我说了不少话，还说要给我做布鞋。她说等上半年一年的，你总还是要去当国家干部的。你看，我小姊就是这样的人，她是一个有头脑的人呢，别看她是个寡妇。孩子们在哭，大哥把凉床在院子里放下，进到堂屋，小姊已经躺在地上。赶快抬走。我听到我姐夫本家的一个叔父在那儿喊。我心想为什么你们这么长时间没有把我小姊抬走。抬哪儿去？我心里发毛。抬棠树，抬棠树。我听到那个姐夫本家的叔父在喊。

我大哥程志茂把凉床卡过来，从屋子里抱了两床棉被，一床卡在凉床里，一床耷拉在凉床头上。我大哥把小姊往凉床里放，因为是卡过来的，小姊刚好就被甩了进去,大哥讲还有气,还有气。小姊到底怎么了,也不知道,就说已经在床上睡了三天,今天中午突然大叫,然后庄上人来看,讲她已经快要死了。既然有气,大哥就要把她往棠树送。往六安送不行吗?我问。大哥讲,送到六安人就死了。棠树近,走过张母桥,翻两个大坡就能到。大哥讲,抬。姐夫本家的那个叔父跟大哥一起抬。扁担压在凉床床头的竹杠下,别在凉床腿边,还用麻绳捆了。

我提着一盏麻灯,这是姐夫本家的那个叔父准备好的。抬出杨家水圩,要从新建队过,然后往下河嘴方向。不知为什么在下河嘴那个河头,就要过丰乐河时,大哥把扁担往下闪了一下,那个叔父问大哥怎么才走这几步你就要歇,大哥讲歇一下吧。我看见大哥向新建队那儿看,他喊了一声大妹,我是明白大哥的意思,大哥是想让小姊再看一眼新建庄,那是我们自己的村庄。这次往棠树抬,说不定人就回不来了,大哥是生产队队长,队里死人的事他都要管。他见的事多,知道轻重。听讲是在床上睡了三天,中午大叫,他晓得抬到棠树也许也不中用了。小姊是治不好,但没听讲会这样就死掉的吧,我催大哥,不行就我来抬。

大哥讲,你滚开,提好麻灯,不要把灯打了,不然到张母桥后边就看不见了。从下河嘴过河,因为要脱掉鞋,刺骨的冰水让两个抬凉床的人不停地发出沉闷的刺痛的喊叫。我是跳过去的,但裤子也湿了,不过我没有让麻灯沾到一滴水。到张母桥时,天已经黑定了,我走在旁边,一开始听到小姊的一两声呻吟,后来就听不到了。我头皮发麻,有种直觉,小姊可能已经不行了。但是姐夫本家的那个叔父和我大哥程志茂竟然抬人抬出节奏,凉床发出咝咝的响声。那个叔父不断对大哥说,你看,已经近了。我听那口气,被抬的人虽然我是姊,但那个本家叔父怎么不找杨家水圩的几个人来抬呢?如果中午就抬走,说不定情况要好些呢。大哥在那道最大的上坡的顶端喘了口气,但是他始终没有去碰一下大妹,他是有感觉的。但是,他就是要把大妹抬到棠树医院。最后有一道缓坡,我都走累了,但大哥还是跟那个杨家水圩的本家叔父疾步如飞地抬着我小姊,到了棠树医院。

医院已经关了门,喊了半天,医生来开门,把凉床翻开,把被子抖开。医生讲,抬来干什么,已经死了。大哥没有伸手去试有没有气,我看着小姊,人死了缩成了一小团,根本不像我的小姊。我也没有哭,那个本家的叔父对着老家的方向喊，我们是把人抬来了——不知他讲这话是给谁听的。但那意思是，是一个人，活着，没死时我们就要尽力。小姊死了，大哥瘫坐在地上，没有回头。他在喘气，浑身都湿透了。那个本家叔父在大门口吸烟，烟头一亮一亮的。大哥对我讲，把麻灯灭了。我把麻灯灭了。

　　灯壳上都是虫，天这么冷，一路上也没见到，哪来的虫啊？因为是差不多一路跑着抬来的，死掉的小姊躺在上边，凉床没有人碰，也会发出簌簌的声响，好像竹篾自己在动一般。小姊缩掉了，没有人形了。也没有跟我讲一句话。在下河嘴大哥歇下来时，我似乎还听到她有一小点咳嗽的声响。但是现在她是死透了一样，医生说得那么绝对，几乎都没有任何辨认的必要，人已经死了。从哪儿抬来的？医生问。大哥说，从广城畈。太远了。医生说。这什么意思呢？就好像如果很近，抬过来就不会死掉一样。

　　医生没有讲什么，给了我们一块白布——把人罩上吧。大哥没有把白布罩上，他用白布擦了擦脸。医生看到了他的白化手，吸了一口凉气，大冷天的，医生也有点害怕，这都什么人啊？大哥把被头向上拉了拉，小姊就完全缩在被子里了。姐夫本家的那个叔父掏一支烟来给大哥程志茂抽，大哥接过来。那个叔父给他点火时，我看到大哥眼睛都汪着水，眉毛上是冰，嘴里吹着气，他烟吸得很凶。真不抬来也行。那个叔父讲。我知道他这是在宽慰我大哥，毕竟人没有救治成，都累成了这样，再说人已经嫁到杨家水圩了，还请娘家的人来抬，杨家水圩的人都干什么的啊？毕竟是个寡妇，我觉得那个叔父就是这个意思。

　　但是她有家人，她有我们这些兄弟，只是我们知道得太晚了，杨家水圩的人一送信，大哥就回屋扛凉床。不说别的，大哥是认为搞不好在杨家水圩连张凉床也搞不到，怎么把人送棠树呢？现在人送来了，人死了，一切都归于零了。但是，没有办法吧，小姊就这样走了。

　　小姊就这样走了，先写到这里吧。

　　义兰，下封信再叙。

　　对了，大哥在回来的路上跟我说，小姊给我们留下了几双布鞋，给我们扒河用的。

志刚

1964.2.27

志刚：

　　看你来信，知道你这春节怎么过的，虽然你只讲到了腊月二十八你小姊去世，没有讲过年，但我都能想象你这年肯定过得太悲伤了。亲人的逝去，虽然是没有办法的事，但毕竟人是走了，还是一个姐姐——你说到她是一个寡妇，这更增加了痛苦，对吧？一个新时代的女性，如果不是别的什么原因，怎么可能不改嫁呢？改嫁了，既是对自己负责，也可以为孩子们找到一个更好的成长环境。你在六安读书，受过教育，你应该在当初鼓励她改嫁的。当然现在说什么都没有用了，人已经走了，留下三个孩子，他们仍然是社会主义事业的接班人，三个农村的孩子，他们以后怎么办？我想不论是从家庭、村庄或是从政府来讲，都应该注重这些孩子。我相信生活总会好起来的，因为你说她是寡妇，我也才讲到改嫁、婚姻这些事情。

　　你在信中没有讲她是什么病，怎么这样急，在抬往医院的路上就不行了。这是很凄惨的。我尤其注意到你讲的你大哥程志茂在得知她死时，双眼里是泪水，这更让我看到一个英雄的全面形象，在亲人去世时，他内心是经受了多大的煎熬。但这是没有办法的，你讲了怎么抬到棠树医院的过程，我觉得你讲得很真实，让我看到了一个英雄在亲人即将去世时，又是怎样临危受命去救亲人的，但英雄也没有办法。

　　说到春节，我这个年也没有过好，因为我从兰州回来，把我大哥李义庭的情况跟父亲说了以后，父亲居然有些着急。他看了照片，照片是带回来的，跟以前大哥寄回来的不一样。大概是有纪律规定，大哥以前寄回来的照片其实不太真实，而这次带回来的照片，父亲是发现大哥所在的基地条件太艰苦了。而父亲以前说过，在部队里应该要求进步，什么是进步？一方面是把部队的业务弄好，就是要练兵，要打仗，另外就是要升职，只有担任更高的职务，才表明组织上对你是信任的，别的恐怕都比不上这一点。我觉得父亲说得也有道理，还有什么比升职更重要的呢？父亲自己是地委领导，以前在部队也是当军官。当然，父亲是认为在和平年代跟战争年代不一样,仗有没有打,都要做到随时能打仗,这是最重要的。

大哥在西北基地保卫的是造弹的科技人员,而大哥自己必须升上去吧,父亲着急的是,不但没有升职,而且看起来身体还不如以前。父亲就说如果总是这样,还不如在地方上。当然,他说的意思不是说在部队没有升上去有什么错,而是担心大哥在部队的表现没有让领导满意。大嫂可能也单独向父母汇报了大哥在那边的情况。但大嫂的意思不太可信,因为父母知道大嫂一直都希望父亲能发话让大哥尽快从西北——要么调整部队,要么回到地方转干。无论哪一点,其实大嫂考虑的是她小家庭的计划。但父亲是希望大哥在部队里就能干上去。你看父亲也有现实的考虑,特别最近,我发现父亲跟前几年不同,他对子女的要求更加现实了,虽然他在做社教工作,做政治思想工作,但是他看事情更现实了。

我有一种直觉,扒广城畈渡槽将是一个伟大的工程。那是一块特别有意思的地方,横跨舒业、六安两县,也是你老家的地方。你在学校时跟我讲过广城畈的故事,但是,在社会主义新时代,那里要建一个伟大的工程,这是令人振奋的。我想到了你们那儿的人,当然也想到你小姊的死,你大哥程志茂那样抬着她,跨过丰乐河,不幸的是她还是死了。你还说大哥跟你讲你小姊给你们留下了布鞋,让你们扒河用。你看,她心里是有沛顺杭的,一个乡村妇女、一个在困难中坚持带三个孩子的妇女还不忘支持自己的兄弟们去扒河,六安人民是多么了不起啊。

将龙山铁定要扒渡槽,这样我一定会下去,相信时间不会很久,你讲你们之后会去松辽岩,我想那不会太久吧。如果将龙山的项目马上上马,你们还是应该在家门口扒河才对。而且你们是一支英勇的扒河队,在家门口建渡槽,你们是应该最能出力的。当然,我在地图上看过,南边的董岗,那个位置正是石头山,要在那儿建桥,是很艰难的。但无论怎样,施工都会克服任何困难地上。而北小台那边,是在界儿岭以南,在井沿和走马埂之后,那儿是大山,难度更大,因为对于一个过大的大桥来说,支座是极其重要的。我一想到那儿架起一座桥,心里就特别兴奋。我想这是你家乡第一次出现这么大的动作吧,我觉得你应该充满信心地迎接它。

你大哥的情况,这次在表彰会上,你来信说的比丁大姐跟我说的还要更具体一些。我倒认为不会讲话没有什么,白化手只是一个形象,其实社会主义的干劲是在内心的，不是在面上的。我相信你大哥程志茂比任何人都清楚。这一次你讲到你们一起把你小姊程志乡送到棠树的事，我觉得在通讯上可以继续用上去，这是最好的社员的范例了。没有比你大哥程志茂更能代表六安的社员，他们是在什么样艰难的情况下支援国家建设的。但话又说回来，这建设本身也是为他们自身的，所以这就是社会主义的优势了，我们劳动是为了自己，是为了拥有更美好的生活。

这个道理很简单，而你小姊程志乡却在美好生活即将开始的时候，在沛顺杭正在火热建设的时候，没有看到这一切而撒手去了。这是多么令人沮丧啊。但好在，孩子们还在，孩子们就是希望，还有英雄的舅舅程志茂仍然在劳动，我相信你们在松辽岩会照样取得不错的成绩。

对了，关于分配的事情，我从父亲的口中听到一点点动向，大概是要分配的。但不论怎样，现在我们还是社员，这反而是一个机会，对吧？但我讲这个，并不表明我是渴望分配，说实话，我对做一个社员反而是更为满意的。

志刚，关于你小姊的不幸去世，希望你能走出悲伤和痛苦，应该把精力继续放在和你大哥程志茂一起扒河的战斗中。

对了，应该快去松辽岩了吧，还是已经去了呢？盼你的信。

1964.3.3

又乡：

　　收到你的信很是感慨，说到过年，像你这样的干部家庭，过年也有过年的难处，特别是讲到你父亲对你大哥的看法，我觉得我能理解，哪个父亲不希望自己的孩子上进呢？对于一个军人来说，升职要承担更大的责任，也是天经地义的。我们干社会主义也是这样吧，你看在社会这个大家里泡了大半年，我觉得我也在进步。当然了，一直以来的通信，你对我的帮助，以及延续着从学校开始的很多事情理解上对我的提升，都是让我特别感动的。确实，政治有时就是这样，要不停地学，尤其要在实践中学，同样是对一个人的死，当然了，我小姊是我的姐姐，而在你看来，你看到更多的是一个人的死到底给生者留下什么。

　　说到我小姊，我讲了我在回来当社员这大半年，是去见过她几次的，也讲了小姊是个寡妇，她的生活想要好起来是特别困难的。但尽管这样，小姊有小姊的办法，她是一个特别能干的人。我记得我秋季去的时候，她在纳鞋底，也就是她刚去世后大哥跟我讲的，她给我们留的那几双鞋，让我们扒河用。我那次见她她就是在纳鞋底。她问我扒河累不累。我说我跟别的社员一样，我不怕累。我小姊说，你这样讲是说给别人听的吧，你跟我讲实话啊。我只好说，扒河怎么可能不累？小姊说，这就对了，实话讲，你又不是扒河的料儿。她眼睛很尖，看得见我脸上的表情。她讲，你反正不会一直扒河的。小姊有一点神机妙算一样，虽然她日子艰难，带着三个孩子，但是，她一直很周全，这是让人放心的。

　　父母对她唯独不满意的就是她不改嫁，其实我母亲为她改嫁的事没少张罗，也有不少人来介绍，但我父亲只是哼哼。父亲在我小姊改嫁的问题上虽然支持我母亲，但他没有正面表态。而我呢，一开始是不太懂，但长大些知道她应该把生活过好时，她已经非常坚定地跟所有人亮明了态度，那就是她不改嫁，她要把孩子们带好。但生活的不幸就是这样，她这样快地离开人世了。

那次，她跟我讲她做的几双布鞋中有一双是平绒的，我问她平绒有什么不同，她又说平绒看起来像呢子，呢子面料很贵，她当然买不起。平绒只是看起来像呢子。其他的都是灯芯绒的，就是过年常穿的新鞋的那种。我说，干吗单做一双平绒的？小姊说，你不是要当干部吗？给你做的自然要好一些，不然你穿到城里去，一是不好看，另外我还害怕你以后不穿呢。我觉得小姊心真细，那时候她还在纳鞋底，鞋子是要到过年时才能做好的。不过现在鞋子是做好了，她人却离开了。这个年过的，她是腊月二十八死的，姐夫本家的叔父也没有什么本事，只是打一些招呼，更多的事情都是大哥一手操办的。

大哥在办小姊的丧事的同时，还要帮高书记张罗公社的一些工具，特别是要到松辽岩干活，要在附近几个大队找那种铁钎，这个特别重要，因为肯定要爆破。大哥还得找那种特制的竹制的大斗笠，以备在放炮附近使用。尽管这样，小姊的丧事大哥还是要办周全。小姊的几个孩子都十多岁了。姐夫死了有八年了，那是一九五几年的事，但现在小姊也走了，孩子们怎么办，这是一个最大的问题。我们都在想这个事，大哥也想，却不讲。他跟大嫂讲，你们不要啰唆。大嫂讲，怎么就不让讲了？大哥说，啰唆有什么用？小姊的棺材要现弄，还有张罗一些亲戚来时照应，毕竟小姊有三个小孩，虽然年纪不算大，但也要按规矩办。

这一次年饭，没有办法吃好了，因为大哥基本上都在杨家水圩那里，他在那边要帮杨家把这个丧事办好。孩子们要守灵，农村做丧事的那些队伍要来，吹喇叭的，帮忙抬棺材的，还有做吃的，等等，都来了。人已死，虽然悲伤，但更多的是陷入这一整套仪式中，一样也不能少。大哥是新建的生产队队长，他跟杨家水圩的队长也熟，也正是因为姐夫死了，所以大哥平时反而很少到杨家水圩去，因为害怕别人讲杨家水圩庄子对小姊是排斥的，尽管主观来讲，也不存在这个问题。只是杨家水圩庄子比新建庄还要贫穷，他们庄小，而且有一部分地是靠在山边的，当然比不上新建队，比上河嘴以及秧塘庄、光明庄什么的就要更差了。

三十那天，我也在小姊家。那天正是守灵的第三天，按道理要上山的，但按规矩三十、初一、初二是三天年，在农村，三天年是不能办丧事的，也就是说三天年要除外。所以三十那天，从二十八算，是第三天，本应要上山的，但杨家水圩庄的老人讲，不能上山，要停到初三才能上山。在停灵的几天里，我和孩子们有时也讲别的，孩子们一开始还哭，后来就不哭了。来的人也不少，又是吃，又是讲话，还要送东西来，多是一些被面什么的。

义兰，我们这个地方就是这样，死人要送被面，这是广城畈的一个规矩。然后上山时，要用竹竿把那被面被单什么的挂起来，举着像旗帜一样，绕很远的路把死人抬到山后去安葬。大哥是生产队队长，虽然他是扒河英雄，但是在农村，做丧事是特别重要的，所以在小姊丧事上的所有细节他都要考虑，他把这个看得很重要。他是生产队队长，平时队里或是附近庄上有人死，他都要去，但那是另一回事，这一回是自己的大妹去世。

三十那天，快要吃午饭时——午饭就是年饭——大哥见我还在那儿跟孩子们讲话，就说，你赶快回去吃年饭。我说，我就在这儿陪外甥、外甥女。大哥说，这不行，你要回去吃年饭，你不回去，那边不好炸爆竹。他的意思是家里人还在等我。就在我愣着时，我看见二哥在门外，二哥之前在晒太阳，但腊月这一段从界儿岭下来以后就没怎么见到他。他一出现，我就看出他应该是已经好了，没有那种孬相了。他见大哥叫我回去吃饭，也讲，你回去，我来。我听他说他来，是害怕他又要来跟大哥过不去，但看那架势也不是要打架。他扑在棺材上大哭起来，这出乎我的意料。但在农村就是这样，那种场景，在棺材角上点起桐油小灯，屋子昏暗，人来人往，在门外边，屋里停着棺材，你马上陷入那种人已离去的巨大震惊中。

二哥哭，我就站在边上。他跟大哥讲，他是刚从东石笋那边回来的。大哥说，二十九就给你送信了。二哥说是程家二方的人到东石笋找他的，本来他是要今晚，也就是三十晚上才能回来。我们也没有问他在东石笋干什么，但他是回来了，他是刚刚赶到的，三十，因为杨家水圩的老人讲三十不能上山，所以灵要停到初三才能上山，才让二哥有机会跟小姊在一起待一待。他哭了一阵才停下来。他从口袋里摸出几个糖，对两个外甥、一个外甥女说，你们过来。因为二哥住程家二方，程家二方跟杨家水圩隔着一个胡家庄，但两个庄子距离更近，并且因为都靠近王家榜后边的山，有些山地是挨在一起的，社员干活也近，所以平时应该是见面什么的比新建队还要方便。

我发现大外甥马上跑过去，他接过糖，但没有吃。看得出来，他跟二哥关系很好呢，他们之间有许多小秘密似的。二哥拍拍大外甥的头讲，不要紧，还有二舅呢。大外甥点头，二哥露出那颗发亮的镶牙。

在大哥的一再催促下，我离开杨家水圩的小姊家。我到庄头时，二哥喊住我，问我，听讲没有？我问听讲什么。二哥讲，要到松辽岩扒河啊。我说这个我知道。二哥笑了一下，我才觉得怪呢，他这次跟以前不大相同了，好像他在界儿岭被水洞里的什么精给迷了一下，自己头脑出什么岔子了吧，因为以前他整个人很冲，但现在和气了。我问他，你怎么才知道？他说，我跟你们不一样，是大哥先知道的吧。我说大哥当然知道了，高书记跟他讲，还叫他到处找铁钎呢。这个容易啊。二哥说，二哥声音也清脆了。

他说，我到东石笋就是看石头呢。我说，啊，你一个人去啊？二哥说，那还要什么人去？我去东石笋为什么？因为东石笋跟松辽岩是背靠背的山，中间隔得有点近，但山向是反着的。看石头，要看两个方向的，所以我到东石笋看，只有把东石笋石头看透了，干松辽岩才有把握。二哥常年搞石头，算是个石匠吧，大石磙玩得那么熟，我想他在开山挖石头方面自然是有经验的。我跟二哥讲，你年饭怎么吃？他讲，我让你嫂子在家跟孩子们吃，反正我本来讲好今晚上才能到家的，现在回来，我跟大妹在一块儿。我说，也不知道怎么一下子就死了。二哥说，她有病已经很长时间了。我说，我怎么不知道？二哥说，她怎么会让你知道？我说，那我回去吃年饭了。二哥说，赶快回去吧。

你看，我就回去吃年饭了。

下一封信再叙。

志刚

1964.3.9

志刚：

　　看你的信，你这个年过得是特别的，不仅是因为你小姊的死，还因为你们要照顾她的三个孩子。三个孩子没有父母了，他们以后该怎么生活呢？我看到了你写的，你讲外甥和外甥女起初是哭，后来就不哭了。我倒觉得在社会主义国家，不可能让孩子成为没人照管的陌生人的，我们是个大家庭。你讲到的村子的情况，不知道现在的社员们是如何对待乡亲邻里的，但我感觉还是要相信政府。像这样的三个孩子，应该尽快成长起来，他们应该在未来建设社会主义事业，在农村大有作为的。这一点我们是坚信的。

　　你说到你回去吃年饭，说午饭就是年饭，这个跟六安城里不大一样。以前我跟你讲过吧，六安城里吃年饭是安排在晚上呢。我老家是中店那边，当然那是我父亲的老家，严格讲是现在的中店和红旗公社之间，是属于中店公社的。我们那儿是晚上吃年饭呢。我问过不少人，都说吃年饭是晚上，像舒业县城那里也是晚上，不知为什么你们广城畈是中午吃年饭。我跟你说，我到了你们那个地方呢，因为广城畈要建渡槽，这个指挥部已经定了。整个规划最早在报给省里的东西里没有详列，但是，对于江淮沟通来讲，未来的将龙山渡槽又是极其重要的。

　　广城畈对我也有吸引力的，不过这一次去才知道你们高山扒河队已经开拔到松辽岩了。我们是正月十九到的广城畈，听说你们是正月十六走的，县里的廖书记是给梅书记打了招呼的，梅书记知道你们的具体出发时间。不过这一次廖书记来，主要是向章指挥长汇报广城畈这一块的地理情况。由于吕二讲过的像贺得礼这些人对于广城畈建桥的反对，章叔叔特地问廖书记为什么当地人会对建桥有反对。廖书记说已经通过区里和公社进行了核实，所谓的反对是不成立的，只是个别人别有用心，有人是拿广城畈当回事，以为是座了不起的城。

　　当然了，历史上是有这么个城。过去的城不是城，只是个土堆，建在丰乐河和青龙嘴那个汊河之间，背面是杨家河湾，地势比较险要，向西向北有山靠着，所以在几百年前，应该扼守了霍西向东的要道，但是在民国时，这里已经被废弃了，有一条比较像样的路。据说日本人攻到舒业，准备从这里进山，但后来路被切断了，可见这个地方没有那么神。当地的吕二先生已经在梅书记眼中晃了很久了，梅书记是个读书出来的人，没有那么大脾气。我觉得依廖书记的意思，早就要动这个吕二先生了，因为现在扒沛顺杭，这个吕二先生发出的不和谐声音实在是令人讨厌的。至于那个贺得礼，他多少是个有点来头的人，他的成分也没有什么，属于过去的乡绅，定成分自然也是中农。

廖书记还对梅书记发火，说有人反映这个贺得礼完全应该划成富农，梅书记才详细地跟廖书记解释，划富农是不行的。章叔叔对底下的这些事情不是很感冒，他是管大事情的人。他来看，听廖书记和梅书记代表县、区两级党委来讲广城畈的概况，然后就上了广城山，从那里能看到丰乐河在将龙山和北小台之间的开阔河谷。应该讲在这里扒渡槽，相对来讲是可行的，但难度也非常大。章叔叔对廖书记说，不论广城畈人怎么议论，这儿扒渡槽是铁定的，之所以要稳定人心，高山扒河队马上要在自家的场子扒河，你们要用好这支队伍。

章叔叔没有提你大哥程志茂，但他是知道的，因为他之前看过我写的那个关于你大哥的报道，他是有点吃惊，怎么在高山底下还有这样的人？当然了，他也是认为我那个报道写得生动。不过他这次来，不是讲要看队伍，他是要在这两个山头之间，看看如果大桥建起来会是什么样子。在卷棚桥也就是广城山东门下边，有一棵老枫树，在广城山上也能看得见。章叔说这块地方风光不错，从将龙山到北小台如果建一个渡槽，建成了会是个什么样子？显然那是无比宏伟的，一讲就令人非常激动。

我站在那个广城山上，因为高书记已经带队伍和你们一起去松辽岩了，公社里出来的是王主任——你在信中也多次提到过这个王主任——他站在最外边，很少讲话，因为一般是廖书记汇报，有时梅书记补充。我是在快下山时和王主任讲了几句话。我问他关于你大哥的情况，王主任说，程志茂是个实在人，特别能干活。王主任跟高书记应该不一样吧，听起来好像不是很有魄力。我又问起你的情况，他对你倒好像更熟络一样。更让我有些奇怪的是，他居然知道我们是同学。他说，程志刚不错，但当社员可惜了。他又说，你看，你们同学，你在指挥部呢，他当社员。我赶忙对王主任说，我也在六安郊区的九里沟当社员呢，在指挥部只是抽调上去的。

章指挥长见我跟一个社员样的人聊话，就过来问，怎么，找基层群众了解情况啊？我赶忙跟章书记说，这是公社的王主任呢。章书记忙问，你们书记呢？王主任说，带队到松辽岩了。章指挥长之前已经听廖书记介绍过高山扒河队以及公社的高书记了，所以章书记对他有印象。他对王主任说，你们这个公社，我看书记不错，总是亲自抓扒河的事情，为什么双河扒河队、高山扒河队有了名气，还是因为公社一把手抓扒河，这就对了，全地区都要向高书记学习呢。王主任笑。

章书记在从广城山下来向大棚那里走时，王主任小声地问我，你们在农校到底学的是什么？我说，你问这个干什么？王主任说，听程志刚讲，你们是学管农业的。我说，你听程志刚讲这个啊？他是想为国家做事的，但是当社员不也一样吗？王主任忙说，你不知道，志刚学习上进，我是看着他长大的，他人很不容易呢。志刚，你听，你们公社这个高小文化的主任对你是很欣赏的呢。

说到大棚，这次之所以在那里插了旗子，还画了线，是因为它就在漫水桥上边有个河坎，那里土质不错，未来将龙山的工地主要设在那儿，设备还有材料都要放在那儿。章指挥长定了个名字，就叫它大棚。大棚将来也是将龙山渡槽的临时指挥部，发电机站也要建在那儿。我想你应该知道吧，以前它是从霍西往广城畈向舒业方向的那个被丰乐河挡掉的土公路的一个路口，现在，它就要发挥作用了，在大棚那里，向东视野很好，能看到新建队，就是王主任指给我看的，说那是你家的村庄。我看得有些影影绰绰，但想必你在那里长大，一定充满了美好的记忆。

很遗憾，这次你又不在，你大哥也不在。但是将龙山工程就要打响了，那时你们应该会从松辽岩那里撤出来，也许已经干完了松辽岩工程。相信在将龙山，你们这支扒河队会有更大的作为。

在你们这儿转了一下，发现你们这儿，将龙山也好，广城畈也好，人是这样乐观、大方，难怪会出像你大哥程志茂那样的英雄。每个人都对我们的到来拍掌欢迎，好像我们带来了什么希望似的。然而事实上，社会主义是个大家庭，社会主义事业也是大家一起来完成的。

还有就是你在信中提到的你小姊的死，我觉得你应该走出悲伤，劳动也好，锻炼也好，我们对生活要始终满怀信心。

这次来将龙山，我听章书记说，你们以后要大有作为，就在沛顺杭干，我觉得他像是讲给我听的。他又说，听讲你们快要分配了。我说，我爸也这么讲，不知省里有没有什么文件。章书记说，相信国家，会有一个好的安排。

你看，不论以后怎么样，作为一个社员，我们照样为社会主义服务。广城畈的这些社员，包括大队的领导、公社的领导，都非常有信心，这样的话，沛顺杭不是大有希望了吗？

等你的信。

1964.3.15

又三：

  你来到广城畈了这真是好，但好像老天真是跟我们作对，你到我们这附近好几次了，但我们都没有见到。我们毕业以后就没能再见上面，但因为沛顺杭，我们都是扒河的社员，当然了，你干的还是更重要的事，总是要有头脑的人去干宣传，对吧？社会主义是要大家都明白那个道理的，道理就是大家一起干。你看，我在你的感召下，也似乎懂了许多以前并不太懂的东西。不过我觉得奇怪的是，像你到龙河口也好，到广城畈也好，你居然都没有见到我大哥程志茂，而你们之间又是这样密切相关。你在报道他，他在你的报道中被大家认可，这是多么美好的关系。即使这样，你已经到了我们这个地方，但却没有相见。

  跟你讲，我以前和你也说过吧，我的小学就是在广城畈读的，那时有个叫宋翔忠的老师，对我们要求特别严格，就是广城畈生产队的一个老头子，他有多大年龄已经说不清了，据说我父亲对他很反感，但我没有跟我父亲求证过。你上了广城山，应该就在那个城的四周吧。广城是有个城的，从霍西向广城东门有条土公路，确实那条路好像打仗时被炮轰过，但路基还在，你没有进那个土垒的房子吗？

  跟你讲，几百年前是有广城王的，他控制的面积还不小，应该讲是个地方上的王吧。当然，那是几百年前的事了，历史书上没有讲。但是，六安县搞地方志的人应该知道的。我讲这个的意思是，虽然贺得礼讲在丰乐河上架桥对于广城畈是一个不小的动作，他甚至讲是破坏了广城畈几千年来的规矩，但这话有点大。可以讲，他是个老式的文人了，但这些年没有人特别与贺得礼过不去，划成分什么的，他也没归入富农。他这个人比较洒脱，说话有一些依据，既然将龙山肯定要修渡槽，那还是可以听一听他这样的人的说法。他的说法肯定是不对的，但可以听一听，我觉得他担心对这个地方的面貌有一种不协调，更主要的是一种心理习惯吧，从将龙山到北小台是丰乐河在广城畈的河谷的最紧处，像一个口子一样，是架一座桥过去。

我们这儿有句话叫作正月十五大似年，吃块肥肉就下田。所以我们正月十六就来到了松辽岩，但像高书记他们，正月初九就到了松辽岩，因为这边地质情况复杂，如果没有地质队先行探查，对石块的类型做分析，我们干起来就更困难。当然我大哥在正月初十来过一趟，当天就回去了。我问他，松辽岩怎么样？大哥讲，不管是什么石头，只要是石头，就能松动，就可以挖。从他口气中我听出来松辽岩肯定跟以前不同。要是铁呢？我问。大哥讲，铁也可以挖。用什么挖？我问。大哥讲，铁可以用钢来挖。我说，那要是钢呢？大哥讲，要是钢，就用铜来挖。我在想大哥是在冲我。

但也就是这样，他从高书记那里听来的指示是，别人都认为在松辽岩基本上挖不出一条人工河来，因为确实太硬了。但大哥讲，就是一个石子一个石子地抠，也要抠出一条河来。高书记把大哥的话汇报给梅书记，据大哥讲，梅书记半天没有讲话。然后梅书记私下对高书记讲，多亏高山公社有个程志茂，不然双河扒河队也好，高山扒河队也好，怎么可能干出什么名堂？但大哥所说的扒出一条河来，是从石头中——石头怎么扒啊？

去松辽岩，是因为它离顺河店不远，往老南边就是毛坦厂了，离张店也不远，不过主要还是因为它靠西就是往大别山腹地去，那里山开始高起来，险峻起来。石头不是别的，就是大，所以主要是用炸药炸。它跟皮岗不同的是，皮岗是那种整块的石头，但整块石头与整块石头之间会有沟坎。我是听高书记讲的，松辽岩的石头是全部结在一起的，虽然也有缝，也有石头中间片状的缝隙，但是，要从缝隙处炸，反而效果不好，因为整块石头炸不开，就只好在大石块中间打洞去炸。

我大哥程志茂是到皮岗学过爆破的，然后他就跟程志槐还有程志满一起弄炸药。炸药本身也很金贵，一定要节省，一包炸药必须炸出它应该能炸出的石头。所以，大哥总是要把洞打很深。高书记一开始反对。他讲，洞打那么深，万一炸药炸不开怎么办？大哥对高书记说，即使炸不开，但只要爆炸了，就会把石头炸松掉，这样再炸，从不同方向炸，就会碎掉，这样不吃亏，反而更好。高书记听大哥的，老徐对大哥更是佩服。

有一次石洞挖了有好几人深，然后把炸药埋进去，引信拉到外面，然后就是点火，但没有爆，大哥就要进去。老徐讲你不能进去，你进去，要是炸了怎么办？大哥讲，这么长时间没有爆，就是信子断了。老徐不允许大哥程志茂进去，他讲他进去，他是当过兵的。大哥讲，你进去不行，你年纪比我大，你进去转身慢。两人争了半天，后来高书记来了。高书记讲，如果没炸，就往里边灌水，把炸药废了，重新再装再炸。大哥讲，炸药这么贵，没有必要。我记得那个下午争了很久时间。老徐硬是要进去，大哥讲，你进去不行，你年纪大，眼睛又不好，你在朝鲜时，眼睛被美国鬼子的炮弹给灼伤了，你进去没有用。

高书记已经找人用皮管子接水，但是我大哥还是进去了，他什么也没有戴。有人讲你戴个帽子进去。大哥讲，我什么也不戴。大哥进去之后，外边人也都没有撤，心想要死大家一起死，那种场面还是很感人。不过我是知道炸药再炸的可能性不大的，人虽然没撤，但是转到了石洞口的背面，即使炸了，也炸不穿，要是炸药炸了，大哥也就闷在里面了。这边喊话，大哥能听见，断断续续的。高书记问，什么情况？大哥说信子断了。奶奶的，怎么断的？高书记问。大哥说，烧到这个地方就断了，卡在一个石头尖子上，纸烂了，引信的药漏了。

妈的，就是质量不过关。高书记又骂。外边的人就着急了。大哥讲，不要紧，把信子接上就行了。怎么接？高书记问。大哥讲，就是用手接。小心炸。高书记喊。那次大哥把引信接上再出来，出来以后老徐跟高书记起了冲突。老徐讲，高书记，你这什么意思？你说要用皮管子冲炸药，那你就冲啊，你又把人放进去了，我问你炸了怎么办？其实老徐是担心大哥被炸，毕竟他们是老搭档了。老徐从战场上下来，知道炸药的威力。但是他眼睛不好，不然他不会让我大哥进去的。高书记讲，程志茂要进去，我拦得住吗？于是两人争了起来。

我大哥程志茂进石洞里装药，又进去取炸药。这后来就是常事了，总要有人这么干。有人讲不能让程志茂干，万一程志茂炸掉了，扒河队就没有头了。但是其他人都干不了，后来我大哥就讲了，为什么你们干不了？因为你们没有白化手。大家就奇怪了，怎么手皮掉了反而成优势了？大哥又说，在里边，因为炸药，不能打手电。一用手电，拧开关都有可能引爆，所以他那白化手在里边就发挥作用了，因为白化手在里边的每个动作，他眼睛都看得见。别人差不多是摸黑，而自己有白化手，就像是有显示灯似的。他这个说法我不相信。但有一天晚上，我看大哥的手，确实在

179

面前像鬼一样的，白闪闪的，而且显得又细又长，怪得很。不过谁知道他这白化手在放炸药上又反而成了利器呢？

真可谓，要是能当英雄，那真是挡都挡不住的。松辽岩石头硬，炸掉以后，你要想把它理出来也不容易，这又成了大哥程志茂的强项。现在我是服他那句话了，对于会干活的人来讲，干活就是不累，就是怎么干怎么有。别人是怎么都搞不好那些炸下来的石头，但大哥只要拿一根铁钎，在这里别一下，那里撬一下，很快石头就松了，只要轻轻一弄，石头就顺当当地停在它应该停的位置。然后炸下来的石头就被归置好了，用石筐子拉出去，这样一开始的石洞就会显出一个条形的大坑。这还不够，因为石洞与石洞之间还有石头，这时不能炸，因为一炸就会把成了形的理出来的河道的形状给弄掉。这时就要用钢钎来打眼，然后硬是要用钎子来钻，一点一点地扒开它，把河道接起来。这种扒河特别慢，但大哥带领的高山扒河队在艰难地劳动。

二哥一开始没有跟我们一起到松辽岩，因为高书记没有同意他去。二哥就找大队的郭书记，还有这边广城畈大队的老书记，拉着石磙在井沿庄前边的路上把郭书记堵上了。二哥讲，我是搞石头的，你们在松辽岩扒河，我能用得上。郭书记讲，有你们家的大哥程志茂，你不想想，你能用得上什么？二哥知道他讲的是大哥上次进洞救他，差点也赔上一条命的事。二哥自从被洞里什么黄鼠狼精给迷了以后，反而有笑容了，在河埂上晒太阳也开始哼小曲了。二嫂见到我时跟我讲，你二哥怕是给黄鼠狼精染了什么毛病，好像换了个人似的。我讲，二嫂，你不能这么讲，谁说二哥就不能进步呢？其实从合作化运动以来，二哥就一直被动，生产队、大队对他都不满意，当然高书记是看在大哥的分上，没有找他麻烦呢。但现在他来找郭书记，说是想让两个大队的书记都跟高书记讲，让他也去松辽岩。是怕你惹事。郭书记讲。

我知道二哥想去，大哥也知道，大哥也无所谓老二去不去，但是高书记不松口，主要还是因为那个吕二先生一直在跟二哥程志盛啰唆，比如讲将龙山要扒渡槽，不是好事。高书记没有拿他怎么样，但总是可以不理他的吧。而二哥拉着石磙一直在路上堵高书记。高书记回他自己的家，他老婆最近老是叫他回来，说开春了，总要管一管孩子们什么的。高书记在路上被二哥堵上，二哥讲，高书记，我要去松辽岩。你去干什么？我们人手够。高书记说。高书记后来告诉我二哥找他的这些情况，是想让我评评理——怎么你们家老二突然变得这么积极了？合作化的时候，在干什么？头脑那时候坏了，现在又好了？

反正高书记是不松口。二哥堵高书记不行，就把大石磙一路拉到了顺河店。他从顺河店来到松辽岩，他的石磙就停在顺河店小街上，现在他人来到松辽岩，他也要会战。高书记是在广城畈被他堵过，现在二哥程志盛又来到了工地。民工们讲我二哥懂石头，应该让他来。大哥对二哥讲，你要干活没有问题，但是你不能讲就你会石头活。二哥讲，老大，我没有这个意思啊，石头又不是手艺，只是有力气。二哥和大哥哪个力气大，我不知道，但至少二哥是能把石磙什么东西，不要一根绳子就能弄上山，这个别人是不会的。梅书记后来听到这个事了。梅书记是个读书人，他讲，程志盛要求会战，让他参加嘛。高书记这才答应让老二也来会战。老二把大石磙从顺河店又拉到了松辽岩。松辽岩山不高，但巨石林立，而且松树也深，我二哥是用木杠把石磙带上来的。后来我才知道二哥这个石磙可是有用处的，因为这石磙只要往下一冲，往往可以砸开一大块石头。

这边更艰难了，下一封信再叙。

志刚

1964.3.21

志刚：

听你讲广城畈的事我很兴奋，因为我到广城畈去过，你讲到的历史也许未必准确，但上次我陪章叔叔到将龙山时登上广城畈，廖书记是做了功课的，不然不可能对章叔叔讲得那么详细。正因为这是一个咽喉之地，所以在社会主义新时代如果这里架起一座桥，你可以讲这本身就是历史，因为它改变了历史。在以前任何一个时代都做不到这一点，怎么可能有一条河会架在另一条河上？这是名副其实的天河了。尤其是讲到自古以来，至少几百年以来，广城畈有王，广城畈的封地甚至辐射到三河、巢湖，它控制了这一大片土地。

但我想讲的是在今天的新中国，我们正在开创历史，因为就是在这个地方，我们六安人干了惊天动地的大事情。我们扒了沛顺杭，我在写稿时一直在征求丁大姐他们的意思。他们说还是用"扒"字，为什么呢？为什么架一座桥，还是要用"扒"字呢？因为在社员们看起来，扒河、扒桥、扒渡槽都是一回事，他们都俯下身来，他们所做的跟种田是一样的，都是面对地球使出浑身的力气，这就是伟大的劳动者。

我跟你讲了吧，是建那个临时用柴油发电机的发电站，不是九里沟这种水闸发电站，可见工程多么大，这也已经在组织了，指挥部的沙盘上已经有广城畈大桥了，还饰有灯泡，看着令人特别激动。对了，我讲你大哥，还有个原因就是你讲到他在松辽岩用那双白化手在爆破、炸石，还要整理河道，你不要以为那双手是没有疼痛的啊。我现在老在想这个问题，他也是血肉之躯，他也有痛感，之所以他表现得那样坚强，完全是因为对国家的爱，对沛顺杭的爱吧。

劳动也只是一个途径，对不对？特别你讲到他只身到石洞里去重新接引信，这是冒着生命危险吧，万一炸药又炸了呢，他不就死在洞里了吗？我想高书记、梅书记未必不知道这种危险，但是英雄是挡不住的。

你在信中讲到像老徐那样的退伍军人要跟你大哥程志茂抢着去排险，

但你大哥不让，为什么呢？你要知道，一个英雄之所以是英雄，就是因为他有绝活，他有别人不具备的素质，像你大哥他就是一个这样的人，虽然手成了这样，称为白化手，但他仍然干活厉害，而且做事准确，劳动强度大，别人是比不了的。现在我们通讯处开会好几次讲的都是这个话题，那就是像你大哥这样的英雄，我们拿他怎么办？就是说怎样让他发挥更大的作用。你在信中讲到他那次来开表彰会，就是年前我到兰州，跟他错过的那一次，你说他回去讲他什么也没有说出来，但后面我们认为那正是英雄最好的表达。

你想他讲什么话能比他站在那里，一句话也讲不出来更加让人痛心呢？尤其是那双手，请原谅，我最近老有些激动，我觉得真是太伟大了，所以看到你在信中讲他在松辽岩，用白化手在漆黑的石洞中接引信时，我仿佛也能看到那双在黑暗中闪着白光的手，这是社会主义胜利的保障吧。我想他应该是会永远战斗下去的吧。当然，你讲到劳动的技巧，讲到他会干活，这是一个基本问题了。会干活的人很多，但英雄和典型，就是因为他们站在一个高水平上，他们超越了别人，这是最不同凡响的地方。通过你讲他在松辽岩的事，我们的报道将会更加生动。

至于你在信中说到的你二哥程志盛的事情，看了还是让人心里发慌，不过我也同意你的看法，那就是人在变化，相信社会主义会让每一个人变得更好。我父亲搞社教，现在他常说的是人民群众不仅需要团结，而且是必须团结，紧密联系在一起。社会主义要靠大家，社教工作如此，劳动更是如此。

我想提醒的是，像你二哥程志盛这样曾经落后的人，如今还是落后，只是面貌上有了一些变化，我们要找出原因，那就是他们在政治觉悟上还是不行，包括你讲到的架桥的事情，吕二先生的论调，这些都是不和谐的声音。虽然我们允许个人发表意见，但这并不表示我们就不去反对那些落后分子，我们在帮助他们的同时，还是要批评他们的，对吧？你二哥还是来了，据你讲，是梅书记同意他来的。梅书记作为双河区委书记，他有他的考虑，但我更倾向于高书记的很多做法。

高书记是个在底层摸爬滚打的书记，应该了解情况，对于落后的人混在扒河队伍中，一定要细心地安排，特别是在爆破啊打巨石啊这些工作中，一定要善于使用不同的社员。我还是觉得重要的工作不能交给不可靠的人吧，你说呢？虽然他是你二哥，但你更应该站稳立场，你首先是一个社员，一个跟着生产队队长、扒河英雄程志茂的社员，然后，你再想这个荣誉是来之不易的，英雄是不那么容易当的，他成了英雄，就要维护好他。还有就是，现在将龙山马上要开建，说不定你们很快就会从松辽岩撤下来，那时候将龙山这个巨大的工程就要仰仗你们把它给拿下来，你要知道指挥部这边已经定了，关于材料、人员，关于电力、保障，关于指挥、车辆，还有机械，还有协调组，等等，已经全部蓄势待发，动员会已经开过好几次了。

当然，这是针对指挥部，底下社员的工作是由下面来做，六安县委会配合的。不过，我想英勇的高山扒河队这次是在自己的家门口扒渡槽，这不正是他们展现自己的最好机会吗？

等你的信。

1964.3.27

又三：

收到你的信，听你说到的将龙山渡槽的计划，我感到那渡槽似乎已经出现在面前，而不仅仅是纸上谈兵了。现在我也终于明白做事情多少还是要有层次。如果像我这样仅仅就是一个社员，就在底下跟着扒河队扒河也好，还是在生产队干活也好，我想我的出路大概也就是面朝黄土背朝天吧。在这里，我真的不是抱怨，而是你所讲的从指挥部那里传来的关于这个工程的宏伟计划，以及一座大桥飞跨过丰乐河的样貌，确实它撼动了广城畈几百年甚至几千年的历史。不用说，社会主义正在让我们的国家发生巨大的变化，而这一切也只有在社会主义时代才能做得到，这又怎么能不让我心旌摇荡呢？

然而现实的情况是，我不过是在松辽岩扒河，并且在这里所出现的艰巨的情况、复杂的情况，难以言述，特别是松辽岩、顺河店、东石笋这一带奇特的地质结构，使得山岩、石块——地理呈现出完全不同的质地。来扒河才知道，扒河也要讲科学，更要技术。在这里，我不是说勇气不重要，但是，确实需要对地质有认识。就拿爆破来说，如果不是采用分层打洞，并对洞做连接，是很难取得很好的爆炸效果的。

而扒河队里大哥当了爆破手，除了胆大，我想跟他学东西快也有关系。我告诉你这一点，是因为你在信中提到你在写他的新的报道时，你也注意到了如果老是讲他力气是越干越有的那套东西，已经不那么能说服人了。所以我也注意观察，大哥程志茂确实把他在皮岗切岭那儿学来的东西在这里用上了。不过我还想说的是，高书记对我二哥来松辽岩会战提出异议，后来梅书记又同意二哥来松辽岩扒河，二哥来了以后，大哥是注意团结二哥的，这个我是看得很清楚的。

二哥来了以后，不再像以前那样老是要把石磙在山脚、山上拉来拉去。他这次在松辽岩突然找到了与大家正常相处的方式，镶的那颗金属牙是经常露出来，但显然他发出了会心的微笑。有人说他肯定是在界儿岭那里被黄鼠狼精给施了法了，所以他到松辽岩后就不那么落后了。他也想成为一个积极分子，只是他这个弯虽然转了，但如果没有大哥的引导，他怎么可能得到高书记的首肯呢？

高书记对我大哥程志茂讲，你看梅书记同意你家老二来松辽岩，他一来，我就紧张，我总感觉他还会出什么乱子。大哥说，梅书记同意他来，说明梅书记明白松辽岩的难度很大，人多可以多出点子。另外，老二是干石匠的，他以前扒河没在我们几个战场上动手，主要是因为他看不起泥巴，他认为石头难啃，有攻击的兴趣呢。高书记讲，程志盛就是这么个怪人，怎么可能有进步？大哥说，高书记，现在什么时候了？在松辽岩炸药都不大管用呢，程志盛是我老弟，我了解他，他是个在石头方面有能力的人，毕竟当过石匠。石匠有什么用？高书记说。我大哥程志茂说，高书记，你看我这手，我是能把石头扒出来，但是，更需要有人把石头炸开，炸得更碎。高书记讲，那好，就让程志盛先干着。于是大哥程志茂和二哥程志盛在松辽岩就合作了。

这一次二哥程志盛不像在界儿岭时老是用他的石磙做那种仪式给人看，他是实实在在地干活。虽然我大哥程志茂的白化手对大家是个促进，在当地也极有影响，但松辽岩的石头实在太难扒了，光有白化手是不行的。二哥在东石笋干过一段时间，也是有准备的。后来他就跟高书记、王主任讲，我们高山这边的人懂石头的不多，因为我们广城畈的石头是土石头，但是松辽岩的石头不一样。高书记问，什么石头？二哥讲是岩石。这有什么稀奇的？高书记说。王主任是念过高小的，他对二哥讲的反倒要理解一些。他讲，你在东石笋那边干过对不对？二哥讲，我在东石笋开了石，所以我对松辽岩这边有点熟呢。后来王主任和高书记听二哥讲，岩石不能扒，岩石要剥。为什么呢？因为它分层，要像剥笋子那样来剥。

我大哥程志茂听二哥这么讲，就对高书记说，老二这次是用心了。他早干什么去了？高书记还是不懂。王主任讲，程志盛也是有心，他知道要到松辽岩扒河，过年前到东石笋那边看了石头呢。高书记说，没有纪律吧，我们那时又没有宣布要到松辽岩来，好像他程志盛能掐会算似的。高书记叮嘱我大哥，对于你们家老二，反正现在先用着，等情况明了再说，松辽岩会战是需要人手，但最重要的战役在后边呢。

大哥听得出来，工地里已经在传将龙山渡槽马上要开工，这支扒河队很有可能要撤到将龙山去。一是因为将龙山工程大，需要人手。二是因为将龙山渡槽要用家门口的扒河队的主要目的在于将龙山渡槽工期紧，务必在当地形成合力，让当地人全部加入进来，打一场人民战争，通过汪洋大海的战术，要迅速拿下将龙山。因此，松辽岩的事一是要加快，二是要看将龙山那边何时开工。虽然高书记没有讲，但是梅书记应该透露了一点上面的意思下来，县里的廖书记和吴县长肯定知道将龙山的详细计划，只是没有发布，要听地委的命令。而现在高山扒河队、双河扒河队正在松辽岩苦战，现在是开春的日子，一切都要争取时间，所以这时候对在石头方面有经验的二哥程志盛，还是要团结的。梅书记之所以同意二哥程志盛来，肯定也是考虑到这一点。他毕竟是个中专生，有文化，对于怎么处理这些有点落后的人，是有一套办法的，一切还是要以建设的进度来要求，不能耽误大建设的速度啊。

我大哥程志茂对二哥程志盛还是特别宽容吧，这个我是看得出来的。因为大哥也讲愚公移山固然重要，但愚公也可以不那么愚，不知为什么大哥现在有了一些新的境界，这好像跟他年前到地区开表彰会有关。义兰，你讲他在表彰会上表现很不好，一句话都没有讲出来，但他应该也是学到了不少，他是个脑子很灵的人。他虽然没有受过什么教育，但他之所以成长为一个扒河英雄，跟他善于学习、善于学优也应该是有关的。我想他那么年轻就能当生产队队长，在父亲出身不好的情况下，还能和高书记他们相处得那么好，这表明他看事情是清楚的。他本人是非常要求进步的，而且确实进步很大，对不对？

我看了你们的报道，尤其是把他这几年来，包括从修龙河口水库开始的报道都连起来看，我才发现大哥的成长确实跟社会主义大建设是同步的。他对自己严格要求，所以他讲的话不是大话，他关于能力、关于力量等的说法也都是心中的话，他是诚实的。所以他也才能在松辽岩和二哥这样的人在炸药、挖洞，还有爆破、碎石等方面一直认真地讨论。二哥来了以后，那种返回山洞里查看引信什么的二次爆破的事情就很少了，因为二哥把这些问题都解决了。

二哥是个石匠，是在这方面有经验的人，所以他们就很好了。只是二哥虽然干活很好，但工地上的人对他还是有意见，总认为他干事不牢靠，不像我大哥程志茂那样让人放心，而且有时他还是会用他那石磙来搞事情，比如用石磙去压石，或者是用石磙去堵洞。他在干法上千奇百怪，让人不大能适应，不过在松辽岩只要我大哥接受他，并且使用他，高书记他们也就不阻挡。

义兰，你看，我讲了二哥程志盛来松辽岩以后，大哥对他的接纳以及和他的合作，但很快就发生了一件不愉快的事情，大哥先是把二哥给揍了一顿，并且这打架一出，他们两人就不好了。事情还是出在家庭问题上。义兰，虽然我这样讲有点小家子气，但事情就是这样的。我小姊在过年时去世了，三个孩子多可怜啊，我那个大外甥叫俊顺，已经十四岁了吧，事情就跟他有关。你猜怎么着？俊顺居然也到了松辽岩，是二哥带来的，住在工棚里。起初大家不知道，后来拉石磙时，看到二哥把一副高跷甩给俊顺，俊顺在那儿玩。有人跟大哥讲，你大外甥也到工地来了。我大哥程志茂特别生气。

当时正是傍晚，大哥赶到另一道石坡上，发现了俊顺，问他，俊顺，谁叫你来的？俊顺讲，二舅啊。你二舅呢？俊顺讲，在那边劈石。大哥程志茂跑过去，抓住二哥程志盛的衣领，我就站在他们不远处。很多人拉，但大哥还是给了二哥一拳，二哥捂着脸，蹲在地上。大哥讲，这什么地方啊，你敢把小孩子带来？二哥讲，他都十四岁了，他想来，我阻得住吗？大哥讲，是他想来，还是你带他来的？其实这个问题也不重要，他想来也好，二哥带他来也好，都很自然啊。但大哥非常生气，我起初不是很理解，为什么大哥这么反感二哥把外甥带过来。二哥没有还手，因为他现在已处在被重用的时候，他感觉在松辽岩弄石头是他的强项，很多人虽然名义上听我大哥的，但实际上怎么干，怎么炸石，怎么劈石，怎么碎石，还是二哥讲了算。所以他就不想跟大哥计较，反正把外甥带来，让他在工地见见世面也好啊。你也不照照镜子，看看你自己，你敢带小孩来工地！大哥在那儿骂。

义兰，你看我大哥就是这样，小姊死了，他没有多说什么，但是把小姊的孩子也带到工地来，他就不允许。那晚，他让我打火把，他要亲自送俊顺回广城畈。俊顺是怕我大哥的，因为大哥是个英雄。俊顺也知道工地上所有人都怕他，但又都尊敬他。俊顺在路上说，大舅，我是自己想来的，不是二舅带我来的。大哥说，你不要到工地来，你又不是社员，这是什么地方？石头山，炸石头的地方，你是小孩子，万一一块石头飞过来怎么办？你妈才过的世，你不懂吗？俊顺讲，大舅，没有那么危险。在路上，特别是到太平街对面那一带，过小华冲时能听到狼的叫声，我头皮也发麻。大哥提着一根木棍，跟俊顺讲，你要记住，工地不是你能来的，一来你是小孩子，你来工地危险；二来，你在工地也是负担，你要吃喝吧，对不对？俊顺讲，我也可以干活啊。大哥说，滚，你能干什么活？不被狼吃掉就不错了。

那晚，我们走了一夜才把俊顺送回去。到了广城畈，大哥讲，俊顺，你在杨家水圩没有事干，就到新建队，跟大舅妈后边帮忙。他其实是想让俊顺到他家里吃饭吧。俊顺讲，我回去还要跟弟妹们一起呢。大哥讲，他们也到新建队去。俊顺讲，我已经十四岁了，我们就在杨家水圩。至于这个事情，春节后那几天就争论了，当时大哥就说要让小姊的三个孩子到新建队来，说就在他们家吃。当然了，虽然没有分工，不过大嫂可以为三个孩子弄吃的，我的侄子们也要吃啊。反正小姊过世了，孩子们不能苦着。但当时俊顺就不同意。他讲，他已经十四岁了，很快就能干活了。不过没有想到二哥居然把他带到工地。俊顺讲，二舅说可以教我干活。大哥讲，他教你不行，他那套你哪能学得会？他只会把你带坏。再说了，你现在还不能扒河，你不是社员，你是小孩子。

大哥讲，让三个孩子住在杨家水圩还是不行，俊顺要好些，另外两个俊华和俊欢不行啊，还是小了。现在是大嫂每天往那边跑，帮忙照应，但长时间这样还是不行的。

义兰，在山路上打火把走路时，我就在想，到底是什么让我大哥成为这样一个人？我想应该是他从来看事情都是明白的吧。他就是讲小孩子不能去扒河，但在山路上其实如果有狼群来更危险，可大哥就是要连夜把孩子送回广城畈。在他看来，这是一个原则问题吧。后来高书记知道了这个事，对我大哥程志茂讲，志茂，你真行，你看，要不要我把程志盛给赶走？大哥说，那倒不必，这里扒河还需要他呢。

但这次大哥确实对二哥的作为极为反感，包括对他老是拿石磙说事也是极为讽刺。他说，就好像石磙是他的专利一样。你听，这不是讽刺是什么？意思是一个石磙有什么排场。但是，二哥被大哥揍了一下以后也没有什么，仍然在工地上干活。

对了，你讲到的关于分配的事，我听出来一点点，好像更多的人都是支持要分配的，对不对？确实国家需要人才，需要技术，需要知识。所以我才觉得不管怎么样，我们在农校学到的知识总还是有用的吧。

等你的信。

志刚

1964.3.31

志刚：

　　从你信中知道你二哥程志盛还是去了松辽岩，并且你大哥仍然在和他一起扒河，这反映了英雄程志茂对于落后分子是十分照顾的。所以你在信中说你大哥对二哥是有特别关怀的。他甚至因此不惜与公社的高书记发生了一点摩擦，我想这都反映了一个英雄在复杂的环境下是如何全面地展开他的工作的。

　　说到松辽岩，我在前边没有怎么提及，因为你们现在很可能很快会转战到将龙山，所以，必然将龙山说得比较多。我想做事要看主流，特别是我们在指挥部，已经许多次在讲将龙山的事情，而现在作为扒河英雄的程志茂在松辽岩和大家一起为岩石开凿而战，这是非常了不起的。我到过将龙山，上了广城山，这些都跟你讲过，是觉得广城畈架起将龙山桥，未来的丰乐河，舒业、六安两县交界将会出现一座壮观的大桥，像彩虹一样，有时历史就是这样被改写的。

　　因为以前你跟我讲过你们广城畈人可能从来没有考虑过地貌会发生这样巨大的变化吧，但在社会主义新中国，一切不可能的东西都是会有可能的，这跟我们伟大的时代是紧密相连的。我从将龙山回来，因为忙于呈报将龙山会战的备战材料，有人甚至讲之所以广城畈会出现这样一个工程，跟这块土地上会产生像你大哥程志茂这样一位英雄有关。一方土地养一方人，你大哥从这块土地上成长起来，和未来的将龙山大桥一样，也应是一个奇迹吧。

　　你在信中讲到你二哥程志盛暗地里把大外甥俊顺带到了松辽岩工地，然后你大哥程志茂连夜把俊顺送回到广城畈。我想幸好没有狼群来攻击你们，不然英雄就被这样的琐碎家庭生活活活拖下水了。还好，没有事，但这并不表明我们就可以让事情全部过去了，在以后，你不知道像你二哥这样的人还会干出什么样的事。

　　所以我前边也讲了，对于一个落后的人，不光是社教、路线和思想教育就完事，还要对他们保持必要的警惕呢。我不是说社会主义大建设需要资质问题，而是你要看他在什么位置上。如果就是拉石头或是抬土，也没有什么。但居然就在英雄程志茂边上，在这些亲戚问题上给英雄带来这些负面的影响，这就是很大的损失了。所以我建议你们要考虑是不是让他承担那么重要的工作呢？

另外，你讲到了在扒石头、炸石头时你大哥和老徐现在组织的董存瑞连处于极好的工作状态，我相信这种状态会一直延续到你们转战到将龙山，你们完全可以把在松辽岩会战的成果带到将龙山。在将龙山会战中，你们会遇到前几次会战中所遇到的所有问题的总和。你们面临的任务会更加艰巨，所以现在应该把董存瑞连的经验积累得更加丰富。我想说的是，之所以叫董存瑞连，是因为在松辽岩也好，在皮岗也好，不是讲一定要像董存瑞炸碉堡那样去牺牲，但大建设与革命相同的是，牺牲要作为一种精神被强调起来。

不是真的一定要把自己炸死，那不是目的，是要有这种精气神，这样才能把将龙山渡槽修好。在丰乐河上架桥，哪会那么简单啊？所以董存瑞精神是需要在将龙山被进一步发扬的。至于讲到你二哥来后，在石洞里二次爆破的事情大大减少的情况，我觉得要客观地看吧，不要一味地追求成功，而让大建设的质量下降啊。大建设是一项前无古人的事业，很多东西都是头一回，所以不必害怕危险，只要勇于胜利，敢于胜利，就没有不能胜利的。不要让像你二哥程志盛这样的人左右了大建设，对不对？虽然他是你的二哥，但你也讲过你们家的历史，其间的许多事情都不是一两句话能说明白的。但既然英雄程志茂已经确立起来了，那就要围绕英雄转，不让英雄沦为一个普通人。而让落后者呼呼生风这样的事情是不对的，至少我们在宣传上是绝对不能同意这一点的。

好了，我再讲讲我这边的情况吧。我之前不是跟你讲过我父亲批评我在生活上比较幼稚吗？你还写信跟我讲父亲作为地委领导看事情会有高度，但我自己理解的是，我还有很大进步的空间，生活上之所以出现幼稚，还是因为历练得不够。社会主义是个大熔炉，我自己也是在这火热的生活中不断地被锻造呢。你记得我讲过朝坤，父亲不喜欢他，当时我没有看出来。还是我二哥李义江跟我讲，父亲不喜欢他。二哥说他接近我，是希望多接近我父亲，好像是想通过这些事来改变他自己的处境。起初我不大明白也不大相信，后来我二哥告诉我朝坤确实有这方面的想法，他是想当干部，想转身份，想调到局里去。这个说法让我很失望，因为我觉得他是一个又红又专的工人，是个有想法的人，在文化宫也好，在几个大厂也好，很有影响力的一个人，怎么能对工作有这样的挑剔呢？

当然，他现在不大到家里来了，二哥讲父亲是个地委领导，父亲对地区的事情看得透，对于一个年轻人是否应该成为一个干部，还是继续做个工人，或者就是做个社员吧，父亲看得很明白，不论在什么岗位上，都要勇于奉献啊，所以父亲对朝坤极其有意见了。我之所以跟你讲这个，是因为父亲跟我又有几次谈话，说到了可能会分配，要我不论分配到哪儿，都要以国家利益为上，不要盯着自己的干部身份什么的，那是对国家的不负责任啊。国家需要你做什么，你就应该做什么，我想父亲强调的这一点真是对我的路子，也难怪他前段时间对我批评和教育，并让我去兰州看大哥，这都是对我的言传身教，让我深受鼓励。

好了，下一封信再叙吧。

1964.4.3

乂三：

　　松辽岩会战实在是太艰苦了。现在因为春种的原因，许多民工都暂时撤回了村庄，而我大哥程志茂到东河口住院了。之所以告诉你这一点，还是希望假如你在报道上还提及的话，你要知道英雄也不是铁打的，虽然号称董存瑞连，但是在大建设时期，并不真的需要舍身炸碉堡，可是炸药的事情迟早还是会出意外，也因此，像老徐这样的从战场下来的人跟高书记就翻脸了。高书记脾气也大，讲老徐不要以为在朝鲜打过仗，就在这里逞能。高书记的意思是，我大哥的受伤完全是一个意外。但老徐认为不能让炸药的事全由我大哥弄，而且每次排险也都是我大哥上，就好像别人都干不了似的。

　　其实排险的事、二次爆破的事、检查炸药的事，这些都没有多少技术含量，无非就是勇气和胆量而已，但久而久之，作为董存瑞连的连长，我大哥程志茂就成了当然的人选。一是他自己非要上，二是他越干越多，经验也足，别人也就没有办法取代他了。大哥这次受伤，应该讲是个意外，好在伤得不重，只是在腿肚那里被削去了一块肉，但当时看起来还是很可怕，血肉模糊的，还以为炸掉了一条腿。那时松辽岩会战已经快要收尾了，一方面是因为已经把主河道打通了，另一方面是从毛坦厂那边过来了一支扒河队，他们在东石笋那边扒过石头的，有经验。而高山扒河队、双河扒河队确实要撤往广城畈，将龙山那边已经插旗子了，所以这边的后续任务就交给毛坦厂扒河队了。

　　就在这收尾阶段出了这么个事。那天是个阴天，是午后，炸掉这几个石洞就可以把最后的一块山嘴给打开，河道从那里再往下就要采用倒虹吸，所以这个山嘴不仅要炸开，还要预留埋设倒虹吸的槽口。那就要求精细，要炸出一个孔状的河床，并且要在上边留一点石头，以便在安装倒虹吸时，刚好可以卡住水槽口，所以这次爆破就要算得准，炸药多少都要算准。已经连续爆破了四次，中间还有一次哑炮，大家都感到很不吉利。当然了，扒河民工们也有一些自己的直觉，认为松辽岩不是一块好啃的骨头，不会轻易就这样让高山人离开。

果然第五次炸药没有炸，我大哥程志茂要上去，老徐不让上。老徐用铁钎戳在他背上，讲，你要上去，很可能下不来。我大哥讲，我不上，松辽岩就不会下来，你是干过仗的，应该知道打仗也不是这么打的。老徐讲他自己上。我就在边上。老徐要上，大哥讲，你上没有用，万一炸药包你处理不好，到时候一个队的人都被你给炸了。老徐已经累得不成人形了，毕竟他年龄大了，比不上大哥，下边程志望、程志仓他们也是不让大哥上，说你一上一定下不来，松辽岩这一战也就败了。

大哥还在争论，但这时居然从山洞那边传来一点声响，大哥挣开众人冲了过去，几乎是从山嘴那边飞过去的，后来就看到他用扁担挑着一个人从山嘴那边又飞了回来。就在他们转过山嘴这个弯，退回这边的石坑时，那边炸药已经炸了，大哥的腿没有完全收进石坑，结果露在外边的一条腿被炸伤。当时以为是断了，因为血肉连在一块儿，送到了东河口。当时我也去了东河口。在区医院，人家讲只是被炸掉了一块肉，有一个坑，也是一个坑，像石头坑一样。大哥讲他命大，那个被他用扁担挑着扔进石坑的妇女是炊事员，当时她正从另一个爆破点过来，根本不知道这边有哑炮。她是一个刚来不久的顺河店一带的妇女，名叫何赛花。何赛花直到被扔进石坑也没有反应过来，如果不是我大哥程志茂飞过来，她就被炸成碎肉了。

当然了，何赛花后来也说，她是结结实实地飞了一次。她跟工地上的人讲，我大哥程志茂会飞，她可以证明，我大哥自己飞了过来，然后把她的扁担轻轻一抬，她自己也就离开地面，不仅要飞，还要转弯，她是绕过山嘴的石头。我大哥程志茂带她飞时，她甚至看到石头上的青草以及青草上停着的蚱蜢，飞了不是一秒两秒呢，总有个一二十秒吧，不然她不是被炸死了吗？他们刚进石坑，炸弹就爆炸，但在她站起来飞时，其实炸药已经炸了，后边的气浪和石头向他们扑来。但是大哥程志茂拿着扁担只一甩，就把她何赛花给甩进了石坑，在石坑里她看到无数碎片在外边飘荡，而大哥重重地落在洞口。

他居然有一只腿还在坑外，坑是一个有凉棚样石沿的深坑，可以讲是绝对安全的，比钢铁还要坚硬吧。石坑里还有高书记和老徐他们，但大家都没有反应过来，也就几十秒的工夫，我大哥程志茂跑到了山嘴背后的爆破点，甩回一个叫何赛花的炊事员来。等大家反应过来，他的一条腿已经压在了石头中，大家赶忙扒开石块，发现腿已经血肉模糊。

高书记亲自拉板车往东河口送人。一路上高书记都在讲，程志茂你小子真行，居然能飞。躺在板车上的大哥应该是剧痛难忍的，但是他一声不吭。高书记讲，他只是笑，不过到了东河口检查以后，万幸的是没有伤到骨头。不过高书记讲，即使伤到骨头也不要紧，你不是肋骨断了都能自己长好的吗？你是铁打的程志茂。我当时在边上，觉得高书记一定是有点讲胡话了，看得出来他很激动，但同时他应该是从心底里认为我大哥程志茂是战无不胜的。

义兰，你看，就是在松辽岩最后快结束的时候，大哥出了事。但是在工地上，何赛花跟大家大谈特谈广城畈人的英勇，她自己是顺河店人，对高山扒河队起初没有觉得那么神奇吧，但这次我大哥程志茂带她飞了一次，她是真的觉得广城畈人非常了不起。其实顺河店和广城畈也隔着不远，本不应那么陌生吧，但人飞过以后就是不一样，所以在松辽岩工地上，所有人都讲，程志茂之所以成了英雄，跟他有功夫有关。什么叫有功夫？农村的土政治家谈政治可以，但是对于武林功夫知之甚少，广城畈人也好，张店也好，东河口也好，这些地方的人都是实干派，没有那么玄虚的东西。但何赛花在用她的亲身经历告诉这些民工，程志茂功夫非常深，飞得特别快。主要还是飞得很轻，就像小鸟一样，后来她又说比小鸟还轻，像蜻蜓一样，不但能飞，还能绕，因为是要从山嘴那里打个弯，而且要回到石坑里，这没有轻功怎么可能做得到？

当然后来人家就开玩笑地问，那程志茂带你一起飞，你有没有感觉到程志茂除了会飞，还有什么功夫？何赛花认真地想了好久，又讲，程志茂不仅会飞，还能打。别人就问她，飞就飞，带你一起飞，他打什么啊？有什么好打的？妇女说，他要打啊，他不打，他腿能被炸坏吗？就是入石坑前一腿踹向追来的飞石呢。人家又问，石头追来干什么？何赛花又想了很久，然后说，干革命啊，干革命就是这样，总有追兵啊。农民兄弟听妇女这样讲就笑，说炊事员政治觉悟很高呢，你看从轻功、功夫，从少林寺又绕回到农村土政治家那一套了。在东河口把伤口清理了，医生也讲，程志茂果然是铁打的，连被石片削去了肉，留下的伤口都是平平整整的。可见，他是一个多么强力的人，这就又回到了义兰你前边讲到的我大哥自己说的，他讲力气是从身体里越干越能生长的道理，想想也许事实就是这样呢。

义兰，虽然在农校我们学的是同样的东西，但到了社会这个大熔炉，很快我们就会发现每个人所做的事情会有很大的不同，不过就从你来讲，你能作为一名九里沟社员，还是临时到沛顺杭指挥部来搞宣传，这与你一贯的政治上的敏感是有极大关系的。可以讲你一直都是最懂政治的。也正是在扒河的经历中，我也明白了尽管劳动可以锻炼一个人，但一个人真正的提高，还是要来自他对社会的认识、他对政治的把握。也因此，我一直和你通信，我发觉谈得最多的是大哥程志茂，是扒河，是扒河队，是为社会主义出力，是大建设。我也才发现其实我是在跟你讲我在底下劳动的情况，并且我主要讲的是我的队长——他是我的大哥，但他更是队长，是生产队队长，是扒河队长，是一个英雄。

你搞宣传，你有这个本事，你有先天的这个敏感，这不是巧合，不是说他是我大哥，恰巧我们认识所以你就抓住他，而是他程志茂本人就是在社会主义大建设中涌现出来的一个典型。其实作为他手下的一名社员，我完全可以证明他是凭自己的本事一步一步干起来的，他的事迹都是真实的，甚至他的谈话、他的认识，以及他近乎神奇的扒河历史，都是他个人在劳动中、在大建设中形成的，他是最现实最真的。

我之所以讲这个，是因为我前边说到了在松辽岩他又一次遇到了危险，然而英雄是不倒的。虽然英雄是个人，他有倒下去的时候，但是他没有倒，这更是事实。我讲了他救炊事员何赛花，而何赛花和工地上的人都讲，程志茂会飞，一个能飞的爆破手，一个战斗了很多年的会武的英雄，但是他倒在了血泊中，腿上血肉模糊。还好，他只是被炸掉了一块肉。前面我不是跟你讲了吗？他被拉到东河口医院缝了针，把伤口处理了。因此，医生讲他这小腿上少了一块肉，有一块洼处，不知为何，他又被称作了洼刀腿。

洼刀是我们广城畈底下对一种有凹槽的长刀的称呼，以跟砍刀什么的区分。洼刀是一种弯曲的刀，不在于锋利与否，而是在刀口是向内卷的，他的腿少了一块肉，人家就把他的腿称作洼刀腿了。洼刀腿程志茂，医院里的人在送他出来时这样称呼他，因为是在松辽岩负的伤，而松辽岩属于东河口区的范围，一个双河人、高山人，却在东河口受了伤，东河口人、松辽岩人、东石笋人、毛坦厂人，这一块人就不得不服气了，说广城畈的人厉害，真的比山里人厉害，厉害的地方在于会武功，甚至讲能打，不过不是打人，而是跟大自然打，跟石头打，跟大山打，几乎是打出了一条河道。即使松辽岩会战还没有结束，但主体的工程已经拿下，河道已经成型，只等东石笋那边的扒河队来收尾。

义兰，我现在跟你讲，被称作洼刀腿的我大哥程志茂是怎么从东河口回到广城畈的。说来也怪，本来在这个春末的季节，不会有大水的，但今年有了大水，大概是春水早来的缘故，而且是突发的洪水，一下子就把丰乐河给涨了起来。大哥的腿受了伤，高书记想用板车把他拉回到广城畈。大哥讲这点伤算不了什么，他完全可以走回到广城畈。高书记讲你受伤了，应该讲社会主义不允许有这个样子的英雄，被对付成什么样了？没有人照顾吗？没有人管吗？不是的，应该要让人民把你送回去。大哥讲，我完全没有问题。高书记跟王主任说，还是跟两个大队的郭书记、夏书记、杨书记他们讲好，让他们在将龙山那边等着我大哥程志茂回去呢，应该要欢迎英雄。

起初我不大懂，还是老徐跟我讲的，说高书记之所以这样做，是因为将龙山底下动静已经很大了，已经插满了旗子，现在的施工队将会由正规军和民工队联合组成，也就是说从地区要派工程队下来，地方扒河队也要进来做。那么高书记是想让已经参战的地区工程队看一看，地方上的扒河队在架势上也是厉害的。我想大哥之所以坚持要走回去，还是因为他认为他个人完全有能力去代表高山扒河队跟地区工程队叫板。他之前就说过，干活虽然讲技术，但主要是体力，没有力量什么都干不成。

你听，义兰，这就是一个农民的看法。我觉得通过半年的劳动，我基本上是支持他这种看法的，只有劳动过的人才会明白力气到底是个什么东西。劳动就是你愿意把你的力气用出来，而且照大哥的说法，你的力气是要用不完才行的。怎么个用不完？这就回到他当初在你报道中所说的话，那就是，力气甚至是在劳动中临时生出来的，可以说就是为了劳动才产生出来的。你看，这种力气又是多么新鲜。

义兰，这一次，大哥程志茂是让程志望和程志仓扎了竹排，然后我们乘那张大竹排，从东河口开始放排，一直向将龙山下边去。大哥拖着那条受伤的腿，站在竹排的前头，程志望在边上想扶他，但被他阻止住了。他确定他不会掉到水里去，程志仓在后边撑着竹排，我是站在中间，我们新建队的几个主要的劳力都在竹排上。竹排过牛头山时，一个浊浪差点打翻了竹排，但是程志仓是个撑竹排的高手，他只用手轻轻一提，竹排又回到了正轨。一路漩涡不断，还有被冲下来的树木，都在击打竹排，但竹排还是到了挂山嘴上。这时大哥程志茂拖着那条伤腿，到竹排后边帮助程志仓掌舵。程志望在前边开道，才闯过了险关。

竹排到杨家河湾时，才发现水势之大，因为在小华冲那边又有几条支流汇入，河水量加大了，河面无比宽阔，沙滩全部被淹掉了，可以讲一片汪洋。我在竹排上第一次感觉到河水的巨大，以及前景的无比壮阔。虽然危险异常，但大哥程志茂，这个被称作洼刀腿的人，正在镇定自若地指挥，他知道从前边拐个弯，到小界河那儿时，就能看到将龙山，高书记他们应该就在漫水桥边上那儿等着咱们呢。万一我们在小界河那个河口交汇处翻了怎么办？程志望在竹排上问。我大哥程志茂讲，就是竹排翻了，我们也要在漫水桥边上，靠代销店的那个岸口边上岸。

远远望去，在小界河交汇的河口处，河面无比宽阔。由于小界河的水是从天龙庵一带来的，水势更大，而且汹涌从杨广河湾下来后，竹排的速度就更加快了，几次竹排都要卡掉，我敢肯定从将龙山那边看这个竹排，应该像一片树叶吧。没有人提示，但是高书记他们一定是站在代销店那儿等着我们。当我们的竹排漂到小界河交汇处时，这时发现竹排被一阵大浪几乎打沉，还是入水的程志仓一下子把竹排给揪了回来。闯过这个交汇的河口，竹排像箭一样向漫水桥那边冲去。大哥讲一定要在漫水桥那儿靠岸，不然竹排冲过漫水桥，就只能到张母桥那边才能靠岸了。而漫水桥这边很多人在等着，所以从小界河交汇处向下，过那个土坎后，大哥入了水。他拖着竹排，奋力地划水，而竹排上的程志仓用竹竿在拉大哥，两个人在拼命地使力，要把竹排拉向朝北的岸边。

我站在上边没有什么作用，看得出来，他们以前一定是放过竹排的。他们配合得很自如，不愧是堂兄弟。而且程志仓一直是最为懂得大哥的。

然后，我就看到漫水桥边那黑压压的人群。竹排是迅速靠近了，但如果掌握不好方向，竹排就会从漫水桥翻过去，一旦翻过去就麻烦了，说是到张母桥可以靠岸，可一路上水势会更大，所以无论如何必须得在漫水桥靠岸。漫水桥边不仅有人，而且插了旗子，不用说这是将龙山渡槽施工的标志了。大哥和程志仓都立在竹排前头，两根巨大的竹竿终于把竹排别向了北岸。

听到黑压压的人群中发出欢呼，这时有人在叫，程志茂回来了！洼刀腿回来了！听得出来，东河口的消息已经传回了将龙山，所以这里的人才会这样叫。高书记和几个大队书记站在人群的前边，高书记大声喊，程志茂你挥一挥手！因为竹排已经快至岸边，水势在岸边小多了，我大哥程志茂立在竹排的前头，但他没有挥手，只是憨厚地笑。人群中有人喊，程志茂你快飞上来！义兰，你听，人家一定是讲我大哥会武功呢，所以才迫不及待地想我大哥露一手给大家看。现在将龙山就要开工了，扒河队队长，一个会武功的白化手、洼刀腿，从松辽岩转战回来了，怎能不叫人兴奋呢！

义兰，先写到这儿吧。等你的信。

志刚

1964.4.10

志刚：

　　看你的信，我有些感动呢。不知为何，从界儿岭会战的后期，乃至春节，再到现在你们已经从松辽岩会战中撤下来，我感觉你跟当初刚当社员时情景已经很不一样，哪怕跟在八里杠时期比，你也是特别不同了。当然了，当社员已经快一年时间了，这一年，我们都一样，都是在做社员，我稍稍有些不同的是在沛顺杭指挥部有时还帮忙做一些宣传的事，也是感谢指挥部的信任。不过我的看法是，不论做什么，都是在为大建设出力。尤其是作为一名社员，更是没有什么好讲的，就是要和别的社员一样，在生产队、大队、公社里做一个干活的人，劳动的人。社会主义就是靠社员们干起来的，尤其在修沛顺杭这个问题上，国家没有那么多钱，因为社会主义不是靠钱干起来的，社会主义靠的是人民，所以社员就是要干活的。

　　程志盛这个人，虽然也是你哥哥，但我总是觉得他在合作化中表现那样差，这就是一个觉悟的问题了。好在，这一次他去松辽岩没有闹出大乱子，但是擅自把外甥带到工地，这也是纪律上不允许的。一个十四岁的孩子到工地上干什么？还要去工地吃喝，这不是对社会主义的理解出了偏差吗？社会主义既是政治，也是一种对我们的要求。政治永远都要牢记的。所以处理这些问题，还是需要像你大哥那样出色的人物，像你二哥程志盛这样的始终是要小心对待的。你讲到的你们扎竹排下丰乐河，然后到了广城畈，看到将龙山就要行动了，这是多么伟大的消息。一个巨大的工程可以说像一道未来的彩虹，将会矗立在将龙山和北小台之间。到时候，不仅全六安，全中国都会注意到这个巨大的工程的，想一想，你难道不激动吗？

　　我前边讲这么多，包括讲到你大哥的洼刀腿形象，我是说我将会在以后的宣传中更加注意这种第一手的资料，我想我们之间的通信既是我们之间的，又不仅仅是个人的了，它可以说就是我们在扒沛顺杭时，我们能够互相给予对方的经验和介绍，以及莫大的鼓励。从我来讲，我是把扒沛顺杭作为一项事业了，这项事业是伟大的，我能参与其中是特别骄傲的，我相信你也应该有差不多相同的感受吧。

另外，志刚，我还想向你透露一点的是，你总是对知识抱有一种特别的情怀，这个没有错，因为你是在农村长大，你父亲年纪又大，出身又有问题，这个在之前反复地讲过了，所以你是把知识有点理想化了，对不对？在我看来，服务人民是从人民中来。没有问题的，知识也只是手段而已。我想和你说的是，我们分配的事情，我不是从我父亲那里得到什么消息，你总是希望通过我问我父亲分配的情况——你以为他是地委领导，他就能了解这个事吗？

志刚，你知道我本人确实对务农没有抵触，而且我在九里沟干得特别好，特别顺。但章叔叔这么讲，我就有些觉得是不是我们分配的事有眉目了。果然，又过了一天，章叔叔悄悄跟我说，还是要分配的。他说他是从省教委那里听讲的，他到省里见领导，碰巧有教委的人在，讲到了毕业生的事情，于是他肯定地告诉我，还是要分配的，国家仍然需要人才。我是觉得章叔叔作为地委副书记，又是沛顺杭的总指挥，在这个大建设时期，他对于人才的理解可能不仅仅局限于民工吧。他还是关心各种层面的人。

我和你说这个，因为我感觉你应该是特别在意这个吧。那么这个消息也许会让你明白，国家对所有事情都会做出安排的，我们要相信国家。我跟章叔叔说，如果会分配，我会更加努力地为沛顺杭服务。章叔叔说，你这个有想法的女孩子，我们是特别关注的。当然，他讲这个话，或许有一点看在我爸爸的情分上，但更多的我想是站在做事业的角度吧。就拿我报道你大哥程志茂这个事来讲，章叔叔也是特别满意的，他还问过我，高山公社那个英雄，现在怎么样了？我说，已经快从松辽岩那边撤下来了吧。于是，我们又讲到将龙山。章叔叔才从将龙山回来，现在对他来说，最重要的也是将龙山的事情呢。

好了，下一封信再叙吧。

1964.4.19

义兰：

你信中讲到的分配的事，真的来到了面前，就是说真的从你信里得知分配已经指日可待了，你是从地委副书记、沛顺杭总指挥那里听来的消息，自然是可靠的。尽管我一直跟你说我是渴望分配的，但关于国家干部什么的，我没有想那么多，尤其我讲过我父亲年纪大，培养我上学，那是极艰难的。有时我想成为国家的人，也是对他的一种回报，尽管我跟你也讲到父亲的成分问题，你在这方面懂得多，在学校时你就是一个政治头脑极其清楚的人，父亲又是地委领导，所以你是可以多在这方面指导我的。

但是，当你讲我们就要分配时，我反而又不是那么激动了，我想事情往往就是这样，一切都还是一个过程吧。特别是这一年来作为社员参加沛顺杭会战，扒河已经成为生活中最主要的事情了，劳动几乎掏空了一切——请原谅我这么说——我真的有这种感觉，但你可能要说劳动不是使我们更充实更丰富吗？你那样讲也是对的，但不知为什么我觉得劳动会掏空一个人，至少是把你的东西全都用出来了，成为汗，成为力气，成为挖土、抬土、炸石、劈石、碎石、搬石，成为这一个个动作呢，因为没有一块河，不是挖出来的。我之所以讲一块块河道，是因为在我看来，就是这样的。

河道是挖出来的，一块块土、一块块石、一块块硬泥，都是要挖开，把它给运走的，所以我讲人是被掏空了。但是，现在要分配了，就要走上工作岗位了，就像我想起过年时死去的小姊跟我讲过的话：你跟他们到底是不一样的，你始终是要当干部的。你看，老百姓讲的是你要当干部，我想当不当干部不要紧，国家不能不管这些学知识的人，对不对？好了，相信这是确定的，要分配了，不过事情没有来到面前，你在九里沟，我在高山，我们在不同的地方，但我们都是社员，只是你的觉悟会让你看现实看得更清楚些，而我只是认为如果铁定分配了，那是对的。

义兰，我再跟你讲讲这里的情况。我前边跟你说，大哥程志茂和我们扎了竹排从东河口一路放排而下，很惊险地在漫水桥北岸代销店那儿靠了岸，岸上有高书记，还有一支狮子队。这狮子队是山后的，畈上人只在过年时有，平时狮子队是不会出现的。这次之所以出现狮子队，显然是为了给英雄的大哥程志茂打气的。虽然在小界河交汇口那里竹排差点翻了，严格讲，拖着伤腿的他已经落水了，不过他那是在抢救竹排，以使竹排正过来，沿水流而下。但毕竟岸上人也都看见我大哥还是在竹排的前头一下子就跳上了岸，他也必须这样精神激昂地下去，因为岸上已经锣鼓震天。我才知道岸上往东边一点点，就是大棚，你在来广城畈时已经到过大棚了，对不对？

以前从霍西通舒业的公路经过大棚时，大棚就是一个驿站点，甚至更早，往东前边是大墩。大棚和大墩是古道上的两个点，所以大棚是有来历的。因为你之前在信中也讲到了大棚会有一个发电机在，所以我觉得大棚应该在将龙山会战中很重要吧。狮子队跳舞，大哥程志茂被套上了红衣。高书记用喇叭喊，让人群闪开一点，我跟在程志仓他们后边，原来在大棚那边有个台子，狮子队在前边边跳边退，是要把我大哥程志茂引到台子那里去。但走了几步，大哥弯下腰，高书记赶忙凑过去，这时老徐在后边喊，高书记，他腿不行。高书记知道东河口医院给他缝了针，但为什么还会疼呢？

大哥小声讲，在水里泡久了。因为竹排从东河口放下来，大哥入水很多次挽救竹排，伤口都已经进水了。高书记看大哥几乎不能坚持，马上对打锣的那个人讲，你们跳到台子上去。狮子队上了台，我大哥程志茂站在台下边，上河嘴庄上有几个人围过来，瞅着我大哥。我想上河嘴人一直对新建队的人有些不服气，他们认为他们本来也会出现几个像大哥这样的英雄。但是他们就是冒不了这样的泡，这完全是因为大哥个人的能力强，他有这个本事。你不得不承认，他就是一个会干活的人。

高书记见狮子队还在跳，又把大哥挤到帆布篷的边上。高书记问他，你的腿有没有事？大哥讲，问题不大，不能见水，有个两三天就好了。高书记说，那好办。就这样，狮子队被高书记喊停下了，众人也慢慢散了。那边地区工程队的人还在扎帐篷，因为要会战，地区工程队将会和本地扒河队一道干活。但是，高书记讲工程队的人只是搞设计、搞方案，活还是要我们社员干。他说，我跟你们讲，沛顺杭离不开我们老社员，现在，在家门口，在将龙山修渡槽，这是考验我们高山公社最好的机会，我们一定要干好。

高书记对大哥讲，你回去休息个三四天，我们现在干的活跟之前不一样，讲是扒渡槽，但实际上是架桥呢，架桥你会吧？高书记一连串的问题让大哥有点接不过来。老徐在边上讲，高书记，你认为还有活是我们干不了的吗？老徐讲这话完全是因为有大哥撑着，就好像他是一个全能的社员一样。大哥说，架桥应该不成问题。

老百姓都支持架桥呢。至于那个贺得礼，人家都知道他是个有文化的人，尽管是个老文化人。但没有人讲要把贺得礼给抓起来。贺得礼说的是在河上通一条河，这水不是会淌掉的吗？不是随丰乐河入了巢湖了吗？高书记没有笑，王主任也没有笑，当然这个贺得礼是太老派了，他还没有弄清楚架的桥是要从天上走，这次真的是天河了。

在向新建队走时，高书记和大哥站在大棚东边，那儿能看到大墩，大墩下边就是白浪滔滔的河水。高书记讲，春季涨水很快会退，水一退就要挖桥墩了。就在那个位置，是三号墩呢。一号墩在将龙山南小台山脚下；三号墩在主河中间，最难挖。而且务必在这次水退后、下次涨水前挖掉，不然就不好办了，这是死命令呢。听得出来，高书记已经跟地区工程队的人接上头了，能不能扒渡槽恐怕就得看这个挖桥墩的任务吧。大哥指着三号墩那位置对高书记说，一定要挖到水底。高书记不是很明白，大哥又说，要挖到白石。高书记听出了一点什么。大哥对老徐讲，挖不到白石，将龙山渡槽就干不起来。你听，大哥这见识，完全是有准备的吧。大哥应该比我早知道将龙山会战的事，私下里跟高书记应该讨论过很多次了。在一号墩和三号墩中间的是巨大的沙滩，这是丰乐河在将龙山一带最大的河滩。未来施工，沙滩中间长树的那个像岛一样的土堆上将会是放材料的地方。三号墩实在是很难挖，看着河水，你都难以想象怎么在那儿挖出桥墩的深坑。大哥讲了，要挖到见白石为止。

好了，等你的信。

志刚

1964.4.29

志刚：

收到你的信，你所讲的你们从竹排上下来，在漫水桥北岸代销店门口靠岸，那个地方我知道，因为我下去时，在大棚那个地方还停留了很久。没错，那个地方就是未来要放发电机的地方，说不定发电机都已经运下去了，也可能吧。你讲到你们站在大墩那个地方看三号墩的位置，我在指挥部也多次听人讲三号墩将是将龙山渡槽在建设初期最难啃的一个地方，虽然一想有十六个桥墩，但三号墩无疑是难度最大的，因为三号墩在河中央，水的流动性大，有许多施工方面的难题。

至少我了解的情况是，这在国内算比较难建的。不过任何困难都难不倒英勇的六安人民，对不对？当然了，一号墩也很难搞，因为在那里还要建一个泄洪闸，这些规划图上都有。这次下去的地区工程队，先头部队应该已经下去了吧。我听说的情况是，这一次地方扒河队要与工程队的人全力配合。但是在通讯处办的宣传会议上，我和丁大姐都表示在施工动员中是不能这么提的吧。不能讲高山扒河队，可那么一支英勇的扒河队都要配合你地区工程队。虽然地区工程队是国家的，但是地方扒河队是伟大的人民群众组织起来的，不存在配合谁的问题，应该是大家一起努力奋斗把将龙山建设好，你看我这意见是对的吧？

当然了，我要告诉你的是，我已经基本确定分配到沛顺杭了，上一封信时没跟你讲，省教委的人都讲确定分配了。章叔叔已经得到消息，沛顺杭是要我的，现在还没有出分配的报到函。但我了解的情况是，学校跟教委还有沛顺杭都知道了我要分到沛顺杭的准确消息。当然了，参与教委分配的还有省里的人事部门，也都去做分配方案。这边所有会议我都正式参加了，而且要我发表意见，我想组织上是重视的。

不过，虽然我不再以一个九里沟社员的身份来参加通讯处的工作，但我并没有因此觉得自己的身份有什么变化。我仍然有社员那样的责任感。就是说，整个沛顺杭是为谁修的？是为人民修的，是为六安的老社员修的。我为什么在自己不是社员时，来讲这句话呢？是因为我们要知道国家是为劳动群众着想的。淮河一定要修好，是毛主席的指示。修淮河也好，建五大水库也好，扒沛顺杭也好，从根本上说，是要把水利建设搞好。水利建设是大建设的重要内容，同时它又是农村工作的重点，你想要真的解决旱涝问题、粮食问题、耕种问题，水利那是最基本的，我们要站在国家的高度来看沛顺杭。

讲到分配，我想和你说的是，我们是同学，我们面临的处境是一样的。不知你是不是跟我一样对社员的身份有一些不舍，但没有关系，我想你也应该会继续为国家服务、为人民服务，尤其是在基层。我倒觉得你本来就在基层，又在基层长大，而且你父亲成分也不好，那在分配问题上，你更应该有觉悟，要站好队，摆好姿态，国家要分配了，给你干部身份了，我们不能忘乎所以，对不对？应该到人民最需要我们的地方去。

你现在就在高山公社墩子湾大队新建队，分配了就不是新建队的社员了，但你在心里还是要以一个社员那样朴实无华的农村人状态去迎接新工作。关于分配的动向，因为我人就在六安，不瞒你说，我前段时间还遇见了刘老师和顾校长。我对他们说，我们分配了，但是我们仍然记住我们是学农业的，我们还是要为国家做最基本的事。顾校长讲，现在大部分人未必要分到农口，但相信，现在不论做什么，都是国家最需要的。

听说我要进沛顺杭，刘老师的意思是那是一个很好的为人民服务的地方，沛顺杭在地区里大名鼎鼎呢。我说我这次要分到沛顺杭，确实不是我自己主张的或要求的，我是服从组织分配的。还是顾校长知道一些所谓的内情吧，他说，是章书记专门到分配办公室去点的名。我这才知道，虽然分配迟了一些，但还是有一个分配办公室的。你想，连分配也不是只我们一所学校存在分配迟了一点的问题，还有好几所呢，时间上有一些先后，但基本上都会在近期落实。我没有回学校专门去问分配的事，但我跟我父亲讲了我分配的事，我父亲还主动问起你呢，他说你那个在乡下的同学怎么样了。

我没有反应过来他问的是你程志刚呢，我说爸爸你问的是哪个乡下同学啊？父亲说，就是你报道中那个叫程志茂的英雄的弟弟啊，你不是经常问他程志茂的一些情况吗？我反应过来，原来父亲对你是特别强调的，他对你印象很好呢。他说你那个同学应该人还不错，和你一直保持通信，但从来也没有到六安来找你；通了那么多信，但也从来没有讲过什么让人难看的话。我觉得父亲话中有话，我想他应该讲的是跟朝坤有关吧。自从父亲上次批评他经常到家里来是别有用心，连做个工人都不安分之后，父亲就很少说他了，朝坤也没有再到家里来。父亲在这方面一般是不大说什么的，他也不针对我们兄妹交的朋友谈什么意见，但是对于朝坤想从工厂调到机关去是大有看法的。

他觉得他现在抓的社教工作，不仅是农村，在城里，也存在着工作作风、政治风气等问题。一个年轻人干吗一定要到机关去？父亲是反对这一点的。尤其是朝坤那几天到家里来，父亲起初没有谈什么，后来大概是他讲到了想到机关的意思，父亲就发火了，不仅把我支到兰州去看望大哥，而且还跟二哥李义江讲了以后少跟朝坤来往的话。父亲说朝坤的思想有问题，不像个年轻人的样子。你看父亲是做思想工作的，以前是革命干部，他是随时都对身边的人有要求的。

父亲问你的情况，提及你，我只得说，像程志刚这样的人，在底下，在一个英雄的哥哥手下干活，他特别适合在底下为劳动人民服务呢。当然了，即使他成了一个国家干部，但是他仍然可以在底下为群众服务。父亲讲，你确定程志刚是这么想的？我说，我认为他在双河、高山，他在底下很好啊，有那么一个英雄的扒河农民榜样在身边，他能成长不好吗？

父亲若有所思地说，农村也需要像他这样有头脑、尊重知识的人。你看父亲不仅做社教工作，毕竟是革命干部出身，现在又是地委领导，他看人是全面的。他说，那他还是应该在底下多历练历练好。我对父亲的话是听进去的。我说，我做通讯处的宣传工作，其实我看的是全部沛顺杭，每一块扒河的土地上，都在上演着怎样的故事。父亲说，大好的山河啊，人民群众太伟大了，不论是你做宣传工作还是像程志刚当社员扒河，都是在为人民服务。所以要分配了，要当国家干部了，但不要忘了这个经历。以后看这个经历反而是非常难忘的呢，对不对？

志刚，你看，无意中，父亲都注意上了你，知道你在农村当社员、干活，而且认为你有前途呢。好了，希望你一切都好，下一封信再叙。

1964.5.7

义三：

　　收到你的信，知道你讲的分配的情况，虽然你讲的是你的，但我想，我们都应该要分配了，我是很激动的。你讲到你会到沛顺杭指挥部，我想这样你工作起来就更主动了，毕竟你是以干部的身份，而不是像以前当个社员，算是帮忙在通讯处干宣传的事，这就成了正规军了，对不对？讲到指挥部，其实最近在广城畈，我们看到指挥部有车子下来，插满了红旗，还有标语。另外，地区工程队的人也在大棚和南小台之间穿梭，还在架设电线杆，大概是大棚这边要搞发电机发电，而南小台那边好像要改临时的指挥点，将龙山工程真是很大呢。

　　地区工程队的一些人穿着雨鞋，在这个夏季的时候，显得威风凛凛，我就是这么感觉的。毕竟是地区工程队的人，虽然我当社员扒河也干了不短的时间，但是，他们是来施工的，而我是上过学的人，我对正规的施工还是很敬畏的，我觉得他们会有方法，而且这次是架一座过水的桥，上面有渡槽，这可不是闹着玩的。听人讲，图纸都出来了，只是公社的人也只看到一点点，我说的是高书记。高书记就跟我大哥讲，虽讲是架桥，但还是要从零做起吧。

　　桥墩怎么建？扒啊，还是扒河。一个"扒"字，渡槽也是扒出来的。他讲这话，好像有点赌气似的。高书记是爱他的社员的，觉得社员永远都是起作用的，人海战术。打一场人民战争，汪洋大海啊，没有人民，光靠工程队怎么可能把大桥建起来啊？大哥倒是比较冷静，无论怎么讲，扒河也好，扒渡槽也好，还是要扒。作为劳动力，他主要是要干活的。而现在，几年下来，虽然他那种力气是越干越有的话已经在全地区都有名了，但他仍然要实实在在地扒河。

　　高书记讲，程志茂，你跟老徐，你们现在在将龙山，有多少把握还能占主动？高书记永远是这样，不想丢掉英雄扒河队的名分。当然他更不能让程志茂在这项重大工程中居于次要地位，他明白这个英雄对高山公社是多么重要。老徐讲，高书记，你不能这样，打仗还有喘气的时候，攻山头还要轮流进攻呢，还要有侧应呢，程志茂是人，不是机器。高书记对老徐被激将起来的话比较反感，他讲，老徐你不要老拿打仗那些事来讲，我说的是打一场人民战争，是人海战术，是战胜大自然啊，人的力量是无穷的。总之，在动员阶段，高书记对大哥是做了不少工作的。他的洼刀腿的称号现在又在大棚传开了，这边搞过几次誓师，前两次大哥腿不大行，少走路，只是站在台中央，戴个大红花，下边几个公社的社员依次在大河滩上站着，上边用高音喇叭喊，鼓舞人心。有时也会让大哥讲两句，大哥就讲，我们一定要拿下将龙山，然后下边是海一般的呼号声，气势十分震撼。

我现在倒想跟你讲一讲我二哥程志盛。我不是跟你说，我和大哥程志茂还有本家的程志仓、程志望，我们是撑竹排从东河口一路沿丰乐河放排下来的吗？其实我二哥也是时隔两天放排下来的。他放排的气势不如我们，而且又没有人在漫水桥那边欢迎他，他是把竹排放到卷棚桥那边的。那时水已经小了一些，他之所以在卷棚桥那边上岸，是因为那里地势要好些，卷棚桥那里有个石头趴子，可以在那里卸货。后来他跟公社的王主任汇报说，他之所以晚了两天放竹排下来，是因为到东石笋弄石头去了。他讲，叫打石碌，就是用东石笋那里上好的石料做石碌。将龙山要架桥，石碌会派上用场。他之前的那个石碌虽然厉害，但时间有点久了，有些地方也磨坏了，现在他又打了三个石碌，一共有四个石碌，他就是扎竹排放了四个石碌下来，但没敢跟高书记讲，因为高书记当初是反对他参加松辽岩会战的。现在他主动从东石笋打石碌运回来，实际上是为公社好的，是为将龙山服务的。

但是他总是这样怪怪的，打石碌应该先跟组织上讲啊，他也没有讲。但是他把石碌打下来，也运回来了，然后跟王主任讲。王主任讲，你打石碌是个好事情，但要先跟公社汇报吧。二哥讲，我是自己去打的，我是石匠，打石碌是我的本事。再说了，都是为扒沛顺杭服务，我还不是干事情吗？王主任跟高书记讲，高书记就问大哥，你家老二打了四个石碌运下来，你知道不知道？大哥讲，我知道啊，他打石碌也是要干活的。高书记听大哥这么讲，有些意外。他问，那是你指使他去东石笋打石碌的？大哥讲，那倒没有，但是程志盛是要求进步的。我没有想到我大哥程志茂这是在为二哥说话啊,我也不大明白怎么二哥就让大哥另眼相看了。

后来大哥在庄头告诉我,说二哥还有本事呢。我问到底怎么回事,大哥就说,松辽岩和东石笋那边,他救的那个炊事员何赛花老讲他会轻功。人家都去求证,这个何赛花又讲不好。然后二哥程志盛讲,大哥是用他的石碾练出的轻功。接着二哥就演给他们看:二哥往肩膀上拴绳子,先是把石碾在地上转起来,然后找一个下坡,石碾就会自动地翻滚,中间有一根木轴插在石碾中间,石碾像有了魔力一样转了起来,人会因为木轴的旋转而腾空。二哥这个手艺像魔术师一样,松辽岩的人就信了。松辽岩的人就讲,程志盛是程志茂的弟弟,徒弟都会武功,师傅岂能不会?

至于那个吕二先生,他是一直跟二哥比较要好的。在界儿岭那次,二哥在洞里被什么黄鼠狼精给迷了,也是吕二先生讲的故事。二哥打了四个石碾回来,眼看是要在将龙山会战中出力的,风头也好,吕二先生也是神气得很。他改变了样子,讲话也不那么怪了,在高书记面前也不躲闪了,一口一个高书记英明、高书记指示。

高书记一开始还不大适应,后来吕二先生就跟我大哥讲,程志茂你别忘了,在界儿岭我也是立过功的。他讲的其实就是在界儿岭,大哥二哥掉水洞里时,是吕二先生反对往洞里边扔装吃的葫芦。而且大部分社员也还都是相信,如果扔了葫芦进去,兄弟两人可能就会死在里边。其实道理应该是如果东西进去了,沼气量加大,吸入量加大,大哥也会昏迷,这样大哥二哥真的会死在里面。

大哥也是念着吕二先生最多是个卖狗皮膏药的郎中,不是什么坏人吧,只是比较落后而已。他跟二哥都是落后分子,但现在他们要求进步,你不能阻拦啊。大哥就跟吕二先生说,你好好表现吧。听高书记讲了,大棚这里有个医疗点,要搞跌打损伤什么的。工程大,队伍人多,施工队下来了,六安、常县都有社员来扒渡槽,说不定让你在医疗点给人贴膏药呢。吕二先生讲,那我行不行啊?大哥说,你怎么不行啊,你平时不是能得很吗?吕二先生讲,是啊,程志盛都打四个石碾了,我也要在家门口修桥时出力。

大哥跟高书记讲,吕二先生也还是能干事的。高书记讲,吕二就是反对在将龙山修桥,说坏了丰乐河的风水。吕二先生听大哥转述高书记的话,他马上打自己的脸,他讲,我什么时候讲过?那都是那个贺得礼讲的,贺得礼是个老迷信呢,我是个郎中,我本职工作相当于是个赤脚医生吧。大哥讲,你别讲什么赤脚医生了,你在大棚要是能把贴膏药的事干好了,以后不愁高书记不同意你干赤脚医生。

吕二听大哥这么讲,很是高兴。他偷偷跟大哥讲,贺得礼其实不懂风水,他知道个屁,他讲那些话无非是想表明他是个文化人。大哥只是笑。高书记对我大哥程志茂讲,要是那个贺得礼还讲不能修桥的话,我们就可以把他抓起来。大哥讲,高书记,抓人干什么?他讲他的,我扒我的,不是很好吗?高书记讲,我是为你们扒河队撑腰啊。贺得礼是个什么东西,太没有觉悟了吧。吕二先生听讲大棚医疗点有他的一份事情做,他马上跟二哥讲,我要干事情了。我是亲眼看到我二哥的亮亮的假牙和吕二先生的额顶在盛夏的阳光下闪闪发光。

义兰,将龙山的事情我就不多说了,反正我在松辽岩的时候你都来过两三趟了吧,也许你比我更清楚呢。再说你现在已经基本上定下来要分配到沛顺杭,而且是章指挥长亲自点的,组织应该会让你在通讯处发挥更大的作用吧。虽然你对社员身份是不介意的,并且你也多次跟我讲这个道理,但我认为那还是不一样的吧,至少你可以名正言顺地干更多的事情。

就拿我大哥程志茂的报道来看,你明显跟别人的看法不一样,我总以为你更贴近这样一个普通劳动者。你把英雄称号送给他,你在写他的时候,讲了许多细节,而且把几年前的事迹都能连起来,我觉得你跟他们还是不一样的。我认为这就是你自己说的政治问题吧,这政治立场硬,对自己要求硬,对世事、对他人、对劳动者也就要求硬了。

所以分配了情况就会不一样,我很高兴你跟我讲分配的事情,我倒认为这又不是丑事,而是个正大光明的事。我们读书,就是为了国家,为了多做工作,现在分配了,我们到应该去的位置上,这是对知识、对技术、对人才最大的尊重吧,至少是尊重的方式之一。我承认我在政治上还要多向你学习,但我讲的也都是心里话,我觉得总要有人讲真话,把我们真实的想法给说出来。

义兰,我的情况是这样的,你人在六安,而且你跟刘老师和顾校长最近又见过面,你在信中也讲了,顾校长对你可能分到沛顺杭是支持的。可见学校对学生的分配不仅了解，而且还是起到很关键的作用。我讲这个也没有别的意思，只是想说，对于有些人来讲，分配也未必完全是确定好的，可能中间还有变数。一方面这是我担心的，另外，我也希望分配本身应该公平吧，每个人情况又不同，并不是每个人都适合做同样的工作。

在这里，我反而觉得人应该更被注重他的能动性，应该合理地分配。所以我写信跟你讲这个，一是谈心，二是你爸爸不是地委领导吗，现在农校分配虽然是国家政策问题，但是分配的工作单位又基本上都是在六安地区，毕竟是六安农校，那么，我想地委应该会考虑到分配衔接的问题，不能讲就是大家一下子就画个表分掉吧，反正我是这样理解的，还是应该考察到每个人具体的情况来决定应该把人往哪儿分，对不对？

我不是讲我有什么要求，我只是以为既然分配了，当国家干部，那么就应该让每个人有合适的表现机会，也可以讲更公平一些，对不对？

义兰，你可能嫌我多话，但是我又觉得这事非同小可，因为分配的事、工作的事，牵涉将来怎样为国家为人民服务的问题，所以事情不是很小呢。你的事自然你自己政治觉悟高，站得很稳，看得很清，可是对于像我这样，像你以前说我，我在分配上还是比较迫切的，但我又不像你那样能够把工作和政治都拎得很清楚。我总是想更好地为人民服务，并且我认为我有我考虑问题的方式，我之所以跟你讲这个，也不是抱怨，抱怨倒没有，毕竟已经在搞分配，这说明国家是考虑我们的，知道我们都有去干工作的信念。我觉得这是一件特别好的事情，剩下的就是一个怎样把这件事情办好的问题了。你讲了可能马上分配，就要落实的同时，我很快接到了农校的信。不瞒你说，学校是尊重我们这些从底下农村上来上学的人的，所以我一接到信就赶回了农校一趟。当然了，我没有来得及到地委那边你家去找你，我觉得你爸爸官那么大，我找过去，现在分配这么敏感的时刻，恐怕是不合适的。

在这儿，真的没有贬低农村的意思，其实苏家埠本身也还是农村，园艺场就是种果树的，农林不分家，也说不上什么厉害角色，离什么国家干部也还远着呢，不过是在那儿当个园艺场的工人吧。不过这也已经不错了，刘老师讲，也有学生没有坚持呢，好像没有坚持的，就已经务农了，不分配了。大概说的是更早一点在三年级之前，没毕业前就回乡务农的那些人吧。好在,我是三年读完了,既然现在分配,我是想找个好点的工作。当然了,至于沛顺杭,我想也不敢想啊,全地区现在最大的工程,也是最大的政治任务吧,我一个农校毕业生,自然是进不了的。与你的情况不一样,你知道你本人是章书记点名要的,对吧?

我就不行了,刘老师甚至根本就没有跟我提,而我之所以写信和你讲,实际上,我在当社员干扒沛顺杭这一年的时间里,对沛顺杭是有感情的。这个你是知道的,现在我还是跟你说说,我到学校以后,为了稳妥起见,还是去了一趟苏家埠。刘老师也是这个意思,说相对可靠一点的就是苏家埠了,那我就到苏家埠看一看。你好像有一次在信中还跟我讲,你在通讯处时,到苏家埠那边的青山闸去过一趟?那里也在扒沛顺杭,你还说苏家埠不错。我到苏家埠去,可不是看青山闸,那跟我没啥关系,我是去看园艺场。

记得我去的那天太阳很大,果园里气温高,闷热,又是在沙滩上,因为我是去看一看以后能否去那里工作,所以也没有跟任何人讲,就这样直接过去了,估计也没有人在意我是谁。反正那个地方叫牛角冲,是个大河滩,不过园艺场场部是建在牛角冲的嘴子上,场区是在河滩上,一望无际。我吓了一跳,果树太多了,而且大部分果树都不高,一方面是因为在河滩上,果树多以根系发达的品种为主,以便在河滩下抓住地基以防被河水冲走。另外,也因为果树一般都不高。

乂兰,你知道我们学过一点点果树、经济林什么的,对不对?我多少知道一点点,但是我去园艺场看了大半天之后,觉得跟我想的反差比较大,本以为园艺场会比较上规模,有条理,但实际上苏家埠园艺场很普通呢。

下一封信再叙。

志刚

1964.5.27

志刚：

你在信中提到关于广城畈、关于将龙山好像我比你还要熟悉，那是你有些误解了吧，虽然为了将龙山修渡槽的事，我确实是去过两次，我跟你写信也讲了的。第一次去将龙山，那还是陪章书记到龙河口去指导抢险呢。在漫水桥车子被水淹了，是老百姓把车子给推出漫水桥呢，印象都特别好。第二次就是年后到将龙山，主要是上广城山，听区里的梅书记，还有县里的廖书记向章书记汇报广城畈的一些情况。你看章书记就是这么一个人，他是总指挥，但是在计划上做了将龙山的渡槽项目，那么他就到当地看。有人反对在将龙山修渡槽，其实吕二先生和贺得礼这些所谓的看风水的人只是一方面，即使在地委、县委，也还有些人对这个事情持一种观望的态度，总以为在丰乐河上再架一座桥，这在我们的历史上是很少有的，所以去了解历史，也是有必要的。毕竟叫广城畈，以前有广城王，虽然那是在封建时代，但之所以这个地方出了王，也就是诸侯吧，说明这个地方在地理上至少有一些优势吧。

那么在这个地方建桥，到底会不会不合理呢？因此章书记下去听梅书记的汇报。梅书记是个读书人，他自然是把广城畈搞清楚了。章书记回来对地委其他领导讲，原来广城畈是个不一般的地方，历史上有些来头呢。但现在是社会主义时代了，是新中国了，我们跟过去不一样了。现在我们有能力改造自然了，我们是要在广城畈上架一座新桥出来的。我现在和你讲这个，就是想按你的话讲，为什么吕二先生也改变立场了？我想这就是社会主义的优越性吧，它能把落后的人也尽量地改造回来，让他们认识到社会主义大家庭之所以好，是因为它是为大家办事的，是为集体服务的，不是为少数人，而是为全体人民。搞沛顺杭干什么？还不是为了全地区的老百姓？

不说全地区，其实全省都会因此而出现巨大改变。所以沛顺杭是一定要搞的，你讲到的你大哥程志茂为二哥程志盛说情，我看得出来，你作为他们的弟弟，你在身边也是亲眼看到了，由于政治觉悟不同，他们的表现又有这样巨大的差别，所以我觉得你更应该从这个角度看到政治的重要性，看到人在历史上、在现实上，都应该在政治上站得高、站得稳。尤其是你讲到大哥让高书记他们对二哥还是要用。

我想，英雄在这方面就已经发挥了重要作用了，他要团结大多数人。这不禁让我想起我父亲，父亲现在搞社教工作，已经干了几年了，对农村情况很清楚，对政治上、组织上要搞社教，怎么搞，对社会主义方法怎么认识、怎么去做老百姓的工作、怎么做组织上的清理还有路线教育，等等，都是特别强调的，那就是一切要看政治。所以你讲到你二哥程志盛也可用，大哥向高书记担保，对不对？我觉得作为英雄他可以这么做，但作为组织，尤其是公社，高书记的做法是对的。千万要慎重啊，一个石匠扛了好几个石磙，划竹排从东河口、东石笋下来，我看到你讲这个，我就认为你二哥虽然在要求进步，但公社也好，区里也好，也还是要看他的表现。

你讲到你大哥程志茂已经在看三号墩和一号墩的位置，在想怎么去挖这两个最重要的桥墩，我看了很感动。刚好前几天我见到了万四，万四跟我到外边去看过几次，是一个特别厉害的技术员。前边我跟你讲过，对不对？万四到将龙山去了好几趟了。他讲将龙山的扒渡槽，三号墩是个最难攻的地方，因为是沙滩，而且地质复杂，桥墩应该怎么打，地质工程队的人也在争论。当然万四的看法是，地质方面的考虑，可以用仪器去试，但最重要的是河滩、沙土以及石块的情况，水势，发水情况，旱季河滩情况，中间有个沙洲，沙洲上还有大量杨树，这些都要合在一块儿考虑。所以你讲到程志茂到大墩那里看三号墩，现在应该是水量不大，但万一又发水怎么办？工期是要保证的。

万四讲要依靠当地人。我讲你大哥程志茂可以，他在以前的施工过程中，带领当地社员干得非常好。万四也知道你大哥程志茂，但万四的意思是，三号墩的开挖是整个将龙山的命脉所在，搞好了，建成了，不出问题，将龙山才有保障。当然了，你讲的吕二先生、贺得礼他们有抵触，但现在已经开工了，地区工程队已经进驻了，大棚马上就要上材料了，河滩也会用起来，指挥所在南小台，对吧？你看我对你们那里的一切都很清楚，我相信你大哥程志茂带领你们高山扒河队一定会在将龙山会战中发挥重要作用,甚至是决定性作用。虽然万四讲将龙山渡槽主要靠地区工程队,但我当场就跟他讲,以我在通讯处干了快一年的经验来看,没有人民群众,根本不可能干成任何事情的。

所以我对你讲的像你二哥程志盛打石碛、耍石碛、拉石碛什么的,我觉得都要慎重,任何劳动都是要体力。信心从哪来?就是觉悟啊,是人民群众用政治觉悟把石块给弄上去的。我现在总是跟丁大姐讲,我们通讯处首先要把调子定对,现在将龙山开工了,怎么把工程队的人跟扒河队的力量结合起来是非常重要的,而且我的看法是要以扒河队为主,因为你们人多力量大啊。

志刚,至于你说到的分配的事情,你已回到农校一趟,但是,你到了六安也没有找我,我觉得你一定是心理斗争很激烈吧。大概是毕业的几个去处让你很拿不定主意吧?不过,你写信跟我讲也是一样的,写信也可以把情况讲清楚的。但是如果你回农校,跟我说一声,也许我可以和你谈一谈,也不是说帮你拿主意。如果你立场坚定,如果你政治上头脑清楚,从紧抓大建设这个国家大局来看,个人的工作就不是难事了,就是选择为人民服务啊,我就是个例子,对吧?

我在九里沟当社员,我是为大建设服务,当社员、扒沛顺杭这不就是我一年来做的工作吗?至于通讯处让我去帮忙,这是别人对我的信任,我是任劳任怨的,现在他们点名要我进沛顺杭,我也是觉得顺理成章,我真的没有像你那样考虑那么多。至于你讲你到苏家埠去了一趟,你去看园艺场的情况,这有点出乎我的意料。我觉得你把分配还是看得太重了,分配、分配,既要分,也要配,国家有国家的考虑。至于你讲到的我父亲在地委当领导,省教委也好,人事部门也好,组织部门也好,分配是个大事情,地委会协调,因为毕竟主要都是分在地区的各行业各部门。

但是你以为我父亲这样的人会像我们这么简单地看问题吗?肯定不会的。他要管整个地区啊,干部,特别是像我父亲这样出身革命的干部,他政治也好,责任也好,始终是绷得很紧的。他在这方面那是严格要求的。所以我可以透露一点,就是我和你通信,父亲都是知道的,父亲认为这样很好,可以在书信中交流,共同进步。并且我在通讯处工作这本身也是了解底下扒沛顺杭的情况,而父亲正在做社教工作,对底下农村的情况不仅熟悉，而且非常感兴趣。有时他也会主动问我对农村的情况有什么认识没有，有什么看法没有。他有几次很偶然地讲到你，特别是关于分配问题，他老早就讲总归是要分配的，还拿你做例子，说你看你那个叫志刚的同学，在底下扒河，这么辛苦，这不正是你们年轻人所需要的锻炼吗？以后当了干部，这样的机会就少了。

不过这一次父亲在我个人分配的问题上，没有直接表态，反正章书记把我要到沛顺杭，他在开常委会间歇的时候跟我父亲提了一下，父亲说章书记要多教育我，说我还是比较年轻。谢天谢地，他没有跟章书记讲我比较幼稚的话。好了，不说我，就说你。你讲你对那几个去处是不满意的，所以你去苏家埠园艺场看，还讲到了河滩、牛角冲，讲到了果树，这让我记起我们在农校时也学过果树栽培育种以及剪枝，等等。农林不分家，还可讲农林水不分家，农林牧副渔不都是一回事吗？所以真不能狭隘地看。你还没有明确讲你去苏家埠看了以后你的选择，但看得出来你是不满意的。

我倒觉得你要换个角度看一看。坦率地讲，你在出身上还有一些问题呢，但在分配上，组织也没有给你为难啊，也是拿你当一个正常的学生来分配的。你想你当初上毛坦厂盖章都拦你了呢，现在可好，农校没有挡你，给你分配了几个去处，你反而挑剔了，这是不大好的吧。你在信中也没有讲你对沛顺杭的热爱和感情，但这份感情我是看得出来的。毕竟你跟我一样，扒了一年的河，不同的是，你还有一个英雄的扒河大哥，应该讲你跟沛顺杭的感情那是没得说的。可是你没有在信中提到，这我不是很理解。其实这一次我父亲在偶然提到我分配的事时，也讲了句你那个叫志刚的农村同学，我看在底下就很好。你听到没有？父亲这样的人也认为你在底下反而更好呢。

当然了，你可能有一点点被别人架起来的感觉，总认为农校毕业不简单，现在应该认真当个国家干部。但是国家现在最需要的不正是努力搞建设的人吗？你已经在底下扒河扒了一年了，现在身份就要变了，但我想对大建设的热爱是不变的。关于沛顺杭，因为我现在分到了通讯处，作为一名正式的沛顺杭的人，我想说的是，各地区的人员都在努力地扒沛顺杭，无论你做什么，只要你认真做，其实你都是在为沛顺杭而努力。所以我倒希望你能尽快地给自己一个定位，努力把分配给你的工作做好，至于是分到哪儿，我觉得你不要太看重，不然你不是被工作牵着鼻子走了吗？你不是成了一个被动的人了吗？

你讲到了园艺场，讲到了苏家埠，你对它不太满意。我几次去青山、苏家埠，沛顺杭在那边的工程都是跟渠首分水有关的，我反倒觉得在那里，如果真要谈到工作的话，其实任务还很重呢。园艺场是个什么地方，你去看了，应该知道，这对国家也很重要啊，副食果品的供应也不是小事，不要认为它比粮食次要，其实社会主义是要丰富多彩的生活的。园艺场的存在是有道理的，而且建在老沙河那里，听说地区领导多次去那儿视察呢，我讲这个是想让你不要简单地否定这个地方。同样，你也不要因为扒河而处在沛顺杭工程中，就反而对沛顺杭好像有些熟视无睹了。你看，像我这样，对沛顺杭是二十四小时关注的，这是一种工作态度吧，你也应该珍惜这一次分配的机会，把分配当成一次考验，要做一个拿得起放得下的人。至于你具体会分到哪儿，我认为你应该相信政府。相信组织会有一个合理的安排，并且无论如何，我认为你都会满意的。

下一封信再叙。

1964.6.9

义兰：

收到你的信，你讲的话我都服，我想你考虑问题主要是从政治上的，你做到了言行合一，确实跟在学校时还是一样，是一个无比坦诚的人。虽然这次回农校我没有到地委找你，但是学校的刘老师跟我讲了，说你跟他提到了我，还说我在底下当农民扒沛顺杭干得非常好。只是我这次去，主要是想调整一下，不想在那几个地方，特别是霍邱县——我对那个地方不熟悉。虽然我是广城畈的人，但我们这儿的畈上只是在河谷边，一小块地方，霍邱在常县边上，靠淮南也近，主要吃面食，生活上也不习惯。你可能要批评我，考虑事情总是从一些小的方面看，确实，我都是从生活角度去看的，这一点和你不同。我之所以去苏家埠，上次跟你说了，相对来讲，苏家埠离六安要近一些，多少还能接受。

当然了，我在扒沛顺杭，不过同样是扒河，我和你是不同的，我只是一个在扒河队里刚刚干活的新社员，自然和你是没法比的，因为你可以到通讯处去。当然，我这次去苏家埠，你也说了农林水不分家，也确实是的。我学的可不就是农业上的东西吗？种果树也是内容之一吧。但是苏家埠离六安也还远呢，现在想想，到苏家埠去看的，其实跟自己也没有多大关系。虽然我跟你提及你父亲，但你自己在分配上都不能麻烦他，那我就谈不上要他怎么样为我考虑了。我只是说你父亲搞社教，又是领导，总要对现在学生分配的事情有所了解，这也是民情之一吧。

我确实没有想到你父亲还能过问到像我们这些人的工作事宜，他是六安地区的领导，我们只是农校的学生，所以我今天跟你讲这个，还多少有点关系呢。告诉你，义兰，我分配了，现在去的是六安县双河区，是去农机站呢。我把你父亲也提了一下，是因为我听到有人讲，要是没有你那个女同学的父亲关照，你根本不可能分配到区农机站。我心里就犯糊涂了，平心而论，区农机站又不是什么好地方，对不对？有同学分到县贸易局，分到县农业局的也有，我不过是在区农机站——当然了，人言可畏。

不过，主要是那么多信都是你从地委寄到高山公社的，公社的人看我拿信，知道我有同学的父亲是在地委上班的，只有少数人知道你爸爸是地委领导，但公社里的人和区里的人有时也在讲话中提到这一点吧。说我分到双河区，一定是因为有人关照，对此我是挺生气的。我觉得我之所以不去苏家埠，是因为我想在家乡，为底下的人干事情。我没有讲过我要进大机关吧，尽管我可能也可以去，但是我的愿望很简单，就是能在基层为大家干事情。

我虽然说过想去六安城，但是你也知道，我到农校时刘老师跟我讲了，说你出身上这么多问题，能分配就不错了，还想进六安，不行的。我没有跟刘老师当面谈，因为刘老师还拿你举例子，说你看人家李义兰，你们关系那么好，你应该清楚，人家父亲是地委领导，可人家也没有要进地委或是市委、县委啊，人家干什么去了？扒沛顺杭呢。你看，刘老师也说你进沛顺杭是扒沛顺杭，大家的眼睛是雪亮的。现在我分到了双河区，这是我老家，广城畈属高山公社，高山公社又是双河区的，我在这里，虽然在农机站，但我觉得我终于可以为家乡干点事情了。

我分配的事定下来后，我父亲虽然沉着脸，但我看得出他是高兴的，因为当年他写对联、割韭菜，让我上毛坦厂，就是希望我能考取学校，成为国家的人。但当我现在终于分配了，并且是去区政府时，父亲的心情反而有些复杂了，也许是因为中间有等待分配这快一年的时间，而这一年我又是没有名分的，跟着大哥在扒河，而扒河对我来说又不是强项，你知道我干活不是很在行，所以父亲并不为大哥成为扒河英雄而高兴，对我分配进了区政府也没有什么表态。我只是在心里边感受到父亲是高兴的，只是他没有表现出来。

大哥正在三号墩那边成天忙，据讲工程队的人也遇到了难题。因为钻孔打下去，石头缝大，考虑可能因为河床的缘故，石头成分特殊，而丰乐河是一条古河了，中间有小界河汇入。河床的地质比较复杂。这是地质队的人已经讲了的。但工程队之所以让大哥去看，主要还是因为通过柴油发电机发电来钻孔打眼，毕竟耗电，而且钻机也不是很厉害。还是要找有经验的人下去看，但找了几个人都不大满意，因为不是扒河能手，对土地、石头、地质又不是太懂，所以后面还是要勘查地质。

大哥到施工现场去，这边扒河队已经组织好了，但之前都是在八号墩以北的桥墩那里开挖。那里本是农场，扒起来比较容易，而且有工程队在，有问题随时跟进，但是三号墩、一号墩最难攻，而二号墩在沙滩上，四号墩在拐弯的河坡上，也比较难弄。现在开工的三号墩要赶时间，要不然，中间发水，反而会耽误工期。大哥在工地上很忙。我中间去苏家埠，虽然分配了，但我还是社员——因为报到证没有下来，我身份还是社员啊。大哥就问我，这次是铁定分配了吧？我说，我到双河区政府。大哥讲，那好啊，你们的梅书记也是个中专生呢。我说，我跟梅书记不能比，我不过是分到农机站。大哥讲，你听讲没有？人家都传你能分到区政府，是你同学帮忙了。

　　义兰，你听，连我大哥都听说别人讲我分配是你起了作用呢。所以我就有点奇怪了，我的成分就那么有问题吗？我的成绩也不错，可为什么我分到区政府农机站，别人都要讲我是有人在帮忙呢。我对大哥讲，我不是求人家帮忙的，再说人家也应该没有帮忙吧；你硬是要讲，我跟她通信其中有不少还都是提到你的扒河事迹呢。大哥讲，知道，知道，我是不信，你分到农机站，还要领导讲话。你听，义兰，我大哥讲的是别人还是认为是因为你当领导的父亲为我讲了话，这个出身不好的人才有了工作呢。

　　我对大哥讲，你跟义兰没有见过，但义兰写你的报道已经有不短时间了。她在通讯处说最欣赏的人就是你，可是你会相信她能为我的事跟她父亲说情吗？这说不通吧。义兰是个有觉悟的人，我写信给她有抱怨，但我从来没想过要通过她父亲来帮忙分配，我只是认为我读中专，我毕业了，国家本来就应该为我分配工作，好让我为人民服务。大哥拍了拍我的肩膀，把草帽挂好，对我讲，志刚，你不要那么急啊，我们家、我们庄、我们大队，恐怕我们公社，也就你一个农校毕业生，你分配是好事，不管是出于什么原因，只要分配了就是好事，其他就不管了。我说，我到区里去，农机站，我会好好干。大哥这才跟我说，区里农机站，我已经问过高书记了，高书记讲，农机站也没有什么东西，现在区里、公社，包括县里，都在集中精力扒沛顺杭啊，这是一个多大的工程啊。我觉得大哥讲这个是有道理的，他是扒河英雄，去年还到六安接受过表彰。现在听说我分配去区里，他认为我还是要想好怎么把沛顺杭搞好，虽然讲你是国家的人，但国家的人也是要搞沛顺杭的。我认为我大哥说的是对的。

义兰，我还是跟你说一下我到双河区政府报到的事吧。虽然从毛坦厂读书开始就隐约想到有朝一日会成为国家的人，那时，我们农村就这样说，要是读了书，考取了学校，以后分配了工作，就成了吃皇粮的人——当然那是沿用旧社会的老说法，皇粮早就不存在了，现在是商品粮——意思是成了城里的人。所以虽然现在我分配到双河区政府工作，但是在农村，还是认为这是去了城里，尽管人家也都知道双河就是区，就是跟农村一样的。比如我们广城畈过年打年货是去张母桥，张母桥也是区，是舒业县的一个区，跟双河是一样的。但我们打年货不去双河。

高山或者是九十铺以东的农民，就要到双河去打年货。一个农民一旦去了一个地方打年货，他跟那个地方就有了感情，跟别的地方就不同了，而双河便是这样。对像打山、九十铺那些地方的人来说，双河就是一个集市，跟区也没有什么关系。所以我分配到双河去工作，别人以为是成了国家的人，但我自己知道，不过是到区里农机站去上班。我有时也想过当初为什么要学农，如果念的是工业中专或是师范，实际上跟农业都没有太大关系了。但现在我念了农校，好不容易分配了，去了区里，做一个农机站的人。我理解的就是这样。我去双河，是在上午，当然，我是天不亮就从新建队出发，因为从这里到双河有快四十里路呢。其中很大一段是山路，我大哥程志茂送我去的，大哥打着火把，我们是三点五十左右从家走的。

真是幸运，我有这样一个大哥。他讲，你现在分配了，成了国家的人，要对得起你的工作。大哥也讲他自从去年底去六安的沛顺杭指挥部接受表彰，就认为干事情还是国家最好，凡是国家主张的事情都是对的，都是强的，无论什么人，还是要听国家的话。他跟我走出庄上时，向庄上望。他讲，老三，你现在到区里上班了，区上跟庄上不同，你要是到县里、市里、地区里或者是省里，或去北京，那都不同的。但是，你在区里，你既是国家的人，同时你还是地方上的人，你懂不懂？

我说，你讲明白点。大哥讲，这个你还不明白吗？你到区上上班，成为国家的人了，不错，但是，区里直接跟公社、跟大队、跟农民打交道呢，尤其是你在农机站，还是要跟泥巴腿子老百姓打交道。我说，大哥你说的这个我懂了。其实我从来没有在意是不是跟农民在一起，我们家世代都是农民，当农民不是很好吗？大哥说，就是你成了国家的人，你也不能忘本。我觉得大哥提醒得对，他自己成了扒河英雄，组织上给了他荣誉，高书记对他非常好。他在公社里是一个典型，其实双河区里他也有名。

他讲起了梅书记。他讲，梅书记应该会重视你的。他提起梅书记，我觉得梅书记跟高书记不同，一是他是读书人，另外，他在办事情上有水平。尤其是对我二哥程志盛，他就跟高书记不同。高书记还是不大乐意我二哥参加会战，但梅书记就用二哥。尤其在松辽岩，如果没有梅书记，二哥也去不了。大哥说，高书记有高书记的好，梅书记有梅书记的好，都是领导。梅书记还大一级，是高书记的领导，所以现在你到区上工作，凡事要听梅书记的。

我说，我跟梅书记也算熟了呢。大哥讲，你走快点。我们说话时已经走到程家二方那边了，在田地的边上，我看到一个黑影子。原来是我二哥程志盛，他站在地头，抽着纸烟，烟味很呛人。虽然火把亮，但看对方不大亮，别人看自己是很亮的，所以二哥的金属牙齿在火把的照耀下闪光，但不是很亮，所以走近才分得清。我们吓了一跳，二哥笑了一下。他现在的脾气跟以前确实不大一样，好像变了个人。我是知道他现在想表现好，因为扒将龙山渡槽是在家门口，他又去东石笋打了石磙回来，现在是希望在将龙山好好干一场。

大哥已经在三号墩问题上出力，显示了公社、区里对大哥的重视。但大哥在石头方面的活自然比不上二哥，二哥总以为他是能帮上大哥的。这是前些天的事了。最近几天因为听到分配的事，二哥没少来找我，但碰巧都遇不上。二哥不到新建队去，我猜他是不想跟我父亲遇上，他是有些讨厌父亲的。但是，一大早上天还没怎么亮，他就在程家二方堵我们。不知道他要干什么，我们先停下了。大哥讲，老二，你起得早啊。二哥讲，我在等老三呢。我说，你知道我今天要去区里上班啊？二哥讲，不知道是今天，但总想着哪天早上你得去，反正得有一天吧。我说，那你今早能起来？二哥说，我连续两三天早上都起来了，看那边火把过来，就知道你今天要到区上去。大哥讲，你还忙你的石磙去。我听见大哥讲话有那么一点幽默。确实是的，二哥是石磙王，现在将龙山会战，石磙大约是派上用场了呢。对于我们不大懂的人来讲，以为石磙只可以压路，但实际上像二哥这样称得上石磙王的人，他是可以把石磙用到很多门类的活儿上的。可以讲他是这方面的奇才呢。二哥讲，石磙的事再讲，现在讲讲老三。大哥讲，我们要去区上，现在讲什么？二哥把嘴拢上，金牙也收进去了。二哥说，那你去，这样吧，反正区上也近，你再回来时，我搞酒给你喝。我说，我哪能喝酒？二哥讲，你现在分配工作，上班了，要学会喝酒才行，不然以后正月不喝酒，一个大男子汉不把别人笑死啊。大哥把火把在空中晃了晃，这样就更亮了，估计要走到半个店那里，天就会亮，火把就不用了。

二哥对大哥讲，老大，你不要晃火把，你晃火把，容易招野物。大哥讲，我怕什么？二哥讲，你不知道最近野物又出来了。义兰，你听，我二哥就是这么个人，有点危言耸听吧，但他确实为我们好。二哥也不顾大哥反对，反正跟我们走过了半个店。那时天已经亮了，我们三个人在一口池塘边坐下来，二哥这时讲，你当了公家的人，你不要彩。

义兰，你听，不要彩就是不要骄傲。我觉得二哥变化真大，他以前不是这样的，他这是在提醒我还是要保持农民本色。我对二哥说，我有什么本事？我当社员都当不好呢。大哥这时说，老三，你也是的，你当社员还是不错的，我是生产队队长，我可以保证你当社员是合格的，特别合格。我觉得大哥是在夸我，同时是在提醒二哥，还是要合群，要积极。二哥还叮嘱一遍，说要请我喝酒，然后他就转身往回走了。大哥把我送到双河街上时，已经九、十点钟了吧，街上人很多，我们带的一点锅巴已经吃完了。

大哥讲，你到政府去吧，我就不进去了。我说，你去吧，梅书记说不定在呢。大哥讲，就是梅书记在，我不去呢，不知为什么，我总觉得梅书记不是一个好讲话的人。我说，我觉得梅书记好啊。大哥说，人是好，这个没问题，但我跟他就是少话。我心想，大哥跟公社的高书记更称得上是朋友，他们趣味相投，谈得来，而且在扒河中结下了深厚的友谊。跟梅书记那就不同了，没有怎么打交道吧？而且梅书记是高书记的上级，梅书记看事情更文化一些，这跟大哥他们都是不大一样的。

义兰，我到了双河，但是没有马上见到梅书记，原来梅书记去广城畈了，是区里的孙区长跟我讲的。他说，梅书记知道我马上要来报到，让他接待一下我。我目前的任务就是尽快熟悉区里的情况，我人是分在农机站，但实际上农机站的人都是并在区里边，统一再协调各个公社和大队的扒河队，组织农民工，在广城畈扒渡槽。所以孙区长讲你既然来了，你又是广城畈人，这样反倒好了，区里的人有的往广城畈跑，你还从广城畈跑到区里来。当然孙区长说的话是客观的，但他的意思是让我到区里报到，把报到证交给区里以后，马上熟悉区里的情况。

我说我就是双河区高山公社墩子湾大队的人，人是新建生产队的。孙区长讲，都知道啊，你们那里出了个程志茂，扒沛顺杭出了名的。我说程志茂是我大哥。孙区长讲，知道是你大哥呢。但你大哥是你大哥，你是你，你不要因为你大哥是扒河英雄就放松对自己的要求，同时也不要因为他是你大哥，你就觉得自己没有用。什么事都要辩证地看，毕竟你是一个念书的人。孙区长说梅书记讲了，你到了农机站以后任务还很重，但目前全区的人都要服从于一件事，那就是扒沛顺杭。

孙区长讲的意思是我先熟悉情况，梅书记会尽快安排我，估计还是扒沛顺杭的事。但我没有想到的是，梅书记又讲，如果我着急尽快进入工作状态，可以到将龙山去找他，他人现在就在工地。不过我在将龙山没有见到梅书记，倒是老是能见到高书记。因为梅书记在那里和张店区的书记、东河口区的书记，还有舒业县张母桥区的书记一起在南小台的指挥部开会，协调地方扒河队跟地区工程队。不过这些情况都是孙区长跟我讲的。孙区长还说，现在六安的三个区的书记对张母桥区那个书记都要客气，因为明明是修在六安、舒业两县入界处的渡槽，但引水的渠首是龙河口水库，以后在渠道的归口管理还有维护上，会以舒业县为主，而且南小台作为指挥部，本身是舒业县县内的，属于舒业县张母桥区长冲公社的，所以从这个情况来看，虽然六安这边出三个区的扒河队，但不如张母桥出一个区的扒河队显得更重要。

还有就是明明六安这边出扒河英雄，扒河队厉害是出了名的，但在将龙山这件事上，还必须听张母桥的，这个情况是孙区长跟我讲的。孙区长讲的意思是，梅书记因此比较苦恼，因为梅书记是念书的人，孙区长讲所以他历来很重视从读书干起来的干部，而我又刚分配来，梅书记当然对我是重视的。至于说到高书记，孙区长跟高书记很熟，而且都是家门口人，孙区长非常清楚我大哥程志茂是高书记一手栽培起来的，而且关系非常密切。所以孙区长就讲，你要是对区里的工作有一些不适应，你也可以多到底下走走。

　　义兰，我到双河还没有回将龙山的时候，我是想到我小姊，因为我就穿着她去世前留给我的那双平绒布鞋。我想到我小姊非常不容易，在我当社员时，她是伤心的，这么说你要理解，因为她认为我应该是国家的人，不是说她认为当社员不好，而是认为这有点让人意外，明明读了几年书，怎么没有分配呢？但是我小姊也还是坚定地认为我会工作的，所以她留了这绒布鞋给我。她是一个有头脑的人，是我的姐姐，她之所以做绒布鞋给我，是因为她想我以后要到机关去工作，当干部，穿农村那种布鞋是不合适的。

　　从我来讲，我不是认为布鞋有什么不好，但平绒鞋仍是布鞋啊，在农村就是这样，总要做一点跟平常不大一样的事情，所以我小姊就做了这布鞋给我。我走在街上，双河街我是熟悉的，但又有一些陌生，我知道我在这里成了一个区政府的人，我不是社员了，但是我跟社员又有什么不同呢？明明来工作了，梅书记都叫我到将龙山去见他，又要回到老地方，而将龙山正在大战。我大哥把我送到双河，甚至没有陪我进区政府的大门，他就扭头走了。他在将龙山的三号墩那里还有很重的任务，那里的条件很复杂，一般人根本拿不下来，虽然地质队的人、工程队的人都有任务，有仪器，但真正要把桥墩下边的泥石扒开，还要靠扒河队。

　　当然，最主要的原因还在于只要我大哥在，高音喇叭一响，大家就觉得有干劲，这成了将龙山的一个符号了，而这个符号不是今天才有的，是早就有了的。所以我在双河也就是报到了，后边我还要回到将龙山去，不过梅书记到底会让我做什么呢？我想他会有安排的。双河街上的人倒是不少，虽然将龙山正在大战，但区里的人还是忙忙碌碌，我问孙区长，才知道他在区里正组织这边的人在弄材料。有石料、有木块，还要动员别人找钢铁。总之，材料上要做长足的准备，听说区里还要把农机站的一些东西也送去，这个就直接跟我有关了，因为我就是分到农机站的。

　　孙区长讲，你先不要急，你到将龙山见了梅书记，听他安排再讲。我穿着平绒鞋，说实话，没有什么激动，因为小姊做的鞋子在提醒我，别人对我的期待和我的表现有很大的差距呢。我还要努力，只是我一时也不知道怎么办。对了，我没有跟你说，小妹程志村从椿树那边扒河回来以后，性格起了一些变化，好像不大说话，沉闷了，对于换亲的事也说得少了，有时还会去椿树，但中间回来得也多。庄上的工分还要完成呢，所以上半年她没怎么出去。小姊的那个丫头，大部分时间都是跟程志村在一块儿。

　　小姊死后，小妹是最难过的。但是她也没有办法，我在时听她讲小姊的死是冤的，我问她怎么个冤法，她又说不出，反正就是念叨说小姊本不该死的。我说小姊的胃不好，不是这样吗？都疼几年了吧。小妹讲，你就知道她胃疼。我不明白小妹为什么要这样讲，我有时是看到她抱着外甥女在那儿哭。小姊守寡，带着三个孩子特别不容易。但是小姊死了以后，她的三个孩子应该讲主要是靠大哥在养，也只有大哥有这个能力啊。二哥有时会接孩子过去，但二哥跟大哥不一样的是，他脾气不大好，阴了一点，不过还好孩子们在成长。

　　我前边写信跟你讲过二哥把俊顺带到了松辽岩，大哥是连夜打火把和我一起把外甥俊顺送回了杨家水圩。大哥为什么要这么做？因为他知道扒河累，扒河是政治呢，一个孩子他懂什么啊？怎么能让一个半大小子到松辽岩工地上，谁管他吃喝啊？大哥不仅是扒河英雄，他对人情世故也是看得清的。另外，他在纪律上也是严格要求的。现在我小妹常带外甥女一起玩，我这次到区里来报到，是跟小妹说了的，但小妹讲，你现在当干部了，但你要是早当干部，说不定小姊也不会死呢。我觉得小妹的话没有头绪，她干吗要这么说呢？好像我们老程家没有照顾好一个嫁出去的人似的。但事实上，我觉得小妹只是出气而已，她在庄上的时间长，也许她听到了别的什么也没准儿。现在将龙山要会战了，小妹说，好，就在家门口扒河了，扒渡槽总需要她吧。我在双河街上穿着小姊留给我的平绒鞋，想到小姊生前的一切，感到伤心极了。好了，先写到这儿吧，下一封信再叙。

志刚

1964.6.30

志刚：

你的来信讲到了你到双河区去报到的事情，看了以后，我觉得真是很生动呢。也有点像你刚来学校报到时吧，对不对？反正就我对你的了解来看，你对很多事情都还是比较容易激动的。这反而也是好事吧，革命也好，大建设也好，总还是需要热情的。但我只是以为这热情更应该和伟大的国家、伟大的时代联系起来。你讲到的你穿着小姊留给你的布鞋，平绒的，你一直强调平绒的，你说你穿着这样的布鞋走在区政府外的街上，我感到这形象很生动呢。虽然是你刚刚过世的小姊留给你的，但我觉得调子有点灰啊。

人已经走了，我们应该向前看，特别是在你这样一个关键的阶段。你提到你大哥打着火把送你去区政府报到，我想你大哥就是英雄，英雄在任何一个场合任何一个时间点上都是了不起的。尤其是你讲到他把你送到区政府，但他没有进去，他心里有他忙的事情，他是一个英雄。你讲你小姊的几个孩子，父母都不在了，还是你大哥张罗起对他们的照顾，我想这个材料也非常重要，非常值得大家去学习。这是新时代在大建设中涌现出来的标兵。

讲到工作，我也是才正式分配到沛顺杭，地区指挥部的通讯处。我虽然已经工作了不短的时间，一年多了吧，当然那时是九里沟社员，算是来帮忙，但现在我分进来，有人讲工龄要从去年就算呢，当然这是政策上的事，由单位来说，但我认为之所以我们还被重视，这完全因为无论在学校还是社会上，我们从来没有脱节。也就是说，我们一直在努力地为大建设服务。你讲到你初到区政府，梅书记在将龙山等你，我想基层的干部包括像梅书记这样的人都一心扑在沛顺杭上，这说明地委的领导是重视沛顺杭的，他们把它当作最重要的事。这应该也是贯彻省委的指示精神吧。

我写信来，还想谈的一点是你跟你大哥的关系。现在你分配到区政府上班了，而你大哥还是一个新建队的社员，一个生产队队长。但是你不要忘了，扒河也好，扒渡槽也好，主力部队仍然是民工，仍然是社员，所以你还是要多多向你大哥学习吧。他是英雄，他不是哪一个社员的英雄，他是整个六安地区、六安县的英雄。你在区政府刚刚上班，虽然你是国家干部，但国家干部并不意味着权力，而应该是更好地为人民服务。这也是我父亲一贯说的，说现在的干部还是要向老百姓学习，老百姓的智慧大着呢。

　　向老百姓学习就是政治，政治不是空洞的，政治就是为人民服务啊。你讲对你的分配，有人讲可能是我起了点作用，因为我们是同学，我又和你一直在通信，别人自然以为我是帮忙的。但你知道我和你同样是个待分配的毕业生，都是社员，我有什么本事啊？你又要说别人讲我父亲是地委领导、副书记，搞社教的，但我告诉你我是和我父亲多次提你，父亲也知道你，了解你的情况，甚至还多次主动提到你，但父亲太忙了，他不可能专门来考虑你的事。所以你不要有负担，以为是我父亲帮了忙。再说了，你又没有进机关，你不过是去了区里的农机站。当然了，我父亲前几天还提到你，他说和你通信的那个叫程志刚的同学就应该在基层干下去，扒河有什么不好啊？在老家服务，对乡亲们也是一种鼓励啊。

　　你看，我父亲是支持你在基层锻炼的呢。我听父亲这么讲，我想他是领导，水平高，他自然知道年轻人应该怎样才能发挥更大作用。不过他现在到底下去了，去常县木厂吧，他在那边有一个点，现在的社教工作还是很忙。另外，常县的扒河任务也很重，还要为其他几个县输出民工，任务很重呢，父亲到那里也是去鼓劲的。

　　说到父亲，我还想讲的是，对于我分到沛顺杭，他是有话的。他讲，凡事你不要擅自做决定，你要听组织的。我想父亲的意思是在宣传方面还是要听有经验的人的指导。当然父亲也表扬了我，说是听章书记讲的，讲我在宣传你大哥程志茂的问题上在地区带了个好头。父亲又讲我之所以能写好你大哥，还是因为我了解这个人，了解这个扒河的民工。

　　但是，我之所以这么了解他，不就是因为你给我讲了很多我从其他方面看不到的他的材料吗？所以从这个角度讲，第一手的材料才是最重要的呢。我跟章书记说，我到现在还没有见过你大哥程志茂呢，章书记大为惊讶，说他以为我跟你大哥程志茂应该很熟悉了呢。我说，没有，我只是写了很多材料；另外，我有同学在他身边。章书记没有详问，倒是跟我说，现在扒将龙山渡槽了，程志茂会更有用武之地。章书记还说，这下子你可以到底下去见程志茂了，因为通讯处近期准备到将龙山去报道会战的全面情况。相信这次去一定能见到你大哥程志茂，另外也可以见到你吧，你虽然在区政府，但照你讲的，梅书记要你到将龙山向他汇报的情况来看，你十有八九也还是要干沛顺杭的事，这也是你到区里后最重要的事吧。相信我到将龙山就可以见到你。总之，现在我们都分配了，我们都是国家的干部了——这是你的话啊，不过最重要的是，我们要在自己的岗位上干出一番惊天动地的事业来，你说是吗？

好吧，下一封信再叙。

1964.7.6

乂乡：

给你写信时，我已经又到将龙山了，你是知道这个地方的，也是来过的。我早说过它本来名叫广城畈，它是个老地名了，说是畈，其实不过是河谷边的小块的平地，但就是这个平地对这一块地方太重要了。你想在广城畈的老东头是高山，老西头是南官亭，老南边是范家店、长冲，但过了河对岸，这个叫作将龙山的山头其实已经是大别山的余脉了，说不上是畈上了。所谓畈上，指的是丰乐河北岸的这一块。北边抵到北小台，再上去就是我之前跟你讲过的朝向界儿岭的方向，这路几乎没有人走，也没有水田，地种得也差。

但将龙山扒渡槽这工程一起来，好像大家都讲将龙山了。我也讲将龙山，我要告诉你的是，区里的梅书记叫我到将龙山来找他。在这之前，我在区里跟孙区长忙了两三天，熟悉了农机站的情况。客观讲，农机站没有什么像样的家当，所谓的农机站，只是县里设的一个点。孙区长讲，如果不是你要分配来，梅书记都不打算给农机站这间屋子了。我问孙区长为什么讲梅书记对农机站这么不重视，但想想孙区长讲的意思也不是梅书记不待见农机站，而是农机站本来就是县里设在区里的一个点，而全地区在扒沛顺杭，县里也成立了六安县指挥部，都挂沛顺杭呢。

我在屋门口见到梅书记，梅书记讲，程志刚，欢迎你加入我们。我很惊讶他没有说欢迎我到双河区政府农机站来工作，而是欢迎我到将龙山来扒河。我说我把报到材料什么的都交给孙区长了。梅书记说他早就已经跟孙区长说好了，说我既然是来区里工作，又是在农机站，又是学农业的，现在扒沛顺杭，农水不分家，再说扒河本来就是为了农业，所以你就以将龙山为战场吧，把这个大战场变成农机的战场吧。

梅书记显然也是疲累的，但他讲话一直很有气势，而且人也讲道理。我说，我本来前段时间，一年多了吧，一直在扒河呢。梅书记讲，好，我知道，你现在不仅仅是扒河了，你要用好你学到的知识。我听梅书记讲话还是有水平的，但是要怎么用好我的知识，梅书记又没有明讲，显然这个要看自己怎么发挥吧。梅书记又问我对农机站有没有清理。我说，好多物资都拉到工地来了。梅书记讲，这个你跟孙区长还要再商量，争取把所有物资都拉到将龙山来。我这才知道原来虽然指挥部的人也来了，工程队早就在做一些施工的准备了，但材料、工具还有设备，还远远不够。大建设就是这样，虽然不能说人定胜天，但规律也是被用来克服和认识的。有胆量在，有意志在，再困难的事情也能办好。反正我在梅书记那里得来的看法就是这样的。

义兰，你是见过梅书记的，你说你陪章书记下来时，梅书记汇报了广城畈的历史什么的，对吧？你应该知道梅书记毕竟是读过书的人，他不是那种容易头脑发热的人。尽管这样，梅书记也还是必须有一种豪情，才能克服在这巨大工程面前的畏惧心理吧。

但是当我见到高书记时，他正站在大墩上。他见我过来了，就问我你不是到区政府报到去了吗？我说，我是去了，但梅书记叫我到将龙山来，我干的还是扒河的事。高书记忙说，扒河好，你跟着大哥扒了一年河，你看，人都结实了。我说，是啊，还要扒渡槽呢。高书记指着下面的三号墩说，志刚，你看，你大哥程志茂正在跟指挥部的人讲底下桥墩的事情呢。三号墩是最重要的，现在水小，而且因为挖三号墩，主河道也开挖了一条明渠，把丰乐河水引走，这边已经开挖。

高书记说，我带你下去看看。我到了外边，反而被竹篾挡住了。原来挖桥墩时必须有好几道缓坡，中间那个竖直的井样的空处才是桥墩的位置。我就站在外边，听到皮带转动的声响，前边还有发电机。高书记讲，发电机发电，很贵呢。我说，柴油不是说管够吗？高书记讲，前几天还停了几次，柴油不够啊，所以尽量用人力。我听着高书记讲，回想孙区长在区里跟我讲的，他也说农机站仅有的两台发电机被调到将龙山去了，原来设备什么的根本跟不上。

我在土堆边向上试了试，高书记给我扒开一道竹栅栏，对我讲，你看。我看到一个特别的竹筐，上边有绳索，然后是个绞盘。高书记讲，你大哥就是从那个地方被放下去的。原来大哥是被放到了桥墩洞的底下。为什么要下去啊？我问。高书记说，是因为你大哥要跟他们讲到底根脚要下多深。我说我大哥又不是太懂这个,他又不会盖屋子。高书记笑了笑说,什么事情你都发问,你不知道吗?我跟你大哥为了三号墩的事情,已经跟广城畈、南官亭、吴家老院建房子的几个老师傅开过会呢。都说地区定的根脚深度不行,因为没有考虑过河滩本身的环境,至于到底要多深,现在扒河队跟工程队正在协商。按理说,是要听工程队的,但工程队的人对当地情况不掌握,高书记就讲还是让大哥带师傅们下去。

我等了三个钟头,大哥才从竹筐里出来了,原来是用皮带把竹筐绑好,用发电机带绞盘把人拉上拉下,下去的还有仪器。我看见大哥把草帽摘下来,感到很奇怪,问大哥,人家都戴那种塑料的帽子,怎么你戴草帽?大哥说,戴草帽好,能在下边扇风,原来下面又是沙又是水,光线又不好,人很闷呢。我说我已经到区上见到孙区长,是梅书记让我到将龙山来的。大哥讲,你来了好啊。我说我还要扒河的。大哥讲,那怎么可能?你是农机站的,你搞设备吧。大哥看看高书记,高书记说,志刚,你干什么,让梅书记安排。我说,梅书记讲了,让我和孙区长协调发电机什么的,机器的事情。高书记说,那好啊。大哥坐在地上抽烟,竹篾那边地区的人正在交头接耳,有时把大哥喊过去说事情,老徐是一直站在地区的人那边抽烟。

能不能适应啊?大哥问我。我说我没有什么啊。大哥讲,对啊,反正现在都是扒河,你当干部,也还是干这个,这就对了。我说,我倒无所谓。大哥又讲,发电机数量不够呢,以后还是要靠人。高书记讲,道理就是这样,我早说过了,扒将龙山靠什么?还是靠我们扒河队,靠电、靠机器,那行不通;我们没有别的,就是人多力量大。

大哥又吸了一口烟,对我说,高书记讲的话你听到了吧,我们也是没有办法,说你现在是干部了,你要想想法子,包括你跟梅书记也要商量,还是要多搞柴油。现在往下挖,人可以下去,可是马上桥要往上修,要是没有皮带拉,硬是要把石头拽上去,那要多少人力啊。人再多,终归是有限的。我听到大哥在叹气,我想大哥讲的是有道理的。我说,我会跟梅书记反映。

义兰,你看,我大哥还是比较现实的。他的头脑不是太发热,大概是因为他下桥墩底下时间久了,他是懂得了扒将龙山的难度了。

义兰，你那次来将龙山就讲到了大棚，现在这个地方已经成了最大的工地了，因为十六个桥墩的位置已经确定，而且三号墩和处于平地的十四、十五号墩已经开始挖了，三号墩是最难挖的一个。大哥程志茂就在那里上下。但工地主要放在大棚，还是因为这里是物料场，发电机组也放在这里。幸亏地区工程队的人来了，简直让我开了眼界，确实他们在施工方面比民工要更为能干。可能你要说，一切要依靠人民群众，但是就我观察到的来看，工程队有工程队的优势。你来广城畈时，大棚就已经确定成仓库，是放置物料、车辆和发电机的大场子了。现在这里一派繁忙，如果不是梅书记提醒，我还不知道其实物料在这里堆积如山。而我二哥就在这里带领七八个人用石碌在使劲地夯土。显然物料场的地盘还不够，他一直要向小桥那个方向延伸，争取把整块地全部打平，用来堆放石头。

前期已经从霍西那边拉来了石头，因为是要填充开挖的桥墩墩底的，所以对石头的硬度是有要求的。二哥之所以有作用，大约是因为他在石头方面是有一些权威的。高书记虽然反对用他，但梅书记是用他的。梅书记讲不仅要能干活，还要会干活。现在我到了区里上班，成了区里的人，见到二哥时，二哥就问我，不是大哥送你到区里上班了吗？我说，梅书记说让我到将龙山来协调机器的事。二哥说，你来了也好，反正现在将龙山需要人。二哥说得头头是道，还陪我到沙滩那边去了一趟。那儿以前是片白杨树，现在白杨树都已经砍掉了，堆在地上，因为是沙洲，所以现在要在上边堆放石料，又担心发水会把石块冲走，所以在沙洲的上边又建了一道土坎，这里也成了围场，这围场的东边就是三号墩的位置。

因为从漫水桥那边修了一条简易的施工道过来，所以石料和木料也可以运到沙洲上来。二哥在沙洲上跟我讲，怎么样，你现在是区干部了，你发号施令吧。我说，二哥，我不是什么发号施令的角色，梅书记是让我来协调的。二哥用手把我扯开，他说，你这样不行啊，你现在是干部了，干部要有干部的样子吧，你就应该指挥我们。他一边说，一边把他的石碌从成堆的木料中间拉开，然后悄悄跟我讲，协调机器有什么用？现在干活靠的还是板车。我问，什么板车啊？二哥讲，你看不清形势啊，什么板车，你看到施工图纸没有？以后每个桥墩的边上都要修几道大坡，所有石块都要通过这种回形坡拉上去。他指着三号墩边上的石块跟我说，你以为有那么多油发电,把石头拉上去啊,跟你讲,还是要民工用板车拉石头上去。我说,用发电机不是更好吗?二哥讲,你傻啊,亏你才当干部,你以为国家不节省啊,要民工干什么?就是出体力的。反正二哥的话讲出来就是难听,大哥一般就不会这样讲话。义兰,我之所以写信跟你讲这个,你也看出来,二哥不过是觉悟差一点,但他讲的话也是实话,当民工就是要出体力,而大哥现在多数时间跟工程队在一块儿,成了民工的领袖了,说什么都行,人家也听他的。但大部分民工跟二哥是一样的,都知道以后这些大石块要架到桥上去,全部要用板车拉。拉板车对于广城畈人不是什么难事,但这么多的大石头要拉到渡槽上去,也不是一件容易的事。

二哥用石磙撬起一堆木头,然后跟我讲,这些白杨只能做衬板,板车的架子用的松木,还得从银寨那边运来。我听出来二哥现在是在做板车的计划了。没有板车,这些大石头就拉不上去,这就不是石头的问题了,而是板车的问题。二哥讲,沙洲上的石头往上拉,格外难,因为坡道不像十号墩以后的那块地方比较平,在河滩上架坡,本身就有难度。但是三号墩又必须先挖、先建,这是工程上的要求。

大棚那里在扩大物料区,这边的沙洲也在拉石头,工程已经很紧了,可是我觉得插不上手,后来还是大哥把我拉到大棚的拐角,那里朝三号墩拐弯的地方是五号墩的开挖口子,有一片稻田,地已经征了,现在正在平整。大哥讲,你不要以为工程队能怎么样,跟你讲,他们就是拿意见,干活还得靠我们。我说,梅书记讲了,还是要靠民工呢。大哥讲,梅书记是害怕我们伤了张母桥扒河队的脸面,毕竟人家是舒业县的,而且未来的将龙山渡槽主要是属于舒业县的。我说,不是跨六安、舒业两县吗?大哥说,你怎么看问题的啊,水是从龙河口调过来的,没有舒业供水,六安用什么水?我说六安有沛河干渠啊。大哥说,将龙山是调龙河口河的水到沛河灌区呢。我觉得大哥一定是跟高书记他们研究透了,如何在将龙山渡槽的施工中既争取有好的表现,又能完成梅书记交代的任务,同时不让张母桥人觉得我们欺侮了他们。

义兰,你看,我才到双河区报到,又成了扒渡槽的一分子。虽然我不再用锹来挖土,但是我在工地穿行,仍然感觉到自己跟大家是一样的,这样我才知道你讲的,所谓的当干部,仍然是为人民服务。我现在考虑的是我该怎样来为人民服务呢？大哥讲，你现在干活是不合适了，毕竟你是区里的人，但是你可以适当地干一点吧，干活总是不累人的。我不明白大哥为什么这样讲。二哥因为讲要请我喝酒，我就有点躲着他，觉得他的热情怪怪的。有时我看到他跟那个吕二先生在那怪异地笑，好像他们也成了新人物一样。

只是我记得就在不久前，高书记还讲要把讲风凉话的吕二先生抓起来呢。但现在吕二先生居然在那个医疗点坐着了，别人来拿东西，他都说要注意安全，俨然成了赤脚医生一样。我就是不明白，难道高书记对他网开一面了吗？大哥对我说，你不要吃惊，你现在当干部了，更应该要接受呢，吕二先生也没有什么；当初，在界儿岭，他讲我坏话，我都不计较，谁让他是一个这样的人呢？大哥又说，吕二跟你二哥是好朋友呢。大哥又说，要是你二哥请你喝酒，你可千万不要让吕二先生参加。我问，二哥请我喝酒？我才不喝他的酒呢。大哥见我这么说，就表扬我，说我是对的，要有个干部的样子。我说，别说什么干部了，梅书记也跟我讲了，让我跟你学习呢。大哥讲，那可不行，现在你是干部了，干部不可以这样的。过了一会儿，他又说，怕不是梅书记说的吧，是你那个同学说的吧。没错，义兰，大哥说的就是你。

别人都讲我到双河区工作是你讲的话，帮的忙，但大哥没有明说，他对你的看法一直是非常好的。他觉得你写的关于他的报道，是对他一个巨大的改变，他是明白这一点的。有时他也会露出为难之色，因为觉得你把他写得太好了，他说他只是一个会干活的农民，不过他总是说他会干活，这虽然不是吹牛，但我觉得他也是太自信了吧。当然他也有道理这么自信，毕竟几年扒河下来，他成了一个标志性的人物。现在他认为我向他学习这话应该是你向我要求的，我也不好反对，我只得说，李义兰不久要下将龙山来呢。她下来干吗？大哥问。我说，她要下来报道啊。

好啦，义兰，今天先写到这儿吧，下一封信再叙。

志刚

1964.7.21

志刚：

收到你的信，你讲到了你去将龙山，情况很好嘛。我还是那句话，不要轻易以为自己当了国家干部，就要去领导别人，我们反而要接受人民群众的教育。我在我爸爸身上就看到了这一点，他是搞社教工作的，他常说的是六安人民养育了他，而现在，社会主义时代的劳动人民始终在教育他。但父亲也说，说是团结百分之九十的群众，但仍然有群众的觉悟还是有问题的。这样，我们的社教工作，我们的政治思想工作也才有重大的必要啊。我认为你到将龙山，作为区政府的一员，不管是扒河队也好，工程队也好，你都是其中的一员，对吧？所以我觉得最好的做法仍然是跟你大哥学，你大哥程志茂永远是最先进的，他是一个典型。

志刚，你知道我前边跟你说过我父亲在那次批评我幼稚的时候，是对朝坤提出很强烈的意见的，只是碍于他和我二哥以及与本人的良好关系没有深入讲下去而已。现在回忆起来，他讲我幼稚，既指生活上，也指认识上。我在接触人上面的历练还太少，他批评的是很有针对性的。这个朝坤最近也给我们家惹了些麻烦，这一次连我二哥都开口了，说这个朝坤确实是太不像话了，他也不想想他自己是谁。我一开始还一头雾水，后来我二哥告诉我，原来这个朝坤在外边传话说他本来是追求我的。你说这是不是个笑话，我是当事人，我怎么没有这个印象？他说他追求我，好像他有这个想法就很重要似的。

实话说，我是从来都没有向这方面考虑。他来那么多次，我二哥都说了，他不过是想接触我们这个家庭，当然了，主要是接触我父亲，我父亲毕竟是地委领导，一个副书记、一个管事情的人啊。但是他来接触，父亲看出来了，后来就让二哥叫朝坤不要来了，应该讲这跟我也没有什么关系啊。他在外面说我，说他追求我，我听了很是吃惊，我怎么感觉不到他在追求我？对此我是一点这种意识和感觉都没有的。至于那时我跟他接触，或者说我能接受他，主要是因为我在九里沟有时被请到指挥部去，搞了不少场慰问演出，而他恰巧在市文化宫那边有认识的人，所以他帮忙，我自然也是客气的。而现在他反过来讲他那时在追求我，这个我就特别反感了。

他比我年龄大，而且是个技术能手，先是被我二哥看出来他想接触我父亲，为自己工作的调动。他想调到局里去，想做机关的人，这本身就是违背大形势的，一个又红又专的工人不好吗，干吗非要坐机关呢？被识破了，父亲不让他来了，他不来也就罢了，现在还在外面说他跟我的关系是追求者与被追求者的关系。我倒是想说他认为他想追求我就能追求的吗？他是一个纯粹的人吗？再讲了，他这样的表现在政治上这么差，他以为他适合追求女性吗？这倒是个笑话。

志刚，我还想说的一点是，他居然有一个所谓的女朋友，这个我倒不知道。别人跟我讲，那个和我们下去进行慰问演出的叫郝秀丽的女孩，以前是他的女朋友。据朝坤跟我二哥讲，他是接触我之后，跟郝秀丽分手的，这就更加荒唐了。这都什么情况啊？一个工人，一个跳舞的宣传队女孩，不是很自然的吗？用得着先追求然后跟别人分手吗？他现在之所以在外面传他追求过我，大概是因为那个叫郝秀丽的跟他彻底分了吧？

郝秀丽最近还来跟我讲话。我在沛顺杭指挥部大门口碰到她，她恰巧到这边来，因为不久还有到霍邱的演出，是去皮岗那边，后边还要去银寨梅山，这个都是我们通讯处的事情，而郝秀丽和杜广芬是两个台柱子啊。主要是她俩领舞，所以她来也是自然的。不过因为外边有朝坤传那种话，我就跟她说，你千万不要相信朝坤讲的，其实他跟我一点关系都没有。郝秀丽大概是有点怕我，她讲，义兰领导，你别多想，朝坤他那个人就那脾气。我听不出她是什么意思，郝秀丽又讲，反正她现在跟朝坤也分了，她要把精力都放到编舞上边，好给沛顺杭的民工使劲地跳。我说，不要为这种人有任何情绪，他不过是别有用心罢了。

郝秀丽没有多讲什么，后来倒是杜广芬来找我，她说郝秀丽为了朝坤的事情还哭了呢。女孩子当然是脆弱的。杜广芬倒是看得清楚，她说，朝坤找你不过是想巴结你爸爸，想往上爬。我说，广芬，你也不要多心，我跟朝坤一点关系都没有，那是他自己的心思，跟我挨不着。杜广芬比郝秀丽要成熟一些，她说，反正事情也过去了，只是秀丽真是伤心了好一阵子呢。我说，叫她不要伤心了，想想扒河的民工吧，把舞跳好，不是比什么都重要吗？

志刚，你看，我在这里也并不省心，难怪我父亲批评我幼稚，实际上连跳舞的女孩子也比我敏感，知道在生活中总是有人出于各种目的来接触他人，与他人相处。但是对我来说，除了火热的工作，别的都还是次要的呢。跟你讲了生活，这是平时很少讲的，但是现在我们都当干部了，肩上的责任更大了，可姿态都要放得更低，这样我们才能更好地为人民服务。

好了，我再讲讲你大哥程志茂。你以前讲过不少家里的事，我再写他时，我希望能更全面一些，因为材料是要向省里报的，反映沛顺杭民工们的独特精神面貌，这是六安人的骄傲，所以务必要在生活上也找到他的特殊的点。这就是全面开花，英雄是有英雄的格调的，英雄的生活也是英雄主义的。所以你现在当了干部，又到了将龙山，还在工地，你刚好可以一方面向他学习，一方面把他的情况说得更翔实。这样，我们就能树立一个全新的人物呢。

至于你讲的大棚工地、物料场，还有石头运输等，这个在指挥部的报告上也都有，尤其是你讲的以后用板车拉石头的情况，这边也有提到，反正是要发挥人民群众的力量。就像你大哥说的，体力是越干越有的，体力不是银行，不是后备军，而是生产，是生产就可以产出来的，所以我相信，六安人民，广城畈人民，用板车就可以拉起石头来架桥，将龙山扒渡槽是必然会成功的。

好了，先写到这儿了。

1964.7.29

义兰：

我现在是坐在我的房间里给你写信，窗外就是满天的星星。我在区政府大院里终于有了间自己的房子，房门上还印有编号，红漆漆的，是那种老式的机械门，有一点像农校宿舍的门。屋子朝向后边还有一道门，不过一般不大打开，门外就是田野，假如我不从院子中间进屋，我就会从双河街街头那里插向这片稻田，然后顺着田埂也可以回到房间。坦率说，我还很喜欢走田埂回到房间，我虽然跟你说过我向往过城市，想在六安或是合肥有一份工作，但是，当我到双河区农机站后，我认为这也是命，我是认的。你可能又要觉得我觉悟低了吧。我得承认在政治这方面我永远要向你学习，好在我有你这样一个同学，一直在关心和帮助我，这不是客气话，这是实话。你对我真是太重要了，通过你的信，虽然你没有说你父亲对我们分配有什么指导，但我认为他既然知道我，他又强调你我这样的人应该在基层多锻炼，想必他是支持我在底下为人民服务的吧。

在这样的房间里写信，窗外是满天星斗，白天无限疲倦的身体在这里得到放松，我想人是应该讲真话的，那我告诉你我真实的感受是累，这不仅是一个人的，这是所有人的，是所有扒河队的人的，也包括像高书记、梅书记这样的各级领导，你难以想象他们会承受怎样的劳动强度。可以讲，每一块石头都是用血汗砸出来的，除此之外，没有别的办法。

梅书记是个很认真的人，他跟我说，不要对程志茂太迷信。你想，我是他弟弟，但梅书记并不回避我，他坚决地指出要让民工充分休息，干活是有极限的，所以梅书记不主张夜晚还要开工。但晚上开工，高书记是最支持的，他是晚上开工派的代表，坚持认为晚上干活出成绩，而且天气又凉快。高书记的主张会让梅书记不舒服，但梅书记也比较尊敬他，毕竟高书记年龄比他大。

我和你讲讲双河吧，义兰。双河是两条河汇集的地方，一条叫陈家河，一条叫丰乐河。丰乐河，你知道就是将龙山工地上的那条河，陈家河是从张店背后流过来的，它要入淮河，所以双河等于是两条河汇聚之地，因此得名。双河跟肥西的山南是背靠背的，你讲你那次慰问演出到了大潜山，就是会战慰问合肥大学生扒河队的那次，其实大潜山跟山南、双河都很近，地理上就是这样。

其实每个地方都比较近。双河街不大，但很有来头。我到区政府住下后，有机会会到街上走走。我二哥叮嘱我到街上看看双河酒厂，我二哥不是说要请我喝酒吗，他算得上是个酒徒了，最喜欢的就是双河的粮食酒。我到酒厂转过两次，酒味很醇很浓，不过我没有多大兴趣。二哥说要请我喝酒，大哥却挡住了，现在干起活来，根本就没有工夫顾上喝酒了。我住的房子后面就是稻田，现在晚上都能听到蛙声一片。夜晚很寂静，这与喧闹的将龙山工地有着很大的区别。

对了，义兰，你在信中讲到的你们家和朝坤的事情，我并不特别清楚。但我想人言可畏，什么人都有，什么话也都能说。但主要是看自己怎么做，你所说的人家声言要追求你，也许那只是一厢情愿的说法，或者讲只是要达到他自己的目的罢了。但作为一个刚刚分配工作的干部，你是充实的，对吧？你在工作上总是很出色，这一点应该是遗传你父亲，你父亲能当领导，除了革命、浴血奋战，他在和平时期同样是出色的，不然怎么能领导这么大的一个地区？作为他的女儿，你无疑是受了他的影响的。

我只是觉得你也应该把生活搞好，尽管我自己在这方面也非常不在行，但我认为你是有这个条件的。你父亲上次批评你幼稚，我想他对你的生活应该也是会有指导意见的。你为什么不听听他的呢？至于你讲到的你父亲认为我应该在基层锻炼，我觉得这对我是很大的鼓励。现在，我坐在房间里，确实想到的就是在将龙山工地上，作为一名区政府的办事人员如何与农民工相处，把大家都发动起来，这是我的工作职责啊。

对了，前段时间，我带着板车队去了一趟太平街，就是往东河口，过大华山那个丰乐河河湾地带，也是河谷，不过畈上面积不大，朝着丰乐河湾的是个叫狮子屁股的地方。那个地方历史上就出石头，以前各个村庄建个房子，都是从那个地方拉石头。将龙山这边的巨石，一部分是从霍西那边运来，有一部分是从望江县拉过来，但很快地区地质队就认定狮子屁股的石头质量不亚于霍西的，所以从狮子屁股拉石头成了当务之急。

义兰，你难以想象，我带的那支板车队，足足有近千人，可以讲从狮子屁股出发，前后车子能有几里路长。农民真是不容易，没有人吭声，肩膀都拉烂了，但仍然有说有笑。有时我也想问干吗这样忍着，但我问不出口。我大哥程志茂跟我讲，你不要以为他们不疼。我说，我没有认为他们不疼。大哥讲，可是能忍就要忍。大哥现在不拉板车，他是站在北小台那个竖起来的钢架上，据说那里要建塔，图纸上是这么设计的，所以他在塔架上能看到板车队从大黄狗庄下坡，然后这边的人就欢呼，说板车队回来了。从大黄狗庄到大棚，一路上都是搬石头的人，因为根据大小、尺寸，还有颜色，石头要分别堆放。我那几天拉石头才第一次意识到什么叫一支队伍，真是太壮观了。

义兰，你看，底下就是这样，人民的汗水总是流不尽的。但是施工就是这样，没有人民群众，确实什么也干不了。作为区政府的一名干部，我走在板车队的后边，看着这长长的队伍，有时觉得自己真是太轻松了，我真想也拉上一车子，但是梅书记讲了，你现在的任务是带领板车队。为什么要带领板车队？因为板车队的车轱辘是农机站那边出的材料，我觉得梅书记对所有账都算得细，他是一个特别有想法的干部，而且他是早我几年的中专生，工作经验尤其丰富。我到走马埂庄时，看到站在塔架上的大哥，他摇着手中的旗子，在那儿喊，社员同志们，我们加油干！然后下边是一片欢呼。

我跟你说我最近带扒河队民工到太平街狮子屁股一带打石头、拉石头，在那里看到一个人，他总是盯着我看。我就过去跟他讲，你在干活还是耽误工夫啊？话一出，我就觉得我言重了，因为对方显得很老实。他结结巴巴地讲了一句什么，我没有听清，然后他从口袋里慢慢地摸出一个东西来，比火柴盒要大一点，但看不出是什么东西，上面印的花样也看不清楚。我就更加奇怪了。我意识到刚才我确实是把自己当干部，好像是在管着民工似的，其实我不过是梅书记安排来清点人数，跟着板车队拉石头。板车最多时接近两千辆，也是梅书记跟我讲的，他讲要是有人不服管，赌气什么的，你可以当场批评，批评不下来的，也可以当场处置。我问怎么处置。梅书记讲你就把他哪个社哪个大队哪个生产队的记下来，剩下的就可以由指挥部这边来处理了。指挥部这边三个区的书记都在，我觉得梅书记讲得也对，对着几千人的板车队，如果没有一点办法，你是管不下来的。

义兰，可能你要说人民群众觉悟高，以道理来服人，但是在农村，有时也会出现那种不讲理的人，你的什么话到他那里都不管用，这种情况也是有的。这个人我看不太明白，他既像个半大小子，又像个青年，但是他显然不是那种使蛮力的人。他从那个盒子里拽出了一根东西，我认为应该是香烟。他递到我面前，说，三哥你抽根烟。他叫我三哥，这个很奇怪，干吗要叫我三哥啊？

义兰，我之所以要讲这个事情给你听，是因为这有点奇怪啊，在板车队居然有我不认识的人叫我三哥。我问他，你是谁？他嘟哝了一句，我没有听清，但他已经把香烟递到我手上，我是抽烟的。义兰，我现在抽烟了，不为别的，只因为身边的人都抽。你可能要说，农村现在条件还不是很好，怎么抽上了烟？但是你不知道，在我们广城畈，老早就有这个传统，一个男人要是不抽烟，那是不可想象的。不过大部分抽的都是那种土烟，没有牌子，好像是蚌埠产的那种叫什么猫的烟，土法子也可以做到跟那味道差不多。这个年轻人递过来的烟显然是土烟，因为他叫我三哥，我想这人至少是认识我的，但是他又没有讲清楚他是谁。

我夹着烟，他有些慌乱，想凑过来给我点火，划了一根火柴。我说你别浪费火柴了，火柴也金贵呢。我讲我要抽，我到那边借个火机就可以了，他点了点头，然后抡起大铁锤又往巨大的石头砸下去。狮子屁股这一块石头大，但砸起来并不容易，因为石头里面有线路，只有砸对了位置，石头才能劈得开。我看他干活很吃力，应该讲他就是我大哥常讲的那种不会干活的人，不会干活的人干起来就会很累。我就站在不远处，但我也不能盯着他看。中间我们队的程志槐到我边上来，把我手上的烟点了一下，说有烟也不抽啊，是不是当干部了，嫌土烟不好抽了？我听他讲话，赶忙把烟拿给他。

我讲，你抽吧。志槐讲，人家敬你的烟，你怎么好给人抽？我发现那个年轻人正对我们看着，我是没有注意到这个。志槐讲，你看人家打石头也着迷啊，当干部，也太辛苦吧。我不想跟志槐多讲，我说，你去干活吧。志槐马上到边上去了，那个年轻人停下来喝茶。茶壶是在地上的，一般十几辆板车，总要有一辆板车上挂着水壶，至于水杯都是那种瓷缸子，有把儿的，也像葫芦一样挂在车把上。瓷缸子是指挥部发的，每个人都有，上边还印有"沛顺杭指挥部赠"的字样。大概过了个把钟头，这一趟板车全部要向将龙山进发。我吹了哨子，区里还有一位同志也在忙，他是在前边，干民兵出身的，工作作风比较狠。他跟我讲，你在后边晃晃就行。

他叫张前友，他在前边已经领了板车队出发，我没有在后面，而是在中间。那个年轻人终于又走到我边上，拉着板车，非常吃力。我看他的样子很怪，但之前为什么没有注意到呢？三哥，你走得真快。他讲。我听他讲话也怪异，问他，你叫我三哥，你是哪个庄的？他讲，我山后的。其实山后只是一个统称，说自己是山后，等于讲那里穷。跟广城畈相比，山后是穷的，没有办法，因为那里水田少。在广城畈就是这样，只要哪个地方水田多，哪个生产队就强。

反之，在吴家老院、山后、青龙嘴以北，还有靠打山那一带，向高山往西一点，半个店那边，水田都不多，像龙河口、毛坦厂、五显那边就更不行了。不过在六安，像新孙岗，以及你老家中店那块，虽然不是山区，算丘陵吧，但因为水田产量不行吧，可能跟水土有关，所以庄稼也不行。我之所以讲到这个，还是我大哥程志茂跟我讲的，他讲社会主义要注重粮食，粮食也要讲科学。

广城畈的粮食是好的，那些地方粮食不好，是因为水田产量不行。当然了，现在扒沛顺杭，山地那边，山沟、山冲都可以种上水田了，因为可以提水灌溉了，沛顺杭就是干这个的。但我没有想到这个拉板车的年轻人他也懂这个道理。他讲，现在界儿岭都扒河了，以后山后那边能种水田了，我才明白原来他们的山后是界儿岭。将龙山渡槽的水正是从龙河口调过来向北边输送的。我讲，以后日子就会好起来。他一口一个三哥，我就不好意思追问，也许是什么亲戚也没准儿。

他胆子比较小，但听我讲了些话之后，就说，你在区里当官。我听他讲得半拉拉的，问他，你讲什么？他说，三哥你在区里当干部，那你是什么干部啊？你带多少人？我说，我不带人，我是来修沛顺杭的，跟你们一样。他讲，那哪能？你看你在押车，我们苦命才干活呢。我觉得他讲话不像他这个年龄的，怎么能讲社会主义大建设是苦命活的话呢？我说，你年纪不大,但你不能这样讲啊,你干活是像干革命一样的。他连忙说,是啊,是啊。

我们在讲话时,板车队前边已经上到马家大塘的坡顶了,我们还在三姑庙那个地方。他走在我边上,有时也会吸一口烟。实在是很累,在太平街那边已经劈石头、装石头,累得不行了,现在还要拉板车。不过从三姑庙过来到马家大塘坡底刚好是一截有点下坡的平地,人拉起来是比较快活的。他只要安静下来,脸就是很皱的,像橘子皮。我注意到他自己也可能明白这一点,所以尽可能地动,就是讲话,他一歇下来的话,脸就像橘子皮一样,皱在一块儿的。

这个年轻人真是有意思极了。你住山后?我又问。他讲,是啊,我住山后。到了坡顶,他把板车往路边顺了顺,不用说他是想歇一下。他是太累,太累了,拉板车下坡是危险的,因为很容易让板车压到自己。他歇下来,我没有歇。他就有点难为情,对我说,程干部,你到前边去吧。他叫我程干部,我听他这样讲话,觉得他还是很灵光的一个人,不过干吗一会儿叫三哥,一会儿又叫程干部呢?我在前边拿着那个军用水壶喝了水,这个水壶是区里边给我发的,是军绿色的。我特别喜欢,上边有帆布带,这种水壶,民工是不可能有的,社员现在的瓷缸是指挥部发的,只要是公家发的,他们都很高兴。

后边这个年轻人用板车放把,就是把板车底下那个一小块舌头样的封板给抽出来,拖在地上用来下坡减速,板车头压低,屁股坐在板车把上,一般只坐一边,板车像跷跷板一样,在下坡路上往下飞驰。我以前看到过人家这样下坡,但当看到这么多板车一起从大坡下去时,还是很震撼。义兰,你知道吧,自从板车队从狮子屁股拉石头以来,道班就没有停过,一直要对这条公路进行修复,因为这是一条拉石头的路啊,对将龙山至关重要。

这个年轻人到了坡底以后,要上草点冈头那个上坡,他就很困难了。一般都是两人一组,前边的人拉车,后边的人推车。所以你会看到上坡路上的人像蚂蚁一样,两只"蚂蚁"搬动一辆板车,板车轮的辐条发出那种沉闷的响声,听来让人心惊。我大哥讲了,现在所有人拉板车都要脱层皮。每当近千辆板车靠近北小台那边时,大哥就在语录塔架那儿摇旗子喊。大哥跟我说过,真正的目的不仅是把石头从太平街拉过来,还要在桥墩边的那道土坡上，把石头拉到大桥一半的高度，当然高二十几米的大桥是个什么概念，现在也还不清楚。大哥说以后要在每个桥墩边修大概一棵大白杨树那么高的土坡，所有大石头都要从土坡拉上去，那才是决战呢。

义兰，我还是跟你讲讲这个年轻人吧。他艰难地和另外一个人把板车拉到草点冈头时，我走到他边上，我讲，累就歇歇吧。他已经讲不出话，这是我近距离地看到累到讲不出话是个什么状态。他张了嘴，但没有声音出来，可以讲他还显得有点稚嫩。我从口袋里掏出一根烟，扔给他，他接住了，笑了，很开心。但是他眼睛四周有水，分不清是汗水还是什么。他讲，谢谢三哥。我讲，不要叫我三哥。他讲，对，叫你程干部。我说，叫我这个干什么？我们都是扒河的。我认为他可能是亲戚，不过我没有想到别的什么，反正在我们广城畈亲戚之间未必要很热情吧。

义兰，我不是跟你讲我去狮子屁股领着板车队回将龙山吗？我讲了这个年轻人在狮子屁股开始就给我拿烟，然后我又给他拿烟，路上他辛苦得很。到了将龙山我碰到大哥，就问他认不认识这个年轻人。大哥讲，你现在是区里边的干部，不要跟这些人，跟有痞相的人混。我听大哥的语气很严肃。我说，我虽然是在区政府上班，但我也是来扒沛顺杭的。梅书记给我布置的工作就是协调农工啊，要让扒河队更好地在将龙山搞好工作啊。大哥讲，梅书记讲得是不错，但你讲你扒河，你现在是领着板车队，毕竟是领车人，又不是拉板车的人，所以你就要注意了。

我觉得大哥的话有些不对劲，当然他嗓子也哑了，因他一直在语录塔架上为民工们加油。他看事情的高度可能跟我是不同的。怎么这个人就成了有痞相？义兰，你知道在我们广城畈，如果称一个年轻人有痞相，基本上就是否定这个人了。但大哥干吗要这样讲呢？那个年轻人，只要不讲话，脸就皱得像一张橘子皮，所以他总要努力活跃一些，是一个还很稚嫩的年轻人呢。大哥作为一个扒河英雄，为什么要这样说呢？我在清点板车数以及石头的方数时，高书记也在那儿忙活，他是觉得双河扒河队，尤其是高山扒河队的人去太平街打的石头一定要在质量上超过从霍西拉来的石头。高书记讲，现在的石头虽然有很大一部分是填充桥墩开挖的地基，但对于将龙山大桥来说，还有什么比桥墩更重要呢？

高书记跟我讲，你都不知道三号墩有多险。我说我前段时间在区里忙报道的事情，三号墩我真不清楚。高书记讲，那你问你家老大，他是下三号墩次数最多的几个人之一吧，比地区工程队的人还有发言权；他下三号墩，你不知道下边的流沙情况有多复杂，丰乐河还是几千年的河了吧，可能还更长，底下的情况摸不清楚，怎么扒桥墩？我说，我在太平街看着他们打石头，太平街的石头没有问题啊，质量好着呢。高书记讲，有人在指挥部讲，太平街的石头是片状多，说从应力来讲，还是块状的比较好。这么专业的名词，高书记都讲得出来，我觉得高书记也是学得很快的。

　　我顺便问高书记，我大哥怎么脾气不大好？高书记讲，他在语录塔架上叫唤，这不是他强项啊。我问高书记，那他的强项是什么？高书记说，反正他自己讲的就是会干活。大哥会干活，能干活，这是有名的，凡事只要稍一拨弄，马上就会明白，干得就会比别人好，这也是肯定的。我对高书记说，大哥刚才讲我不应该跟小年轻们混，怎么突然讲这个？高书记说，你不知道，现在将龙山扒河队多，河南边的人也多，特别是张母桥区的，那边的人干活——讲实话不行，但是嘴倒是不厌，所以你大哥比较反感那种人吧。我有点明白大哥为什么讲像那个年轻人那样的人是有瘩相的了，原来河南边的人不像我们公社、我们区这边的人那么尊敬他。

　　虽然都是社员，但社员也不同啊。高书记对我讲，志刚，你现在也是国家干部了，你要对你大哥的情况更好地掌握啊。我说，高书记，这怎么讲？高书记说，你不知道吗？你大哥程志茂是个典型，是六安地区的典型呢，现在地区也要往上报。这个我确实知道，义兰，你也讲过，对吧？但高书记现在显得很慎重的样子。不过关于年轻人什么的，我没有跟高书记多交流。傍晚的时候，我要回区里去，现在从将龙山往双河，经常有板车去，为的是拉区里的一些材料，比如农机站也有材料要送过来，所以我可以搭一下板车。说是搭板车，不过是下坡时可以在别人放把时坐在板车屁股上往下溜而已，在平路、上坡都还是要走路。

　　我在王家榜那块时，碰到我二哥，他刚从程家二方那边过来，我忙停下。二哥讲，你回区里去啊？我讲，是啊。二哥讲，我说要请你喝酒的。我对二哥这种转变还不大适应，再加上他板车上又拉着一条石磙，这个石磙王让我很不理解。我讲，不要喝酒。二哥讲，一定是老大讲的，你不要听他的。我心想二哥怎么跟老大不一样的地方这么多呢。我问他，干吗总拉着石碴？二哥说，现在建将龙山大桥主要靠石头，搞石头哪离得开石碴？我听他讲得这么有板有眼，也没有办法争了。我说，二哥，老大好像这几天脾气不大好呢。二哥讲，他还有什么不好的？现在是大红人啊。我觉得二哥这样讲也是不对的。二哥讲，你不跟我喝酒也可以，你有时到双河酒厂多瞅瞅，看到有好酒跟我讲，我去打酒。我觉得二哥真是好玩儿，还要我去盯酒厂，难道酒厂出好酒还分时间不成啊？

　　这时一行人拉着板车从身边呼呼而过，因为从王家榜往斜后方有一条路，从那里可以上山后，但板车只能停在王家桥稻场那里。刚好我看到在太平街狮子屁股那块跟我搭话的年轻人，便指给二哥看，问那是什么人，喊我三哥，大哥讲他痞相呢。二哥眼睛好，聪明，反应快。他讲，老三，人家喊你三哥，你也答应啊。我说，我就是不知道这什么人啊。二哥笑了，眼睛眨巴眨巴的。二哥讲，大哥讲他痞相？我说，是啊。二哥把板车屁股放下去，石碴在板车上晃了一下。二哥讲，他喊你三哥，对吧？我说，是的。二哥为什么又要问呢？二哥讲，这小东西，人精呢。我说，他是什么人啊？二哥讲，山后人。我说，山后人不是老实吗？二哥讲，哪个讲山后人老实？我听二哥这么讲就更不明白了。二哥讲，你现在是干部，按理讲，有些事情，你确实要注意一些；你在区里边，这些社员喊你一声干部也是对的，但这个人不一样。二哥又说，老大为什么讲他痞相？因为他这人最近老是跟小妹在一块儿呢。我一听二哥这么讲，马上明白了，他们年纪相仿，而且离得不远，难怪他喊我三哥，是顺着程志村的喊法来的。妈的，我一听有点上火呢，不过我对二哥说，搞不明白现在的年轻人，反正就是不好好干活吧。

　　义兰，你看，我小妹人老实，但他们男孩、女孩，虽然当社员，但也有到一起的。只不过，在这么忙的时候，大哥对于这一点是看不惯的吧。

　　好了，啰啰唆唆写了不少，先到这儿，下一封信再叙。

志刚

1964.8.20

志刚：

不知为什么最近感到有些疲倦，这还是我自上农校以来第一次感到自己有一点点飘忽。这不是我想要的，特别是我毕业当社员以来，从来没有这种感觉，但现在正式分配到沛顺杭，包括章书记在内，对我寄予厚望时，我反而有一种不适应了，觉得身体有那么一点不被自己把握似的。跟你在下面从事重体力劳动不同，我在当社员这一年多时间里，客观讲，并没有特别累着，但现在反而有些疲倦了。我在通讯处工作，领导很重视我，并且我在宣传上的想法，指挥部领导也是特别满意的。按理说，正是春风得意的时候，但是身体是另一番景象，像不大听使唤一样，这让我有一点苦恼呢。

但愿这只是暂时的现象，你要知道，人总是在那样一种紧张的工作状态中也未必是好的。看你的来信，知道你现在在梅书记的要求下，不仅是在配合民工扒渡槽，而且还在承担一些具体的任务，比如去拉石头什么的，我觉得这样也好啊，这样更身体力行。不过你跟我在信中讲到的你到狮子屁股去带领拉板车的车队，我又觉得有那么一点不对。我很难从你的字里行间里看到那种火热的场面，你写到了他们的忍耐，写到了他们的付出，但我觉得扒将龙山渡槽是胜利的事业的重要组成部分，人还是要昂扬的，无论多么艰难。

就像我刚才跟你讲的，我自己的身体似乎也出了一点问题，但是我们都要警醒，我们不能在前进的道路上被自己给绊倒。这样的话，社会主义事业还怎么完成呢？你讲到的你大哥程志茂站在语录塔顶上呼喊，听起来是嘶哑的，但我觉得一个喊口号的人是不能嘶哑的。他是一个标杆，即使是站在那儿喊口号，也是功劳。我上次跟你说了，我正在向省里面汇报你大哥的英雄事迹，所以我特别注意从你那里听来的第一手资料，看到他是那样在为扒渡槽而努力，我虽然感动，但我觉得在他的使用上是有一些问题的。

我之所以跟你说这个，部分原因也是你现在不仅仅是他的弟弟，你也是一个干部了，尽管你需要向农民兄弟学习，但你毕竟是一个区政府的干部，你也负有领导的责任。当然了，基层里边还有大队郭书记、夏书记他们，还有公社这边的特别有政治热情的高书记。尽管这样，作为一名年轻干部，你在政治立场上必须很鲜明，那就是社会主义事业需要典型，需要你大哥程志茂这样的人，所以你们把他放在语录塔顶上让他给民工们加油助威，我总觉得未必合适。

坦率地讲，我觉得他还是应该干活，只有劳动才更符合他的英雄形象。喊口号不是他的强项，他是顶天立地的农民典型。活主要靠他这样的人来干，我在写他的材料时就明确感到如果他缺少了劳动的独创性，那他这个人物就不能代表沛顺杭精神中最优秀的那一部分了。沛顺杭精神是我们现在要从他身上确立起来的一种精神元素，这跟六安老区人民的意志品质是拴在一块儿的，是要一起大书特书的。但是，一个沛顺杭精神的集中体现者在嘶哑着嗓子喊口号，那是不全面的。我认为他应该重新回到劳动的岗位上。我在上一封信里跟你讲了，如果可能，我很盼望能够到将龙山去一下，一是感受和观察将龙山施工的概况，另外也想采写到一个更加丰富立体的英雄程志茂形象。

我认为还不如放手让高书记来培养你大哥程志茂，这就回到了一个老话题上，英雄是需要培养的。我们不是仅仅把英雄树起来就可以了，英雄还要我们继续给他力量，给他发挥的空间，所以扒沛顺杭本身就是一个孕育英雄的场合。没有沛顺杭，你大哥程志茂也许不会成长得这么快。我觉得你现在在梅书记手下工作，你可以向他建议让高书记在你大哥程志茂的成长上发挥更大作用。

另外，你自己跟高书记也熟。你刚当社员时，高书记对你也很重视，现在你在区里当干部了，他还是公社书记，但我认为行政上的事情可以放一放，对于大建设来讲，最主要的仍然是大家一同努力，把事业给搞好。所以，我想你自己也可以一边向你大哥程志茂学习，一边也向他建议，让他回到劳动的岗位上。这么说没有别的意思，英雄是不能被冷却的。

至于你在信中讲到你领板车队时发现的那个橘子皮样的年轻人，你讲得很不清晰，后来你大哥直接批评那个人是个有瘠相的人，我倒认为你大哥说得对。你大哥很有眼力，他在语录塔顶上看大家拉车，是看得清楚的。但正因为他被这些琐事耽搁，反而不利于英雄的成长呢。话说回来，对这个年轻人，你大哥这么说自然有一定道理，后来你又讲这个橘子皮样的年轻人原来是接近你小妹程志村的。我在塑造你大哥程志茂这个形象时，始终比较关心包围在他身边的人，包括你在内，还有你小妹。坦率地讲，她反对换亲的事、她逃婚的事，这些都是对的。但是，这些事又从不同的方面影响着英雄，让英雄很困惑。

你大哥程志茂不容易啊，虽然换亲的事由他引起，但是在新时代，社会主义大建设时期，我们不能让这样的事情继续困扰英雄吧。程志村为什么不去椿树扒河了？你没有明说。之前我讲过，应该是去年吧，我说程志村去外地扒河，这没有什么不好啊，女性解放啊。但是，现在不去了，在将龙山劳动，参加沛顺杭也好，不过如果是如你大哥所讲，被这样有痞相的年轻人包围，那就不是什么好事。我觉得你对你小妹也还要多多帮助。女性解放也好，劳动也好，也还是有一条长路需要走的，我们不可以简单地对待。

我还想讲的一点是，你自己现在在梅书记的要求下到太平街一带带领板车队拉石头，我注意到你讲的，你是带领车队。我个人觉得，如果可能，你还是可以适当地拉一拉板车，既然自己也走那一趟路，为什么不身体力行地拉上一车呢？哪怕拉得少一点。在拉车中，拉车技术不就学到手了吗？不然以后，人家说起来，你还是一个不会拉板车的人。听你讲，你在下坡时还坐农民兄弟的板车，我觉得你要注意了，这可不是一个小问题啊。劳动需要乐观，但更需要汗水和付出啊。我认为你还是要向你大哥程志茂学习，学习那种在劳动中出劳力的观点，力是越干越有的。

当然了，至于你二哥程志盛，你多次讲到他要请你喝酒的提法，我认为你的处理是对的。现在这么累，还喝酒干什么啊？干活就干活，不要输给酒精，酒精会使人意志力涣散呢。你在双河街离酒厂很近，但我认为不可以喝酒，至少不能在扒河时喝酒，这还是一个态度问题呢。好在你没有喝，你大哥表现得就很好，他是阻止你跟老二去喝酒的。干活就要有干活的样子。

志刚，你知道我在写信时，身上在出汗，我感到有一点力不从心，这让我有一点忧思，这在我以前是很少有的。我想一方面是精力问题，另外，也存在一个感受上的问题。可能我当干部了，觉得角度是不是出了一点问题。我认为还是跟社员们保持同样的姿态比较好，几十万的民工大军同时出现在工地上，这种壮观的场面是六安人的骄傲呢，而作为干部，唯有更高地要求自己，把自己跟民工们放在同一个高度上，才是有觉悟的吧。

好了，下一封信再叙吧。

1964.8.28

义兰：

　　收到你的信，第一次听你讲到你状态不是太好，我是这样理解你的话的，就是觉得你是说自己状态不好——我不相信你会身体不好——我一直觉得你的精神主导着你的身体，你总是那样热情，并且对别人、对同志、对朋友是这样毫无保留地表达你的观点，对大建设、对沛顺杭、对老区，你有着无尽的热情，这是感染我的地方。但当你亲口告诉我你有疲惫感的时候，我是很难相信的。尽管人吃五谷杂粮，都有虚弱的时候，可是这样的事情发生在你身上，还是难以理解呢。

　　当然也许只是暂时的，你会很快恢复到很好的状态。你现在正式分配到沛顺杭，在这个重大工程中担任宣传的任务，我想你是尽力的，而且会搞好的。信中你提到的关于我大哥程志茂的材料以及向省里上报的情况，我相信凭你的能力，你一定会写出一个特别突出的英雄形象。这对于大建设同样是至关重要的。我作为英雄的弟弟，作为生活在他身边的人，如果你硬要我讲他，坦率说我未必能比别人说得更好。可你又说，很多时候也依据了一些我对你说起的他的情况，但愿我讲起的大哥的事能让你从中发现一些我自己看不出来的东西。

　　在方圆几里的地方，那么多物料点、板车队、施工队、码石头的队伍，还有后勤队，还有搬运队，还有瓦匠，还有开发动机的，还有管运输皮带的，还有纯粹是举东西的，等等，讲都讲不完。我现在是在协调，板车队之外，我还在现场协调用工，看得就详细一些，人是不能再多了，再多连下脚的地方都没有了，但给人的感觉是人还是不够，是说人的力量不够呢。我是感觉这样下去好像干不下来。

　　对了，义兰，最近还发生了一件事，就是几个庄上的民工突然议论起来，说将龙山大桥是拱形桥。拱形桥不陌生，农村也有不少，但像将龙山这样连续十六孔的拱形桥就让人害怕了。这几个庄上的人会首先议论，是因为桥建得离他们很近，有人讲桥这样建起来牢不牢靠。显然，人的信心就是这样，刚才我说了是担心力量不够呢，那对桥能不能安全就起疑心了，因为农村人都知道一般的拱形桥能顶住力，能走人、走牛，能上千年不倒，是因为浑然天成，没有人解释其中的道理，但是桥就有这个本事，能撑起来。

但是，十六孔的拱形桥有没有这个能力呢？人们就怀疑了。后来高书记听到县里有人讲，将龙山修大桥，附近庄上的人最有好处了，一个那么珍贵的大桥建在家门口，不但不自豪，还起疑心，这是什么问题啊？高书记本来是带领明星扒河队的，想不到在家门口扒渡槽，出了这么个舆论问题，觉得问题严重，就像他同时也对大哥程志茂不满意，他手中最厉害的这张牌，在语录塔顶上嗓子都叫哑了，但工程好像不似以前那样显得有生机，他感到有些难以控制了。

义兰，我跟你说的这些，都是我接触高书记以后从他说话中听出来的。他这人不是缺少信心，他是干民兵出身的，他政治上也硬，但是，他受不了的是他公社的社员，特别是将龙山广城畈这一块的社员对家门口的大桥首先不自信了。所以他就找我大哥商量，说现在广城畈扒渡槽出问题了，这施工的胜利横在面前，不知道歌颂，还起疑心，这还了得啊。

大哥听高书记讲这苦恼，就对高书记讲，广城畈人对桥不陌生啊，广城东门坎的卷棚桥，在整个六安县也是有名的啊。那卷棚桥虽是一孔，但是那弧度有多大，快要成为一个大弧了，但牛不是照样踩过去吗？几百年有了吧，也不见倒掉啊。现在的将龙山大桥，这什么水平啊？社会主义新时代了，修的桥还不强过几百年前的老东西？

大哥劝高书记不要担心，人就是这样，事情来到面前，总要犯一下愁。将龙山大桥注定是个胜利的果实，这是毫无疑问的。大哥不仅这么说，还真的带了程志仓、程志槐、程志满他们到了卷棚桥，然后又带去了上河嘴、秧塘几个庄上。人去多了，就明白，桥孔是弧形的，才能撑得住桥，不是因为天意，而是因为石头出了力的，石头是有力气的。这就是社员们得到的解释，这个解释是管用的。

义兰，你不是说觉得让我大哥程志茂这样在语录塔顶上喊口号加油，不是对他最好的使用？我没有跟高书记说。我觉得我只是区农机站的人，跟高书记不能讲太多，他是一个公社的书记，而且威望也很高，这一点你自己也是多次承认的。你在写稿时也多次提到你对高书记的肯定，高书记可能是自己发现了问题，跟大哥讲，你在塔上喊了不少天了，你受得住？大哥说，我就听你号令呢，你叫我下来我就下来。高书记说，那好，还是下来吧。大哥讲，那就对了，我早就不适应这样被供在这顶上，好像我不需要干活，只要一亮相就能带动大家似的。

就这样，大哥又回到了地上。在一号墩那里，因为垂直高度最大，原因是一号墩紧靠南小台，有泄洪闸的预留处，加之有丰乐河发水期水漫过来形成的一道水注。一号墩的垂直高度最高，所以一号墩的墩形比较直，可能是设计上的需要吧。这个我去看过，大哥到那里听别人讲，在桥墩上放那种巨型石头是最繁重的工作了，由于发电机的柴油有时供应不上，而工期又紧，所以现在桥墩上的巨石有时必须靠人力来摆放。大哥就向高书记领命，说可以把这个工作交给他。

我心想大哥不是那种认为纯粹体力大的人，那种有蛮力的人总是掩藏在社员中，你想找出来也不容易，但这又不仅仅是蛮力的事情，还是要有本事才行。于是大哥就跟老徐他们商量办法，要用钢索滑轮，还有板车皮带，还有滚木一起来拉石、放石。一号墩很高，上边的巨石必须卡紧，但水泥的用量又要最少，这是因为水泥严重不够，巢湖的东关只能供一部分，而将龙山自己的水泥预制厂生产的水泥标号目前还不够，据说是烧水泥工艺还不行，跟材料也有关系，这些都是问题。

大哥跟老徐他们试验了好几天，后来还是把石头用土办法提上去了，并且也能安上去，但后来又发现石头的立面和削面平整度不行，这样会在桥墩中形成缝隙，会浪费水泥。他们又在想办法。大哥有时亲自在桥墩边的木架上拉石头，能听到滑轮发出的危险的响声，听来有些令人害怕，实在是太重了，而且又无法采用纯机械的办法。当然高书记后来就跟工地上的人讲，还是程志茂力气大，再重的石头他都能拉上去。

义兰，这几天又发水了。夏天的水这么大，本来是可以想见的。但不知为什么，好像将龙山的项目起这么大的水，人们就不大相信了似的，这好像是认识的误区吧。没有人能够保证你在修大桥，老天就一定要支持你，给你一个好天气吧，更何况丰乐河在夏季发水是常有的事。并且这个夏天已经特别给面子了，水发得并不多，不然三号墩的开挖难度就更大了。地区工程队的人讲即使发大水,像三号墩的开挖以及填充浇筑都是没有任何问题的,技术上早就攻克了,不然佛子岭水库怎么能修得起来?发水不是什么问题,但当白浪滔滔的大水冲下来,人们还是很揪心。首先就是在大河滩上的物料场,那里堆放了特别多的块石,主要是给一号至五号墩五个桥墩用的巨石。块石已经用了一部分,还有不少堆在那儿。发大水冲不走这些巨石,但洪水会淹没物料场,这是令人心痛的。工程队的人、指挥部的人认为洪水刚好可以验证三号墩的应水能力。一号墩那边水势要小一些,但也要测,二号墩刚好在河滩上,基本上没有问题。但是怎样测量一号、三号这两个极其重要的水中桥墩的应力呢?将龙山指挥部一直在开会,有人建议从省会调专家来办,但章书记从六安打电话来讲,务必让将龙山施工现场独自处理,不能什么事情都指望省里支援。

我觉得章书记的话是有道理的。义兰,你跟章书记熟,又多次陪同他到下面的工地检查工作,应该了解章书记的性格吧。他肯定是认为老区人民必须自己把事情办好,不能总是要支援。在将龙山这个重要的特大工程上,如果解决不了自己施工的问题,那沛顺杭精神就成了空谈了。县里的廖书记跟副指挥在南小台的指挥部看着下边的宽阔水面,三号墩基本上已经淹没在水面之下了,刚发水时还露个头,但很快就淹进去了。

据指挥部的人讲,必须测量出它的应力水平,这是比较专业的事情。但问题是,谁有这个本事把测量的工具放进桥墩预留的几个测量点呢?梅书记小声地跟廖书记讲,可以让高书记跟程志茂谈谈。梅书记一般不大会主动谈解决办法,因为在座的还有地区工程队的专家。我在门拐那儿坐着,这是梅书记要求的。会议是在指挥部开,而指挥部关于民工的事情,基本上由梅书记和另外三个区的书记协调。现在廖书记把问题抛出来后,梅书记认为只有高山公社的高书记可以想办法了,专家们办不到啊。

测量是个技术活,但放仪器下去是个水性的问题。丰乐河将龙山渡槽是在广城畈干的,广城畈人熟悉这个地方,下水也只有请广城畈的人来干了。高书记不在会场,是我去喊的。高书记进到指挥部,廖书记还在讲其他事情,地区工程队的人以及副指挥正在争论什么。梅书记跟廖书记说,这是高山公社的高书记。廖书记指着高书记说,高怀元啊,我知道,我知道。高书记怯然地点点头。他现在见县委书记居然有点怯,这很可能是因为他自己也觉得高山扒河队在扒将龙山渡槽这个事情上没有以前那么勇猛了。人还是那些人，都还是出力多、会干活的人，尤其他手上还有英雄程志茂，但就是在扒渡槽这个事情上，他感觉不到有什么优势了，所以他就有点怯了。

廖书记说，老高，现在三号墩要搞测量，要放东西下去，你看谁行？高书记听廖书记这么说，又联想到是梅书记让他进来的，便说，也只有程志茂了。不能什么事情都程志茂。廖书记忽然加大音量说。一屋子人都愣住了。这时，廖书记自己也发现不大对劲，但他认为肯定是大家误会了他的意思，赶忙拍了拍老高的肩膀，往地图那边让了让，然后继续对大家说，我们坐在这里开会，可人家社员还在干活，发这么大的水，是要淹死人的；我为什么讲不要老提程志茂，就是因为英雄也要保护，使劲地使唤他，总有干不了的时候。

廖书记把地图拍了一下，然后到屋子外边去了。梅书记比较理解廖书记，所以赶忙跟过去。我听见他小声地跟廖书记说，恰好老高提到程志茂呢，不然还真不知怎么办。我看到廖书记摆了摆手，然后廖书记跟地区工程队的负责人就到南小台下边的水井那边去了，好像在商量什么。这边高书记赶忙问梅书记，为什么廖书记要发火？梅书记讲，老高，你什么眼力啊，廖书记这是发火吗？廖书记这是在为你保护程志茂呢，你想想，要是大水把你这个典型冲跑了，县里能舍得吗？高书记讲，梅书记，你这就多虑了，我提程志茂是为什么？是因为我知道只有他行啊。他怎么什么都行？梅书记问。

我在边上都觉得梅书记问出了很多人的疑问，那就是为什么什么事情他程志茂都行。义兰，你看，我是他兄弟，但我也得这么问，怎么他什么都行呢？他难道不是一个像我们一样的人吗？也许，你要讲我不该发出这样的疑问。但是，我忍不住啊，我也是有些怀疑了，但只有高书记是铁定认为我大哥程志茂可以的，他有这个把握。

廖书记到院子中去了，高书记走到南小台北边的山头，向下看，洪水就在山脚下，而且水位还在上升，现在河面大约有一华里宽了，大棚那里的水已经淹到小桥位置了。大棚是所有物资的中转站、大本营，如果淹了水，损失就大了。好在，除了一九五四年，没有哪一次大水能淹到大棚，这一点还是有保证的。

义兰，你看，不论怎么说，这样艰难的事情又轮到我大哥程志茂了，这几乎又是一个不可能完成的任务。他只是一个生产队队长，他水性也谈不上好。但是，现在组织上把任务交给他，他就得办。第二天，水势更大了，必须赶紧放测量工具。我大哥和老徐还是一起上的木头船，像橡皮艇那种，只是它是全木质的，跟鱼鹰站在船头的那种船是一样的，器具不大，但很金贵吧。

木船是从卷棚桥庄那个地方下水的，务必要在差不多两华里的距离中找到正确方位，让小船能到达三号墩所在的位置，而且最重要的是，人必须在三号墩那个位置下水，下了水以后还要把测量工具塞进桥墩预留的孔中，这一切必须一次性完成。从大墩到沙滩洲之间可以挂一道长绳。沙滩洲上最高的几棵树的树头还露在水面上，大墩那里有个尖角打上了桩，长绳就拴在这两者之间。小船一旦冲下来，人和船必须挂住那个长绳，然后才能向三号墩那里放东西。小船上有尼龙绳系着铁钩，反正在干这个事的时候，大墩、大棚那里站满了人。

高书记在大墩那里亲自抓绳子，好让我大哥程志茂他们的小船能钩住长绳。大墩那里至少有几百号人，我站在高书记边上，能感觉到高书记的必胜之心。边上的社员里有些人不敢看，也有人讲，这么干要出事的。但是，高书记还是很有信心。我不是不敢看，实在是人太多了，所以后来大哥是怎么把测量包塞到三号墩的洞里去的，我不知道。我只听到人家都在讲，人下去了，人下去了。大概是头淹没到水中，身体淹没到水中，然后就是全场的沉默，再然后就是全场欢呼。高书记没有叫，我看到他的脸死白死白的，我看见小船向下漂去了，长绳子也松掉了，任务完成了，小船向下疾速漂去，人们的目光一直跟随着它。

梅书记叫我回到双河街上，他讲，你回去到区里边问一问，到底仓库里还有没有轮胎皮。义兰，你知道我们将龙山确实很缺轮胎皮，就是给板车用的。板车轮胎的皮子跟自行车的不一样，要厚得多。自从将龙山开工以后，这边的轮胎皮子的质量也提高了，不然根本就拉不了石头。有人讲拉得最多的一车可以到一吨多呢。你想一辆木架子的板车能拉那么多，完全是靠轮胎，虽然轮胎还是窄，现在想改进来不及，并且轴承什么的也是老型号。

梅书记叫我回区里找，可区里剩下的不多。梅书记让我打报告，所以我在区里又待了两天。中间孙区长来跟我谈过几次，说你要写报告，把报告写得更急切一点，这是你们农机站的事。我说孙区长你讲得对，但为什么不去指挥部那里直接向沛顺杭要呢？孙区长讲，你看看，梅书记之所以叫你回区里来解决，就是因为你不能认为沛顺杭的事情是沛顺杭的啊。坦率地讲，孙区长的话有点直，什么叫沛顺杭的事不是沛顺杭的。孙区长又讲，还是梅书记在区委会上讲得好，说我们社员要把沛顺杭理解成政府对我们老区社员的照顾，扒河是为什么？是为了我们种粮食，是为了我们过上好日子啊。

我当然知道这是一种政治热情啊，但是从组织上来讲，材料应该归沛顺杭总调度安排吧。孙区长看我写报告比较慢，就让我也不要急。孙区长不是读书出来的，他有他的一套，他是从底下升上来的，应该以前在九十铺干过书记吧。他讲，你在区里转转，反正他显得对我很理解似的。义兰，你知道我在学校时写东西也是这样，我是觉得事情的起因得讲清楚啊，说是要以区里的名义向上面要材料，轮胎皮要从江苏那边调呢。事情又不是很小，区里怎么可能要担这么大的事呢？我在写报告的那一天，到街上转悠，毕竟在将龙山时始终围绕着扒渡槽的事情，有时在街上也能看到已经破烂不堪的板车。不用讲，这是从将龙山那里撤下来的，现在将龙山如此依靠板车，是因为扒渡槽主要用石头来解决问题，水泥量不够，钢筋也用得不是太多。

修过龙河口的那个张工，还有沛顺杭的黄工，他们是副总工，也是这样讲的，说中国传统的桥梁用的就是石头，现在解放了，新中国了，社会主义新时代了，但对于老的做法中好的东西还是要坚持。我认为这讲的就是钢筋和水泥这些材料一时跟不上，但石头有的是，只是石头就需要我们扒河的民工用板车去拉，所以现在板车的问题成了一个最核心的问题了。

义兰，你之前批评我说不该理我二哥说什么他要请我喝酒的事情，虽然我没有去喝酒，但他嘱托我叫我在街上替他看一看双河的烧酒，我还是要看一看的。你知道二哥虽然别人讲他落后，但他自己是不以为然的。他喜欢喝一杯，这一点倒是跟父亲有些像。我最近没有怎么回我新建庄的家,也没有跟父亲说什么。父亲在我刚报到的时候是有些兴奋的,但后边也就没讲什么了。我到将龙山来协调社员们扒渡槽,父亲好像还有点看法,好像我好不容易当了干部,怎么又退回到将龙山扒起了渡槽?

父亲就是这样的人,你可能要说他有点落后了,这个倒是真的,他确实不大适应这个大建设时期。再说他也老了,现在还是时不时要喝上一点酒,虽然有时连咸菜都没有,但他还要在坛罐子里温上一碗酒,很少的,一小碗,跟白酒盅差不多大,顶多半两吧。但是他喝得很慢,好像在品味生活一样。他没有跟我讲要我在双河看酒厂什么的,那是我二哥叮嘱我。二哥讲,你要有钱,你打上一斤,回来我给你钱。你想,一是我不会去打酒,我觉得那跟我刚刚分配工作的身份不符吧,再说了,梅书记是个不喝酒的人,我觉得领导看到你去买酒,一定不会高兴的。

义兰,你看,我刚参加工作,我还是很注意的。我在酒厂转悠时,刚好看到我小妹带着我外甥女俊华也在街上。她俩看到我,真是喜出望外。小妹倒说,你不是在将龙山吗?听讲你去扒渡槽了。我讲,我回区里办事。小妹把俊华支到一边,问我,你到酒厂干什么,你不是像爸爸一样也要温酒喝吧?我说,我才不是呢,我是帮二哥看粮食酒呢。小妹说,二哥也喝酒,不过他不温酒喝。她俩到了我住处,打开后门,就是田野。小妹讲,三哥,你好不容易当了干部,怎么还住在稻田边上?我讲,志村,我住在稻田边上怎么了?我们不都是农村人吗?

俊华看到我床前放着那双平绒鞋,知道那是她死去的妈妈给我的,就伤心起来。我把俊华喊过来,拿了几颗糖给她。俊华笑了,她说,小舅,这是你到六安买的糖吧。我说,不是呢,这糖是舒业的。俊华吃着糖,我摸着她的头,我讲,又想你妈妈了吧?俊华点了点头。我说,你看,我穿着你妈留给我的鞋,像不像一个大干部啊?俊华笑了。小妹把我那平绒鞋上的灰打掉。她很长时间都不能接受小姊已经离世,现在看到这鞋,大哭起来了。我看小妹的脸上有那种被风吹日晒烙下的印痕,尽管还是一个特别年轻的社员。

但是,痛苦使她有些失常了,我知道她面临的最大的问题还是大嫂她娘家山后的那门换亲的事情。我让俊华到后门外的田里去玩。我跟志村讲,你怎么不到椿树那边扒河了?小妹讲,现在小琴和梅子她们都不去了，将龙山扒渡槽，现在都想在家门口干活呢。我说，这样也好啊，将龙山正好需要人。我们说话时，志村看到我抽屉里写了一半的报告，取了出来问我，这是什么？我讲这是向县里报的材料呢。什么材料？她问。我说，板车轮胎皮。志村认得一些字，只是不全。她讲，三哥，你到底是不是干部？我说，小妹，这个不重要啊，我只是在区里工作，是不是什么干部有那么重要吗？小妹说，反正我觉得重要。听小妹的话，我觉得农村人对这个身份还是特别看重的。

　　中间我顿了一下，她有点害怕似的，赶快把话绕开。她讲，听讲以后我们有大用处呢。指什么？我问。她说，将龙山的石头都要磨。我说，我也听说了，但怎么讲是你们有大用处呢？小妹讲，磨石头总不能让男的来吧，是我们女的磨石头啊。我看见俊华在田埂上跳。小妹说，她爸妈都不在了，我不想跑远，俊华她们也还是要人照顾啊。我觉得小妹成熟一些了，我不敢把话讲到山后那门亲事上。但是，她也知道这始终是她的一个问题。她讲，三哥，你知不知道，现在将龙山讲大哥什么了？我说，别人怎么讲他不怕，反正他现在是厉害了。

　　小妹挠了挠头说，三哥，你不要以为人家都讲好话。我问她，这什么意思？小妹说，人家讲，他现在叫经得死了。我问，什么叫经得死？她讲，就是死不掉啊。她又说，什么叫死不掉？好像大哥本来要死掉了一样。我觉得这种话有点刺耳啊，大哥在双河、高山，在整个六安县，都是有名的，怎么会有人这样讲他呢？小妹说，以前不是有人讲他干巴死吗？我讲，不是干巴死，是干不死，就是能干活啊，大哥你还不知道吗？反正名声也是累出来的，是血汗换来的。小妹讲，对，干不死。我讲，人家地区的报告里都讲干不死呢，直接这样写大哥呢。义兰，你听，我是说你写的他的报告呢，小妹也知道你，当初你力挺她出去扒河，我都告诉过她的。她觉得义兰姐是好样的，是地委大领导的孩子，同情下边的女社员。

　　现在，小妹讲的大哥的新外号，完全是因为他在发大水时下到三号墩去放测量材料。我说，他那样下水，几千人在上边看，出了风头了。小妹挠挠头说，人家不一定这样看呢。我问她，那人家怎么看？小妹说，人家讲，本来下去是上不来的。这怎么讲？我问。小妹说，讲扒那么大一座桥，能不死人？放东西下去干什么的？人家都讲，就是要发大水，就要一个人下去,大桥才能修得好呢。我讲,怎么讲这个?这是迷信啊。迷信?你讲这是迷信,社员们不讲这是迷信呢,连吕二先生跟贺得礼都说了,说让程志茂下去,是最后再用他一次,就是说下去是有去无回呢。

  我说,乱讲吧,他不是上来了吗?他是英雄,亏得大哥有这个本事。小妹说,你讲他有本事,我也认为大哥有本事,可是人家就是讲,放他下去,本来是不应该上来呢。我觉得小妹会讲这些话,大概是庄上人这么传的,反正发那么大的水,大哥下去放东西当然是冒险的,不过他是上来了的。小妹讲,叫他经得死,是说他已经死了很多次一样。我说,那也是啊,大哥这英雄是不好当的,如果换别人,可能都坚持不下来了吧。小妹说,反正我一听经得死这个外号,我就觉得不是很好,怎么会对一个英雄起这样的外号?我说大哥外号多了去了,有铁肋骨、白化手、洼刀腿,现在又有经得死。反正大哥名声是大了去了。小妹没有讲什么,这时俊华从田埂那边回来了,我们就没有再说下去了。她们吃了饭,回去了。

  好,下一封信再叙。

志刚

1964.9.8

志刚：

  收到你的信，尤其是你说到了你大哥在将龙山发洪水的情况下，由高书记牵头，他下到三号墩去放测量工具的场面，看了让我无比感动。我到将龙山去过，这个你知道。所以我对你讲到的从南小台俯视丰乐河，看那白浪滔滔的场景，是心领神会的。至于大棚，虽然水还没有淹到，但是很危险吧。那是将龙山工程物资的堆放地，千万要小心，我相信将龙山指挥部的人也应该意识到问题的严重性了吧。至于讲到三号墩那边的大沙滩上的物资，都是巨石块，所以来水了也不怕，更何况沙滩那里水速应该会慢一点，巨石不会被冲走的。我之所以讲这个，是希望在物资上，还是要多为国家考虑。

  你自己也带领板车队到太平街拉石头，石头是一块块劈出来的，是人民的血汗啊，所以应该要重视这种洪水对物资的冲击。因为你讲到将龙山的洪水，我们通讯处的何健干事在洪水期间是到将龙山去了的，回来之后跟我讲，洪水之大超过想象。从他拍的照片来看，洪水对施工确实非常不利，更何况从一号到五号墩基本上都过水了，尤其是一号和三号墩要承受巨大的水流冲击，反正洪水过后刚好要测试。但你讲的也正是在洪水期，程志茂能下到三号墩下边去放测量包，这是何等英勇。我问何健有没有看到那个场面，何健说他当时听讲了，他虽然人在将龙山，但没有拍到这个震撼的场面。我是不想说他，他是一个比我年长的同事了，但是这么重要的场面没有记录下来，不得不说是职业上的不敏感了。

  你讲到的你大哥下到水里去，几千人在大墩那里观看，我想百姓是把他当英雄的。在这里我还想讲一句，如果没有高山公社的高书记向县委的廖书记请命让你大哥程志茂下水，我想事情或许很难解决呢。在这里，我想讲的是，公社的高书记一直是个好书记，基层有这样的书记是至关重要的，在关键时刻能够站出来，而且知道英雄的本事，这很不容易啊。

  有些公社书记只知道抓那些不重要的事情，但高书记不一样。高书记认识到你大哥程志茂就是他最大的牌，他在公社工作中无疑是抓到了问题的实质，所以我在多次写你大哥的报道中，都要写到这个书记，虽然是个粗人，但是工作非常出色，这一次三号墩的事件也反映了这一点。我现在还想讲的是，后来你说你小妹程志村带着外甥女到双河去找你，你小妹的事情，我放下先不说。

我就先说她讲的，说你们广城畈人又给你大哥一个经得死的外号，还说当时指挥部把你大哥程志茂派到三号墩去放测量包，是以为他上不来的，说什么修桥总需要有人死在桥孔下边，这是无稽之谈，而且我还要说这已经不是封建迷信的问题了，这几乎就是对指挥部以及你大哥的诬蔑啊。什么叫上不来？什么叫要死在桥孔下边？这是什么话！社会主义大建设是伟大的事业，怎么允许有这种声音出现？所以我看到这一点时，非常愤怒，可能你还没有意识到问题的严重性吧，但是我看得出来。作为一个女社员，你小妹程志村都看不下去了，这样对待一个英雄是太别有用心了。

当然了，我觉得你也没有必要完全去理解英雄的每一个细节，毕竟英雄有我们常人不及的地方。不能说你可以全部理解吧，我只是认为你既然当了区里的干部，你千万不能以为你是区里的公家人，就可以对社员评头论足了。对于你大哥程志茂这样的人，干部都要细心地看待他呢，他可是一个典型呢。特别是你这次写到的他下三号墩的事件，谢天谢地，这对我写他的报道实在太重要了。前段时间我累得要命，而且找不到新的点，聚焦不上他往前边的伟大道路，现在有了这个事情，我终于明白，在你大哥程志茂这个问题上，将龙山大桥将是一个新的描述点。

有了将龙山，有了这新事业，你大哥程志茂的形象就更加全面了。三号墩事件只是一个例子，照我想，后边的新情况还会很多，我期待你能看到更多的他的典型事件。

我上次不是跟你说了我身体出了点状况吗？我是有点担心或者多思虑了，想着也许身体出现点状况，也是正常的吧，不可能永远都健康的吧。当然，我不能讲身体出点状况跟工作有必然联系，反而工作越火热，人会越好呢。我们的青春也好，热血也好，都要在大建设的工作中更加美好呢。这是我的看法，但是身体也确实有点问题。同事见我有时弯腰，就问我怎么了。我说，没有什么，我只是有点疲倦而已。但跟你，志刚，我是可以说实话的，我是感到身体出了点问题。也许你要说你怎么不到医院去检查一下，我想说的是，我不会轻易去医院吧，因为我要工作，总有做不完的事情。所以只有确实快要倒下去的时候，我才会考虑去医院吧。

志刚，我还想跟你讲的一点是，通讯处里的丁大姐居然直接建议让我当主任，我感到有些突然。你知道我正式分配进来还没有几个月，怎么能让我当主任呢？通讯处这么重要，负责整个沛顺杭的宣传通讯工作，我当主任那像什么？丁大姐说，现在让你上，正是时候，干事业需要年轻人呢。我说，我没有资格呢。丁大姐就讲，你有资格。丁大姐甚至还说我的工龄从到九里沟当社员那时就算，这样讲，我已经工作一年多了，在这样的大时代里，干了一年多，这么火热的干法，还不算老同志吗？我听了觉得也有道理，如果人民让我挑重担，我是不会推辞的。但我担心的是，如果我在那个主任的位置上干了，我是不是会失去现在这样一种和大家合在一块儿的特别朴实的感受呢？

志刚，我这样说你听得懂吧？我的意思是当了主任，我是不是离群众远了呢，我担心的是这个。你知道我父亲是地委副书记，是地委领导，我对领导并不陌生，但我这样就去当通讯处主任，我是害怕与群众失去联系。这是一个问题，我希望你也可以从你的角度帮我分析分析呢。

志刚，我不是跟你讲我最近身体不太好了吗？当然具体情况，我可能会抽时间到医院看一看。目前我还不敢跟父亲讲呢，我之所以跟你讲，一是因为我们是同学，另外我们一直在通信，我觉得这么多书信足以表明我们是把最重要的最隐秘的东西拿来和对方交流了。坦率地讲，在学校的时候，你还指望我帮助你。当然了，分配工作以后，你自己也是干部了，虽然不像我这样在六安沛顺杭，你在底下，我觉得你多少可能还是有点失落。因为我记得你在当初认为要分到苏家埠园艺场时，你不想去，你还到苏家埠去看，你谈到过你对城市的向往，好像你对国家的理解，主要是城市，是要现代化一点，这跟我的想法是不一样的。

我重提这一点，是因为我想到父亲，又想到了父亲多少还是对你有所关注的。他最近还问过我，说那个小程现在去基层怎么样了。我如实告诉他，说你现在在双河区农机站，你们书记把你调到将龙山修渡槽了。我觉得父亲有点怪你们书记，说，怎么，什么人都要去搞沛顺杭？我没太明白。

父亲说，在乡村，在底下，搞搞社教也对啊。你看，父亲抓社教，搞思想教育，搞路线教育，所以他以为不一定什么人都要往沛顺杭那儿去呢。

我赶忙跟父亲解释，我说，双河区高山公社，有个叫广城畈的地方，他是代表区政府去协调民工扒渡槽呢。父亲又说，你跟我讲他这个年轻人应该到基层锻炼，所以我跟人事局稍微讲了一下，让人留心一下，他们这些年轻的农家子弟，你看，人是去了基层，但是还是干扒河的事情。我听父亲这么一说，还以为父亲真的是特别在意我讲的话呢。当然我虽然提双河，可我绝对没有让他过问的意思。父亲又跟我说，义兰，分到底下，在区政府还不是最底下呢。告诉你，务农的不也有吗？父亲的意思是，你到基层，不要以为已经在最下边了，其实农村工作的基层应是田间地头呢。我听父亲的口气，就是我们这一代年轻人，赶上祖国大建设，尤其是目前，已经从三年困难时期走出来，五十年代合作化也好，社会主义改造也好，这些都弄好了，现在是真正干事情的时候了。所以我怎么敢在这时候跟他讲我身体不好的事情呢，我不敢说的。父亲也没有过问我在沛顺杭的情况，但章书记有时会跟他讲。他跟父亲在地委常委会上碰到时讲的话，父亲有时回来会跟我讲，当然父亲讲的都是章书记讲的沛顺杭的事情。

不过，对于丁大姐提议让我当主任的事，我没听章书记跟我父亲说到，我跟父亲也不好说。从我自己来讲，我虽然也可以做这个主任，但我还是担心太年轻。前边我也说了，我不希望自己高高在上，三年农校，我做班长，你是最了解我的吧，因为我跟你谈得最多，名义上你是要我帮助你，实际上我在跟你谈话的时候，我也在提高我自己。政治就是这样，只有不断地锻炼才能提高，在认识上也是，理论也有一个不断去思考的过程吧。

我跟你讲这些，还是想说，现在摆在我面前的任务还很重，尤其是我父亲对我的态度还是很重要的。我以前跟你讲过，父亲对我大哥在部队的晋升非常重视。他的战友就有在西北军区的，他对西北军区也了解，但是从他有时谈话的口气来看，他认为大哥在部队上升得太慢了。我本来以为父亲是不那么务实的吧，自己是个地委领导了，对孩子干吗要求那么严呢？

志刚，你看，我在城里工作，但我面临的问题也不少。你在信中提到的你在双河区政府的宿舍后边就是田野，我感到确实也很惬意，乡村有乡村的好处。但是，你不要认为双河就是你真正落脚的地方了，以后的生活、工作和计划，都应该要有一个全新的认识吧。所以，我反倒以为你现在被梅书记派到将龙山，不如把将龙山扒渡槽当成你最重要的事情呢。

志刚，你在信中还讲到你在区政府宿舍里写报告，还说孙区长认为你报告写得不好。我不了解孙区长，但对梅书记是了解一点点的，因为那次我陪章书记到广城畈调研，梅书记做了功课，讲了广城畈的历史，这对于上马将龙山项目，包括了解当地的历史沿革，以及期待在将龙山出现一座什么样的建筑、如何呼应历史，都是极好的。但是我还是认为在大建设上，梅书记显得有点刻板了，他虽然也是中专生，但是他脑子里可能还是技术上的东西多了一点，少了一点政治上的敏感。我这么说没有别的意思，纯粹是因为你恰好在他手下工作，而他又对你委以重任，我想这都是我讨论他的原因呢。

不过最重要的是，我对于梅书记招呼你回去写报告，希望地区能划拨轮胎皮给双河扒河队这一点，是有看法的。你知道现在地区上的物资也紧张，另外沛顺杭指挥部跟地区水利局其实是一个单位两块牌子，只是略有差别而已。除了章书记是地委领导，其他一些人、水利局的负责人都在沛顺杭呢。当然了，各县领导、行署的相关局负责人也都抽到沛顺杭担任职务，所以沛顺杭跟水利局既是一个部门，同时又是一个小行署一样的，毕竟整个地区，现在都在搞沛顺杭的事。我跟你讲这个的意思是，写信往地区要材料，等于是向沛顺杭指挥部要啊，而沛顺杭指挥部毕竟管着那么大一个摊子，如果每个区都来要，指挥部就要完蛋了。

所以我的意思是，应该发扬自力更生的精神，不就是板车的轮胎皮吗？可以自己造嘛。你想想，在三国的时候，诸葛亮不是造出独轮马车了吗？不知道是不是这个叫法，反正就是用木头做的可以运粮的车子，那是什么时代？汉末，三国时代，现在呢，什么时代了？我们进步大了去了。但我们为什么还在等、靠、要呢？不要把包袱甩给上面啊，所以我觉得你既然当了干部了，也是你曾说的国家的人了，你应该有主观上的认识吧。

梅书记着急可以理解，但不能伸手向组织要啊，在这种情况下，应该学一学高山公社的高书记。高书记还是梅书记的部下，对吧？高书记就不一样啊，我猜想要是让他考虑这个板车轮胎皮的事情，他肯定不会讲打报告向张要向李要，他肯定讲这事情让你大哥程志茂办。你看，我终于讲到问题的实质了。你们有英雄,你们就要用,你们之前把他放在语录塔顶上让他喊口号加油什么的——我是说可以让他继续干活啊,果然,在三号墩洪水测量中他就立了功了,现在情况还是这样,有英雄你们就要用。他不是一般人,你作为他兄弟,你应该清楚,没有他程志茂解决不了的事情。所以与其让你写报告向上边要东西,不如你们老老实实地请你大哥想办法。

现在我倒要说说将龙山,这是一个好地方,主要是看以后。这里修了渡槽,这里就成了地区的标志,全省也震动,乃至全国,将龙山大桥都将是独一无二的。现在我倒想讲,在这个地方恰好又有一个重要的人物,那就是英雄程志茂,这不是巧合,这是自然而然的。没有一个人讲是因为有程志茂所以要修将龙山大桥,但巧的就在于程志茂就是广城畈人,所以一切都十分神奇了,英雄有了用武之地,而且就在家门口。所以我在准备向省里报你大哥程志茂的材料时,我感到很兴奋,人家说好马配好鞍,我要说英雄配好山水,不也是一件美事吗?

当然了,也可以讲英雄与山水同在,这都是一回事。将龙山的情况,我到广城畈那次就见识过了,将龙山确实需要这么一座大桥,把南边的水调过去。只有在现在这个时代,我们才能干出这样惊天动地的事情。所以讲将龙山既是将龙山,同时又不仅仅是将龙山了。我从柯干事这次带回来的图片中看到了隐隐约约的桥墩,因为洪水,一号到四号桥墩都淹没了,但是北边的那些桥墩已经显出了形状,真是很壮观呢。八百四十米长的一座渡槽,流水将从空中飞过,这是什么概念?想一想都令人激动。

现在,我想和你说的是,既然你自己也参与在这个事情中,你就更应该坚信人民的力量。人民是谁?人民就是千千万万个程志茂。

好在,你们有英雄,那就把英雄用起来,让大家信任英雄,把英雄放到舞台的中央。什么舞台?就是扒渡槽的大舞台,就是哪里有困难,就在哪里搭起来的舞台,就把英雄放到那上面去,让他发挥作用,一切困难都是难不倒英雄的,难不倒伟大的人民群众的。

好了,志刚,先写到这儿吧。下一封信再叙。

1964.9.14

又冬：

　　收到你的信，知道你身体的情况也许并不像之前我担心的那样有什么大的问题，我就放心一点了。但是你也说等你稍有空时，你会到医院去看一看，我觉得这是对的。无论如何，就像俗话说的，身体是革命的本钱，没有一个好的身体，怎么为人民服务呢？当然你政治上坚定，觉悟又高，你自然懂得比我多，比我更加深刻。坦率地讲，你提到你不敢跟你父亲说身体不适，是因为你父亲对你寄予希望，这我可以理解。你的父亲不是一般的父亲啊，是地委领导，又是抓社教工作，在政治上、思想上是我们的榜样，他要是听你说生病什么的，我想他一定会比较伤感吧。他一定认为像我们这样的年轻人正是干事情的时候，所以还是不要让他担心吧，这一点我是支持你的想法的。

　　你在信中讲到你父亲给地委人事局的人打招呼，谈及我们这些从农村上来读中专的同学的分配去向问题，我看了也很感动，感谢你父亲为我们这些农村出来的读书人考虑工作去向。

　　分配到了区里，最近没有人提我出身的事情，我感到很庆幸，氛围也很好，确实现在大家都在一门心思搞建设，干吗非要盯着出身不放呢？再说了，像我父亲那样在解放前因为当过一段代理副保长，有一点点问题的人，对我现在上班了，他也是从心里边支持我为人民服务的。他会为我成为一名国家干部而骄傲的。这不，他现在有时也喝起了小酒，当然你不喜欢别人喝酒，可我父亲现在喝的是对我比较满意的酒，我觉得他是真心认为为人民做事情是特别重要的。

　　当然，他自己是老了。他有时并没有表现出对于将龙山渡槽有多少的热情，这跟他这样一个从旧社会走过来的人的心理多少有一点关系。他见过的事情虽然多，但你希望他像我们那样来畅想在将龙山建起一座宏伟的建筑、一座渡槽，南水北调，他是想象不出来的。这既是一个觉悟问题，也是一个习惯问题。关于出身，至少我父亲，我想你以前也讲过，甚至批评过，我觉得你政治上过硬，你看事情是比我准确的。

义兰，你在信中讲到的我大哥下丰乐河三号墩去放测量包是一个伟大的壮举，并将记入你给省里的关于将龙山程志茂的报告中，我感到很欣慰。我想多亏有你，不然我大哥程志茂也不可能有今天这样的影响力。你讲到有些人认为我大哥下丰乐河放测量包可能上不来，还认为建桥总需要有人埋在桥孔下，这些话都是诬蔑。确实农村人的思想还有待提高，但是我刚才也讲了，这还是一个习惯问题，总以为建这么一个大东西，不出一点事情那是不可能的，所以洪水中大哥程志茂下三号墩，人家当然以为他可能上不来了。但既然上来了，这反而说明了在社会主义新时代，人的命运改变了，不像过去那样了，人是不会有事的。为什么？因为这是新时代，我们派的是有本事的人下去，我的理解是这样的，我觉得我是顺着你的思路去理解的。前几天，洪水已经退去了，测量包也取出来了，省水利厅请来的专家对三号墩进行分析，依据的就是大哥放下去的测量器具的数据。专家一致认为三号墩在墩体结构上还是有问题，需要重新处理，部分拆除，进行重新浇筑，石头部分基本没事，就是在混凝土浇筑上还要再做一次。

你看，多亏大哥下去，不然这样三号墩全部建起来，再拆除建设，麻烦就大了。所以指挥部，我说的是将龙山指挥部的人立即要为我大哥程志茂记功。你在总指挥部，我想你可能也已经知道了沛顺杭对他的嘉奖了吧，这可不是一件小事。我写信给你的时候，大哥已经去干活了，我真是很服他，哪儿都有他，并且他一直在干活。自从你前几封信讲到他在语录塔顶上喊口号不是他的正事后，他已经不在那儿喊叫了。高书记也认为英雄还是干活的好，所以他现在是在背石头。为什么要背石头呢？这还要从板车队说起。上次我讲我去双河写报告要轮胎皮，你在回信中批评我不应该什么都向上级要，你还讲了地区水利局以及沛顺杭的困难，还有行署其他局现在也有一部分在干沛顺杭，上边千头万绪，我们怎么能为一点轮胎皮再去烦领导呢？

但是，板车队确实轮胎皮不够用，轮胎皮不够，板车就拉不了，太平街、东石笋拉石头的车队要保证，那么大棚往各个桥墩工地上运石头就不能用板车了，至少要减少板车量，一是节约轮胎皮，二是因为从大棚到各个桥墩点，都设了坡道，为的是让巨石能拉到一定高度，这样再往桥墩上放相对容易一些，而上慢坡对板车轮胎是最伤的。现在轮胎皮真是太紧张了，因为用力过大，轮胎很容易磨损，所以后来就改用部分人员用竹篾背石块上坡到各个桥墩点。而大哥就是其中最先使用竹篾的，人家只能背几十斤，因为往返至少有几百米呢，但大哥一次能背两百斤，我真是为他担心。

但是他腰一弯，背起就能走，能听到竹篾发出那种沉闷的响声，大石块在他背上稳稳的。他这么一干，带动身边的人都背起来，人家虽然背不动两百斤，但百把斤还是有的。一时间，将龙山的背石头上桥墩点已经成了风景，我看了很感动。我跟梅书记汇报，说现在社员们背石头上桥墩点，太辛苦了。梅书记觉得这也不是办法，确实应该想办法多搞板车来用。另外，在桥墩下边如果能有发电机带动滑轮，然后提升石块，这样也会节省人力。也许人家要说将龙山的会战不就是人海战术吗，不就是人多吗？但是以我在区里看到的，人再多，也有不够的时候，力再大，也有不够的时候。所以我想大哥背石头上桥墩也只是一时之计，后面怎么办，还需要多思考呢。

况且，你知道他在修龙河口水库时断过肋骨的，他小腿也有洼刀腿之称，虽然他不是残了，但是他身上哪有什么好的地方呢？他就是能够抵得住，他就是能干活。你说得没错，他是你报道的重点，你对他有着坚定的阶级感情，但是就我观察的来看，他实在是太累了，我担心他有倒下的时候。当然，高书记有时也会有这样的担心，我亲眼看到他站在我大哥的身后，小声地对他说，你小心点，千万别倒了。

你看，高书记是他的书记，他是生产队队长，他们俩的关系那可不是一般的，高书记对他最了解吧。但是高书记都害怕了，有什么办法呢？轮胎皮不够，板车就拉不起来，板车就是木架子，外加车轱辘和轮胎皮，车轱辘坏得也多，但目前还够。我见轮胎皮不够，实在是因为拉的东西太重了。我讲的意思是，我们将龙山现在的情况是，不论怎样，施工绝不能停，不仅不能停，还要加快。自从大哥带头背起了石头，因为社员人数多，结果背石头的速度超过了板车，这样人家就说不了什么了，好像本来就应该背石头似的。

只是二哥程志盛有点怪气地跟我说，你现在在区里干事情了，你不帮我打酒也就算了，你总能搞点轮胎回来吧？我跟他说，梅书记让我打报告了。二哥讲，梅书记跟你一样，文化多了，但是不顶用啊，我们要实实在在的东西。二哥一边把肩膀皮露出来一边讲，上边皮已经结痂了，就是因为轮胎磨得厉害，所以拉板车需要格外用力，一点缓冲都没有，再这样干下去，百姓们的肩膀全要拉散掉了。

义兰，我对二哥的看法跟你不太一样，我觉得说他落后那是过去的事情了，那是合作化时候，是合作化前边。到了成立人民公社，实际上二哥也就跟大家一样，是个社员，但他同时有石匠的本事，据说他还会打井，这都是我在六安读书这几年他新学的本事。你知道他跟吕二先生关系一直很好，听说吕二先生讲在整个广城畈，就数我二哥程志盛最能。什么意思呢？在广城畈讲人能，就是讲这人厉害，是各方面都厉害，但现在吕二先生不敢讲了，为什么呢？因为现在是我大哥程志茂强，虽然他们都是我哥哥，可我觉得他们确实不一样。

二哥对什么事都是不以为然的。我这次见二哥跟我唠叨，讲我不给他带酒，我还生气呢，因为我在区里边忙得很，现在回到将龙山，梅书记派给我的任务还是很重，虽然工地与物料场之间石头是用竹篾来背的，但从太平街、东石笋那边拉石头还是用板车队，几千辆板车，十分壮观。我不是唯一的领队，前边我讲了双河区还有一个叫张前友的领车人，他还在跟。后来梅书记问我太平街那边还能搞多久，我讲石头是拉不尽的，问题是，这样的板车，社员们的身体受不了，速度慢，吃力，对身体消耗太大。梅书记是重视我的意见的。他讲如果实在不行，就先缓一缓。

然后，梅书记就问高书记，从吴家老院后边拉石头怎么样？高书记和大哥到吴家老院那边去了一趟。其实事情很简单，那里的石头没有问题，数量更是可靠，以前没有选择在那里拉石头，完全是因为从吴家老院出来没有公路，连机耕路都没有，是土路、小道，如果从那里运石头出来，完全要靠社员担石头、拉石头或者背石头，对劳力的依靠实在太严重了。高书记和大哥去了以后，对那里的石头摸了情况。大哥回来跟高书记讲，应该从吴家老院拉石头。我在边上，我虽然是区里的干部，但高书记不大听我意见，他是一个老书记了，但是他对大哥基本上是言听计从的，表面上是他在指挥大哥，但实际上，不论是点子还是拿意见，大哥基本上可以说了算，情况就已经发展成这样了。

高书记向梅书记汇报后，梅书记考虑了很久。梅书记问我，你也是将龙山当地人，你认为社员们到吴家老院去挑石头，会有问题吗？我问梅书记这什么意思。梅书记说，就是讲社员们会不会干不起来。我对梅书记说，应该没有问题吧？现在将龙山都快神了，人人都知道这里要建一座大桥，这还了得啊，不要说六安了，合肥也没有这种东西啊。梅书记说，以前不是说贺得礼他们还反对吗？我说那是之前了，现在桥墩一建起来，才冒一点芽呢，那么壮实，一下子就把社员们乐坏了，全部没有想过会有这么一个大动作。梅书记说，你们要平实啊，干活的社员是两个县四个区的呢。我说是啊。

义兰，你看梅书记还是很考虑社员们的承受能力的。但高书记不是这样，高书记认为只要是大哥支持的事，就一定能干得下来。我刚才不是跟你讲吕二先生了吗？他现在穿着那种有点深灰色的上衣，别着一支像金笔样的东西，背着个药箱，好像他马上就是赤脚医生了。他现在不讲他皮肤病那一套了，他搞跌打损伤，工地上任何人有问题，他都会去，确实也还是有用的。不过大哥对他看法不好，尤其是看不惯他那神气活现的样子。

吕二先生跟我讲，志刚，你看，你现在出息了，到区里当干部了，但我看你也还是那个样子，可你大哥这是怎么搞的，怎么好像和我们不一样了？他成了英雄，我们就成了狗熊吗？我听出来吕二先生对大哥是有看法的，不过在界儿岭大哥入洞救二哥程志盛那次，吕二先生出主意不给往洞里扔葫芦，据说是救了大哥一命的，当然也救了二哥。只是他出的那个主意，他自己讲是他掐算出来的，但我想人人都认为那也有一些道理在里边，一旦讲开了，好像吕二先生也就没有那么神气了。像他这样的人永远要的都是神气，就是要跟别人不一样。

说到吕二先生，又不得不讲到贺得礼，前边梅书记还问过我贺得礼呢。我很少见到贺得礼，虽然先前他是反对将龙山扒渡槽，但渡槽一旦扒起来，百姓干劲上来了，就没有他什么事了。谁也不听他的了，他讲破了丰乐河的气势、破了广城畈的气象什么的，这些东西都不管用的。将龙山开工以后，那个广城畈生产队的宋翔忠老先生反而活跃起来了。他会做古诗呢，经常在大棚那儿大呼小叫的，工地上一派热闹。特别是地区工程队的人到处打听宋翔忠老先生是个什么来头，人家就讲，是个教书先生，墨水多着呢。大哥对宋翔忠是尊敬的。宋翔忠跟我父亲以前要好,现在他活跃了,但有时跟我大哥讲,叫你老头子也出来转转。大哥有些难为情,因为我们的父亲跟宋翔忠完全是两种性格,我们的父亲好像很不适应。但宋翔忠说,只要出来一转,心思就好了。

  义兰,你看,在将龙山就是这样,工程开建了,所有人都意识到这是个新生活的现场了。有一次我在小桥那个路口看到贺得礼了,他抽着烟,样子很老派,对着丰乐河指指点点。听到有人讲,老贺你还是回家去吧,这里就没有你什么事了。显然,别人是不想听他讲对将龙山会战不利的话的。

  好了,就写到这吧。最近老是在双河和将龙山之间来回跑,很是麻烦,下一封信再叙吧。

志刚

1964.9.22

志刚：

　　你信中提到的因为你大哥程志茂在洪水中下三号墩放测量包，从而测量出三号墩应力问题的偏差，你大哥为将龙山消除重大隐患的事迹已经报到沛顺杭指挥部来了。说实话，我这两天还在消化这个事情，以前我们在树立英雄时，总在想他做了什么，他有什么了不起的地方。但是像你大哥程志茂这样既能苦干实干，同时又能干会干，而现在他又能消除危险，这是一个全面的人才。我想是社会主义新时代大建设的号角真正把这个农村的生产队队长给唤醒了，他这样优秀突出，可以讲是当代农民的代表，是人民公社的典型社员，是社会主义新时代的英雄。他是我们这个地区最优秀的社员，是人民公社的骄傲呢。我讲这些赞美的词的同时，想说的是，英雄总是各方位的，总是全面的。

　　我们要利用好他，要让他发挥最突出的作用。关于将龙山缺少板车部件，尤其是轮胎皮的事情，我也跟你讲了，不要等、靠、要，不要以为组织上能解决所有困难，关键时刻还是要利用好自身。你大哥程志茂就是个例子，同时，将龙山会战总会出现这样那样的情况，有你大哥在，你们就不怕，对不对？好在，在将龙山，在高山，你们有高怀元这个公社书记在，我写给省里的关于你大哥程志茂的材料中也要重点提及的，在人民公社这个重要的基层政府里如果没有一个好书记，一个懂建设搞摸索的大胆的书记，谁能把你大哥顶起来？这是很重要的。你多次在信中讲到的，高书记对于你大哥的信任、爱护和栽培，我想这都表明了我们的基层政权是特别突出、特别高质量的。有这样的公社书记，我们的公社会越来越好，而且我们的公社制度将会发挥无与伦比的作用。

　　记得你还跟我讲过高书记老婆还不是社员，也就是说他自己家里还要种田，但是高书记一心扑在大会战上，尤其是将龙山会战。广城畈本身就是高山公社的一个大队，我想对将龙山谁能比高书记更有发言权呢？我们就是要充分利用好像高书记这样的人的主观能动性。我之所以强调这一点，也是因为你讲到将龙山遇到困难了，你看你大哥都可以背石头了，背石头也好，以后挑石头也好，这都是劳力啊，是劳动啊。这是社会主义大建设中最重要的内容，只有把这个内容抓好了，大建设也才能胜利。

你说你大哥和高书记到吴家老院那边看石头了，这就对了，如果霍西、太平街这些地方的石料总是有用尽或者说开发成本过高的问题，为什么不考虑吴家老院呢？吴家老院稍微近一点，缺点就是没有公路、机耕路，但小路、山路总是有的，只要有路，我们的社员就能把石头搞出来。一般社员都能挑担子，挑不方便也可以抬，实在抬不了，也可以背啊，反正方法有的是，这个我觉得你大哥他们一定会想出办法的。在人民群众面前就没有解决不了的问题。我是认为在将龙山，我们要改变一个看法。我之前也说了，为什么这么大的工程偏偏要选择将龙山？实际上看起来是选择将龙山，但将龙山也在选择这个重大工程项目。

关于霍舒线在抗战时候的传奇，我想你们当地的人肯定比我要更清楚，我为什么现在提这一点？就是因为将龙山就要出名了，就要成为一个标志了。你们当地人不能蒙在鼓里了，还以为这是一个普通的地方。在社会主义大建设时代就是这样，总有一些地方会成为明星，那么将龙山就是这样的地方。

志刚，我之所以讲这个，是向你强调既然将龙山负有这么重大的使命，那么将龙山人、广城畈人、高山公社的人、双河区的人，乃至六安县的人就要明白，将龙山应该有能力自己消化那些困难，不论缺什么，你们都要自己主动去解决和克服。你现在也是一个干部了，而且就在双河区政府。我想在梅书记叫你协调社员们扒河，或者是带领板车队以及处理日常事务的时候，你都要有这个意识吧，那就是将龙山将会是个神奇的地方，你们要利用好你们的资源。你们的资源是什么？最大的资源就是社员，就是社员对于沛顺杭精神的贯彻。

为什么会出现英雄程志茂？就是因为从一九五八年开始，沛顺杭动第一锹土，广城畈也好，高山也好，就走在前面了，这是有传统的。所以也才能锻造出像你大哥程志茂这样的英雄。

对了，刚才我讲到广城山在抗战时期，霍舒线被主动炸掉，所以你们这个地方的人是有很大的决心和战斗的勇气的。更不用说在更早的时候，在土地革命时期，人家都说银寨出多少人，银寨是老山里面了，是大别山深处。六安这一带，独山出了许继慎他们，在你们的广城畈这一带，不是出了汪孝之吗？你们那里是有斗争传统的。所以我讲，在老区人的历史上，有抛头颅洒热血的革命种子，在大建设时期，老区人民也是要做表率的。当然了，国家要扒沛顺杭，也是对老区人民的厚爱和回报，国家重视老区，解决老区人民的问题，这都是显而易见的。

我跟你讲这个，是想说将龙山就要起来了，就要当明星了，你们要有准备。你在区政府做事情，是一方干部，现在你可能还不成熟，但是组织上是信任你的。我在上一封信中也跟你讲了，像我爸爸，他都特别看好你呢，认为你在底下多历练，以后会更有作为的。你看，我在这封信里讲到了政治、工作，讲到了将龙山的未来，但我更想说的是，我讲这些都是因为我在写将龙山、写你大哥程志茂的报告时，我发现了战胜困难的法宝不在别的，仍在于要调动人民积极性，要把人民放在前面，跟人民在一起，相信老区人民，相信政府，相信公社，这都是战胜困难的手段和方法。意志在我们大建设时代是最重要的，没有必胜的意志，你又怎么能打赢这种人民的汪洋大海式的战争呢？

前段时间我身体不太好，怕父亲为我担心，所以我没跟他提。父亲工作那么重，同时单位又准备提拔我，我都跟你讲了，对吧？丁大姐自上次跟我谈过以后，肯定把报告交上去了。我在前边之所以讲到广城，讲到打仗时代，这都是因为我最近跟章书记去了一趟看花楼。看花楼你知道吧，在银寨，那里有一个闸，非常重要，直接控制梅山水库的出水量，是个咽喉地带，偏偏取了个高雅的名字，叫什么看花楼。这一次章书记带我出去调研，也是解决看花楼的建制问题。有人讲扒沛顺杭也有几年了，包括五大水库都搞起来了。其实五大水库比沛顺杭早一些，只有龙河口是沛顺杭开工后修的。五大水库由水利厅管呢，沛顺杭就是把五大水库给连接起来，就是利用好这五大水库。

五大水库就是响应毛主席号召要把淮河治好的命令才修的，修了以后就要用，就要继续改造山河，所以有了扒沛顺杭这个事。这一次章书记就是这么跟我讲的，他讲现在沛顺杭扒了好几年了，有些地方都扒好了，要逐步用起来，改造山河也不是一步登天，而是要按规律来，改造好山河，还要利用好山河，还要管好山河。

这次到看花楼，出差之前，我跟父亲汇报说我要到底下去，父亲问我到哪儿，我说看花楼。父亲拍了拍脑袋，说他知道了。原来章书记已经跟他说过了，说要带我下到底下去看看。我想章书记也是知道马上要提拔我，但是章书记没有明确说，这可能是组织纪律吧，毕竟还没有提拔。另外，在提拔我的问题上，他不可能跟我父亲说的，这是组织纪律啊。父亲是整个地委的领导，他怎么可能管这么细呢？再说了，提拔我，是沛顺杭的事情，是指挥部的事情呢。当然，带我下去，也是在考察我吧，我是这样理解的。但是，到看花楼一看，我还是很震惊，我感到我们不仅是在改造山河，可以讲，我们是在重塑山河，那么壮观，那么先进。显然，这是只有新时代才会出现的景象，以前在任何时代也没有这个本事啊，谁能建出这么好的水闸？不可能的，只有我们可以。

对了，我之所以又讲到革命年代，讲到老区人民多年的奉献，就是因为这次在银寨看花楼，章书记跟我谈话，多次提到了革命年代的往事。他说他是山西人，是从北京一路打过来的。但是，到了安徽，才发现老区人民精神面貌完全不一样，之所以能出那么多革命英雄，有那么多将军，就是因为这个地方的人有一种气势，不服输，敢与天地斗，所以新时代才能扒出沛顺杭。当然北方跟安徽也有所不同，安徽是个中间地带，江淮之间，但安徽还有灵动的一面。章书记跟我讲这个，是希望我不仅要在政治上提高，同时还要把知识用起来，说灵动也就是这个意思吧。

我是这样理解的，章书记一直在抓沛顺杭，是知道扒河也要用到知识，尤其是看花楼已经建好了，所谓来调研建制，就是要管理好这个水闸。这是人民的财产，是国家的财产，这里的山河已经改造利用了，重塑了，是社会主义的胜利果实了，我们就要管好它，所以成立了看花楼管理处。以后这种做法要在沛顺杭逐步展开，建一个，管一个，用一个，这是对国家负责，对山河负责，这也是一种胜利，要利用好这种土建设的胜利。

章书记还说，你现在已经工作一年多了吧。我说分配来才半年不到呢。章书记说，从你一毕业算，从在九里沟当社员算。我说，那是的。章书记连我工龄都算了，可见他是对人才极为重视的。他讲，如果给你更重要的岗位来做，你觉得怎么样？我想了想说，保证完成工作。章书记点了点头，深情地说，沛顺杭是需要你们这样真正又红又专的人啊。我听了很是感动呢。

即使我身体出现一点问题，但我也不能在跟随章书记到银寨看花楼考察的路上有任何的松懈的表现，我想这是我作为一名通讯处的工作人员的本分。章书记自己也讲了，我的工龄从毕业待分配，也就是到九里沟当社员时就可以算在内了，这说明组织上对我们这些学知识的人还是很照顾的。我又一次想到的是，我们不要因为我们是学知识的，我们就有所骄傲，这正是我们要千万注意的。

在看花楼，章书记对那个地方准备成立管理处的人讲，你们管的是梅山水库的用水问题，要考虑到水量的调节以及水库的安全，还有就是泄洪有可能给淮河防汛带来的压力，你们身上要有高度的政治责任感，不要以为沛顺杭建起来就好了；沛顺杭是一个项目，这个项目是国家的，是社会主义的，我们还要管好它，我们要让它长久地存在，这就是一个今后我们要面对的突出的问题。沛顺杭是水利史上的一个奇迹，这个奇迹不是历史，是要发挥作用的，要在江淮分水岭上一直发挥抗旱防汛，发挥灌溉农业以及重大的生态用水的功能，这是国家的骄傲，也是给老区人民的一种照顾。虽然老区人民在扒沛顺杭上是辛苦付出的，可以说功劳是不朽的，但是，沛顺杭就是这样，大建设也就是这样，你不是干一天两天，而是要一直干下去，社会主义只有进行时没有过去时，这是要有心理准备的。

章书记讲的话我都记了下来，我想这是对扒沛顺杭定的一些规矩，既是工程规矩，也是行为规范。一个这么大的工程没有一点要求是不行的。在看花楼，我们去梅山水库里转了一下，看到那么多水，看到那么广阔的水面，那么美好，真的感觉到社会主义前程无限。在这样的情况下，我觉得身体的不适也已经不算什么了。我现在给你写信，已经从银寨回来了。在看花楼，我的印象是在新中国的治淮治水的过程中，沛顺杭确实是走在前面的。这是安徽也是六安人民的骄傲。同样，我们的人民是付出了很大代价的。

我之所以写信讲这个，还因为将龙山是重中之重吧，一个在沛顺杭上将会留下重要一笔的工程——跟五大水库不同的是，沛顺杭的将龙山，将是一个创造性的工程。当然五大水库的修建要早于沛顺杭一些，除了龙河口水库，一九五八年沛顺杭动工前，梅山、佛子岭、响洪甸水库都已经修好了，龙河口是杭埠的渠首工程。再来讲将龙山，是因为将龙山的上马，在章书记看来，也是我们沛顺杭充分发挥水利综合治理对山河进行改造的一个典型的象征，这在以前是不可想象的。在丰乐河上再架天河，开什么玩笑？但能想象得到啊，所以在看花楼，我就问章书记，将龙山这个工程到底有多重要？章书记意味深长地说，完全可以称得上是一个大明星。你看，章书记都讲了，将龙山是南水北调呢，是两个灌区之间的沟通，最能体现沛顺杭的要求呢。

我之所以这样问他，也是因为我在给省里写的你大哥程志茂的报道中也要重点讲一讲将龙山的意义，可以讲伟大的工程和负责任的人物之间有一种一致性。我们既要改造山河，愚公移山，同样，我们也要把人民突出出来，这是我们的目的。我们干工程，我们搞革命，目的还是为了人民，为了人民的生活。所以我在看花楼，我看到了工程在干成功之后，沛顺杭还确实存在一个继续革命、继续建设的问题。劳动也好，建设也好，是没有终止符的。所以干将龙山，现在就要有这个认识。这个工程上了以后，就是在皖西土地有了一处新的地标、一个新的高度啊，所以将龙山实在太重要了。

章书记实在太忙，所以我没有机会就你大哥程志茂的问题向他汇报，再说他是总指挥，他管的是全局。他对我说，凡是涉及报道、新闻、人物典型之类的事情，你们可以放开手脚地去做去宣传，沛顺杭怎么说都不为过的。作为分管的副书记，他实在是明白老区人民对于沛顺杭那是太热爱了，他还有什么好担心的呢？所有人都巴不得一天两天就把沛顺杭扒好了呢，但是劳动也好，建设也好，是具体的，对吧？

回到六安以后，据丁大姐跟我讲，章书记把她找去了，说了对我的一些考察印象。我觉得章书记真不简单，明明说是考察银寨看花楼，原来居然也包括了对我个人的考察。当然，这是组织程序，章书记很重视通讯宣传工作，只是他的工作方法跟别的领导可能不一样，他是一个实干的业务型的领导。虽然过去打仗，但在社会主义建设中，他成功地转型为一个建设型的干部，所以他很懂得如何在社会主义过程中使用好人才。他对丁大姐就是这么说的，所以丁大姐跟我讲，小李，你就不要再谦虚了，组织上，尤其是书记都认为你做主任是完全合格的，现在就是用人的时候，沛顺杭已经进入攻坚阶段，最需要像你这样年轻有为的人担起重担，把沛顺杭这幅图给完整地画下来。

志刚，你看，在这种情况下，我还能怎么办？我不是谦让，我之前跟你说过，我是担心当了官以后，跟底下的群众也好，跟劳动者也好，接触就少了，这是我担心的。至于工作，我想无论我做什么，我都是百分之百努力的，这一点问题都没有。现在，组织上只差任命了，我想，我是会服从组织安排的。

将龙山的情况我始终关心，可能不久，我会去将龙山一趟，期待。

下一封信再叙。

1964.9.28

又乡:

  收到你的信,得知章书记带你到看花楼视察工作,并讲了沛顺杭建好一处以后就要接管一处,这让我看到了沛顺杭工程将会是我们省服务老百姓的一个又一个堡垒,作为一名在区里工作的基层干部,我是感到由衷高兴的。你说到的章书记在路上也对你进行考察,回去跟通讯处的人说的话,也是对你有利的,我真替你高兴,毕竟你就生活在领导的视线内,你的表现随时能被领导看到,当然你做得也很好。主要是政治上高度地自觉,我真是很羡慕你有这样的表现。当然了,我也是有感动的。因为你讲到你身体不太好,这真是不太凑巧的一件事,刚刚组织上准备提拔你,但你身体上出现了一点问题。我不是说可惜,只是感到并不是每一件事都会顺心。

  对于个人如此,对于大建设的国家来说,也可能这样,我是这样理解的。我们总是会遇到这样那样的困难,但我们会解决掉的。所以身体最终也不是个问题,只是在这个阶段,我想说的是为什么不去看看医生呢?这是对自己好啊,也是对工作好啊。身体倒了,工作还怎么做呢?当然了,现在要升职,组织在考察,总指挥又如此厚爱于你,我觉得你挺一挺也是有道理的。但时间不能过长啊,跟什么作对都可以,唯独不可以与身体对抗啊,你说呢?相信你一切会好起来的。因为你多次说到章书记,作为沛顺杭的总指挥,我觉得他的总体思路对下面的施工也很重要啊。至于将龙山,你也陪同章书记到广城畈将龙山来过了,相信他对这块土地是有认识的。

  但我想说的是,条件实在是太艰苦了,与其说我们是在扒河,不如说我们就是在战斗,因为这跟打仗是一样的,条件太差了。上次我不是跟你说了吗?因为板车不够,太平街狮子屁股那块的石头是运不过来了,量很少。因为板车数减少了三分之二,所以大哥跟高书记到吴家老院打石头,现在已经从吴家老院打石头往这边运了。这几乎是凭我大哥程志茂的个人魅力,如果不是他带领高山扒河队的人把吴家老院的石头拉出来,谁能保证将龙山对石头的巨大需求量呢?谁也保证不了,对不对?你之前讲得对,我们有英雄，我们就要用起来，大哥于是到吴家老院去了。这让我想起一个问题来，就是为什么将龙山可以扒渡槽，这确实不是偶然的。

就拿吴家老院来说吧，这个地方在旧社会是出过大地主的，而广城山之所以在上千年前出过王，有过城，跟吴家老院这块地方出地主有关系。据说在旧社会，吴家老院大地主的地一直到霍西乃至湖北英山，可见吴家老院的地主声势有多大。我为什么要讲这个呢？这还要从梅书记表扬我大哥说起。因为我大哥从吴家老院那边打石头出来，弄到将龙山，因此将龙山施工进度未受影响，捷报传到县里，县里自然表扬了。梅书记是个头脑冷静的人，以前对高书记和我大哥还是保留看法的。他不是一个喜欢神化社员典型的人，他作为区委书记，下边管理好几个公社呢，自己也干过公社书记，对公社是有认识的。

他曾亲口跟我讲，不要指望人民公社，每个社员都是有能力的。你看，他是一个对社员有着真切认识的人。但我大哥从吴家老院打石头出来了，梅书记就跟我和孙区长讲，你看，高山公社到底还是出人，就是程志茂能把石头打出来？他这一问，我们也都思考。但是梅书记还是很冷静地说，吴家老院为什么出大地主？因为那里有石材。

自古就这样，石材也很重要。但以前石头拉不出来，大地主要绕广城修城，可以出钱请人拉石，但现在呢，扒将龙山，不要讲大建设还要花钱请人干事情吧，都是为国家为老百姓干工程，凭什么出钱？谁出钱？谁有钱？对不对？梅书记就讲，多亏吴家老院有大石头。这样来讲，梅书记等于是说，我大哥之所以能解决这个问题，还是得益于他能把石头给拉出来。

义兰，你看，事情就是这样，连梅书记也开始特别倚重我大哥了，这超出我的想象。以前我总以为高书记只是用他，毕竟他是生产队队长，是他一手提起来的。作为一个区委书记，梅书记手上有的是人，单单用我大哥也就未必了，但梅书记确实认为我大哥了不起。

大哥是怎么把石头弄出来的呢？他确实很有办法，除了三号墩，其余桥墩都已经露出雏形了。大哥在洪水中下三号墩放测量包的事迹能激励大家吧。你看，我在区农机站工作，在将龙山只是一个协调民工的角色，但是，大建设的火热气氛确实让我不得不动情，乃至梅书记也被带动起来了，最近我就多次看到他眼含热泪，他说四个区的社员都是不容易的，连不大会干活的张母桥区的社员都拼了,为了扒将龙山大家都拼了。

好了,我前面讲到大哥要怎样把吴家老院的石头弄出来,对不对?办法只有一个,就是用劳力啊。不过光有力量不行,必须把力气合在一起才行。于是,我看到大哥在吴家老院那边把跟在他后边的最有力气的一帮人,还有我们庄上的程志仓、程志满、程志望,全都集在一块儿,他们弄了很多粗麻绳,又去打了几十根竹杠。现在扁担已经不行了,必须用竹杠,竹杠更能承受力量。他们把那种十几米长的条石先是放在滚木上,然后从下边穿绳子,再用竹杠来抬。一共有十五六对劳力,排成十几排,每两人一排,然后大哥在最前边和老徐抬。人家讲程志茂你打锣,你不要抬。大哥讲,我自己不抬,你们抬不动。大家就不反对了。

他们把条石从吴家老院往外抬时,我是在场的,因为我要给他们在花名册上画名字,这是梅书记交代我的,说凡是抬条石主动的人,都要把名字报上去。我记名字时是感动的,确实他们把那种几十吨重的条石从吴家老院抬出来是极不容易的。但是不抬出来不行啊,没有车子,连板车也没有。再说这么重的条石,板车也拉不动,这种条石是要放在桥墩之上和桥孔之间竖直承力的,所以石头不能打开,必须整块地拉。幸亏吴家老院有这种石头,不然还麻烦呢。我是看见他们二十多个拉这种石头,两边麻绳发出那种快要断掉的撕拉声,晃悠悠的,很吓人。但他们一步一步地往外抬,大哥低声喊着什么。高书记的鞋都鼓了,一会儿在前面,一会儿在后面,抬石头的都是他的社员。他很激动,他讲,我们高山公社什么都干得成。我听他又像是发怒又像是感激,在那儿叫个不停,那个场面看了叫人伤心不已呢。

将龙山工地上,有人讲大哥是经得死,蜈蚣都敢抬。这话传得到处都是,尤其是在南小台那边,因为有张母桥扒河队的人在,他们不起哄,讲话声音比较尖。由于水是从龙河口水库那边出,未来要从将龙山往北边送,所以舒业人似乎有一点优越感,好像水是从龙河口来,给六安县的田灌溉,那舒业人就更有资格一样。另外,大哥程志茂当年在修龙河口时声名鹊起,应该讲舒业人虽然也敬佩他,但毕竟大哥是六安高山公社的,这对于舒业人来讲,不是那么感冒。

他们那里一九五八年是最早一批成立人民公社的,应该是一九五九年,在龙河口声名大振的时候,大哥那时才出名,所以联想到当年大哥在扒龙河口一战成名，后来报道上还有铁肋骨之称，这个义兰你自己也知道，对吧？所以舒业张母桥扒河队在将龙山总是跟高山这边憋着一股子劲，好像总认为扒将龙山，他们本身可以少花一点力气一样。但是大哥是明白的，没有别的原因，张母桥人也好，舒业人也好，他们都是好人，但比较小气，他们不过是没有河北边这边的人力气大。丰乐河南与北，虽然只隔一条河，但人的力气和性格是区别很大的。力气大小这是没有办法的，至于性格，舒业人要细一些，这也是无可厚非的，所以梅书记作为双河区委书记，他在协调两县四区扒河队的分配时，一般是特别考虑到张母桥扒河队社员的体力，尽量把不太费力的事情交给他们。

但这一次大哥程志茂带头从吴家老院抬大条石出来，一时在工地上传开了，说三四十人抬那种大石块出来，要说车都未必搞得动呢。这说法传开了，张母桥人就喊了，说谁让程志茂是个经得死呢。你看，经得死的名字又响了起来。为什么叫经得死呢？因为他带大家抬大条石，看起来大条石捆在几十条麻绳中间，麻绳又系在竹杠上，几十个人在边上艰难地前行，太像一只大蜈蚣，被掀了过来，晃晃悠悠的。

人就是这样，虽然大条石被抬到将龙山来非常不容易，但正因为太重了，抬得太不可想象了，所以无论是抬石头的人，还是看见抬石头的人，几乎都难以接受这个事实——那就是依靠体力居然能干出这么繁重的劳动，几乎不相信这大条石是靠人力从吴家老院给抬出来的。我在边上就听到社员们几乎咬牙切齿地说，狗日的，这大条石也太重了。这话听起来也有点解恨的意思。可以讲，虽然大条石弄到了将龙山，但人们几乎难以想象大哥是怎么带领大家完成这么繁重的任务的。所以人家就讲大哥是经得死，讲这大条石跟大蜈蚣是一样的，人有不死的能量，所以连大蜈蚣也能抬。

义兰，你听，社员们虽然劳动，但过量的劳动让他们会有一种难以名状的情绪。我是注意到这一点的，所以梅书记就问我为什么张母桥的社员现在在抬石头问题上，并没有之前那种对河北边公社的人的佩服？可以讲，对于过重的体力劳动，好像人家都觉得不大现实了，这是值得注意的。但是高书记还是给大哥打气。高书记说，张母桥人也好，舒业人也好，不过是小气而已，我们又从来没有真的赖他们体力跟不上，有多大力出多大力就好了。

但是每当双河扒河队的社员从吴家老院那边抬出这种带条状的大条石时，工地里就会有一股特别沉闷的气息，充满了一种难以言传的情绪。我作为双河区协调社员的干部，看见这些，是要向梅书记汇报的。梅书记的看法是，现在的社员有自己的想法，尤其是扒将龙山，这跟其他地方不一样的是，人家都知道以后这里要有一个明星样的建筑，在全国都会很有名，如果你只有笨办法，只有体力，只有那股子劳动的劲，似乎还不够。

特别是发电机也进来了，还有拖拉机也在进来，还有水泵，还有滑轮，以及从望江那边搞特种石块过来，等等，总之，这里成了跟以前不一样的地方，人的眼光被打开了一条缝，似乎总要向外边看。梅书记是明白的，总想让大哥站在风口浪尖上是不现实的，人有作为是不假，但不能让那些比你逊色的人完全没有位置吧。我在工地上看到的情况就是大蜈蚣一样的大条石被拉到大棚石物料场放起来，虽然人人都惊叹，但大家的感觉是，用这么大的体力来劳动，这不是有些惊人吗？过重的劳动首先吓到的好像不是劳动的人自己，而是那些没有这么大体力的人，所以工地就显得有那么一点不如意了。

高书记对这一点是特别反感的，跟梅书记说，扒将龙山就不应该让舒业也出扒河队，六安这边就能解决。梅书记马上批评了高书记，说老高你这样讲有点太直率了吧，虽然舒业张母桥的扒河队是比你们要差一点，但人家在技术上也很强啊。梅书记说的是张母桥的社员在干活的细节上比双河高山这边的人要更细呢。高书记是个服理的人，对这一点也是承认的。

义兰，前边我不是跟你说了吗？我小妹志村带着外甥女俊华到我宿舍那里玩过。然后，我就想在将龙山碰到她时问一下那个据说老想接近她的，在狮子屁股一直跟我讲话的那个脸像橘子皮样的年轻人的事。但是，在将龙山我几次碰到小妹，她都马上走开了。她可能预感到我要讲那个年轻人，因为那次在双河，是因外甥女俊华在，我实在张不开口，我总想到了将龙山，刚好又在工地上，我会自然而然地讲到那个年轻人。当然，我不是要讲什么道理，我不过是要从她那里摸一摸情况，因为照理她会到外地去扒河，也好避开大嫂和她山后的娘家，但现在小妹不去椿树那边了，她在工地也干活，但具体干什么，我不太掌握。

她们妇女组织了不少队伍。在将龙山，工地实在太大了，工种也很多，队伍也数不清，虽然双河的社员我管一些，但妇女的干活队伍基本上是东河口区的一个妇女主任在协调，我又不好插手。小妹避开我，更让我觉得她自己好像胸有成竹。对于换亲，她现在到底是什么态度啊？二哥程志盛是力挺她不要换亲的，在界儿岭那儿时，二哥就为此给大哥难堪了。我问过二哥橘子皮年轻人的事，二哥说不定已经跟小妹讲到了这一点。二哥是一百个反对换亲的，他好像讲过如果换亲，等于是把小妹往火坑推。我想他之所以跟大哥是不一样的人，也就因为他看事情容易绝对。所以在小妹的事情上，我是想听小妹自己怎么说，因为她现在不到外地去，我也是有点担心她是不是就妥协了，不再跟大嫂，还有大嫂的娘家唱反调了，那样的话，小妹不是很可怜吗？

同样，如果小妹的未来就纠缠在那个没有什么力气的橘子皮样的年轻人身上的话，我也同样觉得是可惜的。所以我很想知道她自己到底是怎么想的。我有一次在一个堆得老高的石料库的边上看到小妹跟梅子在那里磨什么东西，她俩见到我走过来，马上跑开了，我又不好意思去追，就问还在那儿磨东西的人。我说，你们在干什么呢？那个妇女说，还能干什么？我在磨石头啊。这我还是第一次听说石头要磨平、拉平，要削平，但让妇女们像磨刀一样磨石，开头我还不大理解。但在将龙山，因为施工的工艺方面归地区工程队负责，所以扒河队对于一些施工细节就未必掌握了。

好了，下一封信再叙吧。

志刚

1964.10.4

志刚：

  谢谢你对我身体的关心，但相对于身体，我觉得更重要的仍是工作。如果工作上搞不好，政治上不坚定，即使你有再好的身体，又有什么用呢？有时身体好了，头脑坏了，反而身体会让你干出错误的事情呢。当然这是另一个话题了。你在更早的一封信中提到你大哥程志茂下到三号墩放测量包，是在巨浪滔滔的洪水中，这个我好像跟你说了，何健干事当时是到将龙山去拍了那次洪水的，但他没有正面采访到你大哥程志茂。你之前问我总指挥部有没有嘉奖你大哥程志茂的材料，我可能忘了告诉你，总指挥部对于将龙山的所有行动都是了如指掌的。可以讲，将龙山的每一丝每一毫，总指挥部都心知肚明，像总指挥章书记对将龙山也极其惦记。

  说到嘉奖，虽然没有决定出来，但是在通报上是有的。我不是一直在给省里写材料报你大哥程志茂的事吗？现在的情况是要把将龙山和你大哥程志茂结合起来，要把一个明星工程和一个英雄结合起来，要把重要的建筑和人民群众联系起来，所以你讲的包括他在洪水中的英雄行为，也包括到吴家老院抬大条石，还有背石头上桥墩，这每一个环节都很重要，都是我向省里汇报他的材料的基础。很是有幸，这个大时代能给予他广阔的舞台。我在写他的时候，我也真想喊出他的心声，他是这样热爱大建设，热爱沛顺杭。

  我听你在信里讲的一些民工讲你大哥的话，特别是你提到河南边的舒业县张母桥扒河队的人对你大哥程志茂的议论，我觉得并没有什么。英雄总是需要人民不断地去认识，有时注定会孤独一些。但是，那只是暂时的。从人民的高度讲，人民是信任他的，所以你大哥才有那么大的威望，能解决那么多的问题。当然了，你说的板车队缺轮胎皮的事，我让你还是让高书记和你大哥程志茂想办法，没有听到下文，但愿你们自己能解决掉。不过到吴家老院背石头，抬大条石，这本身也是对板车队工作的一个改正、一个补充，我看问题已经在解决中了，这就说明没有什么困难是克服不了的。我在六安城里生活，虽然不懂什么是大蜈蚣，自然蜈蚣我是知道的，但老百姓讲程志茂抬大蜈蚣，这是很形象的吧，只是这个形象有些可怕，但要是站在革命的角度来看，也没有什么，反正就是把困难给克服掉了。

我在写你大哥程志茂的报告的时候并没有隐掉这一点，我觉得这个比喻还是相当有价值的。至于你说到的你们的高书记——当然了，现在你在区政府工作——严格讲，他是高山公社书记，从人事上是你下级单位的人了，你可要特别地尊重他，我觉得他实践经验特别丰富，尤其是在对你大哥的使用上，可谓出神入化，人民公社就需要这样的好书记吧。他在前边打锣，你大哥和老徐在第一排抬大条石，这场景很震撼啊。有这样的公社书记，人民公社就是最团结的了。我父亲在搞社教，有时感叹底下工作不好做，太辛苦，我就跟父亲举高怀元书记这个例子。我父亲感叹，在高山居然还有这样的书记，说明人民公社的战斗力还是强的。当然父亲太忙了，社教工作抓的思想上面的问题也多，他要是了解高书记和你大哥程志茂搭配干活的所有事迹，我想他会更加欣赏人民公社的这个高书记的。

对了，刚才我还说感谢你对我身体的关心。我不是讲我和章书记到银寨看花楼去视察了吗？回来后，章书记应该和我父亲谈了一点我的事。父亲很关心地问我，在工作上有没有什么好的体会？我说，我虽然正式去通讯处报到才几个月，但我实际上在那里干了一年多，应该讲我对通讯处是非常熟悉了。父亲大概听出来我对通讯处是非常喜欢的，我是热心沛顺杭的，于是父亲说，不管怎么讲，你要服从组织安排，应该听组织的调遣。我想父亲也许讲的是提拔的事，但他没有明说，我理解的是他是地委领导，沛顺杭总指挥部也只是地区下边的一个机构，他怎么好直接讲我在单位的升职什么的呢？

不过，我向父亲保证，无论在什么位置上，我都会尽力把工作搞好。志刚，你看，我还讲到了你在双河工作的事情呢。父亲说，还在将龙山协调扒河队？我说，是啊。父亲感叹地说，也好，反正现在沛顺杭是最要用人的时候，在底下是能锻炼人的。志刚，你看父亲对你也还是很有期待的呢。父亲又问我，下到区里边是不是还不够低啊？我说，他在将龙山，他老家就是广城畈的。父亲说，广城畈我知道，历史上有些来头呢。父亲这几年搞社教，到了农村很多地方，他讲广城畈也是头头是道呢。

我还是没有跟我父亲讲我身体不好的事情，但是通讯处的丁大姐是有点看出来的。她讲，小李啊，你可要注意了，女孩子要保护好身体的。我听来有点恼，因为是她多次跟我讲提拔的事，但现在又关心起我身体来。我就跟丁大姐说，我没有事，我身体只是小问题。丁大姐马上一反常态地说，小李，你会错我的意思了，我说的就是你不要对身体太在意，都看得出来，你只是在犹豫，但不要犹豫了，组织让你上你就上。你看，我明明也没有再讲反对的话，但丁大姐干吗要讲我犹豫呢？看来，我不过是在同事们面前表现得太过谨慎了吧。

但从另一个角度看，丁大姐还是认为我身体没有问题，大约是说我心态上有点紧。其实从看花楼回来以后，我就基本上说服我自己，应该服从组织安排，让我做主任，那就接受吧。不过到目前为止，还没有正式找我谈话，所以这件事情也还是悬在这个地方，但我认为我现在主要还是做好报道你大哥程志茂的事迹，写好他的材料。你给我的信对我很重要呢，因为那里有不少他以及将龙山的材料呢。

对我父亲，刚才我提到了一些，是说他对我在沛顺杭的工作总体是满意的。他是一个带过兵打过仗的人。他从六安走出去，是孙岗的穷人家的孩子，走南闯北，立了战功。所以他在地委的地位高，虽然这几年搞社教工作，但省委对他还是很重视的，毕竟是解放前打仗立功、出生入死的人，可以讲父亲也是六安人民的骄傲吧。我为什么又要讲这个呢？是想说像父亲这样为革命九死一生的人，他也是很现实的，尤其是在子女的问题上。我知道父亲是疼爱我的，但他跟我大哥的感情我心里也是明白的，他对大哥的要求和对我二哥的要求那是完全不一样的。

大哥当了兵，现在在兰州军区，在大西北，在军事基地，在搞造弹呢，这是多么庄严的任务啊，父亲是思念大哥的，但是他不轻易讲。去年我是和大嫂一起到兰州去探亲了，当时带了不少话给大哥，这都是父亲特别用心的地方。父亲只是嘴上不说。二哥和大哥都是儿子，二哥对父亲的这些做法还有点不以为然的。当然二哥是一个工人，工人有力量啊，他又不觉得自己跟军人比有什么差的，只是现在的形势是大哥在大西北干了好几年了，不见什么动静。这是二哥的话，说的仍然是大哥没有升职。大哥现在还是个副团职，这对于父亲来讲，离他的要求是远远不够的。我前边也说了，父亲的战友很铁杆的，就在兰州军区，现在好像职务挺高的，但父亲从来不打招呼。父亲在地方上当干部，但他对部队是有感情的，不会给老战友打招呼，那样的话会对自己的孩子不负责任啊，孩子就应该凭自己的本事干上去。

前天晚上，父亲居然在灯下看地图，我端茶给他喝。父亲见我过来，有些诧异地说，你怎么还不睡啊？我说，我在忙沛顺杭的材料呢。啊？父亲问。我说，我不是讲了吗？沛顺杭的材料哟。父亲应了一声，显然他的心思根本不在听我的答话上。我一看见他把放大镜放在地图那个大西北的位置，就知道他这是想大哥了。父亲说，你快去睡吧。父亲的话让我有些担心他，明显他是有话要讲的，我想听他说一说。我说，爸爸，你怕是想大哥了吧？父亲居然发怒了，拍了桌子说，你小孩子不要乱讲，他一个军人，我想他干什么？在大西北了就是要好好干嘛。我听他讲话，明显是对大哥不满意的，他心里的想法就是大哥至少应该搞到正团以上啊，在大西北那么艰苦的地方，干的又是那么重要的工作，居然连正团都没有升到，这说明什么？这说明你在部队的表现还是有问题啊。

但平时父亲也表扬大哥，对大哥在部队的情况是清楚的，知道大哥受过嘉奖呢，可就是升不了正团。父亲已经有些接不住气了，当然部队有部队的规矩。我问父亲，是不是大嫂给大哥拖后腿了？父亲说，你大嫂没什么啊，个人觉悟还可以啊，再说你大哥他丈人也是打过仗的，不可能不了解部队啊。

我大嫂在蚌埠工作，那里铁路方便，不知她什么时候就会往大西北跑，去大哥那里探亲呢。这样往返反而会让部队首先对大哥印象不好吧，在大西北干的就是很秘密的研发工作，中国重武器靠的就是在这个偏僻的沙漠地带的军人和科学家在奋斗呢。

其实大哥的基地离兰州还很远，只是属兰州军区管辖，实际上，是在大漠深处。父亲的地图上，在印度那头，在苏联那里有折去印痕，我知道父亲比较关注这两个地方，因为他打过仗，明白中印、中苏这种周边关系始终是紧张的。我们国家的形势也好，国际也好，还是严峻的。一个打过仗的人，对于安全，对于国家利益、领土看得是最重的。父亲之所以器重大哥，正是因为大哥干的是保卫国家的大事。研究"两弹"是干什么？就是有重头戏，有重家伙，我们就不怕英美，对苏联也可以平视呢。我们是多么需要重武器啊。

父亲点上一支烟，喝着茶，见我坐在边上，对我说，你回屋睡吧。我只好站起来。父亲突然问，对了，你刚讲你弄沛顺杭的材料，你们现在怎么样了？我把我写程志茂和将龙山的材料的事儿向父亲汇报了一下。父亲说，你不要讲那么正式，我又不是章书记，你章叔叔是你们领导，我只是个敲边鼓的，不过你讲到了将龙山，我好像还是知道的。我说程志茂是个英雄，在将龙山起大作用呢。父亲说，英雄就是要有用武之地，希望将龙山渡槽能尽快造出来。

我听父亲讲造出来，用的还是讲我大哥他们造弹的口气，看来父亲的心思还是在大西北。我劝父亲说，爸爸，大哥的事你就别担心了，他现在已经是副团职了，还有机会呢。父亲见我讲到大哥，马上正色道，你不要管你大哥的事，你搞好你自己。对了，我跟你说过了吧，章书记对你印象不错，认为你可以起大作用呢，在宣传通讯方面，说你有一手。我说，那还不是爸爸教育的结果。父亲说，不要讲我的教育，要讲组织。我不是分管沛顺杭的书记，我是搞社教的，当然在常委会上，我对沛顺杭的所有议题都是认真考虑的，我支持你们呢。父亲说完，闭目养神，我只好从他书房里退出去。

志刚，你看，我们家的情况就是这样。父亲是个原则性特别强的人，对于我的工作一事，他是不会正面说一个字的，当然也不是说他在底下什么动作都没有，他对我们子女只有要求，要求我们进步，要求我们凭自己的努力去进步。我想父亲之所以对大哥的事那么着急，也还是因为他认为大哥应该是努力的，而且是立过功的，但不知为什么，基地就是没有提拔他。在基地，在这么重要的岗位上干了这么长时间，父亲认为早就应该提上去了。父亲的战友就在兰州军区，但父亲也没有打招呼。

当然了，二哥也跟我讲过，说基地比较复杂，关于一些试验，是机电部也在管理，部队方面只是一种军事保障。我想关于大西北造弹的事情，比较复杂，那是重要的国家任务呢。志刚，你看，我们在六安搞社会主义大建设，虽然辛苦，但我们的解放军呢，在大漠深处为国家造弹呢。所以我想我们都要努力，都要在政治上有定力，要为国家奉献呢。这一点尤其可贵吧，也尤其重要吧，还有就是在这种情况下，我又怎么敢跟爸爸说我自己身体不好呢？我想任何困难都要自己克服才行的。

对了，你那边将龙山的情况怎么样？记得回信哟。

1964.10.11

又弟：

　　收到你的信，你谈了一些大的问题。我当然说的是你大哥的事情，他作为一名军人，我以前是没有考虑过像你大哥这样的人也存在升职什么的事情。我想的只是他们保家卫国，干的是惊天动地的大事，但你说了他为保卫造弹的专家，在西北大漠里坚持了那么多年，真是很不容易。我不知道一个副团职算不算很高的职位，但我想至少距离你父亲对他的要求还相去甚远吧。你父亲打过仗，从南到北，从北到南，南征北战，他们那一代人格局是大的，自然我是比不了的，也想不到他的考虑问题的方式。但因为你父亲也多次关心像我这样一个从农村底层读书出去的人，我对他是崇敬的，这是不言自明的。

　　现在我要跟你讲的是，既然沛顺杭准备提拔你，又是在这么重要的时刻——沛顺杭正在攻坚，正是用人的时候，你在通讯处的工作大家都看在眼里，虽然你说在我这里拿到了大哥的不少材料，但我认为你成功的地方不在于材料，而在于你总能够找到他身上那种无与伦比的力量和热情。坦率地讲，作为他的弟弟，我都不大注意这一点。我只当他是一个普通的劳动者，然而事实上，如果他是一个普通人，他就做不到这一点。之所以成了英雄，就是因为他有别人讲的那些难以企及的优秀的地方。

　　比如，说到极致点，甚至说他有轻功。你记得吧？就是在松辽岩，在退出松辽岩来将龙山之前，大哥不是救了一个叫何赛花的妇女，是送饭的，记得吗？大哥为此小腿被削去了一块肉，得了个洼刀腿的称号。但是，说他有轻功，可不是乱说的，何赛花本人在东石笋、毛坦厂还有诸佛庵到处讲大哥有轻功，能飞，硬是飞过了炸弹，把她从石洞口救了出来，捡了一条命。她还要在庙里烧香呢。我之所以跟你重提他轻功的事情，不是说我现在有什么感慨，纯粹是因为就连我二哥程志盛最近也转了个大弯，跟我讲起大哥，好像说的是不服不行，外边传那么神，我们再绷着，就好像是刻意为难自家人了。

我对二哥的转弯有所准备,但没有想到他是那么心悦诚服。按理说二哥在大条石上也有功劳,因为大条石上要刻纹路,要打沟槽,这些都是二哥领着他的石匠队伍在弄。以前也没有那么多石匠,但二哥找了几个庄上的瓦匠,硬是把他们从瓦匠改成了石匠。二哥本身是个能人,但他打石头以后对大哥的态度是九十度大转弯,因为身边的人都讲,你程志盛是能,但是你到你大哥那样还很早,意思是人家是英雄,你只是狗熊。你知道我二哥的身世,小时候被我父亲过继给了我叔叔家,所以他合作化时候特别落后,解放前他就老是往新建庄跑,在程家二方待得不踏实。每次我父亲撵他,都是大哥送他回程家二方,这种事情在成年以后,现在二哥回想起来,也是对大哥充满了感激。

至于说到那次在界儿岭跟大哥斗得凶,主要是因为小妹的事情。当然小妹换亲的事情现在压在那里,我清楚在这个问题上,二哥是站在小妹这边的,他坚决反对,这也是二哥对大哥最记恨的地方。当然这也是他们之间的一个火药桶,我想二哥自然是绝不会同意让小妹换亲给山后大嫂娘家的弟弟的。先不说小妹程志村,还是说二哥程志盛。我为什么讲轻功呢?还是因为这一次二哥到我双河区政府的宿舍来了一趟,跟我讲大哥有可能是真的有轻功。我很吃惊,二哥怎么会讲起轻功?二哥讲,有轻功有什么了不起?原来二哥讲大哥有轻功的同时,声明他自己也有轻功,我就不大相信了,为什么吹大哥,把自己也搭进去呢?

二哥是去双河街上买酒,然后到了区政府宿舍,刚好在院门口那里碰见了梅书记。梅书记认识我二哥,对我二哥印象不错。当初去松辽岩,高山公社的高书记不让二哥去,还是梅书记给高书记下的命令,高书记才把二哥招到松辽岩的。现在在将龙山,二哥打石头的功夫派上了用场。梅书记对二哥也是看好的。梅书记问,程志盛你到双河街上干什么啊?二哥拎着粮食酒,酒有点发黄。梅书记讲,哎呀,程志盛你可以呀,买酒都买到街上来了,你石匠手艺好,你打酒喝,我能理解,干活那么累,怎么不去找程志刚?梅书记故意问。二哥讲,是啊,我是去找他,只怕他不跟我喝酒。梅书记说,你对你弟弟太客气了,你到他这儿来,还自己打酒,天底下有这规矩?你是个社员,他大小是个干部,怎么能让社员请干部喝酒?

二哥说,自家兄弟我倒不计较。梅书记说,你不计较,但我这个区委书记看不下去啊,他是我这儿的干部,我还要形象呢。但说好了,不能多喝啊,喝个一盅两盅的吧。我在屋门里边听到二哥跟梅书记的讲话,心想梅书记对我二哥是有数的,他不像高书记他们对二哥有看法。当然了,义兰,你看,我在这里也对二哥刮目相看了,你一定说我立场有问题,但是你也不要老记着他在合作化阶段落后那点旧事,他现在在将龙山,真是变了个人一样,不仅自己变了,连跟他要好的吕二先生他们也被带得比较上进呢。当然还有那个贺得礼,二哥也讲,还在晕乎,但对将龙山大桥不那么抵触了,也开始讲将龙山要发达了,都是会支持将龙山大桥的。好了,你看,我讲这些,是想告诉你,二哥专门到双河街上的宿舍来找我,心里边是有我这个弟弟的,才不管我什么干部不干部呢。

二哥进来,在条桌边坐下。义兰,我在双河区的宿舍,我前一次跟你讲过条件很简陋,屋后边就是稻田,我是觉得屋子又有点黑呢,但朝后边的屋门不能开,一开的话,稻田里的那些青蛙什么的说不定就会跳到屋子里来。我开门时,二哥知道我肯定听见刚才他跟梅书记在大院子里的讲话了,便把酒扔到桌子上。送人一瓶双河产的粮食酒,是我们高山、九十铺、舒业张母桥这一带最有面子的事情了。毛坦厂东河口那边不认双河酒,顺河店南官亭有一部分社员喝双河酒,双河酒在舒业北边、肥西西边这些地方,都是口碑最好的。为什么啊?因为是粮食酒啊。

好了,义兰,你看,我跟你一个女的谈酒了,实在是因为我看见二哥一来,我就觉得生活也还是重要的,虽然在我们农村人看来,与酒发生关系,主要是过年,或是家里有重大事情,平时也有人会喝酒,但那都是在薄罐子里温一下,自己喝几口而已。像我父亲就常年这样,至于他喝的是什么酒,我也不知道,我大哥说还是粮食酒呢,但是不是双河的粮食酒就不一定了。我大哥偶尔也讲父亲喝双河酒也不奇怪,他以前带过的学生也有送酒来的,只不过人家都不留名字,有时把酒叫人带来,庄上人也不问是什么人,因为最早给酒的人也是托人带的,就是说传了好几道,目的都是给老头子一点酒喝。我小时候也听说这事,只是自己没有遇到过,传的是,老头子总有酒喝,是因为最早他带的私塾学生,有远一点地方的人出去当了官的,会带酒来,但不讲自己是谁了。

但我父亲总还是会知道的,他心里有数。现在我二哥在双河街打了一瓶粮食酒，坐在条桌边上。他不坐我床沿，屋子很小，但什么都有，都是一些烂东西。因为吃食堂，所以自己不用烧饭。不过屋角还是有一台锅灶。区政府的宿舍，条件是可以的，比农村不知道要强到哪里去了。二哥摸出一个皱巴巴的东西，看不出来是什么，后来他就打开了，我闻到一股臭腌菜的味道。原来是个小罐子，罐子外面包了一层锡皮纸样的东西，我说二哥你到我这儿来，你还带菜。二哥讲，是你二嫂腌的，你二嫂腌菜有一手——跟你讲，比大嫂腌得好。二哥的意思是我在新建队吃饭吃的都是大嫂的手艺一样。

我说，腌菜还能有什么手艺？二哥说，你不要刚当干部，屁股还没坐稳，就认不得东西南北了啊。说完他就笑，我听出来他是不以为然的，但是还有一点为我当干部而骄傲的意思。酒，我去买一些也行的。我说。二哥讲，等你买，猴年马月啊。我就不讲什么了。他自己到碗柜里取了碗筷出来，放在条桌上，然后又找酒盅。我跟他讲，我这里没有酒盅，就拿小碗倒，反正我也不喝。二哥讲，我到你家来，你不喝怎么行？我讲，二哥，这什么话，哪有劝酒的？二哥讲，你这话也不对，都是主人劝客人，还勉强讲得通，怎么成了客人劝主人了？我说，二哥，你不要这样讲。二哥在屋子里乱转，他讲，你这叫什么事？连个酒盅都没有。

义兰，你听听，我二哥就是这么个人，但我还是觉得他整个人的性格好像拧过来不少，这一方面得益于扒沛顺杭，也得益于把他从霍西那边给请回来。人就是这样，你一用他，他人就活了。二哥很显然，在将龙山比在任何时候都觉得自己有用。他不仅自己站起来了，还把吕二先生以及吕二先生身边那一帮人都带起来了。义兰，可能你要说的是他带起来的不过是一帮落后的人，但我在区政府这段时间，也确实发现所谓落后，也只是言辞上的，干起活来，谁都是认真的。尤其是扒将龙山，没有人含糊，也都知道自古以来，广城畈这个地方没有过这么大的动静。

但是，这得动用国家多少力量啊？这得花去多少钱啊？发电机、拖拉机、汽车、齿轮、皮带、吊机、挖机、工程队，等等，这些东西以前是没有听讲过，也没有见过的，这声势实在是太大了，所以二哥也裹在其中，但最要紧的是，他是个石匠，他的手艺在将龙山派上用场了。将龙山虽然场面大，但真正的活全在石头上，钢筋和水泥虽然有，但材料主要是石头，钢筋什么的只是一点架子，大桥是靠石头干起来的，所以二哥就派上大用场了。我们讲大哥是英雄，哪儿都需要他。但说到材料，说到将龙山民工干什么，手艺怎么样，就看二哥这样搞石头的人了。我在工地上看到过他教徒弟们怎样给石头刻花纹，纹路很重要，全靠纹路来铆合，石头有石头的学问，他讲皇宫也要这么修呢。

二哥带的石匠队里的人，以前许多是瓦匠，这个我前面跟你说了，但经他一调教，也都成了石匠。十六个桥墩，两里路长，中间跨过丰乐河，你想这个场面到底有多大啊。二哥也确实很累，见屋子里没有酒盅，他讲，你到隔壁去借。我讲，我到人家那儿去借酒盅，像什么话？二哥讲，你是怕人家跟梅书记讲你喝酒吧。我说，那倒不是，反正我本来就不想喝酒。二哥讲，刚才你不是听见了吗？我跟梅书记讲我到你这儿喝酒，梅书记还批评我自己带酒，说他手下干部莫非连酒都买不起，毕竟是国家干部啊。我说，我没听到梅书记讲这个话，梅书记那么有水平，怎么可能讲这个？

在二哥的要求下，我不出门都不行。我不敢在区政府大院里借，只好到了街上，问人家借了两个酒盅。人家说，小程同志，你买一套酒盅不就行了吗？我也没说什么，回到家，二哥已经把腌菜放到碗里了，又到灶台那儿望了望，可灶台上没什么吃的。二哥讲，有酒盅就好了。他自己先喝了一杯，见我不喝，他讲，你跟老头子一点不一样。他一杯酒下肚，先说的是老头子，我想二哥心里始终压着的就是小时候的事情，那是一件令他非常痛苦的事，是一块大石头，真正的大石头呢。他自己是个石匠，有大石磙，拉石磙像玩玩具一样，但在心里边，他压着的那块石头一定是很重的。

他抹着脸，对我说，你也搞一杯。我摸摸头说，我还要弄花名册，你以为我像你一样可以快活地喝酒啊？二哥讲，你搞花名册，那是公家的事，我到你家来，是私事。我说，私事更不能影响公事了。二哥又喝了一杯，我心想他到我这儿喝酒，我不能陪他也就罢了，如果还不客气的话，他以后会和生产队的人讲我的。

二哥讲，你知道什么啊？我说，你没头没脑地怎么讲这个？二哥讲，你还花名册呢，你把大哥给带好就不错了。我说，大哥是英雄模范呢，我带他？他带我吧。二哥讲，那不是，怎么讲你也是干部，是区里的，你在将龙山，是管我们民工的。我说，我是梅书记派去协调的，协调双河的、高山的扒河队，还有张母桥东河口什么的，我协调的只是我们自己，但是哪个扒河队不认大哥程志茂？我看啊，你还是少喝酒，你也多向大哥学习，应该有所作为。二哥说，是啊，大哥是行，这个不错。我不是跟你说了吗，他有功夫。二哥把衣服敞开来，在胸前拍了一掌说，你看，有功夫的人就是厉害，不然不叫经得死了。他那个手势明显表明他是服大哥的，这个跟前些年是有很大出入的。

那时他对大哥不是那么感冒。会功夫的人了得啊。二哥又说。他已经几杯酒下肚了。我说，你吃点腌菜吧。二哥讲，天天吃你二嫂腌的咸菜，我都要吐了。我扭头看看灶台，那里有两个鸡蛋。我讲，我有两个鸡蛋。二哥笑了笑说，你有鸡蛋，你自己吃。我说，我还是炒给你下酒吧。二哥笑了，他说，老三，你也懂一点人情世故了。我说，你喝酒，吃腌菜，主要是味道太难闻了。二哥又笑了。我在灶台上把鸡蛋炒好了，二哥夹了一点吃，竖起大拇指讲，老三，你巧，鸡蛋炒得嫩。我听他表扬，心里更是难受，农村社员真是太辛苦了，他到我家来，自己带酒，我还是怕腌菜的臭味才炒的鸡蛋呢。社员太老实了，况且他是我二哥。

大哥会轻功，你信不信？二哥问我。我说，哪能信？都是传的。这个你就不懂了。二哥说。二哥又说，不过，你现在当干部了，确实要谨慎一点讲话。我说，那倒不是，实事求是嘛，人没有轻功的，不是说大哥没有，是人本来就没有。二哥讲，燕子李三呢？我讲，那是讲故事。二哥讲，评书讲得那么神。二哥又闷了一口酒下去，他讲，不要讲大哥会轻功了，我都会。我放下手中的花名册，问二哥，你会？二哥见我有兴趣，就伸过头来讲，我石磙玩了十几年，用手指头都能拨弄石磙。他一讲石磙，我就知道他会讲这个，这是他的强项，但是那跟轻功有什么关系？

二哥讲，你猜怎么着？在松辽岩，老大跟我学了几手石磙手艺呢。我说这个我倒不知道。二哥讲，你哪知道，你一下工就在工棚里睡着，你不经累。但老大不一样啊，他带着程志仓、程志满他们，叫我到工地下边的稻场那里玩石磙给他们看。我听他讲得振振有词，问他然后呢。二哥讲，就是老大想学，老大不学手指头拨弄石磙，他学的是用胳膊把石磙给掇起来翻转，像炒菜一样。玩石磙像炒菜？我问。二哥说，是啊，不然他轻功怎么会的？我听他这么讲，明白二哥原来吹牛说大哥的轻功是从他石磙那里学习的,他是大哥轻功方面的师父,这个我就不同意了。我说,大哥是英雄,民工们抬举他,讲他有轻功,你倒好,讲他跟你学玩石磙,把轻功给练会了,那你轻功哪儿学的?二哥喝了酒,但没有放下酒盅。他说,这你就糊涂了吧,我哪儿学的?我是从石磙中悟出来的。什么叫功夫?功夫就是悟出来的,实事求是啊。二哥又补充说。我听二哥讲实事求是觉得怪怪的。

义兰,那晚二哥来我这儿喝酒后来的事,我都说得很清楚,不知什么时候我也喝上了。从我记事起,我还没怎么喝过酒,但二哥讲的现在干工作了,当干部不喝酒怎么行,怎么能跟群众打成一片啊?我说你胡讲啊,喝酒干工作,这样工作作风就有问题了。二哥讲你在区里当干部,要是在生产队,不要说大队了,哪怕是在公社,你也要喝酒啊,不然社员哪个睬你?我问你,要是社员请你喝酒,你喝不喝?我说,我不喝。二哥说,那你就是不为社员老百姓办事情。我讲,事情我照办,这是为人民服务。二哥讲,那就要喝酒。我说不喝。二哥说,要是亲戚呢?我讲,亲戚那要喝啊,谁没有亲戚呢?二哥讲,那就对了,你看,我不就是你亲戚啊,我是你二哥啊。二哥讲得对,我不知怎么就喝上了。我讲我没怎么喝过酒,以前过年父亲让我喝上几杯,也都是被笑话,说是要是把头脑烧坏了,书也就白念了。念书就是为了当公家人,为了当干部。

对啊,义兰,你看,我把我老家人的思维都讲给你听了,情况就是这样,我就喝吧。我先不说喝酒有什么感受,因为你是个女的,你以前也讲过讨厌别人喝酒,可是我要不讲全了,你就不明白我为什么要讲二哥的事情。二哥也在将龙山劳动,你对二哥有看法。当然了,如果不是大哥,你也犯不着对二哥程志盛这样的社员感兴趣。但是既然你在报告中写到大哥身边的人时也会提到落后分子二哥,那我想我可以讲一讲他。你能看到社员们是不同的,我是觉得各有各的好呢。二哥跟我喝了以后,可能我喝上酒,不太习惯,讲话也不利索了,主要是不大能压得住他了。不知怎么搞的,他就把我拉到街上去了。双河街有两条,中间通过一个巷子连在一块儿,朝西北那个位置是陈家河,南边是丰乐河。

你看,这里的水还是从将龙山那边流下来的呢。二哥把我拉到街上以后,一直走到丰乐河边,那里有块平地,是驻点车停车的地方。六安往双河的班车，晚班是不用回去，驻点的第二天早上走，司机就住在旁边的旅舍里，常年都是这样。我到双河区政府宿舍住下之后，有时晚上也会晃过来玩。我对这块平地是熟悉的。二哥有酒意，但他没有醉，他酒量是可以的。他讲，老三，我跟你喝酒是小事，我跟你讲功夫的事情不是说着玩的，老大的功夫再了得，没有我教他玩石磙，他也玩不起来。他现在成人物了，但是没有我教他，他哪有气功啊？我说，二哥，气功肯定是没有的。

二哥吐了口气，然后双手合住，在空中晃了一下，像白鹤亮翅一样，我往后退了一下。我问他，二哥，你要干什么？二哥往地头一让，我这才发现他居然弯下了腰，再定睛一看，地上趴着一个大石磙，有月色，能看得分明，是石磙，而且是他常年带着的那个石磙，边上是他的板车。我问他，你干吗把石磙拉到双河来了，你不是来买酒的吗？二哥讲，我到哪都要带石磙，你又不是不知道。我讲，板车还拉石磙，石磙拉到街上干什么？二哥讲，你没看到吗？我是来跟你讲功夫的事情。当然，我是不相信他要来街上讲功夫的事情，跟我讲功夫干什么啊？二哥双手合住，然后把石磙撬了一下。他用的是板车上带的一根竹杠，这让我想起大哥他们几十人抬"大蜈蚣"的情形，用的竹杠也是这样的。二哥小声讲，毛竹杠是我跟他建议的，没有我讲，他们用扁担，你以为能把"大蜈蚣"从吴家老院抬出来啊？

我心想二哥对大哥还是好的。大哥是面上的事情，现在成了人物了、典型了，他现在的一举一动都被社员们看着了。二哥不一样，二哥反正是落后分子，跟吕二先生他们一样，反正社员们也不把他当一回事，但老二有石匠技术，搞石头他有一套。二哥用竹杠把石磙撬起来以后，居然用胳膊肘把大石磙给拧得转了起来，呼呼生风。好在平地也硬，几百斤的大石磙硬是像毛栗子一样在地上转。然后二哥把胳膊肘也让开了，只用布鞋底子在边上擦了几下，大石磙照样转，看得我目瞪口呆。我问二哥，你这什么本事？二哥讲，没什么玄的，我讲它转它就转，人也一样，不就是飞吗？一下子就能飞起来。说完，他准备把石磙拎起来。我讲，二哥，你酒喝多了，再搞你要吐了。

二哥把石磙放下，其实我是担心他拎不起来掉面子，在这儿太不好看了。我说，人家讲大哥能飞，是救何赛花，你在这儿把石磙飞起来有什么用？二哥讲，人能飞，不是本事，是你有那个力，就是你要把自己飞起来，你先要把跟你一样重的石头给飞起来。二哥又要去拎大石磙，我心里都紧张，心想这么重他哪能拎得起来。谁知二哥手往下一放，从侧面那个石磙中间挖的一个小孔往里一捏，然后叫了声"起"，石磙就一下子被抓起来了，我亲眼看到的。当然只是向边上晃了一下，石磙就放下去了，不过千真万确的是石磙被拎起来了，我头上有点晕，主要是没怎么喝过酒。

二哥低声对我说，你看，你跟大哥就是不一样，我在松辽岩也就是在稻场上教老大的，他一学就会。你看，我搞给你看，你一点动静没有。我听不懂二哥的意思，好像是想叫我跟他学一样。我说，我根本拎不动。二哥讲，也罢，你当干部，以后石头、种田这些你都不用碰，当干部要有当干部的样子。不学飞石磙可以，但酒要喝，一个男人不喝酒，那还叫男人吗？我对二哥这套理论非常看不上，但也找不到反驳的理由，毕竟我之前跟他已经喝了几杯。那晚在平地上他又把石磙玩了好几遍，中间还用脚接了一下落下来的石磙，石磙像个棉花团一样，真是让我长了见识。原来在我们广城畈，我二哥这样的人有这样的武艺。我对二哥说，二哥你在将龙山也算个人物。

二哥讲，那不行，都是大哥的呢。我听不明白。不过，义兰，你看，我二哥程志盛就是这样，他现在对大哥特别服。我们就这样在双河街的平地上玩石磙。丰乐河水静静流过，月亮亮汪汪的，然后，他不是累，而是想坐下，就坐在石磙上，我就坐在地上。河水无声，但有时有小鱼跳跃。二哥低着头，我觉得他把力气用掉以后，好像平静了不少。但是，他是个有家有子女的人了，二嫂对他还是有要求的。他落后了不少年，二嫂也没有嫌弃他。他小时候是被过继给叔叔家的，大哥对他好，父亲对他狠了一点，这些他自己也都清楚。但他那天找我喝酒，也不完全是这些事情，有时候人是需要有一点气氛才能把他想说的话给说出来的。

他说大哥顶了那么多帽子，又说他是英雄，现在家中老大永远是重要的，二哥把自己也当成新建队的人了，跟程志仓、程志望、程志满他们，他也都特别亲和了。但是他要干什么呢？在政治上落后，那也是合作化时候的事了，现在是大建设，他不是已经在追赶了吗？特别是区里有梅书记，梅书记很重视他的石匠手艺，没有轻看他呢。但是，他心里还是有话的，后来他就拍着板车跟我说，这个板车是给俊顺的。他讲，俊顺已经不小了，十几岁的男孩子，没有一辆板车，爸妈又都不在了，我不帮他搞，谁帮他搞？在农村就是这样，有一辆板车那是相当重要的，也是了不起的。不是谁都能置办起一辆板车的，有板车就可以拉东西。

我对二哥说，你记不记得啊？你上次把俊顺带到松辽岩去，大哥连夜把他送回去呢。二哥说，那是大哥怕人讲闲话，以为俊顺在工地上混饭吃。我说，不是，大哥是讲俊顺还不算社员，不能在工地干活。二哥说，大哥就算做得对吧，但俊顺马上就大了，要当社员了，要有一辆板车。我到街上就是来买皮带子，帆布的，没买到皮的，我要给俊顺搞一辆板车，小姊死了，小孩不能没有一辆板车。二哥低下头，月亮照着他半张着的嘴，能照见他亮亮的镶上去的金属假牙。

好了，二哥来喝酒的事，我讲得真不少呢。等你的信。

志刚

1964.10.19

志刚：

　　来信收到。看到你讲的事情，我还是有点担忧，当然你反复跟我讲你二哥程志盛是有好的一面的，但坦率地讲，这是你的看法，或者讲你是站在私人的角度来看。而我之所以多次提到你二哥，很大原因就在于他是你大哥程志茂的弟弟。你看我都没有先讲他是你二哥，这说明我是站在做事情、大建设的角度来看问题、看人的。对你二哥也是如此，尤其是讲到你大哥，你也知道我自从当社员，借调过去在通讯处帮忙开始，当然现在也算作工龄在内了，那时我就开始追踪报道你大哥的大建设功绩，他是功臣，是标兵，是新时代的典型。我是因为你二哥作为你大哥个人生活以及大建设这个局面中的一个和他有关的人，而去关注他的。我没有贬低他的意思，但是确实在塑造英雄时，我们不是说有意要找几个差的或者不那么光彩的人物来对比。

　　按理说，梅书记也可以像高书记那样非常严肃地要求你二哥程志盛把思想整顿好了才来搞建设，但梅书记没有这样做，他直接让他干活了，而且让他带石匠队。虽然在技术上他对社员可能有所帮助，但志刚你要知道，大建设可不是技术那么简单，大建设是伟大的任务，是政治上必须非常坚定，必须在思想上高度纯洁。但是，你二哥呢？在这一点上，我认为他还是有问题的，可以说仍然是落后的。就你讲的他到你那儿喝酒，我就不说你后来怎么也喝上了，因为是到你宿舍来，又是他自己带酒，可以讲你是没有责任的，因为他是你二哥。

　　但是他那样讲你大哥程志茂以及讲你大哥跟他练轻功，这些都是极不健康的，对我们正确看待英雄的成长是非常不利的。好像英雄反而成了向落后分子学习的类型，这跟人民群众的路线是不符的。应该说他学的是广大人民中优秀的品质，是劳动者的光荣，程志茂不仅干活好，而且理论上很朴素很先进，早就讲过体力是干出来的，是越干越有的，不是等来的，也不是训练的，干活是干不死的，人是经得死的。有些甚至是社员们给他总结的，都很形象。这说明什么？说明大家是理解他的，知道他成为一个典型是他主观上的认识和客观上的努力相结合的结果。所以像你二哥程志盛这样来讲他教老大练石磙，又说什么轻功，这是对英雄的轻视，也可以说是把英雄往邪路上引。为什么何赛花在松辽岩、东石笋、毛坦厂那一带广为传颂你大哥程志茂救她的英雄壮举？而且虽然也传他有轻功，但那是人民群众善意的表扬，并非讲真的会轻功，还讲武术，这都是非常朴素的对英雄的敬畏。但是在你二哥程志盛那里，他居然还啰唆老大的轻功是他教的。

  他徒手玩石磙的情节你讲得也很活灵活现，但我想那都是小把戏。现在我再结合来讲，你大哥是不是跟你讲过叫你不要答应跟你二哥程志盛喝酒？这说明你大哥程志茂清楚你二哥迟早还是要拉拢你，让你也成为他那个路子上的人。这就是我特别担心的了，你是一个国家干部，你在区里虽然是个新人，但是组织上对你有期待吧，你怎么可以跟你二哥喝酒？而且你们还在丰乐河边上玩起了转石磙，这是对英雄的轻视，这些都是极其危险的。所以我想讲的是，以后和你二哥程志盛务必要小心地相处。对于他能否走出落后，能否在大建设中发挥作用，我觉得你也可以作为一个区委干部认真地观察分析和评判，这是一项政治工作呢。

  在协调扒渡槽时，你要记住你代表的也是一级政府，你不要以为他是你二哥，你就可以轻松看待。至于梅书记，我在和章书记到广城山考察时，和他见过，我觉得他太知识分子化了，他太看重技术、细节和知识了。实际上大建设要靠社员的，主要是在劳动中坚持政治第一，要把大建设的精神真正吃透。至于劳动，那是一个自然而然的事情，所以梅书记在广城畈的介绍中提到了历史上的一些事，我想他是学究气太浓了，这对于大建设未必是好事。当然了，他是区委书记，我想县里的廖书记他们对他会有具体的指示。但是，我担心的是，你在他手下工作，在基层锻炼，千万要掌握好分寸，既服从领导，同时也应该发挥主观上的新认识，应该敢于挑战，提出问题，对于在将龙山会战中出现的问题要敢于直面。

  如果我没有记错，梅书记好像到沛顺杭总指挥部也来过一次，我应该是在总指挥部也见过的，但印象不深了。我不是说最近要去将龙山吗？但身体确实不大好，所以一直没有成行。但我想这次我要到将龙山，我们希望跟公社的高书记认真地谈一谈，我还是希望高书记能够在你大哥程志茂的使用上，让他发挥更大的作用，毕竟有一个英雄不简单。另外，我之所以要提到高书记，还因为我在报给省里关于你大哥程志茂的材料中，反复斟酌，觉得对于他身边的高书记，这个优秀的公社书记的刻画还是太简单了一点，英雄的成长是要有引路人的。特别在人民公社中，在这个集体中，谁能带领人民公社大踏步向前走？应该讲高书记回答得很好，所以我关注高书记也很久了。我想高书记之所以能带出一个程志茂，这跟他对人民公社事业的理解到位和大胆领导也是有关系的。

所以我想将龙山的会战，更能彰显一个公社书记对于英雄的培育和引导。当然，主要的对象仍是你大哥程志茂，所以我希望你作为区委的一名干部，也要恪尽职守，对于你大哥也要给予支持。你看，我是沛顺杭的人，你是基层区政府的人，但我们做的事情都是为了国家、为了大建设、为了社会主义，所以我们考虑问题时，尽量往一起靠。

志刚，你看，我又说了不少你二哥的事情，当然我的看法之所以这样，很大程度上因为我在写你大哥程志茂的报道时我不得不严肃地注重分析他身边的环境，对一个英雄来说，立起来很不容易，我们都应该很珍惜。前几天，志刚，我和你说，我又到九墩塘那里坐了一会儿。九墩塘是我们在农校时扒出来的，那时沛顺杭刚刚起步，我回想我们在学校，无论是刘老师还是顾校长，当时都叫我们对沛顺杭要倾力支持。但是应该讲谁都没有想到，它今天发展得这样壮观，我想起了我们来扒塘时的点点滴滴。记得那时你穿得很破很烂，客观讲，你确实家庭条件不太好，我说的是物质上，但相对于物质，其实在家庭的出身上也有诸多问题。记得那时你也找我诉苦，说学校也好，当年毛坦厂也好，对你的出身都还是有看法的，原因也清楚，不过是你父亲在解放前那一段在民国政府最底下干了半年的副保长。

你看，我之所以又提起来这个，是因为我坐在九墩塘，我就在琢磨，像你这样在底下锻炼，如果你出身好，政治上过硬，说不定你也能起来，也可以在区委担任重要职务啊。我想我父亲好像是讲过的，一个从农村出来的年轻人，如果你给他机会让他好好锻炼，他一样可以干起来的。你现在在区委上班了，干的是协调扒将龙山的事，应该讲任务重，你又是一个认真的人，没有理由不起来啊，所以我是在为你着想呢。当然了，那时我们在农村谈话，在下龙爪老沙河那儿，我们都没有想到原来同样是在这样的家庭环境中，你却有一个能够把自己给升起来的英雄大哥程志茂，这就不能慨叹命运了。

命运是公平的，甚至可以说你大哥条件更差，在农村，过早地务农、干活，尝到了生活的艰辛，而且又是老大，对弟妹也要照顾，你父亲那出身对他不是同样不利吗？但是，他怎么起来的？他是通过劳动啊，通过运动中的表现啊，通过大建设啊，所以他注定是成功的。这完全取决于你作为一个社会主义时代的新人，你怎么要求自己，怎么跟时代配合好。我想你大哥程志茂很能说明问题。这倒又让我想起一个人，那就是朝坤。我之前跟你讲过许多次。特别是我到兰州探望大哥那会儿，父亲讲我幼稚。人家也传朝坤在追求我，一时间好像他跟我联系很多似的。然而实际上，我们对生活、对社会的理解相差很大，只是那时他在文化宫帮我联系慰问演出排练的事，所以接触比较多。但是，连我二哥李义江都讲，朝坤是为了通过我接触我父亲，他是想调到局机关去工作，也就是说他不想做工人，这我完全不能理解。

作为工人，不是很好吗？他还作为一名有名的技术能手帮许多厂解决了技术难题，也帮沛顺杭九里沟还有青山那边都解决了一些工业方面的问题。但他想摆脱劳动者的身份，想当干部，这是我不理解的。当然，在那个阶段，父亲也批评我幼稚，二哥说父亲是指我生活上幼稚，大概是说连朝坤在追求我我都看不出来。其实，我之前跟你讲过，我确实没有感觉到朝坤在追求我，是他自己说他在追求我。但是我父亲在知道他这一点后，就对他很冷淡了，他自此就不到我家来了。他跟二哥还有来往，但仅限于他们之间，我因为忙，又因为身体不太好，所以几乎都快忘记他了。

最近不是说要提拔我吗？我自己也很注重表现。再怎么说，朝坤家和我们家是有交往的，朝坤和我二哥是好朋友呢。那次郝秀丽在我办公室外边遇见我，肯定是专门来找我的，装作遇见而已。不过我跟她说得很明白，我是绝对不明白朝坤是什么意思，再说他什么意思跟我也没有关系。郝秀丽那次是伤心的。后来杜广芬跟我讲，其实郝秀丽跟朝坤关系也没断。不过，他们的事情我也就不管了。我坐在九墩塘，之所以想到朝坤，还是因为我坐在这儿想到了当年我们来扒塘,那时我们在学校读书,青春勃发呢。现在工作了,感觉跟以前不大一样了,不过我还是相信人应该热情而充满斗争精神的,不然,我们怎么可能取得更大进步呢?

朝坤现在的情况,我是听二哥李义江说的。二哥讲,朝坤不是调到机关去了吗?我说,那他是如愿以偿了。二哥说,这也不算什么,现在抽调工人上去当干部的也不少,再说朝坤本来也是要求进步的。不过二哥主要还是怪朝坤不应该通过我来接触父亲,因为这样会显得特别不纯粹。至于二哥理解的纯粹是什么,我也不知道。二哥对我在生活上的表现,也是持否定态度的。他认为我在生活上不仅仅是幼稚,简直是对生活太不在意了。

我不明白二哥为什么这样看,而现在,也就是前天吧,我又跟二哥讲起朝坤,原因是朝坤家发生了一些事情,是他大哥从部队回来了。我以前跟你讲过吧,就是最早你说你们农村土政治家讲世界大战什么的,朝坤转达了他大哥的看法。因为他大哥在南京当兵,而且政治素质高,是个有水平的部队军官,所以他大哥讲的话人家都听。他大哥就讲,不是说不怕打仗,而是很有可能就要打呢。这个你记得吧?其实印度也好,其他周边国家也好,都不是省油的灯,好像当时就是这么讲的。

我们倒不要只把目光盯在美帝什么的上面,包括现在苏联这个样子,我们什么方面都要靠自己。所以你想我们国家才要自己造重武器啊,这都是很现实的问题。我之所以和你讲那次朝坤转达他大哥的意思,是因为朝坤也很有压力,毕竟他大哥干得很好,是个有前途的军官吧。现在又提到朝坤家,还是因为他大哥。他大哥从南京军区复员了,因为是军官,所以回来后,地委也重视,在市委那里就要分配一个好位置,留在市里不说,还让他去了二轻局,这对他是很好的安排了。但没有想到朝坤的大哥一回来首先就让已经调到局里的朝坤必须回到厂里去,这对朝坤是个不小的打击。

朝坤就是想坐机关当干部,但他大哥回到局里当领导了,却让他下到厂里去,朝坤是苦闷的,所以他跟我二哥讲,让我二哥评理。我二哥倒是劝朝坤没有必要当回事,工人最强大呢,反正我二哥真是这么认为的。但是朝坤还是不高兴。只是朝坤的大哥从局里把朝坤赶下去之后,他大哥自己也下到厂里去了,是另一家厂,生产手扶拖拉机的,厂子很大,在六安是重要的。之所以让朝坤的大哥朝明来干厂长,是因为待过部队的人有魄力，可以把手拖厂的工作给干好。朝明干事情的风格跟朝坤完全不一样，朝坤是没有办法跟他比的。

所以朝明到手拖厂任职的事情，无论在市委还是在地委，都很有影响呢。甚至大家一度都在讨论，说部队复员的人来干厂长，是不是真的能把厂子给搞好。你看，现在的情况就是这样，我父亲是担忧我大哥在西北部队里干不起来，升不上去，而朝明却退伍复员回了地方，干起了厂长，真是每个人的选择不同呢。但是，我父亲自从对朝坤有看法之后，就对朝坤家的事懒得管了，而朝明回来后到家里来过一次，说是看望我父亲。我父亲问了一些部队的事情，朝明也讲了南京军区的不少事情。但关于部队的事我是不大懂的，只知道纪律更严明，而且朝明已经转业回来，来看父亲是想听父亲指导他怎么干好地方上的工作。父亲讲，他在地委工作，对市委的事情管得少，市不是他分管的。

当然了，在工业这一块，父亲只是提了一些笼统的看法，所以朝明也没有真的取到什么经。后来朝明还跟我二哥讲，说我父亲好像变了不少，老爷子好像对他没有之前那么热情了，但我二哥猜测，也许朝明是听到了我父亲对朝坤有意见吧。不过，这个也不一定呢。

好了，下一封信再叙吧。

1964.10.24

义三：

你的信让我想起了我们在农校的读书时间，我们平时开的小组会或班会，我们也曾经讨论过生活到底是什么。有人讲生活就是我们要把日子过好，有人讲生活是伟大时代的注脚。当然了，即使在学生时代，你也给过我很多帮助。你是班长，在各方面都十分优秀，所以每当你在信中谈到生活，或者看起来是在谈论生活，我都比较注意，我希望从中看到你对生活独特的理解。尤其是你讲到我二哥程志盛，你讲到他来喝酒，和我讲教我大哥程志茂练轻功，你批评他这是对英雄的诋毁，我总觉得也许二哥没有这种意思吧。其实，你也知道他在松辽岩期间就已经跟大哥比较友好了，特别是到了将龙山，他完全是佩服大哥的。这我在信中也说了。他讲大哥的轻功、武术什么的，实际也是想说英雄成长起来是有原因的，至少英雄是善于学习的。

推到历史前边来看，是因为这个地方出过广城，有王，是个重要的地方。老区人民之所以之前打仗，浴血奋战，人命子硬，就是因为这个地方与众不同。所以现在将龙山要出大东西。当然了，按高书记的说法，为什么呢？因为大哥这样就能说明问题，大东西要用人，要配有能力有力量的人啊。高书记几次都跟社员们讲，国家把这么重大的东西安排在我们这个地方，我们要好好地修好它。有的社员就讲，国家把大东西修在你这儿，还不是需要你自己修吗？高书记就讲，不要以为你是想修就能修的，这主要还是因为你们这个地方有本事修这个。反正我听到几次高书记讲到这一点，说将龙山能修起大桥，完全是因为我们这个地方的人能干得下来，这一下子也能把社员们给镇住。

是啊，换一个地方，并不一定能保证能把大桥修起来，虽然说是这么说，但看到桥墩基础各部打好的桩露出地面，那么白晃晃的十六个桥墩在丰乐河两岸，中间还有四个桥墩在河道中呢，大家不得不惊叹。将龙山是出了名了，现在谁也阻不了了。但讲将龙山是一个跟别的地方不一样的地方，谁信？谁也不能不信，将龙山以后就是这个大桥了，就靠这个大桥说话了，所以过了这几个月，将龙山出了名了，然后外边来人，人家都问，将龙山是个什么地方？大家就讲，你去问程志茂。义兰，大哥不仅是你报告上的那么回事了，他现在成了别人到将龙山，一下子就要讲到的一个人。可见，你们报告他是上面的事，但在底下，他是社员们推出来的。社员们讲这个地方的事情都可以问大哥。所以我是理解为什么你总是强调要在提到我大哥时提及他身边的人，其实从他身边的社员来讲，他们都是无条件地支持他的。至少在将龙山，在河北边，这边的人是这样看的。

　　因为你提到生活，我回忆了我们在读书时也讲到的生活，我们会讲到生活中的立场。你提到现在身体不好，提到在九墩塘以及我们当年扒塘的场景，这把我的思绪也带回去了，尤其是我现在在双河区政府，干的是协调民工扒河的事，似乎我还手握铁锹，跟大家一起扒河，那情景仍历历在目。但我想说的是，之所以讲生活，还是因为我们每个人离不了生活啊。你也讲过朝坤的事，令我印象深刻。

　　但之前我没怎么提到这个事，是因为我觉得他同样作为一个青年，有他自己的情感和性格，所以他到你家里，想通过你接触你父亲这个大官，我能理解。只不过既然你父亲批评他，不喜欢他，我相信一个地委领导看年轻人总是很准的吧，一定是朝坤的做法有一些问题。你又说到他大哥从部队回来到轻工局当局长，后来又下到手拖厂当厂长，我想从部队复员回来，又是一个干部，显然他应该是针对六安市的工业做出一定贡献的吧。现在的大建设，对从部队下来的人才应该会重用的。

　　我注意到你讲的朝坤的大哥要求他回到一个工人的身份，我想这说明他大哥还是认为一个人应该做适合他自己的工作，对吧？朝坤是个技术能手，他有当工人的本事，干吗又要去当干部呢？虽然你我都是干部，但至少从我的角度来说，我只是认为我应该把学习到的知识用到我的工作中去。我注重的身份只是说我必须跟别人一样，我能够稳定地工作而已。以前我也讲过，我从农村出来，想在城市工作，但你又讲你爸爸对我以及和我差不多的年轻人，有过这样的指示，就是到农村去，到基层去历练。这都是我们应该接受的。所以我想无论是你父亲还是朝坤的大哥，政治成熟的人对于工作也好，对于关系也好，对于职业也好，会有比较准确的看法。而我更在意的是你讲过的朝坤曾经表达过他是在追求你，以前你还为此特别在意，而那时我没有说什么，因为我们在生活上其实没有什么经验，但现在我想讲的是，既然你父亲都看出来朝坤是通过你来接触他，那就很明显，像朝坤这样的人，他在生活上是有经验的，对于感情、恋爱什么的也有经验。所以我又认为大家对他的看法是对的，显然他是有目的的。我想即使是他大哥，从部队下来，到了轻工局当局长，第一个做的就是把朝坤的身份转回到工人身份，这就很说明问题了。我觉得你在看人上应该还是比较直观的，你那时不过是要朝坤在文化宫排练以及下去慰问演出方面给你帮助。所以讲，一切都还是为了工作。

我前边跟你讲将龙山的人、高山人、双河人、九十铺人，还有半个店人，乃至南官亭人，这几个地方的社员在将龙山工程进行到目前这个阶段时，突然把大哥给拎起来了。我听到宋翔忠几次来到工地上的大棚那个办公室，在那儿喊，现在将龙山出人了，出了程志茂，又出了大桥，将龙山就要出大名了。我一开始听觉得是起哄，后来才发现宋翔忠是发自内心支持我大哥程志茂的，因为大哥从吴家老院那里抬了"大蜈蚣"出来，吴家老院在将龙山、广城畈这个地方的人看来是个几朝几代都出大地主的地方，是畈上人碰都不敢碰的。

畈上盖屋子要石头，吴家老院就在青龙嘴后边，但从来没有人敢从那里弄石头出来，为什么呢？因为吴家老院在哪朝哪代都有大地主，都有自己的团练武装，有刀枪，外边人进不得。吴家老院对于广城畈以及高山，乃至舒业这边来讲，是一个出大地主、出大实力人物的地方，所以现在大哥把大石头抬出来了，老百姓才讲这真是新时代了，不仅弄死了大地主，而且不中用了。这个东西永远不中用了，这是大哥把"大蜈蚣"抬出来后，社员们纷纷形成的一个共识。宋翔忠有一次跟我讲，程家老三，你把你家老头子拉出来玩，现在程志茂这么大名堂，你让他也想一想解放前，比一比，什么叫新时代？

我听宋翔忠那么讲，发现他这样一个有些老朽的人物跟时代是紧的，他跟我父亲不一样。他们在解放前都算是乡绅吧，宋翔忠走出来了，成了在新时代还能讲话的人物，我父亲就不行了。但宋翔忠又说我父亲有大哥啊，这个比什么都顶用啊。只是我听起来，也有点怪。将龙山大桥目前只是桥墩造起来，但是它似乎一下子把这个地方弄得不一样了。我听吕二先生讲，贺得礼在半个店那边，也逢人便说，妈的，我也要到将龙山去。虽然工地上未必需要像贺得礼这样的老家伙，但他的心态变了啊。他不觉得扒沛顺杭是搞形式了，也不讲扒将龙山渡槽是破丰乐河的风水了，他现在也讲将龙山就是要修大桥啊。你看，将龙山现在是捂不住了啊。

义兰，前边我讲了生活，当然这都是顺着你的意思讲的。在我们的交往中，你给了我很多指导，不仅是在工作上的、政治上的，同样也包括生活上的。现在我自己也在基层当干部了，我才意识到生活也包括政治生活啊，组织生活啊，对吧？生活还有一个高度，作风以及习惯问题。所以后来讲生活也不是讲我有什么看法，肯定是因为你在批评和指出我一些问题的同时，也让我意识到，我自己也得重视生活。

现在我想讲的还是你的身体问题，这个问题也许不应该在这里说那么重。但是，以我们的关系，我还是要说，身体是革命的本钱，这是一句土话，但它还是有意义的。从前段时间开始，你讲了身体问题，这次你说你在九墩塘那里闲坐，我想你那么忙的一个人，居然有时间到九墩塘坐，这应该是你身体不太好的一个体现吧。我想身体释放出来的这个信号，也是在提醒我们，我们都是常人，我们需要冷静。另外，身体如果有病，应该要休息。这是我想和你说的。我之所以讲这个，跟高书记还有关呢。高书记前几天专门到南小台指挥部那里找我，我以为还是问我农机站的事，但高书记讲的都是他到六安走了一趟，说得我有点吃惊。我心想他到六安去干什么啊，他是公社书记，又是一个干了多年基层工作的同志，我是很敬畏他的。

不敢向他打听，但他主动跟我提起了你。他讲，志刚，那个和你通信的地委副书记的女儿，现在不得了了。我说，高书记怎么讲起了这个？高书记把我拉到一边，神色有点重地说，听说要提通讯处主任呢。我以为高书记是要祝贺你，高书记虽然是个上了年纪的人，但特别关心他人，可是他却说，听说身体不大好。他这么一讲，反而引起我的警惕，因为倘若只是单单说身体不好，也没什么，但先讲了要当主任，然后又说身体不好，这就有点怪了。看来他是对你有点了解的。

义兰，你看，你在信中也跟我讲过你对这个叫高怀元的高山公社书记印象很好，你盛赞他培养出了大哥这样一个农民英雄。现在，你看人家也很关心你。我冷静了一会儿，问高书记，你怎么找她去了？高书记也不回避我，他说，我是想去找，但到六安没有找到，指挥部说她身体不大好，可能刚好那天去医院了，所以没有见着。我问高书记，你去找李义兰干什么？高书记说，我去找她，还是因为板车轮的事情。你看，我们都在为这个事想，板车队是将龙山最重要的队伍之一啊。社员没有板车，后边材料就进不了场，这还得要六安支持。我听高书记讲他去找你，又是说板车的事，我想高书记是特别仰仗你的。

高书记说，李义兰对程志茂那么看重，材料报省里的事情，将龙山也都知道，现在都讲在程志茂的事情上，李义兰有一半功劳呢。你看，将龙山的事情找李义兰也不过分吧，只可惜她身体不大好了。我听高书记讲你身体不好，马上改正他，我说，高书记你不要乱讲啊，李义兰，一个年轻人，和我是同学，这几年她和我还通信，你也知道，她身体能有什么问题？不过是工作太忙了而已。高书记怔了一会儿，又说，也许吧，可能是不便见我吧。我听高书记这么讲，又只好安慰他，我说，人家李义兰怎么可能不想见你呢？她在跟我的通信中多次提到你啊，说没有你，高山扒河队能这么厉害吗？谁都知道大哥能起来，跟你的培养有极大关系呢。

高书记只要听到人家讲大哥，他就来劲。他说，你说这个倒是，所以我才讲李义兰当主任，那是沛顺杭的一件好事啊。沛顺杭就是这样啊，好人、能人在这里都能起来呢。高书记又问我，那提拔应该不成问题吧？我不知道为什么高书记对你的提拔那么感兴趣，但他是真诚的。他是一个当公社书记的人，他对沛顺杭始终是热情的，他是把它当成重要的事业的。他也是这样跟社员们讲的。

高书记跟我说了你的情况之后，又说到他到六安去没有找到你，于是找了指挥部的人，但别人没有理他，因为中间越级太多了，公社书记到指挥部要材料，这个讲不通啊。他说，上边人讲了，社员们就是要出力。我听这话有些刺耳，但高书记觉得人家讲得也对，社员们别的没有，但力气还是有的。社会主义大建设，有力自然是要出力了。我跟高书记讲，没有别的办法吗？反正将龙山肯定要扒的，扒河也已经好几年了，都有经验的，什么困难也难不倒。高书记讲，就是有力气，力气越干越有。

高书记跟我讲这些话时，他的脸上是有一种难以言传的表情的，我觉得那是一种相当困乏的劳累的劲头，但他不想表现出来而已。高书记又问我，你们通信，她没有讲什么病吗？我对高书记说，这个我不清楚呢，再说了，她只是身体不好，年轻人能有什么病呢？高书记很不放心的样子。义兰，你看，高书记对你还是很关心的，他一个非常重视对大哥有帮助的人，我想他之所以这么热切地关心你，包括到六安去找人问材料的事，也找你，尽管没有找到——但他是特别在意你的，都是因为他知道你对大哥是特别看重、特别在意的，他是一个在这方面看得很重的人。

义兰，前边我跟你说了，我们高山公社的高书记到六安去打听到你身体不好，生病了。我想这可能真是个问题了，我以前也不大问你这方面的情况，一来是因为我想对我们年轻人来说，身体应该不会有大问题吧。另外，我想你自己是个能力超强的人，你应该对自己的一切都会照顾得很好。但愿你的身体最终不会有什么大问题吧。当然了，我也想过，即便身体真的有什么问题，以你现在在地委，父亲又是地委领导的身份，看病或者是医疗什么的，都应该不是问题的。

但愿我的担心是多余的，确实是这样，人就是在各种困难中前进，身体也是一个方面，因为我自己之前也提到高书记对于大哥的重要性，所以你在写报告中还提到他呢，但是他去六安找不到你，这说明事情总还是不那么顺畅，我们的生活和工作都如此吧。但是在困难中前进，也是我们要学习的吧。

好了，先不说高书记了，但愿高书记在你写的材料中的形象也能更丰满吧，至少他知道你，还去找你，这在宣传工作上都成了一个主动的例子了。不过高书记讲的需要建大桥的材料，也是他作为一个扒河队队长考虑的事情，只是他略微有点操心过头了吧。毕竟只是一个公社的书记，可是如果不是他手下有大哥，我想他也没有底气，不敢跑到六安去要材料，更别说他还去找你——知道你要提拔成通讯处主任了，他是为你高兴了。话又说回来，他之所以这样，跟他能培养出大哥这也是符合的，他就是这样一个尽职尽责的公社书记吧。

我再和你说说大哥吧。大哥最近和我见得不多，我猜想可能跟他了解到二哥到双河找我喝酒有关吧。他是很反对二哥跟我吃饭、喝酒什么的，他认为我是区里干部了，干部要有干部的样子，而且他自己现在成了英雄典型，接触的各级干部也多，虽然他自己是低调的，就是个扒河的民工，但是各级干部都十分地看重他，认为他是一个不可多得的典型人物，对各种报道各级政府和干部都能看到。在六安，在沛顺杭，他是个不折不扣的人物了。

他没有理我，也不是因为别的，无非是认为我在扒沛顺杭这件事情上还是没有做到全力以赴。但我想说的是，我的身份是区农机站干部，我不是直接扒河的人，跟我当社员时是有不同的，特别是梅书记跟我交代的，让我要做好协调民工的工作，比如带领板车队，或者是在花名册上点名，做一些考勤方面的工作，这些工作同样很重要，只是跟繁重的体力劳动有所区别而已。但是在大哥看来，那些都是一些日常的东西，他始终相信的是，只有劳动、付出，只有汗水，只有扒河本事，才是沛顺杭、将龙山最需要的。

他很少见我还有一个原因，是现在来找他的人更多了。我不是跟你说了吗？即使像宋翔忠那样的老先生也开始对大哥另眼相看，这在广城畈多少年的历史上是从未有过的。反正我是这个地方的人，我明白这个地方的人的性格，他们轻易不会转变看法，一旦转变了，你又很难把它改造回来，对大哥也是如此。刚回将龙山扒渡槽时，这种情况还不明显，加之扒河队由好几个区的民工组成，尤其是还有舒业县的民工，所以他们并没有立刻就在将龙山把大哥传为一个神人。

但不知为什么，几个月下来，随着几件重要的大事的发生，比如洪水中下三号墩，比如到吴家老院抬大条石，还有就是喊口号、登语录塔顶等，这些事情都在老百姓中产生了深刻的影响。不知我这样讲是不是有助于你在给省里的报告中把大哥写得更为生动，但确实就是这些事情让大哥在将龙山成为一个神话一样的人物。但是他又是这样普通，所以很多人来找他，从北边的几个地区都来了人，说要跟着他一起干活。但是高书记他们听到这个事，把人都挡回去了。

高书记认为不是随便什么人都可以在将龙山干活的，将龙山虽然工程浩大，但就这个场地，所有人都拥到这里，还怎么干活啊？当然了，高书记只是传达梅书记的指示，而梅书记听廖书记的，廖书记又听指挥部的。外边的人找来，心情可以理解，但无论是将龙山，还是大哥，都不是随随便便可以靠近吧。反正我得到的指示是这样的。

因为在负责考勤,我知道出工的数字和上工的时间等情况。现在民工的劳动量不是问题,问题在于接下来民工到底怎么干活,因为桥要盖上去的,上边是要有技术的。水电局的人毕竟带领工程队干过很多重大工程,将龙山虽然特殊,但也是正常施工。可是对社员们就不一样了,以前扒河,只是面对开挖堵漏,还有做坡等工作,现在是要把桥梁架起来,农民工还有什么用?我想大部分人都有这个疑问。社员们就把目光盯到大哥身上,因为他是社员的典型,他身上有使不完的劲。

义兰,你看,我跟你讲,大哥不是说对我有意见,而是我不大见得到他了。其实他自己面临的问题也不少,首要的就是别人来找他,找他学习,崇拜他,这给他带来不少麻烦,因为他毕竟是一个要干活的人。他不干活,他好像就没有存在的理由,也就不那么先进了。可是干活跟以前不一样了,桥墩架起来以后,桥梁就往上走,以前社员们没有遇到过这种情况啊。我看到大哥有时跟高书记,还有老徐、王主任他们在六号墩那里吸烟。那里有个草垛子,大概是让大家干活干累了,就倒在那儿休息,因为将龙山的物料场很多,各种材料的堆放有一套规矩,所以一般人是很难到六号墩这样特别内场的位置的。

我好像跟你说过吧,每座桥墩的边上都砌有很长的慢坡,为了把物料、石头什么的从慢坡上拉上来,以便在桥墩以及桥墩以上的位置砌上去。而慢坡是需要板车拉上来的,因此板车首先要确保的便是从慢坡上把物料拉到施工的工作平台,这个是必须要保证的。你跟我也讲过,缺少材料要自己解决,高书记和大哥也想了很多办法,但板车轮胎及铁轴一直没有解决。所以现在板车只能保证施工现场与物料场之间的材料运输,从外地拉石头已经很少了,主要是从吴家老院用抬和挑担的方式解决。好像听大哥说过,板车的配件正在解决,梅书记的态度是如果解决不掉,就要向地委汇报。但是听说地委也没有办法,毕竟材料运输是让民工负责的,由民工所在的公社及区里自行解决。在如此重要的时刻,确实每一级政府都有自己的责任,现在物料在将龙山施工现场的运输是交给当地扒河队的,所以让大哥想办法解决也是自然而然的事情。只是我不太清楚,他们到底要怎样解决。

前边我讲了外边人来找大哥，高书记也挡走了不少。但总是困扰将龙山工程的，不是劳力的问题，还是一个心态的问题。你想之前社员们听讲要架十六孔的桥，就十分害怕了，那时大哥还带社员们到广城畈那边的卷棚桥去看，那是单孔桥。讲得也很明白，古代人都能建桥，还是单孔，现在社会主义大建设，建十六孔的桥，每个孔都有两个桥墩支着，一孔孔地接下去，能有什么问题啊？当时桥墩还没浇呢，社员们也都先干着活了，现在桥墩竖起来，就要往有桥孔的地方砌了，社员们又害怕了，总认为这桥孔能经得住吗？再加上大家也都看出来，钢筋用得少啊，主要是块石，所以社员们自然就又不放心了。这还得让大哥出面，要跟社员们解释，修大桥是专家们的事情呢，是国家派他们下来修的呢。我们要相信国家，国家有这个底气才修的。再说了，将龙山大桥是全省都挂上牌子的，岂能修不好它？

好了，先写到这儿吧。下一封信再叙。

志刚

1964.11.1

志刚:

  谢谢你在来信中对我的身体表示关心。同样，听到你讲高山公社的高书记到六安来办事，还专程到指挥部来找我，虽然没有遇见，但感觉分外亲切。显然，我本来也是要找他的，只是在今天这样如火如荼的大建设时代，见上一面有时也很困难呢。这说明我们都是为事业奔波的人。尤其是一个公社的党委书记，居然能够做到那样为社员着想，不仅让社员热爱劳动、热爱国家，而且还培养出你大哥程志茂那样的英雄，我想高书记也是值得我们致敬的呢。至于你说到我身体的情况，还有高书记到六安来没有见到我，但听到指挥部的同事们讲我生病，我想不是我有意回避，实在是因为身体的事情很难讲。

  说到检查，还要看几样检验结果，一时半会儿还出不来。医生叫我注意休息，耐心等化验结果。但在我看来，与其等化验结果，不如自己把它丢一边去，科学就科学吧，我们现在干的事业才是我们的根本，对不对？我是不畏惧任何困难的。那天我讲了我坐在九墩塘时回忆起了我们上学的情形，你在回信中还谈到了生活。最近我们总是讲到生活，我想这可能源于我们的生活还不够火热吧。我总在想生活应该是有无限的激情的，只可惜有时身体不大配合呢。你也讲朝坤，讲到我父亲对他的批评，以及那一段时间父亲又指出我生活方面的幼稚，我想这些都说明了生活确实需要和事业结合起来，不能孤立地看。

  所以当朝坤讲他在追求我时，我都没有意识到，不是我对事业投入过多，而恰恰是因为我们没有把生活全部代入事业中去，我们做得还不够，所以郝秀丽后来到沛顺杭来找我时，我立刻告诉她朝坤跟我没有什么关系。他是自以为他在追求我，但是他追求我跟我有什么关系啊？他本来应该追求的是他的事业，是他做的事情。

  所以我没有跟郝秀丽说什么，后来杜广芬跟我讲，他们本来也没有分手。我二哥知道这个事情后，还说他并不认为朝坤品质上有什么问题，只怪我在生活方面实在太幼稚了。你看,连我二哥也讲我幼稚,我想我在生活上,一定是出了一些问题的。有问题并不可怕,在事业上可以找回来,可以找到自己的位置。现在对于身体,我也是这样看的。在这个节骨眼上,组织上准备提拔我,但身体却亮了信号灯,我想这正是考验啊,我到底应该怎么办?我想我能回答的是,我还是要继续工作。所以我倒预想到像朝坤的大哥以及我大哥他们这些军人,我想即使朝坤被我父亲批评了,但朝坤的大哥复员回来后来拜望我父亲,我父亲对于复员的朝明还是特别亲切、关照的。父亲是地委领导,一般不插手六安市的事情。但工业上,地区靠市里,所以父亲是鼓励朝明有所作为的,朝明下到手拖厂当厂长,父亲知道了,也是特别肯定的,认为朝明在部队这些年是锻炼出来了。

但我今天要跟你说的是我大哥。志刚,你知道吧,我大哥在西北,干的是重武器研究基地的保卫工作,那是特别重要的任务,很多年都是保密的。当然了,制造重武器这不是秘密,只是他的部队番号、建制、位置什么的,不能透露而已。我去年年底不是去兰州探亲了吗?现在,我父亲之所以对我工作上也有期待,这跟大哥没有升职有关系。当然了,大哥的事情,父亲是希望他努力,应该凭本事干上去,尤其是在部队,在那么重要的工作岗位上,应该出成绩,让人民放心。

我去兰州见大哥时,我对大哥是有疑心的,但很可能部队的事情比较复杂,即使你很优秀,但提干,提多高,这可能有部队的一些规矩。父亲自己是从战场打过来的,他自己也清楚。但放在自己的儿子身上,他就有些急了,特别是最近朝坤的大哥朝明从部队复员回来,更让父亲着急了,父亲认为大哥千万要在部队升上去。作为一个军人,父亲现在有时还看地图呢,他对苏联、印度、越南,他对这些接壤的边防一带是特别忧心的。

父亲打过仗,他脑子里始终绷着这根弦。最近,大哥基地那边传来了试验成功的消息,这个消息很重要,我们国家造出重要的大弹来了,这对我们的国家太重要了。父亲在家里讲了很久,他对我说,你大哥是个老实人,他就是太老实了,但是他做的事很重要,没有解放军,科学家是没有条件在那里搞研究的。军人能吃苦,有保卫,有保障,给信心,军人能够搞基地,打基础,能够配合,这是一个系统工程,是部队保卫科学家搞出来的。

那些天,我从办公室回来后就卧在床上,父亲讲的话在我头脑中打转，我想我们国家确实需要这样的重武器，有了厉害的大弹，我们就不用听命于别人，什么美帝，什么西方大国，我们就不怕了。这是一个大国必须有的东西。志刚，坦率说，听到这个爆破成功的消息，躺在床上的我尤其高兴。但是，我想我们的骄傲应该同我们自己的事业结合起来，那就是我们在扒沛顺杭。我们不要忘了，我们为什么要这么干。就拿将龙山来说，我们有能力在六安这个老区建一座这么罕见的大桥，上边叫南水北调，我们修它干什么？我们就是要改造山河，我们就是要战胜自然。

志刚，即使我生病了，但是，我想我仍然会全力投入沛顺杭，这个是不用说的。我也跟你讲了，医生让我做了多项检查，现在是等报告的时间。我还不敢把情况跟我父亲讲，免得他担心。我不是跟你说了吗？父亲虽然已经在地方上当干部了，但他的军人风格随时都还在，还有表现，比如大哥所在的基地已经试验成功了，父亲虽然高兴，但像任何一个家长一样，不满意于大哥在部队不能晋升，他总说到现在还是个副团职。父亲认为既然在西北干那么重要的任务，组织上不升你，那说明你还是没有表现好。父亲有时也从侧面问我上次去兰州探亲看到的情况。我是实话实说的，我认为大哥的表现没有问题。如果一定要说有什么的话，大哥可不是那种口头表达能力特别好的人。

当然了，我做的是宣传工作，可能我在这方面要求高了一些而已。现在我生病了，单位在提拔，父亲对我也是寄予厚望的，所以我还是不说了吧。丁大姐问我医院检查的情况，我说不是很严重。丁大姐就说一定是太过辛苦了，特别是写那种大的报道，是特别费体力的。看来水电局和指挥部的人都知道我在写将龙山的大材料。你看我之所以写将龙山，还是因为你大哥程志茂，我想这是合在一起的。有你大哥程志茂才有将龙山，这是不言而喻的。没有什么比扒河民工在这场改造山河的运动中的表现更有价值。至少我是这么认为的，这是人民的力量，人民是我们要写的最重的笔墨。

好了，现在我还是想谈一下将龙山，因为我去过，和你通信中也多次提到将龙山扒渡槽的情况。我跟丁大姐他们也讲，为什么将龙山人对于修大桥不讲修，而要讲扒渡槽呢？明明是从河道上跨过去，是往空中修，是天河，但为什么要说扒呢？还是因为老百姓干活干习惯了，这是一个多么美好而又善良的词语。志刚，我们都是读书人，但你让我怎么想，也弄不出这样的修辞。对我们来说，我们想到的是现实，而对于社员们来说，他们想到的是从过去直到今天的这个过程。这个过程是什么？是社会主义，是建立了社会主义，是土改，是合作化，是一场场运动，让他们成了主人，成了大建设的参与者。

他们比以往任何时代都更拥护时代。所以我想将龙山是个绝好的例子，我在给省里写你大哥程志茂这个典型的报告时，要写一个将龙山的报告，这是一体的。这个我跟丁大姐、柯干事早就讲过了，他们都很支持我。特别是丁大姐，她大概知道一点我身体的情况，只是仍在鼓励我。丁大姐还跟我讲，说章书记也知道一点我生病的事。我想这个就要注意了，我生病纯粹是个人行为，怎么能让组织考虑到我的身体情况呢？我遇到章书记时是在大院子里，我跟章书记讲，我身体没有问题，我不过是想以更好的状态去迎接工作。我想章书记是明白我的意思的。

章书记把自行车架起来，拍拍我的肩膀说，我跟你爸爸在刚散会时还谈到你呢。我说，我爸现在不大开心呢。章书记说，是吗？我看李书记还是很开心的，你哥李义庭所在的部队出成果了。我说，是啊，爆炸成功了。但我没有跟章书记讲我父亲忧虑我大哥没有升职的事。章书记说，小李，你看这样吧，你的身体还是要当心，年轻人，不要耽误了前程，身体是重要的，甚至是最重要的。我听章书记这么说，我想我父亲大约也会知道我生病的事情，这样我就不乐意了，我希望生病不要影响到我的工作啊。

我赶忙跟章书记岔开话题，我说，章书记，关于将龙山，我会写一个特别的报道。章书记说，是啊，将龙山的情况复杂，你是应该好好观察一下。我不大听得懂章书记的意思，不知为什么章书记会对将龙山有这种看法，我跟章书记下过将龙山广城畈的，那时他对将龙山也是充满信心的。我又说，我是写程志茂。章书记问，哪个程志茂？我有点吃惊章书记居然没有马上反应过来程志茂是谁。我赶忙说，就是年底还到六安来接受表彰的高山扒河队的那个民工典型啊。

章书记拍了拍脑门说，哦，想起来了，人实在太多了，事也太多了。他说完就推起自行车向地委大门外走，看我还立在原地，就说，小李啊，你看，你做报道也好，写工程也好，还是要抓住主要方面，要抓进度。我觉得章书记讲的跟以前不大一样。我追了上去，我说，我会写好材料的。

章书记已经踏上了自行车,然后,他又回过头来说,不过,你还是去把身体查一查。我听章书记又提及身体的事,我就担心了,自己身体这么一点小问题,怎么可以让领导这么记挂呢?再说了,我还是在考察期吧,不能让领导以为我的身体会影响到我的工作啊。

所以我赶忙又回到办公室,丁大姐正在跟水电局的一个工程师讲起将龙山设计方面的一些反映,我就拿笔,丁大姐马上又以汇报的口气跟我讲,让我注意,说在将龙山底下出这么大工程,民工们多少有点害怕,说十六孔的大桥将龙山能受得住吗,我听了觉得有些意外。不过,志刚,你在信中也跟我提到过当地老百姓的看法对不对?好像认为在广城畈将龙山修这么大、这么长的桥梁,不太现实,看来社会主义大建设的力度还是让民工们有些承受不住了。我说的是他们也估算不了我们到底能够干多大的工程。但是,社会主义大建设就是这样,只要我们敢干,只要我们能干,我们就能制造任何奇迹,对不对?

志刚,因为你在信中也提到我身体的事,还有就是连你们高山公社的高书记来找我,都知道我生病的事,看来我身体上的一点风波实在是引起不小的误会了。这在我看来,是不能忍受的了。我想等检验报告出来了,我会立即投入到工作中去。当然了,我相信检验报告是没有什么大问题的,我只是不舒服而已。

另外,我还想跟你说的是,在将龙山,工程已经进入到重要阶段,你们还是要使用好英雄程志茂,这是极为重要的。特别在人民改造山河的斗争中,无论是传言中的恐惧,还是担忧,总之,只有像你大哥程志茂这样的英雄人物站出来表现,才能服众,才能让大家安下心来。大建设是需要榜样的,这是最重要的吧。好了,关于你大哥程志茂的情况,我正在积极地整理,我希望你若有新的情况,也一并写信给我。

1964.11.8

义兰：

　　收到你的信，信中讲到了不少身体的事情，我想这是无论怎么讲都很重要的。你讲到了你父亲的看法，对你提拔上的看法，虽然他没有问，但是对你是有期待的。你讲到了他对你大哥的看法，认为你大哥在部队更应该要晋升，他是在部队做过首长的，现在在地委是副书记，抓社教，抓政治工作，他对革命也好，对子女也好，是有自己的看法的。我很敬仰他，关于我的分配，虽然他没有直接点我的名，但是他过问了我们一批这样从农村上来的读书的学生，让我们到基层锻炼，我对这个指导思想一开始是有些不了解的，但现在，我认为他做的是非常让我敬佩的，这是一个有原则的领导啊。他是想让我们能有为人民服务的那种工作状态，我想我在双河区要干的事情实际上正是我能发挥作用的地方。所以结合你现在生病来讲的话，也还是要把身体给治好，既然你说检查也做了，只是在等待结果，那就安心地等待。我想提拔看的是政治和工作上的表现，身体没有什么大问题的话，你也不必紧张吧。

　　义兰，你说到的我大哥的情况，我想和你说的是，现在将龙山扒渡槽的情况，出现的困难，跟以往是不大一样的。因为现在不仅仅是民工的问题，地区工程队有人在，而且在施工的主要方面，民工只是搬石头，我想现在形势很清楚，农民工不是在扒河挖土或做护坡之类的工作，而是要把石头放到工程队要求的地方。将龙山大桥是十六孔桥，前一次信和你说到了，民工们都有些害怕的地方就是这样，只要此情绪一出现，就会传染，所以我大哥程志茂跟高书记他们花了不短的时间来跟民工们解释。

　　修大桥是一个大工程，政府怎么可能考虑不到安全呢？这是不可能的啊。现在的情况是，桥已经往上边建了，从下边看，是要向天上建似的。最近，那个与桥墩基本上一样高度的半坡坡顶，从将龙山大棚石料场那里不断有板车往各个桥墩的坡顶上拉石头。这是要往上边加桥孔的最重要的施工阶段了。工地上又响起了吹号声、音乐喇叭声，不断给群众打气，这是决战的时刻到了。大哥拉了几百斤石头，下边是有人推，到了上半坡的路程，情况就有些激烈了，因为大哥是有名的有力气的干活英雄，所以大家也都盯着他。我最近也比较关注大哥，这是梅书记对我的要求。梅书记讲，民工是具体的，不是点名就完了的，协调是要让民工们知道怎么干活，也有一个效率的问题。

梅书记是个中专生，这个跟我们一样，毕业比我们早，干工作是有一套方法的。于是我就总结大哥的方法，我才发现他拉板车皮带不是简单地卡在一边肩膀上，而是在左肩那里又打了个分叉，这样肩膀后边到背部那个地方形成一个结，就可以让双肩都能发上力量。大哥最多能拉五百斤，然后到了坡底再加一个人帮着推着上坡，板车发出危险的异响，但大哥一样能拉上去。

高书记已经不是在前边打锣了，总是跟着车队。大哥和老徐以及老王，拉的是头车，高书记就在那儿喊口号，说的是愚公移山的精神。但是梅书记讲高书记这口号喊得不好，不要讲愚公移山了，现在可以讲注重科学的方法。尤其是大哥发明的双肩拉车法，极大地加大了拉货的重量，这几乎算得上是一项发明了吧。义兰，你看，英雄就是这样，不知大哥的这个创造有没有传到指挥部去？希望你在给省里报材料时能够提及这一点。当然了，大哥在一趟板车拉下来喝水时，我跟他讲话，他是讲不出话的，他嘴巴微张着，但喘气很久，所以我要问他事情，一般都要等到他从坡顶下来之后，或者是拉货之前。

大哥有个事情我可以讲讲，就是那个跟小妹程志村有点套近乎的，脸上有橘子皮一般皱纹的家伙。大哥有一次拉车，他刚好跟在老徐边上帮忙推车。车到坡顶时，大哥发现了他，大哥也不讲话，他也讲不出话，大哥只是瞪着他。老徐发现大哥表情不对，马上意识到大哥好像讲过这个人是个小痞子。老徐就要踹这个小痞子，当然是做这个动作吓吓他的，但这个家伙马上从长长的坡道上一路滚了下去。下边推车歇下的人，只是笑。其实我知道大哥是对这个人特别厌恶的，我在狮子屁股那个阶段押车时是领教过他的那股幽默劲的。我知道小妹脸皮特别薄，别人只是接近她，农村的男孩女孩没有那个胆量啊。但毕竟小妹是不愿跟山后大嫂娘家的弟弟结婚的，所以她总要有所选择吧。

大哥对他这样,他也没有办法。不过我是注意到我小妹先是在石料场那里跟小琴她们一起打磨石头,就是把大石头砸开以后,把边角都要放掉,这个工作并不好弄,尤其是对于像小妹这样一二十岁的女孩子,但是她干得很好,她皮肤也晒得不像样子,好在现在天气还好。小妹还问过我,什么时候她们要上桥去磨石头。其实我干的是协调民工的事,对工程并不掌握,无论多困难,反正我们有人,有劳力,我们什么都能干得起来。

　　桥墩越砌越高,需要的石头越来越多,小妹这样的人也干得特别辛苦。我在石料场的拐角看过她在那儿砸石头,砸得很重,火星出来了,因为不费力气的话根本砸不开。小妹问我上桥磨石头的事情引起我的注意,我问她怎么知道要上桥去磨石头。小妹讲工地上都在传,说石头现在太毛糙了,在大桥上像什么样子,又没有那么多水泥来补立面,就要用砂轮来打。砂轮底下已经用了,有几次我看到小妹用那种砂轮打磨石头,那石头是要放桥孔边缘的,所以已经切得差不多成型了。小妹她们是要用砂轮把边沿打齐,我第一次看到几百名妇女在那儿打砂轮。当然也有不少像小妹这样的大姑娘,打磨石头的声音整齐划一。她们干得很认真,看得出来也很欢乐,但每个人的手都是肿的。由于要不停浇水来泡石头表面,所以打下的石浆以及砂轮的细粒夹在一起,发出一种奇特的煳味。

　　这几百名妇女虽然吵吵闹闹,但是磨过的石头堆在山后,像一座小山一样,然后就是用板车一起拉到桥墩下边码起来。她们打磨石头之后,工地上的人跟她们做过思想工作,因为一旦上桥,就要注意纪律了,嘻嘻哈哈是不行了,桥面有高度,会有危险。我在工棚外边,看小妹喝水,然后她过来跟我想讲什么的样子。我问她你想讲什么,小妹讲,你叫大哥不要那样,人家又不是坏人。我听出小妹讲的是那个脸上有着橘子皮一样褶皱的皮肤的幽默的家伙。我说,你放心吧,大哥只是吓吓他。

　　小妹壮了一点胆子跟我说,他只是山后一个人,跟我又没有关系。我说,都什么时代了,你想认识什么人就认识什么人吧。小妹说,我又没讲要怎么样,我无所谓了。我听小妹这话,觉得她有变化,包括她这一年都不到椿树那边去扒河,我就感到有些不对。我对小妹说,换亲的事反正是绝对不能干的。小妹说,这事你就别管了。可以讲,小妹这是一个大转弯。我不清楚到底发生了什么事,小妹好像不大在意这事,又或者说她无奈了，没有办法了，这是让我特别伤心的。

我对小妹说，无论如何，你要坚持。小妹用手弄了一下头发。义兰，我跟你说，真是可怕，手就像虾子被煎熟了一样，红通通的，而且因为长期磨石头泡水，皮子起来了，只是在手指头那儿还有一点点年轻人的活力，单看手指、手掌以及手腕，就像是一个起了皮的猪脚。农村人太不容易了，我想男劳力是在特别吃苦的情况下拉石头，但女劳力呢，干的是蹲在地上磨石头的活，可是她们的手成了什么样？小妹还能站起来，有些妇女磨光了石头就只能靠在石头上。石头上的粉末就粘在衣服上，她们有的当场就睡过去了，实在是太累了。

小妹拢头发的手势让我心疼，我跟她说，有我呢，我管你。小妹说，你不要这样讲啊，三哥，你现在是干部，你不能让人觉得你在管别人的事情。我说，我怕什么，现在有婚姻法。小妹让了让，因为有人抬一个磨盘从边上经过。小妹说，你还是跟大哥也说说，不要盯着人家，人家只是小年轻，只是山后的一个人，跟他有什么关系啊？我听志村的话中充满了无奈和无助，可是这又有什么办法呢？小妹的意思是一切都因为我们这个家。你看，思路又回到之前了，我想既然这样，她还不如就在外边的工地干活不回来了呢。

义兰，你总是叮嘱我多讲讲我大哥的事，现在你生病了，你应该更重视身体，这是最重要的事情了。说实话，我就在我大哥身边，虽然我是个干部，但我干的也还是为农民社员服务的事情，对吧？我不认为我是在协调，更不认为是在管理。有时人家讲我在押车，我也跟着讲，但事实上，我不过是给民工们点名，社员们都是特别自觉的。在新中国，社员们有了新的生活。我们前边讲过他们都是政治家呢，对于我大哥，我前边也讲了他总是有一些新想法，就像现在用板车给桥墩的坡顶运石头，大哥就用的是双肩皮带法，这样一下子就大大增加了板车拉货的重量，以前单肩哪有那么大的力气啊。

后来大哥又发明了板车的刹车法。以前板车只是在尾巴那里拖一个衬板的，一放下板车把手，板车尾已落地，那个衬板就拖在地上，像刹车皮一样。但是，往桥墩上送的石料实在太重了，那样的衬板根本不可能把车子刹下来。一开始地区工程队的人就讲安全第一，必须给板车装刹车。大哥最早跟社员们的意思是一样的，坚持不装那种新刹车，但又想不出衬板之外刹车的办法。另外，也是因为广城畈人的急脾气，想那么一道短坡，还要刹车，岂不是自己让自己拉不上去？但是，过了一段，刹车还是要新装。

大哥跟老徐他们发明了一个卡子。卡子平时跟板车把是平行的，因为把手上边有个榫子扣在那儿，只要板车把手向上一挺，板车尾一拖地，那个卡子就从榫子里滑出来，然后就一别，刚好能把板车轮给别住，这算是个机关了，也可以称得上是发明。高书记立刻给高山扒河队的所有板车都装上。梅书记讲高书记总是弄自己公社的板车队，于是高书记又给别的公社的板车队装上，然后是每个区的板车队都装上了这个刹车的卡子。大哥程志茂的这项发明，有人讲是能救人命的，因为在往桥墩的那个坡顶上拉重石头时，没有这个卡子，板车一旦拉不住，往后一倒，人就会被拖回到坡底去，情况何其危险。

这是大哥的发明了，但是，事情更绝的地方还在于，因为十六个桥孔都在建，现在桥孔的安装还要依赖桥墩继续向上砌，所以在每个桥墩及桥孔下边，都有数不清的人，一层一层的，主要是劳力，可见群众是多么重要。如果没有人，桥根本建不起来；另外一个看法是，正是因为有了人，什么桥都能建得起来，因为就是一人一块石头，就这么站着，一人码一块，也能把大桥给建起来。

已经深秋了，新建庄我很少回去。那天我回去，大嫂偷偷跟我讲，你看你大哥在哼。我就站在院子外边，似乎听到大哥在哼。我跟大嫂说，大哥在唱歌呢，唱《国际歌》呢。大嫂讲，你再听。我觉得大嫂有点神道道的。不过我听出来了，原来大哥是在哼歌不错，但他哼歌时，明显有一种疼痛感，就像病人在哼，但他把两者结合起来了而已。所以我就到院中，问大哥，你是哪儿不舒服吗？大哥说，我有什么不舒服，干活还有不舒服的？干活就是累，没有舒不舒服的事。我说，你别装了，这样下去不行的，你太累了，挺不住了吧。大哥明显有些生气，他讲，老三，你这是当干部后有了干部腔啊。我拉车，拉石头，我累又怎么样？

我说，大哥，你看，六安的李义兰，她在写你时，也讲你总是有新的东西。大哥讲，你是讲你那个同学吧，人真不错。大哥是在表扬你呢，义兰，你听到没有？不过我跟他提你，可不是为了让他感谢你什么的，我是想说凡事不能超出自己的能力吧。义兰，不知你是否同意我的这个观点？大嫂跟我说的意思是，大哥那样用双肩拉板车，看起来是个发明，但实际上用的是全部胸腔的力。大嫂虽然说不好，但那意思是，大哥本来肋骨就断过，现在在将龙山干这么重的拉板车的活，他迟早要倒下去的。

当然了，义兰，你可能要说，大哥在八里杠时也倒下过，在松辽岩飞起来过，他是个神人，但是毕竟他现在用双肩拉车，肋骨怎么样——大嫂讲，肋骨都拱出来了。我从侧面看，不大看得出来。我对大哥说，你不要那么玩命干。玩命干？大哥笑着反问。他说，我干活凭的是力气，力气是长出来的，我跟命玩什么？我才不玩命呢，我就是跟干农田活一样的，不费力气啊。大哥现在很少回来，但是他确实太累了，他是蹲在院子的阳沟边上，旁边是榆树。他还在哼，这下我听得出来他一定是身上有哪个地方在疼，不然声音不会那么难听。我再问时，他就讲了，你现在是干部，你是不懂我们社员了还是怎么着？我们怕什么疼啊？怕疼就不是社员了。他这句话等于表明他承认他是疼的，可是又有什么办法？活总是需要干下去的。

我只好把话岔开。我说，你知道小妹现在在磨石头吗？大哥说，知道啊，妇女们磨石头是轻的活了，我让高书记分配这个任务给她们的。我听大哥这么讲，我觉得社员跟别人理解事情是不大一样的，我是可怜我小妹她们干活把手都干坏了，但大哥不这么看，他说那活是最轻的了。也许吧，那我还能说什么呢？我只好说，你上次讲的那个小痞子，小妹讲跟她没有什么关系，只是山后的一个小年轻，不认识。大哥站了起来，在榆树上拍了一下，说，老三，我明白你的意思，你放心，小妹的事情我不勉强。再说了，这是她自己长大的事情了。我听他话中有话，什么叫小妹长大的事情了，讲长大的事情好像跟小时候有关似的。我说小妹现在是留在将龙山干活，但不代表她同意山后那门亲事。他应该知道我讲的是换亲的事情。大哥看了看后边的屋子说，老三，你不要讲别的了，就讲那个小痞子，你也不想想，小妹要是跟小痞子搞在一块儿，那还行不行？我不明白为什么大哥就认为那个小年轻是个小痞子。在我看来，那个小年轻很幽默啊，虽然家里穷，人又没有力气，是个赖子社员也许有可能，但不会是个痞子吧。大哥讲，你读了几年书，对农村不大了解了。老三，你现在下来当干部，可能也是临时的，最终还是要回到城里去。我跟你讲，像他们这样的小痞子在街上也还是有，当然是没有力气干活，也干不好活，不是小痞子又是什么？

我觉得大哥心情很烦躁，可能是干活太累了吧，再说现在他名声大，也不允许他生活中出现那些杂七杂八的东西。我说，可是二哥讲那个小家伙不错。大哥说，你又讲老二了，你能信老二？他到街上，去双河那儿找你喝酒，人家都讲太不像话了，什么时代了，还搞酒喝，又不逢年又不过节，凭什么喝酒啊？我觉得大哥说得虽然有道理，但是二哥有二哥的活法啊。再说二哥也特别佩服他呢。我说，二哥讲你不错。大哥没有讲什么，把大汗巾在肩上甩了一下，然后扭头对我说，反正小妹的事，你不用担心。再说了，你现在当干部了，对我们做得不对的事情，你是可以指出来的。我只好苦笑呢。

好了，先写到这儿了，下一封信再叙。

志刚

1964.11.16

志刚：

其实你不用总是记挂我的病，你看我现在也被你们带着以为自己是个病人了。但其实，没有事的，我想轻伤不下火线讲的就是这个道理。不是说身体有点小毛病，你马上就要倒下去，这一点我尤其要向你大哥程志茂学习。他在工地上倒下去，社员们就会有意见，所以他倒下去后，他就还要站起来，这是没有办法的事情。现在正是我们干事情的时候，各行各业都如此。先讲讲我的情况吧。我跟你说，检查结果不是很好，当然医生说也没有那么不好，建议我休息，如果可以的话，还要我住院。医生讲，你要是住院，会好得快一些。但是没有一个医生会讲你会绝对转好。为什么呢？因为身体的事情，医生也不能保证，这一点我倒宁愿相信你大哥程志茂的那个观点，那就是身体的力气是越干越有的，身体的健康也是这样，只要你站着，你就是健康的。我们也只能如此了，医生还讲如果要进一步诊断，还需要到大城市医院去看。

你看，医生是讲科学的，是讲至少要到合肥去看，那里条件好些，有设备可以看。我说我目前不准备到省城去看，到上海什么的更是不考虑了。我是一个干事情的人，搞宣传、抓沛顺杭的，我任务重啊。医生只知道我是地委领导的孩子，不知道我在沛顺杭上班，所以听讲我在干沛顺杭，都很吃惊呢，说怎么干那么艰苦的活，这才让我发现外边人都明白沛顺杭不是那么好扒的。于是，我顺便跟医生们也讲了一下沛顺杭。我主要讲的是底下扒河的民工，又提到将龙山，医生认为将龙山这个工程实在太大了，表示我在为沛顺杭搞宣传那是了不起的，对将龙山那就更加羡慕了。我还请医生有机会到将龙山看一看。

不过医生还是警告我应该休息，至少不能坐班了，可以有空到办公室转转，但要注意休息。我不愿住院，我二哥就让二嫂来劝我，说我还年轻，不能让病给缠住。我二嫂是在机关上班，工作并不忙，是知道我正在等着提通讯处主任的。二嫂讲，你跟你二哥就是不一样，你二哥反正当不了干部，就是个满手机油的工人了。我说，二嫂你不能这样讲二哥，二哥不是又红又专吗？二嫂讲，你才是又红又专呢。其实我们都清楚，二嫂在机关里，也想升上去，但是她不行啊，她没有那个觉悟啊。她跟二哥还不一样的是，凡事多考虑家庭多考虑吃喝，所以她倒是对我生病有一大套理论。她讲我主要是太兴奋太投入了，我觉得她讲得有一定道理。但是我之所以投入，还是因为我对这个大时代是有感情的。

二嫂又跟我讲了家里的事，说大嫂也不满意啊，她在蚌埠市统计局工作，总想让大哥回到安徽来，催大哥复员。这是令父亲最不满意的地方，父亲认为大哥的基地导弹爆炸已经成功了，能提也该提了，现在转业那是不对的。另外，父亲常看军事地图，总是说男人到了部队，没有打仗就回来算什么事。父亲是地委领导，深知地方工作难以开展，但在部队像大哥那样升不上去，父亲是很难接受的。这次二嫂跟我讲大嫂老是动员大哥转业，这恐怕也是父亲对他们两口子不满意的地方。所以二嫂的意思是，现在父亲当然对我是有期待的，如果很年轻就当了沛顺杭指挥部通讯处的主任，以后在业务上有提升，会在工作上有进展的。我不知道父亲在他们几个面前是怎么说我的，但是从二嫂讲的情况来看，父亲认为我应该坚持住。父亲跟章书记常在常委会后谈话，自然说到我的地方也很多，但父亲从不过问我工作提升的事。章书记对父亲算是汇报吧，虽然现在父亲仅仅是排在他前边，算是平级的副书记，但父亲以前当过他的领导，所以章书记对父亲还是尊重的。

我这次的检查结果出来，我对二哥二嫂的意见是千万不要跟父亲说我生病的详情，因为父亲是经不住我再出什么岔子的。父亲的要求就是我要进步。怎么个进步法？就是要升职，对于我们做事情来说，只有在更重要的位置上才能尽更大的责任。父亲以前也经常跟我们这样讲。所以二嫂跟我二哥的意思是，怎么也要把身体的事情弄好，反正至少要到提主任任命通知下来以后才去住院吧。我认为这是一方面，从我自己来讲，不是我不住院，或是担心提拔考察什么的。我主要是认为对于疾病，如果我向它低头了，就不是住院的事情了，而是自己可能被打败了。所以我认为我这一点考虑跟你大哥程志茂也是一样的。

刚才我不是说到我二嫂来跟我谈关于我生病要注意休息的事吗？二哥

毕竟是头脑清醒的，他也很在意我这一次的提拔。他自己是不想升职什么的，他是一个能干的又红又专的工人。但是，他认为我就是要靠做事情来实现人生的，所以我本身也应该被提拔起来。二哥对我是信任的，但是我从二嫂谈到沛顺杭的事情里，无意中听出来她以及她身边的人对将龙山是特别热衷的，这出乎我的意料。

她问我，小兰，你们将龙山怎么有那么大的名声？城里人都讲，将龙山要建好了，好过六安呢。我说，这怎么好比较？一个是桥，一个是城市啊。二嫂说，不是这个意思，是说名声，是说在外边的影响力，将龙山建好了，六安怕是不如将龙山叫得响呢。我听她这么一讲，也很是吃惊了。我说，我在沛顺杭指挥部通讯处工作，我怎么没有这种感觉？我只认为它是个明星，但不至于这样吧。二嫂嘀咕了一句，说很多人都讲，以后要是能在那里工作就好了。我一听很是吃惊，将龙山还在建，至于以后怎么工作、怎么管理、怎么安排，她一个外人怎么知道这些东西呢？

但是，我又想起我跟章书记到银寨看花楼的视察，那次章书记是跟大家讲过的，以后沛顺杭是要打下一个地方就管好一个地方，要成立管理处的。我想章书记的这个提法应该是地委集体研究决定的吧。社会上这么快就有了反响，但是，我想二嫂之所以这么讲，也因为她认为我在沛顺杭指挥部通讯处就要当上主任，然后会有发言权。二嫂是个对工作也很有要求的人，她是要求进步的。但矛盾的地方在于她在政治上比较弱，她局限在柴米油盐上，所以父亲从来没有对这个媳妇抱任何希望，只是认为她跟二哥把日子过好就行了。但这次二嫂来找我讲生病的事情，无意中让我看到了她积极的一面。我对二嫂说，沛顺杭的工作，你是干不下来的。二嫂有些生气，但她脾气比较温和，委婉地说，好了，你们李家的人就是看不起外人，从老头子开始都是这样的。二嫂对父亲是有意见的，认为父亲对她是看得太轻了。

志刚，我不能说自己就是做思想工作的，因为我在沛顺杭也只是通讯处的一名干事。当然了，现在要提我当主任，即使当了主任，我想我和思想工作之间也不是完全画等号的。我之所以讲这个，老实说缘于我认为对思想工作要保持敬畏，要在自己心里面、在自己身边人、在自己的四周、在自己的记忆中，要在自己周边的一切中，先把自己的思想弄清楚了，把自己立场站稳了，所以我才讲，我不能说自己在思想工作上有什么经验，这还谈不上。但我是重视这一点的，我们已是好几年的同学了，毕业后又一直保持通信，现在因为沛顺杭，我们在事业上也有交叉之处。

在将龙山，在这么重要的攻坚阶段，你大哥程志茂还要纠缠在这些事情中，我甚至觉得小妹的事情应该尽量淡出你大哥程志茂的视线呢。真的，不要让这些事情影响到英雄的发挥。现在他属于人民，属于工程，属于沛顺杭，属于大建设，他肩上的担子那么重，他是一个象征了。现在人人想到将龙山时都会想到他，而且我上边不是说了吗，像我二嫂那样的机关干部都向往沛顺杭和将龙山呢，可见将龙山对所有人都是有吸引力的。你自己也讲了，现在所有社员都把你大哥程志茂当成典型，将龙山能不能干得好，跟你大哥程志茂关系很大了，还有像宋翔忠那个什么十足老派的人物也都倾向于认为你大哥程志茂是一个传奇式的社员了。这是胜利，这是大建设的有幸呢。

所以我想你作为他弟弟，对于家庭里的事，应该和公家的事划清啊。特别是在这么重要的阶段，你自己又是一个区干部，你更应该清楚，在基层的政权里，最要重视的便是社员的精神和思想状态了。你大哥程志茂在每个方面都表现得很好，我们更要珍惜他了，至于你说到的他批评那个对你小妹有意思的山后小年轻的态度，他讲小年轻是个痞子，我是支持的。大建设中，衡量一个人，不就是看他的贡献吗？从你讲的情况看，这人拉板车也不行，背石头也不行，而且态度还不端正，在这么重要的阶段，还对女社员有非分之想，这样的年轻人，你大哥程志茂批评他又有什么错啊？

倒是你作为一个基层干部，梅书记让你做协调工作，我想你要调动你工作上的能动性，要分辨清楚下边这些社员的工作情况，要知道怎样在主观上识别他们，所以英雄对年轻人的批评是有道理的。而且，你大哥程志茂的努力、你大哥程志茂的成绩更应该成为对这样的小年轻的一个最好的教育的范例，所以我想下次你再遇到这个小年轻时，你不要盯着他是不是在接触你小妹了，而要看他到底为将龙山做了什么，弄了多少石头，出了多少汗，在桥墩上干活运石头有没有水平，还有就是在今天这样一个伟大的时代，他到底能不能把大建设真正放在心上，我想这些都是对人民公社新一代社员的最好的教育和警醒了。英雄总是能看到我们常人看不到的地方，这是英雄的长处，是我们要称道的。我们不能总是用一些琐事给英雄增加负担，像你小妹的事就是其中一桩。

另外，我是想说自从你小妹到六安东边的椿树去扒河，那是去年冬天了吧，你就在来信中讲到你小妹的可怜，我想这种认识是有害的。她出于逃避换亲这些理由出去扒河，干沛顺杭，这正是你要为她鼓与呼的地方，怎么能讲她可怜呢？她有什么可怜的？这是一个女性在新时代的优异之处啊。你想在旧社会，她还不能出来跑呢。另外她不是扫盲了吗？能识字，懂知识。我一直坚定地认为她识字，她可以走出村庄，这本身是社会主义伟大之处啊，所以今天她身上发生的一切都是好的，都是值得肯定的。你说到她的手因磨石头而肿得不像样子，从你信中似乎看出你为她惋惜。我想这是不对的，这是对劳动的片面理解吧，劳动就是这样，劳动总会有痕迹。小妹程志村干活是好样的，难道你不认为手肿得像一只虾子，反而表现出一种劳动和创造的美吗？难道尊严不就是这样吗？她有劳动的权利，有参加大建设的权利，然后她做了，她晒黑了，手磨坏了，但在我看来，这些都是令她快乐的。

相反，你好像很注意她在这方面是有觉悟的，她心里边最关切的仍是将龙山渡槽，是她能为将龙山磨多少石头，她磨的石头架到大桥上是她最关心的。至于什么山后的年轻人，我想不必太大惊小怪，你小妹自己讲起来也会难为情吧。劳动本身是光荣的，而且在劳动中，女性会焕发出更美好的青春。为什么非要把手肿了、脸黑了看成是一种丑呢？这是不对的。我真的认为你在这方面还是要衡量一下，你作为一个区干部，是不是哪方面出了问题？

当然了，我理解的是，你在这方面还是把亲情看得太重了，你认为她是你小妹，你要照顾好她。但是，你想过没有？她是高山公社的一名女社员，她是大建设的一分子，她干活是有工分的，她的劳动是有价值的，所以又怎么能讲她是可怜的呢？我觉得你作为一名区干部，应该真正在心中装着百姓，装着人民公社。你在区里边，是区干部，人民公社还在你下面呢，虽然高怀元是个书记，但是你也是一级政府中的一名干部，你对高书记，一个有经验有情怀的老书记，可以多学一学啊。你应该把亲情和工作，应该把劳动和美，都要好好地思考一番，这样你才能有更大进步。

这倒又让我想起了你之前跟我讲的,你大哥明明是累了,却哼着歌,以歌当哭呢,那是一种什么精神?之前,我就讲了英雄自有不凡之处,你大哥程志茂就能很好地处理这个问题,所以我又想作为他的弟弟,你可以好好向他学一学。在你小妹的问题上,我觉得你也应该多为你大哥程志茂着想,尽量把问题化解掉。怎么化解?就是在大建设中,在劳动中,在创造中,在社会主义的奋斗中,把问题给解决掉,这就是我想对你说的。好了,现在身体不大好,信也就写到这儿吧,下一封信再叙。

1964.12.3

又三：

你在信中谈到的很多话对我也有启发，虽然我现在在区里当个干部，但像你说的，我们年轻，特别是对我这样在觉悟上始终谈不上有什么高明之处的人来说，确实需要向老百姓学习，这也是我应该做的。你讲到高山公社的高书记，他确实培养了我大哥程志茂这样的英雄，我跟他在工作上，在将龙山接触也比较多，他性格直，干事雷厉风行，很多方面对我都是个教育。比如讲到你的身体，他到六安去打听你，本来是去办要材料要物料的事，但知道你生病了，他很关心，回来还向我打听，知道你病情不太重，他才放心了些。这次你来信说医生检查你身体，说并不好，检验结果是差的，还建议你到省城去检查，我跟高书记也讲了。刚好他找我有事，又问起你的情况。

当然起因还是工作，因为下来的技术员万四。你跟万四比较熟，对吧？万四讲到了你，说你现在瘦得不成样子，高书记一听很是伤心。另外，你是托万四向高书记问一些情况，对向省里汇报我大哥程志茂的材料有用，所以高书记跟万四聊了不短的时间，我也在场。当时大棚那里正在刮风，天凉了，社员们正在辛苦地搬石头。对了，现在将龙山最大的任务就是搬石头。有人也讲，社员们有体力，只要能搬石头，将龙山就干得起来。万四讲你身体不好，但坚持在工作岗位呢。

你说对你的提拔还在考察，但听万四的口气，好像你已经是通讯处的负责人了，所以万四也说你现在担子很重。你让万四问高书记的情况，主要是涉及在将龙山怎样更大地发挥大哥的作用，所以高书记就讲将龙山工程太大，必须采用人海战术，这也是大哥的意思。采用人海战术刚好可以弥补物料和板车配件等工具不足的缺陷，反正人有的是力气。那在这里的情况是我大哥程志茂的典型的影响就表现出来了，人一直往将龙山赶，可以讲把将龙山里里外外都围住了，好几层，在丰乐河两岸甚至一直向东西南北四个方向延伸出去，围绕将龙山已经形成一个巨大的工地。那这人海，靠的是什么？人家就是希望像大哥那样，能够为老区为沛顺杭尽一份力量。虽然高书记是在讲大哥，但是也一再跟万四讲，如果没有李义兰在六安为大哥呼吁，没有对他故事的传播，不论从六安还是从沛顺杭来讲，大哥都达不到今天的水平。

高书记又说，尤其是这么一个重大的工程，难以想象要是通讯处少了李义兰，会是个什么样子。我看万四还是比较冷静的。万四说，应该尽快让李义兰同志住院。高书记一听你要住院，也讲，那就放心了，现在组织上一定会考虑李义兰的劳累，应该让她休息。不过我心里想你未必能同意别人的这个意见吧。还有就是你的病情，大哥一直是不太了解的，高书记跟他讲过，他只是低头，然后看着那还没有完全成型的大桥现场，有点感叹地说，李义兰同志怎么会生病呢？显然他不大相信你会生病。

不过高书记转过身，问我，李义兰到底得了什么病？我说，我也不清楚，但检查结果应该不是太好。大哥说，组织上会考虑她的情况的吧。你看，大哥对你也同样抱有最美好的期望，认为你是组织上的人。这几年，在我没有当社员之前，他就那样风华正茂，干活干得好。在龙河口时期，一九五九年吧，他就独当一面了。但直到你到九里沟当社员，借调到指挥部弄他的材料，他才比较正式地浮出水面，成为一个典型。他对你是有感激之情的，虽然他是英雄，但他明白，没有人在后边鼓劲，英雄就不会那么神奇。

高书记讲了你在向省里汇报我大哥的材料。大哥跟高书记谈过几次，他这样为大建设而战斗，并不是为了出名，他只是一个社员，一个生产队队长。但是他认为他有责任这么做，还有就是他认为他有这个能力。人家讲他干不死，或是经得死，这些都是他自己认可的，他觉得自己当得起这些称号，至于白化手、洼刀腿，还有铁肋骨，这些形象的称呼，在他自己看来，就像是一个个玩笑话。他没有别的，只是自己特别能干活，我听大哥讲这些也是感动的。

但现在你生病了，大哥想到的都是这几年来你做了那么多，但是你们都还没有见过面。他有一两次也心血来潮地问我你比较细致的情况，我只好说，读书时是个班长，又是地委领导的女儿，另外，最重要的是政治上特别过硬，觉悟高，懂得多，对社会主义大建设吃得透，是个极有水平的人。大哥就感叹这么好的一个姑娘，怎么会生病呢？你看，大哥虽然知道你当领导了，但他也还是认为你是个姑娘，是个需要照顾的人。我告诉大哥你很关心他的表现，而且让我们不要影响到他呢。大哥说，一个多么心细的主任啊。我认为大哥对你是抱有极大的好感的，而且很尊敬。

只是他是个社员，他表达的方式也比较单一。他有一次跟高书记讲，别的不说了，就说那个李义兰吧，她对将龙山那是什么态度？将龙山人应该要干出一番事业来。高书记讲，是啊，李义兰当主任，那是顺理成章的。一个这么能干的干事，早就应该当主任了。不过高书记又讲，对啊，也才正式分配没多长时间呢。总之，在社会主义大建设中，能人都是能出来的，因为我们需要这样的人。高书记拍了拍大哥的肩膀，以表示他对大哥也是没有看错的。

义兰，对你生病的事情，将龙山不少人都关心呢，这可能源于高书记的叹息。当然了，将龙山人也都知道大哥之所以这么有名，原来跟上头有人有关系。不要误解啊，这里说的有人，不是说托关系或是讲好话，而是说指挥部通讯处有人识货，有人知道底下有个能干的社员，不是一般的能干，而是干出了大名堂，成了沛顺杭精神的一个代表，这就不得了了。高书记到六安才知道你生病，怪我这么重要的事情没有告诉他以及大哥。我觉得他还是说我作为你同学对你的事没有关心，说你这么看重大哥，对底下的事情这么用心，尤其对将龙山，你不仅陪同章书记来考察，还亲自托万四等技术员来过问，重要的是在通讯宣传上下了很大功夫，其中最重要的是你树立了一个叫程志茂的典型，虽然不是从将龙山开始，但最终是在将龙山，大哥定了型，成了大建设的一个象征。大哥在地区已经十分有名，现在又要往省里报，广城畈人真是因为你而有福呢。

但是你病了，我都没有把这个消息告诉他们，高书记是不满意的。他认为我有点摆架子，说我当了区干部，现在对公社的事情和人民有些小看了。我跟他解释不是这样的，我说李义兰生病是个人的事情，我不能拿来讲吧。高书记讲，在沛顺杭这么重要的攻坚阶段，一个这么重要的宣传骨干，对将龙山特别重要，在她任通讯处主任的关口，你居然没有意识到这是多么重大的消息，我们应该对她关心啊，鼓励她战胜疾病啊。

义兰，你看，高书记对你是特别看重了。临了，他还跟大哥讲，程志茂你应该好好感谢李义兰主任，人家为你太费心了。真不行，你也可以到六安去看一下李主任。大哥程志茂听高书记这么说，只是很平静地说，人家李义兰不会有事的，她是一个有数的人，不是那么容易倒下去的。她有知识，不论是对生产、对大建设，还是对身体，她都是垮不掉的。

义兰，你看，大哥是在鼓励你呢，而且我觉得他的话跟你本人说的话相比，有相仿的地方。他真不愧是一个被你不断挖掘、整理、塑造的英雄典型，连他的认识、他的语气、他的看法也渐渐和你有相似之处。高书记认为大哥这是在成长，似乎也从大哥的话中听出了一点战胜疾病的信心。高书记说，话是这么说，但万一呢，万一她确实挺不住呢？我们还是要关心她。大哥说，高书记你就放心吧，人家李义兰是挺得过去的，她马上就要当主任了，可不是一般人。大哥说这话时望着我，希望我能帮衬他。我对他们说，你们讲得都对，但是我确实不太能理解李义兰，因为她有很多地方一直是让我敬佩不已。我只是她的同学，我在她那里已经学到了许多，现在连她生病了，我也只能劝一劝，至于她应该怎么办，她自己清楚吧。

义兰，你看，在将龙山底下就是这样，人们心地是这样善良，他们总是仰望你。因为觉得你比他们先进，觉得你政治水平高，有见识，而且那么好的条件，在城市生活，家庭又好，父亲是地委领导，像你这样的人即使生了病，你也可以对付的。虽然这样讲未必科学，但是他们就是这样认识的。他们只不过是一些泥巴腿子、面朝黄土背朝天的公社社员，但是在新社会，他们新生了，他们有热情，他们是土政治家，也想更好地理解这个社会，更好地跟着政府。然而他们终究是社员，他们只有体力，只能劳动。

可是对于生病中的你，他们是盼望你好起来的，这一点我可以明确地转告。义兰，我还想跟你说的一点是，现在将龙山不是到了桥墩已经比较成型的阶段了吗，前边我也跟你讲过，为了继续加建桥墩往上那些修在桥墩边上的慢坡，这场面已经成了一道道风景，无数的社员在那里接力拉板车，把块石拉上去，这已经持续一段时间了。现在的问题是，不断有社员对于在桥墩上建桥孔畏惧了。其实早期就有这样的疑心，似乎工程太大了，超过了他们的估计。

社员们担心，自古以来广城畈没有过这么大的动静，十六孔长的大桥，他们能建得起来吗？这是一个问题了，前边我写信跟你讲过，将龙山刚刚上马时，社员们也曾有这种担心，大哥还带他们到卷棚桥那个老式的单孔桥去实地看过，告诉他们大桥的建设跟过去是有关联的，只是现在搞社会主义大建设，我们搞得更大更长一些而已。但是最近随着桥孔逐渐提上工程日程，不知怎么，社员们又有惊恐的心理了。在工棚里，在物料场，在桥墩下，在将龙山四周，在施工现场，社员们就很担心，这么多桥孔，这能行吗？这些议论，梅书记是掌握的。梅书记跟另外三个区的书记也把情况记下了，跟六安和舒业两县的领导也汇报了，跟指挥部说这些社员的问题不是很难，应该让地方上解决。

义兰，你看，关键时刻，高书记还是指望大哥。我想他的这种做法跟你多次在信中跟我谈到的也很接近吧，可以说是一致的。你们有一个共同的特点，就是在关键的时候用关键的人，真是英雄就应该发挥这样的作用吧。

大哥跟我没有细谈，他跟梅书记相对来讲谈得少。他知道梅书记是我在区里的书记，梅书记给我指派很多任务，而他自己是直接听从高书记的。对他来讲，高山公社就是他最重要的一方天地，他就是这个公社的社员，生产队队长，明星，一个人物。现在高书记讲明白了，要让社员不再担心什么十六孔桥，什么大工程。这个新社会，我们的本事大着呢。建一座大桥，那是毫不危险的事情，我们一定能够做到的。我听到高书记这么跟大哥讲的。

他是要让大哥把这些话讲给那些社员听。大哥后来的做法是，要学习农村盖房子的办法。高书记就不太明白，我就在边上，不过我不是以一个基层干部的身份，他俩在场时，我宁愿自己也是个高山公社的社员，我听他们讲，他们是基层经验丰富的人。大哥说，学农民盖房子，盖房子不是什么都给你看的。高书记问，这什么意思？大哥说，高书记，你看，我们盖房子怎么可能那么明晃晃的？在你眼前一寸一寸地盖，我们要搭架子，然后请懂盖房子的人来干。高书记听了，拍了拍脑门讲，程志茂，我懂一点了，你是说要把架子搭起来，然后一步一步地建大桥。大哥讲，也不是一步一步地建，还是那样子建，建大桥是地区工程队的事，扒河队民工就是搞石头，搞劳动的。

高书记说，那是啊。大哥说，就是架子搭起来，把大桥都围住，然后在架子上建，这样的话，还怕什么呢？有架子，现在又有桥墩，无非就是在桥墩上架桥。你在外边搭了架子，社员们自己上架子劳动的，就这样建吧，桥墩跟盖房子的墙根和承重墙是一样的。有了桥墩，上边就是放石头了，一步一步地放，又怕什么桥孔呢？桥孔、桥梁，一步一步地，桥就是一直这样搞的吧。

　　大哥的话让高书记若有所思，高书记听懂了大哥的这种看法、建议，其实大哥怎么讲，他就怎么安排。但是他没有想到大哥现在会出这个点子。高书记说，现在不是有架子了吗？修那些与桥墩平着的半坡，然后半坡到桥墩立面上有木头栈道，这不是架子吗？大哥讲，不是你讲的这种，将龙山起大桥，是将龙山的事情，人家的看法就是我们这儿的大桥，我们自己要放心地盖，那就是要像建房子那样，把桥要护起来，要有一个架子，跟大桥一样的，这才是修桥呢。

　　然后老徐在边上用棍子在地上掏。他们讲话的位置应该是六号墩，这个位置东边是光明庄，能看到庄上的人进进出出，现在是到了最关键的时候了，如果社员们害怕，情绪有影响，建桥就费力了。老徐讲，就是搭水竹架子，对吧？老徐显然跟大哥已经讨论过这个问题了。高书记问，为什么用水竹？大哥讲，还是跟建房子一样，用水竹做架子，搭起来，跟桥一样，水竹有韧劲，能够受力不说，还能让社员们放心，不是那么脆。脆？这和脆有什么关系？连我这样的人也会想到这个问题。大哥说，讲到脆，就是讲社员们都害怕，说白了，就是害怕你建个大桥，桥孔万一塌了呢？就是怕断掉。我听大哥讲到了关键处，其实他当生产队队长这些年，对社员们是了解的，跟程志仓、程志满、程志望他们经常讨论问题。

　　义兰，我讲过他们都是农村土政治家，对不对？所以他们对许多事情实际是考虑很充分的。大哥接着说，毛竹不照，水竹有韧性，即使受不住力，也不会断，至多是向下凹，有韧劲，这样社员们就放心了，以为建这个大桥，不论桥孔有多长，有水竹架子在边上护着，就不怕它倒了。当然了，谁也不会真的认为它会倒，只是不放心罢了。大哥的一席话让高书记非常震惊，我在边上也听得有点惊心动魄。想不到在将龙山建大桥，会有这样的细节，其实也只有从社员中成长起来的英雄才会考虑得这么详细，这听起来是个安全问题，其实是个心理问题，而且是一个只有从农村的土办法中才能诞生出来的解决之道。高书记说，就听志茂你的。

　　好吧，先写到这儿吧，下一封信再叙。

志刚

1964.12.20

志刚：

你在信中讲到的事情，我觉得都很对，你看，我对你，现在也是肯定的多。我总想你已经在工作了，是区委的一个干部，尽管你们区委的梅书记可能也没有重用你，这涉及组织上对你的考验吧，你还是一个年轻的干部。当然了，对我来说，我也是，我们是同样的，都是受到国家和组织的信任，当了干部，那我们就要好好干。你看，你在信中也提到我的病，包括你大哥程志茂也讲到我的病。我很喜欢他的观点，可以说他的观点是劳动人民的观点，对我不仅有教育意义，还很有启发。他说的是李义兰的病不要紧，她会挺过去的。我想我对人民公社的社员们的生活和性格是了解的，你大哥是乐观的，而且就像他对待自己劳动的体力和干活的不懈的动力一样，他们认为疾病也不可怕，是从身体里长出来的。人什么都没有，但至少我们有身体，而我们的身体是受制于我们的思想的，只要我们思想健康，身体同样就不会有什么大问题。

志刚，我还是讲讲我身体的情况，因为这确实牵扯到一个人是否能继续按照他既定的目标来工作，尤其在沛顺杭，还涉及你能否坚持沛顺杭精神。这一次我是被大嫂带到医院去的。上次我不是说我二嫂到家里来跟我讲我身体的事情吗？二嫂谈得更多的还是将龙山，好像她自己对将龙山都感兴趣似的。二嫂就在六安，跟二哥也时常回家里吃饭，她对父亲的脾气是了解的，深知我不去医院住下来，是因为我不想让父亲担心，也是想表现给父亲看吧。另外，现在沛顺杭正在考察提拔我当通讯处主任，这么重要的一个位置，如果因为我身体上的原因，或者说因为个人状态原因上不了，那对父亲也会是个打击吧。

二嫂对父亲的脾气是摸得准的，她讲得很清楚啊，老大在西北军事基地，基地爆炸试验都成功了，他也多次立功，但就是晋升不了，父亲是着急万分的。二哥呢，是个又红又专的工人，始终不愿提干，搞那些名堂，父亲也就不管他，反正不是走仕途的吧。志刚，你看，我二嫂讲的都是大

· 343 ·

实话。我是没有什么仕途概念的，我的理解就是为人民服务啊，但二嫂讲的也是实话，她理解我之所以撑着不去医院，就是因为我于自己于家庭都一定想不要因为身体的原因影响这次提拔，对我这样一个年轻人来说，沛顺杭给了这么大的机会，自己应该要抓住。这些都是二嫂的原话，但这次大嫂特地从蚌埠赶回六安，还是为了我生病的事情。

我没有想到我生病的事情在家里边成了一个人人关注的焦点，这让我很不自在。大嫂回来，父亲都没有跟她多谈，想必是因为我大哥的事，她跟父亲是谈不来的，父亲认为大哥至少要在部队提上去才可以转业。当然了，父亲认为不转业更好，在这个年代，国家更需要像他们那样能在大西北、能在艰苦条件下坚持的人，这样才能守卫国家。父亲是个当过兵打过仗的人，时常看军事地图，对印度、苏联什么的动向十分关注，更别说对于美帝什么的，他是有戒备的。

当然了，大哥现在在基地上工作，父亲并非不想让大哥按自己的想法干工作做事业，但问题是大哥就是没有升上去。父亲对大嫂也是有意见的，因为大嫂一直想让大哥转业到地方上来，尽管这次她是来劝我去医院住院的。她回来还跟朝明两口子见了面，她跟朝明的爱人本来就熟，现在朝明转业到地方，到轻工局当了局长，现在又转到手拖厂当厂长，六安市的工业就看朝明的了。朝明在他们那批人中有影响力，大嫂觉得朝明的路子对大哥应该也有说服力。再说朝明到六安工作，进了市里边，市里边是地区工业的支柱，朝明回来后多次到家里来看望父亲，父亲虽然没有直接分管地区工业，但在常委会上对于六安市里提出的对朝明的任用，是投赞成票的。

父亲对朝明的成长是看在眼里的，现在大嫂回来了，跟我讲，不要管什么老爷子的意见了，老爷子的意见不一定是对的。志刚，你看，我大嫂在蚌埠工作，毕竟也见过一些世面，对父亲一直也是有一些看法的。我对大嫂说，父亲是对的吧，他是领导；再说了，父亲要大哥升上去，但大哥现在是个副团职，父亲怎么可能不急呢？大嫂说，父亲那一套，还是过去部队的看法。但大哥现在要的不仅是过去那些东西，现在还要你有……怎么讲呢，要你有综合的能力什么的。总之，如果部队不是很适合，也可以到地方上啊。义兰，你不知道生活也很重要吗？大嫂跟我谈生活，我记得父亲说我在生活上很幼稚，大嫂的意思是我在生活上有些失败呢。大嫂说，你看，你收拾一下还是很好看的。志刚，你听，大嫂这是什么话？她讲我要是收拾一下还是很好看的。大嫂这话要是搁在别人身上，别人可能早生气了，但我没有。我想她只不过是拿我当小妹妹看，但其实她哪里知道我所理解的好看与否跟她理解的有很大不同呢？但是大嫂是好心的，她是想用她那一套关于生活的理论让我就范，让我做一个懂生活的人。但是，生活如果只是像她说的那样，那我同样是不能接受的。

这一次，大嫂回六安，是把我带到医院去了，都是她亲自张罗的。当然她在六安认识的人也多，但她肯定没有动用父亲的关系，因为如果那样的话，我就没有办法接受了。在医院里，我虽然住了下来，但一有时间我还是会回沛顺杭，那里事情太多，各种文件、各种材料，还有不断打来的电话及寄到的信件。关于沛顺杭的东西实在太多了，现在它是六安地区最重要的一个工程项目了，可以讲整个地区都在围着它转。大嫂把我带到医院以后，还跟医生讲，一定要把义兰医治好。医生建议我到省城或上海去检查，大嫂认为我应该去，但我说我还是在六安住着，实在不行再说。

大嫂看我的样子，认为我可以坚持，但实际上，我自己不太清楚我的疾病，只是感觉很不好，但其他的也没有什么。我认为人的精神很重要，能坚持一定要坚持，大嫂是先把我带到医院住下来，她就先放心一点，也完成了任务。后来朝明的爱人跟大嫂一起到医院来过一次，我很久没有见到朝明的爱人邵大姐了。邵大姐见到我，一副很吃惊的样子，意思是我都不像个年轻人了，原来她不是说我生病，是说我显得很成熟。大嫂就在边上说，她人显得老相。我知道大嫂的意思还是那句话，我要是收拾一下还是好看的。不过，我可不在乎什么好看不好看。朝明的爱人邵大姐问我工作上的情况，她这都是面上的，其实朝明回六安，又到了手拖厂，因为这些事情他来找我父亲很多次，邵大姐肯定也知道我家里的情况，她不过是客气罢了。

邵大姐讲，你现在还年轻，千万不要赌气，单位的事情先放一放，还是把身体养好。我听邵大姐这么说，好像有官太太的架子哟。显然，我是不大爱听的，你想想，朝明之所以从南京军区回来，还不是她在那儿催促？我想朝明未必想这么快转业。另外，朝明回来又说到轻工局当书记，又是下到手拖厂，这些频繁的动作表明了邵大姐一定是对朝明在地方上干事情有期待的。老实说，我不太喜欢呢。最重要的还在于邵大姐跟我大嫂很熟，她这些想法，很可能也会影响到我大嫂啊。邵大姐对我说，你身体不好，有毛病，确实要小心。我心里想，她是一个心细的人。但是，对我们年轻人来讲，没有任何困难的。

志刚，你看，后来我们还谈到了沛顺杭，我说我在那儿只是做普通工作的。邵大姐马上说，你不是提主任了吗？我大嫂笑着说，还没有下文件呢。我只好说，现在确实很关键呢，我得坚持啊，单位事情太多了。邵大姐知道我讲单位的事，是表明我是要干事业的。我听邵大姐讲，朝明到手拖厂了，手拖厂还在做调试，等上马了，六安牌手拖出厂了，一定第一个就要武装将龙山。我听邵大姐讲到将龙山，我才明白原来他们外边的人对将龙山也是很了解的，可见现在沛顺杭影响力有多大。我对邵大姐说，代我谢谢朝明大哥，但我们不是要靠什么手扶拖拉机，我们扒沛顺杭，主要是要靠劳动人民的创造，要靠双手的。邵大姐把我抬起的手压下去，说，小姑娘啊，义兰，你躺着好好休息，把身体养好吧，沛顺杭也好，六安也好，不是还有你爸，还有章书记他们吗？你就安心地住在医院吧。

志刚，你看，像邵大姐还有我大嫂她们，好像对生活都特别理解似的。只是我觉得她们的那些话都特别俗气呢。关于生活，每个人理解不一样，我希望我能做到的是，把大建设、新时代的任务永远放在第一位呢。

志刚，你在信中提到的将龙山的一些情况，我想我应该从我的角度来谈一谈。虽然你们有程志茂，也幸亏你们有程志茂，但是，总的来讲，将龙山出现的一些问题，说到底还是人的觉悟问题。现在的情况是社员们已经有了很大的提高，这是很明显的。尤其是高山公社，有高书记，一个带头人，还有英雄程志茂。但其他公社呢？其他区呢？其他县呢？在将龙山，至少有几万人在不停地战斗。将龙山是目前为止沛顺杭最大的一个项目了吧，同时它也是最出名的。在丰乐河上扒一座渡槽，这在社会主义大建设史上是从来没有的，难度何其大。你说到的包括农民害怕连续十六个桥孔这样建起来，会不会垮掉——社员们都是朴实的，但是就像我们一直也在讨论的，朴实也并不是一味正确，要想把社会主义干好就必须坚持社会主义方向，坚持人民当家做主，坚持让人民发挥聪明才智。

现在劳动人民一边干活一边有些害怕了，我认为这就要问一问干部了，尤其是各级领导干部，为什么没有在思想上让社员们相信我们是有这个能力，有这个技术？最重要的是，我们在政治上有保证，我们搞大建设是为人民服务的。所以我们不会做出对自己不利的事，我们也不可能允许一个工程出现危险。

从你的来信中看到，你大哥程志茂已经想到办法了，虽然办法是有，而且从群众中来，但我想英雄之所以能够站出来想办法，还是因为他在群众中战斗和生活，了解群众的心理，知道他们信什么，他们是如何思考问题的。所以你大哥想出了跟盖房子一样的安全的办法，这对我们都是一个很好的教育。我们就应该这样，有问题去解决。我不是跟你说了吗？最近一是万四下去了，搞的是技术方面的事；一是柯干事下去了，还带下去一个新的姓韩的干事。这都是总指挥部派下去有专门的工作的。

当然了，从通讯处下去的柯干事和韩干事拍了不少照片回来，我看了很是吃惊，坦率说，将龙山上工的人实在太多了，照片很丰富，从不同角度拍的。从柯干事讲的情况来看，大概接近土公路都有将龙山的物料场，星罗棋布，当然主要是石头，另外还建了不少预制厂，有些是对水泥进行加工的，有的是对钢筋进行编扎的。我想之所以有近十万人，这还是轮番上阵的，总数应该很大。你在底下是在协调民工，但据说现在工程队方面也在增加人数，将龙山工程像一个汪洋大海一样，越是这样越是要细心，要把思想工作做到底，所以你想在将龙山这么多材料报到指挥部的情况下，我在医院里怎么住得下去呢？虽然我还不是主任，但指挥部已经把很多重要的事情都交给我，但在我来讲，政治工作、思想工作还有宣传任务，这些是重中之重。所以从拍回来的照片看，黑压压的人群包围在将龙山那十六个桥墩的四周，现场一片激烈的劳动竞争场面，看得让人激动。

现在我身体不好，要是身体好了，我应该马上下到将龙山去，我也要把劳动的场面记下来，我要去感受，这是最好的政治教育了。当然万四也讲到了一些技术上的问题。他是搞机械的，但是他对将龙山人民能够用双手、肩膀来搬那些石头，这样繁重的劳动，在任何地方都是难以想象的。而且他对石匠队的工作也印象深刻。整个将龙山就是个石头的海洋，以至于他都看不到那些电机、齿轮、吊车，还有滑送带到底在哪里发挥作用了。有时，万四在工地甚至看到当地指挥部的人有意关掉了发电机，意思是让民工们用体力来完成吊装和搬运一些石头，社员们真是不惜体力，发出痛苦的呻吟声，在那儿拼命地使劲。当万四回来跟我讲到将龙山社员们是怎样使用体力，甚至讲到痛苦这样的字眼时，我有点听不下去了。

万四身上显然有城市人的优越感，是个技术能手，在沛顺杭里很有名的。但是他是没有领教过广城畈人的神勇吧。我跟他讲那不是呻吟，那是劳动号子。他在不懂的情况下认为是痛苦的叫声，但是只有会劳动的人才知道那是在呼号，是在加油，是在发出愉快的呼喊。万四到底是个城里人。但是，老区的农村人，这些平凡的社员是伟大的。志刚，你想，你自己也讲过，在你家的院子中，你大哥程志茂明明是在哼歌曲，你却说他在疼痛，有这个事吧？所以我说他是英雄，他是不会像你讲的那样，在那儿哼，那算什么？你之所以在英雄身边都会犯这样认识上的错误，只因为和万四也有相似的地方，你们都很容易去同情别人，以为别人是软弱的。

但事实上，社员们非常坚强，非常能干。从柯干事、韩干事他们拍回来的照片上能看到，尤其是接近桥墩那一带，还有缓坡，还有土堆，人像蚂蚁一样，显得那样多。我看了照片，觉得人实在太伟大了，有这样的人民，任何工程都是干得了的。当然了，我想起你写信讲的，说你大哥程志茂要让工地弄水竹架子把大桥施工现场给搭起来，那样的话，至少有一个好处，就是会让社员们有一个劳动的舞台，不是在那里像蚂蚁一样了，他们将在水竹架子上劳动，他们将脚踏水竹架子，在空中架桥呢。

志刚，将龙山人多，这些可爱的民工是多么鲜活。但是，最近我在办公室时间有限，有些材料因为到的时间比较特殊，而我恰好又在医院里，丁大姐处理好了就报到指挥部章书记那里了，或者副指挥长那里了。我没有看到，但我了解的情况是，外地也很关注，很多人现在都想往将龙山去。我起初认为他们是去参观，但后来听到的准确说法都是他们想以后到将龙山去工作。你看，将龙山大桥还没有建好，他们已经想要到胜利的果实身边去，他们都非常羡慕广城畈将龙山有个大桥，那是一个明星工程，很多有志于做事情的人都想到将龙山去呢。

我听到这个舆论，很是吃惊。我想也许很多人对将龙山的理解是超前的，总认为干了一个超级工程，这里以后是个了不起的地方。但在我看来，只有劳动、只有建设本身才是最伟大的。至于将龙山以后会是个什么样子，那是以后的事情。但我知道我们国家会建设得更加美好，像将龙山这样的工程会更多。愚公移山，改造中国，我们这一代人正是要干这个的，伟大的时代赋予我们伟大的使命，如果我们只想着在胜利的果实前工作，那我们的格局显然是不够大的。我们就是要创造更多的机会，让更多的将龙山出现，让这些伟大的工程具有更大的普遍性，让我们都能在大建设中出力出汗。这才是最美好的呢。

好了，等你的信。

1965.1.9

义乡：

　　看你信上说的现在终于还是到医院住下了，这是一个很好的安排。其实你是应该住下来的，在此，我想你大嫂这样专程从蚌埠赶回来劝你到医院住下，她是真的为你好呢。显然你讲到生活问题时，你还对别人提出你在生活上的一些问题不以为然。但我以为生活确实是很重要的。以前在和你交流分配问题时，我也讲过生活，但是和你一样，我对生活的理解也是不到位的。尤其是我们之间的交流，因为很多时候都是你在讲，你政治好、水平高，对于我总是处在指导的位置，所以我觉得我要反驳你是很难的，但是你大嫂就不一样了，作为亲人，她应该是了解你，而且也了解你父亲以及你周边环境的，她对你的处理是对的。你还讲到她动员你大哥从部队转业回来，我想这是为了生活。

　　至于你讲到的我大哥程志茂也说你可以挺过去，但是大哥是一个社员，虽然你说他是英雄，工地上也说他是英雄，但作为他弟弟，坦率说，我还是认为他也仅仅是一个社员，特别是在你身体不好、生病这件事上，他用那种大无畏的精神来看待疾病和身体，我认为未必就是对的。所以我想你要自己考虑啊。我认为你也没有必要时常回沛顺杭去，办公室的事情不是有丁大姐、柯干事他们吗，现在还有韩干事，应该讲人手不少啊。虽然你水平高，政治水平高，思想水平也高，但是，别人也应该能干出一番成绩来吧。你的提拔也是组织上的事，我想你大嫂回来劝你是对的。你大嫂在蚌埠工作，她也是有水平的吧。我觉得你有时也应该听别人的规劝呢。

　　之前，即使高书记回来讲你生病，我都没有太在意。这次你讲你大嫂都从蚌埠赶回来了，我想你的家庭对你生病是认真对待的，你自己也应尽力配合吧。你讲到的医院检查化验什么的，讲得不是很详细，所以我认为你还是应该对自己的身体负责，如果可能，应该到合肥去检查，现在合肥的条件好一些，应该会看得更准吧。当然了，我是真的认为你的身体要认真地去看一看了，不知道现在你住在专医，医生们怎么弄，是不是有什么治疗上的安排，但是你这样经常往单位跑，无疑是不对。我是有些担心的。

你谈到了你大哥，刚好我们将龙山工地上，尤其是工棚里，现在我住工棚的多，因为从这儿回区政府宿舍太远了，住新建生产队也不合适了，所以我住大棚的工棚也多，于是听到农村的土政治家们讲到我们的大弹炸了，我们有大弹了，我们对帝国主义就不怕了。我们没有大弹，我们始终怕人家；有了，我们就不怕了。仗总有可能要打的，但我们不怕，我们这么大一个国家，我们怕什么？但想想以前我们没有这个东西呢，走过来不容易，可以讲我们是小心地走过来的。现在有这个东西，我们底气就足了，所以我想你讲得对，你大哥干的是特别正确而重要的事情。

但是，你父亲要求他升职，想必军人会有军人的一套东西。但要求进步总是不会错的，有时我会想起你讲的那些话，一个国家、一个民族，如果没有一点狠劲，那是不行的。所以我们在这个社会主义建设的新时代，都要做争气的人，把国家建设好。我最近常想到你父亲在我分配问题上讲的话，要在基层多历练。我想这是一个地委领导的意见，是说我们年轻人在这个大建设时代，应该有承担。我现在只是一个区委干部，但我想我在将龙山也确实学到了很多。你现在住院，就尽量少往指挥部跑了，指挥部的事情不是有同事们吗？

至于你牵挂的将龙山，我会写信告诉你施工的情况。特别是你念念不忘的英雄，我大哥程志茂，我也会汇报他扒河工作的细节给你。他的故事总是讲不完，但我想，你的存在对他是一个很好的激励吧。将龙山像个人海一样，这个你在信中也说了，你看了柯干事拍回的照片。是的，将龙山现在成了许多人向往的地方，经常会有自发组织来的扒河队。但是这边的指挥部都没有收呢，现在工程大，场面铺得也大，如果来太多的扒河队，根本施展不开。所以梅书记给指挥部的意见是，应该分内层、外层的控制，把工地有序地分开，不然很难开展工作。

现在指挥部正在实施，大哥程志茂成了很多人的偶像，但不是每个人都能见到他。外地扒河队的人来，如果没有在将龙山干上活，也会要求见上大哥一面，大哥一般会在高书记和老徐的陪同下，陪人家见个面，拉拉家常。人家一见，也就发现他一个生产队队长，没有那么神奇吧。只是他的故事太典型，人家非要见一面，好像这样来一趟将龙山才值似的。关于大哥的情况还有很多，我想他是不愧为一个英雄的。

义兰，上次我不是跟你说，他建议用水竹子搭成架子，把整个桥墩往上砌，把工地现场全部给包起来吗？他的建议在指挥部里讨论，然后指挥部通过了。其实，我听梅书记讲，地区工程队本来也是准备搭架子的，和大哥的建议，只有两点出入，一是原以为可以到桥孔正式安装时再搭，还有就是原以为搭的是简易的木头架子，但在大哥的建议下，现在就要搭，要把施工现场包起来，这至少在社员的心理上起到一种区隔的作用，不要让人海战术中的千千万万社员，在大桥四周漫无目的地游动。另外，就是有了水竹架子包围，这样在里边的工作可以展开，而且可以分为内外场，外边更多是物料的备齐，里边是具体的施工。只有配合施工的民工才会进来跟地区工程队，这样会更有效率。

还有，就是大哥建议用水竹架子。这个建议讨论了多次，有人还是建议用木制架子，因为以前施工都是这么干的。但大哥的这个建议最终被采纳，还是因为水竹架子不仅有弹性，而且可以更密、更细，这样能确保在施工中做到更精细。现在将龙山因为缺少水泥，石头的铆合很多是靠石头本身的纹路和结构来对齐，所以一个很细密的施工环境，对保障工程质量是有用的。当然梅书记参加完会议后出来讲的是，之所以用大哥的建议，还因为这个建议离广城畈本地人的习惯更近，这样更有利于社员们理解这个工程，对将龙山大桥更有亲切感。现在搞大建设，建设的是人民的工程，只有依靠人民，我们才能取得更大胜利。

当然了，指挥部同意大哥提的建议，不仅仅因为是大哥提出的，还因为他是一个社员典型、一个农民英雄，他的看法、提法、建议，是从人民中总结出来的，是人民智慧的集中体现，所以对的建议就必须用起来。义兰，你看，将龙山现在是不是特别豪放啊？真正做到了大建设的大干快上不说，还特别有条理呢。

义兰，我去将龙山不过是协调民工的工作，虽然你也多次讲我是基层干部，确实，区委里的事情多，我又不是那种能闲下来的人。你也知道，虽然你在政治方面多次给我帮助，那是因为你水平高，但现在将龙山的情况相对来讲也比较特殊，工程太大了，而且牵扯的方面也多，你讲的像通讯处的柯干事，我都没有见到，但是他跟韩干事和大哥见了面，我想这也是看到将龙山，他们搞报道最重要的内容之一吧。大哥没有跟我说柯干事他们跟他都谈了什么，但现在的情况是，越来越多的人支援将龙山，将龙山工地已经铺得很大了，已经没有办法更大了，实在是装不下那么多人。我前边也跟你讲了，来的人只跟大哥见一下也是满意的，毕竟是见到了沛顺杭、将龙山最重要的一个扒河英雄。这对于这些没有干上活的民工来说，也是回去后的一个念想。

但是梅书记不这样看，他说还是太盲目了，都拥到将龙山来干什么呢？将龙山只是一个工地啊。梅书记你也见过，他现在是双河区委书记，直接管我的。他是一个有知识的人，看问题不是那么一根筋，也不会面对一窝蜂的事情就失去了主张。

我想讲一个真实的扒河民工，尤其在将龙山会战如此激烈的时候，他的表现确实对工地也好，对扒河队也好，都是有重要作用的。我讲的是，现在已经是腊月了，天气真是很恶劣，可以讲伸手出来都困难。但是，工地上的民工仍然干得不分白天黑夜，这是在决战将龙山呢。虽然将龙山这一块的人在腊月黄天也是要准备过年的年货，收拾房子，还有打理村庄周边，包括杀猪什么的，上街啊，张母桥仍然很拥挤，但是工地上仍然挤得几乎让不开人。没有人不行啊，我讲了这是人民建设的汪洋大海，一人递一块石头，就是这么干的。现在大哥不是建议搭架子把大桥给包起来吗？这是施工安全的需要啊。工程队的人已经在搭下边的架子了，板车还是不够，只能保证大型物料的转场，桥墩这块主要是用人力来完成。我讲的是大哥带领民工到大华山那边去砍水竹子了，那里的水竹非常多。我也去了，特别惊异那里居然有那么多竹子。我想到，当年刘邓大军挺进大别山也好，红军举义也好，这些成片的竹林不知道给我们的军队多少掩护呢，反动武装硬是拿大别山没有办法。我们六安老区如果没有大别山，如果没有大别山的草木，我们的革命也很困难呢。

当然话说回来了，现在是建设时期，社会主义新时代，我们现在建将龙山大桥，要砍伐这些水竹，只要有体力就行了，也是不分昼夜，因为需要的量很大，它关系着将龙山大桥施工现场的进度，须尽快用这些水竹把桥墩以及桥墩以上的部分全部围起来。我写信跟你讲的一点也是现在社员们讲得比较凶的，是说大哥程志茂带领的七八个砍水竹子的人，居然在大华山里差点迷路出不来，可见竹林之深。他们起先是打火把的，但因为之前下过雪，所以道路几乎看不清，在竹园里又辨不清方向。

义兰，你在城里生活，很难想象像大华山这样的地方，竹林到底有多深，因为一开始我也去过大华山，他们发生迷路的事情，我是听住在大华山山口那里的庄上人家说过的。我知道他们扛火把应该可以走出来，但想不到他们硬是在那里被迷了个两天两夜，干粮都吃掉了，只好吃雪，火把在夜里又不能打，据说会有野物。大华山是有那种凶狼的，是在当地人眼里非常凶狼的一种狼。它会扒在你肩膀上，从后边看很像一个人在打招呼，但是你只要一回头，狼就会咬断你脖子。这种事在大华山那里发生过很多次，当地人拿长狼没有办法，因为长狼体形长，而且奔跑迅速。你要是打它，必须一下子把它打闷掉，不然只要它一抬头，你就打不过它，因为它立起来比人还高，而且一口就能咬断人的脖子。所以大哥他们在大华山竹林里迷路的第二个晚上，把火把熄了，差点在那里被冻死。

直到第三天，他们在黎明时分发现至少有三十只长狼就站在离他们几十米远的地方，大哥跟程志仓、程志槐他们有十几个人，因为后来又有几个人来找他们，也迷路了。他们不敢动。但是，大哥知道，狼是盯上他们了。大雪天，又是在竹林里，后来大哥还是把火把给打着了，然后大哥讲他一个人到长狼那儿去。这些事情都是程志仓出来后跟我讲的，大哥是去找长狼，而且他打着火把，去看长狼到底是个什么样子。程志槐拿着斧头跟在后边。

志槐比大哥要更高一些，跟在后边，程志仓他们站在原地，但是没有人看到，其实大哥手上是拿着一根竹钎的，这根竹钎挺细挺长。后来大哥跟我讲，这根竹钎比钢还要硬，比针还要尖，而且是用竹王的根子削出来的，这根子已经在大华山那里长了几百年了。他握在手上，很细，很不起眼。为首的那一只长狼有着柴白色的毛发，头低着，大哥知道它头一昂就是要咬人。大哥和志槐靠近它，它不动，大哥就一直走。志槐想把火把拿正一些，因为他拎着那个斧头，想扔出去。但是大哥已经抬起手，可能为首的长狼不知道这打火把的两个人过来到底是干什么的，有几只长狼在原地动了动，后边的人都觉得可能要完了，因为长狼一旦一起向他们进攻，能立刻把他们撕成碎片。

义兰，你看，我当时不在现场，但后来听包括大哥在内的人讲那场景，我都觉得大哥是有这个定力的。另外，他没有这个定力不行啊，他带的人都是本家兄弟，也是他生产队的社员。

大哥毕竟是英雄，程志仓后来跟我讲，你大哥好像向下弯了腰，这时他那根竹钎已经捏在手里都快捏热了。他低下身，因为离狼只有一米远了。他居然伸出手，然后就发现那长狼两腿一蹬，头抬了起来，脖项那里向后一屈，那是要用狼牙来撕咬他。他只轻轻一划，那根竹钎就向前伸去。大哥不是用竹钎去捅它的，后来我问大哥你为什么是用竹钎来划它，而不是捅它。大哥讲，要是捅它，很可能捅不死，因为狼皮硬而滑，但是这样一划，然后一别，就能把狼的喉管那块杀开。

大哥讲的差不多也是平时杀牲口的刀法，但大哥用的是一根竹钎。为首的那只长狼发出一声凄厉的惨叫，瞬间倒了下去，腿还在蹬呢，其余的长狼立刻掉转身子，向竹林外边跑去。一行人站在原地不动，天已经快要亮了，程志仓过来用脚踢着长狼，嘴巴冻得都张不开了。他们后来跟着狼的足迹慢慢走出了大华山竹林。

将龙山人家都讲，要是杀不了那长狼，扒河队的十几个人就要死在大华山里，因为天气太冷了，根本不可能从竹林里走出来。大哥杀了狼以后，大华山人也讲，多少年来，都讲有长狼，但没有人见过。大哥回来后，大华山人把那长狼的狼皮给扒下来了，硬是要请大哥回去，说要喝酒，喝大华山的米酒，但大哥没有回去。高书记也向梅书记汇报。梅书记讲把长狼杀掉，人回来也就行了，现在工程这么紧张，人就不回大华山了。

后来高书记自己做主让程志仓回大华山一趟，因为还要从那里砍水竹子，而且人家请你回去，不答应也不好。程志仓是我们隔一个房头的堂兄弟，而且在新建队以及墩子湾大队，程志仓威望也高。在大哥没有扒河修沛顺杭成英雄之前，程志仓名气就大，但大哥起来之后，程志仓一直保着大哥。人家也都看得出来，程志仓和大哥看起来像亲兄弟一样。反正程志仓是替大哥讲话的，回去喝了不少酒，又带回来不少水竹。大哥已经跟高书记组织民工去搭水竹架子，同时又请来秧塘、光明、榆月店几个生产队上的篾匠，然后就是没日没夜地给大桥搭架子，围着桥墩搭。起初我没有注意，但架子搭到几人高之后，马上就不一样了，好像民工们就不再害怕什么桥孔桥梁的危险了，几乎就认为跟盖屋子一样了。

凡是有人来找大哥，大哥就发烟给他们抽，然后篾匠都讲，现在水竹剖开以后，扎成那种架子，整捆的粗竹做竖着的长架子，整个大桥桥墩两边似乎都有了韧劲，让民工们看见了一种以前没有看过的样貌。人家就都兴奋了。义兰，你看，你说你要写大哥，我给你讲的都是他自始至终都在做的事情。可以讲只要哪里有民工，哪里出了问题，势必最后就是找大哥，然后大哥就把问题解决掉。所以我想也许我在读农校之前，在毛坦厂读书那段时间，当时也似乎听人讲，说新建队有个程志茂，以后是个能人。

那时他还没有在小队当队长，又因为我父亲当时出身划成分的问题，让家里人很是烦恼，可以讲是麻烦吧。那时人家讲大哥，我听出还是鼓励我们这个家，说我们还有可以起来的可能。但那时并不知道大哥会在后边成为这样的人，就是什么事到他那里都能办成。像他在大华山杀死长狼，到了将龙山，连公社的民兵、武装部的人，还有派出所的人都被拿来跟大哥比较，意思是他用竹钎比子弹还要快。老徐就讲得更神了，老徐说大哥那不是快，是跟长狼几乎肉搏，贴身打呢。

老徐打过仗，武装部里的人也有打过仗的，他们讲了不少这方面的事，都讲大哥要是有枪，也是神枪手。高书记给大家的各种话讲得耐不住了。高书记讲，如果我给程志茂一支枪，程志茂能顶一个旅。老徐他们对高书记讲的话不是很看得上，觉得高书记总是讲大哥能干活，但现在的问题是大哥不仅仅能干活，他是干什么都行。

义兰，你看，我不知你写材料时是什么心情，但我想大哥杀狼的事情，扛竹架子的事情，尤其是用竹钎划狼的事情，也许可以使你眼前一亮吧。对不起，我又想到你的病，想到你在医院和沛顺杭指挥部之间奔波，但我想也许大哥这些事对你也是个鼓舞吧。我始终觉得他和你之间有某种特别难以言传的相关性，似乎他成长的每一步都有你目光的注视。而现在你病了，虽然大哥是说你可以坚持下去，但在他自己呢，他在面对长狼时，也许他也害怕吧。他不上去不行啊，十几个兄弟在，如果他不上去，大家就要被雪地里的狼群吃掉。就算没被狼吃掉，他们也走不出竹林，在竹林里边也只能冻死。

义兰，你看，马上就要过年了，人们都在往张母桥跑。现在张母桥跟以前也不太一样，因为在丰乐河两边，尤其在靠董岗中学那个口子，现在有了新的物料场，外地的民工也来来往往。虽然活基本上都由四个区的人干，但外地民工有时也要送石头材料进来，所以南来北往，张母桥的人更多了。我在张母桥也买了一点东西，然后回到双河区政府宿舍。我要晾晒一点咸菜，还有千张什么的。二哥那次到我那里喝酒之后，听说高书记还找他麻烦，意思是他现在是高山公社程家二方的社员，但我是区委干部了，随随便便拉我去喝酒，是不对的。

高书记的话让二哥特别反感，但二哥不怕高书记。他讲，高书记你自己也是种田人家出来的，自己老婆孩子还在庄上种田，你不要一口一个干部，拿干部说事。我想二哥肯定是喝了酒，所以才说高书记的。另外，高书记骂他不该到双河来找我，他想我是他弟弟，来找我，居然被公社书记骂，是特别下不来台的。在大棚，二哥跟吕二先生把我拦住了，二哥发烟给我抽，我讲烟我就不抽了。吕二先生讲，程志刚，你跟高书记是上下级了，你也可以讲讲他，他高怀元凭什么对程志盛这么不客气？我讲高书记只是随便讲的，而且讲得也对啊，将龙山现在这么忙，你还到区上去打酒，这不好啊。

吕二先生冷冷地讲，你听见没有？你现在太为高怀元讲话了，你是区委干部，他是公社书记，你可以管他的。我对二哥讲，你不要跟吕二先生讲这些，我是在区委工作，但是人家高书记是老书记。另外，他也是为你好啊。义兰，你看，我对吕二先生也讲不出什么道理，因为吕二先生现在在将龙山很受欢迎，因为他经常跟人家讲好玩儿的事情。尤其是大哥和高书记决定在大桥墩边搭水竹架子之后，吕二先生也是真心支持将龙山工程的，逢人就讲，现在搭了架子，戏就更好唱了，将龙山唱大戏呢。其实人人都知道，将龙山以后势必成为一个人们特别看重的地方。

义兰，我再跟你讲我们底下在过年前热闹的场景，虽然现在广城畈的社员几乎都在扒渡槽，但炮仗炸个不停，人人都很高兴。我很少到庄上去，中间路过杨家水圩，就是我小姊的那个庄子。我是要回双河住的，从那里往胡家大庄那个方向，还看见胡大帽子在路边上向我招手。我走过去，胡大帽子讲，志刚，你现在还回啊。我讲，是啊。胡大帽子欲言又止，我觉得他好像有话要说，于是就问他——我想可能跟小姊他们家有关吧，不然他不会讲话时老是瞄着杨家水圩的庄子。我问他，胡大帽子，什么事啊？胡大帽子搂了搂棉衣说，志刚，我跟你讲，你们家现在是出人物了，但是事情还是要按事情办。我听他这话有些不中听呢。

我就讲，你有话就说吧。胡大帽子把我往路边的歪树那边推了推，说，你问你二哥程志盛啊。我说，我前两天才见到我二哥，现在工地人多，不是随时都能见得到。胡大帽子见天色将晚，他讲，你快回双河，不耽误你时间，跟你讲呢，你有时间回你小姊庄上看看，俊顺，你外甥，现在老是发脾气，有时又是上树、上房顶，闹着呢。我以为什么事啊，俊顺在我大哥家啊。胡大帽子说，你外甥你不知道啊，他去你大哥家吃饭，平时在庄上。你小姊不在了，几间屋子，没有人守着行吗？胡大帽子讲得也对，让我觉得有些意外。但是现在我直接闯到杨家水圩去也不好，毕竟我在区委当干部，有什么事，我不好直接出面吧。毕竟外甥的事又是私事，是家里的事。上了房顶，又爬树，听说又骂人，大概是有情绪了。我想我还是找二哥问问。

胡大帽子告诉我，说我二哥这几天常到庄上来，晚上都来，一是管住外甥，另外，怎么讲呢？二哥那脾气你知道，他才不管什么杨家水圩，他脾气大啊。胡大帽子往胡家大庄赶，我就不能回双河了，我想我要尽快找到二哥程志盛，问问外甥俊顺到底怎么了。

义兰，你生病了，我跟你讲讲家里的事，其实这也是生活，别人不是讲你生活上幼稚吗？包括你父亲也讲过。我是想说，生活这本账大着呢，我就讲给你听，确实这也有助于你写大哥的材料吧。这正是他一个英雄在生活中的事情吧。那晚我找到了二哥，他正从北小台那边准备回程家二方。他拉着石磙，哼着歌，金牙在落日的余晖下闪光。我发现他拉石磙，问他，你的板车呢？二哥讲，你傻啊，我的板车给俊顺了。我说，那你自己不重新置办一辆啊？二哥讲，你讲得容易，你把我们社员也看得太高了，置一辆板车没有一年半年的哪搞得起来？我知道社员还是辛苦的，条件也差，但是人的精力是够的。

二哥问我什么事，我就讲胡大帽子讲俊顺在杨家水圩爬房顶的事。二哥讲，你不要听人家讲，你现在是区委干部，上次我找你喝酒，高书记骂得我狗血喷头，现在杨家水圩的事情你就不要管了。我说，外甥的事情怎能不管？二哥讲，干好你的区委干部吧，有我呢。他讲话有点吞吐。我讲，二哥，俊顺的事情就是小姊的事情，小姊人不在了，我对孩子也要管啊。二哥讲，你别管了，庄上的事情你弄不懂。我问二哥到底什么事。二哥讲，也没有什么，有人讲话难听。我听他这样讲，以为是别人讲俊顺到新建队大哥家吃饭的事情。我讲，大哥管三个孩子吃饭，有什么好讲的？

  二哥拉着石磙，仍然唱着歌。二哥和我一起往东边走，问我赶回双河干什么。我讲，我在院子里晾了些咸货，过年吃的，要收回屋子里呢。二哥讲，你就别搞了，让你二嫂多弄点，过年给你点就是了。我说，那不行，都各有各的难处，再说我现在上班了，不能要你们的。在程家二方的那个路口分手时，二哥跟我讲，你别管这个事。另外，你也别跟大哥讲，他现在成英雄了，连狼都杀了，成人物了，我看都快成精了。我听出二哥明显是拿大哥出气。我说，二哥，你不能讲大哥啊，大哥不容易。二哥讲，我讲他成精，是开玩笑的。他成什么精？人精呢。我觉得二哥也不是拿人开玩笑，他不过是心里有气，大概跟俊顺在杨家水圩的事情有关吧。

  好吧，快过年了，义兰，希望你安心在医院治病，尽量少往单位跑。相信一切都会好起来的，也希望过个好年，下一封信再叙。

志刚

1965.2.1

志刚：

我的性格你是知道的，了解一个人的性格，对于了解一个人也是重要的。以前我不太同意这个讲法，但生病以后，我觉得这也是有道理的。比如我到医院住下来，虽然大嫂从蚌埠来劝我，这是一个很重要的原因，但她讲到大哥的性格，讲到大哥的坚持，讲到我的这个家，我李义兰，还有我大哥李义庭、二哥李义江，我们身上都有父亲那种很强的性格，都有那种不服输的精神。大嫂的话、大哥的观点，特别是大哥在西北基地里的表现，我是明白的，他做得非常好，至于他没有晋升，我想部队的事情可能有部队的规矩，这个就不说了。单就性格来讲，如果没有那种对于生命、对于身体的对抗精神、征服精神，你又怎么可能战胜它呢？

但大嫂她来了，确实谈了不少生活的问题。志刚，你在信中也讲到了生活，特别是对于我生病，你讲到我应该把生活问题处理好，并且认为身体也是生活的一个重要方面、重要条件。我想你讲的有道理，特别是叫我要到省城或上海去检查，这跟我大嫂讲的都一样。特别是我大嫂，她一直劝我大哥复员转业，这也是一个生活问题。坦率地讲，对于大嫂这样把生活放在前面，尤其是放在一个军人家属应该保持的风范前面，我是有看法的。我认为一个人虽然要重视生活，但在最重要的方面还是要对生活稍稍客观一些，应该对生活的其他东西，或者说身体背后的东西，看到更多的主观性。

其实，我想说的是，生活也好，身体也好，在于我们敢不敢战胜它，我们有没有勇气和决心去战胜它。那么，志刚，我要对你说的是，我认为我完全有能力战胜它，战胜身体上的疾病，战胜生活上的困难。为什么我要这么讲呢？因为我们要认识到，我们有主观上强大的愿望，就会焕发出无穷的能力。

志刚，坦率地讲，专医的医生把我在专医检查的指标分析给我听，确实有一些怕人，但我更想说的是，怕人就行了吗？怕人也还是那个病，还是那个要坏掉的身体。但是我们在主观上，在精神上，要很明确，因为我们是有任务的，是有前途的，我们是有责任的。特别是责任，我想在这里讲一下，党和人民培养我们这些年，我们又生在这样一个伟大的时代，如果我们不能很好地为人民服务，为国家贡献力量，那我们如何证明我们自己生活在这个伟大的时代里呢？

我们是这个时代的一部分，这个时代，尤其是大建设的社会主义时代，正是我们自己的时代，所以这个责任是天然的，是责无旁贷的。我们应该更好地承担它，这是不容置疑的。所以我讲我对于身体和生活，是有这个认识的。正因为生病，因为住院，又因为家人的劝说，反而让我明白了我应该挺住。现在我已经住到医院了，我想我不是一个没有人情味的人，别人劝我，我不是完全不听，我不是那种特别不认理的人。

志刚，你也要想到，我也只能做到这一步了，所以我入住到医院，但是一有时间，不需要躺着的时候，我还是要回到沛顺杭指挥部通讯处去，那里有很多事情在等着我。你说有丁大姐、柯干事，现在还有韩干事，但是我问你，像宣传的事、材料的事、将龙山的事，以及农民典型你大哥程志茂的事情，这些事情你认为我能放手让他们做吗？他们做不了啊，或者说由他们做是需要付出更大的劳动啊，因为这是我一直在做的，我熟悉、理解，并且热爱这些事情，我能做好它。所以我不能讲自己生了一点病，就在医院里躺着，把这么重要的工作交给同事们。

志刚，你觉得以你对我的了解，我会这么做吗？显然不会的。还有，志刚，我想跟你谈谈，关于生活，生活确实是重要的。有时生活本身也是时代的内容。但是，在我现在这个时候，我又想说个人生活，应该讲个人生活应该服从于大时代，个人的小我、个人的身体、个人的生活问题，这些都应该让位给大时代，让位给人民，让位给国家。这才是我们这些人应有的选择、应有的态度。不然，我们都纠缠在个人问题上，谁来干好革命，干好事业，干好社会主义呢？这不是一个小问题，这其实是个大问题，我就是这么认为的。

所以我应该把话跟你讲到位，就是说，虽然自己生病了，但是到医院来，听医生讲讲也就行了，该怎么治就怎么治。但是不能因此自己就在医院里躺下了，听凭命运的摆布，是不行的，这反而是一种消极吧。我们现在是有条件了，在和平时代了，但是，志刚，我问你，要是在战争年代呢，谁有条件住在窗明几净的医院病房里？这可能吗？轻伤不下火线，还要扛枪打仗呢。所以我想父亲不跟我谈生病的事情，估计跟他军人的出身有关。我想我虽然是个干部，虽然要当主任了，但是革命精神、革命气概一定要有，我们应该从革命那里汲取有用的胆识，汲取大无畏的气概，还有就是要有一种战斗的意志。不然的话，大建设怎么办啊？大建设是很轻松就能实现的吗？显然不是。

至于你讲到的你大哥程志茂对我的建议，我觉得他对我是有照顾之情的。他是一个英雄，他心胸开阔，他认为我要休息。但其实他本身的事迹对我就是一个安慰。正是在写他材料的过程中，我被感动，被征服，从而树立了对于生活、对于身体也要对抗、要征服的思想，要不怕艰难和疼痛呢。我就是这样看待我写的材料中的人物的，他给了我勇气。当然像高书记那样一个基层的书记，对我也是这样看重，还到六安来找我，让我觉得自己在扒河队里，是有朋友、有亲人的，你们都是对我关怀备至的。有这样一群善良而真挚的农民兄弟，我怕什么呀？并且正因为有他们，我才觉得将龙山更加有希望呢。

好了，我不要说自己说太多了，还是说说将龙山，说说你大哥程志茂吧。你给我写来的你大哥程志茂建议在大桥周围搭水竹施工架子，以及到大华山砍水竹的事情，我都记下了，并几次到办公室把这些材料往报告里加，而且柯干事他们拿到的将龙山材料也多，也看到竹架子开始搭建了。我觉得将龙山一派生机，特别有战斗力呢。农民兄弟真是不简单，广城畈将龙山人真是不简单，硬是有这样强的作战精神。这么大的会战，百折不挠，真是很罕见呢。

我还是说你大哥程志茂，你讲的他在大华山杀狼的事情，我看了非常感动，觉得他太厉害了。他真是一个怎么说都不为过的英雄，只是我认为他有这个本事，是因为他的本事、能力和他的意志品德是结合在一块儿的，不是他练出来的，因为这不可能一个人始终在练，对吧？他有这个本事，是因为他个人有这个强大的为大建设为国家而奋斗的意志。你想，拿着个竹钎，在寒冷中熄掉火把走向狼群，他不畏惧吗？我想他有可能是畏惧的。但是畏惧没有击倒他，因为他是有责任感的，他要把狼杀退，他要把兄弟们带回将龙山，所以他走向了狼群。

当然了，这样的意志和品质，是不会败给一只狼的，尽管狼成群，但是他有竹钎，有一个英雄的巨大能力，所以他把狼杀掉了。我把这个事情写到报告中，想让它进一步说明将龙山的建设体现了人对自然的强大征服能力、对自然的巨大开掘和使用能力，这是一种可贵的能力。这种能力是人民的。这看起来是一只狼或群狼被打败，但实际上是在对抗自然、对抗外在困难的时候，英雄和人民是怎么做的问题。这不是一个小问题，这是一个大问题，而他又给我们做了很好的表率。我在报他的材料时，我真的在想，为什么在每一种状况下他都能成功？为什么？还是因为他是英雄。这反过来又说明了一个问题，在社会主义大建设时代，有的英雄是这样出类拔萃。他为什么这么强？你作为他兄弟，现在又作为一个地方区委的干部，你是看在眼里的。

他还曾是你当社员时的生产队队长，你知道他的成长，知道他是怎么起来的、怎么成功的，这是不言而喻的，因为他是从人民中来的，可以讲他就是人民本身，所以一点也不奇怪。他的伟大也在这个地方，人民的伟大就是英雄的伟大，英雄的伟大也就是人民的伟大，是紧紧地联系在一起的。所以，我想说，你和我都是干部，都是为社会主义、为人民服务的干部，我们没有理由不去歌颂英雄、歌颂人民啊，因为他们确实太伟大了。

志刚，我先写到这儿了，等你的信。

1965.2.11

义多：

收到你的信，看到你讲的关于身体和生活那些意见，我的确很是感动。我想这种感动跟当年我们在农校读书时，你在下龙爪老沙河那里跟我讲话时的意思还是有一致的地方，所以讲一个人的高水平，确实不是一朝一夕形成的，这是有时间的累积的，并且是一脉相承的。我也特别感念有你这样一个同学，同时在工作上，有你这样一个在上边工作的榜样，对像我这样一个在基层做工作的人，也是一种指导。但我想我讲到的对生活问题的看法，劝你保重身体，还包括我们个人之间的情谊，有我对你个人的关心，我想这同样也是重要的。最可贵的是，你始终把工作挂在心上，一个地委领导的孩子，无论毕业、当社员、参加工作、做工作，还是提拔等，你完全凭个人的努力，靠个人的奋斗。

坦率地讲，民工在里边干活，像蚁群那样，我在语录塔那儿向这些水竹架子方向看过去，真是像笼子啊。社员们在里边搬石头，抬石头，另一边社员在里边递材料，工作很有序。社员们干的是体力活，那些技术员有测量的，有吹哨的，有验收的，有开机器的，总之，配合得几乎天衣无缝。将龙山工地的社员们被组织得这样有序，这也得益于水竹架子搭起来，现在我才相信大哥的意见确实太重要了。

以前社员们担心有十六个孔的桥孔会塌下来，真是有点愚蠢呢。架子一搭起来，你才发现，大桥是个永久的工程，这些架子一架起来，你几乎看不到任何的危险了，因为任何一块石头也好，预制板也好，条石也好，都是卡在它必须待的地方，怎么可能会塌掉呢？架子搭起来，所有人都相信，桥是早就设计好的，现在来建，就是按步骤完成它，这让社员们对社会主义大建设有了新的理解。凡是巨大的工程，凡是国家的工程，凡是大建设的工程，凡是有公家来做的工程，都是绝对有保障的。这是没有任何问题的。

社员们之所以这么能干，这么在意干，那是因为从将龙山，你能看到国家的强大。国家干一个事情，你只管跟着干就行了，不必担心它会出任何问题。所以一开始别人是不明白为什么大哥会出这么个主意，但架子搭起来，大桥包围起来了，看到人像蚁群中的蚂蚁那样在里边劳动时，你会发现人是没有必要紧张了，也没有必要担心东担心西了，你就认真干活就好了。

义兰，也许你有时回到指挥部会看到将龙山的材料，现在的大桥已经被架得很高了，有些桥孔已经在安装了，虽然社员看不明白，但社员一块一块地抬石头，对于巨型的预制板，还有有弧度的小桥孔从头顶被机器拉过时，他们屏住呼吸，知道沛顺杭是个大东西，他们只是干活的。但是，沛顺杭相信社员啊，再说了，谁都知道修这沛顺杭为的还是社员，因为在六安老区干这个大工程，就是为了让老百姓过上好日子，能种田，能防汛，能抗旱，而且把自然给改造了，这是在以前任何时代都干不了的。为什么在今天能干？因为今天是社会主义了，我们为老百姓干事情了，社员都懂这个道理。

义兰，我不是说社员们像蚂蚁那样干活吗？其实我小妹程志村，那些女孩子，还有妇女，都拴着保险绳，吊在竹笼里，然后悬在半空磨毛石。一开始我不太明白，后来我才知道这些石头之所以称作毛石，是因为石头表面必须处理，不然以后在加装渡槽的行水槽时会出现缝隙。它们不光是一个美观的问题，实际上是一个特别重要的工程质量问题。我是组织妇女们上过桥上那些外立面和接头处的。

那里所有安装的石块都要细心打磨，只有磨平到一定的精度，今后水经过时，水压下的缝隙才能保持在一个很小的范围内，才不会漏水，这是有要求的。我小妹，我之前跟你讲过，一双手已经红肿得像虾子一样了。年底，下雪了，有些妇女有冻疮，出血的，但没有人在乎。她们一边干活一边说笑，真是欢乐啊。但小妹的脸上有一层忧郁，不用说，她担心的仍是山后大嫂娘家换亲的事情。但我也注意到她现在不大提了，她好像不是害怕，只是有一种很忧愁的东西，她是压抑的。但是没有办法啊，我是想问问那个小年轻的情况，但在农村，这些都是说不出口的。小年轻被大哥骂过，几乎也不敢靠近了。

小妹在桥墩上边，悬在半空的槽面外沿上磨毛石，外边是雪地的反光，水竹架子里的施工现场，有说有笑。只听见磨毛石的声音咝咝的，有一种很揪人的力量在其中，那是什么也说不清楚，也许是一种疼痛吧。小妹的手已经不是肿着了，后来就看见她的手已经被茧子全部盖住了，手心、掌心、手指头上的茧子已经长到手背边上，让人看不出这是一双女孩子的手了，就像一块发红的炭一样。义兰，真是很可怜啊，这些农村的女社员。可是，有什么办法呢？这么大的工程修在自己家门口，干这点活，她们总是说这又算什么啊。

义兰，又过年了，听人家说你大部分时间在医院里，你有时还返回指挥部，也许你父亲也知道你生病的情况了吧。我总在想，也许真的不应让你父亲太担心你的身体呢。虽然你说他是军人出身，现在又是地委大领导，但是毕竟他是一个父亲，我想他一定会担心的吧。与其这样，还不如让父亲放心，自己安心地治病，工作的事情放一放吧，生活总是要往前的，生活跟时代也一样吧。说到这个，我认为你虽然懂得多，政治水平高，但身体是你自己的，你不能那么冷静地看吧，总要有一些对自己的关心吧。现在，我们在将龙山，因为这么大的工程，每个兴奋的社员也好，干部也好，几乎都不大提什么过年了，所有人都处在这个激烈而兴奋的工程中呢。

义兰，将龙山这里下雪了，下雪的将龙山渡槽工地真是很美呢。不只我说美，是所有人都觉得美。而且这美因为有了这个巨大的大桥，几千年这个地方都没有这种大东西，社员们真是特别激动呢。对于外地的那些民工来讲，在春节前陆续往回赶，但是四个区的扒河队，尤其是双河扒河队和东河口扒河队的大部分社员都还在工地上，腊月二十八、二十九都还在干活呢。太阳照在丰乐河上，丰乐河河水比较浅了，这是深冬了，河的两岸都盖着雪，但物料场分布在河两岸，那些之前为了拉石头而在桥墩旁边修建的缓坡，像一个个长长的被拉扯开的树桩一样，在大桥的两边趴着。我在语录塔那里时常看这大桥两侧，感到那些像影子一样在水竹架子里边进进出出的民工实在是太伟大了。

义兰，你看，我也找到了你说的那种感觉，那是人民的感觉，是这些人代表人民、代表所有人在这儿干活。只因我们为的是国家，而国家是为了我们自己，所以所有人都干得这样起劲。程志茂是我大哥，我对他的感觉慢慢也有那些社员看待他的感觉了。那些飞鸟在丰乐河上空飞翔，有时也会飞过水竹架子包起来正在建设的将龙山大桥，这个样子看起来是一种很特殊的体验呢。上边老是有记者什么的下来，我想也许柯干事也在其中,那么,柯干事拍的照片,你是肯定能看到的吧。

我是这样惦记你,不因为别的,只因为你同样在感觉这季节,这过年前的风景。有时我想你是可怜的,一个可怜的同学。但你又是坚强的,我想你是不会同意我说你是可怜的。对了,前段时间,那个韩干事到工地来,还特地到南小台那里找我。他是个老实人吧,讲了你病得比较重了。但柯干事很少来找我。韩干事年轻,他又是才来的,讲到你有时到办公室,要扶住门呢。我想他看得没有错,他知道我们是同学,说丁大姐跟他讲过,李义兰的一个同学在将龙山,丁大姐还不忘告诉韩干事,可以跟我聊聊。韩干事也知道我是程志茂的弟弟,是英雄的弟弟。

韩干事几次想找大哥,大哥都在水竹架子里,十六个桥墩、桥孔、桥梁正在施工。韩干事也跟我诉苦,说大哥真是太忙了,而且从社员们口中得知,他们认为大哥之于将龙山实在太重要了。过年了,只要大哥还坚持在工地上,谁也不会走,社员们对他真是太看重了。

义兰,我还要跟你讲家里的一件事。我本来考虑也可以不讲的,但是你叮嘱过我,要讲讲英雄身边的事情。确实大哥现在任务更重要。在蚁群一样施工的大桥内部,组织很有序,但社员们靠的只有体力,而每一块石头都是要靠体力去搬、去放、去传、去砌,几乎是全部的劳力都要用在上面。我讲大哥是很重要,可是他身边总有事。我说家里的事,也没有别的,以前我还跟你讲我父亲,但这两年,父亲不大作声了,尤其是我到了区政府工作,后来区委给我的任务也多,父亲除了偶尔在我回新建庄时问我几件事情,就什么也不说了。

我在菜园地里看到有人割韭菜时,还是会想到当年我父亲就是靠割韭菜和写对联,挣一点点钱,把我送去上学。父亲是有眼光的。难能可贵的是,他的出身也好,成分也好,还是吃亏在他本人识字,有点知识,如果他是个很地道的种地的贫下中农,他就不会在划成分上出问题,影响那么大。但现在不说这个了,我当了干部,他是骄傲的。所以我越是在区委有一点作用,就越是觉得我读了书,能做事,父亲是看在眼里的,父亲也是真心高兴的。

我跟父亲讲过在将龙山,连宋翔忠都出来玩,在工地上跟社员们谈话,他还劝父亲也出来呢,但父亲太老了,行动不便了。家里的事情都是大哥在管,大哥又是生产队队长,现在成了扒河英雄,父亲总是在大哥面前低着头。父亲有点沉默了，是不想影响到大哥吧，我猜想父亲应该是这样的。他出身不好，但大哥还是干出来了，他是用血汗干出来的。大哥有这个本事。现在是大哥当家了，父亲对大哥是低头不语的。他明白高书记他们有时对他客气，但那意思很明确，就是叫他不要影响到英雄的成长。

义兰，我不是跟你讲过年吗？我记得你跟我讲过，六安城里边过年的氛围，爆竹炸得没有农村那么凶呢。家里发生了一件大事，我再三考虑还是要跟你说。我自己也觉得很奇怪，现在我在跟你讲这件事时，我心里反而是平静的，可以讲有些事情它注定要发生，你是挡也挡不住的。二哥出事了，他居然到杨家水圩庄上把那个杨家的叔父给打坏了。这个消息立刻在将龙山传开了，我是有些害怕的，因为我不知道问题出在哪儿，也不知道有多严重。后来我得知二哥把杨家叔父的头打烂了，又把胳膊给踹断了。庄上人到半个店那边找人，把胳膊给接上了。那个叔父伤势不重，但闹得很凶。我很快弄清楚了。你记得吧？就是以前我写信跟你讲，去年春节，我小姊生病，我大哥和那个杨家水圩的叔父一起把小姊抬到棠树医院。那个叔父我见过，也算熟。但是，想不到二哥会把他打了，事情不复杂，但是很难听。我前边也写信跟你讲过，胡大帽子跟我讲二哥到杨家水圩那边找杨家叔父理论过，为的是俊顺的事情。小姊死后，俊顺一开始还行，到大哥家吃饭，晚上还是回去。但是一个月之前吧，俊顺老是爬上房顶对那个叔父家骂骂咧咧的。我问过这个问题，但没有人讲，便又问二哥。二哥讲了一点点，意思是，跟孩子没有关系，孩子是孩子。当时我没有听出来，其实二哥那时就想动手了。

义兰，农村的事情其实都很简单，社员们都是特别单纯的。本来干活就那么累了，怎么可能有那么多想法呢？但是俊顺的事情后来让我很吃惊。二哥是在大年初三那天打的杨家水圩叔叔。事情一下子传出来了，整个将龙山都知道了，说是打得很重，当然这是外边传的。在很多人看来，程志盛是程志茂的弟弟，说他迟早会出事。有些人讲，你看他那个样子，哪像一个英雄的弟弟？仗着自己是个石匠，现在将龙山让他成立石匠队，他就狂了，整天拉着个石磙，神气活现的。

二哥出了事，吕二先生逢人就说，打得好，我就佩服程志盛，要是老子，还要打得更狠呢。其实吕二先生不过是在言语上声援二哥，但工地上的人，包括广城畈大队的郭书记跟吕二先生讲，你再乱讲，民兵就抓你。吕二先生退到丰乐河边，站在积雪上叫。

义兰，我跟你讲我二哥程志盛为什么把杨家水圩的叔父给打坏了。叔父叫杨占魁，人是个老实人。我记得抬小姊去棠树时，我就跟在后边，他年纪大一点，但力气上不输给大哥，一路上都加紧呢，希望能把小姊治好。不过，现在想来，事情也确实有点蹊跷。义兰，我跟你是无话不说了，加之二哥出这么大的事，势必对大哥的名声也有些影响吧，所以我应该把事情经过跟你说一说呢。那个杨占魁之所以被二哥打，还是因为跟小姊有关，而外甥俊顺到屋顶上去骂人，也是因为先是在杨家水圩，然后在附近几个庄上，突然有人讲起我小姊程志乡在死之前，就是守寡那些年，一直与这个叫杨占魁的叔父关系不一般。

在农村这是很严重的事情了，既然有人讲，那就特别丑了。人家讲，我小姊守寡这些年，杨占魁为什么一直这么照顾？还是往床上爬的事情。这话进了俊顺的耳朵里，孩子已经大了，怎么受得了？于是他爬房顶，先是讲要把杨占魁杀了，然后讲要把他烧了。庄上人把二哥找去了，他们不敢找大哥，因为大哥是英雄，还是找了二哥。二哥去了以后，没有怎么作声，跟俊顺讲，你妈已经死了，这事你不要管。俊顺讲，我要杀人。二哥讲，俊顺，杀人要偿命，你一个小孩子杀人偿命不划算。他是怎么把俊顺堵住的，我不知道。

但二哥自己干了，他是要把杨占魁给治一顿的。是不是要杀他，我不清楚，但二哥是个有底的人，他心里清楚。但是程家既然讲了，孩子的路要往前，孩子要长大，不能让外甥看不到结果吧。事情总要有个度的，这度就是总要处理的。所以二哥就拿着他的竹杠，那是他用来弄石磙的竹杠，跟了他很长时间了，先是敲破了杨占魁的头，然后扳倒他，把胳膊踹断了。

事情就是这么个事情。二哥打了人之后，庄上人看见他没有跑，只是往胡家大庄那个方向走，然后他到山后去了。晚上，民兵和派出所的人才到山里边把他给抓到的，抓他时，他正在吸烟，坐在山坡上。

事情有点乱，义兰，先写到这儿，下一封信再叙。

志刚

1965.2.25

志刚：

　　收到你的信，你信中写到了过年，写到了丰乐河在雪天的样子，写到了风雪中的将龙山，这些都是令我感怀的。我恨不得能飞到将龙山去。将龙山我是去过的，但那时工程在筹备，想不到这么快，工程有这样大的进展，而且现在水竹架子搭起来了，所有社员都在水竹架子中劳动，这是英雄程志茂的壮举，没有他为民工着想，社员现在还在担心吧，所以说劳动人民是有无穷创造力的，你大哥程志茂的这一点令许多人感怀吧。风雪也好，春节也好，时令是在变化的。但伟大的时代主要的东西是不会变的，那就是为时代、为国家去奋斗。我也来谈春节，虽然现在马上要开春，春节已经过去了。我对社员是了解的，尤其是自己还当过社员，现在写的材料中，社员占比也多，特别是写你大哥程志茂，更是让我对社员们平添了许多亲切，总觉得如一家人一样。

　　老实说，我是不会去合肥或上海看病的。志刚，你想，要是社员生病了，会有条件到合肥或上海去吗？连六安也未必能到呢。这倒让我想起了你又在信中提到的你小姊，多么委屈啊，多么善良啊，你一定还穿着她留给你的平绒鞋吧。你小姊死于疾病，那么年轻。她留下的三个孩子，好在有英雄的大哥在，他管三个孩子的吃饭，还阻止大孩子小小年纪去工地，这些都是发生在身边的事情。

　　你讲到你二哥程志盛打坏了那个杨家水圩的本家叔父，我觉得不论是谣言也好，是中伤也好，你小姊的死都是疾病，是困难，是没有办法的，但是，你二哥因这种捕风捉影的流言去打人，这就不是一个落后分子的事了，这是犯法。所以志刚，我岔开话来讲了，我不讲我身体生病了，我就讲你小姊。你小姊死前正是这位叔父抬她到棠树治病的吧，跟你大哥一起，跟英雄一起把英雄的妹妹抬到棠树去治病，这样的叔父是劳动人民的一分子啊。你二哥程志盛总不能这样来打他吧，打断了他的胳膊，虽然接上了，但是这也是一种致伤的行为了，应该要受到制裁的吧。现在派出所和民兵把他抓起来了，是对的。

志刚，我早时对你说过，你二哥程志盛总是不知道他会在什么地方惹出乱子，你完全不知道他会怎么做。当年他在合作化时期落后，这是拖时代的后腿，现在又在小姊死后，打坏了对小姊有义的人，这是什么行为啊？我想你作为他弟弟，你也分析过。也许他还是没有从小时候被你父亲过继给你叔叔家这个经历的阴影中走出来吧。这种伤害与其说是童年的，不如说是旧社会的，是解放前的，这还是一种旧社会的恶、解放前的恶，所以给他留下了阴影。但问题是现在是新社会了，是新时代了，那一页翻过去了。但想不到这总是会对他心理有影响，我之所以强调这个，还是跟你大哥有关。

志刚，你看，我刚刚说我生病，怎么又讲到你小姊的死，还有你二哥现在犯罪的事情？我想英雄成长的环境真是有点复杂呢。你在信中讲到了你大哥程志茂现在在将龙山工地上，别人找他都很难找到，这个韩干事回来也跟我讲了一些。有一天，韩干事居然跑到专医来找我，是向我汇报他在将龙山看到的一些情况。他说真是很震撼，因为在水竹架子里有很多通道，在那些架设桥孔的通道里，社员们一块一块地把那种弧状的石板向上传，场面非常感人。

不用说，那是在架设桥孔，是在接龙。由于节约水泥和钢筋的原因，这样来为桥孔施工，是要有比较特殊的施工和设计手段的。韩干事在将龙山始终没有见到你大哥程志茂，当然了，你大哥的情况我从你的书信里也能知道一些，我不过是希望韩干事能以他年轻的精神去看你大哥，去学一下，去碰撞一下，但他没有找到你大哥。工地现在进入白热化阶段了，对吧。那么伟大的工程就要完成了，志刚，现在年也过了，春也开了，我想正是最美好的时节。虽然我人生病了，但时代没有变，我不过是一个搞宣传的人，至于说沛顺杭精神，那也是深入我身体深处了。我想我和时代是一起前进的，我不会因为身体的原因而畏缩的。

另外，志刚，我还想跟你说的是，上次大嫂来劝我住院，朝明的爱人不是一起来的吗？朝明的爱人后来还到医院来过，只是有时我恰好到沛顺杭办公室去了，她就等我，然后跟我说朝明他们正在加紧拖拉机的生产，预计很快就会下线。六安自己的手扶拖拉机一出厂，就会调拨一批去将龙山的，那时将龙山工地石料的运输压力会大大缓解，我想外边这些人对沛顺杭、对将龙山都是充分支持的。过年时，朝明也到家里去了，见了父亲。父亲是知道我生病了，但没有提。父亲跟朝明说的是六安工业的发展思路。朝明现在干劲大，又在轻工局当局长、书记，又到手拖厂亲自当厂长，这个从军队下来的干部对办工厂有一套呢。我听父亲说朝明还是有头脑的，但朝明走后，我二哥却听父亲说，朝明跟我大哥李义庭比，还是要差一点。父亲对大哥始终是看好的。父亲常看军事地图，对印度、对苏联都特别注意。他总说，我们这么大的国家，没有弹是不行的，要有大弹啊。

志刚，你看，父亲就是这样，他是个军人出身的人，虽然现在在地委当干部，但他始终认为安全才是最重要的呢，所以他虽然对大哥的晋升着急，但仍认为大哥是做着特别重要的事情的。朝明的爱人邵大姐总是来，我想她也是督促我在医院安心住着，另外，也是我大嫂托她的吧，毕竟大嫂在蚌埠，来六安不是特别方便。对了，志刚，还要跟你说一件事，就是我二嫂居然真的有要调往沛顺杭的念头。这是我二哥跟我讲的，二哥讲二嫂跟他讲了好几次，说是想调往沛顺杭。二哥讲，你当个坐办公室的文员不是挺好的吗？二嫂说，要到沛顺杭去，沛顺杭是六安最重要的一个工程了。

你看，连二嫂这样的人都想去沛顺杭呢。二哥跟我讲，二嫂也是希望我讲讲沛顺杭的情况。二哥还关心我提拔的事情。我说，现在我生病了，我不知道组织上怎么安排呢。二哥吸着烟，说，你就这样吧。我不太明白二哥的意思，但二哥坐了很久才说，你就别指望父亲能说上话了。我问他什么意思。二哥说，父亲是不可能为你的提拔跟章书记讲哪怕一个字的。我想二哥是了解父亲的，他自己是个工人，父亲对他有要求，还经常训他。父亲训我比较少，一是因为是女孩子，另外，也因为父亲承认我在政治上的觉悟还是高的呢。

但是，在这种情况下，我也没有办法在父亲面前表示出任何痛苦啊。我想他是军人，他一定认为我是可以用自己的意志去挺过这个难关的。

志刚，跟你说实话，我现在身体确实不大好。我也不是像先前那样能判断出自己是否能坚持，病痛有时让我有点坐卧不宁，但是一想到沛顺杭这么大的工程，这么多的宣传通讯任务在等待我，我就有一种冲动，想回到办公室去，想下到工地去，包括也想到将龙山去。但是，现在的身体不允许我有那样的力气了，我走不动呢，只能缓缓地走，有时站在病房，看着玻璃窗外，看到柳树上有一点点灰嫩的绿，我想那还不是绿，春只是开了，毕竟还没有真的到春绿萌发的时候。对于身体，我也是不清楚了，只愿身体能好，至于别的，我只好坚持了。

志刚，还要告诉你的是，生活就是生活。我生病了，我理解生活，我在上一封信里也跟你说了，要让生活成为时代的一部分，我们要做生活的主人。我们要把生活本身也献给时代呢。如果别人还要说我不会生活，包括我父亲那样批评我生活幼稚，我想我只有把生活交给时代，我自己也才能心安呢。志刚，我跟你讲过的，朝坤那时候常到家里接触我，还想追求我，但现在终究跟郝秀丽结婚了。他又做回了工人，据说被他大哥朝明猛烈地批评了，现在老实了，跟郝秀丽结婚了，过上了那种平凡的日子。我觉得这挺好的嘛。

他何苦那样讲，说是追求我。我那时也不是不懂生活，我不过是需要他的帮助。那时我还是社员，帮沛顺杭搞慰问演出，需要他牵线帮忙而已。没想到郝秀丽还到沛顺杭来堵我，我觉得真是有些荒谬呢。我怎么会爱上朝坤呢，对不对？志刚，我的心思都在工作上，都在沛顺杭上，我怎么会爱上一个只是在口头上声称追求我的人呢？真是太不可思议了。然而现在他结婚了，我想这都是过去的事情了。只是想起来有点滑稽而已。

但是，大时代需要的是我们跟时代一起，即使我现在生病了，但我仍然不认为人是要儿女情长，人应该是要奋斗，要在奋斗中成长，要有政治水平，要善于斗争和善于学习，这才是最重要的东西。志刚，讲起朝坤，讲起生活，我的感触还有很多，但是这些都是时代的注脚吧。特别是你讲到你家里的事情，这些我都会或多或少地用到你大哥程志茂的材料中去，就是要把英雄讲成一个真实的人。你大哥程志茂所处的环境是特别困难的，这个我以前也讲过，像这次韩干事跟我汇报说，在水竹架子里都找不到他了，他实在是太忙了，实在是太重要了。我想英雄在这个大时代里才能发挥更大的作用呢。

好了，先写到这儿了。等你的信。

1965.3.17

义学：

现在写信，春已到了，春梅早就开了，乡村一派祥和。那包着水竹架子的将龙山大桥已经很高了。对不起，我上次讲像蚂蚁一样在水竹架子里忙碌的社员们，现在已经走在水竹架子外边已经化冻了的工地上。照旧是忙，但冬天就要过去了，社员们就是这样对待冬天，然后春天到时，并不是说冬天就真的走远了。有些社员还是习惯踩着高跷，工地上的人的脸上都有笑容，我是想把这美好的笑容传到你那儿，我知道你正在经历疾病的折磨，虽然你说你扛得住，但是所有从六安指挥部下来的人，如果提到你，都会说你是不简单的，都不明白你是怎么做到的，那么严重的疾病并没有打倒你。当然这是说疾病没有击倒你的精神，你仍然在写材料，仍然在做指挥部通讯处的工作，仍然奋战在宣传的战线上，仍然看得到你的文字、你的报告，以及你对每一处工地的报道。

你看，现在我在区委待的时间长了，发了不少材料，也终于明白你几年来一直对我的引导和帮助，让我对思想、对政治、对社会主义、对革命有更全面的认识和体会，这是无比可贵的。现在我给你写信，唯愿你身体好起来。我想说我大哥还是很痛苦的，这个我不必向你隐瞒吧，上一封信里已经跟你说了，二哥出了事，已经被抓起来了，这在将龙山当地是个大新闻了，一个石匠，一个落后分子，但是是现在看起来已经好转了的人物，却在自己家庭的一些生活问题上栽倒了，他居然要杀人。外边都是这么说的，说二哥要杀掉跟他死去的小姊谣传有不正当关系的人，并且是小姊死去的丈夫的叔父。这个大新闻也是个丑闻吧。

尽管你听着很辛酸，小姊死了，她是个多么不幸的人，但是在死后居然有这样的传言，而她的弟弟、我的二哥居然要去杀人。虽然没有真的杀死这个杨占魁，但是，他打破了人家的头，打断了人家的胳膊，这已是犯罪了。他被抓走了，大哥对这个事是着急了。他总是抓着头，之前我不是跟你说人家在工地上都找不到他吗？那是因为他在水竹架子里总是在搬石头。他不是在指挥什么,他是一个典型,他的典型是干出来的,累出来的,人家哪里搬不动了,他就到哪里,他就在哪里搬。他一搬,人家就搬得动了,为什么呢?因为他是英雄。但同时,人家也都知道,他不是真的力气比谁大,他不过是给人这样一种印象,那就是他知道他不得不搬,他必须搬,这是他作为一个农村社员的本分。国家这样了,对老区人民是有责任的,社员也就有责任了。这是相互的,我们爱这个国家,我们除了干活,我们还能干什么?好在,我们能干活,我人穷,但有一身力气。

义兰,你看,我大哥程志茂就是这样给社员们做表率的,社员看到你干,他就干,这是榜样的力量。但二哥出事了,大哥抱着头,坐在院子中。榆树还没有发绿,我听不到他哼了,尽管他仍然是很累的。他在吸烟,烟味很难闻,大嫂在锅灶那里忙,父亲在外边田埂上走路。对于二哥的出事,父亲一言不发。同样,对于关于小姊的谣言,父亲也没有一点话。父亲显得那样老,几乎快要老到土里去了。

虽然我在区委当干部,但父亲跟我也没话。二哥被抓走了,他犯罪了,父亲没有话。我知道现在的事情是大哥管的,大哥当家啊。我们这个家不用分了,因为我已经工作了,到区委上班了,小妹反正要嫁人的。大哥是一家之主,但二哥不在,在程家二方啊,现在好了,他仍然是老二,但他出事了。我问大哥,怎么办?大哥说,你不能去。我说,我到白湖去一趟。

义兰,二哥是被抓到白湖去了,被关在那里。他虽然犯了罪,他判刑也好,或者怎么样,家人总还是要管他的。二嫂已经躺在床上了,孩子们也很紧张。在程家二方,二哥的家已经乱了。我说,我去一下,我去看看他。大哥说,你在区委工作了,你是干部,你去,会是个什么印象?怎么说你也是干部,你还有前途。我听出大哥是为我好的,但是我不去谁去啊?

再说了,虽然他扬言要杀人,但他并没有真的要杀杨占魁,否则他不就把他杀了吗?但他没有。他不过是必须这么做。作为小姊的弟弟,他是要出这个气的。小姊日子过得很惨,丈夫死了,带着三个孩子,没有改嫁,而且也没有办法过上好日子。可是居然在死后有人那样说她,二哥是忍不了的。不管是谣言还是别的什么,但凡有这样的话,二哥就一定要这么做,我有时也想,二哥的逻辑很简单,他一直是个直性子的人。

义兰,你看,我对我二哥是这么看的,我知道你对他有看法,有意见，因为他在政治上确实不行，不仅落后，而且不思改进。尽管在将龙山也好，松辽岩也好，他有了进步，但在根子上他是那么一个人。大哥没有哼，当然他确实太累了。但二哥这个事让他没有了办法，他讲二哥真是的，怎么就干了呢？我听不太明白。大哥又说，还是俊顺老是在那儿闹，如果不是俊顺闹，老二也不会真的去收拾人。我说，大哥，俊顺是个孩子，庄上人那样讲，孩子受不了啊。大哥又说，不是庄上人讲，是几个庄上、公社好多地方的人都讲。

我听大哥的意思，他是老早就知道有人在传这个话了。我听到这一点，心里也是有怒气的。但是，再有气，二哥这样扬言要去杀人也是危险的吧。大哥吸着烟，在榆树上拍了拍手。他讲，老三，你不能去，要去还是我去。我知道我争不过他，但是，在二哥出了这么大的事的时候，我当干部又怎么样呢？他是他，我是我，他是我二哥，他犯法了也是我二哥，我又不怕什么影响，这又能有什么影响呢？他杀人，但没有杀死，只是打破了头，打断了胳膊。另外，他杀人是因为他姐姐，为姐姐的名誉去杀人，有什么丑的啊？

义兰，你看，我就是这么想的。我们这家人是有亲情的，我们没有什么道理好讲。我是要去看二哥的。义兰，所以我就当场决定晚上就出发，我要瞒着我大哥，独自到白湖去一趟。我要去看一下二哥，跟他说，你虽然小时候就过继给叔叔家去了程家二方，但是，我们还是兄弟，你为姐姐犯了罪，但我们仍然是亲兄弟呢。

义兰，我还是把我到白湖农场去找我二哥的情况和你说说。上边我讲大哥对于二哥的事情其实是很心痛的，虽然你看他是个英雄，在将龙山、在沛顺杭，他是个人物，但是家里出了这么大的事，二哥被抓了起来，他自己也是躲不过去的。以前我也曾想他是个英雄，他对这些事情是不是有免疫力，现在我发现不是的。其实他是很焦虑的。所以，我跟他在新建队那里谈过话之后，跟他说我要回一趟双河，区委有点事情。他还嘱咐我千万不要因为二哥的事情影响了自己在区委的工作。他说你是你、他是他，越是自家人，越是要分得清楚。我口头上跟大哥说不会影响，我不会管二哥的事，但实际上，那怎么可能呢？我是当晚就往白湖去的。我是先步行到张母桥，然后从张母桥连夜赶到了舒业，都是步行的。

义兰，你看，对于我这样一个从农村出来的人来说，我跟社员们是一样的，即使什么都没有，即使什么都不管，但至少我们有体力，我们有身体，一切都可以靠自己。所以我就走去舒业了，我想我大哥程志茂之所以可以起来，就是因为这一点。他自己也反复在说他有的是力气，力气是在干活中才有的，越干越有，简直是永动的。我在夜里从张母桥往舒业走时，想到了大哥讲的这一点。过棠树时，我又想到去年过年，那个抬小姊来棠树的晚上，联想到现在那个抬小姊的人居然和小姊有那样一层关系，无论出于什么原因，这对我们活着的人来说，都是一件难以启齿的事情。但是，生活就是这样，总要有人站出来，那么现在站出来的是二哥程志盛，他是有血性的人，他那种性格，是不能忍受他的姐姐居然是被同村的本家的叔父给糟蹋了。

二哥就是这样想的吧。二哥是个什么人？他是个有性格的人。我记起胡大帽子跟我讲我外甥俊顺在杨家水圩庄子爬屋顶，说村子里有风言风语，我就找二哥问情况，那时他还闪烁其词，现在回想起来，他是有准备的。他那种性格，应该决定了要怎么去干，尽管他犯罪了，被抓了，但他还是我二哥。对于小姊死之前难以启齿的事，现在追究是没有意义的。但是，在农村，舆论和言辞又是多么重要，人会被这些压死的，这是口水的力量。

义兰，你应该知道吧，我跟你讲二哥的这个事，我是希望你在对大哥有那么深切的关心和支持的同时，也要知道一点别的人，比如像我二哥这样的人。他也是一个普通的社员，他也想把日子过好，但是在特殊的状况下，他就那么做了。他要杀人，他还认为杀人有理。尽管这肯定是错误的。但是，作为他的兄弟，即使我是个干部，但我同样是小姊的兄弟，无论多么难以启齿的事情，小姊的死都是一种巨大的悲伤。我想我是应该而且必须去看望二哥的。当然了，如果我不去，谁去呢？大哥是不能去的，就像大哥跟我讲的，他认为我不能去，但反过来说，我认为他更加不能去。

好了，我到舒业坐最早的一班车前往白湖时，看到天色蒙蒙亮，车是开往安庆的，到安庆后还要再搭车。但是安庆还远着呢，一路上我都很急，因为我知道大哥如果不知我去了白湖农场，他自己一定会来的。这个我看出来了，但是如果他在工地上看不到我，便会判定我去了白湖农场。

我是下午到的白湖农场，那是个提犯人的地方，应该讲对待犯人是比较严厉的。但是时常来探亲，会有助于犯人的改造，白湖农场也是欢迎的。

义兰，我不是跟你讲了吗，过年发生了这么大的事情，对于我们这家人来说，过年都没有印象了，完全成为一个大事情的时间段，二哥居然差点杀了人，把人打伤了，现在关起来了。白湖农场一派泛绿，景色宜人呢。在这里的人有罪，但是面貌上也还可以。当农场的人把二哥带到铁窗那儿时，我差点没有认出他来，头发已经剃了，穿着囚服，精神状态还好。他说，你来干什么？我说，我来看你。二哥讲，你是干部，你不能到这个地方来。我说，干部又怎么样？干部也有犯法的，更别说我是来看你，我又不是支持你犯法。二哥把手往头上碰了一下，头皮好像有点痒似的。

我问他，怎么办？他说，你问这个干什么？我的意思是你现在出这么大事，以后要好好改造啊。但二哥没有听出来，他说，我什么都不怕。我对二哥说，你放心，家里的事都不用急。他说，我不急。我说，你其实用不着这样。我说这话实际是在告诉他你做事情要有道理，要有目的，不然你做它干什么呢？二哥沉默了一会儿，他说，老三，这个事你就别管了，反正一人做事一人当，我把他打坏了，我犯法我认，但是你想我不打行吗？我不打，孩子们怎么办？死去的小姊志乡怎么办？我听他连说了几个"怎么办"，知道我二哥是个有性格的人不说，其实他是个很聪明的人，他看事情永远是有自己的角度的。

我说，我刚才的意思是，不管什么情况，反正现在已经发生了，你只有在这里好好改造，以后重新做人。谁知道二哥来了一句，老三，不要讲大道理了，我没有什么可改造的吧，我又没有改变什么，我走这一步，是不得不走啊，我问你，不打，小姊怎么办？

义兰，你听，二哥就是这么个人，他的话让我也没有办法。我说，我来看你，其实我也没有什么要特别交代的，毕竟事情已经发生了，我是跟你讲，家里人都在等你。他低下头，我想他是难过了。过了好一会儿，他才说，我不打不行，我不打，老大就要上。老大打，能打吗？还是我来吧，反正小姊被人传这样的话，总要有个人出头。你想，这个人总不能是老大吧，所以我出手了。还好，我赶在前面，我动手了。我听他这么讲，有些吃惊，因为我不晓得他怎么判断如果他不出手打，大哥就会出手打。

这什么看法啊？这对吗？我想他既然这么说，也许他有他的道理。

那他为什么没有考虑我呢？我想他是判断我不会这样做的，不论怎么讲，以我当个干部来讲，还是我排行兄弟中的老三来讲，我被他考虑成不可能去打人的，这让我有点茫然。虽然我绝不可能去打人，但我没有听到这个谣言，我对农村里的事情听得少一些。但是万一我听到呢，我想我是不会去打人的，这个发现让我有些吃惊，也使我意识到我还年轻。我不冲动吧，但是，我这样是个什么样子的人呢？我来二哥这儿，在白湖农场铁窗边，穿的就是小姊死前给我的平绒布鞋，但我为小姊又做了什么呢？我想即使我是个大干部，我也没有什么理由不对自己感到失望；不论我是什么人，我听不到谣言，也对别人缺乏判断。我所有这些表现在我自己看来，都是令自己不满意的。

二哥把手铐晃了晃，他的样子一点也不凶，他像个手艺人。确实他石头玩得好，是个有名的石匠，在将龙山这么需要人手的时候，石匠队队长却被抓去坐牢了，这是个不小的损失呢。我说，将龙山现在都讲你这个事呢。二哥说，让他们讲去吧，我不后悔。我没有讲什么，因为我知道他讲的是打人，不是犯罪，他看到的是自己的姐妹有了这遭遇，死了，却被人这样讲，他就是要管呢。

义兰，你看，我到白湖农场看我二哥时，春天就要开始了，但二哥被关起来，失去了自由。他是一个心里装着别人的人呢，特别是他讲到他不打人，他不出头，大哥就会出头时，我想不论大哥自己会是个什么准备，又或者讲也许大哥根本就不是他想的那样，但显然二哥是把老大当英雄的，不想给英雄那么多负担吧。义兰，你看，二哥在这一点上也不糊涂吧。另外，即使大哥没有这个准备，他也许跟二哥想的不一样。即使是这样，但二哥能这样替大哥着想，这本身也说明二哥是个善良的人呢。他心里是有家人的。

我在铁窗外边，感到有些冷，但从二哥的眼睛里，我感觉到他其实是个好人，以他的力气，他并不是真的不能把他胳膊打得不像样子，或者说杀死那个杨占魁，没有什么难的，但他没有，他不过是动这个手，即使要坐牢，他也要这么干。我现在也想通了，为什么很多人不喜欢他，包括我父亲。我父亲显然也不大喜欢他，我想通了一点点，二哥确实是这么个人，只有跟他很近的人，才能懂他一点点。别人看到的都是他的落后、消极，都是他的怪异以及神神道道，然而事实上，他做事总是有原则的，有原因的。

打人坐牢这件事也是如此，我跟他会面只有这么一小点时间，外面春天已经开始了。我对二哥说，家里的事不要操心，人还多呢。二哥点点头，眼睛向上抬，看出来，他是难过的。

义兰，先写到这儿了，下一封信再叙。

志刚

1965.4.9

志刚：

在专医的院子里，有时我能越过墙头看到隔壁地委大院。凭着印象，我也知道我家的方向，就隔着几排房子吧。一派春天的景象了，窗外的柳树跟对面九墩塘的柳树相比，似乎要长得矮一些，是不是因为是在医院里，不像在九墩塘那里有个水塘子，而且是烈士陵园，那里的水土一直很好？但是在地委大院里，柳树要少一些。在地委的小食堂那儿，我曾一直在那里张望，看食堂里的师傅们进进出出。关于地委大院的生活我以前跟你也讲过，但现在对我来讲，那生活好像很远了。是的，我们都长大了，原来长大了、工作了就是这样一种样子。我前几封信还跟你讲到我到对面的九墩塘去坐一坐，想一想我们当年来扒塘。那是沛顺杭早期的工程了，现在已经绿水环绕。

我记得我前两年在通信中还跟你解释过，有人讲沛顺杭工程在地委大院搞了个小游泳池。其实那不过是引水进来，在边上是皖西宾馆，是接待省里以及中央领导用的。所谓游泳池就是个池子，水能来而已，跟皖西宾馆是连着的，但并没有真的用作游泳池呢。现在，你看，我在专医的院子里看地委大院，看九墩塘，这三个地方像个"品"字一样，我被锁在这里似的，很难动弹呢。尽管有几次我还是坚持回去，但是到了办公室，我几乎要躺下。

好在，现在新来的韩干事工作非常主动，有时把材料送到我在专医的病房里。我很感谢他，他是一个有责任心的更年轻的办事员。在此，我想说其实沛顺杭永远是有人的，像韩干事这样的年轻人现在也常跑将龙山了。对了，你好像说你是见过他的。我也委托他多去跟你大哥程志茂接触，带回第一手资料。但不知为什么，也许是他经验不足吧，或是你大哥实在太忙了，他多次扑空。在将龙山见到你大哥也是有些困难了。可是，英雄有了本事之后，找他的人多了也不行。但我想这也是好事，这说明英雄有了英雄的位置。另外，他有着不是一般人能达到的高度，这本身也说明了在我们社会主义建设的新时代，英雄是超出平常人的，他既是人民中的一员，又是人民中的突出分子，是出类拔萃的，是有别于大众的，是极少数的典型，这正是我们要理解的。

韩干事拍回了将龙山水竹架子里的工作场面。那桥孔、桥梁，那安装时的场面，是万无一失的，体现了施工者的智慧。更可贵的是人民群众，是社员们不怕吃苦，而且技艺超群呢。不然，他们不可能在这么短的时间内把桥孔建好，把桥梁给架上去。同时也说明了只要桥基打好，桥墩立好，上边的事情是顺理成章的。现在有时我也到九墩塘去，在那里，我见到那些烈士的名字，像许继慎等，有些是六安的，有些是在六安战斗的，但不论是谁，他们都在老区这块土地上洒了热血，献了生命。他们是不朽的。跟他们相比，我觉得遗憾的是自己没有什么本事，没有更好的能力去报效国家。

志刚，你看，直到现在，我病成了这样，我不得不承认如果身体不好，也是对国家的一种歉疚呢，因为你这样就没有办法那么风风火火地干下去了。坦率地说，现在我就是这样的，但是拿你大哥程志茂来讲吧，像韩干事找不到他，而柯干事资历老些，在工地上吃得开一些，但采访你大哥的内容也很少。这说明英雄忙得不成样子，英雄不再像之前那样特别需要别人的认同。在将龙山，沛顺杭精神已经洋溢在工地的每个人身上。而你大哥程志茂所要做的就是在那密密的竹笼子一般的施工工地上，为民工们做出表率。

我也知道现在问题还很多，尽管讲体力是用不完的，但是民工们是要轮番来啊，就那么大一个地方，每个人都要干，哪有那么大地盘呢？所以我觉得每一个社员都还是要珍惜自己为将龙山出力的机会吧。

志刚，你在信中讲到你到白湖农场去看你二哥程志盛，你讲得也很具体。我本来不想多讲他，你也知道我始终认为他是有问题的。他确实存在落后、消极的一面。你又说他在将龙山变好，变有用了，还当了石匠队队长，但是我总认为他要出什么乱子。为什么呢？因为我总觉得他心里边那杆觉悟的秤不对，他看那些事情，看的不是社会，而是他眼前的一个小世界。这一点他跟你大哥程志茂区别太大了，真是一件很奇怪的事情呢。但同时这也表明英雄虽然有出处，但绝不是家庭或是什么个人性，而是对国家、对人民的爱，是一个大立场的问题。你大哥在这一点上就在双河特别明显，而你二哥和他是一家人，但真是差别太大了。我这几年来一直写你大哥程志茂，现在还在弄他的材料。这材料要向省里报，也是我们通讯处最重要的工作内容之一。现在没有明确下达让我当通讯处主任的函件，但是包括丁大姐在内，他们都是把我当主任看的。尤其那个韩干事，他似乎就要称我为主任了，不过我跟他讲，在指挥部，我们还是要有组织纪律性。没有任命，我就还是原来的干事，不是主任嘛。但我可以做得更好。我想多年来党和人民对我的教育，我得有这个认识，就是你要承担更大的责任，而不是简单以为要当官要有权，一切都是人民的，所以对人民负责、为人民服务才是最重要的，也才是根本。

我讲到对你大哥程志茂的材料的整理这件事上，我确实也绕不开他的环境，所以总是有这个程志盛存在，现在他又闹出这么一个大事情来。本来我在讲你大哥的事迹时，我们还谈到你小姊程志乡的死，谈到留下了孩子，是孤儿了，但你大哥勇敢地承担了对他们的抚养责任，这是一个多么正面的报道，真实感人，而且催人泪下。但是老二程志盛这么一来，完全乱了。出了一个犯罪分子，打坏了村庄上的社员，这是什么事情啊？我们虽然认为这事难不倒英雄，也跟英雄无关，反而更凸显了英雄的重要性，但毕竟这不是一件好事，况且，老二程志盛捕风捉影，为一点点谣言，就动手打社员，这是多么严重的事情啊。从犯罪来讲，他这样做几乎与人民为敌了，这是不能原谅的。

我只是担心你大哥程志茂在这么复杂的环境下，他还怎么做到继续奋斗。当然了，你在信中也讲到了他的苦恼，以及他对兄弟的关心。我认为那是他没有办法的选择，他总不能对老二不管不问吧。在这个问题上，我正好也要跟你谈一谈。从你到白湖农场见老二程志盛，跟他谈话的情况来看，你对他也是认识不大清楚的，你要注意。你是一个区委干部，他是一个社员，现在他犯罪被抓坐牢了，你去看他，是以一个家人的身份。但你不要忘了，也还要与他这种行为做斗争呢。这不是一件小事，社会主义伟大的时代，需要正面的向上的，需要英雄，需要奋斗和努力，对于这种从落后到犯罪、从消极到坐牢，人人喊打的人，你难道不应该警惕吗？

至于你说到你二哥程志盛讲的如果他不动手打坏人，你大哥就会去打人，这完全是对英雄的诬蔑，这是毫无根据的，稍微有点头脑的人都能想到的吧。你大哥不可能去打人的。他是英雄，他是明察秋毫的。他在出身不好的家庭氛围、条件恶劣的时期一路走过来，靠的是什么？靠的不是所谓的家庭啊，靠的是个人意志，是对人民的热爱和对时代的责任。他怎么可能为这种捕风捉影的事情去打人呢？这是不可能的。所以我说你二哥这样讲还是对自己的犯罪行为认识不够，他真需要认真地改造，要为他的行为付出代价。而你，我想你去看他一下也就够了，现在你回到将龙山，你作为一个区委在那儿协调的干部，还是应该把将龙山的事情干好，这才是最重要的呢。

我现在身体不好，但不论怎么不好，我想我都不会糊涂，对事情要有危机感，对吧？我之所以讲你二哥程志盛的事情，是因为我在向省里汇报你大哥程志茂的材料时，还是要写到他身边的整个环境，包括工程，包括扒河队，包括组织干活，包括对群众的引导，当然也包括这些落后甚至是犯罪了的人对他的影响，但英雄是拉不住的。我希望他的这份材料报到省里后，能进一步扩大英雄程志茂行为的感召力，让更多的人在他的带领下继续前进。这是我的愿望，并且我相信英雄程志茂之所以一直挺立不倒，也因为他有这个能力。他所说的话、他的表现都表明了他是一个倒不掉的人。他自己都说过，他倒下去，只不过是一个过程，而他一直挺立的时代的肖像才是他最重要的样子。我相信经历了所有这些事，他反而会变得更加强大。

好了，就先写到这儿了。等你的信。

1965.4.21

义弟：

　　明媚的春天总是让人舒畅的，但是，你的病让我心忧。作为一直通信的同学，在沛顺杭工程上，也算是同志式的合作了，然而你的身体一直让人牵挂。好久都没有写信，主要是因为有什么话都托人给你带口信了，实在是想到你身体不好，总以为这样密切的通信对你会是一个负担。我听说你在病房里写信都很困难了，人就是这样，身体是脆弱的，虽然你也写信谈过身体、生活和大时代，但是，身体的表现还是受作用于健康与疾病。身体是一个很具体的东西，反正我也说不好。有一段时间没有写信，现在从沛顺杭指挥部下来的人也多，上去报告工作的人也多，确实好多话都托人代讲了。

　　我一直是叮嘱你要安心地养病、治病，还劝你要到合肥去看病，至少要到合肥去啊。上海那个地方就不说了，但你仍坚持不去。你是一个有性格的人，你说不去，别人也没有办法。但现在你病得这样重，你父亲也应该知道了，真不知道他会多么难过。然而身体是你自己的，我还是希望你能好起来，也许会有幸运，对不对？即使好不起来，或者没有好得那样快，也希望你少一点痛苦。至于写信的事、公家的事，作为一个干部，我想你应该要放下心来，还有别的同事在，还有别人在干，对不对？虽然你无限地热爱你的工作，然而身体在击垮你，你要服气的。只有这样，也许你才能好起来呢，这些都是你应该注意的吧。

　　你说过的话，我都记得住。确实你心里是装着工作，装着大建设，装着沛顺杭的，你病那么重，仍然完成了对省里上报的材料，特别是对大哥程志茂的材料汇报，让他得以前往省城。据他讲，他是要去省里接受表彰的，这个完全得益于你。他现在接到通知什么的，都是县里边直接给他，区委的梅书记知道一点，但也不是很多。我大哥程志茂好像是更加出名了，县里搞宣传的人现在也蹲守在将龙山。反正我是听大哥好像讲过那么几次，说是县里让他准备到省里去接受表彰，并且要交流大建设的经验。

梅书记知道一点点，跟我谈大哥也不多。梅书记是不是多少有点怪异啊，但我想人就是这样，每个人都是不同的吧。对了，义兰，大哥始终没有那么深情地感谢你，我想这跟他一贯的性格有关。他是个英雄，但他骨子里仍然是一个比较沉默的人，特别是现在，在这么艰苦的阶段，将龙山大桥包在水竹架子里，人们像蚂蚁一样在里边劳动。

大哥话也少了，当然这也许跟家里的事情有关系，二哥被抓了，在白湖改造，作为大哥他是难过的。虽然你写到他，也讲到他成长环境的问题，讲到二哥可能给英雄带来了很多麻烦，但是作为生活在他身边的人，坦率地讲，大哥是能够处理包括二哥犯罪这样的各种麻烦的，他是有这个能力的，他心里有数。小时候，二哥被父亲过继给叔叔家，二哥往回跑，那时大哥就能送二哥回去，我想大哥跟父亲也许是不一样的人，也只有他这样的人才能成为英雄吧。从家里人来讲，我觉得他心里面是装着全家所有人的。

当然，你在写他的材料时，可能考虑更多的是他的事业、他的奋斗，是他与社会。然而我们只是看他的生活，或者说他的生活就在我们面前，我们过着至少是差不多的生活吧。好了，义兰，大哥没有说你的病怎么办，我想他是着急的，你给他带来了很多变化，这一点他很清楚。你对他的欣赏，以及你对他的报道，对他的督促和鞭策，我想他自己是再明白不过的。然而，你生病一大段时间以来，他是焦虑紧张的，可是他也没有办法。有时他跟高书记似乎也会提到你，高书记的态度是很鲜明的，他认为你应该去治病，应该把身体搞好。

高书记是公社书记，他是管社员的，但他自己跟社员也有相似之处。那就是他看事情很注重现实，他是替你着急。但是每当他俩谈到你，我一出现，他们就停下了，是不大想在我面前说你的，我也就不怎么打扰他俩。他们如亲密的战友一般，现在高书记也是高度紧张的，将龙山也进入了决定性的时刻。但是他又是这样倚重我大哥程志茂，他认为只要我大哥程志茂在那狭长的水竹架子里的施工现场，每一个社员都会充满干劲，社会主义大建设就是靠这个干劲支撑的吧。

义兰，我忍不住还是要讲一讲大哥，自然你多次要我讲他，我想他是你报道的重点对象，你把他的事迹当成你报道的主体，好像他是你的工作内容一样了。大哥现在在工地上，我见到他也有点困难呢。水竹架子架起来，又升高了，现在就要装渡槽那个槽体了，工程量相当大，那些搬石头的社员们发出那种危险的哼哼的声响。我知道他们是太累了，但是他们在坚持，每一个人都在坚持。

我要跟你讲的是，大哥还是出了一点问题。二哥的事让他很伤感，这是不言而喻的，我们都是亲兄弟啊，但是毕竟二哥还是在的，犯了罪，好好改造，二哥还是可以回来的。但是小妹的事情就不一样了，小妹不到椿树去，在将龙山干活，整天带着俊华在那里转悠。不在工地上，就在河滩那儿。大哥看着也急，他知道小妹只是做不了主，可小妹有选择的权利。但小妹什么选择也不做，有时大嫂逼得她很急时，她只是强忍着泪水，不说什么。大哥知道小妹志村是委屈的。可是，农村的生活就是这样，一切都是从他娶大嫂那时就定下的，现在要翻过来谈何容易啊。

义兰，我以前好像跟你说过，在农村，总有一种无形的约定，一种大家都能感觉到的契约一样的东西在把着每一个人，不是你想动就能动的。我在区里当干部，区里农机站这种事还是有的，只是每一个人都不能随便去改变。生活总要过下去的，农村人最能干的就是他们能忍，小妹志村不就是这样吗？大哥虽然说是个英雄，但在生活上，他就是个社员，他遇到的问题跟别人遇到的问题是一样的。但是，我又隐隐约约地感觉到大哥是有所改变的，只是我不知道他会怎么做，但他给我的感觉是在小妹这件事上，他是要有所作为的。这一点又确实要讲，他是个英雄，他就是有与众人不同的地方。

他现在有些沉默，一是忙，另外也是像你说的，他身边的环境真是有点复杂呢。义兰，你可能想不到吧，大哥还是有了行动，他到了他丈人家，没有跟大嫂讲。他是去见他岳父岳母，也就是跟大嫂的父母去摊牌的。然后，他就脸上被烙了一个疤，从山后回来了。再然后，他一个字一个字地跟全家人讲，程志村，你的事情解决了，你不用换亲了。

义兰，这就是大哥程志茂，他以前没有这样，即使小妹到晒死鹅那么艰苦的地方去扒河，他也没有这样，但是现在他去山后了，他摊牌了。我后来听大嫂说，他是去跟他丈人讲，程志村不能换亲，当时那个丑八怪样的小舅子就坐在堂屋。丈人没有什么大的愤怒，但丈人不相信他女婿会这样来处理，尽管他认为总是要处理的，可大哥去摊牌了，丈人是考虑不到的，丈人不生气是假的。丈人很希望这个亲能结成，那是丈人和丈母娘的希望啊。程志村会是个好媳妇，而他们的儿子只不过是长得丑一点而已。但是女婿程志茂摊牌了，不干了。丈人正拿着一根火剪，他坐在灶台那儿烧饭，丈母娘在罐里煨酒，然后坐在灶台下边小凳子上的大哥就看见丈人拿那通红的火剪在给他自己点烟，并且望着大哥，大哥手上也有纸烟，但不知为什么，丈人说了句，你个狗日的，就你长得好看，你弟就长得不照了？

乂兰，你听，丈人是讽刺大哥长得好看，就瞧不上他小舅子长得丑呢。大哥看着有点扭曲的丈人的脸，那根火剪在他面前晃悠，那烧红了的火剪的头子闪着红光，看似要给他点烟，但愤怒起来的丈人不过是危险地晃动着火剪。他丈人又说，你又不丑，你不丑啊。这话听起来有些别扭，其实丈人不过是想不通为什么儿子长得丑，就使得换亲的事干不成了。那当年为什么就可以答应呢？其实这个问题永远也没有答案。晃动的火剪使得大哥没有再考虑什么，他拿起那火剪，拽过去，然后向自己的脸上烫去，听得见嗞嗞声，那时有烧过的糊味，丈母娘大叫了一声。大哥把火剪在脸上烙了，然后丈人什么也没有说，退出去了。就这样，大哥带着一个被烙上去的印子，回到了新建庄。

实在是太忙了，另，你身体不好，我就不写长信了，下一封信再叙。

志刚

1965.5.5

志刚：

  我现在读信还行，你说信写得短点，是怕我身体不行，支撑不了那么长时间读信是吧？老实说，读信是很累，但写信就更困难了，字是一个字一个字写出来的，不过我仍然喜欢。但是现在看来，也许用不了多久，我提笔都会很困难了，那时写信也是一种奢望了。这对于像我这样一个搞宣传的人来说，将会是一件多么痛苦的事，但我想在我能做的时候，能奋斗能战斗的时候，我始终是尽力的。我想这一切你都看在眼里，这么多年你是一直看着我怎么过来的。

  我没有慨叹命运的不公，身体出了问题，我想人人都躲不过这些，这是没有办法的事情。但我们的思想没有被击倒。这就是一个人在社会主义生活的价值吧。我们首先要做的就是成为一个有意义的人，我想我这么多年也一直是这么想这么做的。现在我下床会比较困难，有时要推着轮椅才能到院子中，上次写信还讲到地委大院、九墩塘和专医的大院，现在要想在这三个院子里走走，已经不太可能了。每次只要走一点点路，人家就说李义兰这么年轻，真是太可惜了。

  志刚，你听，别人是关心我的，可惜我自己没有办法阻止别人怎么看我。但我自己是明白的，我的奋斗我的青春我的热爱，都在我的思想里，在我的心里边。我装着的东西永远也不会变掉的。志刚，写信时我没有难过，现在看来，即使我到合肥或是上海、南京去看病，也已经没有用了。我们是唯物主义者，我们相信科学，当然了，身体也是科学。这么说没有别的意思，是指对待疾病，要像对待数字一样，说是什么就是什么。但是对于革命对于事业，我想身体有无穷的能动性，有极大的动力，为什么呢？因为那是要挥发出身体的力量。力量的发挥调动是我们主观世界对身体的召唤，我想这么多年沛顺杭为什么能干得起来，那些老社员那么穷，为什么能扒河，你大哥程志茂的事迹告诉我们，身体在革命建设的伟大事业中能激发出永恒的光芒，那才是一种创造呢。

  当然了，现在我生病了，我很少能动了。我知道也许我挺不了多久了，这是一句实话。志刚，你看，对你，我是说实话的，然而实话也就只能到这儿了，再往下，我不想谈生死，因为那不是我的事。我沉着，我努力，我当一个有意义的人，这是我在社会主义新时代的体验。我想这是无比珍贵的。

志刚，你在信中提到的你大哥程志茂的事情，因为上报的材料马上就要交上去了，但出了这么个事，我在考虑要不要加上去，但后来想这是英雄成长环境中永远也剔不掉的困难，现在又加了一道脸上的疤痕，志刚，我是很难过的，我觉得你大哥真是太不容易了。他身上还有哪一处是好的呢？现在，就连脸庞，也烙上了那些对英雄总是有点负担的烙印，这是耻辱啊。可是，又有什么办法呢？你写的那个过程，我也看了，好像是他主动要这么做的，似乎这么做，跟山后的丈人家就扯平了。但这不是糊涂吗？他那张脸是英雄的脸，是为人民服务的脸，可能你要说他为人民服务，脸坏了又有什么关系？但我想说的是，社会主义是美好的，干活的人也应该是美好的，一个那么能干的社会主义新时代的人民公社的社员，在脸上烙了一个疤痕，好像有人要把他变成一个丑八怪。这对英雄合适吗？我虽然认为英雄不会因为一道疤就不是一个英雄了，但英雄是不允许被这样玷污的。

至于是自愿还是他丈人有意为之，现在追究意义不大，我关心的是为什么他在这么多的阻力下，仍然能够成长为一个新时代的典型。我们不用夸大他个人的做法，我想说的是，这是一种意志、一种信仰、一种深刻的思想；这是在社会主义大建设时期，一切围绕干活，围绕扒河，围绕大建设的目标，把自己一切都抛却了，只为了把活干好，这样才能走下去。将龙山就因为有英雄程志茂，所以才有希望。我很有幸，我一毕业到沛顺杭，包括当社员那会儿借调到沛顺杭时，我就在写你大哥程志茂的材料，几年来他的事迹一直围绕着我，激励着我，看起来是我在写他，但实际上是他的事业、他的成就在鼓舞包括我在内的这个时代中的所有有美好向往的人，他才是真正有影响的人。

然而就是这么个人，脸上被烙了印子，那不是疼痛与否的问题，那是一个对自己放弃了之后，把自己投入革命和事业中去的人，他不会有痛感也不会有美丑的看法，可见对于一个英雄来说，这又算得了什么？但是这些凡人，甚至是一些落后的人总是在拖英雄的后腿，总是在反向地拽英雄，英雄势必会痛苦，会被耽搁。但反过来讲，英雄总是会站起来的。从韩干事带回来的材料来看，在水竹架子里有时能看到你大哥程志茂，他很忙，别人都注视着他，他仍在劳动。我看到照片，他和那些社员们徒手在工作，在建设，手都成什么样子了？更不要说是白化手了。所有工具听说也是节约，当然条件艰苦也是一直都存在的，没有办法啊，我们是老区，我们穷。但我们有传统，那就是我们能战斗，我们也善于战斗。在跟大自然做斗争的过程中，我们在建设中成长，积累经验；我们在改造自然的过程中，对自我有了更好的塑造。

  志刚，现在我多数时间躺在床上，我想得就更多了。你知道吗？我二哥说二嫂已经在办理调动的申请了，她想来沛顺杭，虽然不知道能不能如愿，但至少表明像二嫂那样坐机关的人也想到沛顺杭来，可见沛顺杭对大家是有吸引力的。家里的事还有很多，但是我不便过问，不然他们又要问我身体的事情。你在信中说也许我父亲已经知道了我病重的情况，是的，二哥来跟我说，父亲是知道的，但父亲没有讲什么。父亲是坐在书桌旁，看着军事地图，现在他在做社教工作的同时，地区思想工作的许多总体指导意见也是他在拿。父亲在常委会上听到章书记讲到我时，他把话岔开，问起了沛顺杭具体的情况。章书记说那个工程很顺利，当然很艰苦，可是全地区的人民都很振奋，因为这是一项特别为百姓过上好日子而兴修的水利工程，人人都支持。

  父亲没有问我，也不想让章书记说我。我知道父亲的意思是他不想因为他，让我在沛顺杭的工作也好，提拔也好，有任何的影响。他是一个干部，一个革命干部，一个打过仗的干部，是一个有原则的人。大哥那边也让大嫂来过，大哥在西北还在为我担心。我对大嫂说，让大哥放心，我没有事的。对于疾病也好，身体也好，我相信科学，是自自然然的，我从不畏惧身体的任何问题。我关心的是事业，是建设，是时代，这是实话。组织上考虑提拔我，这对我是个莫大的鼓励。我是有责任感的，我还年轻，我觉得组织如此重视我，这是对我特别看重。我想我所做的一切都是发自内心对于时代的热爱，对于社会主义的极大的热爱，这是大实话呢。

  志刚，你看，无论在什么时候，我还是惦记工作。你讲到的你大哥程志茂的这些事情，对我是个不小的震动，但同时也在丰富着他的材料，反而使他的事迹更加感人呢。但是，我仍希望，在他身边的人能有更大的自觉，知道他是个英雄，要爱护他，让他发挥更大的作用。

  好了，先写到这儿了，等你的信。

1965.7.8

义兰:

得知你身体很差,我非常难过。当然你可能一直也都不喜欢别人很软弱。但是人非草木,你已经病成这样了。自上次到医院去看你,又过去了一段时间,中间高书记还去看你,他是代表高山扒河队去看你的,听说也顺便到六安去办点事情。他是一个公社书记,当然了,他说他也可以代表他个人,最重要的,他讲他也代表大哥。你看,广城畈人就是这样,一件事情要说好几道呢。本来呢,广城畈社员们是老实巴交的泥腿子,可是有些话就是要绕着讲,这也是广城畈人的一个特点吧。

义兰,你病得这样重,我本来是不想讲别的了,因为你读信都困难了,但上次你还叮嘱我给你写信,你是关心这一切的。你是一个这样的人,一个真正做到了在思想上始终保持品质的人。你看,我是不会说话的,虽然在区委当个干部,也常在许多社员的场合讲话什么的,但是我能力有限,照你的话讲,我是政治水平不够呢。回想这么多年你给过我无数的帮助、指导,也对我有很多的批评,你是不拿我当外人的。现在我给你写信,谈谈将龙山的情况吧,我尽量写得短一些。

将龙山还在修,扒河就是这样,好像没完没了一样。扒渡槽是辛苦的,水竹架子里的人是在劳动,像蚂蚁一样。你还批评过我不要这样来讲劳动者,但是你知道我在工地上,我看到的确实如此。人是这样渺小,可能你要说伟大,伟大的创造和劳动。但是,我身在其中,有时会难过,我宁愿劳动,而不是在那里指挥。作为干部,我确实有责任,但是我想我应该劳动,劳动才让我放松呢。这个倒又让我回忆起当年当社员时跟大哥在这儿扒河的场景。

义兰,我跟你讲,现在水槽已经预制成一段一段的,应该讲也是工程队的人很能干,在安装桥梁上面的部分时,省水利厅也派人下来了。这是一个大工程,尤其是合龙的时候,对工程质量要求高,所以技术员下来的多呢。不过我想和你说的是,其实社员们还是最有用的,虽然在合龙的阶段，吊装的机器、皮带什么的都用上了，但在衔接上，扣板啊，移动啊，都还是社员们在弄。社员是将龙山大桥最重要的建设者，是他们用体力一点一点把大桥给扒出来的。

对不起，义兰，你可能要讲我学社员们那样讲话不科学，但确实大桥是扒出来的，不能讲它是建起来或竖起来的。你在现场看到的社员永远是低着头，没有人昂头，因为石头实在太重了，现在的社员还在搬石头，真是太可怕了，太累了。之前我不是跟你讲，他们还背石头或是抬石头吗？但在水竹架子里，没有场地的空间，他们只能抱石头，又因为没有工具，连竹篾都不够用了。大桥实在太大了，有的只有社员本人，一个又一个，只有他们徒手在那儿劳动，这在全世界都是罕见的吧。

你可能要问大哥，我想说的是，现在下来宣传报道的人多了，地区的报纸都来了，许多人还提到你，毕竟你在沛顺杭的宣传上是旗帜鲜明的人物，人家都讲你对将龙山的报道是最好的。尽管最近你都没有到沛顺杭来，可是你写的报道仍然是最好的。来报道的人都报道大哥是一个明星、红人，是一个英雄。所以我想你也了解他的情况，但是，我在这里还是简单写一点大哥的情况。不过，我尽量写简短一点，因为你病得太重了，我不想太耽搁你的时间和精力。大哥在干什么？还是在干活，这倒让我记起你以前跟我讲过的，你说大哥作为一个扒河英雄，他最大的价值不在于别的，就在于他要干活。他要不停地干活，我想他是做到了的。

你病得这样重，大哥没有去看你，我认为他也确实在做着你提出的那个建议中他应有的做派——劳动，对他是最大的意义。所以他就在那里劳动。我在指挥时，有时能看到他抱着石头从身边走过，有时能听到他疲劳中的呻吟一般的响声，可是仔细一听，他好像又是在哼唱什么庐剧之类的。义兰，你看，社员永远有社员解乏的方法。大哥的做法，大家都会效仿，他哼一点庐剧什么的，别人也跟着哼。水竹架子里的工地通道四通八达的，小曲啊，有点悠扬呢。义兰，你看，劳动永远是乐观的，只是现在你生病了，不然，这也是你乐于见到的，你也一定会来看的。我看完你回来之后，大哥没有主动问我你的情况，但我还是跟他说了，我说你病得很重，但你来信中状态很好，我把你让我代你向他问好的话也传达给他了。他扭过头，我没有看见他的表情。有时在劳动的间歇，我也能跟他讲几句话，但家里的事情实在也很多，二哥关在白湖农场，小姊死了，小姊的几个孩子需要接济，这都是事情。

对了，我还跟你讲小妹的事，大哥不是为了小妹的事跟他丈人摊牌了吗？丈人的火剪让他脸上有了疤。当然了，那是大哥自己拽的火剪，唯有用这种方式表明丑与美，其实没有什么，那是他个人的事，跟小妹无关。他不想讲小妹不选择大嫂的弟弟是因为长相，那不是原因，原因在于小妹必须有权力决定她自己的婚姻和生活。脸上有疤的大哥还是让小妹走了，让小妹到远方去了。义兰，我跟你说一下，你可能不大相信吧，志村当兵了，这是大哥一手安排的。大哥真是不错，我都没有想到这个。征兵的消息自然是高书记告诉大哥的，高书记对大哥一直非常好，他是他的兵嘛，对不对？

高书记是爱惜大哥这个英雄的，大哥脸上烫了疤的事，高书记是看在眼里，他也知道他培养的这个英雄不容易。但那是私事，高书记这次没有讲让民兵去抓人什么的。高书记也是老了，他不发火了，他知道大哥为小妹的事始终是心里有愧的，现在好了，换亲的事过去了，不干了。所以都让它过去吧，但小妹未来怎么办？高书记透露了征兵的消息，大哥就帮小妹在办。本来小妹还是会因为出身的问题有一点麻烦，因为参军的政审是很严格的，但是高书记和大队书记都绝对担保小妹程志村，说父亲解放前的事早就有结论了，只是很短时间内有一个代理的乡绅一样的职位，算不了什么，而且在新社会还培养了一个人民英雄程志茂。你看，高书记把我父亲也说成了是培养英雄儿女的父亲呢。高书记对大哥是真的好。

小妹起初是完全想不到自己能参军的，她是想都不敢想的，其实我也是以为正因为大哥是扒河英雄，是扒沛顺杭的杰出劳动者，所以才会让小妹去当兵的。但小妹自己告诉我的情况，我很吃惊。义兰，你听听，在这个世界上，无论在多么困难的情况下，真情仍是最重要的。即使大哥是英雄，公社、大队书记都保她，但是征兵办的人还是不会那么轻易同意你入伍，因为参军不是一件小事，这是国家大事。小妹讲的情况是，她自己的感觉是她应该入不了伍的，因为她在那些当兵的女孩子中，体检并不是最好的，再加上要唱几句山歌，或是庐剧，小妹的嗓子还行，但唱的未必是最好的。要唱歌干什么呢？也许以后文工团要也有可能。这次征兵，老区人民很积极。参军是一个很难的事情，更何况，即使政审上过了，但对于一个农村女孩来说,在条件上她还是有一些普通吧。一个中年女军官对小妹的问话很简单,都是一些例行的问话,后来让小妹唱,小妹唱的就是广城畈那一块常唱的庐剧小调。但后来女军官和几个考官都呆住了,为什么呢?因为小妹抬起了手,他们看到了一双肿得不像样子的手,那样红,有些怕人,但是她又是一个健康的人。所有人起初都被这手吓到了,像虾子,像虫子,像动物一般呢,很可怕。他们没有见过,那是一双肿得已经快要看不清手指的手。他们走过来,小妹还在唱,女军官抬起小妹的手,看着,这时一个年纪大点的征兵的人讲,那是在将龙山干活磨石头磨的,是干活干的。

女军官握着小妹的手,小妹还在唱,女军官泣不成声。她说,什么是国家?什么是为国家?这就是。她拉起小妹的手,那是像一块快要熄灭了火焰的花一般发红的发肿的虚软的手,然而那是劳动的手,是拼命干活的手,这手和这普通的没有调的庐剧唱腔拥在一块儿,所有人都动容,没有人再讲什么。女军官说,你,程志村同志,你光荣入伍了。

义兰,你看,生活中令人感动的事情很多。这是什么?这就是原则啊,这就是我们在生活中都会感到特别揪心的东西。小妹是这样一个人,她劳动,她挣扎,她忍受。但后来,她顺利地入伍了。她坐上大卡车从将龙山出发的时候,我和大哥送她,她跳上了车子。将龙山大桥将要修好了,里边的人在忙,有些水竹架子要拆了,因为外立面要粉刷。在粉刷前,小妹等女社员已经磨过很多次了,那是一种特别的灰白夹杂的颜色。那是她们把手磨坏了的场所,但是她们无怨无悔。

大哥背有点驼了,他确实很累。因为我是干部,我送小妹时,别人都喊我,对我都很尊敬。大哥是英雄,人家是尊重他的。但他站得远一些,因为他过来,别人就会围住他,于是他站在远处。他做到了,成功地让小妹入伍了。小妹光荣入伍了,小妹要去远方了。小妹看着将龙山大桥,水竹架子已经拆了一些了,但更多的人还在里边劳动。大哥没有过来,我对小妹说,你到部队要好好表现。小妹点头,同时她在看着大哥,大哥也看着小妹。大哥额头上那个被他丈人烫的疤在阳光下发出一种奇怪的光。

卡车就要启动了,小妹哭了。她捂着脸,看着站在远一点位置的大哥,对我说,三哥,你让大哥不要再那么累了吧。我不知说什么,小妹其实是懂大哥的,她不怨大哥,大哥还为她把脸也烫伤了。但是大哥这样很累的样子，要小妹怎么想呢？他再是一个英雄，他也有累极了的时候。小妹抹着泪，卡车开走了，她到远方去了。

义兰，你看，底下就是这样，辛酸的事情还有很多。我不该说那么多的，更何况你现在病重，但你又一再跟我说，叫我写信，说身边的事，尤其是大哥的事，我想也许这些信，也让你不那么寂寞吧。你在医院里要好好休息。我不是跟你说工地上有的水竹架子已经拆了吗？我知道将龙山大桥就要建好了，这是一个多么令人振奋的时代啊，这么一个巨大的桥居然在将龙山被建起来了，真是了不起。

义兰，我想跟你讲，前边说到的社员们在徒手搬石头，这让我想起前几日大哥跟我说的他到合肥去的场景。他到合肥去接受表彰，这还是因为你在病中坚持写他的汇报材料给省里。他到省城接受表彰，去了一趟逍遥津，回来后跟我说，在公园里看到了好多动物，看到了大象。大象？我问他。大哥说，是啊，大象用鼻子都可以把东西卷起来呢。其实大哥想说的是，社员们也可以啊，抱着石头，什么工具都不要，就可以劳动。双手就是我们的工具，身体就是我们的工具。

大哥跟我说的意思就是，社员的伟大就在于我们有双手，我们就可以劳动，大象用鼻子都可以卷东西，人用双手可以抱得更牢，抱得更多。义兰，大哥就是这样的。前两天，大哥买了一个小小的石象，是个玩具呢，也是从逍遥津带回来的。他跟二哥的儿子说，你看这是什么？二哥的儿子说，象。大哥说，你再看。我站在边上，用手摸了一下象，是石头刻的一只小象，太神奇了。大哥说他在逍遥津门口买的，二哥小时候喜欢小象。我们谈起了在白湖的老二，大哥又说，过段时间我去看看他，叫他要好好地改造。我说，你别去，还是我去。大哥向前走，这时我又记起小时候，二哥从程家二方赶回来，他回到这边的家时，父亲撵他走，总是大哥去田头送二哥，搂着他的肩膀，送他回去。

义兰，就先写到这儿吧，你身体不要因为看信又太累了。知道你是坚强的，相信你会好起来的。

志刚